國立成功大學中國文學系教授兼通識教育中心主任 王偉勇 強力推薦

當代華人小說選讀

陳碧月◎著

Literato

五南圖書出版公司 印行

推薦序

　　碧月是我服務東吳大學時期教過的學生，1992年畢業後，只知道她考上研究所，不知道她研究的方向，更不會知道她畢業後在何處服務，可以說是一位與我失聯的學生！

　　但既然有師生的緣份，就意味著有可能再見面。而老天總是那麼有意思，當我指導學生的妹妹到實踐大學應徵教職的時候，突然打電話給我，告知有位面試的女老師，好像是姊姊的同班同學，要我協助了解她口試的狀況。我半信半疑，撥了電話，對方聽到我「自報家門」，高興的稱我一聲「老師」，我終於確定她就是「陳碧月」。只是我這學生的妹妹，終究未錄取；錄取的是我指導的另一位學生，她並沒告訴我去應徵實踐的教職，卻讓我搶先知道她的著落。說了那麼一段故事，只是要證明西諺所說：「見過面的人還有再見面的機會」，何況師生！

　　兩個月後，我這失聯的學生突然要我為她的新書寫序，我既然推不得，當然要好好了解這二十年來她究竟做了些什麼。於是上實踐的網站去瀏覽一番，唯恐不足，又要她將相關的簡歷寫一份給我。這才發現她已然升等為教授，較之同時期的學生，可謂捷足先登；而且著作等身，迄今已有十六本書（含三本合著）問世，就量而言，她已經是青出於藍了！後生可畏，孰曰不然！

　　總體而言，碧月的研究，係著力於現當代文學，尤其關注大陸文學這個區塊。我想這與她的碩、博士論文指導教授唐翼明先生大有關係，唐先生為碧月《20世紀90年代大陸女性小說的思想藝術風貌》一書作序時曾稱：「現在研究臺灣文學的，園地有限，而耕之者眾，很快就會人滿為患，而研究大陸文學的卻寥寥可數，不久就會面臨人才荒。」這個觀察與叮嚀，相信對碧月的研究方向是深有影響

的！

　　尤其可貴的是，碧月雖升上了教授，卻不忘分享她的研究心得，引領後進，所以編了不少適用於通識課程的教科書，這是極不容易的事。因為通識教育，旨在「宏通器識，教育全人」，也就是要恢宏學生的胸襟、見識，使他們成為德、智、體、群、美兼備的全人。這是我對通識的定義，也是國立成功大學通識教育的願景。為了達到此願景，我已經著手編纂通識教育叢書，計劃出30本，內容包括語文、藝術、哲學、公民、法律、經濟、歷史、科技、生物、醫學、健康、環境生態等，大抵是配合成大校園環境設計的，目前已出版10冊，預計民國104年出齊。

　　碧月與我有同樣的眼光，但她未兼行政職，實踐的環境、規模也和成大不同，所以她只就教授的領域規劃，落實她的想法。我覺得她已然樹立了自己的風格，值得介紹給讀者認識：其一，她有宏通的視野，能閱讀兩岸的作家與作品，經由她討論過的小說，我尚未精算過，相信已經上百部；其二，她有引導學生閱讀的方法，只要閱讀《小說創作的方法與技巧》一書，就可以登堂入室了；其三，她能把握實踐大學女生佔絕對多數的教學環境，出版了不少女性作家的小說賞讀教材，內容兼賅人生、婚戀、情愛、旅遊、女性意識、心靈探索，甚至連結文學電影等。這樣的視角，就很能凸顯屬於實踐大學通識教育中語文領域的特色。

　　此次，《大陸當代小說選讀》的出版，我們可以清楚看到碧月跨越的企圖心。本書計選了大陸十五位作家的小說，包括戴思杰、莫言、劉震雲、余華、蘇童、畢飛宇、韓寒等七位男作家，以及張潔、張抗抗、王安憶、池莉、嚴歌苓、林白、陳染、虹影等八位女作家，顯然已經由女性作家跨越到男性作家。有了男性作家的加入，內容的擴充當然可以想見。此中年紀最高的是七十五歲的張潔，最輕的

是三十一歲的韓寒，其他作家約在四、五十歲左右，可見她也注意到了老、中、輕三代作家的搭配，眼光依然宏通。同時，每位作家的單元都包含作家創作背景、作品賞析、問題討論與活動設計三部分，符合了引導與啟發的教學需求。相信這樣的教材，對教授通識的同道及受教的學生，應該是兩蒙其便、很有裨益的。

　　我基於負責通識教育工作，向來支持通識教材的編寫與出版；因為唯有教材確定，才能讓通識課程更具學術承載度，也更能讓知識的薪傳有跡可循，進而啟發學生延伸閱讀與思考。而碧月在這方面，耕耘有年，劍及履及，今年又有新教材要出版，於公於私，我都樂觀其成，是為序。

國立成功大學中國文學系教授

王偉勇　謹識

兼通識教育中心主任

民國101（2012）年11月30日

自　序

　　因為看牙，認識了在學校附近小巷內行醫三十年的醫生。工作非常忙碌的他，每天下診以後，都會找一家個性咖啡小店坐下來看看書，舉凡藝術、建築、攝影和文學等各類書籍，此刻閱讀已成為他每天祛除工作帶給他的倦怠感以及尋求片刻心靈沉澱與成長的最佳良藥。還有個女學生，暑期來上「北區通識選修」、「情愛與文學」的課程，她在期末考的試卷後面寫著：「親愛的老師：很高興能選上您的課，每星期兩次的課都像在治癒我的情傷，透過您所介紹的文學作品，還有您經驗分享的鼓舞，都讓我的傷口慢慢結痂癒合。我想，我會繼續養成閱讀的好習慣。」

　　我在教育崗位十八年，從不過度期待能夠如何地「化雨春風」，只期許能夠帶領學生藉由閱讀找到人生的樂趣與啓發，因為閱讀會是我們一輩子的好朋友。

　　這是我的第十四本書，是我相當「用力」編著的一本。其實這本書早在2010年中，就開始著手構思，但期間國立空中大學邀請編著《文學與人生》；還有因為幾場演講，累積了一些資料，便在很短的時間完成了《情愛與文學》，一直等到2011年年底，才又開始專心為這本書熱機暖身。

　　寫作期間，在生活中，爬梳小說的字句著墨；在旅行中，咀嚼作家的生平際遇；在教學中，講述小說的精彩片段。飽含於心的是，在時間倒帶之前，回憶轉身之後，總能找到生命的定位而修正往前。我特別喜歡大陸作家對於人性深沉黑暗面的直擊與揭露，這能夠讓我們在含英咀華的同時，以更溫暖的寬厚能量去面對生活中的美善醜惡。

　　本書分為兩個部分：第一部分介紹大陸當代的七位男性作家及其

代表作，共二十五部作品；第二部分介紹大陸當代的八位女性作家及其代表作，共二十八部作品。

　　戴思杰的《巴爾札克與小裁縫》讓我們發現人們對知識的渴望以及文學閱讀的強大力量；劉震雲的《一地雞毛》提示我們要培養適應環境轉變的能力，藉由《手機》和《我叫劉躍進》確知要存善心，善用科技文明，莫讓科技把生活變得複雜，又從《一句頂一萬句》讓我們懂得要把握和珍惜身邊可以「說得上話」的朋友；莫言的小說在人性關懷中，寄寓了對美好生活的想望；余華的《活著》讓我們認知要認真活在當下，勇敢面對生活的挫敗，又從《許三觀賣血記》提供正面思考與悲天憫人的能量；蘇童的〈一九三四年的逃亡〉和〈罌粟之家〉從艱苦的生存現況，展現因果報應並勸人為善，從〈妻妾成群〉、〈婦女生活〉和〈紅粉〉傳統女性的悲情，思考兩性平權的重要；畢飛宇的《青衣》提醒我們要把握生命中的機會，並隨緣聚散不強求，從《玉米》人性的陰私冷漠，思考可貴的真情，從《平原》學習企圖扭轉與自主命運的勇氣，《推拿》則見識了「黑暗」世界裡難得的情愛；韓寒的《三重門》讓我們反省教育的意義與目的，從《他的國》的環保意識，提示我們對生存遠景的思索，又從《1988——我想和這個世界談談》讓我們以樂善好施、純真溫厚的心去參與生活，幫助別人。

　　至於在女作家方面，張潔的〈方舟〉和〈祖母綠〉讓我們學習理性的分手藝術，以及如何在理想與現實的衝突困頓中愈挫愈勇，從《無字》打破宿命，不向命運低頭，全然掌握生命；張抗抗的〈北極光〉宣揚「志同道合」的愛情的重要，《情愛畫廊》和《作女》則強調彼此尊重的兩性關係與愛情相互獨立的重要；王安憶的〈流逝〉讓我們發掘人的潛力無窮，不要害怕改變，從〈小城之戀〉建立正確而健康的性愛觀，從〈金燦燦的落葉〉重視兩性共同成長的

議題，從《長恨歌》學習敬天知命，隨遇而安、不要過分執著，從〈我愛比爾〉和《米尼》發現自我定位和價值，才能找到靈魂的安放之所，從《香港的情與愛》確立「精神」高於「物質」的真感情；池莉的〈不談愛情〉讓我們肯定「路是人走出來的」，從《來來往往》和《小姐，你早》認知婚姻要建立在兩性互重、理解和合作的基礎上，從〈你是一條河〉學習體諒與原諒，從〈雲破處〉檢討「一失足成千古恨」的「蝴蝶效應」以及承認錯誤的必要；嚴歌苓的《一個女人的史詩》讓我們見識愛情的犧牲奉獻、不離不棄；林白的《一個人的戰爭》、〈瓶中之水〉和〈隨風閃爍〉都讓我們從女性的生存困境，反思在愛情裡「自尊自愛」的重要精神品質；陳染的《私人生活》、〈與往事乾杯〉、〈無處告別〉和〈沉默的左乳〉都讓我們見到成長經驗受到童年陰影的影響，而要想活出自己，還是要以正面的力量迎戰生活的考驗；虹影的《飢餓的女兒》讓我們體會人們對「愛」的渴求與期盼，從《K》省思過大的膨脹欲望，足以摧毀整個人生。

近代「通識教育」逐漸普及，力求培養學生獨立思考，對不同學科的知識有所認識，並能將其融會貫通，而培育通才、全人（完全、完整的人），以上所選析的小說作品就是期待能發揮「博雅教育」的作用。

為了因應兩岸各層面的交流，期待本書可以讓學習者透過小說認識大陸社會與現象，對大陸當代小說的價值意義有更進一層的理解，進而體悟現實生活的人生經驗、欣賞人生的酸甜苦辣、從中體驗人生的多種樣貌，最後學習轉化並豐富生命中的正面能量，以建構正確的人生觀，這也正是「通識教育」的終極目標。

本書付梓之際，特別感謝我的兩位教學助理——鏡樺和茵琳，在整理和校對書稿上的協助；還要感謝五南圖書堅強的編輯團隊，在其

專業上各司其職，每個環節都相當重要且意義深長，得以豐厚我的出版成績，在此，一併深致謝忱。

　　大陸當代小說所涵蓋或延伸的層面極廣，因礙於篇幅，在選材方面，定有遺珠之憾；在內容分析方面，抑或有不盡週詳全面之處，祈請讀者不吝賜教，以為再版修正之參考。

陳碧月

2012年9月

謹識於臺北敦南寓所

目 錄

第一章　男作家小說選

第二章　女作家小說選

第一章
男作家小説選

第一節
戴思杰
（1954～）

一、創作背景與評價

　　戴思杰，1954年出生於中國四川成都，1971至1974年，被下放到四川接受「再教育」；1976年，毛澤東逝世後，他進入南開大學研讀藝術史，又轉至電影學校學習拍電影。直到1983年，他因爲所拍攝的影片得獎，爭取到法國深造。1984年，輾轉進入法蘭西藝術學院。1985年，他以學生身分所拍攝的短片《高山廟》，榮獲「威尼斯影展青年導演短片大獎」；後又於1989年，以《中國，我的苦痛》榮獲「尙維果獎」。

　　2000年，他直接用法文寫作的自傳式小說——《巴爾札克與小裁縫》，才出版便造成轟動，登上法國暢銷排行榜。成爲2000年冬季最暢銷小說，單是在法國就有二十五萬本的銷售量，贏得法國最著名的讀書節目主持人畢佛的極力讚賞，並榮獲2002年美國金球獎最佳外語片獎提名與第55屆戛納電影節開幕電影首映，並參與「香港第二十五屆法國電影節」和「康城影展」，也獲得2003年美國金球獎最佳外語片提名。戴思杰的這部處女作已有三十種語言譯本。

　　《巴爾札克與小裁縫》小說出版後不久，由他自編自導的同名電影投入拍攝。2003年，英文平裝本持續十週登上《紐約時報》書評週刊暢銷榜。戴思杰根據自己小說改編的同名電影，終於獲准在中國境內拍攝。

　　戴思杰身爲一位著名的作家，也是法國活躍的電影導演，作品多數反映中國文化大革命的內容，所以他的電影作品，很少能在中國大陸得到公映。

　　「我下過鄉，那是1971年，我被下放到四川雅安地區的一個非常偏僻的小山村裡。同去的一個知青帶了一只小鬧鐘，後來這鬧鐘被村裡人視爲稀奇古怪。還有一個知青帶了一箱子書，其中有巴爾札克的小說。他們通過這些書與村子裡的一個姑娘結下了友誼，以至於

後來一個知青愛上了這個姑娘，而另一個知青則暗戀著這個姑娘。
《巴爾札克和小裁縫》原小說就是根據這個真實的故事改編的。」[1]
2001年，他親自執導將《巴爾札克與小裁縫》拍成電影，並入圍金
球獎最佳外語片及坎城影展「另一種注目」單元。他曾先後執導三部
法國影片——《牛棚》、《吞月亮的人》和《第十一子》，本片是戴
思杰獨立執導的第四部電影。

對於《巴爾札克與小裁縫》這本小說，中國大陸有不少「戴思杰
媚法」的評論。戴思杰反駁說，他寫《巴爾札克與小裁縫》是為了懷
念當年上山下鄉的青春歲月，被啓蒙的小裁縫也確有其人。至於她出
走時呼喊的「一個女人的美是一件無價之寶」，他認為，小裁縫的出
走對她而言，是積極的事情。[2] 或許「媚法」的說法，太過嚴重，應
該說戴思杰在法國生活多年，已經不自覺地把法國的思維和文化放進
了作品裡。

舉例來說：東方社會男女授受不親，更何況是在那樣閉塞的山
上，但我們卻見到天真無邪的小裁縫與羅明和馬劍鈴在山澗裡游
泳；三人躺在草地上，小裁縫在中間主動和他們倆十指交扣；還有羅
明和小裁縫在戶外水裡發生了關係，也是開放得不可思議。

電影最後小裁縫告訴老裁縫說她：想換一種新生活，要「找新生
活去了」。老裁縫軟硬兼施也留不住她。按中國倫常來說，小裁縫
不太可能丟下老邁的爺爺，遠走他鄉；且對於一個十八歲的女孩來
說，剛談了戀愛，應該還沉浸在愛情裡，羅明在哀求她留下時，也
聲聲表明愛她；就算她難以取捨羅明或馬劍鈴的愛，但她有勇氣出
走，卻沒有勇氣面對自己的愛情？又或者她可不可能等候羅明回到

1　http://balzac.kingnet.com.tw/02.htm#。
2　澤雁：〈戴思杰：我給法國人寫作但不媚法〉，《中國商報》，2007年3月27日。

城裡，就和他結婚，然後到城裡生活呢？而什麼是小裁縫要的「新生活」呢？是大城市的生活嗎？她這樣沒有預警的出走，首當其衝的經濟問題如何面對？

　　以上應該是我們中國人的思維考量，電影的結局，卻有著法國文化的現實與立場觀點。然而，儘管如此，瑕不掩瑜，《巴爾札克與小裁縫》還是不失為是一部引人深思的好電影。

二、作品賞析——《巴爾札克與小裁縫》

　　《巴爾札克與小裁縫》，究竟法國的大文豪巴爾札克和小裁縫有著什麼樣的關聯？

　　首先，先來介紹巴爾札克。

　　1799年出生的奧諾雷‧德‧巴爾札克（Honore de Balzac）不但是法國最偉大的作家之一，而且也在世界文學史中占著崇高的地位。

　　巴爾札克在就讀法律系時，還去旁聽文學，所以，他也獲得了文學學士學位。20歲那年，決定從事文學創作。1829年，第一部長篇小說《舒昂黨人》發表，引起廣大讀者的關注，之後的《婚姻生理學》，讓巴爾札克聲名大噪。

　　巴爾札克的創作力十分旺盛，其動力一方面來自於需要還債的經濟壓力，另一方面當然是他對寫作的激情，據說他寫《高老頭》只花了三天三夜，所以，他一年可以完成四、五部小說。從1829到1848年，這二十年間，他共創作了九十餘部小說。1841年，他將他的系列著作定名為《人間喜劇》。

　　接著來看看這部作品裡的小裁縫是怎麼樣和巴爾札克連上了關係。

　　作品講述著這樣一個故事：70年代的中國文革時期，十九歲的

知識青年羅明和馬劍鈴上山下鄉來到四川偏遠的鳳凰山，接受貧下中農再教育。他們遇到了一個美麗的女孩，因爲跟著父親作裁縫，所以，大家都叫她「小裁縫」，可是在羅明和馬劍鈴眼中，她卻是個沒有文化的女孩，於是，他們從另一個叫四眼的知青那裡偷來了一箱禁書——歐洲文學大師的作品，他們要用那些書改變小裁縫，讓她不再是一個無知的女孩。他們輪流給小裁縫唸書，也教她識字，閱讀成了他們三人的精神寄託。最愛巴爾札克的小裁縫讓他們開啓了她心靈的曙光；而開朗活潑的小裁縫則是在他們艱難的生活中，帶給他們愛情的滋潤。這兩個知青都愛上了小裁縫。而小裁縫也和積極主動的羅明陷入愛河，偷嘗了情慾的禁果。小裁縫懷孕了，但是，不知情的羅明卻在此時要回家探望生病的父親；含蓄深情馬劍鈴爲了解決小裁縫未婚懷孕的麻煩，他以他最愛的小提琴作爲交換，央求父親的醫師朋友爲小裁縫進行人工流產手術。但羅明回來後，小裁縫卻決定要走了。小裁縫從巴爾札克的世界中，打開了視野，激勵了她開始思考，最後，剪掉長髮的她毅然選擇離開鳳凰山，改變自己的命運，去見識大城市。

　　小說裡的羅明和馬劍鈴在老家成都時是鄰居，從小就是好朋友，他們一起長大，一同經歷了大大小小的考驗，甚至災難。他們的父親都是醫生，兩人都在成都醫院工作，而他們被鬥的罪名則是「臭學術權威」，比起馬劍鈴的父親，羅明的父親可說是眞正不折不扣的名人——一個全國知名的大牙醫。文革前的某一天，他當著學生面前，說他曾經幫毛澤東、毛夫人整過牙齒，也幫蔣介石補過牙；馬劍鈴的父親則是一名肺科醫生，母親是寄生蟲病的專家，兩人都被冠上了「臭學術權威」之名而被批鬥。因爲他倆的父母都被打成黑五類，所以才被下放到閉塞的鳳凰山。他們在這裡見識了和過去截然不同的生活。這正是毛澤東「再改造」的目的，就是要知識分子放下過去所學

的知識的束縛，接受貧下中農的「再教育」。

所謂「再教育」，就是對這些所謂的「黑五類」（文革時對政治身分為地主、富農、反革命分子、壞分子和右派等人的統稱）進行艱苦的體力勞動和思想改造。

山區的人民，是純樸而原始的，也就是沒有文化的，原本他們是要改造這兩個代表文明的知青的，但沒料到其實從另一個角度來說，這兩個知青也同時在對山裡的人進行「再教育」。山區裡的人見識少，幾乎都不識字，村長看到一本書，還把書拿反了，當村長要求羅明唸一段菜譜裡的文字時，全村的人都聽得出神入化；村民還錯把馬劍鈴的小提琴當成是小孩的玩具。村長說不是生產工具，就要燒掉它──

> 「是個玩具。」村長一本正經地説。
> 「就是一個爛玩具。」一個女人啞著嗓子説。
> 「不，」村長糾正他，「資產階級狗崽子的玩具。」
> 房子裡的炭火燒得正旺，可寒意卻襲遍我全身。村長又撂下一句：「把它燒了！」這道命令立刻在人群裡引起騷動。村民七手八腳鬧轟轟地搶著要拿到這個「玩具」，搶著要享受親手將「玩具」扔進火中的快感。
> 「村長，那是把樂器，」羅明從容不迫地瞎説的。[3]

於是羅明要馬劍鈴演奏一首奏鳴曲。

> 「奏鳴曲是什麼玩意？」村長一臉狐疑地問我。

3　戴思杰：《巴爾札克與小裁縫》，臺北：皇冠出版，2003年，頁10。

「我也説不上來」，我説話開始結巴。「有點西方⋯⋯」

「一首歌是吧？」

「差不多吧。」我支支吾吾地答了話。

這當兒，村長的眼神裡霍地浮現了一個優秀共產黨員特有的警覺，聲音裡充滿了敵意：「你説你那首歌叫什麼名字來著？」

「那很像是一首歌，不過，其實是一首奏鳴曲。」

「我問你那首歌叫什麼名字！」村長惡狠狠地瞪著我的眼睛大聲咆哮。他左邊眼珠的三滴血斑又讓我害怕了起來。

「莫札特⋯⋯」我囁囁嚅嚅地説。

「莫什麼札特？」

「莫札特想念毛主席。」羅明替我把話接了下去。真是膽大包天！可這胡扯居然還很管用。村長好像聽到了什麼神妙佳音，一張霸氣凌人的臉就這麼軟了下來。他瞇著雙眼，露出極樂至福的微笑。

「莫札特永遠想念毛主席。」村長説。

「是的，永遠⋯⋯」羅明附和著他的話。[4]

在當時那個只准讚揚毛主席和無產階級的時代，代表著文明的文化是罪惡的，這兩個文明人只能隨著當前的社會體系，用他們的智慧，找出一套得以生存的模式，幫助他們活下去。

除了馬劍鈴的小提琴，還有羅明一隻公雞的小鬧鐘，也爲從來沒有見過鬧鐘的村裡人的作息帶來改變。

羅明因爲鬧鐘小，他們初到村裡時才逃過村長的檢查。雖然鬧鐘

4　戴思杰：《巴爾札克與小裁縫》，頁10～11。

不過一個巴掌大，鈴聲卻十分輕柔悅耳。

在他們到這兒插隊落戶之前，村裡從來就沒有鬧鐘、手錶、時鐘一類的東西。人們總是看著日出日落起居作息。全村的人都來這兒看時間。每天一早，村長的例行公事就是在他們屋外踱來踱去，眼睛卻一刻不離地盯著他們的鬧鐘。九點鐘一到，他就猛吹一記震天動地的長哨音，把全村子的人都吆喝到田裡去幹活。

羅明不知從哪兒冒出個鬼點子，他小指一伸，把鬧鐘的指針往回撥，足足倒轉了一個鐘頭，得以賴床。後來，他們也沒把指針往回撥，反倒往前撥了一、兩個鐘頭，好讓白天幹的活可以早點收工。

村長特別對鬧鐘感到著迷，因此常要求羅明和馬劍鈴到附近的一個村寨看電影公演，回來再把電影的內容講給村民聽，其實村長的另一個目的是想獨自擁有那個公雞鬧鐘幾天。

鳳凰山跟那些文明地方的距離可說是遠在天邊，所以這裡的人多半一輩子沒那個福分去看電影，也不懂電影到底是怎麼回事。有幾次，羅明和馬劍鈴講了幾部電影給村長聽，他聽得目瞪口呆，還央著他們再多說些。

後來村長派了兩個人到小煤窯，替羅明和馬劍鈴做兩天工，好讓他們去看電影然後回村裡說電影給大家聽。

小裁縫是有名的老裁縫之女，他們就住在電影公演的村寨中。羅明和馬劍鈴因此認識了小裁縫。當時想做衣服的人，都會先去買布，再到老裁縫家去商量衣服要做什麼樣式，價錢要怎麼算，以及排定老裁縫到他們村寨的時間。約定時間一到，大家還會畢恭畢敬迎接老裁縫和他的縫紉機，老裁縫每到一個地方，各家都會競相邀請老裁縫到他家過夜。因為老裁縫在這個原始山裡的「稀有」，所以大家都對他格外尊重。

四眼是羅明和馬劍鈴的朋友。四眼他家也在成都；父親是作家，

母親是詩人。他是下放到附近另一個村寨的知青。大家都在傳四眼有一只皮箱，他倆懷疑皮箱裡裝的是書，於是，向四眼百般要求要借書來看。但因藏有禁書可是天大的罪名，四眼矢口否認。

儘管羅明和馬劍鈴與四眼的交情不錯，但四眼的警惕性還是與日俱增，對他倆也越來越不信任，這使得羅明的猜想更加可信：皮箱裡很可能裝滿了禁書。

聽說四眼的眼鏡破了，羅明和馬劍鈴立刻動身去看四眼。羅明對四眼提議說：他們幫他把米背到縣城的倉庫，回來之後，他借他們幾本他藏在皮箱裡的書。但四眼惡狠狠地說他聽不懂羅明在胡說些什麼，他哪有什麼藏起來的書？

後來，為了把這六十公斤的稻米放到倉庫，羅明和馬劍鈴每五十公尺就停下來換手，到了倉庫，他倆已經累得不成人形。回到四眼的村子，他拿給他們一本薄薄的書，又破又舊，是一本巴爾札克的書——《于絮爾·彌羅埃》。馬劍鈴還把《于絮爾·彌羅埃》裡頭他最喜歡的段落逐字抄下來，最後他還把文字抄到了他剛下放到村裡時，人家給他的外套內裡的羊皮上。

後來，他們把書還給沒有眼鏡的四眼。他們還抱著幻想，希望能替他幹些粗活，幫他做些他身體負荷不了的工作，好讓他再借他們幾本藏在神秘皮箱裡的書。可是他再也不肯了。他們常去他家，帶些吃的去，說些好聽的話討好他，還拉小提琴給他聽。後來，他母親寄來了買給他的新眼鏡，他脫離了這段近乎失明的日子，他們的白日夢也畫上了句點。

四眼的母親是個著名的女詩人，想盡辦法幫四眼在雜誌社裡安插一個位子。為了不要讓這個安排有「開後門」的味道，他打算先在雜誌上發表四眼在當地採集的山民的歌謠，真誠又帶有寫實的革命浪漫主義精神。

　　羅明計畫幫四眼從磨坊的老頭那兒搞出幾首兒歌，他就得再借他們幾本巴爾札克的書。可是後來還是計畫失敗。

　　之後，小裁縫提議要去偷四眼的書。

　　四眼離開的這幾天，四眼跟他的母親準備在離開前夕大宴賓客。在他們看來，要偷四眼的神秘皮箱，那是最佳的時機。

　　　　箱子裡，一本又一本的書在手電筒的燈光下閃閃發亮；這些西方大作家正敞開雙臂迎接我們：帶頭的是我們老朋友巴爾札克的四、五本小說，再來是雨果、斯湯達爾、大仲馬、福樓拜、波特萊爾、羅曼羅蘭、盧梭、托爾斯泰、果戈里、杜斯妥也夫斯基，還有幾個英國作家：狄更斯、吉卜齡、艾蜜麗・勃朗黛……真是讓人眼花撩亂！我彷彿被一片醉人的迷霧眩惑住了。我把小說一本本拿出來，一本本打開，愣愣地看著上頭的作者肖像，然後再遞給羅明。指尖觸摸著這些書，我只覺自己變得蒼白的雙手似乎正觸碰著人類真實的生命。「這讓我想起電影裡頭有這麼一幕，」羅明對我說：「一夥強盜打開了滿是鈔票的皮箱……」「你是不是就要喜極而泣了？」「不！我心中全是仇恨。」「我也是。我恨那些不准咱們讀書的人。」[5]

他們要用這些書改變小裁縫，讓她不再是個愚昧無知的山村姑娘。

　　四眼的一箱書讓他們窺見了外面世界的窗口，讓他們有了更大的力量去對抗當時無理又荒謬的社會，同時也激起了他們對情愛欲

---

[5]　戴思杰：《巴爾札克與小裁縫》，頁114。

望、對生命熱情的衝動與憧憬，在困頓中，找到快樂泉源讓他們有活下去的勇氣。

四眼皮箱裡的書，是文明的象徵，有巴爾札克、雨果、大仲馬、斯湯達爾、福樓拜和羅曼羅蘭，在文革時代這些作品，全被列爲禁書。但這兩個要接受再教育的知青卻成了運送現代文明進入山裡的傳遞者，山裡的人都被他們的「文明」或多或少改變了。

我們見到了法國文學帶給當時就像處於知識沙漠的中國人甘露，他們像是在黑暗中找到光明，在寒冬中見到暖陽。且看小說裡的馬劍鈴單單就「巴爾札克」四個字就投降了：「『巴—爾—札—克』這四個極其優雅的中文字，每個字的筆劃都不多，似乎營造了某種綺異的美感，從中散發出一股野性的異國情調，毫不吝惜地揮灑著，宛如酒窖裡百年珍釀的清香。」[6] 文學帶給他們難以形容的興奮，當他們的手指碰觸到那些書籍時，像是感受到最真實的生命。馬劍鈴說：「我想對於高雅、追尋美好的事物也許是所有人類的本能，文化是我們靈性的產物，帶著我十九歲的輕浮，帶著我十九歲的執著，一回又一回地陷入愛河，對象是福樓拜、果戈里、梅爾維爾，甚至羅曼羅蘭。……即便作者在遣詞用字上多少有誇張之處，但似乎並未減損這部作品在我心中的美，那洶湧數百頁的文字長河完全把我吞沒了。」[7] 文字的敘述之美，足以撼動在當時「求書若渴」的知識分子的心，知識之美在他們身上，在那樣特殊的年代，產生了無法想像的最大效應。

羅明、馬劍鈴和巴爾札克代表的是文明，而小裁縫和山裡所有的人則代表著原始，文學與知識的魅力藉由文明與原始相互的碰撞，撞

6　戴思杰：《巴爾札克與小裁縫》，頁65。
7　戴思杰：《巴爾札克與小裁縫》，頁124～125。

擊出格外感人逗趣的故事。

村長牙疼得受不了，有一天來找羅明幫忙——

> 他從那塊包他牙齒的紅緞子裡頭，拿出一小塊金屬。「這可是貨真價實的錫，我跟一個跑單幫的買的，」他對我們說：「這玩意兒在火上放個一刻就融了。」「羅明老弟，」村長這麼認真的語氣可說是前所未有。「你爹從前治牙的時候，你一定看了不下幾千次；聽說錫融化的時候，只要弄一點到爛牙上頭，就可以把裡頭的牙蟲殺光，這你一定比我還清楚。你爹是那麼有名的牙醫，我這牙就全指望你了。」「您要我把這錫弄到您的蛀牙裡頭，您不是在開玩笑吧？」「當然不是，如果我不痛了，我就給你一個月的假。」羅明在心裡抵抗著這個誘惑，堅決地說：「錫，那行不通的。」他說：「而且我父親用的都是現代化的器械。它先用小電鑽在牙上鑽過，再把補牙的東西填進去。」村長一臉茫然地站了起來，一邊走著，嘴裡還一邊咕噥著：「這倒是真的，我在縣醫院裡看他也是這麼做。那個把我好牙給拔掉的蠢貨，就有一支會轉的大針，邊轉還會發出馬達的聲音。」[8]

幾天之後，老裁縫來了，還帶著一個打赤膊的壯丁背他的縫紉機。清晨陽光的照拂下，縫紉機閃爍著光芒。

老裁縫到山裡替大家做衣服，要求要和羅明與馬劍鈴同住，一開始老裁縫還警告羅明不要再給小裁縫讀書，他見到小裁縫從小說中學

8　戴思杰：《巴爾札克與小裁縫》，頁135～137。

到了女人的打扮，他覺得害怕，並勸告羅明要學些技術，他可以把裁縫的技術教給羅明。可是同住的日子，老裁縫卻也要馬劍鈴爲他說故事，馬劍鈴爲老裁縫講了基督山伯爵的故事。他們對於老裁縫表現出來的精力感到吃驚——

> 他晚上聽故事，白天做衣服。無可避免地，他心血來潮，顯然，是受到這位法國小說家的影響。在女農民的新衣服上，添加了一些法國式的小裝飾，帶有水手風格的寬鬆的斜肩短上衣，前面尖而後面方的水手領，在風中劈啪作響，如果大仲馬有幸看見，最吃驚的大概是他自己。這些短上衣幾乎讓人嗅得到地中海的氣味。大仲馬在書裡提到的藍色水手褲，也讓他的門徒老裁縫在這兒做了出來，征服了年輕姑娘們的心，褲腳寬鬆隨著風飄，彷彿還散著蔚藍海岸的芳香。老裁縫師傅要我們畫了一個五支爪鉤的錨頭，結果這只錨成了這些年來鳳凰山山裡最流行的布料花樣，有些女人還用金線一針針如實地把它繡在小小的釦子上頭。大仲馬的筆下，還描繪了更美的服裝，百合花衫、繡花馬甲、銀行家夫人的鏤空長裙，這些我們都留給了小裁縫。[9]

第三個說書夜快要結束時，村長突襲他們，他連一眼都沒瞧老裁縫，彷彿他不存在似的。他把手電筒對準馬劍鈴，指控說他對老裁縫說的是反動故事，要帶他到公社的治安委員會去說清楚。由於牙痛，他吼不出來，於是威脅如果羅明可以幫他把牙治好的話，就放他

9　戴思杰：《巴爾札克與小裁縫》，頁144。

一馬，不然就帶這個愛講反動故事的馬劍鈴到治安委員會。

羅明只好利用老裁縫的縫紉機幫村長治牙痛。馬劍鈴和羅明便公報私仇展開行動。羅明一對馬劍鈴做信號，馬劍鈴的雙腳就踩著踏板讓縫紉機開始運轉，接著，雙腳就隨著縫紉機運動的節奏上上下下快速地動了起來。村長不只被一條粗繩子綁在床上，而且還被老裁縫師傅的鐵腕緊緊扣住。羅明跟馬劍鈴交換了某種共謀的眼神。馬劍鈴越踩越慢，這會兒他要報復的，是村長方才揚言要抓他去治安委員會。

後來，羅明的父親住院，病情危急，要他立刻趕回去。大概因為他上回把村長的牙齒治得很服貼，村長准他回去陪他父親一個月。

小裁縫從巴爾札克的作品裡，得到愛情的啓迪，而羅明和馬劍鈴何嘗不是呢？「在我們偷書成功之後，外面的世界就把我們給迷惑、占領甚至征服了，我們尤其沉醉在關於女人、關於愛情、關於性愛的神秘世界——這些西方作家日復一日，一頁一頁、一冊一冊地向我們訴說著。」[10] 青春洋溢的他們除了從文字獲得知識外，也開始認識、了解愛情。

羅明和馬劍鈴都愛著小裁縫，只是羅明外向熱情，直接主動表達對小裁縫的愛意，當小裁縫獻上了她的第一次給羅明，羅明掩不住他的興奮對馬劍鈴說，馬劍鈴聽了有好一陣子說不出話。沉穩內斂的馬劍鈴總是默默地忠心守候著小裁縫，兩人的性格決定了他們對感情的態度與行動。

小裁縫對感情也是外放的，不矯揉造作。當她得知羅明的父親病了，羅明要回家兩個月，便跳進水裡說要抓一隻鳳凰山的鱉給羅明的父親補身體，她說，羅明的父親好得快，他就會越快回來。小裁縫二

10　戴思杰：《巴爾札克與小裁縫》，頁124。

話不說跳進水裡抓到了鱉，但卻被水蛇咬了，羅明拿東西綁緊小裁縫的手臂，馬劍鈴則是二話不說為小裁縫把毒液吸出來，小裁縫感覺到馬劍鈴在發抖，便問他：「蛇又沒咬你，你發什麼抖？」小裁縫那時哪裡了解馬劍鈴是多麼為她擔心，因為當時她的眼裡心中都只有羅明一個。

　　羅明臨走前要馬劍鈴幫他守住小裁縫。因為，小裁縫一直是山裡諸多年輕人覬覦的對象。

　　馬劍鈴接受了這個任務，心裡覺得受寵若驚。羅明竟然這麼盲目地信任他。之後馬劍鈴的工作就是每天出現在小裁縫的身邊，守護著她的心門，不讓任何對手有機會進入她的生活，不讓任何人潛入專屬於他的地盤。「這就像把征戰一生得來的稀世珍寶託付給我，卻絲毫不疑，我會將之據為己有。那時候，我心裡只有一個想法：就是不辜負他的信賴。我想像自己是個將軍，領著一支潰敗的軍隊橫越一片望之令人生畏的無垠沙漠，為的是要護送摯友的妻子；這位摯友也是個將軍。」[11]

　　一天傍晚，馬劍鈴和小裁縫獨自躲在廚房裡，避開好奇的眼光——

> 在廚房裡，這位集讀書、說書、做飯、洗衣之責於一身的警察，在一只木盆裡小心翼翼地幫小裁縫把手指頭洗乾淨，然後像個細心的美容師，在她每片指甲上輕輕塗上鳳仙花擣碎之後流出來的濃稠汁液。「這是我媽教的。照她說明兒個早上妳把封在指頭上的布片掀開，指甲就會染成紅豔豔的顏色了，就像塗過蔻丹一樣。」「這可以維持

11　戴思杰：《巴爾札克與小裁縫》，頁167～168。

很久嗎？」「十來天吧。」明天早上，我一定會想要請她
讓我輕吻她紅色的指甲，當作我這小小傑作的報償，可她
中指上的瘢痕猶新，逼使我正視我的身分，規範於我的禁
制，遵守我曾經許下的騎士之約，完成我曾經面對的那位
指揮官所交付的任務。[12]

這期間，小裁縫懷了羅明的孩子的事瞞不住了，她把這件麻煩事
告訴馬劍鈴。留下孩子的機率根本就是零，法律禁止婚前墮胎，所
以，沒有任何一家醫院，山裡也沒有哪一個穩婆，會為了幫一對未婚
生子的戀人接生而觸犯法律。而羅明要娶小裁縫為妻，最快也要再等
七年，因為法律禁止人們在二十五歲以前結婚。

馬劍鈴為了安排小裁縫人工流產，只好去找他父親的醫生朋友幫
忙，並說下次來會帶一本法國小說送給他，為了證明他真有書，還拿
了他抄在衣服內裡的一段文字給他看——

脫下我的羊皮外套，翻了過來，把我謄在皮面上的字都亮
給他看；墨色比先前淡了些，但還是看得見。醫生讀了起
來（或者該說，他鑑定了起來），同時掏出一包菸，遞了
一根給我。他一邊抽菸，一邊瀏覽著羊皮上的文字。「這
是傅雷的譯本，」他喃喃道：「他的風格我認得。他跟你
父親一樣，可憐哪，給打成人民的敵人。」我的眼淚跟著
這句話落下。我想忍住，卻做不到。我哭得像個孩子似
的。我知道，這些淚水不是為了小裁縫，也不是因為我已
完成的任務，而是為了巴爾札克的譯者，一位我素不相識

12　戴思杰：《巴爾札克與小裁縫》，頁171。

的譯者。他的遭遇不正是一個知識分子在這世上捱得到的最大尊崇、最大的恩典嗎？[13]

醫生不僅認識馬劍鈴的父親，而且還知道他父親的不幸遭遇。

除了事先說好的《于絮爾·彌羅埃》，馬劍鈴還把他那時最喜愛的《約翰·克里斯朵夫》也送給了醫生，那也是傅雷先生翻的。

小裁縫人工流產以後，羅明回到山裡也三個月了。

後來，小裁縫依著她在《包法利夫人》裡頭找到的一張插圖，給自己做了一件胸罩。馬劍鈴認為那是鳳凰山的第一件女性內衣，該在地方的年鑑上好好記上一筆。羅明對馬劍鈴說：「她現在著迷的事，就是把自己弄得像個城裡的姑娘。不信你看，她現在講話都學咱們的口音。」[14]小說裡說：

> 我們把做胸罩這件事當作年輕女孩天真愛打扮的表現，但我不知我們怎麼沒想到，她衣櫥裡那兩件新衣，沒有一件在山裡派得上用場。她先是把我那件袖口有三顆鈕的藍色毛裝拿回去，那件毛裝我只在我們去找磨坊老頭的時候穿過一次。她把衣服改短，改成一件女人穿的外裝，四個口袋和小小的立領，樣式多少還留著男裝的味道。這衣服改得確實好，可在那個年代，只有大城市的女人會這麼穿。後來，她又要她爹在榮經的鞋店幫她買一雙白色的網球鞋，純白的，可山裡到處是泥巴，這顏色根本撐不了三天。[15]

---

13 戴思杰：《巴爾札克與小裁縫》，頁193。
14 戴思杰：《巴爾札克與小裁縫》，頁200。
15 戴思杰：《巴爾札克與小裁縫》，頁200。

　　小裁縫在外型上開始改變了，馬劍鈴還以為城裡來了個女高中生——「她原本紮著紅絲緞的長辮子，是一頭齊耳的短髮，這個樣子的她，有另一種屬於摩登的美。羅明看到她這樣的轉變很是開心。賦予她一種高雅的氣質宣告了從前那個帶著點樸拙的漂亮村姑已經不在了。溢於言表，有如一個藝術家凝望著自己剛完成的作品。」

　　後來，小裁縫偷偷跟公社的革命委員會申請了一張證明，把出遠門要用的東西都弄齊了。直到前一天晚上，才跟她爹說，她想改變她的人生，她要到大城市去碰碰運氣。

　　一個鄉下女孩從無知到有自己的想法，到要付諸行動，下決心離開成長的地方，終究不是件容易的事，但她還是勇敢選擇去迎接不可知的未來，臨走前她對羅明說，巴爾札克讓她明白了一件事，那就是：「女人的美是無價之寶。」[16] 受到文學啟發的她，要飛出封閉的空間，要去體驗前所未見的世界。

　　在文化大革命那個特殊年代裡，毛澤東說「知識越多越反動」，所以在文化大革命爆發前夕和之後，中國社會稱知識分子為「反動學術權威」，很多知識分子因此被下放或插隊落戶（將知識分子或幹部等安插到農村的生產大隊落戶，參加農業勞動，也有稱為「知青下放」）。這些懂得知識的人都沒有好下場，也有不少知識分子因此而自殺，可見當時知識被禁絕的狀況，但是，從這部小說我們卻見到人們對知識的渴望，而且一旦有機會接觸知識，越發現自己的無知，就越想求知，不管當權者如何掌控人民的外在行動，卻管不住人民的內在思想——無法抵擋人們的求知欲。

　　我們還見到知識無階級之分，山裡的人雖目不識丁，卻被擅於說故事的羅明所講的高潮起伏的故事給深深吸引，聽電影故事已經成為

16　戴思杰：《巴爾札克與小裁縫》，頁206。

山裡人的精神慰藉，他們甚至提出羅明與馬劍鈴不必再下田勞動，只要跋山涉水到城裡看幾部電影，然後回來講給他們聽就可以。可見在人們靈魂深處對於知識、藝術與美的追求，是任何獨裁或權威所無法禁錮、箝制的。

【問題討論與活動設計】

1. 請從戴思杰《巴爾札克與小裁縫》說明閱讀的力量以及你的閱讀經驗。
2. 請分析戴思杰《巴爾札克與小裁縫》裡兩位男主角的愛情態度。
3. 請上網查詢對於戴思杰《巴爾札克與小裁縫》的結局的多方爭議，並提出你自己的看法。
4. 請觀賞電影《巴爾札克與小裁縫》並加以評論。

第二節

莫言

（1955～）

一、創作背景與評價

　　2012年10月11日，「用魔幻現實主義將民間故事、歷史和現代融為一體」的莫言，獲得「諾貝爾文學獎」，是第一位獲得該獎的中國籍作家。

　　莫言，中國當代最重要的作家之一，原名管謨業，山東省高密縣人。「莫言」，是莫言剛開始創作時所起的筆名，原因是為了提醒自己不要「放炮」說真話，告誡自己要少說話。「我改不了喜歡說話的毛病。為此我把文壇上的許多人都得罪了，因為我最喜歡說的是真話。」[1]他在2005年接受香港公開大學授予的榮譽文學博士時表示：「如果因為我敢於說實話而授予我榮譽文學博士，那麼我覺得自己當之無愧。」[2]

　　文革開始後，十歲的莫言就輟學回家當了農民，因為地主的家庭出身以及「造反」得罪老師被攆出學校。小小年紀在故鄉的草地上放牧牛羊，心裡是非常孤獨痛苦的，一整天只能與動植物交流，此時，培養了他與大自然密切的深厚感情。莫言認為故鄉情結、故鄉記憶毫無疑問是一個作家的寶庫，因為「第一，故鄉與母親緊密相連；第二，故鄉與童年緊密相連；第三，故鄉與大自然緊密相連。」[3]他的作品裡的感情也寄寓到他所強調的「民間寫作」中。「所謂民間寫作，就要求你丟掉你的知識分子的立場，你要用老百姓的思維來思維。……真正的民間寫作，『作為老百姓的寫作』，也就是寫自我的自我寫作。」[4]

1　《小說在寫我：莫言演講集》，臺北：麥田出版社，2004年4月，頁59。
2　〈浙江龍泉：中國首個諾獎得主莫言的祖籍地尋根情節〉，《中新網》，2012年10月12日。
3　《小說在寫我：莫言演講集》，頁173。
4　《小說在寫我：莫言演講集》，頁105～106。

　　莫言所以成為作家，最原始的動力有三：第一跟「飢餓」有關，第二跟「愛情」有關，第三跟「虛榮」有關。

　　原因一：莫言說過：「飢餓使我成為一個對生命的體驗特別深刻的作家。長期的飢餓使我知道，食物對於人是多麼的重要。什麼光榮、事業、理想、愛情，都是吃飽肚子之後才有的事情。因為吃，我曾經喪失過自尊；因為吃，我曾經被人像狗一樣地凌辱；因為吃，我才發奮走上了創作之路。」[5]莫言的鄰居是一個大學中文系的學生。他說他認識一個作家，寫了一本書，得了成千上萬的稿費。作家每天吃三頓餃子，而且還是肥肉餡的，咬一口，那些肥油就滋滋地往外冒。當時他們都不相信竟然有人富貴到可以每天吃三次餃子，但大學生用蔑視的口吻對他們說，人家是作家！懂不懂？作家！從此莫言就知道了，只要當了作家，就可以每天吃三次餃子，而且是肥肉餡的，那是多麼幸福的事！從那時起，他就下定了決心，長大後一定要當一個作家。

　　原因二：莫言鄰村一個石匠家有一套《封神演義》，為了閱讀這套書，莫言到石匠家拉磨磨麵一上午，就可以在他家閱讀《封神演義》兩個小時，他讀書時，石匠的女兒就在計時，時間一到，書就被她收走。其實說計時也是看那女孩的心情，為了討好石匠的女兒，嘴饞的莫言還去偷杏子給她吃。後來莫言喜歡上石匠的女兒，對她表明他的心意，她取笑莫言是癩蛤蟆想吃天鵝肉，雖然莫言的自尊心受到打擊，卻還是找人上門提親，後來石匠的女兒說要是他能寫出一本像《封神演義》一樣的書他就嫁給她。後來這個女孩早早就嫁給了鐵匠家的兒子，並且生下三個孩子。

　　原因三：想賺一點稿費，買一雙閃閃發亮的皮鞋和手錶滿足一下

---

[5]　《小說在寫我：莫言演講集》，頁58。

虛榮心。「我想像著穿著皮鞋戴著手錶在故鄉的大街上走來走去的情景，我想像著村子裡的姑娘們投到我身上的充滿愛意的目光。」。[6]

　　莫言在中國大陸與海外享有極高的聲譽，《紅高粱》曾榮獲第四屆全國中篇小說獎，其改編的《紅高粱》獲第38屆柏林電影節金熊獎。1997年，莫言以長篇小說《豐乳肥臀》奪得中國有史以來最高額的「大家文學獎」，獲得高達人民幣十萬元的獎金。莫言自謂：「你可以不看我所有的作品，但你如果要了解我，應該看我的《豐乳肥臀》。」（莫言：《豐乳肥臀》，北京：北京十月文藝出版社，2010年。）其他的長篇小說還有《紅高粱家族》、《天堂蒜薹之歌》、《食草家族》、《十三步》、《酒國》、《紅樹林》、《檀香刑》、《四十一炮》、《生死疲勞》等，中短篇小說一百餘部，並有劇作、散文多部；其中許多作品已被翻譯成英文、法文、德文、義大利文、日文等多種語言。可見，2006年日本第十七屆「福岡亞洲文化獎」對莫言的文學成就給予高度評價，是實至名歸的。

　　莫言的早年知識基本都是聽來的，他有很會說故事的爺爺、奶奶還有爺爺的哥哥——大爺爺；又其獨特而寶貴的個人歷史經驗，都成為他小說的寫作素材。

　　1960年，五歲的莫言正遭逢大陸「大饑荒」的年代，他在農村裡度過了飢餓孤獨的童年時光。大量關於飢餓的生活記憶，讓他對糧食產生深厚的感情。他曾說：「飯桌上食的是草根樹皮，連啃煤炭都覺好吃。」[7]於是，在〈糧食〉中，見到他塑造了一個令人肅然起敬的偉大母親：一位在生產隊裡拉磨的母親在災荒年月裡，為了養活自己的孩子，趁著幹部不注意時，在下工前將糧食囫圇著吞到胃裡，這

6　《小說在寫我：莫言演講集》，頁22～23。

7　「香港書展」：貿發局與《亞洲週刊》合辦的名作家講座，講題：〈我的文學經驗〉，2007年7月21；http://hklit2007.blogspot/2007/10/721.html

樣就逃過了下工時的搜身檢查。回到家後，她跪在一個盛滿清水的
瓦盆前，用筷子探自己的喉嚨催吐，把胃裡還沒有消化的糧食吐出
來，然後洗淨，搗碎，餵養自己的婆婆和孩子。後來，形成了條件反
射，只要一跪在瓦盆前，不用探喉，就可以把胃裡的糧食吐出來。這
件事聽起來好像天方夜譚，但確是莫言母親和我們村子裡好幾個女人
的親身經歷。[8]這個情節還在《豐乳肥臀》裡可以見到。在當時「人
早就不是人了，沒有面子，也沒有羞恥，能明搶的明搶，不能明搶的
暗偷，守著糧食，不能活活餓死。」[9]這個細節是發生在60年代悲慘
的真實事件。

此外，小時候的莫言在一個離家不遠的橋樑工地上給一個鐵匠拉
風箱，白天打鐵，晚上就睡在橋洞子裡。橋洞子外邊就是一片生產
隊的黃麻地，黃麻地旁邊是一片蘿蔔地。因為飢餓，他在勞動的空
閒，溜到蘿蔔地偷了一個紅蘿蔔，卻被看蘿蔔的人捉住了。負責人對
大家講了他的錯誤，然後就讓他站在毛主席像前向毛主席請罪；但這
個請罪的場面被他二哥看到了，他押他回家，一路上不斷地對他施加
拳腳，回家後得知狀況的父親大怒，認為相當丟臉。父親找來一條繩
子，放在醃鹹菜的鹽水缸裡浸濕，因為怕把他的褲子打破，還要他
把褲子脫下來接受抽打。根據這段慘痛的經歷，他寫出了短篇小說
〈枯河〉與成名作中篇小說〈透明的紅蘿蔔〉。[10]

《紅高粱》也是源自一個真實的故事，發生在他所住的村莊的鄰
村。先是遊擊隊在膠萊河橋頭上打了一場伏擊戰，消滅了日本鬼子
一個小隊，燒毀了一輛軍車，這在當時可是了不起的勝利。過了幾
天，日本鬼子大隊人馬回來報復，遊擊隊早就逃得沒有蹤影，在路

8　《小說在寫我：莫言演講集》，頁51。

9　莫言：《會唱歌的牆》，臺北：麥田出版公司，2000年，頁74。

10　《小說在寫我：莫言演講集》，頁37～38。

上，因為一個人指錯了方向，使得另一個村莊的一百多個百姓慘遭殺害，村子裡的房屋全部燒毀。[11]而小說裡的王文義，也是以他的一個鄰居為原型的，莫言不但用了他的事蹟，而且還使用了他的真實姓名。

而《豐乳肥臀》的寫作契機是：1990年的一個秋天下午，莫言在北京的地鐵出口，見到一個從農村來的婦女。她正在給她的孩子餵奶，兩個又黑又瘦的孩子坐在她的左右兩個膝蓋上，每人叼著一個乳頭，一邊吃奶一邊抓撓著她的胸脯。他看到她的枯瘦的臉被夕陽照耀著，感到她的臉像受難的聖母一樣莊嚴神聖。他的心中頓時湧動起一股熱潮，眼淚不可遏止地流了出來。他站在臺階上，久久地注視著那個女人和兩個孩子，他想起了母親與童年。1994年，莫言的母親去世後，他就想寫一部書獻給她。他突然想起這個母親和兩個孩子，便知道要從何寫起了。[12]

莫言的母親生過很多孩子，但活下來的只有四個。在過去的中國農村，婦女生孩子，就跟狗貓生育差不多。他在《豐乳肥臀》的第一章裡描寫了這種情景：小說中上官魯氏生育她的雙胞胎時，她家的毛驢也在生騾子。驢和人都難產，但上官魯氏的公婆更關心的是那頭母驢。他們為難產的母驢請來了獸醫，但卻對難產的兒媳不聞不問。這種聽起來非常荒唐的事情，在當時中國農村是普遍存在的現象。莫言的母親也有類似的經歷。

而《天堂蒜薹之歌》則是義憤填膺的莫言受了一個真實事件的刺激而作，出於對下階層農民的同情與其生活的關注而寫。

11　莫言：〈我為什麼要寫《紅高粱家族》〉，《羊城晚報》，2012年10月16日。
12　《小說在寫我：莫言演講集》，頁47～48。

二、作品賞析

　　《紅高粱》敘述視角的獨創性，造就其特殊面貌的成功意義。莫言曾表示他對《紅高粱》比較滿意之處是小說的敘述視角：「《紅高粱》一開頭就是『我奶奶』、『我爺爺』，既是第一人稱視角又是全知的視角。寫到『我』的時候是第一人稱，一寫到『我奶奶』，就站到了『我奶奶』的角度，她的內心世界可以很直接地表達出來，敘述起來非常方便。這就比簡單的第一人稱視角要豐富得多開闊得多，這在當時也許是一個創新。[13]小說在敘事人稱上，第一人稱和第三人稱疊合在一起，以嶄新的人稱敘事視角，製造出一個新的敘述天地。莫言認為這樣的寫作方式「打通了歷史與現代之間的障礙」。[14]

　　而《天堂蒜薹之歌》則是用三個不同的視角──民間藝人瞎子、作家全知視角以及官方視角，講述事件的整個過程；又《十三步》更是複雜而特別，把漢語的人稱──我、你、他、我們、你們、他們與它們，轉換變化全都使用；還有《檀香刑》中有大量的第一人稱的獨白，就像寫到大清朝的第一把劊子手──趙甲的獨白時，就必須變成趙甲，跟著趙甲的思維去走。

　　這是莫言小說在敘事觀點上的特殊藝術。

　　莫言出身於底層，在飢餓和孤獨中成長的人，見多了人間的苦難和不公平，心中充滿了對人類的同情和對不平等社會的憤怒，所以能寫出那樣深刻的作品。

　　莫言說：「一個有良心有抱負的作家，他應該站得更高一些，看得更遠一些。他應該站在人類的立場上進行他的寫作，他應該為人類的前途焦慮或是擔憂，他苦苦思索的應該是人類的命運，他應該把自

13　莫言：〈我為什麼要寫《紅高粱家族》〉，《羊城晚報》，2012年10月16日。
14　《小說在寫我：莫言演講集》，頁107。

己的創作提升到哲學的高度，只有這樣的寫作才是有價值的。一個作家，如果把自己的注意力放在研究政治的和經濟的歷史上，那勢必會使自己的小說誤入歧途，作家應該關注的，始終都是人的命運和遭際，以及在動盪的社會中人類感情的變異和人類理性的迷失。」[15]

莫言在《紅高粱家族》藉由抗日戰爭時期的事情，提示對歷史和愛情的看法，想要表達的是「戰爭對人的靈魂扭曲或者人性在戰爭中的變異」[16]；《十三步》則有著對知識分子生存狀態的深切關注，具有強烈的社會意義；而在《天堂蒜薹之歌》和《酒國》中，前者表現了對農民的同情與政治的批判，後者則表現對腐敗官僚的痛恨以及對人們墮落的惋惜；在這些作品中都寄寓其對美好生活的嚮往。

關於人物刻劃，莫言曾明白地表示：「我沒有理由不讚美女性，因為女性是我們的奶奶、母親、妻子、女兒。我的遺憾是我還沒把他們寫得更好一點。」[17]莫言筆下的母親是具有吃苦耐勞，堅忍豁達的正面形象。

在《紅高粱》中莫言塑造了「我奶奶」這個豐滿鮮活的女性形象；而《豐乳肥臀》裡則有幾個吃苦耐勞的母親，除了前面所提的生育了八個女兒和一個兒子承擔生命中一次次重創的上官魯氏外，還有上官家的當家人——上官呂氏，她是鐵匠的妻子，但實際上她打鐵的技術比丈夫強許多，小說形容她：「只要是看到鐵與火，就血熱。熱血沸騰，沖刷血管子。肌肉暴凸，一根根，宛如出鞘的牛鞭，黑鐵砸紅鐵，花朵四射，汗透浹背，在奶溝裡流成溪，鐵血腥味彌漫在天地之間。」[18]

15　《小說在寫我：莫言演講集》，頁54。
16　《小說在寫我：莫言演講集》，頁10。
17　《小說在寫我：莫言演講集》，頁134。
18　莫言：《豐乳肥臀》，臺北：洪範出版社，1996年5月，頁1。

除了堅毅的母親形象外，莫言筆下還有一群堅毅勇敢，自主情慾的女性。《紅高粱》裡的鳳蓮在十六歲時，被貪財的父母許給當地富戶單家的獨子，單家少爺是個痲瘋病人。鳳蓮在迎娶她的轎中傷心哭泣。迎親途中遇上劫匪，但轎夫余占鰲冷靜果斷地制服劫匪，贏得了鳳蓮的心。新婚之夜鳳蓮拒絕與其夫圓房。後來在回娘家的途中，余占鰲途中攔截鳳蓮，並在高粱地裡與無意抗拒的鳳蓮相好。之後，余占鰲為奪鳳蓮而殺掉單家父子，鳳蓮成了當家的人，兩人光明正大地來往，並生下了豆官。

還有《豐乳肥臀》裡的四姊上官想弟在生活最困難時，為了救全家，自願賣進妓院；《紅樹林》裡的林嵐一生為性問題困擾，似飛蛾撲火為了性愛而生，也為性愛而死；〈白狗鞦韆架〉裡生了三個啞巴的「暖」主動要求「我」和她生一個會說話的孩子；〈愛情故事〉裡的何麗萍忠於自我的情慾需求，對於小她十歲的男子的求歡勇敢迎接，並產下雙胞胎。

這些女性都豐富了中國當代小說的女性人物畫廊。

在莫言的小說藝術世界裡，蘊含著深層的歷史時空觀與縱橫的生命觀，不論是在小說題材、主題、內容以及人物刻劃上，都是值得深入探究的。

【問題討論與活動設計】

1. 每個成功的背後都有咬緊牙關的艱辛歷程，請就莫言的文學成就加以評論。

2. 請舉例莫言與2000年獲得「諾貝爾文學獎」的高行健之某篇作品，說明你的閱讀心得。

第三節

劉震雲

（1958～）

一、創作背景與評價

　　2008北京奧運會，唯一中國文壇舉聖火的代表——劉震雲，正是小說《手機》的作者和電影編劇。1958年，生於河南省延津縣，劉震雲的家族都不識字，十五歲的劉震雲，每天吃高粱麵，因為土地不能維生，最後選擇當兵，逃離故鄉。1973年，參加中國人民解放軍，當兵對農村孩子是最好的差使，當兵努力提幹後，就可以回家娶親。劉震雲在甘肅的大戈壁灘上當了五年兵。1978年，復員回到老家當中學教師。1978年，剛恢復高考，二十歲的劉震雲成為省裡的文科狀元，考進了北京大學中文系。畢業後分配到《農民日報》社工作。在參加高考補習班和新兵軍訓生活期間，劉震雲依其生活經驗與超人的洞察力，描寫小人物的生存境遇和人情世故，發表了引發好評的〈塔鋪〉和〈新兵連〉。

　　《一地雞毛》和《單位》是讓劉震雲出名的小說，接著的「單位系列」——《官人》和《官場》，其中發表在《人民文學》上的《官場》，小說主角正好與現實官場的一個人同名，也與此人的秘書同姓，此人揚言要告《人民文學》和劉震雲。

　　故鄉延津是劉震雲的情感焦點，他的小說，差不多都與延津有關，無論是《故鄉天下黃花》、《故鄉相處流傳》、《故鄉面和花朵》，還是《一句頂一萬句》，都是以他生長的那塊貧瘠多災多難的黃土地為主要的背景。

　　二十世紀，90年代初的文壇，出現了以方方、池莉和劉震雲為主要代表的「新寫實」小說，其中劉震雲一直被評論家最為看好，因為他有屬於自己獨特的風格。

　　作品多次榮獲各種文學獎，曾獲1987至1988年全國優秀中篇小說獎，小說月報第三屆、第五屆百花獎，第二屆青年文學獎等多種獎項。

　　關於劉震雲的小說，大陸學者洪子誠評論得很中肯而準確：「無法把握，也難以滿足的欲望，人性的種種弱點，和嚴密的社會權力機制，在劉震雲所創造的普通人生活當中，構成難以掙脫的網。生活於其間的人物，面對強大的『環境』壓力，難以自主地陷入原先拒絕陷入的『泥潭』，也在適應這一生存環境的過程中，經歷了個人精神、性格的扭曲。對於這一世界中人們的複雜關係，他們的折磨、傾軋，以及委瑣、自私、殘忍的心理行為，小說採用冷靜，不露聲色，卻感受到冷峻批判立場的敘述方式。」[1] 這段評論正好說出了劉震雲作品的重要特色，也把劉震雲對於人與環境的關係的關注加以提示。

　　《手機》將劉震雲推上文壇的高峰，這部作品讓我們見到了截然不同的劉震雲，他一改過去嚴肅深沉的敘述，而轉變為諷刺消遣的筆調，帶給讀者多元而全新的面貌。劉震雲還為了文化消費市場的需要，先完成電影劇本再寫小說，然後將影片和小說同時推向市場，成功地創造了小說與電影、藝術與市場的雙贏局面，創下了《手機》獲全年賣座第一的紀錄。小說在臺灣出版時，獲小說家隱地與出版人等大力讚許。知名作家王朔稱劉震雲是唯一能對他構成威脅的人；還有《我叫劉躍進》也改編成劇本，讓兩種不同的文學形式達到了完美的結合，並由知名導演馮小剛改拍成電影，是中國大陸第一部文學電影的原著；《一地雞毛》改編成電視劇，被評為是經典劇集，受到廣大讀者和觀眾的喜愛。其他如《故鄉天下黃花》，藉著一個村落裡的市井老百姓痴迷而專注地對於權利與欲望的追逐，小從故鄉，大到天下，說明了全中國人特有的「樂觀」性格。但其實不過如明日黃

---

[1]　洪子誠：《大陸當代文學史下編（1980～1990年代）》，臺北：秀威科技出版社，2008年8月，頁205。

花，可悲又愚蠢。還有《故鄉相處流傳》和《一腔廢話》，也是他的重要作品。

關於創作過程，寫作對劉震雲最大的吸引力在於：「這麼多年我的寫作讓我意識到，寫小說是認識朋友的過程。寫《一地雞毛》的時候我認識了小林，他告訴我家裡的一斤豆腐餿了，其實是一件大事。寫《手機》時，嚴守一問我謊話好不好？我說不好。嚴守一說：你錯了，是謊話而不是真理支撐著我們的人生每一小時每一分每一秒。劉躍進問我世上是狼吃羊還是羊吃狼？我說廢話當然是狼吃羊。劉躍進說錯了！我在北京長安街上看到羊吃狼。羊是食草動物，但羊多，每只羊吐口唾沫，狼就死了。到《一句頂一萬句》時，楊百順和牛愛國告訴我：朋友的意思是危險，知心的話兒是兇險說得有道理，我吃這虧吃得特別大。這是創作過程中寫作對我最大的吸引力和魅力。我是個好作家，在生活中找到一個知心的朋友不容易，但我有個優勢是可以在書中找知心朋友。書中的知心朋友和現實中的不一樣，你什麼時候去找楊百順和牛愛國，他們都在那等著你。」[2]

劉震雲說：如果讀者能夠在閱讀他的小說時感悟到心酸、恐懼，恰恰能證明這是讀者能夠用樂觀心境看待生活的開始。因為單純的快樂還不能被稱作樂觀，只有在經歷、感受過心酸之後，才能以更加超然的心態樂觀面對生活，這與只有經歷過苦難的人才能體現讓人信賴的善良是同一個道理。文化和生活的生態都非常複雜，不懂得心酸就不會有快樂的感受。[3]

---

[2] 劉雪明：〈劉震雲：探尋中國式的孤獨〉，《烏魯木齊晚報》，2009年6月19日。

[3] 劉震雲：〈人生與閱讀〉，《中國新聞出版報》www.jyb.cn，2009年9月14日。

二、作品賞析

(一)《一地雞毛》

　　小說從日常生活最平常化的「豆腐」開頭：「小林家的一斤豆腐餿了」，去切入一對小夫妻日常生活的描述而開展故事。作者以樸實的語言敘述了普通市井百姓的生存艱辛、荒謬與無奈，以及被環境所迫的觀念的轉變。這部小說屬於「新寫實小說」，完成於80年代中後期，當時是中國社會的急遽轉型期，整個社會經濟文化發生了巨大的變化，人們關注於經濟利益的追逐，而忽略了夢想理念與核心價值的執著。

　　自視清高的小林和妻子都是外地人，大學畢業後留京工作，有了女兒和房子。然而，隨著現實生活增加的煩擾，小職員小林的抱負理想和鬥志銳氣一點點地被庸俗的社會染缸給腐蝕——原本小林根本不把局長、處長放在眼裡的，但為了調動工作，小林和妻子也開始四處請託。送禮時，買貴的禮物不值得，買便宜的又送不出手，最後送了一箱可樂，被拒絕後，感到不愉快，也為花了錢感到心疼；對門鄰居為了讓他的孩子有個伴，便幫忙把小林的孩子也送進好的幼稚園，他們雖感覺女兒成了「陪讀」的角色，但也只能像阿Q想辦法自我安慰一番；買大白菜可以報銷，為了不吃虧，小林一下子買了五百斤的大白菜；小林原本都是實話實說的，但後來發現在單位的生存之道就是要真真假假，假假真真，因為說假話的人可以升官發財，說真話的反倒是倒楣受罰。所以，當他幫同學賣鴨子，被單位發現後，小林選擇以謊言逃過領導的責難；小林樂於助人，過去幫人辦事，只要能幫忙，他都馬上滿口答應。後來，發現成熟的作法應該是：能幫忙先說不能幫忙，好辦先說不好辦。所以，就在小林幫查水錶的老頭將一件原是舉手之勞的小事，說成不好辦的難事辦成後，得到一臺微波爐作

為報酬，小林更加確定自己過去的「幼稚」；過新年元旦，要給孩子幼稚園裡的阿姨送禮，小林怕別人批評他寒酸，只能忍氣吞聲，向現實妥協，特別跑遍全城買到了高價炭火送給阿姨。放棄原本的自我、屈就環境與命運的小林變得愈來愈卑怯、麻木。

其實小林是很容易滿足的，他知道人生有很多使不上力的無奈，所以，他只要想到妻子可以用微波爐烤雞給他配啤酒喝，他也就很知足了。小說最後，小林夢見一地的雞毛和螞蟻般的人群。

(二)《手機》

劉震雲於2003年11月25日接受《星辰在線》的採訪，記者問：小說版《手機》先於電影半個月問世，會不會對電影產生負面影響？劉震雲說：「電影是一道聲色大餐，比較注重具有表面張力的東西，比如說人物的語言、場景的設置等等，這道聲色大餐要求的是一道炒好了的菜，色香味俱全，得直接擺上餐桌，讓大家品味；但是小說注重的卻不是這些東西，小說注重表象背後的東西，電影上著力表現的元素我在小說裡可以一筆帶過，我覺得看小說應該是在享受醞釀聲色大餐背後的過程，在廚房裡剁蔥、剁蒜、菜和肉一起下鍋，發出來的口茲啦的聲音……，所以要講究熱鬧、好看，咱們得去看電影，要想細細品味、琢磨背後的滋味，就得看小說啦。好的小說和電影是相輔相成的。」[4]

小說分以下三個部分：

第一部分——

1969年，嚴守一十三歲，鎮上架起了電線竿，接通了第一部搖把電話。嚴守一的表哥在礦上工作，久沒消息，他帶著表嫂到鎮上打電話，因為電話剛接到鎮上，要打通電話，過程非常艱難也很不容

---

[4]　http://www.changsha.cn/changsha/rwx/200311/t20031125_60834.htm

易，但這通電話居然一打就通了，接電話的人問嚴守一什麼事？嚴守
一說，我叫嚴守一，我嫂子叫呂桂花，我嫂子問一問礦上挖煤的表哥
──牛三斤，還回來不回來？整個礦上就一部電話，全部通過廣播
的喇叭播出去。接電話的人打開廣播喇叭說：「牛三斤，牛三斤，
你的媳婦叫呂桂花，呂桂花讓問一問，你最近還回來嗎？」[5]當時下
著雪，好多工人剛從礦井下鑽出來，聽到廣播出來的聲音覺得特別好
玩，全都笑了。這是嚴守一的聲音第一次在世界上傳得那麼遠。

　　第二部分──

　　三十年過去了，嚴守一成了著名的電視節目主持人，他的聲音開
始傳遍中國的千家萬戶。全國人民只有嚴家莊的人不理解：嚴守一的
爹一天說不了十句話，而他居然靠說話為生。嚴守一在他的《有一說
一》節目中以說真話見長，但每一次錄製節目前他都要跟現場觀眾溝
通：「許多朋友是第一次到《有一說一》，在錄製節目之前，我事先
給大家說一下，現在明明是白天，但我一會兒要說成晚上，因為我們
的節目首播是晚上；在我黑白顛倒的時候，請大家不要笑。」可是嚴
守一一說完，大家卻哄堂大笑。這是作者弦外之音的有意安排，安排
相當譏諷的謊言起點。

　　節目一開始，嚴守一照慣例都會說：「大家晚上好，這裡是『有
一說一』，我是嚴守一，讓我們從心溝通……」[6]明明在日常生活
中，嚴守一就從來沒有「從心溝通」，只要拿起手機，他不由自主開
始說謊話，謊話也就接連著來，誠如好友費墨所警告嚴守一的，手機
連著你的嘴，嘴巴連著你的心，拿起手機來就言不由衷。有多少人的
手機裡頭藏著好多不可告人的東西，再這樣子下去，手機就不是手機

5　劉震雲：《手機》，臺北：九歌出版社有限公司，2004年4月，頁29。
6　劉震雲：《手機》，頁56。

了，是手雷啊！

由此可見，作者為這個嚴格堅守一致的「嚴守一」取這樣的名字，就顯得格外諷刺。

嚴守一跟他生命中的三個女人說謊話，卻只跟唯一養大他的奶奶說心裡話，但卻因為「手機」這個爆炸的手榴彈，讓他錯失了見奶奶生前最後一面的機會。

第三部分——

故事跳接回上個世紀20、30年代，講的是和「手機」方便快捷的通訊工具截然不同的傳播方式。描述嚴守一的爺爺在外販賣牲口，家裡人覺得他到娶媳婦的年紀了，就託人往外帶訊息，要他回家娶媳婦。這個部分主要寫的是這條口信的傳遞的歷程——一個驢販子到這個村裡來，家裡人託他捎個口信，接著經歷了一些事情的驢販子，走不下去了，就把口信託給一個唱戲的，後來，這個唱戲的又託給了一個修腳的人。經過了千山萬水，兩年後，口信傳到了，但這個口口相傳的口信已不是當初的口信，卻也造成陰錯陽差的結局。這其中呈現人與人間溫暖的人情味、責任與信任。

劉震雲在《手機》中成功地使用第三人稱全知觀點。全知觀點又稱萬能觀點，其敘述者有如上帝掌握著神一般的力量，是無所不在的。作者是以第三人稱的語法去表現小說人物內、外在的全貌，對作者而言，應算是最適意的一種敘事形式，因為作者對他自己的作品是無所不知的，所以全知敘事可說是所有敘述技巧當中最自然的一種。作家藉由這樣的敘事觀點可以敏銳而全面地觀照所有人物的內心，冷眼嘲諷作品中的人物。全書的三段故事，流暢而精確地把過去和現今關於溝通聯繫方面的困難和容易，以及人與人之間的實際或心靈的距離，以強而有力又幽默詼諧的對比呈現了出來。

小說裡嚴守一的三個女人各具特色：

1. 妻子——房地產公司工作的于文娟

嚴守一的妻子于文娟，患了不孕症，嚴守一並不在意有沒有下一代，但于文娟卻很積極，為了懷孕喝中藥、練氣功。一方面為了對嚴守一的奶奶有所交代，她說：「答應過的，不可失信於人。」另一方面在於，她知道嚴守一的性格，怕他在外胡鬧，想用孩子套住他。小說裡描述嚴守一發現于文娟追求懷孕的目的，並不單是為了套住嚴守一，而是想找一個人說話。結婚十年了，夫妻之間可以說的話，好像都說完了。嚴守一對他們的婚姻無所謂滿意，也無所謂不滿意，就好像是放到櫥櫃裡的一塊乾饅頭一樣，餓的時候，能夠拿出來充饑，飽的時候，嚼起來卻像廢塑膠。

一天早上，嚴守一在開車往電視臺主持節目的路上，發現把手機忘在家裡了，這個小失誤，讓于文娟接到了一個陌生女子的來電。雖然馬上趕回家拿手機的嚴守一扯了個謊，呼嚨了過去，但事情的真相卻就在晚上爆發了。

老家堂哥打電話到家裡，說嚴守一手機關機找不到他。晚飯前嚴守一在電話裡告訴于文娟，費墨跟他在一起吃飯討論公事，於是于文娟打了費墨的手機，是通的。費墨幫嚴守一圓謊，卻在嚴守一偷腥回到家開機後，給嚴守一打了警告的電話，但手機卻被于文娟一把接了過去，不知情的費墨講了一堆，當他被沉默的于文娟掛了電話後，還不知闖了禍。嚴守一還想照往例找理由搪塞時，手機卻進來了一封短信。于文娟打開伍月發來的短信：「外邊冷。快回家。記得在車上咬過你，睡覺的時候，別脫內衣。」于文娟要嚴守一把衣服脫下來，當她見到一個大牙痕，便堅決提出離婚。

其實于文娟在離婚時，就有了懷孕的症候，本想給嚴守一一個驚喜，但就出事了。一直到于文娟生產後，嚴守一才知道自己當了父親，嚴守一到醫院探望于文娟和兒子時，見到憔悴的于文娟心裡有

點不捨。他拿出先前她要退還給奶奶的戒指，並轉述奶奶說的：她不是俺孫媳婦，還是俺孫女。要讓孩子知道，孫子不懂事，那個老不死的，還是懂事的。于文娟的眼淚奪眶而出。這時嚴守一趕忙掏出剛買的手機說：「這部手機是給你買的。你和孩子有什麼事，隨時能找到我。從今兒起，我的手機，二十四小時爲你們開著。」但于文娟並不領情。此時，嚴守一不得不接新歡沈雪打來的電話，他跟沈雪說他正在開會。這讓于文娟更加絕望。因此她出院後，幾次退回嚴守一寄來的錢，不想再和他有任何瓜葛。

　　于文娟唯一一次打手機找嚴守一，是要通知他奶奶快不行了。她讓小保母帶著兒子和嚴守一一起回老家，完成奶奶見孫子的心願。

2. 外遇——出版社的女編輯伍月

　　伍月的出版社社長和嚴守一是同學，兩人因爲公事開會相識在廬山。飯局時兩人都喝多了，伍月主動示愛，留下了房間號碼，也留下了驚慌失措的嚴守一。從進到伍月房間後，嚴守一第一次知道了什麼叫「解渴」，那是不同以往的難得經驗。之後，伍月不同以往嚴守一遇到的女人，以前都是嚴守一在與女人歡愛後關機一個禮拜，怕的是與他胡鬧的女人打電話找他，但伍月卻一個月沒任何消息，這反倒讓嚴守一主動打電話給她。之後兩人的情慾糾葛就越發不可收拾了。根據嚴守一以往的經驗，一個月後，對方就會提出要求。但半年過去了，伍月什麼也沒提，嚴守一放下心來。但放心之中，反倒更加不放心了。有一次嚴守一主動試問伍月他們的關係算什麼？伍月奇怪地看著他說：「飢了吃飯，渴了喝水呀。」這樣的回答才讓嚴守一感到踏實下來。一直到伍月主動打電話說她要結婚了，結婚前想和嚴守一最後一次歡愛，於是嚴守一關了機；但也因此造成嚴守一離開了婚姻。

　　嚴守一認識沈雪後，和沈雪穩定交往，卻讓伍月心裡很不是滋

味。費墨寫了一本書，伍月找嚴守一說社長想讓他寫序，嚴守一拒絕後，伍月還是常發簡訊過來挑逗他。

于文娟之前的公司關門了，于文娟的哥哥要嚴守一幫于文娟找保母，也找工作。嚴守一找伍月幫忙，並答應寫書序。在出版社為費墨開新書發表會後，伍月留了房間號碼給嚴守一。兩人有一年多沒在一起了，在激情的翻雲覆雨時，伍月用手機拍了幾張他倆的裸照，並以此來要脅嚴守一要讓她進他們公司，她知道他在找他的接班人。她還告訴他，她是用身體交換，換來社長幫于文娟安排工作的。之後，嚴守一躲著伍月，最後，伍月卻發出了裸照到嚴守一手機，而給沈雪抓個正著。

3. 新歡——戲劇學院的臺詞課老師沈雪

嚴守一在電視臺主持人的業務培訓課上遇到講課的老師沈雪。一上課，嚴守一收到簡訊，正在回覆，便被沈雪糾正，兩人因言語爭執而相識。短訓班結束，兩人就開始交往，連嚴守一要回山西看望奶奶，都帶著沈雪回去。從山西老家回北京後，嚴守一就和沈雪住在一起了。經過一段快樂時光後，沈雪注意到嚴守一的公事包裡有許多女孩子的照片，另外，是于文娟生了孩子後，她開始提防于文娟，怕他們死灰復燃，尤其，當沈雪發現嚴守一將手機的響鈴方式改成震動後，使她產生更大的懷疑。有一次，在抓腳時，沈雪見到伍月從盧山發來的簡訊，兩人又為此爭吵。憤怒過後的沈雪哭著說：「嚴守一，你到底有多少事背著我呀？」「嚴守一，我跟你在一起過得太累了。」「嚴守一，我是一個簡單的人，你太複雜，我對付不了你，我無法跟你在一起生活！」

嚴守一因為說謊和沈雪爭吵，心緒很亂，突然在主持節目時忘詞了，這一集談的主題正好是「有病」，人為什麼心裡會有病呢？嚴守一說：「生活很簡單，你把它搞複雜了；或者，生活很複雜，你把它

搞簡單了。」[7] 這正是嚴守一當時的寫照，他的「病」屬於前者，因
為貪念欲求不滿，讓他的生活變得複雜，在人格逐而淪喪時，他的內
心也在承受痛苦掙扎。

　　嚴守一擔心沈雪誤會又多心，於是將于文娟的哥哥寄給他的兒子
和前妻的合照，還有萬一小孩要花錢的存摺，寄放在好友費曼家。但
當費曼的外遇事件爆發後，費曼的老婆李燕將照片和存摺拿給了到家
裡安慰她的沈雪，李燕警惕沈雪也要小心。

　　回家後，兩人又是大吵，嚴守一辯說他根本就沒有鬼，便在出門
前，賭氣將手機留給了沈雪，沈雪知道除了于文娟，伍月對她的威脅
更大。於是她用嚴守一的手機發了簡訊給伍月：「妳正在想什麼，我
想知道。」兩分鐘後，伍月卻回傳了她和嚴守一的裸照。嚴守一終於
向沈雪坦白一切，他正受到伍月的威脅。這是嚴守一第一次對沈雪說
真話，但卻也終於敲醒了沈雪。嚴守一錯過了可能的幸福。

　　嚴守一終於還是失去了沈雪。更重要的是因為手機不在身邊，他
錯過了第一時間趕回去見奶奶最後一面。嚴守一只要一有時間，就
會回山西老家，出錢改善老家的生活條件。奶奶是他生命中最重要
的人。從小他娘死得早，爹又不多話，他全靠奶奶拉拔長大，但如今
卻留下一生難以彌補的遺憾。出殯那天，嚴守一掏出手機，扔到了火
裡。他流下了眼淚，發現自己在世界上是個卑鄙的人。

　　小說裡的另一對夫妻——費墨和李燕。費墨在社會上卻是個受人
尊敬的專業人士；李燕，是一家旅遊公司的職員，常對費墨言來語
去，惹他生氣。

　　費墨有外遇的事，先是被嚴守一發現，對方是個美學研究生，對
費墨相當崇拜。李燕洗衣服時發現費墨口袋裡有一張房卡，費墨解

7　劉震雲：《手機》，頁233。

釋說他們要在「友誼賓館」開會，李燕打電話給嚴守一求證時，故意把「友誼賓館」說成「希爾頓飯店」，沒想到嚴守一上當了，好意幫費墨圓謊，卻幫了倒忙。在經過李燕狂風暴雨般的厲聲批鬥後，費墨無奈地向嚴守一解釋說其實是誤會：「房間我是開了，但是沒有上去，改在咖啡廳坐而論道。左思右想，我心頭一直在掙扎，還是怕麻煩，二十年來都睡在一張床上，確實有點兒審美疲勞。還是農業社會好啊！那個時候，交通啊！通訊啊！你進京趕考，幾年不回，回來以後啊，你說什麼都是成立的！現在……」他從口袋裡拿出手機：「近，太近了，近得人都喘不過氣來囉！」[8]

　　《手機》的故事通俗，切合現實生活，但卻意義深長，深刻地揭發了人性與科技之間的緊張關係，讓我們重新思考手機在我們生活中的地位？手機究竟是縮短了溝通訊息的距離，還是拉遠了人們心靈真誠相對的距離。這是作者提供給讀者的思考。

(三)《我叫劉躍進》

　　劉震雲說，劉躍進是以他的表哥為原型塑造的：「我一個表哥就叫劉躍進，曾在北京的一個建築工地當過廚子，他忠厚坦誠，又非常幽默。我直接把他的事情寫下來就成了小說。」[9]

　　劉震雲透露，《我叫劉躍進》和《手機》有相同之處：「一個廚子劉躍進丟了一個包，包裡裝著他的全部財產。劉躍進找包時，又撿到一個包。這個包裡的一個U盤，牽涉到另一生活圈的幾條人命。猶如一隻羊，在羊群裡遇到點倒楣事，無意中闖到了狼群裡。因為這隻羊的到來，幾頭狼自殺了。」劉震雲解釋，其實羊和狼只是一個比

8　劉震雲：《手機》，頁255～256。

9　〈劉震雲談電視劇《我叫劉躍進》：拍出小說精髓〉，《河南日報》，2010年8月18日。

喻。「劉躍進啊,他就是特『阿Q』的一隻羊。阿Q最大的特點,就是把吃虧當成占便宜。如今滿大街走的人,都有阿Q的影子,儘管阿Q那時候沒有超女,沒有CBD,沒有互聯網和U盤。其實我們都是阿Q的後代,可是,現在我們每個人又都不承認自己是阿Q。」[10]

劉震雲坦言,小說裡劉躍進的獨特之處在於,他是用一種幽默的態度來對待生活中發生的大大小小的事情,「他看清了兩種關係,一種是胖人和瘦人之間的關係,胖瘦和心眼大小可能成反比;另一種是狼和羊的關係。狼吃羊的時候,狼會裝成羊,即所謂披著羊皮的狼;而羊有時候也會扮作狼,去充大尾巴狼。很多生活的滋味就蘊藏在這兩種關係中。」[11]

小說主角劉躍進原有過一個幸福美滿的家庭。六年前,賢慧的妻子居然和酒廠老闆——李更生有了婚外情,原以為孝順的兒子卻為了錢認李更生為父。劉躍進和妻子離婚後,李更生打了欠條給劉躍進,聲明內容如下:「如果你(劉躍進)六年之內,不對李更生和黃曉慶的生活進行任何形式的搗亂,李更生就付給劉躍進六萬塊錢。」

成為全村最大的笑話的劉躍進,拿著欠條離開了家鄉。他沒什麼才幹和能力,便從河南老家到北京建築工地裡頭當廚子掙錢。

劉躍進一直等待期限到來拿到錢後,回到河南老家開店當老闆。而再過三個月,他就可以去拿六萬塊錢了。

劉躍進的兒子劉鵬舉,窩囊又自大,認錢不認人,總是要劉躍進匯錢給他,威脅著早晚會被學校踢出去。

---

10 蔡震:〈《我叫劉躍進》電影小說一起出〉,《新華報業網——揚子晚報》,2007年07月19日。

11 〈劉震雲談電視劇《我叫劉躍進》:拍出小說精髓〉,《河南日報》,2010年8月18日。

劉躍進欠了朋友三千多元，但工地老闆遲遲不發薪水，所以大家的債權債務永遠都無法清償，那是個互欠的社會。實際上，大家就算有錢也不會先還，大都是先去買東西吃，犒賞自己，反正每次打打嘴炮、甩甩臉皮之後，繼續拖欠著不還。永遠都是說，很快就還錢，卻不知何時才會有錢。

嚴格，是劉躍進的工地老闆，跟女明星約會上了報，老婆瞿莉氣沖沖跑來抓姦。嚴格到工地巡查，工頭正哀嚎都不發薪餉給員工，大樓會蓋不下去時，劉躍進突然出現演出上吊戲碼，說他若領不到薪水，他的兒子就會被踢出學校。嚴格看到劉躍進表演上吊相當具有演戲的天分，於是就請他幫忙，演戲給他老婆看，若能演出成功，讓他化險為夷，就給劉躍進八百元，還把工錢一起結了。誰知劉躍進精湛的演技卻騙不了瞿莉，他的錢還是要不到。

劉躍進要不到工錢，突然想到了工地附近的髮廊老闆娘——馬曼麗，和他一樣也離了婚。劉躍進平時沒事兒就常到髮廊，為的是聽聽女聲，而且馬曼麗的模樣和他前妻有幾分神似。漸漸地，劉躍進對馬曼麗有了愛意，經常會偷拿工地的豬肉和雞脖子賄賂馬曼麗。有一次，他甚至還替馬曼麗還給她前夫一千塊錢，但是這並沒有讓馬曼麗對劉躍進有進一步的好感。這讓後悔的劉躍進好幾次都想要回錢，卻也都因為心軟開不了口。這次，為了兒子又打電話來要錢，劉躍進鐵了心一定要拿回借她的錢。就在劉躍進跟馬曼麗演了一場戲，幾乎就要拿回一千塊時，劉躍進又突然心軟了，最後只拿回了二百多塊錢。

有一天，劉躍進穿上西裝去辦事情，在路邊聽到有人在唱歌，還嫌棄人家，人家問他的身分，他就吹牛誇大自己，說他在前面的工地蓋房子，想贏得別人的尊重。結果卻惹來路邊一個叫楊志的流氓搶走他的包包。劉躍進的包包裡裝著他全部財產，最重要的還有李更生打

給他即將到期的六萬塊欠條。

即將到手的六萬塊錢激勵著劉躍進展開找尋包包的歷程。

劉躍進拜託朋友，請朝陽門當地的流氓找搶包的人。

然而，楊志搶了劉躍進的包後，就開始倒楣了，首先是被幾個甘肅人仙人跳，丟了剛搶的劉躍進的包不說，還被弄得陽痿。走了數十間診所、吃了幾十盒藥都沒得治。氣急敗壞的楊志索性放下治病，發誓找甘肅人報仇。誰知還沒找到甘肅人，楊志卻先被仇家曹哥找到了。曹哥要楊志替他潛入一間高級別墅去偷錢，完成了任務，就抵了彼此間的恩怨。結果不巧被屋主發現，於是他搶了別墅女主人的包，正好是工地老闆——嚴格的老婆瞿莉的包包。

劉躍進跟蹤了楊志很久，竟然陰差陽錯地跟到了工地老闆嚴格的家。就在楊志失風跑出別墅時，也追著他跑，楊志只好把瞿莉的包包丟在路邊繼續逃亡，於是瞿莉的包包就落入劉躍進的手中。然而，巧的是瞿莉的包包裡面，有一個很重要的隨身碟，裡面有瞿莉想抓姦嚴格離婚的證據，還有嚴格掏空公款，為了調度資金，賄賂高官，其中的秘密涉及到房地產大亨嚴格和政府高官賈主任及其心腹老藺的交易黑幕，牽涉到上流社會的幾條人命。於是這些上流社會的人發出重金先是聘雇徵信社，後是找黑道，務必要把東西拿回來。

嚴格重金聘請了私家偵探老邢尋找隨身碟，老邢順藤摸瓜找到楊志，楊志情急下供出了劉躍進。老邢找到劉躍進要隨身碟，劉躍進擔心引火上身，抵死不認帳。半夜，劉躍進被楊志晃醒，楊志提議要跟劉躍進合夥，把包裡的隨身碟賣回給隨身碟的主人。交易若是成功，劉躍進就能得到二十萬。劉躍進聽到二十萬嚇呆了，更不敢承認隨身碟就在他身上。

劉躍進意識到隨身碟的重要與危險，他對隨身碟一竅不通，只能找唯一能信任的馬曼麗。馬曼麗和劉躍進一起看了隨身碟，發現了其

中的秘密。同舟共濟的兩人在商量對策的同時，也拉近了距離，劉躍進答應馬曼麗離開北京。

對六萬塊欠條仍不死心的劉躍進，決定最後再找一次包包，卻沒想到被曹哥的人堵了個正著，飽受皮肉之苦的劉躍進，趁看守不注意逃出了鴨棚。劉躍進沒命地逃往火車站，連夜上了回河南的火車。在火車上，劉躍進碰到另一批在找隨身碟的私家偵探方峻德。方峻德告訴劉躍進，劉躍進的兒子劉鵬舉在他手上，劉躍進無可選擇只能跟方峻德返回北京。

回到北京後劉躍進把方峻德騙到曹哥的鴨棚，結果方峻德被曹哥扣留。劉躍進準備用隨身碟換回兒子，沒想到曹哥帶出了被打得奄奄一息的馬曼麗。兒子和馬曼麗，讓劉躍進說出了隨身碟的下落。曹哥把隨身碟同時賣給了嚴格和方峻德的老闆，打算交易完成後，就殺了劉躍進。

遍體鱗傷的劉躍進和馬曼麗被關在陰暗的地下室，兩人抱在一起，等待命運的安排。

嚴格依約準備到交易地點，卻發生意外的交通事故，車毀人亡。曹哥拿著隨身碟去見方峻德的老闆，卻發現隨身碟是假的。

三個月後，劉躍進和馬曼麗在河南老家開了一家麵館，生意紅紅火火，門庭若市。

劉躍進身處在這個利益至上，人吃人、人搶人、人偷人的社會，連他的兒子都要偷他。劉躍進從一個沒沒無聞的小人物，變成黑白兩道互搶的對象，權錢交易的雙方和竊賊、警察等懷著不同目的找尋劉躍進。

在小說裡，我們見到一群「披著羊皮的狼」，盡力把自己打扮成「羊」，善良和藹，親切熱絡；而弱勢的「羊」也努力裝腔作勢，裝大尾巴狼。劉躍進這個善良的人，像是一隻無辜的羊，造化弄人，意

外闖入了狼群。但有情有義的他自認倒楣，卻不悲觀，所以他受到老天的眷顧，稍微有點算計的頭腦，把那些要抓他的黑白兩道，擺了好幾道。

這部小說獲得《當代》雜誌，評選為「年度最佳長篇小說」。

㈣《一句頂一萬句》

《一句頂一萬句》，劉震雲花了三年的時間完成，他認為是自己寫得最好的一部書：「是我自個兒願意送人的一本書。以前的寫作如果說的『表面的話』多一些，這本書中的人物可以說是我最真心的朋友。有人說這是我最成熟最大氣的作品，我認為是中肯的。」[12]他說：「我想通過兩個『殺人犯』來探尋人生和生命的終極意義，中國人為什麼活得這麼累這麼孤單，一輩子活著找個知心朋友那麼難？」[13]

劉震雲在提筆書寫這部小說前，他開車出了北京，穿越河北，回到故鄉河南延津。小住幾天後，又開車經過開封、洛陽，到了陝西，最後拐到山西呂梁。在一條清淨沒被汙染的河邊，劉震雲的車被河邊的柳樹林和瓜田擋住了去路，他下車向問一位光膀子種瓜的農民大哥問路，農民大哥對他說：「兄弟，你出門在外不容易。」這句話成了劉震雲《一句頂一萬句》的敘述口吻和語調。

劉震雲說：「沒有神的世界裡，人只能一輩子都在尋找，尋找一個人，和他說一句知心的話，一個人內心的洪流，其實已經足夠淹沒整個世界！」[14]在談及《一句頂一萬句》時，劉震雲表示：「痛苦不

12　劉雪明：〈劉震雲：探尋中國式的孤獨〉，《烏魯木齊晚報》，2009年6月19日。

13　張英：〈劉震雲的『家長裡短』〉，《南方週末》，2009年6月19日。

14　〈劉震雲：沒有神，人這一輩子都在尋找〉，《新浪讀書》，2009年5月7日；http://book.sina.com.cn。

是生活的艱難，也不是生和死，而是孤單，人多的孤單。」[15] 這部作品強調了「尋覓知音」的必要。

著名評論家張頤武說：「這部小說仍然保持著劉震雲奔放的想像力和不羈的風格，用不同時代的兩段故事和具有血緣關係的不同時代的普通人的命運，講述了人生的『出走』和『回歸』的大主題，由此試圖追問橫在東西古今之間的現代中國的『大歷史』。」[16] 評論家摩羅也推崇這部小說：「洗盡鉛華，返璞歸眞，筆觸始終緊貼苦難的大地和賤如草芥的底層人群，結構單純而內容豐富，命懸如絲而蕩氣迴腸，主人公常常走投無路而又一直勇往直前。這是劉震雲迄今最成熟、最大氣的小說。」[17]

《一句頂一萬句》講述了一座小鎮裡人們的命運變遷，以及人與人之間的恩怨情仇。主題主要闡訴：

第一，相識滿天下，知心有幾人。世界上最可怕的事，是你把別人當成了朋友，但別人並沒把你當朋友。當你走投無路時，你想投奔的人，和你能投奔的人，到底有幾個。

第二，一個人的一生，最大幸運的事，就是能遇見說得上話的人；最大的不幸，就是遇見了說不著話的人，還陰錯陽差地綁在了一起；但是即便遇見了說得上話的人，也不會一直說得上，因為人是會變的；有時，遇見了說得著的人，也會因為種種意外或不意外的原因，就錯過了，如此一來，有些話只好永遠憋在心裡，慢慢地憋著的話累積起來，就變成一個腫瘤，悄悄地磨蝕著人與其人生，所以只好不停地漂泊和尋找。

小說分上、下兩部分，上部為「出延津記」，寫的是過去——孤

15　《新京報》專訪，2009年3月18日。

16　http://www.hudong.com/wiki/；互動百科。

17　http://www.hudong.com/wiki/；互動百科。

獨無助的楊百順（後改名為楊摩西，又改名為吳摩西）失去了唯一能夠「說得上話」的養女巧玲（後更名為曹青娥），為了尋找巧玲，他走出延津；下部是「回延津記」，寫的是現在——曹青娥的兒子牛建國，同樣為了擺脫孤獨，尋找可以「說得上話」的朋友，一步步走回延津。楊百順和他的外孫牛建國正巧都是為了尋找背叛自己的妻子和姦夫報仇，這一出走一回歸，跨越了七十年，從二十世紀中葉到新世紀初，在尋找的過程他們和不同的人說不同的話——縣長、鎮長、老師、理髮師、屠夫、染坊工、傳教士，他們不約而同對不同的社會階層表達心底深處的矛盾、無助與無奈。從荒野的農村到繁忙的大城市，才漸漸發現，他們真正要找的其實是可以和一個人說上一句「貼心窩子」的話，為了這句話，他們浪跡天涯，尋尋覓覓，踏遍異鄉，就為了尋找一句可以得到溫暖、觸碰心靈的真心話。

　　小說第一個出場的人物叫楊百順，河南延津人，家境困窘，父親靠賣豆腐、涼粉謀生。

　　楊百順他爹是個賣豆腐的，大家都喊他賣豆腐的老楊。賣豆腐的老楊，和馬家莊趕大車的老馬是好朋友。其實老楊和老馬本不該是朋友，因為老馬常常欺負老楊，所謂欺負不是打過、罵過，或在錢財上占過老楊的便宜，而是老馬從心底看不起老楊。看不起一個人可以不跟他來往，但老馬說起笑話，又離不開老楊。老楊倒是真心把老馬當朋友，對人說起朋友，第一個說起的就是老馬；但老馬背後說起朋友，一次也沒提過老楊。外人不知其中底細，表面看來都以為他倆是好朋友。

　　楊百順十一歲那年，鎮上鐵匠老李給他娘祝壽。老李的鐵匠鋪叫「帶旺鐵匠鋪」，鐵匠十有八九性子急，但老李卻是慢性子，慢工出細活，方圓幾十里，再不出鐵匠。但慢性子容易心細，心細的人容易記仇。老李是生意人，鋪子裡天天人來人往，難免哪一句話就得罪了

他。但老李不計外人的仇，卻單記他娘的仇。老李他娘是急性子，老李的慢性子，就是他娘的急性子壓的。老李八歲那年，偷吃過一塊棗糕，他娘揚起一把鐵勺，砸在他腦袋上，一個血窟窿，往外冒血。別人是好了傷疤，就忘了疼，但老李從八歲起，就記上了他娘的仇。他記的不是血窟窿的仇，而是他娘砸了他之後，仍有說有笑，隨著人到縣城聽戲去了。老李也不是記聽戲的仇，而是他長大之後，一個是慢性子，對上他娘的急性子，兩人對每件事的看法都不一樣。

老李四十歲那年，他爹死了；四十五歲那年，他娘瞎了。他娘瞎了以後，老李成了「帶旺鐵匠鋪」的掌櫃。老李成為掌櫃後，對他娘的吃穿用度照舊，就是他娘說話，老李不理她。總是他娘交代什麼，他就隨口答應，要她：「等著吧！」可是一等就沒了下文。老李其實不是故意要惹他娘生氣，而是為了熬熬她那急性子。

老李在他娘七十歲這年，決定要給她做壽。他娘說：「快死的人了，壽就別做了，平時對我好點就行了。」又用拐棍搗著地：「是給我做壽嗎？不定憋著啥壞呢。」老李給他娘做壽，確實不是為了他娘。上個月，從安徽來了個胖子鐵匠，姓段，開了鐵匠鋪叫：「段胖子鐵匠鋪」。如果老段性子急，老李也不怕；誰知偏偏段胖子也是個慢性子，一根耙釘，也打上兩個時辰。老李慌了，便想借給他娘做壽，擺個場面讓老段看看。藉著人多的陣勢，要讓老段明白強龍不壓地頭蛇的道理。

大家並不知道老李給他娘祝壽的真正用意，只知道老李過去對他娘不孝順，現在突然明事理了。老楊和老馬都是老李的朋友，祝壽那天中午也到場了。老李覺得老楊和老馬是好朋友，便把老楊的座位，空在了老馬身邊。老李以為自己考慮得很週全，沒想到準時到的老馬急了，要老李把老馬的位置換到別的地方，老李覺得他倆在一起說笑話很有趣。老馬說：「不喝酒和他說個笑話行，可他一喝多，就

拉著我掏心窩子，他掏完痛快了，我窩心[18]了。」又說：「不是一回兩回了。」老李這才知道，他們這對朋友並不過心[19]。或者說，老楊跟老馬過心，老馬跟老楊不過心。於是就把老楊的座位，調到另一桌牲口牙子老杜身邊。楊百順前一天被爹打發過來幫老李家挑水，這事正巧被楊百順知道了。

隔天，老楊在家埋怨老李的酒席吃得不痛快，因為跟牲口牙子老杜說不來，禮白送了。老楊認為是自己去得晚，偶然挨著了和老杜坐在了一起。楊百順便把昨天聽到的一席話，告訴父親。老楊聽了後，先是扇了楊百順一巴掌說：「老馬絕不是這意思。好話讓你說成了壞話！」在楊百順的哭聲中，老楊又抱著頭蹲在豆腐房門口，半天沒有說話。之後半個月沒理老馬。在家裡，也再不提「老馬」二字。但半個月後，還是又與老馬恢復了來往，還與老馬說笑話，遇到事情還找老馬商量。

賣東西講究個吆喝。但老楊賣豆腐時，卻不喜吆喝，但會打鼓，村中一聞鼓聲，便知道賣豆腐的老楊來了。老楊攤子左邊，是賣驢肉的老孔；攤子右邊，是賣胡辣湯的老竇。老楊賣豆腐在村裡打鼓，在集上也打鼓。老楊的攤子上，從早到晚，鼓聲不斷。一開始大家覺得新鮮，一個月後，左右的老孔和老竇終於聽煩了。老孔說：「做一個小買賣，又不是掛帥出征，用得著這麼大動靜嗎？」老竇性急，不愛說話，黑著臉上去，一腳將老楊的鼓踹破了。

之後，老楊中風了，癱瘓在床，家裡的掌櫃換成了楊百順的大哥楊百業。別人一中風腦子便不好使，嘴也不聽使喚，但老楊卻身癱腦不癱，嘴也不癱。癱了之後，頭腦倒清楚了。身子癱後，整日躺在床

---

18 北方人說的窩心，是心裡不舒服、難受、受委屈的意思；而南方則是暖心、貼心、內心舒服之意。

19 知心的意思。

上，舉手動腳，都要楊百業的臉色行事。老楊不癱時常說假話，癱了之後，卻句句都掏心窩子。

四十年過去，老楊過去的朋友要麼死了，要麼各有其事，老楊癱了之後，沒有人來看他。這年八月十五，當年在集上賣蔥的老段，提著點心來看老楊。多日不見故人，老楊拉著老段的手哭了。見家人進來，又急忙用袖子去拭淚。老段和老楊細數過往問他當年在集上做買賣的老人兒，從東頭到西頭，還數得過來嗎？

老楊雖然腦子還好使，但四十年過去，當年一起做事的朋友，一多半已經忘記了。從東到西，扳著指頭查到第五個人，就查不下去了。但卻記得老孔和老竇，老段又說起了幾個人，都是老楊記不得的。

　　老段對老楊說：「不拿你當朋友的，你趕著巴結了一輩子；拿你當朋友的，你倒不往心裡去。當時集上的人都煩你敲鼓，就我一個人喜歡聽。為聽這鼓，多買過你多少碗涼粉。有時想跟你多說一句話，你倒對我帶搭不理。」
　　老楊忙說：「沒有哇。」
　　老段拍拍手：「看看，現在還不拿我當朋友。我今天來，就是想問你一句話。」
　　老楊：「啥話？」
　　老段：「經心活了一輩子，活出個朋友嗎？」
　　又說：「過去沒想明白，如今躺在床上，想明白了吧？」
　　老楊這才明白，四十年後，老段看老楊癱瘓在床，他腿腳還靈便，報仇來了。老楊啐了老段一口：「老段，當初我沒看錯你，你不是個東西。」

老段笑著走了。[20]

老段走了之後，老楊還在床上罵老段，這時五十多歲的楊百業進來。楊百業接著老段的話問他父親：「老馬是個趕大車的，你是個賣豆腐的，你們井水不犯河水，當年人家不拿你當人，你為啥非巴結他做朋友？有啥說法不？」[21]

> 老楊：「頭一回遇到他，是在牲口集上，老馬去買馬，我去賣驢，大家在一起閒扯淡。論起事來，同樣一件事，我只能看一里，他能看十里，我只能看一個月，他一下能看十年；最後驢沒賣成，話上被老馬拿住了。」
> 又搖頭：「事不拿人話拿人呀。」
> 又說：「以後遇到事，就想找他商量。」
> 楊百業：「聽明白了，還是想占人便宜，遇事自個兒拿不定主意，想借人一雙眼。我弄不明白的是，既然他看不上你，為啥還跟你來往呢？」
> 老楊：「可方圓百里，哪兒還有一下看十里和看十年的人呢？老馬也是一輩子沒朋友。」
> 又感歎：「老馬一輩子不該趕馬車。」
> 楊百業：「那他該幹啥呢？」
> 老楊：「看相的瞎老賈，給他看過相，說他該當殺人放火的陳勝吳廣。但他又沒這膽，天一黑不敢出門。其實他一輩子馬車也沒趕好，趕馬車不敢走夜路，耽誤多少事兒

20　劉震雲：《一句頂一萬句》，臺北：九歌出版社，2009年8月，頁17。
21　劉震雲：《一句頂一萬句》，頁18。

呀！」

說著說著急了：「一個膽小如鼠的人，還看不上我，我他媽還看不上他呢！一輩子不拿我當朋友，我還不拿他當朋友呢！」[22]

　　小說裡承擔著小說三分之二的敘事任務的「楊百順」，他的名字「百順」看起來是缺少主見，順著時勢，無叛逆精神，沒有世俗市井小民的市儈與狡猾，他的坦誠、真實的性格是極符合他的名的。他和他父親一樣渴求友情，但現實生活中，尋求真正的友情卻是非常奢侈的。

　　楊百順少年時代先在楊家莊跟他父親做豆腐，因為不喜歡做豆腐而離家，後來拜師宰豬，之後，也染過布，破過竹子，挑過水，在縣政府種過菜。楊百順做過這麼多工作，都是為了求生存，但卻沒有一個是他喜歡做的，當然也就沒有一個工作做得長遠。每換一個工作，就要結識新的人，他結識了這麼多人，卻沒有一個是親的。

　　牧師老詹從義大利來，在延津縣城傳教四十年，收了八個信徒。他努力不懈地想給中國人介紹「第三個朋友」——上帝，可是中國老百姓完全不習慣向一個看不見、摸不著的上帝訴說心裡的真心話，他們必須也習慣要找到一個貼心朋友流著淚、拉著手，訴說心底話。老詹在向人解釋教義時，說得最明白一句話是：信了主，你就知道你是誰，從哪兒來，到哪兒去。但是，這句話並不能說服大家信教，就如，殺豬的老曾就說他本來就知道他是一殺豬的，從曾家莊來，到各村去殺豬。

　　老詹直到遇到了楊百順，才收了第九個信徒。然而，楊百順之所

22　劉震雲：《一句頂一萬句》，頁18～19。

以信主的目的是：前兩件事他不糊塗，知道自己是誰，從哪兒來；但是後一個要往哪兒去，是這幾年煩愁很久的事情，他說他不知道該往哪兒去。

楊百順信主後，牧師老詹把他的名字改為楊摩西，後來，楊摩西倒插門 [23] 嫁給了賣饅頭的寡婦吳香香，結婚後隨妻姓改名為吳摩西。

吳摩西把結識的朋友都當成知己，可是別人壓根不把他當回事。他時常受到欺負、耍弄，甚至背棄。更讓人跌破眼鏡的是，吳摩西以為和他關係最好的鄰居老高，居然和他妻子吳香香偷情已久，而他竟被蒙在鼓裡。

從小吳摩西就崇拜羅家莊會「喊喪」的羅長禮，羅長禮家祖傳做醋的，卻不愛做醋，誰家死了人，他就愛去喊喪，從死到出殯七天，喊下來，嗓子不倒，像火車鳴笛一樣氣派，十里八鄉，誰家有喪事，都找羅長禮。但喊喪不能養家糊口，所以，不喊喪時，羅長禮就又回去做醋。吳摩西的理想就是喊喪，因為喊喪有些「虛」。「虛」是一句延津話，是說那些能讓人脫離眼前的生活，脫離瑣碎的日子的玩意兒。日子過得太實在了，就忍不住想「虛」一下，吳摩西羨慕羅長禮「虛」完了，還能回去實實在在做醋過日子，而他的生活卻是毫無方向，一輩子沒喊上一句喪，吳香香也跟別的男人跑了，他迫不得已離開延津。他雖然叫摩西，既沒有神的指引，也無處可去，也無人可以說話。

吳摩西為了尋找養女巧玲，而離開延津，在鄭州碰到了吳香香和老高，決定要捉姦，但是，到了「犯罪」現場，才發現這對「姦夫淫婦」並沒有在幹什麼齷齪苟且的情事，反倒是吳香香和老高滔滔不絕

23　入贅；上門女婿。

地聊了一夜──「咱們再說些別的」、「說些別的就說些別的」，吳摩西親眼目睹了兩人相互憐惜的場面，而這是妻子對他從來沒有過的。這讓他警覺到，吳香香的出軌原因，與老高無關，而是他們夫妻之間缺乏溝通，沒有話題可聊。相互說不上話才是他婚姻最大的失敗，於是，吳摩西亮出的刀子硬是給掖了回去，他放棄了殺人的念頭，離開了鄭州。

　　楊百順這個中國農民小人物，隨其靈魂的流浪，不斷地改名，其中涵括了不少辛酸、無奈以及找不到依歸的孤獨感。

　　小說的下部「回延津記」，說的是楊百順的養女巧玲的兒子──牛建國的故事。

　　牛建國在酒泉當兵時，半夜放哨遇見了杜青海，當時一個從東向西巡邏，一個從南向北巡邏，在鎮口碰上了，對過口令，因為吸菸借一個火，兩人便隨便閒聊，竟能說到一起，越說越有話說。頭一場話說下來，兩人竟說到後半夜，說到黎明，直說到宿營地吹起起床號。牛建國從小說話就沒重點，常常扯東扯西；而杜青海雖然說話慢，但是有條理，把一件事說完，再說另一件事。牛建國在部隊裡遇到煩心事，拿不定主意，便把這件事攢下來；一個禮拜，總能攢幾件煩心事；到了禮拜天，去找杜青海開解。杜青海遇到煩心事，也跟牛建國說。牛建國總不會給答案，但杜青海也在訴說的過程理清楚了自己的心煩事，兩人心裡都輕快許多。後來，牛建國和杜青海都復員了，一個在山西，一個在河北。

　　牛建國不愛說話，也遇上了不愛說話的龐麗娜，大家都覺得他倆性格正好。他們在一起相處兩個月，也覺得對脾氣，於是走入婚姻，生了孩子，也開始見面無話可說的日子。一開始覺得沒有話說是兩人不愛說話，後來才發現不愛說話和沒有話說是兩回事。不愛說話是心裡還有話，沒話說是心裡乾脆什麼都沒了。

龐麗娜跟西街東亞婚紗攝影城的小蔣有了姦情，被小蔣老婆趙欣婷逮到了，趙欣婷跟牛建國說，她在旅社房間外等了半夜，什麼都聽見了，趙欣婷說他們一夜說的話，比小蔣跟她一年說的話都多。牛建國心裡憋悶，坐了一千多里的車到河北找到了杜青海。吃過飯，到了晚上，杜青海換了一身乾淨衣裳，領著牛建國，來到了滹沱河畔。這天正好是陰曆十五，天上的月亮又大又圓。滹沱河的河水，在月光下靜靜流著。兩人似乎又回到了五年前，在部隊戈壁灘上，坐在弱水河邊，相互說知心話的時刻。

後來，一直到牛建國遇見了章楚紅，才知道和女人說得上話是怎麼一回事。牛建國離開家，在滄州給人開長途車，章楚紅是途中一個飯店──「老李美食城」老闆李昆的小媳婦，二十四五歲，長得豐滿、杏核眼、高鼻樑、翹嘴。牛建國常去吃飯，和他們倆夫妻混熟了。

有一次，車子的水箱壞了，他只好留下，那天李昆不在，晚上服務員也下班了，章楚紅邀他一起喝酒，兩人邊喝邊聊，喝到半醉，聊得綿長，後來聊到了床上。往後李昆不在時，牛建國就留下過夜。牛建國和章楚紅歡愛不單是為了睡覺，除了兩個人說得上話，還有在一起時的那分親熱，一夜下來，兩人要親熱三回。親熱完，還不想睡覺，就摟著說話。牛建國跟別人不能說的話，都跟章楚紅說。跟別人在一起想不起的話，跟章楚紅在一起都能想起。他倆有說話的路數，自成一個樣。兩人說高興的事，也說不高興的事，不高興的事，也能說得高興。例如，龐麗娜是牛建國心上的一個傷口，一掀開就疼痛。牛建國第一次跟章楚紅說龐麗娜，他還哭了；幾次後舊事重提，再說到龐麗娜，在他倆嘴裡，龐麗娜便成了過去的話題。他們不但能說龐麗娜，也能說章楚紅在李昆之前，交過幾個男朋友、第一次的性事，章楚紅都一一告訴牛建國；章楚紅也問牛建國跟過幾個

女的，牛建國說除了龐麗娜，就是章楚紅；章楚紅就抱緊他。說完一段，應該要睡了，但一個人說：「咱再說點別的。」另一個人就說：「說點別的就說點別的。」章楚紅在床上抱著牛建國，要他帶她走。牛建國當時答應了。

後來，牛建國跟別人提起這事，又害怕了，害怕出人命，害怕自己帶不了章楚紅，於是，就跑回了老家。再後來，牛建國想明白了，又去找章楚紅，但是已經找不到章楚紅了。牛建國繼續找她，因為有一句話要告訴她，就算是出了人命，為了這句話，也值得。

小說中的兩個主人公楊百順和牛建國，都被妻子戴上了「綠帽」，但後來他們都發現自己頭上的「綠帽」，原來是自個兒親自戴上的，於是他們開始展開發現自我之旅。

作者在小說中也用心地設計其他的細節安排去烘托主題，例如：曹青娥與拖拉機手侯寶山之間惺惺相惜的默契，無需多言，卻心心相印；曹青娥說她從沒遇見過像侯寶山這麼會說話的人。因此，兩人私奔計畫的失敗，成為她這一生最大的傷痛。另外又如：牛建國在部隊時和他的戰友陳奎一，有著絕佳的默契。陳奎一是廚房大師傅，陳奎一使個眼色，他倆就能聚在一起吃涼拌的豬肝豬心，然後相視嘿嘿一笑，什麼話都不用多說，因此，牛建國才會苦尋陳奎一。

這部小說赤裸裸地揭露了中國農村的文化生態，也表達人們渴望解除寂寞孤獨、渴望被理解的期待。

作者直面小人物的生存困境，站在小人物的立場，明言孤獨不只是知識者、菁英者的專有，不管是三教九流、五行八作，還是引車賣漿者們的心靈深處，都是為了尋找說得著的人而活著，都希望能與人溝通，並得到溫暖的撫慰。

【問題討論與活動設計】

1. 劉震雲的《一地雞毛》講到了理想與現實的衝突，請思考若未來
   投入職場面臨和主角相同的困境，你會如何調適？

2. 請從劉震雲的《手機》和《我叫劉躍進》分析「科技」發達所帶
   來的好、壞處。

3. 從劉震雲《一句頂一萬句》，請你想想臉書上有那麼多好友，但
   當你遇上狀況時可以「投奔」或可以「說得上話」的朋友有幾
   個？請舉例說明。又你認為友情該如何經營？

第四節

余華

（1960～）

一、創作背景與評價

　　余華，是中國大陸當代知名的小說家之一，與葉兆言和蘇童齊名，從1984年發表小說以來，就是大陸先鋒派小說的代表。余華的父母是醫生，從小住家就在醫院的太平間附近，小時候就經常聽到有人在哭送親人，面對生死的場面，使得他比一般人更早領悟生死的痛苦與問題。曾當過牙醫，五年後棄醫從文，在他的許多作品中都見到描寫生死的主題。

　　現定居北京從事職業寫作。余華從1984年開始發表小說。《十八歲出門遠行》是他的成名作，代表作品有《兄弟》、《許三觀賣血記》、《活著》、《在細雨中呼喊》等。其中《活著》和《許三觀賣血記》同時入選百位批評家和文學編輯評選的「90年代最有影響的十部作品」。

　　余華《活著》於1994年獲《中國時報》十本好書獎、香港「博益」十五本好書獎；1998年榮獲義大利「格林札納‧卡佛文學獎」的最高獎項；2002年獲第三屆世界華文「冰心文學獎」、入選香港《亞洲週刊》評選的「二十世紀中文小說百年百強」。

　　2005年8月29日，余華到新加坡國家圖書館和讀者暢談《活著》及現實生活對其創作的影響。余華表示：《活著》講述的是一個人和命運及生命的關係，講述中國人這幾十年是如何熬過來的。而這個小說題目是一次午睡時突然想起的，他認為「活著」這個詞充滿力量，不是喊叫，也不是進攻，而是忍受，去忍受生命賦予我們的責任，去忍受現實給予我們的幸福和苦難、無聊和平庸。[1]

　　有評論家評論余華的作品有一種荒誕的真實。余華回應：中國的現實本來就是荒誕的，無論是過去的文革，還是巨變中的現在。關於

---

[1]　http://www.epochtimes.com/b5/5/9/4/n1040759.htm

文革時期，他舉例說：文革中毛澤東的像滿街都是，毛主席語錄連廁所牆壁，甚至痰盂裡都有。枕巾上是「千萬不要忘記階級鬥爭」，床單上印著「在大風大浪中前進」，這個細節就被寫進了小說中鳳霞新婚的床上。關於現在，他說：現在大陸常發生礦難，一有礦難就有不少記者來採訪，煤礦的領導就偷偷摸摸塞給記者「封口費」，後來礦難一再發生，就來了很多假記者來要「封口費」。結果附近地區的旅館、飯店天天期待著發生礦難，多一些人來吃住，好給他們帶來多一點的經濟效益。[2]

有讀者問余華：爲什麼在他的小說裡有那麼多的暴力和死亡？余華感慨說他是在十年動亂（1966～1976），在小學一年級到中學畢業的那段時光給他打下的烙印很深。文革中犯人被押在操場主席臺上批鬥，臺下黑壓壓幾千人觀看。最多的是殺人犯和強姦犯，宣判死刑，立即執行。犯人被五花大綁，手腕被勒得一點血色都沒有，死白死白的，估計再長一點時間，就是不死，手也廢掉了。拉向刑場，人們跟著卡車跑，騎著自行車追，在那壓抑的年代，看殺人，簡直像過年一樣。死刑犯被一腳踹倒跪下，一桿長槍對著後腦勺，砰地一槍，腦漿迸裂，如果再掙扎，就又被補上幾槍。1989年，余華就夢見自己是這樣被殺的，他嚇得一頭冷汗。[3]關於這一段情節也在《活著》中出現。

《許三觀賣血記》也被評選爲「90年代最有影響的十部作品」，也是「二十世紀中文小說一百強」（世紀百強）的五百多本評選書目之一。

余華關注底層百姓的現實生活，也善於在對立的矛盾人性中，展

2　http://www.epochtimes.com/b5/5/9/4/n1040759.htm。

3　http://www.epochtimes.com/b5/5/9/4/n1040759.htm。

現人性的溫情，他不隱藏人性中的「惡」，但也盡力去挖掘其中的「善」，並且在美醜善惡的較量中，讓「善」征服了「惡」，極力展現了人性的價值以及人性中善良的一面所帶來的超越平常的感人力量。

　　近期的長篇小說《兄弟》更被瑞士《時報》評選爲2000年至2010年全球最重要的十五部小說。其作品已被翻譯成英文、法文、德文、俄文、義大利文、西班牙文、葡萄牙文、荷蘭文、瑞典文、挪威文、希臘文、泰文和越南文等二十多種語言，在外國出版。

二、作品賞析

㈠《活著》

　　余華將《活著》的故事背景擺在中國最動盪的年代──國共內戰、土地改革、大躍進，文化大革命──並且藉小說中的人物寫出當時中國人最困苦難堪的日子。小說的主角福貴是個農夫，小說裡的敘事者是個到鄉間採集民歌的年輕人，余華安排讓這位民歌收集者聽著福貴以「第一人稱主角敘事觀點」緩緩回憶他那一段辛酸歲月，他如何歷經身邊一個個親人的離去，最後只剩他和老牛作伴的往事。整篇小說頗具社會現實與省思。

　　地主少爺福貴是徐家唯一的香火，從小他總是有恃無恐，對父母予取予求，因爲了解自己單傳的重要地位，我們見到福貴的父親徐老爺子是雇用雇工背著福貴上、下學的：

> 上私塾時我從來不走路，都是我家一個雇工背著我去，放學時他已經恭恭敬敬地彎腰蹲在那裡了，我騎上去後拍拍雇工的腦袋，說一聲：「長根，跑呀！」雇工長根就跑起來，我在上面一顚一顚的，像是一隻在樹梢上的麻雀。我

　　說一聲：「飛呀！」長根就一步一跳，做出一副飛的樣子[4]

　他在學校既不認真讀書，也不尊重老師，老師要他唸書時，他拿起
《千字文》對老師說：「好好讀書，爹給你唸一段。」
　　長大後的福貴好色好賭，更總往城裡跑，常常不回家，福貴迷上
賭博後表示：「後來我更喜歡賭博了，嫖妓只是為了輕鬆一下，就跟
水喝多了要去方便一下一樣，說白了就是撒尿。賭博就完全不一樣
了，我是又痛快又緊張，特別是那個緊張，有一股叫我說不出來的舒
坦。」[5] 家珍對愛好女色的福貴總是一再隱忍，委婉勸說，有一次，
福貴又在城裡遊蕩了很多天才回家，他以為會遭遇家珍的臉色，沒想
到——

　　　家珍就笑盈盈地端出四樣菜，擺在我面前，又給我斟滿了
　　酒，自己在我身旁坐下來侍候我吃喝。
　　　那四樣菜都是蔬菜，家珍做得各不相同，可吃到下面都是
　　一塊差不多大小的豬肉。起先我沒怎麼在意，吃到最後一
　　碗菜，底下又是一塊豬肉。我一愣，隨後我就嘿嘿笑了起
　　來。我明白了家珍的意思，她是在開導我：女人看上去各
　　不相同，到下面都是一樣的。我對家珍說：「這道理我也
　　知道。」道理我也知道，看到上面長得不一樣的女人，我
　　心裡想的就是不一樣，這實在是沒辦法的事。家珍就是這
　　樣一個女人，心裡對我不滿，臉上不讓我看出來，弄些轉
　　彎抹角的點子來敲打我。[6]

4　余華：《活著》，臺北：麥田出版社，2007年，頁16～17。
5　余華：《活著》，頁17。
6　余華：《活著》，頁24。

家珍爲了勸阻好賭的福貴，還挺著肚子親自到賭場要把福貴帶回家，卻被感到丟臉的福貴呼了巴掌，還被福貴找人拖出了賭場。爲此家珍帶著女兒鳳霞回娘家。

　　終於，福貴在一夕間把家產都敗給了龍二，徐老爺子傾家蕩產爲兒子還債，離開祖屋後沒多久就死了。變成落拓窮農戶的福貴，開始過著艱苦的生活。得知福貴已無可賭的家珍帶著孩子回家後，福貴又重燃求生的意志，他跑去跟龍二借五畝地來耕作，沒有當過農夫的福貴，開始下田工作，手指常被鐮刀割傷。幫忙下田的母親見到他手指受傷，便抓起田間一把泥土往他的傷口處貼，說泥土是最滋養的，能長作物，也能滋養身體。

　　一家人，雖由盛而衰沒了家產，但母親卻常安慰福貴說窮沒有關係，家人能在一起就是幸福。然而，世事無常，福貴卻被軍隊抓去當兵了，後來，好不容易大難不死回到家，才從家珍口中知道母親在他離家不久就病死了。這時村裡開始搞「土地改革」，福貴分到了五畝地，就是原先租龍二的那五畝——「龍二是倒大楣了，他做上地主，神氣了不到四年，一解放他就完蛋了。共產黨沒收了他的田產，分給了從前的佃戶。他還死不認帳，去嚇唬那些佃戶，也有不買帳的，他就動手去打人家。龍二也是自找倒楣，人民政府把他抓了去，說他是惡霸地主。被送到城裡大牢後，龍二還是不識時務，那張嘴比石頭都硬，最後就給斃掉了。」[7] 福貴從戰場上撿回了小命，回到家，龍二又成了他的替死鬼，他家的祖墳埋對了地方，他告訴自己定要好好活著。

　　過去也是有錢人家女兒的細皮嫩肉的家珍，也是挽起袖子，下田工作，家珍一身的病也就是這樣來的。她總認爲：「有活幹心裡踏

實。」所以，就算病了，在床上休養時，她也要福貴把所有破爛的衣服放在她床邊，開始拆拆縫縫爲兒女做衣服，家珍也要給福貴做一件，誰知他的衣服沒做完，家珍連針都拿不起了。那時候鳳霞和有慶睡著了，家珍還在油燈下給他縫衣服，她累的臉上都是汗，他幾次催她快睡，她都喘著氣搖頭，說是快了。結果針掉了下去，她的手哆嗦著去拿針，拿了幾次都沒拿起來，他撿起來遞給她，她才捏住又掉下去。

「大躍進」時期，有一次，村裡的隊長帶著一位風水師在村子裡想找一個風水好的地方放置煉鋼的汽油桶，當風水師走到福貴家門口停了下來左顧右盼時，福貴很怕他們的茅屋被看中，就無家可歸，正巧家珍和風水師舊識，她請風水師進屋喝茶而化解了危機；後來，風水師轉而相中了鄰居的茅屋，隊長放了一把火把那茅屋給燒了。雖然逃過一劫，但福貴夫妻倆爲此難過不已。

隊長是個機會主義者，表面上看起來是爲民服務，骨子裡卻是利用權勢，能撈多少就撈多少。荒年時期，大家不斷在翻攪過無數次的田裡找食物，這一次，幸運的鳳霞翻到一個小甘藷，卻被旁邊的年輕人搶去，兩人正在爭執，福貴便和年輕人打了起來，這時，隊長趕來勸架，說他認爲鳳霞從不說謊，小甘藷一定是她的，但又苦於沒有第三者在場，無法證明小甘藷不是年輕人的，於是牛鎮長就把甘藷一分爲二，一人一半，福貴抗議說有一半比另一半大許多，鎮長說這好辦，便把較大的一半切了一小塊下來，放入自己的口袋裡。

又有一次，家珍回城裡娘家跟她父親要了一點米，回家後將門戶緊閉，開始煮粥給餓得發昏的家人吃，然而，烹煮時的炊煙還是吸引了飢餓的村人闖進了他們家，村人翻箱倒櫃想找出一些米，小說描述著：

隊長看不下去了，他說：「你們幹什麼，這是在別人家裡。出去，出去，他娘的都出去。」隊長把他們趕走後，起身關上門，也不先和我們套套近乎，一下子就把臉湊過來說：「福貴，家珍，有好吃的分我一口。」我看看家珍，家珍看看我，平日裡隊長對我們不錯，眼下他求上我們了，總不能不答應。家珍伸手從胸口拿出那個小袋子，抓了一小把給隊長，說：「隊長，就這麼多了，你拿回去熬一鍋米湯吧。」隊長連聲說「夠了，夠了。」隊長讓家珍把米放在他口袋裡，然後雙手攢住口袋嘿嘿笑著走了。隊長一走，家珍眼淚馬上就下來了，她是心疼那把米。看著家珍哭，我只能連連歎氣。[8]

得了軟骨病的家珍有著傳統母親的委曲求全，為子女無悔付出。有一陣子家珍病得很重，鳳霞背著她進城看醫生，就在要進村之前，家珍擔心有慶看到她被鳳霞背著的狼狽悲苦樣，會更加擔心她的病情，堅持要自己下來走。

原以為只要知足地和家人過著窮困的日子也開心，但兒子有慶竟在捐血時，失血過多而死。

有慶學校的校長，是縣長的女人，生孩子，需要有人捐血，孩子一聽是給校長獻血，一個個高興得像是要過節了，一些男孩子當場捲起了袖管。驗血結果，只有有慶的血型才對上了，有慶高興得跑到門口對外面的人叫道：「要抽我的血啦。」抽著抽著有慶的臉就白了，他還硬挺著直到嘴唇也白了，才哆嗦著說：「我頭暈。」抽血的人對他說：「抽血都頭暈。」那時有慶已經不行了，可是血還是不夠

8　余華：《活著》，頁161。

用。有慶的血差不多都被抽乾了，嘴唇也青了，抽血的人還是不住手，直到有慶摔到地上，那人才慌了，叫來醫生，醫生蹲在地上拿聽筒聽了聽說：「心跳都沒了。」醫生也沒怎麼當回事，只是罵了一聲抽血的：「你眞是胡鬧。」那天傍晚收工前，有慶的同學，急沖沖找到福貴，說有慶快死啦！當福貴趕到城裡醫院，和醫生有著以下的對話——

> 我見到第一個醫生攔住他，問他：「我兒子呢？」醫生看看我，笑著說：「我怎麼知道你兒子？」我聽後一怔，心想是不是弄錯了，要是弄錯可就太好了。我說：「他們說我兒子快死了，要我到醫院。」準備走開的醫生站住腳看著我問：「你兒子叫什麼名字？」我說：「叫有慶。」他伸手指指走道盡頭的房間說：「你到那裡去問問。」我跑到那間屋子，一個醫生坐在裡面正寫些什麼，我心裡咚咚跳著走過去問：「醫生，我兒子還活著嗎？」醫生抬起頭來看了我很久，才問：「你是說徐有慶？」我急忙點點頭，醫生又問：「你有幾個兒子？」我的腿馬上就軟了，站在那裡哆嗦起來，我說：「我只有一個兒子，求你行行好，救活他吧。」醫生點點頭，表示知道了，可他又說：「你為什麼只生一個兒子？」這叫我怎麼回答呢？我急了，問他：「我兒子還活著嗎？」他搖搖頭說：「死了。」我一下子就看不見醫生了，腦袋裡黑乎乎一片，只有眼淚嘩嘩地掉出來，半晌我才問醫生：「我兒子在哪裡？」[9]

9　余華：《活著》，頁168～169。

　　福貴唯一的女兒鳳霞也是個苦命的孩子，十多歲時，福貴為了讓有慶去上學，只好把鳳霞送去給人當養女，但養父母對她不好，她逃回了家，繼續認命地在田間幫忙。在福貴被抓丁的那一年，鳳霞發了七天七夜的高燒，燒退後，就成了聾啞，聾啞之後，更是自卑，成為村裡人捉弄嘲笑的對象，她從不對未來抱著希望。但是，萬二喜經他人介紹一眼就看中了鳳霞，萬二喜是縣城裡的搬運工，掙很多錢，是個偏頭，腦袋靠著肩膀，怎麼也起不來。兩個殘疾的人格外相知相惜。萬二喜父母早逝，從小在貧困中求生存，成就他吃苦耐勞又體貼細心的性格。他見到長年臥病在床的家珍，不方便用餐，就立刻幫她訂做了一個小桌子，可以放在床上方便用餐。和鳳霞結婚後，他用心疼愛鳳霞，晚上睡覺前，擔心蚊子吸鳳霞的血，會先讓鳳霞在門口乘涼，自己進屋內先餵飽蚊子，再讓鳳霞入房休息。可悲的是，鳳霞偏偏在生產時，大出血難產而死，留下的兒子，取名叫「苦根」。

　　久病的家珍也隨接著兒女離開人世。家珍在臨終時，寬慰著自己和福貴：「這輩子也快過完了，你對我這麼好，我也心滿意足，我為你生了一雙兒女，也算是報答你了，下輩子我們還要一起過。」其實，家珍跟著福貴哪有過過好日子，但家珍卻也對於能為福貴生了一雙兒女回報他，而感到心滿意足。最後，家珍用剩下的一口氣說：「鳳霞、有慶都死在我前頭，我心也定了，用不著再為他們操心，怎麼說我也是做娘的女人，兩個孩子活著時都孝順我，做人能做成這樣我該知足了。」[10] 知足的家珍看的是小孩生前都很孝順她，而不去想白髮人送黑髮人的悲哀與痛苦。

　　鳳霞過世後，萬二喜獨立撫養苦根，他在工地工作時將兒子背在背上。苦根很少給萬二喜添麻煩，當他肚子餓時，萬二喜會就近找

10　余華：《活著》，頁231。

尋是否有正在餵奶的母親，然後給她一毛錢，求她餵餵苦根。萬二喜最後死於工地意外，死時被兩片水泥板夾死，全身骨頭沒有一塊完整，當萬二喜被夾碎的那一剎那，脖子總算伸直了，他口中發出如雷的叫聲，高喊著：「苦根。」

萬二喜死後，福貴便把苦根帶到村裡來住。窮困的福貴和苦根相依為命，有一天苦根發燒，福貴對於自己老糊塗還逼著他幹活感到愧疚，便熬了一碗薑湯，還去摘了半鍋新鮮的豆子，給苦根煮熟了，裡面放上鹽。把凳子搬到床前，半鍋豆子放在凳上，叫苦根吃，看到有豆子吃，苦根笑了。孰料，苦根竟吃豆子撐死了。

苦根死後第二年，福貴買牛的錢湊夠了——「看看自己還得活幾年，我覺得牛還是要買的。牛是半個人，牠能替我幹活，閒下來時我也有個伴，心裡悶了就和牠說說話。牽著牠去水邊吃草，就跟拉著個孩子似的。」[11]

福貴送走身邊一個個親人，最後和一隻老牛相依相伴，努力「活著」。

㈡《許三觀賣血記》

小說的故事大要是：絲廠工人許三觀第一次賣血，是因為巧遇隔壁村的朋友要到城裡醫院賣血，他們認為賣血的男人才身強體壯，才有資格娶妻。出於好奇，也為了證明自己，所以就跟著去賣血。後來，用掙來的三十五塊娶了許玉蘭，陸續生下了一樂、二樂和三樂三個兒子。之後，卻得知他最疼愛的一樂是許玉蘭在婚前和無緣的情人何小勇所生。雖然血緣關係惹起一連串的家庭風波，但是許三觀卻總是在最緊要的關頭為了家人，又一次次的去賣血，一關關地度過生命中的驚滔駭浪。

11　余華：《活著》，頁252。

　　《許三觀賣血記》以小人物許三觀的角度和立場去看大環境——
中華人民共和國成立後的50、60年代——的強烈轉變，余華從第
十八章到二十五章，藉由文字透過許三觀的視角介紹給讀者整個政治
環境的變化，許三觀對許玉蘭說：

> 今年是1958年，人民公社，大躍進，大煉鋼鐵，還有什
> 麼？我爺爺，我四叔他們村裡的田地都被收回去了，從今
> 往後誰也沒有自己的田地了，田地都歸國家了，要種莊稼
> 得向國家租田地，到了收成的時候要向國家交糧食，國家
> 就像是從前的地主，當然國家不是地主，應該叫人民公社
> ……我們絲廠也煉上鋼鐵了，廠裡砌出了八個小高爐，我
> 和四個人管一個高爐，我現在不是絲廠的送繭工許三觀，
> 我現在是絲廠的煉鋼工許三觀，他們都叫我許煉鋼。你知
> 道為什麼要煉那麼多鋼鐵出來？人是鐵，飯是鋼，這鋼鐵
> 就是國家的糧食，就是國家的稻子、小麥，就是國家的魚
> 和肉。[12]

許三觀對許玉蘭說：

> 我今天到街上去走了走，看到很多戴紅袖章的人挨家挨戶
> 地進進出出，把鍋收了，把碗收了，把米收了，把油鹽醬
> 醋都收了去，我想過不了兩天，他們就會到我們家來收這
> 些了，說是從今往後誰家都不可以自己做飯了，要吃飯去
> 大食堂，你知道城裡有多少個大食堂？我這一路走過來看

---

[12]　余華：《許三觀賣血記》，臺北：麥田出版社，1997年，頁149。

到了三個，我們絲廠一個；天寧寺是一個，那個和尚廟也改成食堂了，裡面的和尚全戴上了白帽子，圍上了白圍裙，全成了大師傅；還有我們家前面的戲院，戲院也變成了食堂，你知道戲院食堂的廚房在哪裡嗎？就在戲臺上，唱越劇的小旦、小生一大群都在戲臺上洗菜淘米，聽說那個唱老生的是司務長，那個丑角是副司務長……[13]

這一年夏天，許三觀從街上回到家裡，對許玉蘭說：

我這一路走過來，沒看到幾戶人家屋裡有人，全到街上去了，我這輩子沒見過街上有這麼多人，胳膊上都套著個紅袖章，遊行的、刷標語的、貼大字報的，大街的牆上全是大字報，一張一張往上貼，越貼越厚，那些牆壁都像是穿上棉襖了。我還見到了縣長，那個大胖子山東人，從前可是城裡最神氣的人，我從前見到他時，他手裡都端著一個茶杯，如今他手裡提著個破臉盆，邊敲邊罵自己，罵自己的頭是狗頭，罵自己的腿是狗腿……你知道嗎？為什麼工廠停工了、商店關門了、學校不上課、你也用不著去炸抽條了？為什麼有人被吊在了樹上、有人被關進了牛棚、有人被活活打死？你知道嗎？為什麼毛主席一說話，就有人把他的話編成了歌，就有人把他的話刷到了牆上、刷到了地上、刷到了汽車上和輪船上、床單上和枕巾上、杯子上和鍋上，連廁所的牆上和痰盂上都有。毛主席的名字為什麼會這麼長？你聽著：偉大的領袖偉大的導師偉大的統

13　余華：《許三觀賣血記》，頁149～150。

帥偉大的舵手毛主席萬歲萬歲萬萬歲。一共有三十個字，
這些都要一口氣唸下來，中間不能換氣。你知道這是為什
麼？因為文化大革命來啦……[14]

許三觀有點明白什麼叫「文化大革命」了？「其實就是一個報私仇的
時候，以前誰要是得罪了你，你就寫一張大字報，貼到街上去，說他
是漏網地主也好，說他是反革命也好，年月最多的就是罪名，隨便拿
一個過來，寫到大字報上，再貼出去，就用不著你自己動手了，別人
會把他往死裡整。」[15]

　　以上的文字雖是輕描淡寫提到了大躍進、全民煉鋼、人民公社、
文化大革命，其中卻是涵括了沉重的歷史洪流的傷害。小說之後還寫
到了毛澤東一連串的指示：「要文鬥，不要武鬥。」於是大家放下了
手裡的刀和棍子；「要復課鬧革命」，於是學校開始上課；「要抓革
命促生產」，於是大家都回到工作崗位；「知識青年到農村去，接
受貧下中農的再教育，很有必要」，於是知識青年們就到農村插隊落
戶。

　　小說提及的大饑荒、上山下鄉以及文革十年的場面，栩栩如生，
發人深省。小說反映現實人生，比起「正史」更足以感動人心；也引
發讀者省思，擴大思考格局。

1. 行善避禍

　　許三觀知道一樂非親生兒子後，於是耍起任性不再分擔家務，也
故意在言語上找許玉蘭麻煩。

　　三樂愛玩彈弓，這次打中了方鐵匠的小兒子，小兒子找了大哥來

14　余華：《許三觀賣血記》，頁200。
15　余華：《許三觀賣血記》，頁201。

報仇，一樂也來替三樂出頭，一樂用石頭把方鐵匠大兒子的頭砸傷了，卻賠不出醫藥費。全家簡陋的家具都被方鐵匠找人搬走了，許三觀要許玉蘭去找一樂的親生父親何小勇出錢，卻惹得何小勇夫妻不認子的無禮辱罵。最後，許三觀只得去賣血還醫藥費，這是他第二次賣血。

小說描述許玉蘭感動許三觀的付出，再次跑到何小勇家亮起嗓子對鄰居訴說：

> 「你們都知道何小勇不要自己的兒子，你們都知道我前世造了孽，今生讓何小勇占了便宜，這些我都不說了，我今天來是要對你們說，我今天才知道我前世還燒了香，讓我今生嫁給了許三觀。你們不知道許三觀有多好，他的好是幾天幾夜都說不完，別的我都不說了，我就說說許三觀賣血的事，許三觀為了我，為了一樂，為了這個家，今天都到醫院裡去賣血啦，你們想想，賣血是要丟命的，就是不丟命，也會頭暈，也會眼花，也會沒有力氣，許三觀為了我，為了一樂，為了我們這個家，是命都不要了……」[16]

兩年後的一天，何小勇被一輛卡車撞到了，許三觀認為何小勇做了壞事不肯承認，果然老天有眼「惡有惡報」，許三觀總結說：「所以，做人要多行善事，不行惡事。做了惡事的話，若不馬上改正過來，就要像何小勇一樣，遭老天爺的罰，老天爺罰起人來可是一點都不留情面。都是把人往死裡罰，那個何小勇躺在醫院裡面，還不知道

16　余華：《許三觀賣血記》，頁126。

死活呢。」[17] 許三觀還對比自己身強力壯，臉色紅潤，雖然日子過得窮苦，但身體好就是本錢，是老天爺獎給他的，說著許三觀還使了勁，讓鄰居們看看他胳膊和腿上的肌肉說雖然他做了十三年的「烏龜」，可是一樂跟他很親，平日裡有什麼好吃的，總先問：爹，你吃不吃。他認為一樂對他好，也是老天爺獎勵他的。

　　作者有意藉著許三觀的語言，宣揚「舉頭三尺有神明」，「善有善報，惡有惡報；不是不報，時辰未到」，還有「善惡到頭終有報，只爭來早與來遲」的因果報應的說法，讓好因得好果，惡因得惡果的天道報應觀念深植人心，同時也勸人行善避禍，具有勸懲的作用。

2. 知恩圖報；以德報怨；言而有信

　　何小勇躺在醫院快要死了，城西的陳先生開處方，但是說這些藥只能治身體，治不了何小勇的魂，所以建議要他的親生兒子上屋頂去，對著西天喊：「爹，你別走；爹，你回來。」何小勇的魂還沒有飛走的話，就會留下來。

　　何小勇的妻子哭求許玉蘭開恩，讓一樂去把何小勇的魂喊回來，說是一樂要是不去喊魂，她就要做寡婦了。許玉蘭抓緊機會報了前仇說：「我的命好，他們都說許三觀是長壽的相，說許三觀天庭飽滿，我家許三觀手掌上的那條生命線又長又粗，就是活到八、九十歲，閻王爺想叫他去，還叫不動呢。我的命也長，不過再長也沒有許三觀長，我是怎麼都會死在他前面的，他給我送終。做女人最怕什麼？還不是怕做寡婦，做了寡婦以後，那日子怎麼過？家裡掙的錢少了不說；孩子們沒了爹，欺負他們的人就多，還有下雨天打雷的時

17　余華：《許三觀賣血記》，頁183-184。

候，心裡害怕都找不到一個肩膀可以靠上去……。」[18]

　　何小勇的妻子越哭越傷心，說怎麼說何小勇也是一樂的親爹。許玉蘭又笑嘻嘻地說：「這話妳要是早說，我就讓一樂跟妳走了，現在妳才說何小勇是一樂的親爹，已經晚了，我男人許三觀不會答應的，想當初，我到你們家裡來，你罵我，何小勇還打我，那時候你們兩口子可神氣呢，沒想到你們會有今天。許三觀說得對，你們家是惡有惡報，我們家是善有善報。你看看我們家的日子，越過越好，你再看看我身上的襯衣，這可是棉綢的襯衣，一個月以前才做的……。」[19]

　　許玉蘭雖說是在言語上「回報」了何小勇的妻子，但是刀子嘴豆腐心的她還是力勸許三觀答應讓一樂去喊魂，許玉蘭說：「何小勇的女人都哭著求上門來了，再不幫人家，心裡說不過去。他們以前怎麼對我們的，我們就不要去想了，怎麼說人家的一條命在我們手裡，總不能把人家的命捏死吧？」[20] 許三觀氣歸氣，最後還是動了善念，他對一樂機會教育說：「一樂，我為什麼和我四叔感情深？就是因為四叔把我背回到爺爺家裡的，做人要有良心。我四叔死了有好幾年了，我現在想到四叔的時候，眼淚又要下來了。做人要有良心，我養了你十三年，這十三年裡面，我打過你、罵過你，你不要記在心裡，我都是為你好。這十三年裡面，我不知道為你操了多少心，就不說這些了，你也知道我不是你的親爹，你的親爹現在躺在醫院裡，你的親爹快要死了，醫生救不了他，……何小勇以前對不起我們，這是以前的事了，我們就不要再記在心裡了，現在何小勇性命難保，救命要緊。怎麼說何小勇也是個人，只要是人的命都要去救，再說他也是

18　余華：《許三觀賣血記》，頁187。

19　余華：《許三觀賣血記》，頁188。

20　余華：《許三觀賣血記》，頁190。

你的親爹，你就看在他是你親爹的分上，爬到他家的屋頂上去喊幾聲吧……。一樂，你記住我今天說的話，做人要良心，我也不要你以後報答我什麼，只要你以後對我，就像我對我四叔一樣，我就心滿意足了。等到我老了、死了，你想起我養過你，心裡難受一下，掉幾顆眼淚出來，我就很高興了……。」[21]

在許三觀對一樂的這一大段話裡，不但教化著我們受人滴水之恩，必當湧泉以報，也要以「德」來和解仇怨，因為冤冤相報何時了，只有學習放下仇恨，才等於是放過自己。我們也絕對不會因為對方受苦，而讓自己好過的。

許三觀讓許玉蘭帶著一樂到何小勇家屋頂上去喊魂，但是一樂卻不配合，在眾人的圍觀下，一樂就是不願喊，因為他不承認何小勇是他的親爹，他認定的爹只有許三觀。後來何小勇的朋友建議把許三觀找來，也許一樂就會聽話了。果然一樂見到許三觀，說他在屋頂上待夠了，要他快來接他下去，但許三觀卻對一樂說他現在還不能上去接他，他還沒有哭喊，何小勇的魂還沒有回來。許三觀勸著一樂說：「一樂，你聽我的話，你就哭幾聲，喊幾聲，這是我答應人家的事，我答應人家了，就要做到，君子一言，駟馬難追，再說那個王八蛋何小勇也真是你的親爹……。」[22]

一樂終於在屋頂上哭了起來，但他哭的是許三觀不是他的親爹。

雖然最後何小勇還是撒手人寰，但是，言而有信的許三觀卻是對得起自己的良心，而且也在一定程度上讓曾經被何小勇拒絕家門外的一樂，盡了人子的義務，也算是仁至義盡了。

21　余華：《許三觀賣血記》，頁191～192。
22　余華：《許三觀賣血記》，頁197。

3. 超越「血緣」的人性溫情

歐陽欽在〈苦難中的溫情——解讀余華的《許三觀賣血記》〉一文中，評價該部作品的「藝術魅力在審美意蘊上表現為寫出了作者對苦難的獨特體驗和深刻的理解，以及透過苦難所呈現出的人性深處的真善美，即苦難中的溫情，這溫情可以理解為人道主義和人文關懷。」[23]

小說裡的許三觀在得知他最愛的一樂非他親生，父子間的情感起了變化，一樂打傷方鐵匠的兒子，許三觀是在何小勇不願出面解決的最後關頭，才去賣血賠償醫藥費。後來，第三次賣血是為了報復妻子婚前的不忠，而跑去和他結婚前所中意的林芬芳偷情，以賣血的錢買了補品送去給生病的林芬芳。第四次賣血是在自然災害那一年，全家吃了五十七天的玉米稀粥，他為了想給全家吃一頓好的，又去賣了一次血，但這次只拿到三十元，因為被李血頭抽走了五元。

正因為是荒年，賣血不易，所以，許三觀只願意拿五角錢給一樂去買烤紅薯，而不願帶一樂一起去吃麵。許三觀對一樂說：「一樂，平日裡我一點也沒有虧待你，二樂、三樂吃什麼，你也能吃什麼。今天這錢是我賣血掙來的，這錢來得不容易，這錢是我拿命去換來的，我賣了血讓你去吃麵條，就太便宜那個王八蛋何小勇了。……如果你是我的親生兒子，我最喜歡的就是你。」[24]

一樂為此去投奔何小勇，希望他的親生父親可以帶他去吃麵，但卻遭何小勇打罵、趕走。身心受創的一樂沒有往回家的路上走，後來，許玉蘭和許三觀到處找他，找急了，許三觀一見到一樂後破口大罵，一樂說想吃東西、想睡覺：「我想你就是再不把我當親兒

---

23 歐陽欽：〈苦難中的溫情——解讀余華的《許三觀賣血記》〉，《語言文學研究》，2010年7月，頁16。
24 余華：《許三觀賣血記》，頁167。

子，你也比何小勇疼我，我就回來了。」[25] 許三觀在疲憊的一樂身前
蹲下來，對他說：「爬到我背上來。」許三觀雖然嘴裡不停地罵著一
樂，但卻往麵店走去：

> 一樂看到了勝利飯店明亮的燈光，他小心翼翼地問許三
> 觀：「爹，你是不是要帶我去吃麵條？」
> 許三觀不再罵一樂了，他突然溫和地說道：「是的。」[26]

許三觀在重要的關鍵時刻所展現的「無」血緣卻「有」感情的父子間
偉大的親情，是相當令人動容的。

許三觀的第五次賣血也是為了一樂，一樂下放農村回家時連路都
走不動了，休息了幾天，許三觀夫婦就趕他趕快回鄉下，他們指望他
在鄉下好好幹，能早一天抽調回城。許三觀送著虛弱的一樂走，到了
醫院大門前許三觀要一樂等他一會兒，原來他又跑去賣血了。在碼頭
等船時，許三觀從胸前的口袋裡拿出了三十元，塞到一樂手裡，一樂
推辭著，許三觀說：

> 「這是我剛才賣血掙來的，你都拿著，這裡面還有二樂
> 的，二樂離我們遠，離你近，你去他那裡時，你就給他十
> 元、十五元的，你對二樂說不要亂花錢。我們離你們遠，
> 平日裡也照顧不到你們，你們兄弟要互相照顧。」「這
> 錢不要亂花，要節省著用。覺得人累了，不想吃東西了，
> 就花這錢去買些好吃的，補補身體。還有，逢年過節的

25　余華：《許三觀賣血記》，頁181。
26　余華：《許三觀賣血記》，頁182。

時候，買兩盒菸，買一瓶酒，去送給你們的生產隊長，到
時候就能讓你們早些日子抽調回城。知道嗎？這錢不要亂
花，好鋼要用在刀刃上……」[27]

雖說「血濃於水」，但小說裡卻展現了超越血緣關係的更深層、更溫
厚的無私的情感。

小說更感動人的，還在於許三觀以賣「血」的救子行動去證明他
對一樂的愛。一樂得了肝病，送進了上海的醫院，為了湊醫藥費，
他計畫要一路賣血，中間不能休息，否則一樂就沒錢治病了。他認
為他活到五十歲了，做人的滋味也嘗過了，算是值得了，可是一樂才
二十一歲，還沒娶妻，還沒好好活過，要是就那麼死了，真是太吃虧
了。於是，他在十天內連賣四次血，直到失血休克昏厥過去，醫院輸
血救起他，他還央求醫生把別人的血收回去，他不想欠人，他這輩子
沒拿過別人的東西。最後當許三觀趕到醫院，見到空床，以為一樂死
了，嚎啕大哭時，見到正要走進病房的一樂和妻子，才為病情好轉的
一樂慶幸。

許三觀對一樂的感情，是在養育的艱困環境，相知相惜中一點一
滴培養起來的，那是一種超越血緣關係的山高海深的溫情，撼動人
心，全然展現了人性中的真性情。

4. 正面樂觀

在「絕處逢生」中挖掘對人性的關懷，應該是余華在小說中很能
讓人看透的要旨，於是，我們見到余華塑造許三觀的性格是「一種喜
劇的性格，但在現代社會中，卻很難說是快樂的」雖然他「被動、粗
糙而又無奈地活著」，但「正是這種帶有喜劇性的人性的思想境界能

---

[27] 余華：《許三觀賣血記》，頁224。

夠保證他以賣血的方式被動地抵抗苦難。」[28]

　　許三觀似乎以「阿Q心理」去面對生活，比如：有人傳言一樂長得不像他，不是他的小孩，許三觀便自我安慰對自己說：「他們說一樂長得不像我，可一樂和二樂、三樂長得一個樣……兒子長得不像爹，兒子長得和兄弟像也一樣……沒有人說二樂、三樂不像我，沒有人說二樂、三樂不是我的兒子……一樂不像我沒關係，一樂像他的弟弟就行了。」[29]

　　又如：在荒年時期，飢餓是大家共有的恐怖經驗，許三觀他們家天天喝稀玉米粥，已經喝到對人生感到失望了。但在許三觀生日這天，許玉蘭把留著過春節的糖拿出來往玉米粥裡放，除了三個兒子各一碗外，還特別多留了一碗給許三觀，但許三觀最後還是把那一碗留給了孩子，只要每人給他叩一個頭，算是壽禮。接著還要小孩點菜，他要用「嘴」給他們炒菜吃。三樂要吃紅燒肉，於是許三觀開始用嘴做菜——

　　　　「我先把四片肉放到水裡煮一會，煮熟就行，不能煮老了，煮熟後拿起來晾乾，晾乾以後放到油鍋裡一炸，再放上醬油，放上一點五香，放上一點黃酒，再放上水，就用文火慢慢地燉，燉上兩個小時，水差不多燉乾時，紅燒肉就做成了……」
　　　　許三觀聽到了吞口水的聲音。「揭開鍋蓋，一股肉香是撲鼻而來，拿起筷子，夾一片放到嘴裡一咬……」
　　　　許三觀聽到吞口水的聲音越來越響。「是三樂一個人在吞

28　蘇菲：〈淺談《許三觀賣血記》的重複敘事及其心理印象〉，《瓊州學院學報》，第15卷，第6期，2008年12月，頁76。
29　余華：《許三觀賣血記》，頁73。

口水嗎？我聽聲音這麼響，一樂和二樂也在吞口水吧？許
玉蘭妳也吞上口水了，你們聽著，這道菜是專給三樂做
的，只准三樂一個人吞口水，你們要是吞上口水，就是說
你們在搶三樂的紅燒肉吃，你們的菜在後面，先讓三樂吃
得心裡踏實了，我再給你們做。三樂，你把耳朵豎直了
……夾一片放到嘴裡一咬，味道是，肥的是肥而不膩，瘦
的是絲絲飽滿。我為什麼要用文火燉肉？就是為了讓味道
全部燉進去。三樂的這四片紅燒肉是……三樂，你可以慢
慢品嚐了。接下去是二樂，二樂想吃什麼？」[30]

之後，許三觀也給二樂和一樂做了紅燒肉後，還給許玉蘭做了一條清
燉鯽魚。許三觀繪聲繪色地做著菜，屋裡響起一片吞口水的聲音，最
後，他給自己做了一道爆炒豬肝，他說：

「豬肝先是切成片，很小的片，然後放到一只碗裡，放上
一些鹽，放上生粉，生粉讓豬肝鮮嫩，再放上半盅黃酒，
黃酒讓豬肝有酒香，再放上切好的蔥絲，等鍋裡的油一冒
煙，把豬肝倒進油鍋，炒一下，炒兩下，炒三下……」
「炒四下……炒五下……炒六下。」
一樂、二樂、三樂接著許三觀的話，一人跟著炒了一下，
許三觀立刻制止他們：「不，只能炒三下，炒到第四下就
老了，第五下就硬了，第六下那就咬不動了，三下以後趕
緊把豬肝倒出來。這時候不忙吃，先給自己斟上二兩黃
酒，先喝一口黃酒，黃酒從喉嚨裡下去時熱乎乎的，就像

---

[30] 余華：《許三觀賣血記》，頁159～160。

是用熱毛巾洗臉一樣，黃酒先把腸子洗乾淨了，然後再拿起一雙筷子，夾一片豬肝放進嘴裡……這可是神仙過的日子……」

屋子裡吞口水的聲音這時是又響成一片，許三觀說：「這爆炒豬肝是我的菜，一樂、二樂、三樂，還有妳許玉蘭，你們都在吞口水，你們都在搶我的菜吃。」

說著許三觀高興地哈哈大笑起來，他說：「今天我過生日，大家都來嘗嘗我的爆炒豬肝吧。」[31]

小說從第十八章起講到災難歲月來臨——大躍進、全民煉鋼、人民公社、大饑荒、上山下鄉、文革十年，從水災講到荒年，一連串的天災人禍帶給人們對未來生活的絕望，但是因為許三觀的樂天性格，他總可以在困境中激發出超凡的忍耐力和正面思考的努力方向，帶領著家人、影響朋友一起迎接未知的挑戰。這也正是小說總給人絕處逢生的希望所在。

5. 患難見真情

除了前面所提到的許三觀對一樂超越血親關係的無悔付出外，許三觀第六次賣血是為了二樂的前途，要討好他的隊長，所以賣血籌錢，設酒款待隊長。這種在患難中所見到的真情，除了親情外，還有夫妻之情。

文化大革命時期，許玉蘭因為和何小勇過去的那一段被寫進了大字報，許玉蘭被說是：破鞋、爛貨，十五歲就做了妓女，出兩元錢就可以和她睡覺，說她睡過的男人十輛卡車都裝不下。許三觀知道許玉蘭難過，要一樂和二樂到大街上去隨便抄寫一張大字報，抄完了就貼

31　余華：《許三觀賣血記》，頁162。

到寫許玉蘭的那張大字報上去。

　　但是沒過兩天，一群戴著紅袖章的人來到許三觀家，把許玉蘭帶走了。他們要在城裡最大的廣場上開一個萬人批鬥大會，他們已經找到了地主、富農、右派、反革命和走資本主義道路的當權派，就是差一個妓女，當時離批鬥大會召開只有半個小時，他們終於找到了許玉蘭。

　　回到家前許玉蘭的左邊頭被剃光了，許三觀便把她的右邊頭也剃了。自此許玉蘭的苦日子就開始了，她胸前掛著木板，上面寫著妓女，每天站到凳子上，又像在批鬥會上一樣，低著頭，一站就是一整天，人說「夫妻本是同林鳥，大難來時各自飛」，但是，許三觀卻是深情相守。有好幾次許玉蘭感激涕零地對許三觀說：「我在外面受這麼多罪，回到家裡只有你對我好，我腳站腫了，你倒熱水給燙腳；我回來晚了，你怕飯菜涼了，就焐在被窩裡；我站在街上，送飯送水的也是你。許三觀，你只要對我好，我就什麼都不怕了……」[32]

　　許三觀給頭髮長出來一些像個小男孩頭的許玉蘭送飯，許三觀就在她身邊站著，有幾個人看到許玉蘭坐在凳子上吃飯，就走過去朝許玉蘭手上的鍋裡看，許三觀趕緊把許玉蘭手上的鍋拿給他們看，跟他們說，鍋裡只有米飯、沒有菜。他說他若給許玉蘭吃菜就是包庇她了。等他們走開後，許三觀輕聲對她說：「我把菜藏在米飯下面，現在沒有人，妳快吃口菜。」許玉蘭用勺子從米飯上面挖下去，看到下面藏了很多肉，許三觀為她做了紅燒肉，她就往嘴裡放了一塊紅燒肉。許三觀輕聲那是他偷偷給她做的，兒子們都不知道。

　　許玉蘭在工廠、學校、大街和廣場上都被批鬥過，但有個人卻要許三觀家裡也要開批鬥會。大家都盯著他們，他只能照做。許三觀交

32　余華：《許三觀賣血記》，頁205～206。

代兒子批鬥時，不能叫許玉蘭「媽」，只能叫她名字。他們四個人都坐著，只有許玉蘭站在那裡，許玉蘭低著頭，就像是站在大街上一樣。許三觀對兒子們提議，許玉蘭在街上站了一天了，腳腫腿麻，是否舉手同意讓她坐在凳子上。後來，許玉蘭也坐在凳子上了，許三觀要兒子都要發言，有話則長，無話則短，別人問起來，就可以理直氣壯說都發言了。但是三個孩子都問不出話來，許三觀便為許玉蘭辯解著：「他們說許玉蘭是個妓女，說許玉蘭天天晚上接客，兩元錢一夜，你們想想，是誰天天晚上和許玉蘭睡在一張床上？……就是我，許玉蘭晚上接的客就是我，我能算是客嗎？……我當年娶許玉蘭花了不少錢，我雇了六個人敲鑼打鼓，還有四個抬轎子，擺了三桌酒席，所有的親戚朋友都來了，我和許玉蘭是明媒正娶。所以我不是什麼客，所以許玉蘭也不是妓女。不過，許玉蘭確實犯了生活錯誤，就是何小勇……」[33] 許三觀轉過臉去看許玉蘭，要她把這事向三個兒子交代清楚。

　　許玉蘭詳細地哭訴著被何小勇侵犯的經過，但許三觀不想讓許玉蘭交代得太清楚就打斷她，要兒子發言，一樂說他現在最恨的就是何小勇，第二恨的就是許玉蘭。 許三觀擺擺手，讓一樂不要說了，然後他要二樂發言，二樂問許玉蘭說：「何小勇把妳壓在牆上，妳為什麼不咬他，妳推不開他可以咬他，妳說妳沒有力氣了，咬他的力氣總還有吧！」許三觀聽了，吼叫了一聲，又喝止了二樂，嚇得三樂什麼都不敢說了。一樂卻又補充說：「我剛才說到我最恨的，我還有最愛的，我最愛的當然是偉大領袖毛主席，第二愛的……」一樂看著許三觀說：「就是你。」許三觀聽到一樂這麼說，眼淚流出來了，對許玉蘭說：「誰說一樂不是我的親生兒子？」

---

[33]　余華：《許三觀賣血記》，頁212～213。

接著許三觀溫和地對三個兒子坦承說他也犯過生活錯誤，他去探望婚前喜歡的女孩林芬芳，林芬芳摔斷了腿，她的丈夫不在家，他就和林芬芳親熱起來了。許三觀努力護衛著妻子，不希望兒子看輕他們的母親：

> 「我和林芬芳只有一次，你們媽和何小勇也只有一次。我今天說這些，就是要讓你們知道，其實我和你們媽一樣，都犯過生活錯誤。你們不要恨她……」
>
> 許三觀指指許玉蘭，「你們要恨她的話，你們也應該恨我，我和她是一路貨色。」
>
> 許玉蘭搖搖頭，對兒子們說：「他和我不一樣，是我傷了他的心，他才去和那個林芬芳……」
>
> 許三觀搖著頭說：「其實都一樣。」
>
> 許玉蘭對許三觀說：「你和我不一樣，要是沒有我和何小勇的事，你就不會去摸林芬芳的腿。」
>
> 許三觀這時候同意許玉蘭的話了，他說：「這倒是。」
>
> 「可是……」他又說，「我和你還是一樣的。」[34]

在這一段家裡批鬥的過程中，我們從他們語言的一來一往中，見到許三觀多年來對於許玉蘭與何小勇的一段肉體關係真正釋懷，也得到的內心的和解，他以理解和寬容的同理心，和妻子站在一起，一起面對兒子的檢討。以上感人的真誠對話，正是對於文化大革命標榜著：打破一切舊有家庭觀念與家人關係，是一個最大的諷刺。

小說的最後一章，許三觀已經年過六十了，三個兒子在城裡，也

34　余華：《許三觀賣血記》，頁217。

成家立業，搬到別處了，大家日子都過得不錯，兩老也不缺錢了。有一天，許三觀突然想吃豬肝，但身上沒帶錢，他決定為自己賣一次血，但是到了醫院，年輕血頭卻嫌棄他的血，說只能賣給油漆匠漆家具，這時他突然感到自己的無用，他想著四十年來，每次家裡遇上災禍時，他都是靠賣血度過去的，今天是第一次，他的血賣不出去。以後他的血沒人要了，家裡再有災禍怎麼辦？他因此大哭。三個兒子正好在大街上遇到父親在哭，覺得父親為了要吃炒豬肝而哭，有些丟臉，要父親回家去哭。這時許玉蘭一口氣把三個兒子狠狠數落了一頓：

> 「你們的良心被狗叼走啦，你們竟然這樣說你們的爹，你們爹全是為了你們，一次一次去賣血，賣血掙來的錢全是用在你們身上，你們是他用血餵大的。想當初，自然災害的那一年，家裡只能喝玉米粥，喝得你們三個人臉上沒有肉了，你們爹就去賣了血，讓你們去吃了麵條，你們現在都忘乾淨了。還有二樂在鄉下插隊那陣子，為了討好二樂的隊長，你們爹賣了兩次血，請二樂的隊長吃，給二樂的隊長送禮，二樂你今天也全忘了。一樂，你今天這樣說你爹，你讓我傷心，你爹對你是最好的，說起來他還不是你的親爹，可他對你是最好的，你當初到上海去治病，家裡沒有錢，你爹就一個地方一個地方去賣血，賣一次血要歇三個月，你爹為了救你命，自己的命都不要了，隔三、五天就去賣一次，在松林差一點把自己賣死了，一樂你也忘了這事。你們三個兒子啊，你們的良心被狗叼走啦……」[35]

35　余華：《許三觀賣血記》，頁290-291。

聲淚俱下的許玉蘭把口袋裡所有的錢都摸出來，給許三觀看，拉著許三觀說：我們現在有的是錢，我們走，我們去吃炒豬肝，去喝黃酒。許玉蘭總共為許三觀點了三盤炒豬肝、一瓶黃酒，還有兩個二兩的黃酒，讓他可以大快朵頤，並且還護衛著許三觀把年輕血頭臭罵了一頓，許三觀終於笑了。

我們在這裡見到的是夫妻胼手胝足，榮辱福禍與共，珍惜相愛，點點滴滴所積累而來的患難情誼，相當令人感動，其中對彼此的包容、理解與體諒，更是值得學習。

6. 對弱勢族群悲天憫人的關懷

《許三觀賣血記》是「一部關注現實、外表樸實簡潔和內涵意蘊深遠的完美結合的作品。作者憑著他卓越的想像力和極大的溫情描繪了賣血這種磨難的人生並由此而產生的悲情。」[36] 的確，小說的悲情在於寫出了普羅大眾的生存狀態和生活質量，就像我們在小說中見到大家都說賣血之前要喝大量的水，而且不能排尿，這樣身上的血才會比較多，也降低血的濃度，還說賣血後去吃豬肝，就可以補充身體所失去的血。於是，許三觀每次賣血之前都如法炮製。這樣以訛傳訛的愚昧無知，到了幾年後許三觀得知曾經和他一起賣血的阿方就是因為憋尿，憋到膀胱破裂，身體敗壞，不能再賣血了，他才知道原來過去的觀念都是錯的。

此外，還有流言蜚語對人的非議的傷害也充分展現，城裡很多認識許三觀的人，在二樂和三樂的臉上認出了許三觀的鼻子和眼睛，可是在一樂的臉上，就找不到和許三觀相似的地方。他們開始在私下裡議論：「他們說一樂這個孩子長得一點都不像許三觀，一樂這孩子的

---

36 謝汝朵：〈血的「旅行」及其悲劇性——對余華《許三觀賣血記》的一次審視〉，《肇慶學院學報》，第30卷，第4期，2009年7月，頁22。

嘴巴長得像許玉蘭，別的也不像許玉蘭。一樂這孩子的媽看來是許玉蘭，這孩子的爹是許三觀嗎？一樂這顆種子是誰播到許玉蘭身上去的？會不會是何小勇？一樂的眼睛、一樂的鼻子，還有一樂那一對大耳朵，越長越像何小勇了。」[37]

這樣惹事生非的話傳到了許三觀的耳裡，接著引發一連串的蝴蝶效應。許玉蘭原是承認僅只在婚前和何小勇有一次關係，一直到屈服於外在的壓力默認了一樂是何小勇的小孩。其實可不可能一樂眞是許三觀親生的？

在中國滿是災難的50、60年代，在困厄的大環境底下，人情的冷漠疏離更是在小說的文革批鬥的場景中屢見不鮮，例如，許玉蘭被掛上妓女的罪名被批鬥，連同兒子也不敢出門，因爲一出門，認識他們的人都叫他們兩元錢一夜，叫得頭都抬不起來。

作者正是有意要透過這樣的描寫，強烈反襯出弱勢族群所需要的關注，藉此顯透出他對貧苦百姓的深切關懷。但他不僅從反面書寫，也從正面提醒人與人之間的溫厚情誼。

許三觀在往上海的途中結識了搖船的兩個年輕兄弟，眞誠地分享他賣血的經驗，還以過來人的身分告誡他們，他一個常常賣血的朋友根龍就是在一次賣血後，腦溢血身亡：「你們往後不要常去賣血，賣一次要歇上三個月，除非急著要用錢，才能多賣幾次，連著去賣血，身體就會敗掉。你們要記住我的話，我是過來人……」[38]而當這兩個兄弟得知許三觀連續賣血是爲了救他兒子，但身體已虛弱到不能再賣血了，也以眞情回報——

37　余華：《許三觀賣血記》，頁72。
38　余華：《許三觀賣血記》，頁277。

來喜說：「你說我們身上的血比你的濃？我們的血一碗能頂你兩碗？我們三個人都是圓圈血，到了七里堡，你就買我們的血，我們賣給你一碗，你不就能賣給醫院兩碗了嗎？」

許三觀心想他說得很對，就是⋯⋯他說：「我怎麼能收你們的血。」

來喜說：「我們的血不賣給你，也要賣給別人⋯⋯」

來順接過去說：「賣給別人，還不如賣給你，怎麼說我們也是朋友了。」

許三觀說：「你們還要搖船，你們要給自己留著點力氣。」

來順說：「我賣了血以後，力氣一點都沒少。」

「這樣吧，」來喜說，「我們少賣掉一些力氣，我們每人賣給你一碗血。你買了我們兩碗血，到了長寧你就能賣出去四碗了。」

聽了來喜的話，許三觀笑了起來，他說：「最多只能一次賣兩碗。」

然後他說：「為了我兒子，我就買你們一碗血吧，兩碗血我也買不起。我買了你們一碗血，到了長寧我就能賣出去兩碗，這樣我也掙了一碗血的錢。」[39]

十年文化大革命的黑暗現實，雖然無奈地揭露了醜陋的多面人性，但卻並沒有完全抹煞掉人性、親情與道德，作者藉由對於人們生存環境的極大關懷，人與人之間的關懷與相互協助，不但歌頌優美的人

---

[39] 余華：《許三觀賣血記》，頁278～279。

性，也更在於呼喚和宣揚人性的溫情和人道主義。

　　余華《許三觀賣血記》所提示的人文關懷與品質，聚焦在倫理議題，包括從關懷自我、群我、歷史文化、社會環境等廣義的面向，向讀者展現了各種人的生存狀態和內心情感，喚醒我們的自身意識，也讓我們審視人性的矛盾渴望與複雜多變，進而有更大的能量與愛心去關愛身邊的人事物。

　　在作者簡潔有力的敘事、幽默風趣的對話以及用心設計的情節安排中，展現著市井小民的人性晦暗與良善，體現其在深層的終極意義上對人類命運的關懷以及對於現實層面的關注。

【問題討論與活動設計】

1. 請比較余華的小說《活著》和張藝謀的電影《活著》有何差異？並說明你對導演改編的看法與觀賞感想。
2. 請評析余華《許三觀賣血記》的藝術特色與人文關懷的價值。

第五節

蘇童

（1963～）

一、創作背景與評價

　　蘇童，本名童忠貴，江蘇蘇州人，因爲生在蘇州，所以筆名取爲
「蘇童」，中國當代先鋒派新寫實主義代表人物之一。

　　1984年，北京師範大學中文系畢業後到南京工作，曾擔任南京
《鐘山》雜誌編輯，後爲中國作家協會江蘇分會駐會專業作家。

　　1987年發表成名作〈一九三四年的逃亡〉，與余華、格非被評
論家列爲「先鋒派」小說家。以客觀平靜的筆調敘述故事，盡量不帶
主觀情感是其作品的特點。

　　然而，讓他在文壇上大紅大紫的，卻是他一系列寫實風格的女性
小說，他擅於講述舊時代的女性故事，在廣大的歷史環境背景下，宏
觀掌握女性的個人與群體命運，以其細膩敏感而晦暗的心理描寫，刻
劃女性微妙的內心變化，令人驚歎。小說《米》、《紅粉》先後被搬
上銀幕，尤其是獲得《小說月報》1991年第四屆百花獎的〈妻妾成
群〉，後由張藝謀改編爲電影《大紅燈籠高高掛》，獲奧斯卡外語提
名獎，得到威尼斯電影節大獎；〈婦女生活〉也被改編爲電影《茉
莉花開》，獲得了上海國際電影節金獎。其他作品還有《我的帝王
生涯》、《城北地帶》、《刺青時代》、《天使的糧食》、《菩薩
蠻》、《我丈夫是幹什麼的》與《河岸》等，多部作品翻譯成英、
法、德、義等各多種文字。

　　2009年11月，蘇童以《河岸》贏得亞洲文壇最高榮譽的大獎
——「曼氏亞洲文學獎」(en:Man Asian Literary Prize)，是中國作家
中獲此殊榮的第二位。

　　蘇童從小在河邊長大，二十餘萬字的長篇小說《河岸》，融會了
他多年來與河有關的成長經驗，不少內容就編織出蘇童對少年生活的
追憶，例如當中一段關於庫東亮經常潛到河裡、聽河水的密語的描
寫，正是蘇童本人的眞實故事。蘇童說，《河岸》是他目前爲止最好

的作品。以文化大革命後期為背景，講述一名共產黨官員因謊稱是革命烈士後代，與兒子一同被流放，重建新生活的故事。蘇童說：「在《河岸》裡，在『文革』那個年代，『性』真的是其中一個很大的問題，這是小說的重要目的和主題。強烈壓制性，從道德藉口出發、以性問題出發把一個人搞臭，在那個時代隨處可見。」[1] 談及小說中的不足，蘇童坦言：「《河岸》的缺陷是不夠好讀，強烈的社會環境的描寫，對於『80後』的主力讀者來說會有些隔閡。」[2]

二、作品賞析

㈠〈一九三四年的逃亡〉

陳寶年十八歲時娶了蔣氏，婚後七天就離家到城裡謀生。1934年，陳寶年一直在這座城市裡吃喝嫖賭，完全不顧妻小的生活。懷胎七個月的蔣氏帶著他的大兒子——狗崽——辛苦地過日子。

> 蔣氏要狗崽拾滿一竹箕狗糞去找有錢人家，一竹箕狗糞可以換兩個銅板，有錢人喜歡用狗糞肥田。蔣氏說攢夠了銅板，就給他買膠鞋穿，到了冬天，狗崽的小腳板就可以暖暖和和了。然而，狗崽吵著要膠鞋，蔣氏突然撲過去，揪住了狗崽的頭髮，說你過來，你摸摸娘肚裡七個月的弟弟，娘不要他了，省下錢給你買膠鞋，你把拳頭攥緊來，朝娘肚子上狠狠地打狠狠地打呀。狗崽的手觸到了蔣氏懸

1　http://reading.mingpao.com/cfm/BookSharingFocus.cfm?mode=details&iid=238，
　　明報讀書網。

2　http://reading.mingpao.com/cfm/BookSharingFocus.cfm?mode=details&iid=238，
　　明報讀書網。

崖般常年隆起的腹部。他看見娘的臉激動得紅潤發紫朝他
俯衝下來，她露出難得的笑容，拉住他的手說，狗崽打呀
打掉弟弟，娘給你買膠鞋穿。這種近乎原始的誘惑使狗崽
跳起來，他嗚嗚哭著朝娘堅硬豐盈的腹部連打三拳，蔣氏
閉起眼睛，從她的女性腹腔深處發出三聲淒愴的共鳴。[3]

蔣氏肚子裡的孩子命大還是活了下來。這個在社會底層可憐生活著的
傳統勞動婦女，過著無奈的窮困日子，考驗著她的韌性與耐性。

　　楓楊樹老家的陳氏大家族中，只有陳文治家是財主。陳文治家祖
孫數代性格怪異，他們的壽數幾乎雷同，只活得到四十坎上。楓楊樹
人認為陳文治和他的先輩早夭，是耽於酒色的報應，因為他們幾乎壟
斷了近兩百年楓楊樹鄉村的美女。

　　陳寶年曾經把他妹妹鳳子跟陳文治換了十畝水田。她給陳文治家
當了兩年小妾，生下三名男嬰，先後被陳文治家埋在竹園裡。他們長
相又可愛又畸形。鳳子也是死得蹊蹺。但陳寶年說他給她卜卦了，他
不怨陳文治，鳳子就是死裡無生的命，他知道她活不過今年，怎麼死
也是死。

　　陳文治家族的女人們「吸吮了其陰鬱而霉爛的精血後也失卻了往
日的芳顏，後來她們擠在後院的柴房裡劈拌子或者燒飯，臉上永久地
貼上陳文治家小妾的標誌：一顆黑紅色的梅花痣。」[4]

　　蔣氏是陳文治家的女長工。在收割季節裡，陳文治精神亢奮，每
天吞食大量白麵[5]，勝似一隻仙鶴神遊他的六百畝水稻田，他在黑磚
樓上遠眺秋景，並且從那一架日本望遠鏡裡望見了蔣氏，也始終追逐

3　蘇童：《妻妾成群》，臺北：遠流出版社，1990年9月，頁27。
4　蘇童：《妻妾成群》，頁32。
5　白麵：指的是毒品。

著在農作的蔣氏。

一天，陳文治極其慈愛地朝狗崽微笑，他看見狗崽的小臉巧奪天工地融合了陳寶年和蔣氏的性格稜角，顯得愚樸而可愛。陳文治問狗崽：「你娘這幾天怎麼不下地呢？」狗崽回說：「我娘又要生孩子了。」「你娘……」陳文治弓著身子突然捱過來解狗崽遮羞的包袱布。狗崽尖叫著跳起來，這時他看清了那只滾在地上的白玉瓷罐，瓷罐裡有什麼渾濁的氣味古怪的液體流了出來。狗崽聞到那氣味禁不住想吐，他蹲下身子兩隻手護住藍花包袱布，感覺到陳文治的瘦骨嶙峋的手正在抽動他的腰際。狗崽面對楓楊樹最大人物的怪誕舉動六神無主，欲哭無淚。「你要幹什麼？你要幹什麼？」當他萌芽時期的精液以泉湧速度衝到陳文治手心裡，又被滴進白玉瓷罐後，狗崽哇哇大哭起來，一邊哭，一邊語無倫次地叫喊：「我不是狗，我要膠鞋，給我膠鞋，給我膠鞋。」[6]

陳寶年在城裡的發跡，城裡人都認陳記竹器鋪的牌子，1934年陳寶年的店在城裡蜚聲一時。陳寶年蓋了棟木樓，左右手都戴上金戒指，到堂子裡去吸白麵、睡女人，臨走就摘下金戒指朝床上扔。

直到蔣氏肚子裡的兒子落地，她都沒有收到陳寶年從城裡捎來的錢。

小瞎子出身奇苦，是城南妓院的棄嬰。陳寶年每每從城南堂子出來，就上了小瞎子的黃包車。後來，小瞎子賣掉他的破黃包車，扛著一箱燒酒投奔陳記竹器鋪拜師學藝，他很快就成為陳寶年第一心腹徒子。

陳寶年在遠離楓楊樹八百里的城市中，懷抱著小女人環子，凝望竹器鋪外面的街道。

6　蘇童：《妻妾成群》，頁34。

　　後來，狗崽在陳寶年身邊生活，那一年狗崽爬到他爹的房門上朝房裡窺望，看見了床上的父親和環子的兩條白皙的小腿，他們的頭頂上掛著那把祖傳的大頭竹刀。小瞎子告訴狗崽，要他就看個稀奇，千萬別喊。但是狗崽趴在門板上突然尖厲地喊起來：「環子，環子，環子啊！」狗崽喊著從門上跌下來。他被陳寶年揪進了房裡。[7]

　　小瞎子訓練了狗崽十五歲的情慾，他對狗崽的影響已經到了出神入化的地步。

　　1934年的冬天，狗崽得了傷寒病臥在小閣樓上。

　　陳寶年問狗崽想要什麼？狗崽突然哽咽起來，身子在棉被下痛苦地聳動，喊著他快死了……他要女人……要環子！陳寶年背著狗崽去曬太陽，和狗崽一起凝望小女人環子曬衣裳。陳寶年最後對兒子說他要把環子給他，只要他活下去環子就是他的媳婦了。這天下午狗崽已經奄奄一息。

　　陳文治覬覦蔣氏已久，一天，他小心翼翼地扶住蔣氏木板似的雙肩說：「陳寶年不會回來了妳給我吧。」蔣氏尖叫著，用手托住陳文治雙頰，不讓那顆沉重的頭顱，向她乳房上垂落。她的沾滿泥漿的十指指尖，深深扎進陳文治的皮肉裡激起一陣野貓似的鳴叫。陳文治的黑血汨汨流到蔣氏手上，他喃喃地說：「妳跟我去吧！我在妳臉上也刺朵梅花痣。」一頂紅轎子拚命地搖呀晃呀，虛弱的蔣氏漸漸沉入黑霧紅浪中昏厥過去。[8]

　　陳寶年帶著環子在一個下雪的傍晚，坐在一輛獨輪車上往家趕，但是回鄉的陳寶年卻在黃昏中消失了。陳寶年把懷了孕的環子丟回家給蔣氏。

---

[7]　蘇童：《妻妾成群》，頁63。

[8]　蘇童：《妻妾成群》，頁56。

環子和蔣氏搖籃裡的兒子相當有緣，環子朝嬰兒俯下臉來時，城市的氣味隨之撫摸了他的小臉蛋。嬰兒嘴唇欲哭未哭，一剎那間又綻開了最初的笑容。嬰兒的小手漸漸舉起來觸摸環子的臉，環子的母性被充分喚醒，她尖叫著顫抖著張開嘴咬住了嬰兒的小手，含糊不清地說：「我多愛孩子，我作夢夢見生了個男孩就像你小寶寶啊。」[9]

環子在等待分娩的冬天裡，從蔣氏手裡接過了一碗又一碗酸菜湯，一飲而盡。

環子咂著嘴唇對蔣氏說：「我太愛喝這湯了。我現在只能喝這湯了。」蔣氏端著碗凝視環子漸漸隆起的腹部，目光有點呆滯，她不斷地重複著說：「冬天了，地裡野菜也沒了，只有做酸菜湯給妳吃。」[10]

後來，環子明確無誤地感覺了腹中小生命的流失。她突如其來地變成一個空心女人。

流產後的環子埋在草鋪上嗚咽了三天三夜。環子不吃不喝，三天三夜裡失卻了往日的容顏。蔣氏照例把酸菜湯端給環子，站在旁邊觀察痛苦的環子。

環子枯槁的目光投在酸菜湯裡，她似乎從烏黑的湯裡發現了不尋常的氣味，她覺得腹中的胎兒就是在酸菜湯的澆灌下漸漸流掉的。猛然如夢初醒：「大姊，妳在酸菜湯裡放了什麼？」蔣氏回說：「鹽。懷孩子的要多吃鹽。」環子說：「大姊，你在酸菜湯裡放了什麼把我孩子打掉了？」蔣氏又說：「妳別說瘋話。我知道妳到鎮上割肉摔掉了孩子。」環子爬下草鋪死死拽住了蔣氏的手，仰望蔣氏不動聲色的臉。環子搖晃著蔣氏喊：「摔一跤摔不掉三個月的孩子，妳到

9　蘇童：《妻妾成群》，頁70。
10　蘇童：《妻妾成群》，頁71。

底給我吃什麼了？妳為什麼要算計我的孩子啊？」

　　蔣氏終於勃然發怒，她把環子推到了草鋪上，然後又撲上去揪住環子的頭髮，妳這條城裡的母狗，妳這個賤貨，妳憑什麼到我家來給陳寶年狗日的生孩子。蔣氏的灰暗的眼睛一半是流淚的，另一半卻燃起博大的仇恨火焰。她在和環子廝打的過程中，斷斷續續地告訴環子：「我不能讓妳把孩子生下來……我有六個孩子生下來長大了都死了……死在娘胎裡比生下來好……我在酸荣湯裡放了髒東西，我不告訴妳是什麼髒東西……妳不知道我多麼恨你們……」[11]

　　環子離家時擄走了蔣氏搖籃裡的兒子。她帶著陳家的嬰兒從楓楊樹鄉村消失了，她明顯地把孩子作為一種補償帶走了。女人也許都這樣，失去什麼補償什麼。沒有人看見那個擄走陳家嬰兒的城裡女人，「難道環子憑藉她的母愛長出了一雙翅膀嗎？」[12]

　　蔣氏追蹤環子和她的兒子追了一個多天，足跡延伸到長江邊才停止，她心中的世界邊緣就是這條大江，她無法逾越這條大江。

　　蔣氏在1935年的前夕走回去，站在坡地上開始朝黑磚樓高喊陳文治的名字。陳文治被蔣氏喊到樓上，他和蔣氏在夜色中遙遙相望，看見那個女人站在坡地上像一棵竹子搖落紛繁的枝葉。陳文治預感到這棵竹子會在1934年底逃亡，植入他的手心。「我沒有了——你還要我嗎——你就用那頂紅轎子來抬我吧——」[13]陳文治家的鐵門在蔣氏的喊聲中嘎嘎地打開，陳文治領著三個強壯的身分不明的女人抬著一頂紅轎子出來，緩緩移向月光下的蔣氏。

　　蔣氏和環子星月輝映養育了故事敘事者的父親，他們都是敘事者的家族史裡浮現的最出色的母親形象。

11　蘇童：《妻妾成群》，頁73～74。

12　蘇童：《妻妾成群》，頁75。

13　蘇童：《妻妾成群》，頁76～77。

　　敘事者他們一家現在居住的城市就是當年環子逃亡的終點，這座
城市距離楓楊樹老家有九百里路。

　　一九三四年農曆十二月十八夜，陳寶年從城南妓院出來，有人躲
在一座木樓頂上向陳寶年傾倒了三盤涼水。陳寶年被襲擊後，往他的
店鋪拚命奔跑，他想跑出一身汗來，但是回到竹器店時渾身結滿了
冰，就此落下暗病。年底喪命，死前緊握祖傳的大頭竹刀。陳記竹器
店主就此換了小瞎子。城南的妓院中漏出消息說，倒那三盆涼水的人
就是小瞎子。

　　蘇童藉由兩個母親寫出了女人強大的生殖力，以及面對環境轉變
的堅毅勇敢，強烈對比出小說裡的男性的猥瑣、無能與軟弱，也體現
了傳統早期鄉村的舊時代女性在家族裡的卑下地位，以及艱辛與苦難
的生存現況。

㈡〈罌粟之家〉

　　〈罌粟之家〉和〈一九三四年的逃亡〉一樣，都是以破敗沒落的
鄉村為背景，敘事者追憶先祖的生活故事。藉由女人之間的內訌、兄
弟之間的鬩牆殘殺以及血源紊亂不倫的頹唐家族史，不但突顯了弱肉
強食與地位階級的問題，地主形象的敗壞與權勢的沒落，也從中暗喻
了因果報應的主題意義。

　　小說有著特別的敘事觀點：「你總會看見地主劉老俠的黑色大
宅。你總會聽說黑色大宅裡的衰榮歷史，那是鄉村的靈魂使你無法迴
避，這麼多年了人們還在一遍遍地訴說那段歷史。」[14]

　　「祖父告訴孫子，楓楊樹富庶是因為那裡的人有勤儉持家節衣縮
食的鄉風。你看見米囤在屋裡堆得滿滿的，米就是發霉長蛆了也是糧
食，不要隨便吃掉它。我們都就著鹹菜喝稀粥，每個楓楊樹人都這

14　蘇童：《紅粉》，臺北：遠流出版社，2001年8月，頁85。

樣。地主劉老俠家也這樣。祖父強調說，劉老俠家也天天喝稀粥，你看見他的崽子演義了嗎？他餓得面黃肌瘦，整天哇哇亂叫，跟你一樣。」[15]

在小說中還透過敘事者的轉述，展現小說「懸念」的敘述手法，穿插在故事的講述中：「後來他們對我描述二少爺的身體是多麼單薄，二少爺的行為是多麼古怪，而我知道那次暈厥是一個悲劇萌芽，它奠定劉家歷史的走向。他們告訴我劉老俠把兒子馱在背上，經過河邊的罌粟地。他的口袋裡響著一種仙樂般琅琅動聽的聲音，傳說那是一串白金鑰匙，只要有了其中任何一把白金鑰匙，你就可以打開一座米倉的門，你一輩子都能把肚子吃得飽飽的。」[16]這種將讀者的心「懸著」的敘述手法，相當成功地抓住了讀者期待獲得答案的心。

劉家老太爺尚未暴斃前，翠花花是他的姨太太。

翠花花早先是城裡的小妓女，劉家老太爺的二兒子——劉老信，牽著她的手從楓楊樹村子經過時，翠花花還是個濃妝粉黛、蹦蹦跳跳的女孩。那一年，劉老太爺在大宅裡大慶六十誕辰，劉老信掏遍口袋湊不夠一分禮錢，就把翠花花送給他父親做了分厚禮。翠花花一成人，劉家老太爺的大兒子——劉老俠，就和翠花花在野地媾合生下了演義，後來，劉老俠的妻子就溺死在洗澡的大鐵鍋裡了。

在演義前面，劉老俠的四個孩子都棄於河中順水漂去了，他們像魚似的沒有腿與手臂，卻有劍形擺尾，他們只能從水上順流漂去了。演義是荒亂年月中唯一生存下來的孩子。家譜上記載著：演義是個白痴，是劉老俠第五個孩子了。演義「像一隻刺猬滾來滾去，他用雜木樹棍攻擊對他永遠陌生的人群。他習慣於一邊吞食一邊說：我餓

15　蘇童：《紅粉》，頁86。
16　蘇童：《紅粉》，頁93。

我殺了你。」[17]鄉間對劉老俠的生殖能力有一種說法，說血氣旺極而亂，血亂沒有好子孫。

小說裡說：

> 劉老俠年輕時的多少次風流，地點幾乎都在蓑草亭子裡。劉老俠狗日的幹壞了多少楓楊樹女人！他們在月黑風高的夜晚交媾，從不忌諱你的目光。有人在罌粟地埋伏著諦聽聲音，事後說，你知道劉老俠為什麼留不下一顆好種嗎？都是那個蓑草亭子。蓑草亭子是自然的虎口，它把什麼都吞噬掉了，你走進去走出來渾身就空空蕩蕩了。[18]

劉老俠的弟弟劉老信，是早年聞名楓楊樹鄉村的浪蕩子，他到陌生的都市，妄想踩出土地以外的發財之路，結果一事無成，只染上滿身的梅毒大瘡。搭上販鹽船回鄉時，劉老信一貧如洗。

他倆兄弟的最後一筆買賣是在城裡妓院辦完的。販鹽船路過楓楊樹給劉老俠捎話：「劉老信快爛光了，劉老信還有一畝墳地可以典賣。」劉老俠趕到城裡妓院時，見到躺在一堆垃圾旁的劉老信渾身腐爛。劉老信說：「把我的墳地給你，送我回家吧。」劉老俠接過地契說：「畫個押我們就走。」劉老俠抓過劉老信潰爛的手指摁到地契上，沒用紅泥，用的是膿血。劉老俠花了十塊大洋買下了劉老信的墳地，那是一塊向陽的坡地。劉老俠背著劉老信找到那只販鹽船後把他扔上船，一切就結束了，劉家的血系脈絡由兩支併攏成了一支，左岸的所有土地在十年內像鴿子回巢般匯入劉老俠的手心，所有的地都在

17　蘇童：《紅粉》，頁86。
18　蘇童：《紅粉》，頁93～94。

河兩岸連成一片了。

1949年前，大約有一千名楓楊樹人幫地主劉老俠種植水稻與罌粟，佃農租地繳糧，劉老俠賃地而沽。

劉老俠鎮翻了多少楓楊樹人，就是管不了家裡的兩個女人——劉素子和翠花花，她們一見面就互相吐唾沫。

劉素子是劉老俠的女兒，她母親在大鐵鍋中洗澡溺水而死時，懷裡抱著的女嬰就是劉素子。

在愛貓如命的劉素子十八歲時，劉老俠把她嫁給駝背老闆得到了三百畝地。劉老俠告訴劉素子，要是不願出門就住家裡，可三百畝地不是恥辱，是咱們的光榮，爹沒白養妳一場。劉素子就笑起來「把長辮一圈一圈盤到脖子上，她說，爹，那三百畝地會讓水淹沒，讓雷打散，三百畝地會在你手上沉下去的，你等著吧，那也是命。」[19] 劉素子三天後回門，就再沒有回去她的夫家。劉素子每年只回夫家三天，除夕紅轎去，初三紅轎回。

劉素子的黃貓有一天死在竹榻上。長工們後來透露說，他們親眼看見是翠花花把罌粟芯子拌在魚湯裡餵貓。從此，劉素子和翠花花更是勢不兩立。

翠花花這個不起眼的低下女人，先後跟過劉老太爺、劉老信到劉老俠，和劉老俠生下了白痴演義，接著又以其旺盛的生命力和英俊年輕的長工陳茂生下一個男孩。劉老俠將他取名為「劉沉草」，還把他視如己出，收為自己的兒子。

劉老信對演義說：「你爹害死了我爹，搶了翠花花做你娘。」「你們一家沒個好東西，遲早我要放火，大家都別過。」然而，劉老信縱火未成，反被燒死了。

---

[19]　蘇童：《紅粉》，頁101。

沉草從來不相信白痴演義會是他的哥哥。有一天，沉草失手殺了演義，沉草嗚咽起來，告訴父親，他想跟演義打球，沒想到卻把他殺了？劉老俠抱住沉草，對他說：「沉草別怕，演義要殺你，你才把他殺了，這是命。」[20]

沉草覺得奇怪，父親總說陳茂是壞種，可卻總是留他在家裡惹事生非，沉草想那是他父親的奇怪毛病。沉草知道陳茂是個鄉間採花盜，但他不厭惡陳茂翻窗跳牆的勾當，他厭惡的是陳茂注視他的渾濁痴迷的目光。「去你娘的，我不幹了，不再當你家的狗了。」陳茂仰起臉，沉草看見那張臉在憤怒時依然英俊而痴呆。令沉草奇怪的是，好幾次陳茂既然走了，為什麼還要回來？

一天夜裡，陳茂又翻了翠花花的窗子。他倆翻雲覆雨後，陳茂看見翠花花已經裹上了被子，她從枕頭下面摸出一只饅吃起來。每次都是這樣，完事後，陳茂看著翠花花吃饅，他聽見自己的肚子裡發出響亮的鳴叫。「給我半隻饅。」陳茂說：「給你。」翠花花掰下半隻饅拋給他，「滾吧。」[21]

在劉老俠三十七歲時，種了第一畝罌粟。有人告訴他妓院都收購白麵。他走到一條曲裡拐彎的巷子裡，看見一間大房子門口掛著一紅一綠兩盞燈籠。他就走進去把竹筒放在地板上，前廳燈光昏暗照著許多七叉八仰的狗男女，劉老俠拍拍手說：「我是送白麵的。」[22] 接著，劉老俠聽見一個聲音尖叫著鴉片鴉片，所有的人都撲向地上的竹筒。

於是，劉家的罌粟從黑道上來，到黑道上去。收罌粟的人一年一度來到楓楊樹鄉村，販鹽船把收穫的罌粟和稻米一起從河上運走，久

20 蘇童：《紅粉》，頁99。
21 蘇童：《紅粉》，頁108。
22 蘇童：《紅粉》，頁112。

而久之，楓楊樹人就把罌粟和稻米兩種植物同等看待了。

從縣裡學成的沉草回家後半年，家中遇到了土匪姜龍的劫難。

姜龍是沉草私塾的同學姜天洪。沉草想起從前有很多日子，姜天洪背他去私塾上學，每背一次沉草就賞給他半只饃。

劉老俠和姜龍談判著──

「你們到底想要多少米？」「十袋就行。」「今年糧荒，沒收成，八袋行嗎？」「不行。一袋不能少，還要一個人。」「要人？要誰？」「你兒子劉沉草。」「別開玩笑，我給你十袋米了。」「米要人也要。我想拉一個財主的兒子上山，我想讓他去殺人！去搶劫！去放火！」[23]

劉沉草也和姜龍談判著──

「姜天洪，你還記著以前的事嗎？」「記一輩子。要不然不會來你家。」「可我也給你吃饃了。」「饃早化成糞了，可是心裡的恨化不掉。」姜龍的馬鞭在空中掄了一響，「劉沉草，你不明白我的道理。」「如果我不想跟你上山呢？」「燒了這大宅，殺你全家。」

沉草聽見爹仰天長嘯一聲，爹撲過來抱住白馬的腿。他的膝蓋慢慢下沉，終於跪在地上。沉草蒙住眼睛聽見爹說，「把米倉都給你，要多少給多少。」「米夠吃了。我要你家的人，不給兒子給閨女也行。」「什麼？」「你閨女，劉素子。我要跟你閨女睡，三天三夜，完了就放她下

---

[23]　蘇童：《紅粉》，頁114～115。

　　　　山。」[24]

劫後的劉素子回家後泡在大鐵鍋裡洗澡，她一邊洗一邊哭，洗了三天
三夜。

　　接著，是1948年，劉老俠交棒給劉沉草——

　　　　沉草，向祖先起誓。我起誓。你接過劉家的土地和財產，
　　　　你要用這把鑰匙打開土地的大門。你要用這把鑰匙打開金
　　　　倉銀庫，你起誓劉家產業在你這一代更加興旺發達。[25]

劉沉草時代就此展開。

　　劉沉草鐵青著臉，把他的土地交給別人，他說我不要這麼多地，
可你們卻想要，想要就拿去吧，秋後我只要一半收成，各得其所。

　　這一年收罌粟的人沒有來。陳茂從馬橋鎮帶來了解放的消息。解
放了，收罌粟的人不會來了。

　　陳茂闖進劉家說他要跟共產黨，不幫他們幹活了。劉老俠卻下令
給賞一袋米，找人把陳茂給活捉捆吊到樑上。

　　沉草摸出了他的槍，他把槍舉起來瞄準陳茂，他想殺了陳茂，最
後卻還是殺不了他，也許是因為害怕。於是，獨留陳茂在野地裡搖蕩
著。

　　隔天，劉沉草的老同學——盧方的工作隊從馬橋鎮開到楓楊樹，
他們在河邊就看見一個光屁股的男人被吊在蓑草亭子，盧方從挎包裡
找出一條褲子讓他穿，他沒接，卻先搶過了別人手裡的乾糧。

24　蘇童：《紅粉》，頁115～116。
25　蘇童：《紅粉》，頁119。

　　盧方從陳茂的臉部輪廓一眼就能分辨出沉草的影子，沉草確實長得像陳茂。

　　沉草走出倉房，嘴裡還留有罌粟麵的餘香。他站在臺階上抱住頭，他覺得那些罌粟像冬日太陽一樣對他發光。沉草站著回憶他感官上的神秘變化。他模模糊糊地記起來很久以前他是厭惡那些花的，那麼是什麼時候變的呢？

　　　沉草想不起來，他覺得睏倦極了腦袋不由自主地靠在牆
　　上，他仍然半睜著眼睛，看見爹的手在竹匾裡上下翻動
　　著罌粟花面。「別曬了，收罌粟的人不會來了。」沉草
　　說。「罌粟會爛掉的，你白忙了一年。」沉草不斷舔著下
　　嘴唇，他說，「自己吃吧，爹，那滋味真好，你嘗嘗就知
　　道了。」沉草聽見自己在說話，他看見爹扔下花面驚惶地
　　看著自己。「沉草你吞麵啦？」爹猛然叫起來抓住他搖晃
　　著。沉草覺得他像一棵草灰那樣輕盈，靈魂疲憊而鬆弛。
　　他說爹我想睡。可爹在用手掰開他緊圍的牙床，爹嗅到了
　　他嘴裡殘存的罌粟味。「沉草你吞麵啦？」爹抓住他頭髮
　　打了他一巴掌。他不疼。他仍然想睡著等待雨中幻景重新
　　降臨。[26]

已不再清俊、憂鬱，他的膚色蠟黃，遠看和他父親一樣蒼老。沉草想方設法逃避著盧方，但盧方總能在倉房的黑暗裡找到沉草。盧方懷疑沉草已經喪失記憶，沉草不認識他，他猜想沉草是裝的，一時不知道說什麼好。

---

[26]　蘇童：《紅粉》，頁129～130。

　　陳茂在那一年成為楓楊樹的農會主任，他在楓楊樹鄉村奔走呼號，要鄉親們跟著他，鬥倒財主劉老俠！

　　陳茂對劉老俠說要開批鬥會，鬥他們地主一家，要他們到蓑草亭子去。用繩子把他們捆起來鬥，就跟他們那一次捆他一樣。因為盧方說只有鬥倒他們，楓楊樹人才能翻身解放。

　　劉老俠準備花錢請土匪姜龍下山，幫他殺了盧方和陳茂，但後來才知道土匪姜龍也走了。

　　1950年春天，三千名楓楊樹人參加了地主劉老俠的鬥爭會。劉老俠在被批鬥時，向工作隊的同志們交代說，「我對不起祖宗，我沒操出個好兒子來。」劉老俠又說，「怪我心慈手軟，我早就該把那條狗幹掉了。」盧方知道劉老俠說的狗，是農會主席陳茂。[27]

　　這天天氣很怪，早晨日頭很好，沒有野風，但正午時分天突然暗下來，好多人在看天。在準備當眾焚燒劉家的大堆地契帳本時，風突然來了，吹熄了盧方手裡的汽油打火機。風突然把那些枯黃的地契帳單捲到了半空中，捲到人的頭頂上。三千名楓楊樹人屏息凝望——

> 那些地契帳單像蝴蝶一樣低飛著發出一種溫柔的嗡鳴，從人群深處猛地爆出一聲吼，「搶啊！」人群一下子騷亂了，三千名楓楊樹人互相碰撞著推搡著，黑壓壓的手臂全向空中張開。盧方的工作隊員扯著嗓子喊，「鄉親們別搶，地契帳單沒用了。」但沒有人聽。盧方說他沒辦法了只能再次鳴槍三聲。他說楓楊樹人什麼都不怕，就怕你的槍聲。三聲槍響過後楓楊樹人再次平靜，所有的地契帳本都被他們掖在懷裡了。他們掖著那些紙片就像掖著土地一

27　蘇童：《紅粉》，頁141。

樣心滿意足，你能對他們再說什麼？盧方說他最後就讓他
們全帶回家了。[28]

　　劉老俠安排沉草出逃，還讓他帶著槍防身。盧方和工作隊一路追
到沉草，沉草將身上的包裹迅速往山崖下推，盧方猜他把劉家的金銀
財寶都推到深澗裡去了。

　　有人給陳茂提親，但陳茂誰都不要，他只要劉素子。終於陳茂得
到了劉素子強暴了她，還意外懷孕了，之後劉素子自殺了。

　　為了替自縊而死的劉素子報仇，沉草看見熟識的人就問：陳茂在
哪裡？他們問他找陳茂幹什麼？沉草說：我爸讓我殺了陳茂。有人頭
一次當沉草的面開了惡毒的玩笑說：「兒子不能殺老子。」沉草對此
毫無反應，後來終於找到了陳茂——

　　　「別聽他們的。沉草你沒聽說過我是你親爹？」「聽說
　　　了，我不相信。」「要想殺我讓劉老俠來，你不行。」
　　　「我行，我早就會殺人了。」在最後的時刻陳茂想找槍，
　　　但馬上意識到他的槍已經被下掉了。「我操你姥姥的！」
　　　陳茂罵了一聲，然後他把銅嗩吶朝沉草頭上砸過去。沉草
　　　沒有躲，他僵立著扣響扳機。槍聲就這樣響了。沉草打了
　　　兩槍，一槍朝陳茂的褲襠打，一槍打在陳茂的眼睛上。[29]

　　沉草接著展開銷聲匿跡的逃亡，盧方帶著人馬上搜尋兇手沉草，
但找不到人影。當盧方的人馬回到楓楊樹已是天黑時分，遠遠的就聽

28　蘇童：《紅粉》，頁143。
29　蘇童：《紅粉》，頁154～155。

見整個鄉村處在前所未有的騷亂聲中。此時，盧方目睹了驚心動魄的
一幕──

> 死者陳茂被重新吊到了蓑草亭子的木樑上，被捆綁的死者
> 陳茂在半空裡燃燒，地上還躺著三具交纏的屍體，劉老俠、
> 翠花花還有劉素子，他們還沒燒著，驚異於那四人最
> 後還是聚到一起來了。「劉老俠──劉老俠──劉老俠
> ──」盧方聽見圍觀的人群裡有人在高亢地喊著老地主的
> 名字。你真的無法體會劉老俠臨死前奇怪的欲望。盧方説
> 你怎麼想得到他連死人也不放過，他把陳茂的屍體吊到蓑
> 草亭子上，臨死前還把陳茂做了殉葬品。[30]

劉老俠在那座象徵劉家偉傲性史的蓑草亭中引火自焚，燒死自己與翠
花花，連被捆綁於樑子上的陳茂也一起陪葬。

　　1950年冬天，工作隊長盧方奉命鎮壓地主的兒子劉沉草，終
於，劉家的最後一個成員在罌粟缸裡被擊斃了。

㈢〈妻妾成群〉

　　頌蓮的父親在她大學一年級時，因為經營的茶廠倒閉割腕自殺，
她記得她當時絕望的感覺，她架著父親冰涼的身體，感覺自己比父
親冰涼的屍體更加冰涼。頌蓮是個實際的女孩，父親一死，她很清
楚必須自己負責自己了，她冷靜地預想未來的生活。所以當繼母來攤
牌，讓她在做工和嫁人兩條路作出選擇時，兩人有了以下的對話──

> 她淡然地回答説，當然嫁人。繼母又問，你想嫁個一般人

30　蘇童：《妻妾成群》，頁157。

家還是有錢人家？頌蓮説，當然有錢人家，這還用問？繼
母説，那不一樣，去有錢人家是做小。頌蓮説，什麼叫做
小？繼母考慮了一下，説，就是做妾，名分是委屈了點。
頌蓮冷笑了一聲，名分是什麼？名分是我這樣人考慮的
嗎？反正我交給妳賣了，妳要是顧及父親的情義，就把我
賣個好主吧。[31]

五十歲的陳佐千第一次去看頌蓮，她閉門不見，從門裡扔出一句
話，説要去西餐社見面。陳佐千想畢竟是女學生，有著很特別的新奇
感，這是他前三次婚姻從所未有的。頌蓮進到餐廳，在陳佐千對面坐
下，從提袋裡掏出一大把小蠟燭，並輕聲地向陳佐千要一個蛋糕。陳
佐千看著頌蓮把小蠟燭一根根插上去，共插了十九根。陳佐千問她今
天過生日嗎？頌蓮只是笑笑把蠟燭點上，又把蠟燭吹滅。她說，提前
過生日吧，十九歲過完了。對陳佐千來說，他不僅感到頌蓮身上某種
微妙而迷人的力量，更迷戀的是頌蓮在床上的熱情和機敏。難以判斷
頌蓮是天性如此，還是曲意奉承，但卻大大滿足了陳佐千，頌蓮倍受
寵愛，陳府上下的人都看在眼裡。

頌蓮受過一年大學教育，算是個「新時代女性」，但卻因命運作
弄，她選擇物化自己──「嫁人」，她走進一個舊家庭，又不願屈
服於命運，儘管自覺是舊式婚姻的犧牲品，但又善用其手段爭風吃
醋，並以「性」交換陳佐千的歡心，然而，卻終究擺脫不了小妾的命
運。

在這座大宅院裡太太們相互間勾心鬥角、爭權奪利──

大太太毓如，掌控大權，她有一雙兒女，飛浦長期在外面收帳，

31　蘇童：《妻妾成群》，頁167～168。

還做房地產生意；而憶惠在北平的女子大學讀書，大太太作威作
福，可見其地位。

　　二太太卓雲，是個耍心機的女人，一開始和頌蓮示好，但其實是
個口蜜腹劍之人，而且還利用頌蓮房裡伺候她的丫環——雁兒。雁
兒常往梅珊屋裡跑，頌蓮有時候就訓她，掛著臉給誰看，要不願跟
她，就回下房去。雁兒申辯說，她怎麼敢掛臉，她天生就沒有臉。頌
蓮抓過一把梳子朝她砸過去，雁兒就不再吱聲了。雁兒所以敢如此囂
張，是因為陳佐千常對雁兒上下其手。

　　一天，頌蓮找不到她父親的遺物——一管蕭，頌蓮看雁兒的神色
相當可疑，於是去搜她的房間，頌蓮把衣物都抖開來看，沒有那管
蕭，但卻發現一個鼓鼓的小白布包，打開一看，裡面是個寫著「頌
蓮」的小布人，小布人的胸口刺著三枚細針。頌蓮憤恨難平，雁兒也
嚇哭了。

　　　　頌蓮後來就蹲下身子來，給雁兒擦淚，她換了種溫和的聲
　　　　調，別哭了，事兒過了就過了，以後別這樣，我不記妳
　　　　仇，不過妳得告訴我是誰給妳寫的字。雁兒還在抽噎著，
　　　　她搖著頭說，我不說，不能說。頌蓮說，妳不用怕，我也
　　　　不會鬧出去的，妳只要告訴我我絕對不會連累妳的。雁兒
　　　　還是搖頭。頌蓮於是開始提示。是毓如？雁兒搖頭。那麼
　　　　肯定是梅珊了？雁兒依然搖頭。頌蓮倒吸了一口涼氣，她
　　　　的聲音有些顫抖了。是卓雲吧？雁兒不再搖頭了，她的神
　　　　情顯得悲傷而愚蠢。[32]

---

[32]　蘇童：《妻妾成群》，頁183。

卓雲和雁兒一起做小布人，扎針詛咒頌蓮，東窗事發的隔天卓雲還可以若無其事到頌蓮房裡，要頌蓮幫她剪成像她一樣的學生頭，比較精神。當卓雲還在誇讚頌蓮的剪髮動作挺麻利時，頌蓮說，妳可別誇我，一誇我的手就抖了。說著就聽見卓雲發出了一聲尖叫，卓雲的耳朵被頌蓮的剪刀實實在在地剪了一下。

卓雲在家中有很大的不安全感，除了三、四太太陸續進門外，還在於她只生了兩個女兒──憶容和憶雲。

三太太梅珊，是卓雲的死對頭，她們的樑子是從兩人差不多一起懷孕時結下的。在梅珊三個月時，卓雲差人在她的煎藥裡放了瀉胎藥，結果梅珊命大，胎兒沒掉下來，後來她們差不多同時臨盆，卓雲又想先生孩子，就花很多錢打外國催產針，把陰道都撐破了，結果還是梅珊命大，先生了飛瀾，是個男的，卓雲則是竹籃打水一場空，生了憶容，還比飛瀾晚了三個鐘頭。

後來，梅珊暗中唆使他人，打傷卓雲的女兒；而卓雲之後終於逮到梅珊和常為她看病的醫生暗通款曲的事實。頌蓮眼睜睜見到一群人將梅珊丟入井中。

在這座宅院裡，所有心狠手辣的明爭暗鬥的手段，無所不用其極。

在陳家，老爺是所有女人的命運中心，他主宰著她們的所有情緒，她們以能獲得他的「寵幸」而榮耀，所有的價值觀都依附在他的身上。小說一開頭就把老爺的父權意識給表現了出來，頌蓮聽說梅珊有著傾國傾城之貌，很想見她，但陳佐千要她自己去。原來頌蓮去過了，丫環說梅珊病了，攔住門不讓她進去。陳佐千說，她一不高興就稱病，她想爬到我頭上來。頌蓮說，你讓她爬嗎？陳佐千揮揮手說：「休想，女人永遠爬不到男人的頭上來。」[33]

33　蘇童：《妻妾成群》，頁164。

在那樣狹隘的生活空間裡，這些被操控的女人，彼此只能互相壓制、打擊，因為我不害妳，也會被妳所害，連下人都有可能是妳的敵人。

頌蓮向雁兒打聽飛浦，兩個主僕在言語中互相較勁——

> 雁兒說，我們大少爺是有本事的人。頌蓮問，怎麼個有本事法？雁兒說，反正有本事，陳家現在都靠他。頌蓮又問雁兒，大小姐怎麼樣？雁兒說，我們大小姐又漂亮又文靜，以後要嫁貴人的。頌蓮心裡暗笑，雁兒褒此貶彼的話音讓她很厭惡，她就把氣發到裙裾下那隻波斯貓身上，頌蓮抬腳把貓踢開，罵道，賤貨，跑這兒舔什麼騷？……頌蓮猜測雁兒在外面沒少說她的壞話，但她也不能對她太狠，因為她曾經看見陳佐千有一次進門來順勢在雁兒的乳房上摸了一把，雖然是瞬間的很自然的事，頌蓮也不得不節制一點，要不然雁兒不會那麼張狂。頌蓮想，連個小丫環也知道靠那一把壯自己的膽，女人就是這種東西。[34]

在陳家只要依循著規定就有好日子可過，但若想有自己的想法，就容易走向悲劇。

一天，頌蓮被梅珊唱戲的聲音驚醒，頌蓮披衣出來，站在門廊上遠遠看著梅珊。梅珊沉浸其中，頌蓮覺得她唱得淒涼婉轉，心也浮了起來。這樣過了好久，梅珊戛然而止，似乎見到頌蓮的眼睛裡充滿了淚影。梅珊問頌蓮：

---

34 蘇童：《妻妾成群》，頁172。

妳哭了？你活得不是很高興嗎，為什麼哭？梅珊在頌蓮面
前站住，淡淡地說。頌蓮掏出手絹擦了擦眼角，她說也不
知是怎麼了，妳唱的戲叫什麼？叫《女吊》。梅珊說妳喜
歡聽嗎？我對京戲一竅不通，主要是妳唱得實在動情，聽
得我也傷心起來。頌蓮說著她看見梅珊的臉上第一次露出
和善的神情，梅珊低下頭看看自己的戲裝，她說，本來就
是做戲嘛，傷心可不值得。做戲做得好能騙別人，做得不
好只能騙騙自己。[35]

又有一段細節的安排，讓她倆有機會同盟，站在同一陣線上，惺惺相
惜。陳佐千在頌蓮屋裡咳嗽起來，頌蓮有些尷尬地看著梅珊。梅珊問
頌蓮怎麼不去伺候他穿衣服？頌蓮說他又不是小孩子，自己穿。梅珊
有點悻悻然，笑著說他怎麼要我給他穿衣、穿鞋，看來人是有貴賤之
分。此時，陳佐千又在屋裡喊梅珊，要她進屋給他唱一段。梅珊的細
柳眉立刻挑起來，冷笑一聲，跑到窗前衝著裡面說，老娘不願意！頌
蓮見識了梅珊的脾氣。陳佐千說都怪他前些年把她嬌寵壞了。她不順
心起來敢罵他家祖宗八代，陳佐千說這狗娘養的小婊子，遲早得狠狠
收拾她一回。此時，頌蓮替她說話：「你也別太狠心了，她其實挺可
憐的，沒親沒故的，怕你不疼她，脾氣就壞了。」[36]

　　女人最可悲的是色衰愛弛，小說裡頌蓮和老爺有這樣的對話——

你最喜歡誰？頌蓮經常在枕邊這樣問陳佐千，我們四個
人，你最喜歡誰？陳佐千說那當然是妳了。毓如呢？她早

35　蘇童：《妻妾成群》，頁176。
36　蘇童：《妻妾成群》，頁177。

就是隻老母雞了。卓雲呢？卓雲還湊和著但她有點鬆鬆垮
垮的了。那麼梅珊呢？頌蓮總是克制不住對梅珊的好奇
心，梅珊是哪裡人？陳佐千說，她是哪裡人我也不知道，
連她自己也不知道。頌蓮說那梅珊是孤兒出身，陳佐千
說，她是戲子，京劇草臺班裡唱旦角的。我是票友，有時
候去後臺看她，請她吃飯，一來二去的她就跟我了。頌蓮
拍拍陳佐千的臉說，是女人都想跟你，陳佐千說，你這話
對了一半，應該說是女人都想跟有錢人。頌蓮笑起來，你
這話也才對了一半，應該說有錢人有了錢還要女人，要也
要不夠。[37]

「女人都想跟有錢人。」在那個沒有愛情、只有交換利益的婚姻，這
是具有權威男性的普遍認知。「有錢人有了錢還要女人，要也要不
夠。」頌蓮這話講出了傳統兩性關係中女性長期被矮化的悲哀。因為
這樣不健康的環境，可以想見造就人物性格走向畸形的命運，為了爭
取點燈、捶腳和點菜的權力，鬥爭便是不可避免的。

　　一個沒有自己的女人，把自己的生活就寄託在媚悅老爺，就算鬥
贏了，又能贏多久，總是會在風華褪去後，迎接另一位新太太。看在
現代女性眼裡，何其沒有自尊啊！

　　之後，頌蓮冷眼觀察著梅珊和家庭醫生之間的眉目傳情，她發現
了「他們的四條腿的形狀，藏在桌下的那四條腿原來緊纏在一起，分
開時很快很自然，但頌蓮是確確實實看見了。」[38] 頌蓮不動聲色。當
時她的心情很複雜，惶惑又緊張，還有點幸災樂禍，覺得梅珊活得也

37　蘇童：《妻妾成群》，頁175。
38　蘇童：《妻妾成群》，頁178。

太自在、太張狂了。

　　頌蓮幫梅珊保著密，也許她也明白那樣的情慾需求。

　　陳家的女人都是陳佐千的私人財產，沒有自我、隱私。頌蓮父親的遺物是一管簫，卻被多心的陳佐千以為是哪個男學生送的，就讓人把它燒了。陳佐千先是哄著頌蓮，但頌蓮卻沉默不語，她的臉蒼白如雪，眼淚無聲地掛在雙頰上——

> 頌蓮像羊羔一樣把自己抱緊了，遠離陳佐千的身體，陳佐千用手去撫摸她，仍然得不到一點回應。他一會兒關燈一會兒開燈，看頌蓮的臉像一張紙一樣漠然無情。陳佐千說，妳太過分了，我就差一點給妳下跪求饒了。頌蓮沉默了一會兒，說，我不舒服。陳佐千說，我最恨別人給我看臉色。頌蓮翻了個身說，你去卓雲那裡吧，反正她總是對人笑的。陳佐千就跳下床來穿衣服，說，去就去，幸虧我還有三房太太。[39]

　　陳佐千過五十大壽，孩子們玩耍打破花瓶，大太太摑了他們巴掌，頌蓮幫忙說了話，卻被責難。後來，頌蓮頭疼，說不想參加午宴，但又看見自己憔悴的面容，那不是她喜歡的，不免對自己的行為後悔，於是拿出她為陳佐千準備的禮物進飯廳。小說這樣描述著——

> 頌蓮抓著圍巾走過去，看見桌上堆滿了家人送的壽禮。……她聽見毓如在一邊說，既是壽禮，怎麼也不知道紮條紅緞帶？頌蓮裝作沒聽見，她覺得毓如的挑剔實在可惡，

39　蘇童：《妻妾成群》，頁184。

　　但是整整一天她確實神思恍惚，心不在焉。她知道自己已
經惹惱了陳佐千，這是她唯一不想幹的事情。頌蓮竭力想
著補救的辦法，她應該讓他們看到她在老爺面前的特殊
地位，她不能做出卑賤的樣子，於是頌蓮突然對著陳佐千
莞爾一笑，她說，老爺，今天是你的吉辰良日，我積蓄不
多，送不出金戒指皮大衣，我再補送老爺一分禮吧。說著
頌蓮站起身走到陳佐千跟前，抱住他的脖子，在他臉上親
了一下，又親了一下。桌上的人都呆住了，望著陳佐千。
陳佐千的臉漲得通紅，他似乎想說什麼，又說不出什麼，
終於把頌蓮一把推開，厲聲道，眾人面前妳放尊重一點。[40]

陳佐千關在房間裡可是會要求他的女人滿足他的性癖好的，但在大庭
廣眾之下他必須維持他的威嚴，豈能讓女人拿去他的掌控權。

　　小說裡性關係是獲得權力的管道，權力的延續在於傳宗接代。這
些可憐的女人們，正因為害怕色衰愛弛，所以各房太太要努力爭取
能讓自己懷孕的機會，傳統的觀念「母以子貴」，女人無法傳宗接
代，特別是男丁，就沒有地位。生小孩要比誰先生，還要比誰能生
男生，生了被稱為「小賤貨」的女生，也是無用。關於頌蓮希望懷
孕，卻再次落空，僅是幾句話帶過，而老爺對她的冷淡，還有老爺的
「暗病」——「梅珊說，油燈再好也有個耗盡的時候，就怕續不上那
一壺油哪。又說，這園子裡陰氣太旺，損了陽氣，也是命該如此，這
下可好，他陳佐千陳老爺占著茅坑不拉屎，苦的是我們，夜夜守空
房。」[41] 也讓她懷孕希望渺茫。

40　蘇童：《妻妾成群》，頁195～196。
41　蘇童：《妻妾成群》，頁210。

頌蓮又來月事了，她心裡清楚，「懷孕的可能隨著陳佐千的冷淡和無能變得可望而不可及。如果這成了事實，那麼她將孤零零地像一葉浮萍在陳家花園漂流下去嗎？」[42]

頌蓮流著淚走到馬桶間去，想把汙物扔掉，她卻意外發現馬桶浮著一張被浸爛的草紙時，草紙上的女人一眼就能分辨，而且是用黑紅色的不知什麼血畫的。頌蓮明白，雁兒又換了個法子偷偷對她進行惡咒。她巴望我死，她把我扔在馬桶裡。頌蓮渾身顫抖著把那張草紙撈起來，她一點也不嫌髒了，並有兩個選擇給雁兒——

> 一條路是明了，把這髒東西給老爺看，給大家看，我不要你來伺候了，妳哪是伺候我？妳是來殺我來了。還有一條路是私了。雁兒就怯怯她說，怎麼私了？妳讓我幹什麼都行，就是別攆我走。頌蓮莞爾一笑，私了簡單，妳把它吃下去。雁兒一驚，……蒙住臉哭起來；那還不如把我打死好。頌蓮說，我沒勁打妳，打妳髒了我的手。妳也別怨我狠，這叫做以其人之道還治其人之身。……雁兒哭了很長時間，突然抹了下眼淚，一邊哽咽一邊說，我吃，吃就吃。然後她抓住那張草紙就往嘴裡塞，發出一陣撕心裂肺的乾嘔聲。[43]

雁兒也是個叛逆者，她也在挑戰權威，敢犯禁忌。頌蓮無法吞下雁兒再一次對她的詛咒，於是逼著雁兒，把骯髒的草紙吞下，致使雁兒後來一病不起，死在醫院。這件事使得頌蓮在精神上大受打擊，也讓她

---

42 蘇童：《妻妾成群》，頁214。
43 蘇童：《妻妾成群》，頁214。

在陳家更加沒有地位。

　　在小說中飛浦的角色分量是很重的。飛浦和母親鬧得不愉快，和頌蓮有這樣的對話——

> 待在家裡時間一長就令人生厭，我想出去跑了，還是在外面好，又自由，又快活。頌蓮說，我懂了，鬧了半天，你還是怕她。飛浦說，不是怕她，是怕煩，怕女人，女人真是讓人可怕。頌蓮說，你怕女人？那你怎麼不怕我？飛浦說，對妳也有點怕，不過好多了，妳跟她們不一樣，所以我喜歡去妳那兒。後來頌蓮老想起飛浦漫不經心說的那句話，妳跟她們不一樣。頌蓮覺得飛浦給了她一種起碼的安慰，就像若有若無的冬日陽光，帶著些許暖意。[44]

飛浦從小看多了父親的妻妾間的爭寵，造成了他怕女人的性格，和他父親形成強烈的對比，極具諷刺意涵。但頌蓮有受過教育，年紀和飛浦相當，所以，有很多話題可聊，當然這樣的情感也成了頌蓮的心理寄託。小說有很多關於頌蓮對飛浦的內心描寫。

　　飛浦介紹絲綢大王顧家的三公子給頌蓮認識。他們從小就認識，在一個學堂念書，很要好，好到兩人手拉手走路，這令頌蓮感到古怪。

　　後來，飛浦生意做得不順當，總是悶悶不樂，就極少到頌蓮房裡來了，她只有在飯桌上才能看到他，有時候她的眼前就會浮現出梅珊和醫生的腿在麻將桌下做的動作，「她忍不住地偷偷朝桌下看，看她自己的腿，會不會朝那面伸過去。想到這件事她心裡又害怕又激

44　蘇童：《妻妾成群》，頁202。

動。」[45]

　　飛浦要到雲南去，頌蓮在門廊上跟他道別，卻見到顧少爺在花園裡轉悠——

　　　　飛浦笑笑説，他也怕女人，跟我一樣的。又説，他跟我一
　　　　起去雲南。頌蓮做了個鬼臉，你們兩個倒像夫妻了，形影
　　　　不離的。飛浦説，妳好像有點嫉妒了，妳要想去雲南我就
　　　　把妳也帶上，妳去不去？頌蓮説，我倒是想去，就是行不
　　　　通。飛浦説，怎麼行不通？頌蓮搡了他一把，別裝傻，你
　　　　知道為什麼行不通。[46]

飛浦離開後，頌蓮常常故意和老爺問起飛浦，甚至「她摸著陳佐千精
瘦的身體，腦子裡倏而浮現出一個秘不告人的念頭。她想飛浦躺在被
子裡會是什麼樣子？」

　　頌蓮生日那天，飛浦正好回家陪她一起喝酒祝壽，他說起菸草生
意，自嘲不是做生意的料子，賠了不少錢。小說裡有一段相當細膩的
頌蓮內心情慾糾纏——

　　　　她看見飛浦現在就坐在對面，他低著頭，年輕的頭髮茂密
　　　　烏黑，脖子剛勁傲慢地挺直，而一些暗藍的血管在她的目
　　　　光裡微妙地顫動著。頌蓮的心裡很潮濕，一種陌生的欲望
　　　　像風一樣灌進身體，她覺得喘不過氣來。意識中又出現了
　　　　梅珊和醫生的腿在麻將桌下交纏的畫面。頌蓮看見了自己

45　蘇童：《妻妾成群》，頁203。
46　蘇童：《妻妾成群》，頁204。

修長姣好的雙腿，它們像一道漫坡而下的細沙向下塌陷，
它們溫情而熱烈地靠近目標。這是飛浦的腳、膝蓋，還有
腿，現在她準確地感受了它們的存在。頌蓮的眼神迷離起
來，她的嘴唇無力地啓開，蠕動著。她聽見空氣中有一種
物質碎裂的聲音，或者這聲音僅僅來自她的身體深處。[47]

飛浦抬起了頭，他凝視頌蓮眼裡的澎湃。飛浦一動不動。頌蓮閉上眼
睛，她聽見呼吸紊亂不堪，她把雙腿完全靠緊了飛浦，等待著發生什
麼事情。飛浦縮回了膝蓋——

他像被擊垮似地歪在椅背上，沙啞他說，這樣不好。頌蓮
如夢初醒，她囁嚅著，什麼不好？飛浦把雙手慢慢地舉起
來，作了一個揖，不行，我還是怕。他說話時臉痛苦地扭
曲了。我還是怕女人。女人太可怕。頌蓮說，我聽不懂你
的話。飛浦就用手搓著臉說，頌蓮我喜歡妳，我不騙妳。
頌蓮說，你喜歡我卻這樣待我。飛浦幾乎是哽咽了，他搖
著頭，眼睛始終躲避著頌蓮，我沒法改變了，老天懲罰
我，陳家世代男人都好女色，輪到我不行了，我從小就覺
得女人可怕，我怕女人。特別是家裡的女人都讓我害怕。
只有妳我不怕，可是我還是不行，妳懂嗎？[48]

頌蓮才剛萌芽的自主情慾的思緒，一下子就被推向了地獄。作者是否
有意藉由飛浦偏於愛戀同性，而將所謂的「因果」關係，提示給讀者

---

[47] 蘇童：《妻妾成群》，頁221～222。
[48] 蘇童：《妻妾成群》，頁222。

思考。

　　從傳統封建社會以來，「古井」和女人的關係比和男人的關係還要深遠，「井」是女人們家事勞動聚集之所，也是懲戒犯錯的女人之處。在小說裡頌蓮聽到關於井的一些傳聞，便和陳佐千有了以下的對話——

> 頌蓮說，這園子裡的東西有點鬼氣。陳佐千說，哪來的鬼氣？頌蓮朝紫籐架呶呶嘴，喏，那口井。陳佐千說，不過就死了兩個投井的，自尋短見的。頌蓮說，死的誰？陳佐千說，反正妳也不認識的，是上一輩的兩個女眷。頌蓮說，是姨太太吧。陳佐千臉色立刻有點難看了，誰告訴妳的？頌蓮笑笑說誰也沒告訴我，我自己看見的，我走到那口井邊，一眼就看見兩個女人浮在井底裡，一個像我，另一個還是像我。陳佐千說，妳別胡說了，以後別上那兒去。頌蓮拍拍手說，那不行，我還沒去問問那兩個鬼魂呢，她們為什麼投井？陳佐千說，那還用問，免不了是些汙穢事情吧。頌蓮沉吟良久，後來她突然說了一句，怪不得這園子裡修這麼多井，原來是為尋死的人挖的。[49]

古井所承載的怨氣深深影響了頌蓮，她被那口幽暗寒冷、爬滿青苔的井糾纏了一輩子，走不出那個陰影，她渴望和大少爺的愛情，卻恐懼古井對她亂倫的懲治，所以，她只好常常在井邊不停地轉圈說：我不下去，我不下去。她努力藉由井裡的水，要看清自己的眼睛，但卻「始終找不到一個角度看見自己」，這句話說出了傳統女性沒有自

---

[49] 蘇童：《妻妾成群》，頁180。

我，無法主宰生命的可悲。

　　隨波逐流的女人繼續安放在她們狹窄的生活框架中，而有機會自覺的女性，在主動追尋自我存在價值或企圖掙脫命運時得到醒悟，但也因為時不我予，所以卓雲堵到了梅珊的姦情，梅珊被扔到井裡去了，頌蓮還義憤填膺地說她們殺了人，最後頌蓮也跟瘋了。

　　第二年，陳佐千又娶了第五位太太。五太太初進陳府，常見一個女人在繞著廢井轉，並對著井中說話。五太太看她長得清秀乾淨，不太像瘋子。下人告訴她，那是四太太，腦子有毛病了，常對著井說：我不跳，我不跳，她說她不跳井。

　　作品的主題拓深了作者想要表達的豐富的寓意，帶給讀者和觀眾對兩性關係深刻的啟迪。這部小說精準地指出傳統社會的婚姻病態，把封建舊傳統的病態頹廢、吃人禮教對女性的虐待以及處於新舊時代交接時的女性意識的掙扎，緩緩道出，引人深思。

㈣〈婦女生活〉

　　故事講述了三代女性的生命故事——嫻、芝、簫——她們重複著上一代的悲劇命運，小說裡盡是「黑灰」的色調，毫無家庭溫暖，母女間彼此折磨、相互仇恨，死死綑綁住她們的不全是男權封建社會，而是她們在自我宿命的困境中掙脫不出來。

　　嫻是個不安分的女孩，當已婚的孟老闆出現在她家的照相館，為她拍了張照片登在《明星》畫報上時，她已經成為孟老闆的電影公司的合同演員，投身於她夢寐以求的電影業。

　　1938年，搬離家的嫻與孟老闆關係飛速發展，她住進了孟老闆為她準備的公寓。嫻喜歡爭逐名利，她樂於被孟老闆豢養。

　　嫻和母親向來就是疏離，但嫻的母親卻經常打電話跟她嘆述照相館生意的苦經。嫻對此感到厭煩，之後，只要聽到是母親的聲音，就毫不留情地掛上電話。

　　嫻意外懷孕了，孟老闆安排她去進行墮胎手術，但十八歲的嫻因為年輕怕痛不敢去，還錯誤地幻想等腹中孩子降生後，孟老闆對她的態度會重新好轉，然而，嫻從此就失寵於孟老闆了。這年春天，日本人進了城。孟老闆捲走全部股金逃到了香港。嫻也被迫離開了那座豪華公寓，走投無路只能回家。回到家後，和母親有了以下的對話──

　　　　母親說，不當電影明星了？公司解散了。嫻說。你那個大老闆呢？他不要妳了？死了。嫻說。他死了，心臟病發作。撒謊。把妳的身子轉過來，讓我看看妳的肚子。有什麼可看的？嫻吐出一根雞骨，她說，妳不是也大過肚子嗎？賤貨。母親怒喝一聲，讓人把肚子搞大了回家下種嗎？誰讓你回來的？這是我的家。嫻走到原來她住的房門口推門，門推不開，裡面上了插銷。嫻拚命推著門說，誰在裡面？是一個男人吧？門開了。果然是一個男人。嫻認識他，是國光美髮廳的老王，經常替她母親做頭髮的老王。嫻對老王笑了笑，然後又回頭對母親說，誰是賤貨？妳才是賤貨。賣了家業在樓上藏男人，妳才是個不要臉的賤貨。她看見母親的臉紫漲著說不出話，心中有一種復仇和得勝的快樂。她已經好多天沒嚐到快樂的滋味。[50]

　　之後，老王開始對嫻上下其手，嫻對於老王更進一步的動作也無意抵抗，她見到老王的那隻手，想起孟老闆那雙充滿情慾的手。但這樣的情事被嫻的母親發現了，嫻的母親為此自殺。

　　嫻把她對人生的怨恨加諸給她的女兒──芝，母女的關係很疏

50　蘇童：《紅粉》，頁77～78。

離，嫻總怨恨芝從不把她當母親看，早知道這樣，當初她就做人工流
產，咬咬牙也就挺過去了，她很後悔，那時爲什麼要逃走？芝認爲嫻
把她生下來，就是爲了承擔她的悲劇命運。芝從小就感到不安全，小
時候，有個牙科醫生經常到家裡來，他一來母親就把她帶到另外的房
間睡覺，她被母親反鎖在屋子裡，一個人在黑暗裡害怕極了，她光著
腳跑去母親那兒敲門，門始終不開。芝只能哭泣著回到黑暗中，這
造成她成爲孤僻而脆弱的人，同時也一切歸咎於對母親的忌恨與恐
懼。所以，在得不到母愛的狀況下，她很想離開家。遇到鄒傑後，母
親極力反對她和這個沒有經濟條件的黨員在一起。當芝把鄒傑要跟她
結婚的事告訴母親時，母親對她說：「滾吧，就當我養了條狗。反正
我也不要靠妳，妳別指望我會給妳一分錢。」[51]

　　鄒家的房子很擁擠。鄒傑的妹妹和父母擠到一間，才給鄒傑和芝
騰出了一個房間。房間很小，沒有窗戶，家具簡陋，她與鄒家的人格
格不入，她是情願不吃飯，也不洗碗。她常坐在床上流淚。芝對鄒家
充滿了鄙視情緒，她認爲這個家庸俗瑣碎，每次出門倒馬桶都從內心
感到厭惡透頂，那樣的生活並不優於她和母親組成的兩人家庭。

　　芝和鄒傑一起分到了水泥廠工作。芝要鄒傑打報告向工廠申請房
子，遭到鄒傑拒絕。鄒傑認爲他們有房子住，他又是黨員，怎麼能帶
頭向組織伸手要房。芝決定回娘家去受母親的氣，也不受鄒傑一家人
的氣。芝回到娘家，母親的反應非常平淡，母親說，我知道妳會回家
的，畢竟妳是我的女兒。

　　後來，鄒傑主動回到娘家和芝同住。鄒傑分擔了很多力氣活，嫻
經常誇獎鄒傑能幹，也感慨年輕時怎麼就碰不到這樣的好男人？之
後，芝發現母親躲在門口偷聽他們夫妻倆的動靜，隔天，她就將氣窗

---

[51]　蘇童：《紅粉》，頁90。

玻璃用報紙蒙上，對於母親，心裡有更強烈的厭惡。

嫻的老相好牙醫的妻子得敗血症死了，嫻告訴芝，牙醫現在住宿舍，他要是來的話，她和鄒傑就得搬出去。芝咬著牙對母親回說：「他什麼時候進來，我們什麼時候出去，妳別以為我們想賴在這兒。」[52] 芝痛恨自己生在那樣陰冷的家庭，也認為自己是世上最不幸的女人。

但是，嫻的期待落了空，牙醫和一個護士有染，這事引發嫻的激憤情緒，芝和母親有了以下的衝突——

> 芝忍不住刺了一句，那妳跟他不也是勾勾搭搭嗎？嫻把手裡的草編提包猛地砸到芝的身上，妳幸災樂禍，你們存心把我氣死，氣死我你們就有好日子過了。男人不是好東西，女人也不是好東西。芝把母親的提包掛到牆上，回過頭看看她那種歇斯底里的樣子，心裡充滿厭惡，另一方面，她又慶幸母親這場戀愛的結局，這樣芝就不需要另起爐灶生活了。[53]

芝本想用孩子來套住鄒傑，但她的輸卵管阻塞，所以一直無法給喜歡孩子的鄒傑當父親的機會。儘管鄒傑早就對她說：事業第一，家庭第二，有沒有孩子都一樣。但是，芝總是繼續哭泣，埋怨著：

> 如果我有孩子，我會對他好，我不會讓他受一點苦，老天為什麼就不肯給我一個孩子？

---

52 蘇童：《紅粉》，頁101。
53 蘇童：《紅粉》，頁101～102。

她説，我母親把我生下來，就是為了讓我承擔她的悲劇命
運，我恨透了她。我是一個私生女，本來就不該來到這個
世界。所以我注定享受不到別人的幸福和權利。誰都能生
育，我卻不會生育，這是我的錯嗎？[54]

這讓鄒傑感到相當厭煩，他氣芝老是自己折磨自己，不相信他對她的
感情。

芝在吞藥自殺獲救後，擔心失去鄒傑的愛，便將唯一的精力都用
在對他的嚴密控制下。有一次鄒傑發現芝檢視他換下來的內褲，卑瑣
的舉動讓他難以相信自己的眼睛。

醫生認為芝患了憂鬱症。鄒傑便去領養了一個棄嬰，也許芝的病
會好起來。鄒傑給女嬰取名為「簫」，因為「簫」是一種有苦難言的
樂器。芝成了簫的養母，但由於芝原想要的是一個兒子，因此芝對簫
是厭惡的；而身為外婆的嫻也只是把簫當成一隻波斯貓養；唯一在意
簫的只有養父鄒傑，但鄒傑對她的感情卻揉雜了情慾。

簫在日記裡這樣寫道：

我生長在一個資產階級家庭裡。我的童年是不幸福的。我
母親患有精神病，她從來不關心我。我的外婆一把年紀還
要打扮得妖裡妖氣。她每天讓我吃泡飯，我沒有辦法，我
只好天天吃泡飯。[55]

簫十四歲那年，一個夜半時分，鄒傑上了簫的床，簫在掙扎之

54　蘇童：《紅粉》，頁103～104。
55　蘇童：《紅粉》，頁108。

餘，碰翻了水杯，水杯清脆的碎裂聲喚來了在她門外敲門的芝和嫻。隔天，鄒傑臥軌了。芝的憂鬱症更加嚴重，每週總在固定時間到鐵路道口祭奠鄒傑的亡靈。

在這樣的畸形家庭中長大的簫，與親人的互動是冷酷而無情的。

簫十六歲，本可留在城裡，但她一心想離開母親和外婆，便自願報名去農場插隊，後又因吃不了苦返鄉。簫和男朋友小杜準備登記結婚的前夕，為了要擁有房子，她專程到母親以前工作的水泥廠商量，直截了當地提出了要送母親去精神病院的要求。簫結婚時，外婆已經癱瘓在床。簫和小杜的新婚之夜，外婆不停地用棍子敲打牆壁，這讓他們感到非常掃興。婚後，簫為了買電視和冰箱，她苛刻地縮減外婆和丈夫原有的日常開銷。長期對外婆惡言相向，讓她含恨而逝，也和外遇的丈夫關係惡劣。

蘇童在小說中，極度展現了悲憐的女性世界，藉由三位女性病態而殘缺的生命，提供給我們的反省是：

第一、在家庭中，父親角色缺席，僅母女的單親關係，女性很容易在不自覺中，以非理性的「感性」特徵，把自己所承受的悲劇傷痛，變本加厲地將其痛苦「遺傳」轉嫁給下一代，這種類似「變態」的行徑是必須時刻提醒與杜絕的。

第二、沒有自信、瞧不起自己、只相信宿命的人，幸福是會遠走高飛的，要想找到逃離困境的出路，只能靠自己才能自救。

第三、現實生活中近乎病態的占有欲，實際上是更深層的人身依附，只會讓對方更感厭惡，更想遠離。

第四、命運掌握在自己的手裡，唯有自尊自重，才能得到別人的尊重，創造自己所嚮往的人生。

㈤〈紅粉〉

講述的是江南妓女在解放後，接受改造的故事。解放軍查封全城

妓院，並把喜紅樓的姑娘們押去了勞教所。往勞改所的路上，小萼原本還有好姊妹秋儀作伴，但秋儀卻在途中，在卡車經過北門放慢速度時，跳車逃跑，車上響起一片尖叫聲。小萼驚呆了，卻直覺反應去抓軍官的手，請他別開槍，放了秋儀吧！

秋儀逃回妓院，要向鴇母拿回她的首飾，鴇母卻有意私吞她的血汗錢，她豁出去表示要把窰子燒光，鴇母才扔給她一個小包裹。

後來，秋儀去投靠她的恩客——住在電力公司單身公寓裡的老浦。老浦把她接回家裡住，對外人就說是新請的保姆，但其實秋儀是想他說她是他的新婚太太。

這期間秋儀還死磨硬纏託著老浦到勞改所給小萼送包裹，秋儀說，老浦你有沒有人情味就看這一回了。表現了患難中的姊妹情誼。

半個月過去了，老浦的母親對秋儀的態度越來越惡劣，甚至開門見山地下逐客令。老浦妥協於母親的權威，留不住秋儀，秋儀就氣得搬走了。後來，無處可去的秋儀進了尼姑庵。秋儀剃度後的第三天，老浦聞訊找到了玩月庵，但秋儀卻在門內不願見他。老浦要秋儀跟他回去，他可以答應她任何要求，包括結婚。可是秋儀卻從門後操起了一根木棍，趕走老浦。老浦暗暗下決心斬斷和秋儀的情絲，他想起自己的腦袋夾在庵門縫裡哀求她，這情景令他斯文掃地。他想她不過是個妓女罷了，世界上有許多豐滿的如花似玉的女人，他又何苦單戀她呢！

至於小萼呢？1950年暮春，小萼來到了位於山窪裡的勞動訓練營。從早到晚，小萼每天要縫三十條麻袋，縫不完不能擅自下工。小萼無法完成工作，她想自殺了事，卻被值班的士兵制止。隔天，勞動營的一個女幹部對小萼說她的態度是不利於重新做人的。女幹部溫和地要小萼承認她自殺的主因是因為被妓院剝削壓迫了好多年，苦大

仇深，又無力反抗，害怕重新落到敵人的手裡，所以才想死。儘管小萼明白表示是手都起血泡了，完成不了工作，但女幹部還是希望說服小萼可以控訴妓院是怎樣把她騙進去的，想逃跑時他們又是怎樣毒打她的。女幹部說稍微誇張點沒關係，主要是向敵人討還血債，最後妳再喊幾句口號就行了。但小萼卻說到妓院是畫押立了賣身契約，再說他們從來沒有打過她，因為她規規矩矩地接客掙錢，他們憑什麼打她呢？

小萼其實是個適應力很強的女孩，很快就適應了勞動營的生活。因為每天縫麻袋，她可以正常入眠，昔日的神經衰弱症狀不治而癒。

夜裡睡覺時，瑞鳳的手經常伸進她的被窩，在小萼的胸脯和大腿上摸捏，小萼也不惱，只是把瑞鳳的手推開，自顧睡了。有一天瑞鳳的手又從她身上上下作怪，這回小萼生氣了，狠狠地在瑞鳳的手背上掐了一記，警告她不准再碰她！

1952年春，小萼被告知勞動改造期滿，可以回城了。也在這一年老浦家的房產被政府沒收，老浦闊少爺的奢侈生活遭到粉碎性的打擊。

小萼找到老浦，要老浦帶她去見秋儀，才知道秋儀的事。小萼罵老浦說他薄情寡義，秋儀一定是恨透了他，才走上那條路。

在玻璃廠當女工的小萼和老浦日久生情，小萼也意外懷孕了。後來，老浦娶了小萼。秋儀一身黑袍出現在婚宴現場特地送上一對龍鳳鐲，然後離開，小萼追出去，對秋儀滿是抱歉，秋儀要流著淚的小萼好好跟老浦過——

　　小萼含淚點著頭，她看見秋儀在雨傘店裡買了把傘，……
　　妳接著，這把傘也送給你們吧，要是天下雨了，你們就撐

我這把傘。小萼抱住傘說，秋儀，好姊姊，妳回來吧，我
有好多話對妳說。秋儀的眼睛裡閃爍著冷靜的光芒，很快
地那種光芒變得犀利而殘酷，秋儀直視著小萼的腹部冷笑
了一聲，懷上老浦的種了？妳的動作真夠快的。小萼又啜
泣起來，我沒辦法，他纏上我了。秋儀呸地吐了一口唾
沫，他纏妳還是妳纏他？別把我當傻瓜，我還不知道妳小
萼？天生一個小婊子，打死妳也改不了的。[56]

小萼走到門口，突然想到手裡的「傘」就是「散」，秋儀在婚禮上送
傘難不成是咒他們早日散夥嗎？便把手裡的傘扔掉了。

　　秋儀後來被尼姑庵趕了出去，一方面是嫌棄她的出身，老尼姑說
他們已經用水清洗了庵堂；一方面又說她回來也沒有飯吃了。秋儀表
示她有錢，甚至可以養活她們，但老尼姑卻說：那髒錢妳留著自己用
吧。

　　秋儀無路可去，只好回到姑媽家，可姑媽一家對秋儀相當冷淡，
秋儀也就不給他們好臉色看。後來，秋儀低調結婚，嫁給了雞胸駝背
的小男人——馮老五。

　　今朝有酒今朝醉的老浦，貪汙了電力公司的公款，結果被行刑處
決了。習慣於生活享受的小萼，悔恨都是自己害了他，覺得是她把老
浦逼上絕路的。然而，秋儀卻說：男女之事和生死存亡都是天意，要
她好好撫養他們的兒子——悲夫。

　　小萼做了一年寡婦，後來就傳出她和房東先生——說評彈的張
老師——私通的消息，因為以她的收入明顯是交不起房租和水電費
的。再後來小萼就帶著悲夫搬到女工宿舍了，據說是被張太太趕出來

56　蘇童：《紅粉》，頁42。

的，離開時，小萼的額上還留著被張太太砸傷的一塊血痂。

離鄉的前一夜，小萼帶著悲夫來找秋儀，秋儀也表示她要養育悲夫，會將他視如己出。小萼說，她本來下決心不嫁人的，只想把悲夫撫養成人，可是沒辦法，她還是想嫁男人。

第二年，小萼就跟個北方人走了。這個又黑又壯的男人是來玻璃瓶廠收購小玻璃瓶的，沒想到也把小萼給一起收購走了。

這篇小說寫出了豐滿的女性形象，1950年代的社會變革時期，政府解救改造妓女——秋儀和小萼，這兩個情比姊妹深的妓女，在面對現實卻無能為力的狀況下，與老浦之間愛恨糾結的無奈命運。其中展現了女性在情感上的弱點，孤寂而淒苦，卻也堅忍而勇敢，敢愛敢恨。

【問題討論與活動設計】

1. 蘇童在〈一九三四年的逃亡〉和〈罌粟之家〉展現人們艱苦的生存現況，請問這兩篇小說提供給你什麼反思？

2. 蘇童的〈妻妾成群〉改編為電影《大紅燈籠高高掛》，請比較兩者情節安排的差異。

3. 蘇童的〈婦女生活〉和〈紅粉〉展現了傳統女性的哪些悲情？並提供給我們關於兩性平權的哪些思考？

第六節

畢飛宇

（1964～）

一、創作背景與評價

　　畢飛宇，生於江蘇興化，1987年畢業於揚州師範學院中文系，曾任教五年，之後從事新聞工作。從教五年。1998年加入江蘇作家協會，曾任江蘇省作家協會副主席，現任職於南京《雨花》雜誌社，是當代中國大陸炙手可熱的小說家。

　　畢飛宇被大陸文壇戲稱為「得獎專業戶」，他從20世紀80年代中期開始寫作，便頻頻獲獎──首屆魯迅文學獎的短篇小說獎、第三屆魯迅文學獎中篇小說獎、多次獲得《人民文學》小說創作獎、馮牧文學獎、三屆《小說月報》百花獎、兩屆《小說選刊》獎、首屆中國小說學會獎、莊重文文學獎……等。

　　畢飛宇的小說有其大眾通俗性，文字通俗，情節緊湊，具戲劇的高潮張力，不重寫景，僅專寫平民老百姓的活動、想法、思維與愛恨，人物鮮活分明又飽滿，因此，容易被普羅大眾所接受。作品曾被改編拍攝成電影《搖啊搖，搖到外婆橋》，以及電視連續劇《青衣》，影視傳播大大提升了他的知名度。

　　畢飛宇寫得最精彩的是女性角色，淋漓盡致地寫出了女人的愛恨嗔痴、勾心鬥角、虛偽做作、扯謊嫉妒、飢渴空虛，殘暴憐憫，從《青衣》裡的筱燕秋，到《玉米》小說中的三姊妹玉米、玉秀、玉秧，被譽為「寫女性心理最好的男作家」[1]。對於被譽為擅長寫女性，畢飛宇表示：「我是一個男人，男人對女性的關注往往是誇張的，甚至偏執，這裡頭一定有無意識的有意。我必須服從一個男人的感受，是吧？對我來說，那些不講理的關注，那些沒有來由的關注，往往是小說的關鍵。」[2]

---

[1]　http://baike.baidu.com/view/292281.htm#5，百度百科。
[2]　畢飛宇：《推拿》，臺北：九歌出版社，2009年6月，序。

　　畢飛宇以中、短篇小說知名，但在時隔八年後，於2005年，推出了自己的首部長篇《平原》，這部小說是他的轉型之作，描寫背景設定在20世紀70年代，題材依舊關注「農村」，在思想表達方面依然保持對現實的強烈介入，小說中「帶菌者」的象徵意義更是直指「現實」。

　　畢飛宇年輕時曾任教於南京特殊教育師範學校，那時他就和殘障人士結下了不解之緣。所以，繼《平原》，畢飛宇於2006與2007年發表短篇小說〈彩虹〉、〈相愛的日子〉和〈家事〉之後，又在2008年，第九期的《人民文學》上發表了他的第二部長篇小說——《推拿》。畢飛宇為了人物的飽和度與真實性，他毫不過度矯情地給予殘障人士同情與關愛，而是站在尊重的立場，中肯而持平地去關照那一群盲人推拿師內心深處的黑暗與光明。《人民文學》主編李敬澤評論：畢飛宇的《推拿》恰恰以很小的切口入手，對盲人獨特的生活有透徹、全面的把握。這部小說表現了尊嚴、愛、責任、欲望等人生的基本問題，所有人看了都會有所觸動。[3]

　　畢飛宇現居南京，對於小說美學，他有這樣的看法：「寫作最初的萌芽是從『過日子』中來的，你天馬行空，最後，你的文字重新體現出了『過日子』的風貌，對我來說，差不多是我現在的小說美學標準。這裡有一個前提，你的文字所表達出來的東西是『生』的，是『動』的，生動，活生生的動態。」[4]

---

[3]　http://www.zwbk.org/MyLemmaShow.aspx?zh=zh-tw&lid=115353。中文百科在線。

[4]　畢飛宇：《推拿》，臺北：九歌出版社，2009年6月，序。

二、作品賞析

(一)《青衣》

　　1999年還沒到元旦，畢飛宇就得到了《青衣》的寫作動機：「它讓我摩拳擦掌。那個叫『筱燕秋』的女人來到了我的書房，伴隨著鑼鼓，她徐步走來，一步一芙蓉。我愛她，怕她，我對她的害怕多於對她的愛。所有的事情就在我們倆的目光之間發生了，有時候，我把目光躲開了；有時候，她把臉側過去了。我發誓，這不是調情，相反，它嚴肅而又冷峻。只有我自己知道，我和筱燕秋的那場驚心動魄的對視意味著什麼，1999年，是世紀末，同時也是改革開放之後中國人翹首以盼的時刻，希望、失望、承諾、兌現、不甘、瘋狂，林林總總，這一切都要在1999年得以體現，說到底，在中國『人』的身上得以體現。這個『人』就是筱燕秋。」[5]

　　小說的內容是：演青衣的十九歲的筱燕秋年輕氣盛，與前輩演員李雪芬在舞臺上起了較勁。當時的筱燕秋對藝術有著純粹的追求，她不能容忍李雪芬用巾幗唱腔的方式來演繹她最心愛的嫦娥，更不能忍受李雪芬還得意洋洋、虛情假意地和她商量唱腔處理，所以，當她倆在後臺相遇時，兩人語言交鋒——

> 李雪芬掀掉肩膀上的軍大衣，說：「燕秋，我正想和妳商量呢，妳看看這樣，這樣，這句唱腔我們這樣處理是不是更深刻一些，哎，這樣。」李雪芬這麼說著，手指已經翹成了蘭花狀，一挑眉毛，兀自唱了起來。……但是筱燕秋的眼神很快就出了問題了，是那種極為不屑的樣子。所有

5　畢飛宇：《青衣》，臺北：九歌出版社，2010年，自序：序言／畢飛宇，頁4～5。

的人都看得出，燕秋這孩子的心氣實在是太旺了，心裡頭不謙虛就算了，連目光都不會謙虛了。李雪芬卻渾然不覺，演示完了，李雪芬對著筱燕秋探討性地說：「妳看，這樣，這才是舊社會的勞動婦女。我們這樣處理，是不是好多了？」筱燕秋一直瞅著李雪芬，臉上的表情有些說不上來路。「挺好，」筱燕秋打斷了李雪芬，笑著說，「只不過妳今天忘了兩樣行頭。」李雪芬一聽這話就把雙手捂在了身上，又捂到頭上去，慌忙說：「我忘了什麼了？」筱燕秋停了好大一會兒，說：「一雙草鞋，一把手槍。」大夥兒愣了一下，但隨即就和李雪芬一起明白過來了。燕秋這孩子真是過分了，眼裡不謙虛就不謙虛吧，怎麼說嘴上也不該不謙虛的！筱燕秋微笑著望著李雪芬，看著熱氣騰騰的李雪芬一點一點地涼下去。李雪芬突然大聲說：「妳呢？妳演的嫦娥算什麼？喪門星，狐狸精，整個一花痴！關在月亮裡頭賣不出去的貨！」……這時候一位劇務端過來一杯開水，打算給李雪芬捂捂手。筱燕秋順手接過劇務手上的唐瓷杯，「呼」地一下澆在了李雪芬的臉上。[6]

當一心扶持筱燕秋的老團長——炳璋，氣得用戲文罵她名利熏心，毀就毀在妒良材時，筱燕秋無力也堅決地解釋她真的不是這樣的，但所有的人都認為筱燕秋就是妒嫉，所以故意要毀了李雪芬。事情結果雖然在炳璋的調解下，李雪芬高抬貴手，筱燕秋沒有被追究刑事責任，但她被扣上一頂藝德敗壞的帽子而離開了舞臺，使自己的演出生涯暫停了。

---

[6] 畢飛宇：《青衣》，臺北：九歌出版社，2010年9月，頁240～241。

　　戲校的筱燕秋老師在生命的低潮，匆匆忙忙把自己嫁給了交通警察——面瓜。筱燕秋置身於大海，面瓜是她唯一的獨木舟。在筱燕秋看來，這樁婚姻過了此村就再無此店了。「面瓜是令人滿意的，是那種典型的過日子的男人，顧家、安穩、體貼、耐苦，還有那麼一點自私。筱燕秋還圖什麼？不就是一個過日子的男人麼？面瓜唯一的缺點就是床上貪了些，有點像貪食的孩子，不吃到彎不下腰是不肯離開餐桌的。不過這又算什麼缺點呢？筱燕秋只是有點弄不明白，床上就那麼一點事，每次也就是那麼幾個動作，又有什麼意思？面瓜哪裡來的那麼大興致，每一次都像吃苦，把自己累成那樣。但是面瓜是疼老婆的，他在一次房事過後這樣肉麻地對老婆說：『只要沒有女兒，妳就是我的女兒。』」[7]

　　兩人有了一個女兒，日子也算過得平順，一直到離開舞臺二十年後，筱燕秋被一個老闆相中，有了重新登臺的機會。筱燕秋的生活開始因此而起了波瀾。

　　宴會尚未開始，炳璋便把筱燕秋十分隆重地領了出來，十分隆重地叫到了老闆的面前。這次見面對老闆而言只是一次娛樂活動的交際，然而，卻是筱燕秋一生中的一件大事。筱燕秋的後半生如何，完全取決於這次見面。

　　筱燕秋得到宴會通知時不僅沒有開心，相反，她的心中湧上了無邊的惶恐，立即想起了前輩青衣，李雪芬的老師——柳若冰。柳若冰是50年代戲劇舞臺上最著名的美人，文革開始之後第一個倒楣的名角。她去世之前的一段往事曾經在劇團裡頭廣為流傳，那是1971年的事了——「一位已經做到副軍長的戲迷終於打聽到當年偶像的下落了，副軍長的警衛戰士鑽到了戲臺的木地板下面，拖出了柳若冰。柳

<hr />

7　　畢飛宇：《青衣》，頁252。

若冰醜得像一個妖怪，褲管上黏滿了乾結的大便和月經的紫斑。副軍
長遠遠地看看柳若冰，只看了一眼，副軍長就爬上他的軍用吉普車
了。副軍長上車之前留下了一句千古名言：『不能為了睡名氣而弄髒
了自己。』筱燕秋捏著炳璋的請柬，毫無道理地想起了柳若冰。」[8]

筱燕秋坐在美容院的大鏡子面前，用她半個月的工資精心地裝潢
她自己。美容師的手指非常柔和，但她感到了疼。筱燕秋覺得自己不
是在美容，而是在對著自己用刑。「男人喜歡和男人鬥，女人呢，一
生要做的事情就是和自己做鬥爭。」[9]

春來十一歲走進戲校，從二年級到七年級一直跟在筱燕秋的身
後，春來不僅僅只是筱燕秋的學生，簡直就是筱燕秋的寶貝女兒。

筱燕秋在劇校待了二十年了，教了那麼多學生，卻沒有一個能唱
出來。筱燕秋是徹底死了心了，然而，畢竟又沒有死透——

> 一個人可以有多種痛，最大的痛叫作不甘。筱燕秋不甘。
> 三十歲生日那一天筱燕秋就知道自己死了，十年裡頭筱燕
> 秋每天都站在鏡子面前，親眼目睹著自己一天一天老下
> 去，親眼目睹著著名的「嫦娥」一天一天地死去。她無能
> 為力。焦慮的過程加速了這種死亡。用手拽都拽不住，用
> 指甲摳都摳不住。說到底時光對女人太殘酷，對女人心太
> 硬、手太狠。[10]

為了重新登臺準備，減肥是當務之急，筱燕秋已經從自己的身上
成功地減去了四點五公斤的體重。筱燕秋不是在「減」肥，說得準確

8　畢飛宇：《青衣》，頁254～255。

9　畢飛宇：《青衣》，頁255。

10　畢飛宇：《青衣》，頁261。

一些，是「摳」。筱燕秋熱切而又痛楚地用自己的指甲一點一點地把
體重往外摳，往外挖。這是一場戰爭。筱燕秋的身體現在就是她的敵
人，她以一種復仇的瘋狂全神貫注，密切注視著自己的身體。她每
天晚上都要站到磅秤上去，她一定要從自己的身上摳去十公斤——那
是她二十年前的體重。筱燕秋堅信，只要減去十公斤，生活就會回到
二十年前，二十年前的曙光一定會把她頎長婀娜、娉婷無雙的身影重
新投射在大地上。

　　吃和睡是減肥的兩大法門。筱燕秋首先控制的就是自己的睡。她
把自己的睡眠時間固定在五個小時，五個小時之外，她不僅不允許自
己躺，甚至不允許自己坐。接下來控制的就是自己的嘴了。筱燕秋不
允許自己吃飯，不允許自己喝水，每天只進一些瓜果、蔬菜。在瓜果
與蔬菜之外，她像貪婪的嫦娥，就知道大口大口地吞藥。

　　減肥的前期是立竿見影的，她的體重如同股票遭遇熊市一樣，一
路狂跌。身上的肉少了，但皮膚卻意外地多了出來。多餘的皮膚掛在
她的身上，宛如撿來的錢包，渾身找不到一個存放之處。多出來的皮
膚使筱燕秋的臉龐活脫脫地變成了一張寡婦臉——沮喪而絕望。接著
營養不良，便是精力不濟了——頭暈、乏力、心慌、噁心，總是犯
睏、貪睡，而說話的氣息也越來越細。

　　排練的階段，筱燕秋的聲音就不那麼有根，不那麼穩，氣息也跟
不上，唱腔就越來越不像筱燕秋的了。筱燕秋再也沒有料到自己會出
那麼大的醜，當著那麼多人的面。她在給春來示範一段唱腔的時候居
然「唱破」了，那是任何一個靠嗓子吃飯的人最丟臉的事。

　　筱燕秋有意無意地拿自己和春來做起了比較。鏡子裡的筱燕秋在
春來的映照之下顯得那樣地蒼老，幾乎有些醜了。當初的自己就是春
來現在的這副樣子，她現在到哪兒去了呢？人不能比別人，人同樣不
能和自己的過去攀比。筱燕秋的自信心在往下滑，她想起了當初復出

時的那種喜悅，那樣的喜悅卻也不過是過眼煙雲，刹那間就蕩然無存了。筱燕秋動搖了，甚至產生了打退堂鼓的念頭，卻又捨棄不下。雖說春來的表演還有許多地方需要磨練，然而，年輕的春來超越她也就是眼前的事了。筱燕秋突然一陣酸楚難受。

　　筱燕秋知道自己嫉妒了，卻又痛恨起自己，她不能允許自己嫉妒。她決定懲罰。她用指甲拚命地掐自己的大腿。越用力越忍，越忍越用力。大腿上尖銳的疼痛讓筱燕秋產生了一種古怪的輕鬆感。她站起身來，決定利用這個空隙幫春來排練，不允許自己有半點保留。筱燕秋站到春來的面前，面對面，手把手，從腰身到眼神，一點一點地解釋並糾正，她一定要把春來鍛造成二十年前的自己。太陽下山了，排練大廳裡的光線越來越暗，她們忘記開燈，師徒兩個在昏暗的光線下反覆比劃。筱燕秋的臉離春來只有幾寸那麼遠，春來的眼睛在昏暗的排練大廳裡反而顯得異樣地迷人。筱燕秋突然覺得對面站著的就是二十年前的亭亭玉立的自己。筱燕秋迷惑了，她停下來，側著看，用那種不聚集的、近乎煙霧的目光籠罩了春來。春來不知道自己的老師怎麼了，也側過了腦袋，端詳著自己的老師。筱燕秋繞到了春來的身後——

　　　　一手托住春來的肘部，另一隻手捏住了春來翹著的小拇指的指尖。筱燕秋望著春來的左耳，下巴幾乎貼住春來的腮幫。春來感到了老師的溫濕的鼻息。筱燕秋鬆開手，十分突兀地把春來攬進了懷抱。她的胳膊是神經質的，摟得那樣地緊，乳房頂著春來的後背，臉貼在了春來的後頸上。春來猛一驚，卻不敢動，僵在了那裡，連呼吸都止住了。但只是一會兒，春來的呼吸便澎湃了，大口大口地換氣，她喘息一次兩隻乳房就要在筱燕秋的胳膊裡軟綿綿地撞擊

一回。筱燕秋的手指在春來的身上緩緩地撫摸，像一杯水
潑在了玻璃臺板上，開了岔，困厄地流淌。她的手指流淌
到春來腰部的時候春來終於醒悟過來了，春來沒敢叫喊，
春來小聲央求說：「老師，別這樣。」[11]

筱燕秋突然醒來了。那眞是一種大夢初醒的感覺。夢醒之後的筱燕秋
無限地羞愧與悽惶，她弄不清自己剛才到底做了些什麼。春來撿起
包，衝出了排練大廳。

　　之後，春來並沒有在筱燕秋的面前流露什麼，戲還是和過去一樣
地排，只是春來再也不肯看筱燕秋的眼睛了。筱燕秋再也沒有料到會
和春來這樣彆扭，一個大疙瘩就這樣橫在了她們的面前。好幾次她都
想從劇組退出，就是下不了那個決心。這樣的心態二十年以前曾經有
過一次的，她想到過死，後來竟一次又一次猶豫了。筱燕秋責怪自
己當初的軟弱，二十年前她說什麼也應當死去的。一個人的黃金歲月
被掐斷了，其實比殺死了更讓你寒心。力不從心地活著，處處欲罷不
能，無能爲力，又欲哭無淚。

　　筱燕秋終於和資助該戲的老闆睡過了。這一步跨出去了，是遲
早的事，筱燕秋的心思好歹也算了了。筱燕秋並沒有什麼特別的感
覺，這件事說不上好或壞，從古到今反正都是這樣的。老闆是誰？人
家可是先有了權後有了錢的人，就算老闆是一個令人噁心的男人，就
算老闆強迫了她，筱燕秋也不會怪老闆什麼的。更何況還不是。筱
燕秋在這個問題上沒有半點羞答答的，半推半就還不如一上來就爽
快。戲要不就別演，演都演了，就應該讓看戲的覺得值。

　　可是筱燕秋難受。這種難受筱燕秋實在是銘心刻骨。從吃晚飯的

11　畢飛宇：《青衣》，頁268～269。

那一刻起，到筱燕秋重新穿上衣服，老闆從頭到尾都扮演著一個偉人，一個救世主。

> 筱燕秋是自己脫光衣服的，剛一扒光，老闆的眼神就不對勁了，它讓筱燕秋明白了減肥後的身體是多麼地不堪入目。老闆一點都沒有掩飾。……老闆上了床就更是一個偉人了。他十分從容地躺在了席夢思上，用下巴示意筱燕秋騎上去。老闆平躺在席夢思上，一動不動，筱燕秋騎上去之後就只剩下筱燕秋一個人忙活了。有一個階段老闆對筱燕秋的工作似乎比較滿意，嘴裡哼嘰了幾聲，說，「哦，葉兒。哦，葉兒。」……幾天之後，筱燕秋伺候老闆之前老闆先讓她看了幾部外國毛片，看完了毛片筱燕秋才算明白過來，大老闆在學洋人叫床呢。……筱燕秋就覺得自己賤。她好幾次都想停止下來了，然而，性是一個歹毒的東西，不是你想停就停得下來的。這樣的感覺筱燕秋在和面瓜做愛的時候反而沒有過。筱燕秋一邊動作一邊罵著自己，她這個女人實在是下賤得到了家了。[12]

春來要離開，她通過了電視臺面試了。筱燕秋雙手抖動起來，她一把拽住了春來的衣襟，心碎了。師徒倆有了以下的對話——

筱燕秋低聲說：「妳不能，妳知道妳是誰？」
春來耷拉著眼皮，說：「知道。」
「妳不知道！」筱燕秋心痛萬分地說，「妳不知道妳是多

---

[12]　畢飛宇：《青衣》，頁271～272。

好的青衣——妳知道妳是誰？」

春來歪了歪嘴角，好像是笑，但沒出聲。春來說：「嫦娥的B檔演員。」

筱燕秋脫口說：「我去和他們商量，妳演A檔，我演B檔，妳留下來，好不好？」

春來掉過頭去，說：「我不搶老師的戲。」

春來還是那樣生硬，然而，口氣上畢竟有所鬆動了。筱燕秋抓住了春來的手，慌忙說：「沒的，你沒有搶我的戲！妳不知道妳多出色，可我知道。出一個青衣多不容易，老天爺要報應的——你演A檔，你答應我！」她把春來的手捂在自己的掌心裡，急切地說，「妳答應我。」[13]

熱愛藝術的筱燕秋考慮的是再怎麼說，春來終究是另一個自己，將來只要春來唱紅了，自己的命脈一樣可以在春來的身上流傳下去。這麼一想筱燕秋突然輕鬆了，心中的壓力與陰影蕩然無存。

減肥真的像一場病。病去如抽絲，病來如山倒。開禁沒幾天，磅秤的紅色指標一下就把筱燕秋的體重反彈上去了，還撈回了零點五公斤。筱燕秋的心情爽朗了一些日子，但等體重真的回復到過去，筱燕秋又後悔了，磅秤上的紅色指標，讓筱燕秋的心沉下去。但筱燕秋不允許自己傷心，撈回來的體重不僅是對春來的一種交代，同樣也是對自己最有效的阻攔。筱燕秋第一次發現自己這麼能吃，實在是好胃口。

炳璋詢問筱燕秋組織上的決定：筱燕秋和春來各演一半。筱燕秋說她絕對沒有意見。炳璋也很高興筱燕秋的覺悟真是提升了。

---

[13]　畢飛宇：《青衣》，頁276。

　　自從筱燕秋和老闆睡過後，她就刻意遠離面瓜，再加上筱燕秋意外懷孕了，筱燕秋想起了四十二天之前她和面瓜的那個瘋狂之夜。那個瘋狂的夜晚她實在是太得意忘形了，居然疏忽了任何措施。她要瞞著面瓜不聲不響地找醫生開流產藥，她不能做手術。

　　　　面瓜在夜深人靜的時候聽到了她的沉重歎息。她把氣吸得
　　　　那麼深，而呼的時候卻故意收住了，靜悄悄的，好像故意
　　　　不讓人聽見似的，這又瞞得住誰呢？面瓜也輕輕地歎了一
　　　　口氣。生活出了問題了，生活絕對出了問題了。面瓜看到
　　　　了生活的盡頭。面瓜開始緬懷起過去。一個人學會了緬
　　　　懷，必然意味著某一種東西走到了盡頭。面瓜是在筱燕秋
　　　　最落魄的時候鳩占了雀巢，兩個人原本就不般配的。人
　　　　家現在又能演戲了，又要做大明星了，做了嫦娥的人除了
　　　　想往天上飛還往哪兒飛？她遲早總是要飛回到天上去的。
　　　　這個家離雞飛狗跳的日子絕對不遠了。面瓜記起了筱燕秋
　　　　這些日子的裡諸種反常，面對著夜的顏色，兀自冷笑了一
　　　　回。[14]

面瓜不再是好好先生，下班後，開始找自己麻煩，對任何東西抓不住輕重，摔摔打打，筱燕秋想支起身子和他說些什麼，但是整個人都綿軟了，只好翻了個身，接著睡。

　　當然，筱燕秋看出了事態的嚴重性。事實上，當一個人看出了事態的嚴重性時，事態往往已經超出了當事人的認知程度。說起來還是女兒提醒了筱燕秋，女兒問筱燕秋說：「爸爸最近怎麼啦？」這

---

[14]　畢飛宇：《青衣》，頁285。

句話把筱燕秋問醒了，她從女兒的目光中看到了自己的恍惚以及家中潛在的危險性。第二天排練一結束筱燕秋就撐著身子拐到了菜場，買了一隻老母雞，順便還捎了一些洋參片。天這麼冷了，面瓜一天到晚站在風口，該給他補一補了。再說自己也該補一補了。等吃完了這頓飯，筱燕秋一定要和面瓜好好聊一聊的。

但面對筱燕秋端來的雞湯，面瓜無動於衷，卻諷刺她說：「補什麼補？這麼冷的天，讓我夜裡到大街上去轉圓圈？」這話一出口面瓜也知道傷人了，就好像夫妻倆在一起生活就為了床上性事似的，這一來又戳到了筱燕秋的痛處。面瓜知道自己失言，想緩和一下，又笑，這一回笑得就更不像笑了，看上去一臉的毒。筱燕秋當頭遭到了一盆涼水，生活中最惡俗、最卑下的一面裸露出來了。筱燕秋重新把臉拉了下來，說：「不喝拉倒。」為了演出，筱燕秋原本平靜的家庭生活被打亂了，夫妻也失和了。

彩排極其成功。春來演了大半場，臨近尾聲的時候筱燕秋演了一小段，算是壓軸。師生同臺，真的成了一件盛事了。照炳璋原來的意思，彩排的戲量筱燕秋與春來一人一半的。筱燕秋沒有同意。她對自己的身體沒有把握。嫦娥在服藥之後有一段快板唱腔，快板下面又是一段水袖舞，水袖舞張狂至極，幅度相當大。不論是快板還是水袖舞，都是力氣活兒，過去的筱燕秋自然是沒有問題的，今天卻不行。筱燕秋流產畢竟才第五天，雖說是藥物流產，可到底失了那麼多的血，身子還軟，氣息還虛，筱燕秋擔心自己扛不下來，到底也不是正式演出。筱燕秋的決定是明智的，笛子舞過大，大幕剛剛落下，筱燕秋一下子就坍塌在地毯上了，把身邊的「仙女們」嚇了一大跳。好在筱燕秋並不慌張直說沒事，她沒有謝幕，直接到衛生間去了。她感到了不好，下身熱熱的，熱熱的東西在往下淌。

《奔月》公演的這天下起了大雪，筱燕秋躺在床上，目光穿過

了陽臺，她沒有起床，她就是弄不明白，下身的血怎麼還滴滴答答的，一直都不乾淨。筱燕秋沒有力氣，她在靜養。她要把所有的力氣都省下來，留給戲臺。

筱燕秋叫了一輛計程車，早早來到了劇院。化妝師和工作人員早到齊了。今天是一個不一般的日子，是筱燕秋這一生中最重要的日子。

大幕拉開了。紅頭蓋掀起來了。筱燕秋撂開了兩片水袖。新娘把自己嫁出去了。所有的新郎一起盯住了唯一的新娘。筱燕秋站在入口處，鑼鼓響了起來——

> 筱燕秋起初還擔心自己的身體吃不消的，剛剛登臺的時候
> 是有那麼一點緊張，很快她就完全放鬆下來了。她開始了
> 抒發，開始了傾訴，她徹底忘記了自己，……她在世界的
> 面前袒露出了她自己，滿世界都在為她喝采。她越來越投
> 入，越來越痴迷，筱燕秋越陷越深。……筱燕秋的身體連
> 同她的心竅，一起全都打開了，……可是，戲完了，沒戲
> 了，結束了，「那個女人」說走就走了，毫不留情地把筱
> 燕秋留給了筱燕秋。筱燕秋置身於巨大的慣性之中，她停
> 不下來，她的身體不肯停下來。筱燕秋欲罷不能，她還
> 要唱，還要演。筱燕秋不知道自己是怎麼謝幕的，可大幕
> 黑了一張臉，拉下了。那感覺就如同高潮臨近的時候男人
> 突然收走了他的器具。筱燕秋傷心欲絕。筱燕秋就想對著
> 臺下喊：「不要走，我求求你們，你們都回來，你們快回
> 來！」[15]

15　畢飛宇：《青衣》，頁293。

散場了，一切都結束了。筱燕秋不是不累，而是有勁無處使。她在焦慮之中蠢蠢欲動。她在百般失落中走向了後臺，炳璋站在那兒，似乎在等著她。炳璋張開了雙臂，正在出口邊高興地迎候著她。筱燕秋走到炳璋的面前，委屈得像個孩子，撲在了炳璋的懷裡，把臉埋進炳璋的胸前，失聲痛哭。炳璋拍著她，不停地拍著她。炳璋懂。沒有人知道筱燕秋此時此刻最想做的是什麼，筱燕秋自己也說不上來。嫦娥飛走了，只把筱燕秋一個人留在了這個世界上。筱燕秋冷冷地望著炳璋，說：「明天還是我。你答應我。明天我還是要上！」[16]

　　筱燕秋一口氣演了四場。她不讓。不要說是自己的學生，就是她親娘老子來了她也不會讓。這不是A檔B檔的事。她是嫦娥，她才是嫦娥。筱燕秋完全沒有在意劇團這幾天氣氛的變化，完全沒有在意別人看她的目光，她管不了這些。

　　天氣晴了四天，午後的天空又陰沉下來了。午後的筱燕秋又乏了，渾身上下像是被捆住了，兩條腿費勁得要了命。筱燕秋突然發起了高燒，而下身又見紅了。醫生說內膜感染，還是得做手術，筱燕秋不答應，最後妥協等幾天再做手術，於是醫生要她吊兩瓶點滴。吊點滴時，筱燕秋幾乎昏睡過去，醒來時，問了時間後，眼睛變直了，搭車衝進化妝間時，春來已經上好了妝——

　　　　筱燕秋一把抓住了化妝師，她想大聲告訴化妝師，她想告訴每一個人，「我才是嫦娥，只有我才是嫦娥！」但是筱燕秋沒有說。筱燕秋現在只會抖動她的嘴唇，不會說話。鑼鼓響起來了。筱燕秋目送著春來走向了上場門。大幕拉開了，筱燕秋看見老闆坐在了第三排的正中央。他像偉人

16　畢飛宇：《青衣》，頁294。

一樣親切地微笑，偉人一樣緩慢地鼓掌。筱燕秋望著老
闆，反而平靜下來了。筱燕秋知道她的嫦娥這一回真的死
了。嫦娥在筱燕秋四十歲的那個雪夜停止了悔恨。[17]

筱燕秋回到了化妝間，無聲地坐在化妝臺前。劇場裡響起了喝采
聲，化妝間就越顯得寂靜。她望著自己，像一具走屍，拿起水衣給自
己披上了，然後取過肉色底彩，往臉上脖子和手上抹。化完妝，她請
化妝師給她吊眉、包頭、上齊眉穗、帶頭套，最後她鎮定自若拿起了
她的笛子。筱燕秋出奇的安靜讓化妝師不寒而慄，她沒有說什麼，拉
開了門，往門外走。筱燕秋穿著一身薄薄的戲裝走進了風雪。她來到
劇場的大門口，站在了路燈下，看了大雪中的馬路一眼，自己給自己
數起了板眼，同時舞動起手中的竹笛。她開始了唱——「雪花在飛
舞，劇場的門口突然圍上來許多人，突然堵住了許多車。人越來越
多，車越來越擠，但沒有一點聲音。圍上來的人和車就像是被風吹過
來的，就像是雪花那樣無聲地降落下來的。筱燕秋旁若無人。劇場內
爆發出又一陣喝采聲。筱燕秋邊舞邊唱，這時候有人發現了一些異
樣，他們從筱燕秋的褲管上看到了液滴在往下淌。液滴在燈光下面是
黑色的，它們落在了雪地上，變成了一個又一個黑色窟窿。」[18]

為了演這部戲，成熟而世故的筱燕秋為藝術付出所有，孤注一
擲賭上所有籌碼，但筱燕秋還是輸了，輸給了她年輕的徒弟春來。
最後，這個寂寞的嫦娥只能在冬天下雪的寒冷劇場外，獨自數著行
板，低吟著為自己的悲劇人生而唱。

因為〈青衣〉，畢飛宇被讚譽為是「最會寫女人的男作家」。

---

[17] 畢飛宇：《青衣》，頁296。
[18] 畢飛宇：《青衣》，頁297。

㈡《玉米》

　　《玉米》講的是生長於田野的三個不同性格的姊妹——玉米、玉秀與玉秧，努力想要活出自己的故事，其中有競爭、有兇殘、有欲念、有掙扎、有幻滅，在特定的時代政治背景下，其展現的女性的堅強意志，令人感佩。《玉米》與莫言《紅高粱》媲美，榮獲第三屆「魯迅文學獎」。

1. 玉米

　　玉米的母親終於在連生了七個女兒之後，生了兒子——王紅兵。這對玉米的父親王連方來說長期以來骨子裡受損的自尊總算有重見光明的一天。

　　長女玉米主動帶起弟弟，也當家持事，分擔母親長期生育所累積的勞累，「長幼不只是生命的次序，有時候還是生命的深度和寬度。說到底，成長是需要機遇的，成長的進度只靠光陰有時候反而難以彌補。」[19]

　　王連方當了二十年的村支書，生活淫亂，「老中青三代」與不少女人發生過關係，其中最討王連方歡心的就是有慶家的女人，有慶家的很懂得抓男人的心思——

　　　　有慶家的只看了他一眼，立即看出王連方的心思來了。有了一官半職的男人喜歡這樣，用親切微笑來表示他想上床。有慶家的對付這樣的男人最有心得。她衝王連方很不好意思地笑了笑，知道被他睡是遲早的事，什麼也擋不住的。有慶家的心裡並不亂，反而提早有了打算。無論如何，這一次她一定要先懷上有慶的孩子，先替有慶把孩子

19　畢飛宇：《玉米》，臺北：九歌出版社，2005年11月，頁7。

生下來。這一條是基本原則。還有一點不能忘記，既然是
遲早的事，遲一步要比早一步好。男人都是賊，進門越容
易，走得越是快。[20]

王連方有時候都在有慶家的那邊過夜，玉米很替母親寒心，對有慶家
的真是又恨又嫉妒，嫉妒的是她有一種出眾的不尋常高人一等的勁
道。

有一天，玉米抱著王紅兵四處轉悠，不全是為了帶孩子，還有另
外一層更重要的意思。玉米和人說著話，毫不經意地把王紅兵抱到有
些人的家門口，那些人家的女人都是和她父親上過床的。玉米站在她
們家的門口，就站住不走，一站就是好半天，用意是在替她母親爭回
臉上的光，特別是生不出孩子的有慶家的。

但有慶家的卻總也不在意。有慶家的對於玉米要和飛行員彭國梁
相親，還特地拿了一件她在宣傳隊上報幕時穿的衣裳送給玉米，還勸
玉米要好好把握嫁人的機會。

終於有一天王連方出事了，他和秦紅霞在床上，被秦紅霞的婆婆
堵上了。王連方因此被開除了，他們王家就這樣倒了。

最讓玉米瞧不起的還是那幾個臭婆娘，過去「父親睡她們的時
候，她們全像臭豆腐，筷子一戳一個洞。現在倒好，一個個格格正正
的，都拿了自己當紅燒肉了。」[21] 有一次，玉米抱著王紅兵，見到秦
紅霞，主動迎了上去——

　　玉米笑著，大聲說：「紅霞姨，回來啊！」所有的人都聽

20　畢飛宇：《玉米》，頁44。
21　畢飛宇：《玉米》，頁67。

到了。過去玉米一直喊著秦紅霞「紅霞姊」，現在喊她「姨」，意味格外地深長了，有了難以啓齒的暗示性。婦女們開始還不明白，但是，只看了一眼秦紅霞的眼色，領略了玉米的促狹和老到，又是滴水不漏的。秦紅霞對著玉米笑得十分彆扭，相當地難堪。一個不缺心眼的女人，永遠不會那樣笑的。[22]

玉米把一切都看在眼裡，反而比往常更沉得住氣，她認爲被人瞧不起都是自找的。她走得正、行得正，連彭國梁的面前她都能守得住那道關，還怕別人不成？玉米照樣抱著王紅兵，整天在村子裡轉。父親當支書時別人怎麼過，她就能怎麼過。

　　爲了家計，四十二歲的王連方出遠門學手藝，一個家的重擔就落在玉米身上。玉葉在學校惹了事，玉米代表家長被請到學校去了，玉米連連點頭道歉，回家抓了十個雞蛋放在老師的辦公桌上。後來，玉葉又犯了錯，玉米又被請到學校，玉米當眾給了玉葉巴掌，然後回家趕了一頭豬到學校。

　　校長只好看著豬，笑起來，説：「玉米呀，這是做什麼，給豬上體育課哪？」噘著嘴讓工友把約克夏豬趕回去了。玉米看著校長和藹可親的樣子，也客氣了起來，説：「等殺了豬，我請叔叔吃豬肝。」校長慢騰騰地説：「那怎麼行呢？」玉米説：「怎麼不行？老師能吃雞蛋，校長怎麼不能吃豬肝？」話剛剛出口，玉葉老師的眼睛頓時變成了雞蛋，而一張臉卻早已變成了豬肝了。[23]

22　畢飛宇：《玉米》，頁67。
23　畢飛宇：《玉米》，頁71。

透過玉米的語言可見其在變動的環境中，世故且愈挫愈勇的成長。

玉米沒有把家裡的變故告訴彭國梁，她不想讓他看輕他們家，她想只要他在部隊上出息了，他們家一定可以從頭再來。誰知，後來兩個妹妹又出事了，玉秀和玉葉晚上去看電影，卻被輪暴了。消息傳到了彭國梁耳裡，彭國梁來了一封信只問：「告訴我，妳是不是被人睡了？」玉米有苦難言，只寫信告訴他：「國梁哥，我的心上人，我的親人，你是我最親最愛的人。」可是等到的卻是彭國梁退回了過去玉米寫給他的信。

有慶家的安慰玉米，陪著她流淚。夜深人靜，玉米懷念起之前彭國梁休假到她家，在她家廚房和她的親密，她忍著欲望，守住她的最後一關，玉米撫摸著自己，卻感到遺憾——

> 玉米的手指再怎麼努力都是無功而返，就渴望有個男人來填充自己，同時也了斷自己。不管他是誰，是個男人就可以了。夜深人靜，後悔再一次塞滿了玉米。玉米在悔恨交加之中，突然把手指頭摳進了自己。玉米感到一陣疼，疼得卻特別地安慰。大腿的內側熱了，在很緩慢地流淌。玉米想，沒人要的 X，妳還想留給洞房呢！[24]

王連方後來給玉米介紹了個領導——郭家興，是個公社的領導，妻子已經癌症末期，一離世，就計畫再娶。玉米是在郭家興的安排下被車子送到了旅社，玉米並不抗拒郭家興的安排，完事後，郭家興檢查了床單並沒有發現什麼顏色，說了句：「不是了嘛。」玉米心裡很虛，想哭又不敢，懊悔著如果當時給了彭國梁也甘心。郭家興抽了根

24　畢飛宇：《玉米》，頁78～79。

菸後,又再一次翻到玉米身上,然後要玉米在城裡多待幾天,玉米的心終於踏實了。玉米決心要利用嫁人的機會把家裡的面子掙回來。

2. 玉秀

　　長得漂亮的玉秀是王連方手掌心的肉,仗著父親的疼愛,總是欺負家中大小,欺負完了還要歪到父親的胸前,把自己弄得很委屈、很孤立的樣子。

　　玉米到底是長女,她並不莽撞,在對待玉秀的問題上還是多了一分策略。需要一致對外,就當然要團結一切力量,對玉秀是籠絡的、爭取的;外面的事情一旦擺平了,關起門來了,那還是要一分為二——「該打擊的則堅決打擊。不管是拉攏還是打擊,一正一反其實都樹立了玉米『家長』的身分,這也正是玉米所盼望的。所以,說起來是兩大陣營,骨子裡卻不是,只是玉米和玉秀的雙雙作對。在這一點上,玉秀其實是瞧不起玉米的,玉米最擅長的也只是發動群眾罷了,要是單挑,玉米不一定是對手。」[25]

　　玉米和郭家興婚後,在房事上體貼入微,完全擄獲了郭家興的心——

　　　　郭家興要是太貪了,玉米會把郭家興的腦袋摟在自己的乳房上面,開導郭家興,說:「可要小心身子呢,可要知道細水長流呢,這樣醜的老婆還怕別人搶了去?——要是虧了身子骨,我怎麼辦?我可什麼都沒有了。」話說到這兒玉米免不了流上一回淚,有了幾分的傷感,卻並不是傷心,很纏綿了。郭家興就覺得怪,自己本來都不想的,玉米這麼一來,反而又想了。……玉米吃力得很,後來又這

25　畢飛宇:《玉米》,頁93～94。

樣說的：「你到外面再找女人吧，我一個人真的伺候不了
你了。」玉米的話和前面的意思自相矛盾了。但是，枕頭
邊上的話是不能用常理去衡量的。郭家興愛聽。年過半百
的郭家興特別地喜愛這句話。[26]

玉米努力經營自己的婚姻，就是想給家裡掙回一分臉面。

　　後來，玉秀在王家莊待不下去了，因為和玉穗搶東西在大庭廣
眾面前起了爭執，玉穗大聲說：「給妳！神氣個屁！多少男人上過
了！——尿壺！茅缸！」[27]玉秀認為她在王家莊沒臉沒皮，全是玉穗
這個小婊子害的。玉秀扯玉穗的頭髮，順手又給了玉穗兩個嘴巴，打
完了撒腿就跑，跑去投靠玉米。

　　玉米望著低三下四的玉秀，想：「說到底玉米現在對玉秀寄予了
厚望，她是該好好學著怎樣做人了。就憑玉秀過去的浮浪相，玉米真
是不放心。現在反而好了。被男人糟蹋了原本是壞事，反而讓這丫頭
洗心革面，都知道好好改造了。壞事還是變成了好事。」[28]

　　玉秀極盡巴結著郭家興的寶貝女兒郭巧巧，幫她倒馬桶、做頭。
玉秀有把握應付得了郭巧巧，「只要下得了狠心作踐自己，再配上一
臉的下作相，不會有問題的。雖說在郭巧巧的面前作踐自己玉秀多少
有些不甘，不過轉一想，玉秀對自己說，又有什麼不甘心的？妳本來
就是一個下作的爛貨。」[29]

　　一到吃飯時，玉秀總是興高采烈，刻意問些滑稽又愚蠢的問題。
比方說，她把腦袋歪到郭家興的面前，眨巴著眼睛，問：「姊夫，

26　畢飛宇：《玉米》，頁102。

27　畢飛宇：《玉米》，頁99。

28　畢飛宇：《玉米》，頁111。

29　畢飛宇：《玉米》，頁112。

當領導是不是一定要雙眼皮?」「姊夫,公社是公的嗎?有沒有母的?」「姊夫,黨在哪兒?在北京還是在南京?」諸如此類。玉秀問蠢話時,人特別地漂亮,有些爛漫的純真,又有點說不出的邪。其實這是玉秀挖空心思的計策。玉秀的愚蠢讓玉米難堪,好幾次想擋住她。出人意料的是,郭家父女卻「饒有興致,聽得很開心,臉上都有微笑了。而郭巧巧居然噴過好幾次飯,這樣的情形真是玉米始料不及的。玉米也偷偷地高興了。郭家興在一次大笑之後甚至用筷子指著玉秀,對玉米說:『這個小同志很有意思的嘛。』」[30]

一天,最關鍵的時刻終於來到,玉秀把飯碗遞到郭家興面前,連忙說:「姊夫,我和巧巧說好了,我給她當丫鬟——不回去了,你要管我三頓飯!」話說得相當俏皮撒嬌,其實玉秀很緊張了。玉秀在那裡等。郭家興端起碗,盯著郭巧巧的腦袋看了兩眼,扒下一口飯,含含糊糊地說:「為人民服務吧。」玉秀聽出來了,心裡頭都揪住了,手都抖了,卻還是放心了。玉米聽著,一直以為玉秀開玩笑的,並沒有往心裡去,玉秀卻轉過臉來和玉米說話了。玉秀說:「姊,那我就住下啦。」居然是真的了。這個小騷貨真是一張狗皮膏藥,居然就這麼貼上來了。玉米一時反而不知道說什麼好。這時候郭巧巧剛好丟碗,離開了飯桌。玉秀望著郭巧巧的背影,伸出胳膊,一把握住玉米的手腕——

> 手上特別地用勁,輕聲說:「我就知道大姊捨不得我。」這句話在姊妹兩個的中間涵意很深,骨子裡是哀求了。玉米是懂得的,可玉米就是看不慣玉秀這樣賣乖。然而,玉秀這麼一說,玉米越發不好再說什麼了。玉米抿著嘴,瞥

---

30 畢飛宇:《玉米》,頁112~113。

了玉秀一眼，很慢地咀嚼了兩三下，心裡說：「這個小婊子，王家待不下去，在這個家裡反倒比我滑溜。」玉秀低著頭。沒有人知道玉秀的心口這一刻跳得有多快。玉秀慌裡慌張地直往嘴裡塞，心往上面跳，飯往下面嚥，差點都噎著了，眼淚都快出來了。玉秀想，總算住下來了。這時候玉米的飯碗見底了，玉秀慌忙站起身，搶著去給玉米添飯。玉米擱下碗，擱下筷子，說：「飽了。」[31]

玉秀認識了郭家興機關裡四十多歲的唐會計，她向唐會計學算盤，唐會計也很喜歡玉秀，有意湊合她的兒子高偉和玉秀，唐會計打的如意算盤是能和長官郭主任結成親家。但是，當玉秀有機會和高偉共處時，發生一件尷尬事——

高偉邁開了腳步，可能是想去打開門，卻像是朝玉秀的這邊來了。恐懼一下子籠罩了玉秀。玉秀猛地跳起來，伸出胳膊，擋在那兒，脫口說：「別過來！別過來！」玉秀的叫喊太過突然，反過來又嚇著高偉了。高偉不知所措，臉上的神情全變了，只想著出去。玉秀搶先一步，撒腿衝到了門口，拉開門，拚了命地逃跑。慌亂之中，玉秀卻沒有找到天井的大門，扶在牆上，往牆上撞，不要命地喊：「放我出去！」[32]

玉秀因為過去被輪暴的陰影，失去了她可能抓到的幸福，也同時失去

31　畢飛宇：《玉米》，頁114～115。
32　畢飛宇：《玉米》，頁130。

了和唐會計學習的機會。

　　郭巧巧和父親有了不愉快的矛盾，玉米陪著郭家興嘆了一口氣，勸解說：「還是孩子。」郭家興還在氣頭上，高聲說：「什麼孩子？我這個歲數已經參加新民主主義革命了嘛！」玉秀隔著窗戶，知道玉米這刻兒一定是心花怒放了。可玉米就是裝得像，玉米就是歇得住。玉秀想，這個女人像水一樣善於把握，哪裡低，她就往哪裡流，嚴絲合縫，一點空隙都不留。玉秀還是佩服的，學不上的。玉米仰著頭，一直望著郭家興，眼眶裡頭貯滿淚光了，一閃一閃的。玉米一把拽住郭家興的手，捂到自己的肚子上去，說：「但願我們不要惹你生氣。」[33] 玉米抓準了最佳時機告訴了郭家興有後的好消息。

　　郭家興的兒子郭左因為工傷返家，和玉秀日久生情，當玉米發現後，制止這段感情——

　　　　玉米終於說：「郭左，你也不是外人，告訴你也是不妨的——玉秀呢，我們也不敢有什麼大的指望了。」郭左的臉上突然有些緊張，在等。玉米說：「玉秀呢，被人欺負過的，七、八個男將，就在今年的春上。」郭左的嘴巴慢慢張開了，突然說：「不可能。」玉米說：「你要是覺得難，那就算了，我本來也沒有太大的指望。」郭左說：「不可能。」玉米擦過眼淚，站起來了，神情相當地憂戚。玉米轉過臉說：「郭左，哪有姊姊糟蹋自己親妹妹的——你有難處，我們也不能勉強，替我們保密就行了。」[34]

33　畢飛宇：《玉米》，頁134。
34　畢飛宇：《玉米》，頁153。

郭左沒有休滿他的假期，臨走前晚上他想起玉秀被輪暴很心痛，卻又想反正七八個了，多自己一個也不算多。隔天他和玉秀發生關係，之後就離家沒有消息。

　　玉米果然把玉秀送進了糧食收購站，但玉秀發現她意外懷孕了，但不敢告訴肚子也一天天大起來的玉米，她要自己想辦法把孩子處理掉，但後來事情還是被玉米發現了。玉米安排男孩出生後馬上送給了人。

　　玉秀的孩子生下來後，玉秀歪著腦袋對玉米說：「姊，扶我一下。我要去看看。就看一眼，我死也瞑目了。」玉米一把甩開了，冷笑一聲，說：「死？不是我瞧不起妳玉秀，要死妳早死了。」[35]

　　一心努力追求愛情的玉秀，但下場卻最悲慘，算計到頭，卻一無所獲。

3. 玉秧

　　故事背景設立在80年代，雖然文化大革命已過，但仍存在著「尋找敵人」的基本生存法則。

　　魏向東老師是「校衛隊負責人」，命令師範學校的玉秧要觀察校衛隊的隊員，有異常情況就要匯報，比如揭發有同學亂談戀愛。

　　玉秧在圖書館認識了校內有名的詩人楚天，她暗戀著楚天，楚天所有的舉動在她眼裡都是好的。可是有一次她卻見到楚天對著一棵樹小便，楚天完美的形象在頓時間全破滅了，她沒想到自己卻愛上了一個小流氓。

　　魏向東要玉秧坦白她近來思想上的不健康。玉秧在魏向東面前留下了悔恨的眼淚。

　　後來，玉秧溜進了食堂，偷了楚天的不鏽鋼鋼勺，「玉秧從口袋

35　畢飛宇：《玉米》，頁180。

裡掏出不鏽鋼鋼勺，在黑暗中猶豫了一會兒，突然放進了嘴裡。她的舌頭體會到了不鏽鋼的冰涼，一直涼到身體隱秘的最深處，還有不鏽鋼的硬、不鏽鋼光滑的弧度。玉秧的淚水立即湧出來了，熱燙燙的。」[36]

玉秧被同學揭發說她戀愛懷孕了，魏向東老師要她選擇去醫院檢查？還是去接受他檢查？玉秧解開了褲子任憑魏向東老師撫摸。最後魏老師拍了她的屁股說：好樣的。玉秧才放了心。

玉秧跟蹤調查著龐鳳華和班主任的戀情情事，龐鳳華並沒有得罪她，可是玉秧對這樣的跟蹤很有成就感，她格外感謝生活，感謝「工作」。

魏向東心裡有個疙瘩，這些年他早不行了，他的妻子最清楚，但是魏向東並沒有表現出沮喪，反而更熱愛和女教師們說笑。

魏向東握住了玉秧的把柄，又找她到辦公室，可是魏向東卻當著玉秧的面燒掉了證據——

> 玉秧留下了悔恨的眼淚。魏向東把他的右手搭在玉秧的肩膀上，拍了一下，又拍了一下。這一來，玉秧就更慚愧了。雙手捂住了自己的臉，突然聽見「咕咚」一聲，就在自己的身邊。玉秧睜開眼，吃驚地發現魏向東老師已經跪在地上了。魏老師仰著臉，哭了。無聲，卻一臉的淚。魏老師哭得相當醜，嘴巴張著，兩隻手也在半空張著。魏向東的膝蓋在地上向前走了兩步，一把抱緊了玉秧的小腿。「玉秧，」這一次玉秧真是嚇壞了，幾乎被嚇傻了。「玉秧，幫幫我！玉秧，快幫幫我！」玉秧心一軟，腿也軟

36　畢飛宇：《玉米》，頁236。

了，一屁股攤在了地上，脫口說：「魏老師，別這樣，我
求求你，想摸哪裡你就摸哪裡。」[37]

　　隔天，玉秧感覺她病了，昨天出了血，好像也沒什麼大不了。雖
然出血了，玉秧並沒有第一次那樣難過、那樣屈辱，好多了。長這麼
大，還是第一次有人跪在地上求自己呢，更何況還是老師呢。有了這
一次，往後就不是玉秧巴結他了，輪到他巴結我玉秧了。玉秧想，反
正也被魏老師摸過的，這一次還是他，不會再失去什麼的。一次是
摸，兩次也是摸。就那麼回事了，也就是時間加長了一些罷了。流血
又算得了什麼？女孩子家，哪一個月不流一次血呢。再說了，魏向東
老師已經說得很明白了，他「絕對不會虧待」自己的，會「想盡一切
辦法」讓玉秧留在城市裡頭的。雖說還是一場交易，但是，這是個大
交易，划得來，並不虧。[38]

　　年輕卻世故老成的玉秧，懂得善用自己的身體去交換權力，找到
生存安頓之道。

　　郝譽翔評論說：「情慾書寫，卻是籠罩在一套堅固的男權體制之
下，而這體制絲毫沒有動搖。新社會與舊社會並無區別，因為女人
仍然是被男性置於掌中賞玩，雙腳纏裹，獻媚做作罷了，她們只能
燃燒自身的肉體，以此殉祭，或者更殘酷的是：以此來擊倒另外一個
女性。於是《玉米》中的情慾，宛如一場生存與死亡的戰鬥，無關肉
體的歡愉或是解放。而男人，則從頭到尾始終是一副事不干己的模
樣，冷眼旁觀。」[39]

---

[37] 畢飛宇：《玉米》，頁256。

[38] 畢飛宇：《玉米》，頁257～258。

[39] 郝譽翔：導讀：〈以肉體殉祭——讀畢飛宇的《玉米》〉，《玉米》，臺北：九
歌出版社，2005年11月。

這三個姊妹在狹隘的空間格局裡你爭我奪、明爭暗鬥，為了能在男人堅固的羽翼下求生存，卻讓我們見識到人情世故與人性冷漠的蒼涼。

㈢《平原》

畢飛宇說：「作家的生活是枯燥的，幾乎說不出什麼來，但是，也有一點好，在他回首往事的時候，他可以用一部又一部作品的書名來命名已逝的時光。舉一個例子，2003年1月至2005年7月，我生命中的這兩年零七個月，它們平靜如水，可它們有一個壯闊的名字，叫《平原》。」[40]

作者藉由端方這個人物，寫出一群人的故事或者說是一代人的故事。

端方從小是被寄養在外婆家，嘴上說是被外婆養著，真正養他的是小舅舅。但是小舅舅成家了，小舅媽過門了，嘴上沒說什麼，端方到底礙著人家。於是端方的母親──沈翠珍就把端方接到王家莊了。

沈翠珍在丈夫過世後改嫁給王存糧。

端方終於在王家莊有了自己的家，這個家相當錯綜──姊姊紅粉，是繼父原先的女兒；兩個弟弟，大弟弟端正，隨母親的改嫁「拖」過來的「小油瓶」；小弟弟網子，是母親嫁過來後和繼父生的。剛進家門不久，端方就看出母親懼怕紅粉。

沈翠珍把端方領到王存糧面前，叫他跪下，叫他喊爹。端方跪在地上，不開口，不起來。最後，還是紅粉把端方從地上拽起來了。紅粉剛從地裡回來，放下鋤頭，解開頭上的方巾，對端方說：「這是我

40　畢飛宇：自序：〈生命中的壯闊平原〉，《平原》，臺北：九歌出版社，2007年5月。

弟弟吧，起來，起來吧。」端方第一次在王家莊開口喊人，既不是喊
爹，也不是喊媽，而是喊了紅粉「姊姊」。沈翠珍的心裡頭湧上了無
邊的失望。

王存糧其實是個不壞的男人，對沈翠珍好，沒有什麼壞毛病。就
是嗓子大，出手快，有時別人頂他的嘴時，就會管不住自己的手。有
一次王存糧的巴掌終於摑到沈翠珍的臉上，端方正在廚房裡燒火。他
聽到了天井裡脆亮的耳光，以及母親的失聲尖叫。端方走出來，繞著
道逼近了他的繼父，突然撲上去，一口咬住了王存糧的手腕。像甲魚
一樣，怎麼甩都脫不開手——

> 王存糧拽著端方，在天井裡頭四處找牛鞭。端方瞅準了機
> 會，鬆開嘴，跑回了廚房。他從鍋堂裡抽出燒火鉗，紅彤
> 彤的，幾近透明。端方提著通紅的燒火鉗，對著繼父的屁
> 股就要戳。翠珍高叫了一聲「端方」，聲嘶力竭。端方立
> 住了腳。翠珍指著天井裡的井口，大聲說：「兒，你要再
> 上去一步，你媽就下去！」端方拿著燒火鉗，就那麼喘著
> 氣，定定地望著他的繼父。王存糧直起身子，把流血的傷
> 口送到嘴邊，舔了兩口，出去了。……翠珍走到端方的跟
> 前，想抽他。鼻子卻突然一陣酸。她看到了兒子的這分心
> 了。端方到底不是她帶大的，這麼多年不在身邊，多少有
> 些生分。當媽媽的總歸虧欠了他。這是心裡的疙瘩，成了
> 病。現在看起來親骨肉就是親骨肉，就算打斷了骨頭，到
> 底連著筋。[41]

---

41 畢飛宇：《平原》，臺北：九歌出版社，2007年6月，頁17。

端方來到王家莊什麼都沒有學會,卻學會──不說話。給端方的嘴巴
貼上封條的是端方的母親。只要家裡發生了什麼意外,沈翠珍的第一
個反應就是給端方遞眼色:少說話,不關你的事。沈翠珍這樣做有她
的理由,端方沒爹沒娘這麼多年,好不容易安穩下來,不能再讓他受
委屈,少說話總是好的。然而,端方不說話的意思卻和母親的不一
樣,端方還是爲了母親好。「母親和紅粉不對勁,這是明擺著的。哪
一個做女兒的能和後媽貼心貼肺呢?端方要是太向著自己的親媽,紅
粉的那一頭肯定就不好交代。和紅粉處不好,到頭來受夾板氣的只能
是自己的母親。」[42] 可是,王存糧就非常不喜歡端方不說話這一點。
王存糧認爲他這個後爹做得不錯了,明裡、暗裡都沒有什麼偏心,可
端方一天到晚陰著一張臉,什麼話都不說,是衝著誰來的呢?

　　端方究竟不是王存糧親生的,當初不讓他讀初中,臉面上說不過
去。現在初中都念下來了,算是對得住他了。王存糧不打算再讓端方
讀高中,他認爲紅粉七歲就死了娘,只念小學三年級,出嫁也就是這
兩年的事了,他要留一些錢給紅粉置陪嫁,還要辦幾桌喜酒,這樣也
算是給女兒一個交代,給她死去的親娘一個體面。端正和網子都還在
念書,端方再念高中,光靠自己和沈翠珍的四隻手,無論如何是供不
起了。但是沈翠珍卻是以服毒藥相逼,堅決一定要讓端方上高中。原
因是端方的生父是一個高中畢業生,他在咽氣前給沈翠珍留下了一句
話:讓他的兩個孩子念完高中。這是他的遺言,遺言就是命令,沒有
討價還價的餘地。

　　王存糧心一軟,最後答應讓端方讀高中。嘴上不說,但他心底對
妻子還是畏懼的。王存糧好事做到底,親自把端方送到了鎮上。不過
在中堡中學的操場上對端方說:「你就在這兒天天喝西北風,我看你

---

[42]　畢飛宇:《平原》,頁18。

兩年以後能拉出什麼來。」[43]

　　塊頭高大的端方，高中畢業後，回到王家莊，第一次麥收時，跟著原生產隊的勞力們一起彙聚在隊長家的後門口，往田裡走。然而，沉重得近乎殘酷的農活，給了他第一個下馬威——皮膚曬傷、腰痠、腿疼、手上從起水泡到起血泡。

　　小說也描述了農田裡的大眾活動。

　　開午飯了，一大堆的男將們和女將們都靠在了田埂邊休息。大夥兒鬧哄哄的，雖是喊著腰痠，喊腿疼，卻開始閒扯淡。這是勞作當中最快樂的時刻，男將們和女將們的身子閒了下來，嘴巴卻開始忙活了。說著說著就離了譜，扯到男女上去了。他們的身子好像不再痠疼了，越說越精神抖擻。他們邊吃邊說，他一句，你一句，田埂上發出了狂歡的浪笑。「也許還有那麼一點點的下流。床上的事真是喜人，做起來是一樂，說起來又是一樂，簡單而又引人入勝，最能夠成為田間或地頭的爆料。」[44]

　　有時男將女將還會彼此打鬧捉弄，「雖說這樣的事實經常發生，但每一次都新鮮，都笑人，都快樂，都解乏。不過鬧歸鬧，笑歸笑，世世代代的莊稼人守著這樣一個規矩，這樣的玩笑只局限於生過孩子的男女。還有一點就更重要了，女將們動男將們不要緊，再出格都不要緊；但男將不可以動女將的手，絕對不可以。男將動女將的手，那就是吃豆腐，很下作了，不作興。下作的事情男將們不能做。祖祖輩輩都是這樣一個不成文的規矩。」[45]

　　女將們開著天大的玩笑，那些沒有出閣的黃花閨女們就在不遠處，隔了七八丈，並沒有迴避。一般來說，閨女們再害羞也不會站起

43　畢飛宇：《平原》，頁19。
44　畢飛宇：《平原》，頁26。
45　畢飛宇：《平原》，頁28。

身來走開，一走開反而說明你聽懂了，反而很不光彩、不正經了。閨女們心平氣和地圍在一起，該說什麼還是說什麼，大家都不看對方，也就避免了尷尬。至於，沒有結婚的童男子在這時如果不曉得持重，將來找媳婦就會出問題。

從插完秧算起，到陽曆的八月八號（或七號）立秋，這一段日子是莊稼人的「讓檔期」，就是春忙和秋忙之間的空檔。莊稼人可以利用這段日子喘口氣，好積蓄一些體力，對付接下來的秋收。媒婆們會利用這一段空閒的日子四處走動，幫年輕的男女們說親、牽線、搭橋，好讓他們在冬閒的日子裡相親、下聘禮。沈翠珍也開始張羅要給端方找個合適的媳婦。

　　　　＊　　　　　　　　　　＊　　　　　　　　　　＊

知青的宿舍原先是一個大倉庫，最多的時候住過七八個男知青，熱鬧過一陣子，可眼下只剩下混世魔王一個了。

一天端方遇上了村裡一向自居群首的佩全，旁邊跟著大路、國樂和紅旗。佩全所以著名，是因為他有一個光輝的事蹟，佩全讀小學五年級時，王家莊召開批鬥會，牛鬼蛇神在高高的主席臺上站著，其中有一個下放的右派——在學校裡代課的顧先生。批鬥會開得好好的，大夥兒正高呼著口號，這時曾在課堂上被顧先生得罪的佩全一個人悄悄走上了主席臺，撲到顧先生的面前，拔出菜刀，對著顧先生的腦袋就是一下子。顧先生腦袋上的血噴了出去，顧先生一頭栽下了主席臺。要不是佩全的力氣小，顧先生的腦袋起碼要被他削掉大半個。後來，顧先生好不容易撿回了一條命，死活不肯到學校裡去，直到今天還在王家莊放鴨子。偶爾遇上佩全，顧先生都要低下腦袋。佩全的那一刀給王家莊留下了心驚肉跳的記憶，所有的人都怕他。

佩全走到了端方的跟前問說：「聽說你有力氣啊？」端方不停地眨巴眼睛，回過頭來看了國樂一眼，想起來了。昨天下午閒得無

聊，在剃頭店和國樂扳了一回手腕。這是鄉下的年輕人常玩的遊戲。國樂輸了，沒想到佩全卻當了真。

端方謙虛地說：「哪兒，是國樂讓我呢。」

紅旗走進裡屋，拿了一張凳子，放在佩全的身邊。佩全蹲下來，什麼也不說，把他的胳膊架在了凳子上。他要扳手腕。端方笑說這麼大熱天，算了。但佩全卻不想「算了」，他的胳膊就那麼架著，等著──

　　端方不想惹麻煩，想服個軟。端方是知道的，佩全這個人其實沒別的，就喜歡別人服軟，你服了，就太平了。……端方剛想說些什麼，國樂卻笑了。……端方不喜歡這樣的笑，轉過身，伸出胳膊，交上手了。佩全的確有力氣，搶得又快，一下子占了上風。可端方穩住了。這一穩端方的信心上來了，他知道佩全使出了全力，心裡頭反而有了底。他已經秤出佩全的斤兩了。……兩個人的胳膊保持在起始的位置，就那麼僵著。……端方知道，只要再使一把力氣，就一定能把佩全摁下去。一定的。端方沒有。端方要的就是這樣。沒想到佩全在這個時候卻使起了損招，他把他的指甲摳到端方的肉裡去了。端方的血出來了，……端方望著自己的血，心裡頭樂了。用揚眉吐氣去形容都不為過。一個人想起來使損招，原因只有一個，他知道自己不行了，在心氣上就輸了。端方把佩全的手握得格外地緊，不撒手。……最後還是混世魔王說話了，混世魔王說：「算啦。算啦。一比一。算啦！」佩全鬆開了，端方也鬆開了。兩個人的手上全是對方的手印。佩全說：「你還可以。」是在誇端方了。端方笑笑，不語。抬起胳膊，

　　　送到嘴邊去，伸出舌頭把手背上的血舔乾淨。[46]

這件事情確定了端方在佩全心中的地位。

　　　　＊　　　　　　　　　　＊　　　　　　　　　　＊

　　孔素貞的父母是吃苦又節儉的莊稼人，別人多天沒有棉鞋，她有；別人不識字，她認得《三字經》，還背過幾十首唐詩和宋詞，吃穿不犯愁，每年都有盈餘。但解放，劃過階級，他們成了地主。孔素貞心裡頭有佛，想得開，反正這個歲數了，但她擔心的是她的兒子——紅旗，一大把的歲數了，至今還討不到老婆。再來是她的閨女——三丫，年紀也不小了，到現在還沒有婆家。

　　三丫喜歡上端方是在麥收的時候。端方勤力，壯實，不怕苦，也不擺知識分子的臭架子。其實三丫很知趣，她知道以她的條件，對於像端方這樣好條件的小夥子，三丫是不敢想的。但有一天三丫沒留神，差一點被跳板顛到水裡去。端方一把揪住了三丫的胳膊，三丫在回頭時看見了端方「乾淨」的笑，端方對三丫說：「對不起了，三丫。」三丫在王家莊這麼多年了，還從來沒有人對她說過「對不起」。三丫喜歡這動人的三個字，簡直具有催人淚下的魔力。三丫的眼珠子到處躲，再也不敢看端方。最後，卻「鬼使神差，一雙眼睛落在了端方的胸脯上。端方胸脯上的兩大塊肌肉鼓在那兒，十分地對稱，方方的，緊繃繃的。三丫的目光就那麼不知羞恥地落在端方赤裸的胸前，失神了，痴了。」[47]

　　三丫的自覺性和自制力還是占得了上風。她是不配的。端方剛剛畢業，還有無盡的前景在等著人家，不能用自己的成分去拖住人

46　畢飛宇：《平原》，頁44。
47　畢飛宇：《平原》，頁50。

家。無論心裡頭冒出什麼芽來，她都要把它掐了。她每天拚了命地幹活，不去多想。到了幹活時，總離端方遠一點。可這樣又有幾分的不甘心，那就在沈翠珍的身邊吧。在沈翠珍需要幫手時，三丫就悄悄跟上去幫忙。

麥收時反倒是一段快樂的時光。現在歇下來了，三丫每天都想哭，又哭不出來，就是堵不住自己的心思。雖說還沒有和端方好好地說過一頓話，可她已經對端方用情很深了。

    *   *   *

網子惹事了。他和佩全的侄子——大棒子去河邊玩水，網子喊大棒子下河，結果大棒子就淹死了。端方知道事態嚴重，對網子交代：從現在開始，除了他，對誰都不許說話。

大棒子的屍體是被漁網撈上來的，一群人跟著大棒子的爹——榆木疙瘩，往端方家走來，端方把扁擔、鞭子、鋤頭和釘耙放在順手的地方，說：「我不動，你們一個都不要動。」這句話是說給王存糧的。

端方第一眼看見大棒子躺在佩全的懷裡，還是濕的。胳膊和腿都在晃。端方的心突然被一隻手揪住了，拎了起來。且看端方這個受過教育的智謀之士，在那個打鬥的年代裡，以他的智慧和勇猛如何解決現實難題——

> 端方愣了片刻，跨上去一步，滿臉都是狐疑的表情，不解地問：「怎麼回事？」佩全高聲說：「網子呢？」端方說：「在家。怎麼回事？」佩全說：「怎麼回事？死人了！是網子喊他下河的！」端方堵在門口，大聲吼道：「網子！網子！」網子出來了，看見天井的大門已經被堵死了，不敢動。端方喊了一聲：「過來！」網子走了過

來，端方掄起他的大巴掌，當著所有的人，當然包括王存糧和沈翠珍，摑了網子一個大嘴巴。端方的出手極重，網子直退，一直退到天井的正中央，等於給打回去了。端方大聲說：「是不是你？是不是你喊人家大棒子下河的？！」網子捂著臉，沒哭，說：「不是。」端方說：「你大聲點！」網子就大聲了，說：「不是！」端方說：「是誰喊的？」網子說：「誰也沒喊，都是自己下去的，你去問大棒子。」網子的話所有的人都聽見了，沒有人敢在這樣的時候出面作證，除了問大棒子。端方回過頭，看著佩全，說：「佩全，你都聽見了？」佩全起先只是傷心，這一刻滿腔的怒火已經沖上來了，一直燒到了頭頂。[48]

佩全把大棒子的屍體交到榆木疙瘩的手上，大罵了一聲，抬起腳來就要往天井裡衝。端方一把拉住佩全的手腕。紅粉尖聲對佩全叫道，網子是她的親弟弟，要他衝她來！端方側過腦袋，擋住紅粉，呵斥說：「沒妳的事，走開！」端方回頭對佩全說：「誰都跑不掉，佩全，我們就在這裡說。」榆木疙瘩看了一眼網子，又看了一眼大棒子，網子是活的，而他的兒子已經死了，突然撞過來要網子抵命。端方擠上來一步，用腳把門關了，一條腿卻卡住榆木疙瘩。

端方說：「大叔，這刻兒你說誰不傷心？要抵命，事情弄清楚了，有我。」榆木疙瘩說：「是網子喊他們下河的！」端方說：「大叔，人命關天，這句話可不能亂說。有誰看見了？」榆木疙瘩被端方問住了，不會說話了，光

48　畢飛宇：《平原》，頁55。

會抖。佩全知道自己鬥嘴鬥不過他，掙開端方的手，怒火中燒，對著端方的臉就是一拳。端方晃了一下，閉上一隻眼睛，另一隻眼睛卻睜得格外圓，鼻孔裡的兩條血熱騰騰地沖了下來。端方沒有還手。這樣的時候端方是不會還手的，面前圍著這麼多的人，總得讓人家看點什麼。人就是這樣，首先要有東西看，看完了，他們就成了最後的裁判。而這個裁判向來都是向著吃虧的一方的。端方現在最需要的就是這些裁判。還有佩全的打。被打得越慘，裁判就越是會向著他。這是統戰的機會，不能失去。[49]

佩全看了端方一眼，又是一頓拳打腳踢。人群裡發出了叫聲，他們讓開一塊空地給端方和佩全決戰。大路、國樂還有紅旗站在最裡面的那一層，他們把所有的閒人擋在外面，如果端方吃虧了，他們就不動。反過來，萬一佩全招架不住，他們就要上去，抓住端方，嘴裡說「別打了，別打了」，端方就再也別想動了。這時候天井的大門又打開了，紅粉衝到端方的身後，端方回頭踢了紅粉一腳，大聲罵道：「滾一邊去！男人說話，沒妳的事！」端方掉過頭來，對佩全說：「佩全，我知道我打不過你。你打。」端方扒掉上衣，佩全又是一頓拳打腳踢。只是一刻兒，臉上和胸前都紅成了一片，臉也變形了。佩全看著端方血紅的身子，下不了手了。

　　佩全對榆木疙瘩建議把大棒子放到他們家的堂屋裡去。這是最厲害的一招，而端方害怕的正是這個。依照鄉下人的規矩，屍體一旦放進了堂屋，那就什麼也說不清楚了。於是榆木疙瘩抱著大棒子的屍體直往門口擠，一心要把大棒子的屍體送進去。但端方伸開兩條胳

49　畢飛宇：《平原》，頁55～56。

膊，死死地撐在門口。傷心過度、力不從心的榆木疙瘩擠不動，只是貼在端方的身上。

雙方僵持在端方家的門口，誰也沒有後撤的意思。天黑了，人群散去。王存糧和沈翠珍傷心又愧疚，多虧了端方在門口撐住，要不然，屍體進了門，他們又能做什麼？也不能把網子打死。王存糧和沈翠珍幾次要出面，都被端方用腳後跟踹了回來。端方今天六親不認把家裡的人都打了。沈翠珍疼在身上，心裡頭高興端方是他們家的一道牆，只要有這堵牆堵在門口，什麼也進不來的。可轉一想，想到了大棒子，想到了大棒子的娘，越發傷心了，她在端方的後背捶打要他鬆手，讓她出面去見大棒子的娘。

端方仔細看了一眼門口，佩全他們全部坐在地上，想必他們也沒有力氣了。端方鬆開了，沈翠珍拿著被，一邊嚎哭，一邊替躺在地上的大棒子裹上。這一來大棒子的娘又被撩起來了，兩個女人的啼哭傳遍了王家莊的每一個角落。大棒子娘一把揪住了沈翠珍的頭髮，終於沒了力氣，滑下來了。端方喊來紅粉，要她把家裡的雞蛋全拿出來，放在籃子裡。端方提著籃子，走下來。把籃子放在佩全的腳邊，從地上抱起大棒子，對榆木疙瘩說：「大叔，先讓大棒子回家吧。」

大棒子最後終於躺在了自家的堂屋裡。

後來，佩全提出了一個要求，一定要網子過來，給大棒子磕頭，要不然不下葬。但端方卻堅持除非有人出面作證，是網子把大棒子喊下河的，端方堅絕不讓。這一步要是讓下來，所有的努力就白費了。認了，就留下了後患。

三伏天的天氣實在是太熱了，僵持到下午，大棒子的身上已經飄散出越來越重的氣味了。端方在等待裁判出現。果然四五個德高望重的老人，來到大棒子家，勸大棒子的爹娘。可憐可憐孩子吧！不能再

拖了。

　　端方流著淚，知道事情要徹底了結了。他叫過了母親，要送大棒子一口棺材以及兩隻下蛋的老母雞。大棒子的媽終於心軟了。

　　晚飯之前，疲累的端方從亂葬崗回來，喝完水，回到天井，差不多虛脫了，再也掙不出一點力氣，靠著廚房的牆，滑下去了，一屁股坐在了牆角。王存糧走到端方的身邊，蹲下來，掏出了香菸，抽出一根，叼上了，又抽出一根，放在端方的兩隻腳中間。端方望著地上的紙菸，停了片刻，接過繼父手上的洋火，給繼父點上了，自己也點上了。這是端方有生以來的第一支香菸。吸得太猛，嗆住了。

　　當網子走出堂屋時，王存糧望著他的親兒子，突然吼了要他跪下！王存糧盯著網子，越看越替大棒子傷心，越看越為自己的兒子生氣，突然站起來了，要動手。端方說話了，說：「爹，不要打他。」王存糧停住了，在這個家裡，端方第一次具備了終止事態的控制力。端方叫網子起來。網子先看了看父親，又看大哥，不知道該聽誰的，不敢動。王存糧瞪起了眼睛，高聲說：「你個小畜生！哥叫你起來，還不起來！」[50]

　　　　　　＊　　　　　　　　　　＊　　　　　　　　　　＊

　　在處理大棒子的事情上，紅旗就一直沒有嚥得下這口氣。大棒子死了，網子還活蹦亂跳，紅旗決定為佩全做點什麼。一天下午，紅旗用麻袋悄悄套住了網子的腦袋，摁在牆角，一頓拳打腳踢，誰都沒有看見。

　　網子被人暗算了，端方他們全家都認為這件事和榆木疙瘩家有關，但是，沒有證據，就不能血口噴人。端方沒有說話，卻有了堅定的主張。這件事要是處理不好，麻煩的日子還在後頭，說不定網子或

50　畢飛宇：《平原》，頁61。

端正還會有什麼兇險。這件事不能就這麼算了，這件事必須了斷。他一定要讓王家莊的人看看，他端方可不是好惹的。

　　端方主動去找正在吃飯的佩全理論，還先動了手，最後卻又主動遞煙給佩全以求和解。端方展現超高的解決事情的能力，讓他的繼父感到無比寬慰。

　　最後，端方把菸頭掐滅了，丟在了一邊。端方告訴佩全，過去的事都不再提。他對天發誓，從今往後，彼此就算清了，不要互相找麻煩。

＊　　　　　　　　　＊　　　　　　　　　＊

　　吳蔓玲是從南京來的知青，在王連方被換下來後，她頂了位，成為王家莊的大隊支部書記。她是個平易近人的人，有點威嚴，也很慈祥，對每個人都好，見人就笑。為了拉近和貧下中農的距離，她就開始學習王家莊的土話了，於是王家莊的人都和她打成一片。剛開始還會關心她的婚姻，後來大家才漸漸避諱談她的姻緣，因為她畢竟做上了村支書，沒有相應的條件，誰有資格娶她呢！

　　但是，吳蔓玲其實是渴望愛情婚姻的，在她的好姊妹志英要出嫁時，她感慨萬千，因為志英長得並不漂亮，但她的丈夫卻相當寶貝她。吳蔓玲感動了，也有了嫉妒的成分。這麼多年，從來沒有小夥子用那樣深情的目光看過她。她那顆高傲的心被什麼東西挫敗了，湧出了一股憂傷。

＊　　　　　　　　　＊　　　　　　　　　＊

　　王家莊原先的支部書記叫王連方，外表看來是個老實憨厚的人，但誰也想不到他在女人的面前有一手，「從不使蠻，不玩霸王硬上弓的那一套，相反，可憐巴巴的。他要是喜歡上哪個新媳婦了，往往會特別地客氣，方方面面都照顧。逮準了機會，笑眯眯地對人家

說：『幫幫忙，幫幫忙哎。』所謂『幫幫忙』，說白了，其實就是叫婦女們脫褲子。『幫幫忙』是王連方的一個口頭禪，十分地文雅、十分地隱蔽，聽上去像從事正經八百的工作。事實上，在某些特定的時候，婦女們就是『工作』，赤條條的，顫抖抖的，放在被窩裡面，讓王連方去『忙』。王連方究竟讓多少婦女們『幫』過『忙』，誰也不知道。」[51] 但三丫卻撞見過一次孔素貞正在給王連方「幫幫忙」。多年以前，三丫的父親到水利工地，前腳出去，王連方後腳就跟進來了，請孔素貞給他「幫幫忙」。

　　三丫和孔素貞起了衝突，原因在於三丫又把一個提親的人給回了。三丫怨怪母親地主的背景，讓她配不上端方，母親勸她，她聽不進去，盯著母親，眼眶裡閃起了淚花，突然笑了，說：「我求妳別說了，媽，妳別說了，幫幫忙吧。」[52] 三丫把「幫幫忙」這三個字端出來，點在了孔素貞的死穴上。

　　三丫沒有偷偷摸摸，也沒有繞彎子，她要忠於自己——「女孩子的內心，畢竟還是由別人看不見的那個部分組成的，到了綻放的時刻，你以為她的一枝一葉都羞答答的，其實，是橫衝直撞。」[53] 大白天的，她把端方攔在了合作醫療的大門口，告訴他晚上在河西等他。

　　見面的時候，三丫的果斷和勇敢全然體現，她不想再等了，她直接撲進了端方的懷抱。沒有任何過渡，直接把等待變成了結果。三丫的臉龐貼在端方的胸前，一把摟住端方的腰，往死裡摳。這是端方的身體第一次和女孩子接觸，他們自然而本能地親吻。

　　隔天，他們找到學校的教室，三丫主動解開自己上衣的扣子，對

51　畢飛宇：《平原》，頁66。
52　畢飛宇：《平原》，頁85。
53　畢飛宇：《平原》，頁86。

於端方喜歡她的身體她感動不已，接著也替端方把上衣扒開，她大無畏地告訴端方只要有他，她什麼也不怕。端方一把就把三丫的褲子扯開，壓在她的身上。「三丫知道，時候到了，這樣的時候終於到了，到了自己用自己的身子去餵他的時候了。三丫什麼都沒有，只有自己的身子。只有身子才是三丫唯一的賭注。三丫不會保留的，她要把賭注押上去，全部押上去。」[54]

三丫和端方的事，兩位母親嗅出端倪了。沈翠珍主動去找孔素貞，兩個都是通情達理的人，話沒有說明，卻都清楚，孔素貞家的成分不好，三丫是不可能配得上端方的，孔素貞承諾會將三丫遠嫁的。

孔素貞要求三丫不要和端方好，但三丫卻主動承認前夜已經是端方的人了。於是，孔素貞為了有效地看住三丫，晚上就和三丫一起睡，甚至帶她去誦經禮佛，藉以沉靜她的心，三丫氣到說母親搞封建迷信，要到大隊部告她，當晚，孔素貞就把三丫鎖起來了。

端芳和三丫兩天的快速進展，讓他自問：「我喜歡三丫嗎？」但他確定他的身體是要她的，可是三丫失蹤了，他很焦急。但後來，孔素貞明白告訴他要他不要和三丫好。

被母親軟禁的三丫先是不吃不喝絕食抗議，後來為了能活著見到端方才又進食。

孔素貞持續帶著三丫做佛事，她相信輪迴。她對自己的這一輩子，已不再抱什麼指望了。可是，佛說，只要好好地修行，多積一些功德，下輩子就一定會好起來。

端方利用晚上爬上三丫家的圍牆，本想可以見到三丫，卻發現孔素貞在做佛事，之後，便去跟吳蔓玲舉發孔素貞搞封建迷信活動，拉

---

[54] 畢飛宇：《平原》，頁91。

攏和腐蝕年輕人。

於是，三丫和端方的情事被傳開了。吳蔓玲爲此感到傷心難過，覺得她被三丫比下去了。

端方計畫秋後要去當兵，因爲寄人籬下的日子過得太久了，他想早點打點，跟吳蔓玲打聲招呼，可他一直說不出口。

有一天，吳蔓玲遇到端方，她瞥了端方一眼，目光裡有了責備的意思，兩人有了以下的對話──

> 「端方，你回來也有些日子了，總不能這樣晃蕩。無論怎麼說，你是個高中生，是個人才，前途無量呢。總還是要有一個好的表現，將來要是有了什麼機會，你得先把群眾的嘴巴堵上，這樣我才幫得上。」吳蔓玲的這一番話說得合情合理了，既有對端方的肯定，也有對端方的希望，口氣當中似乎也暗含了些許不滿，但總體來說，還是為端方著想的，端方聽出來了。端方停住了腳，笑呵呵的，改成了搓手，嘴裡說：「謝謝吳支書。」吳蔓玲提起地上的大鐵鍬，重新扛到肩膀上去，瞪端方，說：「還吳支書吳支書的，跟你說過多少遍了，喊吳大姊，要不就喊蔓玲。」端方把下嘴唇咬在了嘴裡，說：「哪能呢。」吳蔓玲再一次笑起來，說：「我的名字可是毒藥，一進嘴就藥死人了？」[55]

　　＊　　　　　　　＊　　　　　　　＊

孔素貞鐵了心要把三丫嫁了，四天的功夫對方就上門來拜訪了。

---

[55]　畢飛宇：《平原》，頁172。

房成富是個死了老婆、有兩個小孩的鰥夫，禿頭、瘸腿的老皮匠。

　　當孔素貞和房成富談定婚期，房成富抱著感恩要過河回家，遇上端方找麻煩來了，端方望著房成富，說：「三丫我睡過了。」房成富看著高壯的端方，最後說：「沒事。沒事的。」端方提高了嗓子，說：「我有事！她是我的女人！——你不許再到王家莊來，聽見沒有？」房成富說：「我花錢了，我買了肉、酒，還有——」端方打斷了房成富，說：「我還你。我今天幫你省下醫藥費，就算清了。——要是再來，你的眼珠子會漏血，你信不信？」房成富說：「我信。」端方說：「信不信？」房成富說：「我信。」

　　　　＊　　　　　　　　　＊　　　　　　　　　＊

　　三丫不願嫁，服毒抗議了，甚至拒絕赤腳醫生興隆為她用肥皂水洗胃。端方趕來了，沈翠珍也擋不住他。

　　興隆告訴端方：發現得早，可能農藥還沒下肚。

　　　三丫沒有喝，一滴都沒有。她是不會喝的。死其實很容易，哪一天不能？只要到房成富真來帶人的那一天，確定端方絕了情，再死也不晚。就算喝不上農藥，還能上吊，就算不能上吊，還能跳河，就算不能跳河，撞牆總是可以的了。你看不住的。你不能把天下所有的上吊繩都藏起來，你不能把大地上所有的河流都蓋起來。你沒那個能耐。三丫這一次喝藥是假的，她如果真的要死，輪不到孔素貞衝進來，輪不到興隆在這裡灌肥皂水。她是做給別人看的，最關鍵的是，她要做給端方看，她要端方看見她的心。她要看看自己死到臨頭的時候端方會做些什麼。她還要做給她的母親看，妳一定要我嫁，我就一定死，沒商量。可端方來了，當著所有的人，沒有畏懼，他來了。這

才叫三丫斷腸。看起來他的心中有三丫的。就算是真的死了，值。三丫的悲傷甜蜜了，三丫的淒涼滾燙了。她就想說，端方，娶我吧，啊？你娶了我的這條卑賤的小命吧，啊？[56]

孔素貞逼問著三丫到底有沒有喝？三丫閉著眼睛，就是不開口。她不能開口。她要是說出了實情，那她就是「假死了」。全王家莊的人都是來看妳死的，眼淚都預備好了，你卻沒有死，會給別人留下一輩子的話把子。三丫知道，四五年前，高家莊的高紅纓就是這樣丟了性命。高紅纓和一個海軍戰士談戀愛，被人家甩了，要逼對方，就喝藥。禁不住醫生灌腸，高紅纓就招供了說她沒敢嚥下去，高紅纓的頭從此就再也沒有抬得起來。比方說，村子裡有人要做鞋，需要鞋樣子，刁鑽的女人就會說：「去找紅纓哎，人家會『做樣子』。」高紅纓承受不了那樣的話最後還是投井了。直到高紅纓的屍體堵在了井裡，高家莊的嘴巴才放過了她。

端方決定要立刻把三丫送到中堡鎮醫治。

三丫平躺在凳子上，清楚聽到了端方的決定，眼淚才淌下來了，不管是「真死」還是「假死」，一送到鎮上去，性質就完全不一樣了，那三丫就是被醫生「救過來」的人了。這樣就不怕別人說閒話了。另外，也警告姓房的皮匠，你想娶就會一具屍首，也許他一嚇就主動退婚了。三丫想，想來端方還是知道自己的心思的，他這是給自己鋪臺階了，她覺得自己這一輩子不能沒有端方，越發地傷了心。

然而，計畫趕不上變化，上了船的三丫最後竟然是一口氣上不來，連想要跟抱著她的端芳說一句話也說不出口就走了。

---

56 畢飛宇：《平原》，頁185～186。

　　三丫的死，讓端方難過了很久，他最後決定離開王家莊人的關心，搬到河西去養豬。養豬場是個好地方，四週都沒有住戶，也就沒有那麼多嘴巴，反正離徵兵的時間也不長了，就是再苦再髒熬過去就算了。

　　　　　　＊　　　　　　　　　　　＊　　　　　　　　　　　＊

　　紅粉原本是年底要出嫁，但卻因為意外懷孕必須儘快完婚。原來春淦家裡窮，自己條件又不好，總擔心婚事會有變卦，於是想辦法和紅粉發生了關係，最後說定十月完婚，到時孩子落地紅粉還能謊稱是早產。

　　結婚那天，紅粉哭聲叫了一聲「爸爸」，王存糧老淚縱橫。王存糧揮了揮手，讓他們上路。春淦怕再生出什麼意外，拉起紅粉的胳膊就走。此時，端方突然說話了，他要紅粉出嫁前喊她一聲娘，但紅粉堅持不肯；且看端方如何為母親扳回在家中的地位——

　　　　端方的臉色慢慢地變了。……紅粉萬萬沒有料到這樣的陣勢，這個吃軟不吃硬的姑娘強了，堅絕不喊了，反過來拉起春淦的手，拉過來就要往外衝。……
　　　　春淦一時沒有了主張。好在春淦乖巧，他來到端方的面前，臉上全是獻媚的笑容，連背脊都弓起來了。他掏出香菸，遞給端方一根。端方用胳膊撣開了。春淦只能來到沈翠珍的面前，恭恭敬敬地說：「媽！」回頭看了一眼端方，等於沒喊。端方把他推開了，說：「春淦，你站一邊去。」紅粉站在門口，咬住了下嘴唇。……可一想到自己的肚子，紅粉的氣焰下去了，不能強了。紅粉是知道的，她強不過端方。可紅粉太難了，喊不出口。紅粉憋了半天，還是做出了讓步，悄悄喊了一聲：「媽。」……沈翠

珍側過臉去，就想早一點結束。

端方說：「我沒聽見。」

端方的意思很明顯了，他要讓大夥兒都聽見。紅粉惱羞成怒，豁出去了。她閉著眼睛大叫了一聲：「媽！」[57]

從紅粉出門後傳來她失聲的嚎啕，端方終於確定了長期以來辛勞的母親在家中的位置。

　　　　　　＊　　　　　　　　　＊　　　　　　　　　＊

1976年，王家莊的知青都走了，就剩下兩個老鄉：吳蔓玲和混世魔王。混世魔王不沾菸酒，不偷雞摸狗，就是懶、混，他是走不掉，而吳蔓玲卻是不想走。理當這兩個人應該格外地體恤幫忙才是，但是當吳蔓玲當上村支書後，兩個人的關係就急遽地惡化，居然發展到不說話的地步。

然而，混世魔王決心要去當兵了，他決定他要在為人處世上好好表現，扭轉王家莊對他的惡劣形象，這樣吳蔓玲也沒辦法找他麻煩不讓他去當兵了。

徵兵的消息終於傳來了。

一天夜裡，睡不著覺的混世魔王光著腳去敲了吳蔓玲的門，混世魔王沒有說話，一腳跨進來了。吳蔓玲掩了一下門，外面的風太大，沒有掩上，吳蔓玲只好把門閂上了。轉過身，卻發現混世魔王已經坐在了她的床上。混世魔王敞開他的軍大衣，裡面一絲不掛，把吳蔓玲嚇得半死。混世魔王伸出手，把吳蔓玲手上的罩子燈接過去，放在麥克風旁。吳蔓玲就是在這樣關鍵的時刻想起麥克風的，她一把伸過去，要找擴音機的開關。她想喊。沒想到混世魔王搶先把開關打開

57　畢飛宇：《平原》，頁278～279。

了。他吹了燈，順勢把嘴巴送到吳蔓玲的耳朵邊，悄聲說：「妳喊吧支書，妳把王家莊的人都喊過來。」吳蔓玲沒料到這一招，反而不敢喊了。麥克風不再是麥克風，它是輿論。而混世魔王是不怕輿論的。

混世魔王順利強暴了吳蔓玲。吳蔓玲「不由自主地被帶動了起來，她找到了這個節奏，參與了這個節奏。她成了速度。她渴望抓住什麼以延緩速度，然而，什麼也抓不到，兩手空空。活生生地飛了出去。吳蔓玲只想借助於這樣的速度一頭撞死。所以，她拚命地飛。太可恥了，實在是太可恥了。」[58] 吳蔓玲突然抓住了放在枕頭下的手電筒。就在這樣的狂亂之中，吳蔓玲意外地打開了手電筒，手電筒的光柱正好罩在混世魔王的臉上。混世魔王被突如其來的光亮嚇傻了，他的身體猛烈抽搐反彈了一下。混世魔王沒有來得及射精。混世魔王從吳蔓玲的身上爬下來，臨走前還給吳蔓玲丟下一句話：「我還會再來的。」

　　　　　　＊　　　　　　　　　　＊　　　　　　　　　　＊

端方和混世魔王都去報名要當兵。今年的徵兵，徵的是特種兵，全公社統共也只有五十二個名額，最終分配到王家莊的也才一個。還是吳蔓玲爭取過來的，只是沒有對外宣布罷了。早在接到通知時吳蔓玲在心裡頭就內定給端方。她一直想找機會和端方單獨談，比較正規，但還沒來得及。

吳蔓玲想把唯一的名額留給端方，其實也是有私心的。她想在端方臨走之前和端方「好」上那麼一些日子。她最大的願望是能在端方的懷抱裡睡上一覺——

58　畢飛宇：《平原》，頁300。

當然，這個「好」肯定不是戀愛，不是談婚論嫁。要是真
的讓吳蔓玲和端方談戀愛，最終嫁給他，吳蔓玲不情願。
說到底端方還是配不上的。可是，配得上自己的小夥子又
在哪裡呢？沒有。比較下來，還是端方了。端方有文化，
模樣也好，牙齒白，主要是身子骨硬朗，有一種可以靠
上去、可以讓人放心的身架子。這些都是吳蔓玲所喜歡
的。還有一點是最為重要的，端方是畢竟要走的人，就是
「好」也「好」不長久。他一走，其實什麼也就沒有了，
從此就天各一方，再怎麼「好」，也扯不到談婚論嫁上
去。吳蔓玲在這件事情上用心深了，都有些痴迷了。[59]

然而，端方並不知道吳蔓玲的心意。為了能順利去當兵，端方特地
去找興隆，希望他幫他跟吳支書求情，放他一馬；後來興隆告訴端
方，說吳支書要他自己去找她。

端方是在和興隆喝了點酒後，去找吳蔓玲的。一進門，見到精心
打理了自己的吳蔓玲，她坐在了床沿，檯燈的燈光照亮了吳蔓玲的半
張臉。雖說只有半張臉，端方還是注意到吳蔓玲在這個晚上的異常之
處。吳蔓玲的兩隻手放在大腿上，在床沿坐得很正，安靜而嫵媚，
但更有一股子逼人的英氣。端方只看了一眼，就忘了自己要說什麼
了，他傻傻地望著吳蔓玲。看了半天，端方終於看仔細了吳蔓玲難過
的樣子，哀怨得很。

吳蔓玲終於說話了，她說：「端方，你怎麼做得出來？」
這句話沒頭沒腦了。端方不知道自己做錯了什麼，嚥了一

59　畢飛宇：《平原》，頁310。

口，酒已經醒了一大半。吳蔓玲說：「端方，我一直在等你。你的事情，你怎麼能叫別人來替你說。──就好像我們的關係不好，我和別人反倒好了，就好像我們不親，我和別人反倒親了。」

……端方的酒就是在這樣的時刻再一次上來了。端方怕了，想都沒想，他的膝蓋一軟，對著吳蔓玲的床沿就跪了下來。……他的腦袋在地面上不停地磕，一邊磕一邊說：「吳支書，求求妳！吳支書，我求求妳了，妳放我一條生路，來世我給妳做狗，我給妳看門！我替妳咬人！我求求妳！」這樣的場景反過來把吳蔓玲嚇了一大跳，吳蔓玲望著地上的端方，她的心一下子涼了、碎了。[60]

＊　　　　　　　＊　　　　　　　＊

混世魔王幾次威脅著吳蔓玲，吳蔓玲知道他是真的什麼都做得出，就算是把他整死，她也會把自己賠進去，聲譽可保不住了。她的聲譽不能出一丁點的問題，她的聲譽比混世魔王的性命還重要。得讓混世魔王走，必須讓他走。吳蔓玲下定了決心。一個女人的名聲壞了，政治生命毀掉了不說，端方也不會要她的。

當大夥鼓掌送走混世魔王時，端方卻不諒解她了。

端方的兩隻手一起插在褲兜裡，低著頭，剛想走，吳蔓玲卻把他叫住了。吳蔓玲說：「端方。」端方立住腳，不看她的眼睛。吳蔓玲小聲說：「端方，不理我啦？」端方極不自然地笑笑，很短促，眨眼間就沒了。端方的笑容吳蔓玲都看在眼裡，她想說些什麼，卻又堵住了，心裡突然一陣酸楚。為了緩和兩個人之間的氣氛，吳蔓玲把

60　畢飛宇：《平原》，頁319～320。

她的巴掌搭在了端方的肩膀上，她要告訴他，只要她還是王家莊的支
書，明年一定會成全他。可吳蔓玲還沒有來得及說話，端方望著別
處，已經把吳蔓玲的手腕拿住了。慢慢地，放了下來。端方這個動作
讓吳蔓玲很是心傷。

　　端方心死了，日子過得倒是快樂了；但吳蔓玲卻嚴重犯了相思
病，她原本是一個幾乎已沒有性別意識的「政治動物」，卻被端方
點燃了愛火，激發起了她內心蟄伏已久的女性情愫，她不可抑制地愛
上了端方，在王家莊的另一頭，在大隊部，吳蔓玲卻不太好了。可以
說一天比一天糟糕。她開始後悔把混世魔王放走。如果不放走他的
話，走的就一定是端方，她和端方說不定都「好」過了。現在呢？成
全了混世魔王，她卻和端方連一般性的交往都成了問題。尤其經過這
一番折騰，她卻意外地發現，她真的愛上端方了。剛開始只是她的歉
疚，覺得自己欠了端方。歉疚來去，端方的身影就揮之不去，腦子裡
全是端方。

　　吳蔓玲決定去跟端方告白，她主動到了養豬場，但端方卻要她回
去，這裡太冷了。吳蔓玲的抖動已經傳染到嘴唇了，她再也顧不得自
己是王家莊的支部書記了，急得亂了方寸跟端方說：「我知道你的
心，你怎麼就不知道我的心！」[61] 吳蔓玲的這句話把所有的底牌都亮
出來了，她被自己的話嚇到了，同樣把端方嚇住了。兩個人都不敢再
說什麼。端方不相信她會說出這樣的話來，他是聽懂了，他又一次對
吳蔓玲說：「妳還是回去吧。這裡的確太冷了。」

　　事後，端方想起來還是侷促得厲害，關鍵是找不到自信。「吳
蔓玲是誰？中國共產黨王家莊支部的書記。他端方是誰？一個養豬
的，一個身體合格卻不能當兵的小混混。端方躺下了，心裡頭想，吳

61　畢飛宇：《平原》，頁362。

蔓玲好是好，但是，這是一個能娶回家的女人麼？不娶，可惜了。娶了，往後還有日子過麼？那可要實行無產階級專政的。怎麼突然冒出這麼一檔子事來的呢？太突然了。端方從來也沒有動過這般的心思。這不是癩蛤蟆吃天鵝肉麼？端方不是越想越高興，而是相反，越想越害怕，說如臨大敵都不過分。」[62]

　　1976年底，解放之後，王家莊出事了。端方和紅旗還沒有來到大隊部，遠遠的，就聽見吳蔓玲尖銳的叫聲了。紅旗說得沒錯，吳支書是在喊「端方」。她的嗓音特別的淒厲。從聲音聽去，吳支書似乎是和什麼人打起來了。端方加快了腳步，衝刺過去，大隊部的門口已經聚集了不少人。吳蔓玲的屋子裡亂糟糟的，罩子燈的燈光直晃。端方撥開人，擠進屋內，廣禮和金龍他們居然把吳蔓玲摁在了地上。吳蔓玲披頭散髮，她在地上劇烈地掙扎，吳蔓玲還在喊「端方」，端方把吳蔓玲額頭上的亂髮撥開去，說：「蔓玲，是我。」吳蔓玲的目光極度的柔和，她的眼睛開始笑了，笑得含情脈脈的，又笑得兇相畢露的。端方感到了不好，回過頭，氣急敗壞地喊著準備船！送醫院！吳蔓玲突然渾身顫抖，都聽到她的牙齒的撞擊聲了。吳蔓玲一把就把端方拽住了，摟住了端方的脖子，箍緊了，一口咬住了端方的脖子。她的牙齒全部塞到端方的肉裡去了。「我逮住你了！」吳蔓玲的嘴巴緊緊地捂在了端方的皮膚上，含糊不清地說：「端方，我終於逮住你了！」[63]

　　　　　＊　　　　　　　　　＊　　　　　　　　　＊

　　這部「批判歷史主義」的小說，寫出了在禁忌的年代，以極其強烈的女性欲望，從各個層面書寫女性被壓抑的情與愛。

62　畢飛宇：《平原》，頁363。
63　畢飛宇：《平原》，頁382。

　　端方雖是個有智慧和謀略的人，不但在那個打鬥的年代裡，讓村子裡自以爲老大佩全，和跟班大路、紅旗等人臣服於他，他還力挽改嫁到王家莊的母親和自身在家裡的地位。然而，他卻主宰不了、捍衛不了自己的命運，也壓抑逃脫不了宿命悲劇的產生。

（四）《推拿》

　　1987年，畢飛宇自揚州師範學院中文系畢業，分發到南京特殊教育師範學校，那是一個爲殘障人學校培養老師的學校，剛去時，內心沮喪，任教五年，離開時，他決定爲盲人寫一本小說。他熱愛運動，加上長期伏案寫作，他開始在南京住家附近的推拿中心推拿放鬆，很快的和盲人建立友誼。每次和他們相處，盲人帶來的快樂遠遠超過自己帶給他們的快樂，他們的樂觀讓他感動。

　　2007年過年後，一位盲人朋友說：「你寫小說爲什麼不寫我們盲人？」他嚇了一跳，反問：「你們希望我寫麼？」朋友回答說，當然，他們一直沒有讀到描寫他們生活的小說。自此，畢飛宇開始有意識接觸社會上的盲人群體。「就像徐志摩第一天戴上眼鏡嚇了一跳，因爲他看到了漫天的星斗，他沒想到天是那樣的。當我決定寫《推拿》的時候，我覺得我戴上了徐志摩的那副眼鏡。」[64]

　　《推拿》完成於2008年，距離上一本小說《平原》正好三年。

　　畢飛宇隔海對臺灣的讀者進一步說明他寫《推拿》的動機：「一：中國處在一個經濟騰飛的時期，這很好，但是，有一個問題，沒有人再在意做人的尊嚴了。我注意到盲人的尊嚴是有力的、堅固的，所以，我要寫出盲人的尊嚴，這對我們這個民族是有好處的。二，就我們的文學史來看，我們沒有一部關於盲人的小說。以往的作品中，有過盲人的形象，但是，他們大多是作爲一個『象徵』出

64　畢飛宇：《推拿》，臺北：九歌出版社，2009年7月。序。

現的。我不希望我的盲人形象是象徵，我希望寫出他們的日常。」[65]
畢飛宇表示：「《推拿》是一顆種子，它埋藏在我心底有二十年
了。」[66]

　　《推拿》獲得「小說雙年獎」，又在北京獲頒「人民文學獎」、
《當代》長篇小說年度獎、獲頒「中國當代文學學院獎」，英國的安
德魯納伯格代理公司則買了這本書的全球版權，預計在法蘭克福書展
向世界推出各種版本。

　　畢飛宇以人名為章名，讓人物陸續登場並介紹他們的心酸過往，
去處理近十八萬字的長篇小說。

　　李敬澤評介《推拿》說：「寫的就是這另一個世界。一個隱於黑
暗的、邊緣的王國，被我們忽略，他們也看不見我們，在畢飛宇的
筆下，這個王國有獨特的文化禮俗、政治秩序，但是，在黑暗中，
那裡的人們笑著、痛著、隱忍著、哭泣著……畢飛宇讓我們聽到他
們的聲音：雖是一個偏遠的王國，人類生活中一系列最基本的價值在
那裡暗自運行：愛、責任、夢想、欲望、孤獨、尊嚴、情誼、權力等
等。他們備受考驗，也許由於他們通向世界的道路狹窄，他們的選擇
高度受限，他們經受的考驗就尤為嚴峻、艱險，他們行走於價值世界
的鋼絲之上，閉著眼，只能依靠深藏於眼睛之後的心，和他們無助地
張開的雙手，小心翼翼，如臨深淵。……畢飛宇在寫這部書時，也閉
上了眼，用他的手，尋找中國生活的穴位，他耐心地一個一個地確
認，他知道他必須穿過豐盛的浮詞和喧鬧的表象，穿過所有宏大總
體之物，找到人之為人的基本之點，他在小說的一開頭就找到了一
個：錢，人怎樣對待他的錢，然後他找到了愛，人怎樣愛，怎樣在愛

---

[65]　畢飛宇：《推拿》，臺北：九歌出版社，2009年7月。序。
[66]　http://www.de-cn.net/mag/lit/zh4690041.htm，文化視界，中德文化網。

中承擔責任——他就這樣一個一個執著地，甚至蠻橫地找下去，完成
了對中國之體的『推拿』。」[67]

小說首章「定義」先介紹「推拿」這個工作——

推拿師們對待散客要更熱心一些，這熱心主要落實在言語
上。——其實這就是所謂的生意經了，和散客交流好了，
散客就有可能成為常客；常客再買上一張年卡，自然就成
了貴賓。貴賓是最最要緊的，不要多，手上只要有七八
個，每個月的收入就有了一個基本的保證。……和散客打
交道推拿師們有一套完整的經驗，比方說，稱呼，什麼樣
的人該稱「領導」，什麼樣的人該稱「老闆」，什麼樣的
人又必須叫作「老師」，這裡頭就非常講究。……
一般是誇。誇別人的身體是推拿師的本分，他們自然要遵
守這樣的原則。但是，指出別人身體上的小毛與小病，這
也是本分，同樣是原則，要不然生意還怎麼做？——「你
的身上有問題」！這幾乎是可以肯定的。剩下來就是推薦
一些保健知識了。[68]

首章結尾於一個卡車司機在推拿結束後滿意地讚嘆說：「前天是在
浴室做的，小丫頭摸過來摸過去，摸得倒是不錯。日親媽的，屁用
也沒有，還小包間呢——還是你們瞎子按摩得好！」[69] 推拿公司的老
闆沙複明把臉轉過來，對準了「老闆」的面部，說他們這個叫「推

67　李敬澤：〈中國之體與心——新版序〉，《推拿》，臺北：九歌出版社，2009年7
　　月，序頁6～7。

68　畢飛宇：《推拿》，頁11。

69　畢飛宇：《推拿》，頁13。

拿」，不叫「按摩」，歡迎他下次再來。

　　緊接著的章節就是小說人物陸續出場了。

　　隨著香港回歸，「香港人一下就蜂擁到深圳來了。從香港到深圳太容易了，一眨眼，深圳的推拿業發展起來了。只要牽扯到勞動力的價格，大陸人一定能把它做到泣鬼神的地步，更何況深圳又還是特區呢。什麼叫特區？特區就是人更便宜。」[70]

　　深圳成為特區，盲人推拿就在深圳那樣的環境下壯大起來了。疲憊不堪的香港人、居住在香港的日本人、歐洲人、美國人和大陸人他們一窩蜂來了。不少匆匆的過客乾脆就在推拿房裡過夜了。他們在天亮醒來後，付完小費，再去掙錢。[71]

　　王大夫終究是窮慣了的，一來到深圳就被錢嚇了一大跳。王大夫第一次觸摸到美金是在一個星期六的凌晨。他的客人是一個細皮嫩肉的日本人，小手小腳的，小費也小了一號，短了一些，也窄了一些。王大夫狐疑了，擔心是假炒。但客人畢竟是國際友人，王大夫不好意思明說，大清早的，王大夫已經累得快虛脫了，但「假鈔」這根筋繃得卻是筆直。就站在那裡猶豫，不停地撫摸手裡的小費。日本朋友望著王大夫猶豫的樣子，以為他嫌少，想一想，就又給了一張。還是短了一些，窄了一些。這一來王大夫就更狐疑了，又給一張是什麼意思呢？難道錢就這麼不值錢麼？王大夫拿著錢，乾脆就不動了。日本朋友也狐疑了，再一次抽出了一張。他把錢拍在王大夫的手上，順手抓住了王大夫的一個大拇指，一直送到王大夫的面前。日本人說：「幹活好！你這個這個！」王大夫挨了誇，更不好意說什麼了，連忙道了謝。王大夫一直以為自己遭了騙，很鬱悶，還沒臉

70　畢飛宇：《推拿》，頁15。
71　畢飛宇：《推拿》，頁16。

說。他把三張「小」直揣到下午，終於熬不住了，請一個健全人看了，是美金。三百塊美金。[72]

王大夫就是這樣開始有錢，也開始存錢的。

王大夫有個女友——小孔，一個來自蚌埠的盲姑娘，在世紀末的最後一個晚上，從深圳的另一邊的推拿店來看望王大夫，因為距離和工作的關係，兩人要見上一面是很不容易的。

在這個千囍年的最後一夜，因為沒有客人，推拿房裡寂寥得很。盲人們擁擠在推拿房的休息室裡，東倒西歪。他們也累了，都不說話，心裡頭卻在抱怨。他們在罵老闆，這樣的時候怎麼可以不放假呢。但老闆說了：「這樣的時候怎麼能放假？別人的日子是白的，你們的日子是黑的。能一樣麼？別人放假了，玩累了，你們才有機會，誰知道生意會邁著哪一條腿跨進來？等著吧！一個都不能少。」[73]

王大夫和小孔在休息廳裡坐了一會兒，無所事事。後來王大夫和小孔摸著樓梯，到樓上的推拿室裡去了。他們找到最裡邊的那間空房子，拉開門，進去了。他們坐了下來，一人一張推拿床。平日裡推拿房都是人滿為患的，從來都沒有這樣冷靜過。王大夫問小孔：「妳——想好了吧？」小孔給了肯定的答案也反問王大夫。王大夫用了太長的時間，說：「妳知道的，我不重要。主要還是妳。」小孔等得有點焦急，不過聽王大夫這麼一說，小孔品味出王大夫的意思了，它的味道比「想好了」還要好——

小孔突然就覺得自己的身體有了微妙的卻又是深刻的變

---

[72]　畢飛宇：《推拿》，頁17。
[73]　畢飛宇：《推拿》，頁18。

化，是那種不攻自破的情態。小孔就從推拿床上下來了，往前走，一直走到王大夫的跟前。王大夫也站起來了，他們的雙手幾乎是在同時撫摸到了對方的臉，還有眼睛。一摸到眼睛，兩個人突然哭了。這個事先沒有一點先兆，雙方也沒有一點預備。他們都把各自的目光留在了對方的指尖上。眼淚永遠是動人的，預示著下一步的行為。他們就接吻，卻不會，鼻尖撞在了一起，迅速又讓開了。小孔到底聰敏一些，把臉側過去了。王大夫其實也不笨的，依照小孔的鼻息，王大夫在第一時間找到小孔的嘴唇，這一回終於吻上了。這是他們的第一個吻，也是他們各自的第一個吻，卻並不熱烈，有一些害怕的成分。因為害怕，他們的嘴分開了，身體卻往對方的身上靠，幾乎是黏在了一起。和嘴唇的接觸比較起來，他們更在意、更喜愛身體的「吻」，彼此都有了依靠。——有依有靠的感覺真好啊。多麼地安全，多麼地放心，多麼地踏實。相依為命了。[74]

王大夫告訴小孔他要好好努力賺錢，湊足錢，帶她回南京開店，讓她當老闆娘。

後來，王大夫每每想起小孔因為工作而變形的手指，就感到心痛，於是決定把錢投到股市，希望能夠早日夢想成真湊足開店的錢。誰料股市竟然躺平了，王大夫從收音機裡學到了一個詞，叫作「看不見的手」。現在看來，「這隻「『看不見的手』被人戲耍了，活生生地叫什麼人給逼瘋了。在這隻『看不見的手』後面，一定還有一隻手，它同樣是『看不見』的，卻更大、更強、更瘋。王大夫

---

[74] 畢飛宇：《推拿》，頁19〜20。

自己的手也是『看不見的手』，但是，他的這兩隻『看不見的手』和那兩隻『看不見的手』比較起來，他的手太渺小、太無力了。他是螞蟻。而那兩隻手一個是天，一個是地，一巴掌能拍出風，一巴掌能拍出雨，要雷有雷，要電有電。」[75]

2001年底，套牢的股票令王大夫垂頭喪氣，但是令他喜氣洋洋的卻是小孔陪她回南京了。

王大夫和小孔原本是要利用這個春假，好好放鬆，就當蜜月去過，他們是這樣計畫的，真的到了結婚的那一天，反而要簡單一點。盲人的婚禮辦得再漂亮，自己總是看不見，還不如就不給別人看了。但事實上，王大夫和小孔的蜜月還不足二十天，王大夫就想離開家了，主要是因為他弟弟，他們在家住得很不自在。

王大夫的弟弟其實是個多餘的人。在他出生時，「計畫生育」已經是國家的基本國策了——他能來到這個世上，完全是仰仗了王大夫的眼睛。弟弟出生時，王大夫已經懂事了，他「聽得見父母開懷的笑聲。年幼的王大夫是高興的，是那種徹底的解脫；同時，卻也是辛酸的，他無法擺脫自己的嫉妒。有時候，王大夫甚至是懷恨在心的，歹毒的閃念都出現過。因為這一閃而過的歹念，成長起來的王大夫對自己的小弟有一種不能自拔的疼愛，替他死都心甘情願。」[76]

王大夫的弟弟是去年的五一結的婚，結婚的前夕小弟打電話到深圳，他用玩笑的口吻告訴哥哥說他就先結了，不等他了。王大夫為弟弟高興，可他一招手指頭，壞了，坐火車回南京哪裡來還得及？王大夫立馬就想到了飛機，又有些心疼了。剛想對小弟說「我馬上就去訂飛機票」，話還沒有出口，他的多疑幫了他的忙：不會是小弟不希望

75　畢飛宇：《推拿》，頁24。
76　畢飛宇：《推拿》，頁31。

「一個瞎子」坐在他的婚禮上吧？

> 王大夫就説：「哎呀，你怎麼也不早幾天告訴我？」小弟
> 説：「沒事的哥，大老遠的幹什麼呀，不就是結個婚嘛，
> 我也就是告訴你一聲。」小弟這麼一説，王大夫當即明白
> 了，小弟只是討要紅包來了，沒有別的意思。幸虧自己多
> 疑了，要不然，還真的丢了小弟的臉了。王大夫對小弟説
> 了一大堆的吉祥話，匆匆掛了電話。人卻像病了，筋骨被
> 什麼抽走了。[77]

王大夫本打算匯過去五千塊的，因爲自尊心太受傷，王大夫憤怒
了，一咬牙賭氣，匯了兩萬塊錢過去，兄弟一場就到這兒一刀兩
斷。

　　再加上弟媳也是個刁蠻的女人，說話肆無忌憚也不把他和小孔
放在眼裡——有一次她在王大夫和小孔面前對他丈夫説「瞎説！」
「你瞎了眼了！」聽到這樣的訓斥，王大夫是很不高興的。「盲人就
這樣，對於『瞎』，私下裡並不忌諱，自己也説，彼此之間還開開玩
笑的時候都有。可是，對外人，多多少少有點多心。」[78]

　　眼前已經沒辦法開店給小孔當老闆娘，又怎能讓跟他回南京的小
孔受委屈呢？而且小孔在深圳時，就是因爲太摳，所以跟「前臺」
的關係不太好。然而，推拿師和「前臺」的關係永遠是重要的、特
殊的。某種意義上説，一個推拿師能不能和健全人的「前臺」處理好
「關係」，直接關係到盲人的生存。

77　畢飛宇：《推拿》，頁31。
78　畢飛宇：《推拿》，頁33。

你上廁所的時候一個大款進來了，前臺如果照顧你，先讓
大款「坐一坐」，「喝杯水」，這有什麼破綻麼？沒有。
等你方便完了，輕輕鬆鬆地出來了，大款就順到你的手上
了。反過來，你剛剛進了廁所的門，前臺立即就給「下一
個」安排下去，等你從廁所裡頭湯湯水水地趕回來，大款
已經躺在別人的床上說笑了。——你又能說什麼？你什麼
也說不上來。所以，和前臺的關係一定要捋捋順。……塞
什麼？一個字，錢。對於這樣的行為，店裡的規章制度極
其嚴格，絕對禁止。可是，推拿師哪裡能被一紙空文鎖住
了手腳，他們挖空了心思也要讓前臺收下他們的「一點小
意思」。眼睛可不是一般的東西，誰不怕？推拿師們圖的
就是前臺的兩個眼睛能夠睜一隻、閉一隻。在一睜、一閉
之間，盲人們就可以把他們的日子週週正正地活下去。[79]

為了至少能保護照顧小孔，考慮再三，王大夫決定打電話給他的大專
同學——沙複明，他已經在南京和張宗琪合夥開了「沙宗琪盲人推
拿中心」，王大夫希望和小孔可以一起留在那工作，沙複明也答應
了。

　　王大夫和小孔在「沙宗琪盲人推拿中心」的男女生宿舍住了下
來，他的下鋪是二十出頭的小馬。王大夫是盲人，先天的，小馬也
是盲人，卻是後天的。同樣是盲人，先天的和後天的有區別。小馬九
歲那年出了場車禍，毀掉了他的視覺神經，父親帶著他開始漫長城市
之間輾轉求醫的治療，最遠到過拉薩，他們在希望、失望和絕望中度
過，最後，當一位從德國回來的醫生宣布：「不可能會好的。」聽到

---

[79]　畢飛宇：《推拿》，頁27～28。

這話的小馬跟一個手上拿著碗的阿姨，要東西吃，當阿姨把碗給他時，他把碗砸在了門框上，手裡卻捏著一塊瓷片。小馬拿起瓷片就往脖子上捅，還割。沒有人想到一個九歲的孩子會有如此駭人的舉動。醫院在第一時間把小馬救活了，他的脖子上就此留下了一塊駭人的大疤。

　　小馬徹底瞎了，連最基本的光感都沒有，但是小馬的眼睛看上去和一般健全人並沒有任何區別。如果一定要找到一些區別，其實也有，眼珠子更活絡一些。在他靜思或動怒的時候，他的眼珠子習慣於移動，在左和右的之間飄忽不定。一般的人是看不出來的。正因為看不出來，小馬比一般的盲人又多出一分麻煩。

　　盲人乘坐公車是可以免票，有一次小馬剛剛上車，司機就不停地用小喇叭呼籲：乘客們注意了，請自覺補票。小馬一聽到「自覺」兩個字就明白了，司機的話有所指，盯上他了。小馬站在過道裡，死拽著扶手，不想說什麼。哪一個盲人願意把「我是盲人」掛在嘴邊？小馬不開口，不動。司機偏偏就是個執著的人。他端起茶杯，開始喝水，十分悠閒地在那裡等。引擎在空轉，待速等著。僵持了幾十秒，小馬到底沒能扛住。補票是不可能的，他丟不起那個臉，那就只有下車了。小馬最終還是下了車。小馬在大庭廣眾下受到了極度地侮辱。小馬再也沒有踏上過公共汽車。他學會了拒絕，他拒絕——「其實是恐懼——一切與『公共』有關的事物。待在屋子裡挺好。小馬可不想向全世界莊嚴地宣布：先生們女士們，我是瞎子，我是一個真正的瞎子啊！」[80]

　　小說裡面解釋了先天和後天盲人的不同——要重塑自我，需要耐心和時間。後天盲人的沉默其實才更像沉默，其中容納了太多的呼天

---

[80]　畢飛宇：《推拿》，頁48～49。

搶地和艱苦卓絕。

　　小孔第一次來到小馬和王大夫的宿舍已經是深夜的一點多鐘了。推拿師一般要工作到夜間的十二點鐘，他們「回家」通常是十二點多了。一般來說，推拿師們都直接把下班說成「回家」。回到家，他們不會立即就休息，總要安安靜靜地坐上一會兒，那是非常享受的。畢竟是集體生活，不可能總安靜，熱鬧的時候也有打鬧嘻笑的。

　　小說裡又解釋了盲人的一個特徵：「因為彼此都看不見，他們就缺少了目光和表情上的交流，當他們難得在一起嘻笑或起哄的時候，男男女女都免不了手腳並用，也就是『動手動腳』的。在這個問題上，他們沒有忌諱。說說話，開開玩笑，在朋友的身上拍拍打打，這裡撓一下，那裡掐一把，這才是好朋友之間應有的做派。如果兩個人的身體從來不接觸，它的嚴重程度等同於健全人故意避開目光，不是心懷鬼胎，就是互不買帳。」[81]

　　也因為小孔每一次到王大夫房間串門和小馬打鬧著，小馬開始對「嫂子」有了強烈的期待；其實小孔她是多想「撲到王大夫的懷裡去啊，哪怕什麼都不『做』，讓王大夫的胳膊箍一箍，讓王大夫的嘴巴啞一啞，其實就好了，胡攪蠻纏一通也行。可是，在集體宿舍裡頭這怎麼可以呢？不可以。小孔自己都不知道，她悄悄地繞了一個大彎子，把她的嬌，還有她的嗲，一股腦兒撒到小馬的頭上去了。她就是喜歡和小馬瘋。嘴上是這樣，手上也是這樣。」[82]

　　而小馬的幸福在一天一天地滋生，對嫂子的氣味著迷了，就算等不到嫂子來，嫂子也在他的身體裡無所不在了。

　　　　＊　　　　　　　　　＊　　　　　　　　　＊

---

[81] 畢飛宇：《推拿》，頁58～59。
[82] 畢飛宇：《推拿》，頁62。

　　都紅是比王大夫和小孔還要早來到「沙宗琪推拿中心」的，都紅的眼睛有一點微弱的視力。她還在青島盲校時，把大部分的精力都花在音樂上了。都紅僅花了三年的功夫，演出水準是健全人同等年紀的中等水準，她創造了一個奇蹟。但是初中二年級，都紅自行了斷了她的奇蹟，說什麼也不肯坐到鋼琴前去了。

　　這一切都是因為一場向殘疾人「獻愛心」的大型慈善晚會的演出。這是都紅第一次正式的演出，但一上臺都紅就覺得緊張得想哭。最後都不知道自己是怎麼彈完的。

　　但掌聲卻響了起來，特別地熱烈。都紅百感交集，站起來，鞠躬再鞠躬。女主持人就在這個時候出現了。女主持人抓住都紅的手抓，向前拉，一直拉到舞臺的最前沿。女主持人說：「鏡頭，給個鏡頭。」都紅這才知道了，她這會兒在電視上。全省、也許是全國人民都在看著她。

　　　　女主持人……在音樂的伴奏下已經講起都紅的故事了。她說「可憐的都紅」一出生就「什麼都看不見」，她說「可憐的都紅」如此這般才鼓起了「活下去的勇氣」。都紅不高興了，都紅最恨人家說她「可憐」，最恨人家說她「什麼都看不見」。都紅站在那裡，臉已經拉下了。但女主持人的情感早已醞釀起來了，現在正是水到渠成的時候。她輕聲並茂地問了一個大問題，「都紅為什麼要在今天為大家演奏呢？」是啊，為什麼呢？都紅自己也想聽一聽。臺下鴉雀無聲。女主持人的自問自答催人淚下了，「可憐的都紅」是為了「報答全社會」……女主持人突然一陣哽咽，再說下去極有可能泣不成聲。「報答」，這是都紅沒有想到的，她只是彈了一段巴赫。她想彈好，卻沒有能

夠。為什麼是報答？報答誰呢？她欠誰了？她什麼時候虧
欠的？還是「全社會」。都紅的血在往臉上湧。⋯⋯都紅
想把女主持人的手推開，但是，愛的力量是決絕的，女主
持人沒有撒手。都紅就這樣被女主持人小心翼翼地攙下了
舞臺。她知道了，她來到這裡和音樂無關，是為了烘托別
人的愛，是為了還債。這筆債都紅是還不盡的，小提琴動
人的旋律就幫著她說情。人們會哭的，別人一哭她的債就
抵消了。[83]

往後，都紅拒絕了鋼琴課和所有的演出。「慈善演出」是什麼，
「愛心行動」是什麼，她算是明白了。說到底，就是把殘疾人拉出來
讓身體健全的人感動。人們熱愛感動，「全社會」都需要感動。都紅
知道了，到底是一個盲人，永遠是一個盲人。她這樣的人來到這個世
界只為了一件事，供健全人寬容和同情。她這樣的人能把鋼琴彈出聲
音來就已經很了不起了，可是她再也不希望自己讓別人感動了。

都紅最終繞了大彎子才到了南京。通過朋友的介紹，都紅認識了
季婷婷。季婷婷遠在南京，是那種特別熱心的人，她的性格裡頭有那
種「包在我身上」的闊大氣派，這一點在盲人的身上是很罕見的，
其實還是因為她在視力上頭有優勢。在健全人面前，季婷婷是個盲
人；到了盲人堆裡，季婷婷的視力又接近正常，正好在一個臨界點
上。

季婷婷介紹都紅到「沙宗琪推拿中心」，但都紅卻沒有通過沙複
明的親自面試。盲人有盲人的傳統，那就是一個幫一個，必須讓這
個傳統傳下去。季婷婷對於沒能幫上都紅感到難過，她怎麼也睡不

83　畢飛宇：《推拿》，頁69～70。

著,想著明天要帶都紅去逛逛吃吃,最後再送她個小禮物,讓都紅感覺南京不是傷心地,有關心她的人。

可是隔天都紅卻是態度堅決地拒絕了季婷婷的安排,她說還是想要到推拿中心。都紅換了一件紅色的上衣。她跟在季婷婷的身後,來到了推拿中心,當著所有人的面,突然喊了一聲「沙老闆」。都紅說:「沙老闆,我知道我的業務還達不到你的要求,你給我一個月的時間行不行?我就打掃打掃衛生,做做輔助也行。我只在這裡吃三頓飯。晚上我就和婷婷姊擠一擠。一個月之後我如果還達不到你的要求,我向這裡的每一個人保證,我自己走人。我會在一年之內把我的伙食費寄回來。希望沙老闆你給我這個機會。」[84]

都紅膽顫心驚地展示了她骨子裡氣勢如虹,她的舉動把所有的人都鎮住了。沙複明也沒有想到會出現這樣的一個局面——

> 如果都紅是一個健全人,她的這一席話就太普通了,然而,都紅是一個盲人,她的這一席話實在不普通。盲人的自尊心是駭人的,在遭到拒絕之後,盲人最通常的反應是保全自己的尊嚴,做出「此處不留爺自有留爺處」的派頭。都紅偏偏不這樣。沙複明被震驚了。沙複明當即就問了自己一個問題:在同樣的情況下,你自己會不會這樣做?答案是否定的。然而,都紅這樣做了,沙複明並覺得有什麼不妥,相反,他驚詫於她的勇氣。看起來盲人最大的障礙不是視力,而是勇氣,是過當的自尊所導致的弱不禁風。沙複明幾乎是豁然開朗了,盲人憑什麼要比健全人背負過多的尊嚴?許多東西,其實是盲人自己強加的。這

84　畢飛宇:《推拿》,頁77。

世上只有人類的尊嚴，從來就沒有盲人的尊嚴。[85]

沙複明答應都紅的提議，也眞的開始盡心盡力給都紅上課。而都紅也學得格外努力。不可思議的是都紅上鐘後，她的生意興旺起來了。清一色是客人點的鐘，居然還有了回頭客。沙複明悄悄做了幾回現場的考察，都紅不只是生意上熱火朝天，和客人相處得還格外地熱乎。後來，沙複明才知道都紅原來是個美女，驚人地漂亮。

有一天，一個七八人劇組，其中還有個導演來推拿，雖說是過路客，沙複明還是給予導演與劇組最優質的服務。他派出了推拿中心的所有菁英，就是沒有都紅，爲此都紅生了一個小時的氣。一個小時後，「導演」帶著他的人馬浩浩蕩蕩地出來了。導演似乎來了一股特別的興致，他想在「推拿中心」走一走，看一看，說不定下一次拍戲的時候用得上呢。沙複明就把導演帶到了休息區。推開門，沙複明說：「導演來看望大家了。大家歡迎。」休息區的閒人都站立起來了，有幾個還鼓了掌。

　　都紅只是微笑，輕輕點了點頭，卻沒有起身。導演一眼就看到了都紅。……沙複明不知情，客客氣氣地説：「導演是不是喝點水？」導演沒有接沙老闆的話，卻對身邊的一個女人低語説：「太美了。」女人説：「天哪。」女人立即又補充了一句，「真是太美了。」……導演問：「能看見麼？」都紅説：「不能。」導演嘆了一口氣，是無限的傷歎，是深切的惋惜。導演説：「六子，把她的手機記下來。」都紅不卑不亢地説：「對不起，我沒有手機。」沙

85　畢飛宇：《推拿》，頁77。

複明後來就聽見導演拍了拍都紅的肩膀。導演在門外又重
複了一遍：「太可惜了。」沙複明同時還聽到了那個女人
進一步的嘆息：「實在是太美了。」[86]

這一晚，沙複明躺在床上，滿腦子全是「不成形」的都紅。

　　　　＊　　　　　　　　　　＊　　　　　　　　　　＊

　　小孔和王大夫都被情慾所纏繞著。中間又隔著小孔和小馬「人來
瘋」的那一層誤會。終於王大夫抓到機會到衛生間撥通小孔的手機
告訴她：「我想妳。」小孔心頭的陰霾被王大夫的「我想妳」一掃
而空。小孔一下鐘就來到了休息區，火急火燎，但王大夫卻又上鐘
了。小孔也躲到了衛生間裡打電話給王大夫說：「我也想你。」
　　小孔和王大夫終於在休息室裡見面了。休息室裡都是人，他們當
然不會做出出格的舉動。王大夫來到小孔的身邊，小孔這一回沒有
躲，「他們就坐在一張廢棄的推拿床上，肩並著肩，也沒有說話。
但是，這種不說話和先前的不說話不一樣了。這裡頭有不能說的，也
沒法說的好。王大夫終於把他的手放到小孔的大腿上去了，小孔接過
來，抓住了。這一下真的是好了。王大夫的每一個手指都在對小孔的
指縫說『我愛妳』，小孔的每一個手指也在對王大夫的指縫說『我也
愛你』」[87]。
　　王大夫和小孔靜悄悄的，十個指頭越摳越緊，還摩挲。他們到底
做過愛，這一撫摸就撫摸出內容來了，都是動人的細節種種。他們
多麼想好好地做一次愛啊，只有做了才能讓對方知道，自己是多麼
地愛對方。可是，到哪裡做去呢？他們也在用手指頭勸對方要「忍

86　畢飛宇：《推拿》，頁81。
87　畢飛宇：《推拿》，頁88。

忍」。「忍」不是一種心底的活動，而是個力氣活，它太耗人了。
忍到後來，小孔徹底沒了力氣了，身子一軟，靠在了王大夫的肩膀
上。王大夫聞到了小孔嘴巴裡的氣息，燙得叫人心碎。

　　小孔知道自己和小馬的相處有失分寸，就不再到男生宿舍去，當
然就只能王大夫到小孔的「女生宿舍」去串門了。

　　王大夫回到自己的宿舍，躺在上鋪就聽收音機，他所關注的只有
股市，但股市還是一具冰冷的屍體。他感慨著小孔到底哪一天才能當
上老闆娘啊！其實王大夫錯了。小孔憂心忡忡是真的，卻不是為了當
老闆娘，為的是小孔潛到南京還是一個秘密，她一直還瞞著她的父母
親。她不敢把她戀愛的消息告訴他們，他們不可能答應的，尤其是
她的父親。關於男朋友，小孔的父母明白表示：別的都可以將就，在
視力上必須有明確的要求。無論如何，一定要有視力。父母要小孔
記住：「生活是『過』出來的，不是『摸』出來的，妳已經是全盲
了，我們不可能答應妳嫁給一個『摸』著『過』日子的男人！」[88]

　　終於紙包不住火，母親已經從不再那樣嘈雜的手機背景音聽出來
了小孔不在深圳。小孔還有一件事情是必須小心的，就是不能讓王大
夫知道「父母不同意」，這會傷害他的。

　　　　　　＊　　　　　　　　　　＊　　　　　　　　　　＊

　　推拿中心並不只有小孔和王大夫這一對戀人，還有一對，那就是
金嫣和徐泰來。

　　徐泰來是蘇北人，第一次出門打工去的是上海。

　　泰來的能力差，一點也不自信，甚至還有那麼一點封閉。泰來真
正在意的是他鄉下人的身分。你再怎麼自強不息，你再想扼住命運的
咽喉，鄉下人就是鄉下人，口音在這兒呢。別人一學，等於是指著他

88　畢飛宇：《推拿》，頁91。

的鼻子：鄉巴佬。自卑的人就是這樣，對口音極度地敏感，反過來對自己苛刻了。

　　鬱悶當中泰來特別注意到了小梅，一個來自陝西的鄉下姑娘。小梅總是大方自如而坦蕩地說著她的陝西方言，一點也沒想說普通話。有一次，小梅誇獎泰來的家鄉話實在是好聽，泰來的自信從此在小梅面前建立起來，兩個人戀愛了十個月，小梅卻被家裡要求回家嫁人，事成後，小梅一家都有「好處」。小梅在附近的旅館開了一間房，然後，悄悄把泰來叫過去。一覺醒來，泰來從小梅的信件上知道小梅離開的消息，信中，小梅把一切都對「泰來哥」說了。到了信的結尾，小梅寫著：「泰來哥，你要記住一件事，我是你的女人了，你也是我的男人了。」[89]

　　信讀到後來，泰來把小梅的信放在了大腿上，開始摩挲，開始唱。開始還是低聲的，後來把他的嗓子扯開放聲唱。泰來的舉動招來了旅館的保安，直接把他送回到推拿中心。徐泰來一定是著了魔了，回到推拿中心他還是唱，差不多唱了有一天半。一開始大夥兒還替他難過的，到後來大夥兒就不只是難過，而是驚詫。泰來開始大聯唱了，從二十世紀80年代末一直串聯到二十一世紀初。什麼風格、唱法都有，誰也沒想到泰來有那麼好的嗓音，和他平日裡的膽怯一點也不同，而且他一直說不來普通話，可是，在歌唱時，居然把每一個字都唱得很準。泰來唱了差不多兩天，在宿舍的床上，不論同事們怎麼勸，他不吃、不喝，只是唱。唱到後來泰來已經失聲了，就在大夥以為要出人命時，泰來自己爬起來吃喝了。像沒事一樣，上班去了。

　　金嫣是大連人，她的視力毀壞於十年之前的黃斑病變。她的眼睛

89　畢飛宇：《推拿》，頁101。

和別的盲人不一樣，她能夠看到一些，只是不眞切。黃斑病變是一種十分陰險的眼疾，它是漫長的、一點一點的，讓你的視力逐漸地減退，視域則一點一點地減小，最後，這個世界就什麼都沒了。

金嫣的黃斑病變開始於十歲。在十歲到十七歲之間，金嫣的生活差不多就是看病。但她的眼疾越看越重，視力越來越差，是不可挽回的趨勢。金嫣最終說服了她的父母，不看了。十七歲，在一個女孩子最爲充分、最爲飽滿的年紀，金嫣放棄了治療，爲自己爭取到了最後的輝煌。她開始揮霍自己的視力，她要抓住最後的機會，不停地看書、報，看電影、電視。她的主題就是書本和影視裡的愛情。

金嫣在第一時間就從她的一位老鄉那裡聽說了泰來的事，徐泰來與小梅的故事在盲人的世界裡迅速地傳播。事實上，手機的轉述中，事情離它的眞相已經很遠了，它得到了加工，再加工，深度加工。事件上升到擁有了愛情故事的爆發力。金嫣聽完了故事，闔上手機，眼淚都還沒有來得及擦，卻已感受到了愛情，她覺得自己已經戀愛了。她的男朋友就是故事裡的男主人公──徐泰來。金嫣的視力現在還有一些，如果金嫣把徐泰來抓住，一直拉到自己的面前，努力一下，完全可以看清徐泰來的長相。

一個星期後，金嫣辭去大連的工作，火車把她運到了上海，但她卻撲了一個空。就在金嫣來到上海前的一個星期，泰來早已不辭而別。金嫣決定在泰來曾經工作過的推拿中心留下來。五個月後的一個夜晚，金嫣他們已經下了夜班了，幾個「男生」聚集在金嫣的宿舍裡，磕瓜子，扯東扯西，竟扯出泰來正在南京。兩個小時的火車，金嫣到了「沙宗琪推拿中心」，點名泰來推拿。

前臺小姊告訴她，徐大夫正在上鐘，我給妳另外安排吧。金嫣平平淡淡地給了前臺小姊三個字：「我等他。」金嫣等待徐泰來已經等了多久了？她哪還在乎再等一會兒？以往的「等」是空等、痴等

和傻等,陪伴她的只是一個人的戀愛;現在,不一樣了,那種等是實在的,等的這一頭和那一頭都是具體的。她突然就愛上了現在的「等」,她要用心地消化並享受現在的「等」。

在後來的日子裡,金嫣一直不能相信自己的平靜與鎮定,她就覺得她和泰來之間一定有上輩子的前緣,經歷了紛繁而又複雜的轉世投胎,他們又一次見面了。

當泰來幫金嫣推拿時,兩人聊了起來,金嫣告訴泰來她是學命理的,可以算出他的名字。金嫣拽著泰來的手,篤篤定定地說:

> 「你命裡頭有兩個女人。」
> 「為什麼是兩個?」
> 「第一個不屬於你。」
> 「為什麼不屬於我?」
> 「命中注定。你不屬於她。」
> 徐泰來突然就是一個抽搐,金嫣感覺出來了。他在晃,要不就是空氣在晃。
> 「她為什麼不是我的女人?」
> 「因為你屬於第二個女人。」
> 「我要是不愛這個女人呢?」
> 「問題就出在這個地方,你愛她。」
> 徐泰來仰起臉。他的臉已經仰到天上去了。他的眼睛望著天,不停地眨巴。[90]

推拿結束後,她主動跟沙複明求職,希望能留下來學管理,將來有

---

[90] 畢飛宇:《推拿》,頁113。

機會開一家自己的店。她說老闆要是害怕，現在就可以向他保證，萬一她的店開在南京，店面一定離老闆十公里，算是對他的報答。這「報答」充滿了挑戰的意味。但沙複明卻說：都是盲人，不說這個。妳掙就是我掙。歡迎她留下來。

金嫣主動追求泰來，推拿中心的人早就知道了，金嫣吃飯時要等泰來一起吃，並坐在泰來的身邊，下班的路上拉著泰來的手。

金嫣對泰來不是同事之間的那種好。泰來下了鐘，金嫣先讓他去洗手。吃飯時金嫣一邊吃，一邊關照泰來慢一點；一邊從自己的碗裡給泰來撥菜。休息區安靜了，泰來聽到了這種安靜，低下頭，想拒絕。金嫣放下碗，揉了泰來一把，說：「男人要多吃，知道嗎？」泰來已經窘迫得不知所以了，就知道扒飯，都忘記了咀嚼，滿嘴都塞得鼓鼓囊囊的──這是哪兒？是休息區啊，所有的人都在。金嫣就是有這樣的一種遼闊的氣魄，越是大庭廣眾，越是旁若無人。[91] 大夥兒只能保持沉默，但心底裡卻很複雜。徐泰來算什麼？金嫣這個美女偏偏就看上他了，而泰來還愛理不理的。

天性膽怯的泰來一直都沒敢接招，也因為他被初戀傷得太重了，一朝被蛇咬十年怕井繩；然而，這正是金嫣迷戀泰來的最大緣由。在骨子裡，金嫣有救死扶傷的衝動。金嫣不愛鐵石心腸，她所痴迷的正是一顆破碎的心，不管破碎成怎樣，她都一定會把所有的碎片撿起，捧在掌心裡，一針一線地，給它縫上。縫上後，她一定要讓泰來開口對她說：「我愛妳。」這是金嫣的堅持與矜持。

泰來可以陪金嫣吃飯、聊天、下班，但一到了關鍵時刻，泰來就緘默了，堅絕不接金嫣的招。泰來的緘默幾乎摧毀了金嫣的自信心──他也許不愛她吧！金嫣決定把事情和泰來挑明了，行，她就留在

91 畢飛宇：《推拿》，頁148。

南京；不行，就立馬就打道回府。剖心相談後泰來幾乎心碎而流淚地
說出：「我配不上妳。」金嫣最後是在泰來的懷裡說出「我愛你」
的。

　　所謂盲人的戀愛常態，一句話就可以概括了，鬧中取靜。他們
大抵是這樣的，「選擇一個無人的角落，靜靜地坐下來，或者說，
靜靜地抱一抱，或者說，靜靜地吻一吻，然後，手拉著手，一言不
發。」[92] 一般來說，戀愛中的年輕人都愛動，一下電影院、咖啡館或
風景區，你追我趕、打情罵俏、偷雞摸狗。盲人們不是不想動，也想
動，但是，究竟不方便。不方便怎麼辦呢？

　　　　他們就把自己的身體收斂起來，轉變為一種守候。你拉著
　　　　我的手，我拉著你的手，守候在一起，也就是所謂的廝守
　　　　了。他們的靜坐是漫長的，擁抱是漫長的，接吻也是漫長
　　　　的，一點都不弄出動靜。如果沒有生意，他們可以這樣坐
　　　　上一天，一點也不悶。要是生意來了，他們就分開。臨
　　　　走的時候一方還要摸一下另一方的臉，小聲說：「等著我
　　　　啊。」或者乾脆，什麼都不說，兩隻手卻依依不捨了，是
　　　　相依為命的樣子，直到身體已經離得很遠，兩個人的食指
　　　　還要再扣上一會兒。[93]

就態勢而言，金嫣的戀愛並沒有走出常態，而且她開始了另一個等
待。只要一坐到泰來的身邊，她的思緒就開始幻想她的夢幻婚禮。

　　　　＊　　　　　　　　　　＊　　　　　　　　　　＊

---

[92]　畢飛宇：《推拿》，頁177。
[93]　畢飛宇：《推拿》，頁177～178。

　　沙複明十六歲那年在馬路上撞見了他的愛情。

　　沙複明在大街上行走得到一個少女的幫助，到了拐彎處，他放下女孩的手，十分禮貌同時也拘謹地說了一聲「謝謝」。女孩卻反過來把沙複明的手拉住，邀約一起去喝點什麼吧沙複明一時還不能確定是該高興還是該生氣──不少人好心過了頭，他們在幫助盲人之後情不自禁地拿盲人當乞丐，胡亂地就施捨一些什麼。沙複明不喜歡這樣，所以客氣地說：「謝謝了。馬上就要上課了。」女孩卻堅持了，說：「我是十四中的，也有課一──還是走吧。」後來，女孩又說：「交個朋友總可以吧？」沙複明只能把臉側過去再一次婉拒，女孩把嘴巴送到了沙複明的耳邊，說：「我們一起翹課怎麼樣？」

　　他們去的是長樂路上的酒吧。女孩顯然是酒吧裡的常客了，熟練地點好了冰鎮可樂。這是沙複明第一次走進酒吧，心情振奮、拘謹，也還有點怕，害怕在女孩子的面前露了怯。十來分鐘，沙複明輕鬆下來了，慢慢地活絡了。他的活絡表現在言語上，話一多，人也就自信起來。但沙複明終究是不自信的，他的自信就難免表現得過了頭，話越說越多，話題已經從酒吧裡的背景音樂上引發開來了。這是沙複明的計謀，必須把話題引導到自己的強項上去。終於，沙複明控制住了話題。沙複明滔滔不絕著，突然意識到，女孩好半天沒有開口了。他只好停頓下來。女孩似乎意識到了什麼，馬上說：我在聽呢。為了表明她真的「在聽」，她握住了沙複明的手，一起放在了桌面上。她說：「我在聽呢。」在女孩面前沙複明展現了他的博學和才華。女孩在聽著，她已經把另外的一隻手加在沙複明的手上了。沙複明再一次停頓下來，他聽見了自己的心跳。

　　女孩問沙複明的名字？沙複明介紹完自己，反問她？為了能把自己的姓名介紹得清晰一些，女孩用她的指頭在沙複明的掌心裡寫下了：「向天縱」，女孩卻頑皮了，執意讓他大聲地說出她的名字。沙

複明抽回他的手說：我讀不出來，我不識字。女孩子笑了。以為沙複明在和他逗。女孩說：「對，你不識字。你『還』是個文盲呢。」沙複明轉過臉，正色說：「我不是文盲。可是我真的不識字。」

女孩半天才相信，沙複明說：「我學的是盲文。」沙複明開始跟向天縱介紹起盲文。向天縱的雙手一把捂住沙複明的臉，在酒吧裡喊了起來：「你真──酷哎！」之後，沙複明介紹起盲文的科學性，向天縱又誇他聰明。沙複明感覺到了向天縱對自己的崇敬。他的身體即刻就有了飄飄欲仙的好感受。沙複明說：「走自己的路，讓別人去說吧。」算是回答了。想了想，不合適，就改了一句，十分嚴肅地說：「我把別人喝咖啡的時間都用在了工作上。」[94]

酒吧裡的背景音樂像游絲一樣，有了揮之不去的纏綿。就在這樣的纏綿裡，向天縱做出了一個出格的舉動，她「放下沙複明，拉起沙複明的手，把它們貼到自己的面龐上去了。這一來其實是沙複明捂著向天縱的面龐了。沙複明的手不敢動。沙複明使出了吃奶的力氣，不敢動。還是向天縱自己動了，她的脖子扭動了兩下，替沙複明完成了這個驚心動魄的撫摸。」[95]

兩個多小時的「小愛情」對沙複明後來的影響是巨大的。他一直在渴望一雙能夠發出目光的眼睛。他對自己的愛情與婚姻提出了苛刻的要求：一定要得到一分長眼睛的愛情。一般來說，盲人在戀愛時都希望找一個視力比自己好的人，這裡頭既有現實的需要，也有虛榮的成分。

眼前沙複明的問題是他愛上了都紅，動起了在她身上撫摸的念頭。

---

[94]　畢飛宇：《推拿》，頁125～126。
[95]　畢飛宇：《推拿》，頁127。

　　沙複明最終還是採取了「私事公辦」，他叫了都紅進了推拿房，要「檢驗」都紅的「業務」。都紅說要幫他放鬆脖子，他卻要她放鬆他的心，都紅很緊張，幾乎能聽到他的心跳聲。此時的沙複明伸出手，開始雙手撫摸都紅的臉，都紅沒有讓開，輕輕說：「沙老闆，這樣不好吧。」沙複明說：「都紅，留下吧。我喜歡妳。」都紅說：「沙老闆，這不成交易了嗎。」[96]

　　高唯，作為推拿中心的前臺小姊，在第一時間已經把沙複明的心思清清楚楚地看在眼裡了。盲人很容易忽略一樣東西──「那就是他們的眼睛。他們的眼睛沒有光，不可能成為心靈的窗戶。但是，他們的眼睛卻可以成為心靈的大門──當他們對某一樣東西感興趣的時候，他們不懂得掩飾自己的眼睛，甚至把脖子都要轉過去，有時候都有可能把整個上身都轉過去。」沙複明近來的情緒一直很低落，可只要都紅一有動靜，沙複明的脖子和腰腹就一起轉動。在高唯的眼裡，都紅是太陽，而沙複明就是一朵向日葵。高唯就這樣望著她的老闆，一點也不擔心被她的老闆發現。

　　然而，都紅再嚴加防範，可也不敢得罪他。再怎麼說沙複明是老闆，給了她一分工作。都紅選擇了無知，她對沙複明客客氣氣，不即不離，不取不棄。少女的無知是天下無敵的核武器，裝出來的無知是真正的無知，就像裝睡──假裝睡覺的人怎麼也是喊不醒的。

　　　　　　＊　　　　　　　　　　＊　　　　　　　　　　＊

　　嫂子突然就不到「男生宿舍」來了。小馬其實已經感覺出來了，嫂子刻意在迴避。可是從嫂子迴避小馬的那一刻起，小馬就開始了他的憂傷和無邊的性幻想。

　　有一天來了三個是好朋友的客人，偏偏就輪到了王大夫、嫂子，

96　畢飛宇：《推拿》，頁131。

還有小馬。小馬不情願。然而，小馬沒有選擇，作爲一個打工仔，永遠也沒有理由和自己的生意彆扭。

客人選擇了一個三人間。小馬在裡側，嫂子居中央，王大夫在門口，三個人就這樣又擠在一間屋子裡了。這樣的組合他們三人都彆扭，因此三人都沒有說話。因爲是中午，三個客人前前後後睡著了。比較下來，王大夫的客人最爲酣暢，他已經打起了嘹亮的呼嚕。接著是小馬的客人也當仁不讓跟上了。他們的呼嚕有意思了，前後剛剛差了半個節拍，因爲他們的呼應，換成了進行曲的節奏。小孔笑著說：「這下可好了，我一個指揮，你們兩個唱，可好了。」

小孔的這句話其實也就是隨口一說——「我一個指揮，你們兩個唱」，什麼意思呢？卻讓王大夫和小馬琢磨起來，而心不在焉了。

因爲客人在午睡，王大夫和小孔說話的聲音就顯得很輕細，像是老夫老妻，在臥室或廚房裡話家常，就好像身邊沒有小馬似的。小馬有羨慕、酸楚，更多的卻還是嫉妒。不過嫂子到底是嫂子，每過一些時候總要和小馬說上一兩句，屬於沒話找話的性質。這讓小馬平靜了許多。再怎麼說，嫂子的心裡頭還是有小馬，多少也還有一些溫暖。

終於一個小時過去了，吳大夫來了一個貴賓，就匆匆告別了。

利用這個空隙，小孔已經把深圳的手機摸出來了，她打算留下來，在客人離開之後和父親通話。小馬已經聽出了嫂子的磨蹭，她沒有要走的意思。

客人終於走了，小馬走到門口，聽了聽過廊，沒有任何動靜了。小馬拉上門，輕聲喊了一聲「嫂子」——

小孔側過臉，知道小馬有話想對她說，便把手機放回到口袋，向前跨一步，來到了小馬的跟前。小馬不知道自己要

説什麼，卻聞到了嫂子的頭髮。嫂子的頭髮就在他的鼻尖底下，安靜，卻蓬勃。小馬低下頭，不要命地做了一個很深很深的深呼吸。

「嫂子。」

這一個深呼吸是那樣的心曠神怡，它的效果遠遠超越了鼻孔的能力。「嫂子。」小馬一把摟住小孔，他把嫂子箍在了懷裡，他的鼻尖在嫂子的頭頂上四處遊動。

小孔早已是驚慌失措。她想喊，卻沒敢。小孔掙扎了幾下，小聲地卻是無比嚴厲地説：「放開！要不我喊你大哥了！」[97]

自從小馬做出了那樣慌亂的舉動，小馬一直很緊張，小孔也一直很緊張，他們的關係就更緊張了。當然，很私密。小馬緊張是有緣由的，畢竟他害怕敗露。小孔卻是害怕小馬再一次莽撞。緊張的結果是兩個人分外的小心，就生怕在肢體上有什麼磕碰。這一來各自的心裡反而有對方了。其實為了消除緊張，小孔很想對小馬直説，只要他別再那樣，嫂子是不會告訴你大哥的！可小孔又不能這樣説，這樣説不等於在鼓勵小馬了嗎？因為小馬喜歡上她了，小孔是心知肚明的。

　　＊　　　　　　　＊　　　　　　　＊

王大夫的弟弟又惹麻煩了，弟弟賭錢輸了兩萬五千元，討債的找不到弟弟，便討到家裡來了。對方只給半個月的期限。

弟弟是一個人渣，無疑是被父母慣壞了。這麼一想王大夫就心疼自己的父母，他們耗盡了血肉，把所有的疼愛都集中到他一個人身上去了，最終卻養大了這樣一個不肖子。弟弟是「作為王大夫的『補

97　畢飛宇：《推拿》，頁145。

充』才來到這個世界上的，這麼一想王大夫又接著恨自己，恨自己的眼睛。如果不是因為自己的眼睛，父母說什麼也不會再生這個弟弟；即使生，也不會當作紈袴子弟來嬌養。說一千，道一萬，還是自己做了孽。」[98] 王大夫想這個債由他去還，也是命裡注定。

　　王大夫從家裡回到推拿中心，下早班的時間是十一點。王大夫和小孔總共有一個小時。減掉路上所耗費的十七分鐘，他們實際上所擁有的時間一共有四十三分鐘。四十三分鐘之後，張一光和季婷婷就「下早班」了。形勢是嚴峻的、逼人的，形勢決定了王大夫和小孔只能去爭分奪秒。他們一路上都沒有說話，「到家」的時候已經是一身的汗。王大夫帶小孔到他房間，幾乎就在小孔進門的同時，王大夫關上門，順手加上了保險。他們吻了。小孔鬆了一口氣，整個人已經軟癱在王大夫的懷裡。但他們馬上就分開了，他們不能把寶貴的時間用在吻上。他們一邊吻一邊挪，剛挪到小馬的床邊，他們分開了。他們就站在地上，把自己脫光了，所有的衣褲都散得一地。王大夫先把小孔架到了上鋪，小孔剛剛躺下，突然想起來了——

　　　　他們實在是孟浪了，再怎麼說他們也該把衣服一件一件脫下來，再一件一件放好了才是——盲人有盲人的麻煩，到了脫衣上床的時候，一定要把自己的衣服料理得清清楚楚，……可誰讓他們孟浪了呢？衣褲散了一地不說，還是混雜的，脫倒是痛快了，可穿的時候怎麼辦？總不能「下早班」的都回來了，他們還在地板上摸襪子。說到底盲人是不可以孟浪的，一步都不可以。小孔又焦躁又傷心，說：「衣服，衣服啊！」王大夫正在往上爬，問：「什麼

98　畢飛宇：《推拿》，頁163。

衣服？」小孔說：「亂得一地，回頭還要穿呢！你快一點
哪！」[99]

快速歡愛過後，兩個人足足花了十多分鐘才把衣服穿上了，還是不放
心，又用腦子檢查了一遍，再一次坐下的時候兩個人都已是一頭的
汗。王大夫顧不上擦汗，匆匆把門打開，隨手抓起了自己的報時手
錶，才十點二十四分。這個時間嚇了王大夫一大跳，還有三十六分鐘
呢。這就是說，他們真正用於做愛的時間都不到一分鐘，也許只有幾
十秒。而這空餘出來的三十六分鐘，卻要白白地浪費在毫無意義的等
待，等下早班的人回家。然後，向他們證明，他們什麼都沒有做。

王大夫跟小孔抱歉，小孔難過卻哭不出來，只是沮喪，第一次感
受到了屈辱，是她自己讓自己變成一條不知羞恥的母狗。小孔跟王大
夫提議：我們結婚吧！

　　　　　＊　　　　　　　　　　＊　　　　　　　　　　＊

張宗琪是「沙宗琪盲人推拿中心」的另一個老闆。

與性格外露、處事張揚、能說會道的沙複明比起來，張宗琪更像
一個盲人。他的盲態很重。張宗琪一週歲的那一年因為一次醫療事
故壞了眼睛，從表面上看，他的盲是後天的。然而，就一個盲人的
成長記憶來說，他又可以算是先天的了。張宗琪內斂自閉，從不說廢
話，一旦說了什麼，結果就必然是什麼。如果一句話不能改變或決定
事態的結果，他寧可閉嘴不說。

沙複明是老闆，幾乎不上鐘，他在推拿中心所做的工作就是日常
管理。張宗琪卻始終堅持在推拿房裡上鐘。這一來張宗琪的收入就有
了兩部分，一部分是推拿中心的年終分紅，和沙複明一樣多；另一部

99　畢飛宇：《推拿》，頁172。

分是每小時十五塊錢的提成，差不多和王大夫一樣多。張宗琪是個實際的人，不像沙複明好大喜功。

張宗琪極度地害怕人。五歲那年，做建築包工的父親再婚，父親帶回了一個渾身瀰漫著香味的女人。他「不香」的媽媽走了，但他卻在心裡叫她「臭媽」。臭媽活該了，她「在夜裡頭經常遭到父親的揍，父親以前從來都沒有揍過不香的媽媽。臭媽被父親揍得鬼哭狼嚎。她的叫聲悲慘了，淒涼而又緊湊，一陣緊似一陣。」[100] 張宗琪聽在耳裡，喜上心頭，但很奇怪，父親那樣揍她，她反過來對張宗琪相當客氣。

妹妹出生後，臭媽的身上沒有香味了。父親在夜深人靜再也不揍臭媽了，父親甚至都很少回來。後來，很少回家的父親卻請來了另一個女人給他們做飯。張宗琪同樣不喜歡這個女人，她和臭媽一直在嘰咕。她還傳話，她告訴臭媽，張宗琪說她臭。臭媽就是在兩個女人短暫的嘰咕之後，第一次揍他的。他疼得撕心裂肺，但卻不叫。他知道這個女人的詭計，他是絕對不會讓自己發出那樣悲慘的聲音來，好讓她心花怒放的，他要等父親回來，把這件事情加油添醋告訴父親。但是，臭媽威脅他說：「小瞎子，你要是亂說，我能毒死你，你信不信？」張宗琪相信臭媽和為他們做飯的女人都能毒死他，所以長期的家庭生活他一直都在防毒。

過度的防範最終剝奪了他的愛，張宗琪在上海談過一次戀愛，他們的戀愛已經發展到了接吻的地步了。從第一次接吻的那一天張宗琪就對接吻充滿了恐懼，他其實是喜歡吻的，他的身體在告訴他，他想吻，也需要吻，可他就是害怕。後來，女朋友以為他不愛她就提出分手了。

100　畢飛宇：《推拿》，頁206。

　　童年的陰影讓當上老闆的張宗琪只要求一項：廚師，必須由他來尋找，由他考核，由他決定。沒有任何商量的餘地。

　　當初和沙複明合股時，兩個商量好，在推拿中心，絕不錄用自己的親屬。可是，張宗琪還是把遠親的金大姊弄過來了。好在沙複明認爲就一個廚師，也不是什麼敏感的位置，也不在意。

　　金大姊是鄉下人，丈夫和女兒都在東莞打工，老家就她一個人。一年要守三百多天的活寡，日子眞是難熬。就在丈夫和女兒離家的第四年，她終於和村子東首六十七歲的二叔「好」上了。說「好」是不確當的，準確來說，金大姊是被二叔欺負了。但金大姊本來可以喊，可她卻沒有喊出來，她抵擋不住二叔的撞擊，她從未體會過的，又害怕又來勁。他們總共就「好」了一回，但之後她一見到二叔的身影就心驚肉跳。金大姊就是爲了逃離自己的村莊，出門打工的。

　　然而，誰又能料到，就是廚師這麼一個不敏感的位置，竟然鬧出了個敏感的大動靜——金大姊在一餐分配羊肉時，被高唯發現她分配不均，金大姊看誰順眼了就讓誰多吃幾口。

　　金大姊要走或留，沙複明把決定權留給張宗琪。金大姊也快四十歲的人了，在南京能得到一分這樣的工作，實在不容易；但金大姊不想張宗琪爲難，主動跟張宗琪提出離開，但沙複明當下只是要她別「鬧」，卻沒有提「走」的事。金大姊沒敢動，但目光卻意外地和高唯對上了。四隻有效的眼睛都很自信地在挑釁著。

　　　　　＊　　　　　　　　　　＊　　　　　　　　　　＊

　　張一光也是後天的盲人，他來自賈汪煤礦，做過十六年的礦工，已經是兩個孩子的爹了。出來討生活的盲人大多都年輕，平均下來也不過二十五六歲，張一光卻已經快四十歲了。三十五歲之前，他一直

都有一雙炯炯有神的眼睛；三十五歲那年，一場瓦斯爆炸把他的兩隻瞳孔徹底留在了井下。眼睛壞了，怎麼辦呢？張一光半路出家，做起了推拿。張一光有他的殺手鐧，力量出奇地大，還不惜力氣，客人一上手就「呼哧呼哧」地用蠻，幾乎能從客人的身上採出煤炭來。有一路的客人特別喜歡他。沙複明看中了他的這一點，把他收下了。

　　作為一個後天的盲人，張一光算是特別的——

> 後天的盲人大多過分地焦躁，等他安靜下來的時候，其實已經很絕望了，始終給人以精疲力竭的印象。張一光卻不是這樣。他是瓦斯爆炸的倖存者。那一場瓦斯爆炸一共奪走了張一光一百一十三個兄弟的性命，……張一光卻活了下來。他創造了一個奇蹟。當然，他付出了他的雙眼。活下來的張一光沒有過多地糾纏自己的「眼睛」，他用黑色的眼睛緊緊盯住了自己的內心，那裡頭裝滿了無邊的慶幸，自然也有無邊的恐懼。
>
> 張一光的恐懼屬於後怕。後怕永遠是折磨人的，比失去雙眼還要折磨人。從這個意義上說，失去雙眼反而是次要的了。因為再也不能看見光，在相當長的時間裡，張一光認準了自己還在井下。他的手上永遠緊握著一根棍子，當恐懼來臨的時候，他就坐在凳子上，用棍子往上捅。這一捅手上就有數了，頭上是屋頂，不是井下。[101]

在南京，張一光拿到第一個月的工資就摸進了洗頭房。他要用他掙來的錢找「他的」女人。喜歡誰就是誰。張一光幾乎在第一時間就真真

---

[101] 畢飛宇：《推拿》，頁215。

切切地愛上了嫖，隔三差五就要去一趟，三四回下來，他感覺內心發生了相當大的變化，他不再「悶」著了，他做礦工的那會兒是多麼的苦悶，做推拿比礦工的那會兒還要活潑和開朗。張一光感到慶幸，在瓦斯爆炸時，飛來的石頭只是刮去了他的眼睛，而不是他的命根子。

　　張一光的兩隻眼珠子早就沒有了，但他的兩隻耳朵卻發現了小馬對小孔「動心思」了。他知道小馬終日沉醉在他的單相思裡，雖甜蜜也痛苦得很。張一光把這一切都看在眼裡，他知道小馬這樣下去太危險了，於是把小馬哄進了洗頭房，讓他得以生理發洩，那麼小孔在小馬的心裡就不會那麼鬧心了。

　　　　　　＊　　　　　　　　　　　＊　　　　　　　　　　　＊

　　小孔和金嫣兩人並不對頭。小孔不高興金嫣專門找王大夫說話。但這個醋小孔沒辦法吃，因為金嫣又不是背地裡偷雞摸狗，人家大大方方的，開個玩笑還不行嗎？況且金嫣也是有男朋友的人。

　　但卻出現了個機會讓小孔和金嫣打開了心結，成了好朋友。

　　依照次序，她們兩個被前臺同時安排到一間雙人間裡去了。客人是兩個男人，小孔安排要推拿喝了酒的老闆，而金嫣則是推拿老闆的司機。

　　小孔怕酒氣，聞不得。兩個客人剛剛躺下來，小孔就從鼻孔裡出了一口粗氣，但體貼的金嫣馬上走到小孔的面前，什麼都沒有說，就把一身酒氣的老闆的生意接過去了。金嫣的這個舉動出乎小孔的意料，心裡頭卻還是感謝了。

　　小孔心想：金嫣怎麼知道自己害怕酒氣呢？想必還是聽王大夫說的吧。這個女人真的有量，自己都對她那樣了，她始終都能和王大夫有說有笑。

　　小孔害怕酒氣，其實是小時候落下的病根，在她幼小的記憶裡
——

　　父親一直都是酒氣熏天的。在兩歲的小孔盲眼之後，……
　　父親一回家小孔的災難就開始了，他會把女兒放在自己的
　　大腿上，讓女兒「睜開眼」。女兒的眼睛其實是「睜」著
　　的，只是看不見。父親卻瘋狂了，一遍又一遍地命令：
　　「睜開！」女兒不是不努力，可女兒一直也弄不明白，到
　　底怎樣才能算把眼睛「睜開」呢。……這時候父親就出手
　　了，開始打。女兒的母親還能怎麼辦，只能用自己的身體
　　護住自己的女兒。但真正讓小孔恐怖的還不是父親的打，
　　真正恐怖的往往是第二天的上午。父親的酒醒了。醒酒之
　　後的父親當然能看到女兒身上的傷，父親就哭。父親的哭
　　喪心病狂。……母親提出了一個嚴厲的要求，為了女兒，
　　你這一輩子不得再碰酒。……父親用一個「好」字乾淨徹
　　底地戒絕了他的酒癮，從此沒有碰過女兒一根手指頭。父
　　親一不做，二不休，為了他的女兒，他一個人去了醫院，
　　悄悄做完了男性絕育手術。[102]

長大的小孔到底懂得了父親對她的愛，儘管那是一分不堪承載的極
端、畸形和病態的父愛。父親實在是愛她的，為了這分愛，小孔要努
力做到自強不息。但是，小孔對酒氣的恐懼卻終生都不能消除。
　　這一天下暴雨，推拿中心沒有什麼生意，兩個女人不想待在休息
區裡，一起去了推拿房。她們決定給彼此做腹部減脂。在推拿的過

102　畢飛宇：《推拿》，頁223～224。

程，她倆聊起彼此對結婚的期待。小孔羨慕金嫣，因爲她的婚禮只能背著自己的父母；但金嫣卻告訴小孔，泰來不肯舉辦婚禮。泰來在金嫣的面前是這樣表述他們的婚禮的：「在我的心裡，我們的第一個吻就是婚禮，我要把每一分錢都花在妳的身上，我才不會燒錢給別人看呢。」[103]

　　泰來爲何這樣說呢？這件事是金嫣一直都不知情——

> 早在出門打工之前，泰來的父母就和泰來談妥了，到了泰來結婚的那一天，「家裡頭」不打算給泰來置辦了。原因很簡單，泰來未來的媳婦十有八九也是個盲人，兩個瞎子在村子裡結婚，不體面，也不好看，被人家笑話都是說不定的。泰來的父親乾脆給泰來挑明了，該花的錢「我們一分也不會少你的」，「都給你」。婚禮嘛，別辦了。泰來同意了。這其實也正是泰來的心思。泰來是在挖苦和譏笑當中長大的，心裡頭明白，村子裡並沒有自己的朋友，誰又能瞧得起他呢？連他的妹妹都不太見他。拿一筆錢多好，少說五六萬，多則七八萬。把這筆錢揣在自己的手上，又免去了一分丟人現眼的差事，多麼地實惠，是一筆划算的好買賣。[104]

所以，對於金嫣渴望一個隆重的婚禮，否則寧可不結婚，這事是深深困擾著泰來的。

　　　＊　　　　　　　　＊　　　　　　　　＊

103　畢飛宇：《推拿》，頁229。
104　畢飛宇：《推拿》，頁229。

　　半個月來，王大夫的弟弟所欠的兩萬五千塊錢始終是一塊石頭。王大夫向沙複明預支了一萬塊錢的工資，再加上王大夫過去的那點現款，他還是把兩萬五千塊錢給湊齊了。王大夫什麼都沒有解釋，好在沙複明什麼也沒有問。但他告訴自己這絕對是最後一次的，兩萬五千塊錢是王大夫的贖罪券。

　　王大夫還沒坐過計程車，他今天要花錢好好享受一下。王大夫招了車，車子停了下來，司機卻是個急性子，說：「上不上車？磨蹭什麼呢？」王大夫突然就是一陣緊張，他壓根兒就不會坐計程車。王大夫在短暫的羞愧後鎮定了下來，心情壞透了的王大夫回說：「你喊什麼？下來。給我開門。」

　　司機打量王大夫戴著墨鏡，司機知道了，他是個盲人。但是，不像，越看越不像。司機不知道今天遇上了哪一路的神仙。司機還是下來了替王大夫打開了計程車的車門。司機回到駕駛室，客氣而卑微地說：「老大，怎麼走？」

　　王大夫被喊成「老大」，才會意過來今天實在是不禮貌了。他平時從來都不是這樣的。但諷刺的是，不禮貌的回報竟是如此的豐厚，司機反而對他禮貌了。其實「盲人和健全人打交道始終是膽怯的，道理很簡單，他們在明處，健全人卻藏在暗處，這就是為什麼盲人一般不和健全人打交道的根本緣由。在盲人的心目中，健全人是另外的一種動物，是有眼睛的動物，是無所不知的動物，具有神靈的意味。他們對待健全人的態度完全等同於健全人對待鬼神的態度：敬鬼神而遠之。」[105]

　　王大夫回家後，肩膀上突然出現了弟弟的一隻手。王大夫笑笑，伸出右手，他要和自己的弟弟握個手。王大夫的右手剛剛握住弟弟的

---

[105]　畢飛宇：《推拿》，頁238。

右手，他的左手出動了，帶著一陣風，他的巴掌準確無誤地抽在了弟弟的臉上。並且喊著要他 「滾出去！」說他不配待在這個家。王大夫對幾個討債人堅持他弟弟不走，他就不給錢。後來弟弟走了，王大夫走進廚房，覺得自己已經不是人了。他脫去了上衣，提著菜刀，再一次回到了客廳對三個討債人說了一連串的話──

　　「知道我們瞎子最愛什麼？」
　　「錢。」
　　「我們的錢和你們的錢是不一樣的。」
　　「你們把錢叫作錢，我們把錢叫作命。」
　　……
　　「兩萬五我不能給你們。」
　　「我要把兩萬五給了你們，我就得去討飯。」
　　「我的錢是怎麼來的？」
　　「給你們捏腳。」
　　「兩萬五我要捏多少隻腳？」
　　「一雙腳十五塊。一隻腳七塊五。」
　　「兩萬五我要捏三千三百三十三隻腳。」
　　「錢我就不給你們了。」
　　「可帳我也不能賴。」
　　「我就給你們血。」[106]

血已經流到王大夫的腳面了。王大夫覺得他的血不夠勇猛，他告訴討債人他還有一條命。王大夫把刀架在自己的脖子上了。要他們給句

106　畢飛宇：《推拿》，頁241。

話，夠了沒有？清帳了是吧？他們終於說：「夠了。」王大夫請他們離開時，把刀送到他們其中一人面前，說：「那個畜生要是再去，你就用這把刀砍他。你們想砍幾段就砍幾段。」[107]

王大夫的父母驚魂未定，王大夫也是的。他本來已經決定了，把弟弟的賭債還給人家的。可卻沒有，反而做出了荒謬的流氓舉動。但在王大夫的父母眼中他簡直就是電視劇裡的英雄。

王大夫在醫院縫了一百一十六針，但卻被員警攔在了急診室。醫生替王大夫報了警。很顯然，患者的傷口整整齊齊，是十分標準的刀傷。換了一般人，醫生們也許就算了，但是，患者是殘疾人，有人對殘疾人下這樣的毒手，醫生不能不管。王大夫面對員警的質問，堅持說他只是想要看看自己的血，他能看見自己的血是乾淨的顏色。員警問他乾淨是什麼意思？王大夫說：「乾淨就是自食其力。」王大夫還是堅持是他自己幹的，他跟員警發毒誓，王大夫說：「如果我說了瞎話，一出門我的兩隻眼睛就什麼都能看見。」[108]

王大夫沒有回推拿中心，他必須先回家，冰箱裡還有他的兩萬五千塊錢。進了門，弟弟已經在家，正躺在沙發上啃蘋果。王大夫拿了錢離開後，家裡卻突然吵起來了。王大夫不能確定父母親都說了什麼，但是，弟弟的話他聽見了。弟弟對父母控訴他不公平的命運：「你們為什麼不讓我瞎？我要是個瞎子，我就能自食其力了！」[109]

＊　　　　　　　＊　　　　　　　＊

張宗琪同意沙複明的提議要拆夥了。沙複明急於分開，和張宗琪的隔閡是其一，最要緊的還在他和都紅的關係。他要再開一家店，

---

[107] 畢飛宇：《推拿》，頁242。
[108] 畢飛宇：《推拿》，頁246。
[109] 畢飛宇：《推拿》，頁247。

和都紅一起，新門面開張之後，沙複明要買一架鋼琴。只要都紅願意，她每天都可以坐在推拿中心彈琴，工資由他來付。這樣做有兩個好處：第一，琴聲悠揚，新門面的氣氛肯定就不一樣了，他可以提供一個有特色的服務；第二，拖住都紅，這才是問題的關鍵。都紅在，希望就在，幸福就在。

       *   *   *

小馬對性上癮了，但其實小馬是在洗頭房的小蠻身上找尋小孔的影子，每當在頂點時，小馬一把揪住小蠻的頭髮說：「嫂子。」事實上，「嫂子」這兩個字已經被小馬銜在了嘴裡，並沒有喊出來；然而，小蠻卻愛上了小馬，小蠻注意到小馬的眼睛其實是好看的，小馬乾淨清澈的「目光」也好看。 小馬還動用他的鼻尖，在小蠻的身上四處尋找。他的聞有意思了，像深呼吸，似乎要把小蠻身上的某一個秘密吸進他的五臟六腑。幾次後，小蠻從小馬身上體驗到很久沒有的高潮。

隔了一個星期，小馬到洗頭房跟小蠻道別，說他對不起她，欺騙了她，也表示不會再來找她了。但是小蠻卻捨不得小馬了，小蠻抱住了小馬，吻了起來，小蠻的身體在小馬的懷中顯露出了不可思議的餓。但他倆太享受了，忽略了門面房裡所有的瑣碎動靜，他們一點都沒有意識到兩個員警已經站在了床邊。

之後，小馬不辭而別，離開了推拿中心。

小孔找到機會打電話給小馬，她認為她這個做嫂子的必須打個電話說一聲再見。小馬愛她，這個糊塗小孔不能裝。在許多時候，小孔「真心地希望自己能夠對小馬好一點。可是，不能夠。對小馬，小孔其實是冷落了，她這樣做是存心的。她這樣做不只是為了王大夫，其實也是為了小馬。她對不起小馬。嚴格地說，和小馬的關係弄得這樣彆扭，她有責任。是她自己自私了，只想著自己，完全沒有顧及別

人的感受。小馬對自己的愛是自己挑逗起來的，如果不是她三番五次地和人家胡鬧，小馬何至於這樣，斷然不至於這樣的。還是自己的行為不得體、不確當了。唉，人生怎麼會有這麼多的死胡同，一不小心，不知道哪一隻腳就踩進去了。」[110]

　　但是小馬的手機小孔這一輩子也打不進去了，他的手機已然是空號，他是鐵了心了，不想再和任何人有瓜葛了。

　　　　＊　　　　　　　　＊　　　　　　　　＊

　　小馬剛離開，老資格的季婷婷也宣布要回老家結婚了，都紅感到離別的難過，當晚特地等季婷婷一起下班回家，打算一路聊天回去，她想讓季婷婷知道她能遇上她，是多麼地幸運。季婷婷到休息室整理東西，都紅等在門邊，把手搭在了門框上，孰料後來吹來了一陣風，房門砸在了門框上，結果右手的大拇指骨折了；大拇指一斷，就算醫生用鋼板和鋼釘再給她接上，對一個推拿師來說，那隻手也等於是殘了。盲人本來就是殘疾，都紅現在已經是殘疾人中的殘疾了。

　　季婷婷沒有走，她到底還是留下來了。都紅催過她兩次要她回去結婚，但季婷婷什麼也不說，只是不聲不響地照料都紅。季婷婷的心裡只有一條邏輯關係，如果不是因為結婚，她就不會走；如果不走，都紅就不會等她；如果都紅不等她，都紅就不可能遇上這樣的橫禍。現在，都紅都這樣了，她一走了之，心裡怎麼過得去。但都紅不希望她自責，就希望她早一點回家完婚，她這樣留下來，對都紅其實也是一個折磨。

　　究竟是長時間的姊妹了，金嫣知道季婷婷和都紅的心思。金嫣回到推拿中心，替季婷婷在沙複明的那邊清了帳，託前臺的高唯買了火車票，命令泰來替季婷婷收拾好全部的家當。第二天的傍晚，金嫣叫

110　畢飛宇：《推拿》，頁293。

來了一輛計程車，硬是把季婷婷塞上了火車。金嫣回到了醫院，掏出手機，撥通了季婷婷，把撥通了的手機遞到都紅的手上。都紅不解，猶猶豫豫地把手機送到了耳邊。一聽，卻是季婷婷的呼喊，她在喊「妹妹」，但接下來都紅就聽到了火車車輪的轟響。都紅頓時一明白過來就對手機喊了一聲「姊」。兩人都得到的解脫，都紅最後是歪在了金嫣的懷裡，央求金嫣抱抱她。

　　　　＊　　　　　　　　＊　　　　　　　　＊

　　沙複明請來了一位裝修工，給休息區的房門裝上了門吸。現在，只要有人推開房門，推到底，人們就能聽見門吸有力而又有效的「嗒」的聲響，叫人分外地放心。

　　身爲老闆，沙複明完全可以在他的推拿中心裡頭建立一個小區域的社會。他完全可以在錄用員工時和他們簽署一分合同的，有了合同，他就可以要求員工們去購買一分保險。

　　關於工作合同，沙複明在上海時就想過了，他十分渴望和他的老闆簽訂一分工作合同。但大夥兒窩在宿舍討論過後，誰也不願出面，事情就不了了之了。這是中國人的特徵——「人們不太情願爲一個團體出頭。這毛病在盲人的身上進一步放大了，反過來卻成了一個黃金原則：憑什麼是我？中國人還有中國人另外的一個特徵，僥倖心重。這毛病在盲人的身上一樣被放大了，反過來也成了另一個黃金原則：飛來的橫禍不會落在我的頭上的。不會吧，憑什麼是我呢？」[111]

　　沙複明在籌建「沙宗琪推拿中心」的過程中立下了重願，他一定要打破這個醜陋的潛規則。無論如何，他要和每一個員工規規矩矩地簽上一分工作合同。就算他的推拿中心再小，他也要把它變成一個現

---

[111] 畢飛宇：《推拿》，頁285～286。

代企業，員工的基本利益，必須給予最充分的保證。奇怪的是，當沙複明當上老闆後，前來招聘的員工沒有一個人和他商談合同的事宜。他們沒提，沙複明也就沒有主動過問。邏輯似乎是這樣的，老闆能給一分工作，已經是天大的面子了，還要合同做什麼？沙複明想過這件事情的，原因在於：「還是盲人膽怯，還是盲人抹不開面子，還是盲人太容易感恩。」[112]

沙複明想過如果沒有之前的「羊肉事件」，如果沒有他提出「分手」的前提，也許還能夠和張宗琪商量一下，把都紅的事情放到桌面上來，給都紅「補」一分合同，爭取一分賠償。但現在不行了，撇開沙複明和張宗琪白熱化的關係不說，沙複明和都紅如此的曖昧，沙複明的動議只能是徇私情，他說不出口且說了也是沒用。沙複明對於他的無能為力，默默地流下了眼淚。

王大夫對於沙複明對都紅的感情感受在心裡，他告訴沙複明：「她不愛你。」「聽我說兄弟，死了那分心吧。我看得清清楚楚的，你的心裡全是她，可她的心裡卻沒有你。這不能怪人家，是不是？」[113]

　　　　　*　　　　　　　*　　　　　　　*

推拿中心充滿了人情味，大家除了籌錢替都紅繳醫藥費和住院費，還準備在都紅出院時，舉辦一個小小的歡迎儀式。重要的是王大夫給沙複明提出了兩點建議：第一，真正可以幫助都紅的，是替她永遠保密，不能把都紅斷指的消息說出去。萬一洩漏出去了，不會再有客人去點她的鐘；只要保密，萬一將來她離開，也一樣可以在別處找到工作。第二，都紅的另外的四個手指是好的。所以，她還可以做

---

112 畢飛宇：《推拿》，頁286～287。
113 畢飛宇：《推拿》，頁292。

足療。做足療固然離不開大拇指，然而，關鍵卻在中指和食指。只要這兩個指頭的中關節能夠頂得住，一般的客人根本就不可能發現破綻。都紅把全身推拿的那一個部分讓出來，大夥兒不要在足療上和她搶生意就行了。這樣一來，都紅每天都會有五六個鐘，和過去一樣的，什麼都沒有發生。

但是都紅卻謝絕了大家的好意，第一，大家有意湊合她和沙複明，但是她眞的不喜歡沙複明，她不能接受他的同情和憐憫。第二，她認爲，誰的都不能欠，再好的兄弟姊妹都不能欠。她不想做任何人的累贅。她最後決定要回家靠父母了。

都紅留下了一封感謝信感謝大家，最後一句話是留給沙複明的：「複明哥，謝謝你。」

　　　　＊　　　　　　　　　＊　　　　　　　　　＊

沙複明原本是爲了慶祝都紅的出院邀請大夥兒出來宵夜的，此一時，彼一時了。沙複明身上的力氣沒有了，好在還有胃疼支撐在那兒，要不是胃疼，沙複明自己都覺得自己是空的了。

到了路邊店，老闆招呼著大家入座，可是都還沒開始吃喝，沙複明已經被發現在衛生間門口，吐得滿地是血。沙複明被緊急送進了醫院手術室——

　　　盲人們尾隨在手推床的後面，來到了電梯的門口。沙複明被送進了電梯，除了沙複明，護士拒絕了所有的人。高唯胡亂地撲到一個醫生的身邊，問清了手術室的方位，一把拉住了王大夫的手。王大夫又拉起張宗琪的手。張宗琪又拉起金嫣的手。金嫣又拉起小孔的手。小孔又拉起徐泰來的手。徐泰來又拉起張一光的手。張一光又拉起杜莉的手。杜莉又拉起了小唐的手。小唐又拉起了金大姊的手。

他們就這樣來到了手術室的門口,站定了,鬆開手,分出
了兩列,中間留下了一條走道。
一個護士來到列隊的中間,問:「你們誰負責?需要簽
字。」
王大夫說:「給我。」
王大夫往前跨出了一步,張宗琪卻把他攔在了一邊,護士
便把簽字筆塞到了他的手上。[114]

將近兩個鐘頭後,醫生帶來好消息,手術很好,還要觀察七十二小
時。王大夫一直在猶豫,沙複明一定是病得很久了,但所有人卻對他
一無所知——沙複明一直是他們身邊的一個洞,一個僅僅使自己墜
落的洞。也許,他們每一個人都是洞,他們每一個人都在向著無底
的、幽暗的深處瘋狂地呼嘯。王大夫也覺得自己墜落下去了,突然一
陣難受。他要哭。王大夫告訴自己,不能讓自己變成一個洞。王大夫
拽住小孔,像拽住一根稻草,一把就把小孔摟在了懷裡,下巴擱在了
小孔的肩膀上,眼淚鼻涕都出來了語無倫次地說:「結婚。結婚。結
婚。」他帶著哭腔哀求說:「我們一定要有一個像樣的婚禮。」王大
夫懷裡的女人不是小孔,是金嫣。金嫣當然是知道的,卻怎麼也不情
願離開王大夫的胸膛。金嫣也哭了,說:「泰來,大夥兒可都聽見了
——你說話要算數。」[115]

    *   *   *

小說寫出了一群在黑暗中摸索、尋找安全感的盲人的生活,因為
看不見,他們必須努力戰勝自己,並且和正常人的社會相抵抗。他們

---

114 畢飛宇:《推拿》,頁315~316。
115 畢飛宇:《推拿》,頁317。

和正常人一樣，需要尊嚴、愛情和自我實現。

作者在小說中著重世態人情的描寫，以貼近當下生活的書寫姿態，展現了無比的人道關懷。

【問題討論與活動設計】

1. 電視劇《青衣》和畢飛宇原著小說有何差異優劣？其所提供的啓示爲何？

2. 畢飛宇的《玉米》揭露了哪些人性的陰私冷漠？並請説明你的閱讀感想。

3. 畢飛宇的《平原》讓我們思考雖然我們敵不過大環境的命運安排，但卻可以極大的勇氣，企圖扭轉命運，請從你的生活體驗提出説明。

4. 畢飛宇的《推拿》讓我們見識了視障者「黑暗」世界的辛苦生活，其中哪個人物與情節令你印象最爲深刻？又請説明在現實生活中，你對於殘障者的實際關懷行動。

第七節

韓寒

（1982～）

一、創作背景與評價

　　韓寒，80後中國上海金山農家子弟。初中時就開始發表小說，〈書店〉發表於江蘇版《少年文藝》1997年第9期，並作為體育特長生升入上海市松江二中。1999年，他高一那一年，以〈杯中窺人〉獲得首屆新概念作文大賽一等獎。之後，他集中於文學創作，反抗學校的考試教育，導致期末考試七科不及格而留級。他以自身經歷，發表的首部半自傳體的「成長」長篇小說——《三重門》，反映苦澀的學生生活的青春與無奈，並對大陸現行的教育考試制度提出控訴。該書是中國近二十年銷量最大的文學類作品，曾在日本、臺灣、香港和法國等地出版，統計發行200萬冊，一舉在全中國成名。為了創作《三重門》，韓寒最終在高一自願退學。退學後陸續出版了一系列暢銷書：《像少年啦飛馳》、《長安亂》、《一座城池》、《光榮日》、《他的國》和《1988：我想和這個世界談談》等小說；散文集《零下一度》、《通稿2003》、《就這麼漂來漂去》和《雜的文》等作品。

　　韓寒不但是作家，還成了音樂人——首張個人創作專輯《寒·十八禁》在2006年發行；他還是個導演——執導其中《私奔》等音樂錄影帶；他還是個賽車手——2007年獲得「全國場地錦標賽年度總冠軍」。韓寒集眾多頭銜於一身，做自己想做的事，活得相當開心自在。

　　韓寒利用書寫將他獨特率真敢言、桀驁不馴的個性展現出來，掀起了一股「韓寒現象」，並被《時代》雜誌票選為2010年全球最具影響力的人物之一。

　　香港作家陳寧在韓寒《青春》的推薦序中，稱讚韓寒寫作用字犀利、觀點獨到、發言勇敢而直接：「韓寒的幽默雖云帶有大量自嘲、反諷，但拿捏準確，絕不悲情，這是他們那一代健康成長、銳意

讓國家走向心理正常文明世界的一大力量之一。中國人什麼時候能坦然地不爲文藝加諸不必要的負擔，不爲人的言行訂下嚴格規範，那就是一個令人由衷喜歡與尊敬的民族。」[1]

韓寒是個具有社會關懷的人，他說他經常自問，能爲這個充滿著敏感詞的社會做出什麼貢獻：「我只是一介書生，也許我的文章讓人解氣，但除此以外又有什麼呢，那虛無縹緲的影響力？在中國，影響力往往就是權力，那些翻雲覆雨手，那些讓你死、讓你活、讓你不死不活的人，他們才是眞正有影響力的人。……我們只是站在這個舞臺上被燈光照著的小人物，但是這個劇場歸他們所有，他們可以隨時讓這個舞臺落下帷幕，熄滅燈光，切斷電閘，關門放狗，最後狗過天晴，一切無跡可尋。我只是希望這些人，眞正地善待自己的影響力，而我們每一個舞臺上的人，甚至能有當年建造這個劇場的人，爭取把四面的高牆和燈泡都慢慢拆除，當陽光灑進來的時候，那種光明，將再也沒有人能摁滅。」[2]

舉2008年5月發生的汶川大地震來說，韓寒前往災區，想協助救援行動，後因屢次行動受阻，放棄深入災區，轉爲在部落格中傳遞實情，並充當「物資中轉站」，向網友徵詢災區急需物資。隨後與友人聯合捐款60萬，並強調捐款只能用於學校重建。

我們在《三重門》見到韓寒用其犀利尖銳的語言，對畸形的教育制度提出抗爭，企圖改變著；在《光榮日》韓寒以叛逆的眼光，對荒謬的政治、娛樂界生態提出感悟。

《他的國》、《長安亂》和《光榮日》都被改編搬上大銀幕，韓寒的影響空間將更爲擴大。

1　韓寒：《青春》，臺北：新經典圖文傳播有限公司，2010年10月，推薦序頁13。
2　韓寒：《青春》，頁113。

二、作品賞析

(一)《三重門》

　　小說一開始藉由主角初中三年級生林雨翔反映教育制度的荒唐
──

> 　　林雨翔所在的鎮是個小鎮。小鎮一共一個學校，那學校好
> 比獨生子女。小鎮政府生造的一些教育機構的獎項全給了
> 它，那學校門口「先進單位」的牌子都掛不下了，恨不得
> 用獎狀鋪地。鎮上的老少都為這學校自豪。這學校也爭過
> 一次氣，前幾屆不知怎麼地培養出了兩個理科尖子，獲了
> 全國的數學競賽季亞軍。消息傳來，小鎮沸騰得差點蒸發
> 掉，學校領導的面子也頓時增大了好幾倍，當即把學校定
> 格在培養理科人才的位置上，語文課立馬像閃電戰時的波
> 蘭城市，守也守不住，一個禮拜只剩下四節。學校有個藉
> 口，說語文老師都轉業當秘書去了，不得已才……。林雨
> 翔對此很有意見，因為他文科長於理科──好比兩個侏儒
> 比身高，文科侏儒勝了一公分──所以他堅決抗議。[3]

　　林雨翔的父親不學而有術，靠詩歌出家，成了區裡有名氣的作
家。家裡的藏書只能起對外炫耀的作用，對內就沒這威力了。林雨翔
小時候說家裡的藏書是屁書，廢書。林父把小雨翔痛揍一頓後，決心
變廢為寶，每天得意地逼小雨翔認字讀書。
　　沒想到林雨翔天生對書沒有好感，但林父還是天天死令林雨翔讀

3　韓寒：《敏感詞》，臺北：新經典圖文傳播，2012年3月，頁5。

書，而且是讀「好書」──《紅樓夢》裡女人太多，怕兒子過早對女人起研究興趣，所以列為禁書。所幸《水滸傳》裡有一百零五個男人，占據絕對優勢，就算有女人出現也成不了氣候，故沒被禁掉，但裡面的對話會刪去一些內容，如「鳥」就不能出現，有「鳥」之處一概塗黑，引得《水滸傳》裡「千山鳥飛絕」。[4]

　　林母以前在大專是修文科，理應前途光明，不慎嫁給一個比她更有才的男人。「家庭就像一座山，雙方都要拚命往上爬，而山頂只容一個人站住腳。說家像山，更重要的是一山難容二虎，一旦二虎相向，必須要惡鬥以分軒輊。通常男人用學術之外的比如拳腳來解決爭端，所以說，一個失敗的女人背後大多會有一個成功的男人。」[5] 林父林母以前常鬧矛盾，幾欲離婚，幸虧林雨翔誕生，兩人把對對方的恨轉變成對孩子的愛，加上老天賞給林母搓麻將的才華，每天早出晚歸，夫妻口角竟少了許多。

＊　　　　　　　　＊　　　　　　　　＊

　　小鎮還有一個和林雨翔性格雷同的人，叫馬德保，他高中畢業就打工，打工之餘，雅興大發，塗幾篇打工文學，寄了出去，不料幾個月就發表了出來。馬德保和小鎮文化站都嚇了一跳，想不到這個小鎮會有文人，便把馬德保招到文化站工作。馬德保在文化站讀了一些書，頗有心得，筆耕幾十年，最大的夢想是出一本書。最近，他整理出散文集書稿，寄給出版社，不幸卻收到出版社的退稿信函，馬德保暗罵編輯沒有悟性，決心自費出書，印了兩百本，到處送人。小鎮又被轟動，馬德保託書的福，被鎮上學校借去當語文老師。馬德保到學校第一天，校領導都與他親切會面，可見學校的飢渴程度。

4　韓寒：《敏感詞》，頁8。
5　韓寒：《敏感詞》，頁9。

　　馬德保擔任一個班級的語文老師和文學社社長。他以為現在學生的語文水準差，「把屠格涅夫教成涅格屠夫都不會有人發現，所以草草備課。第一天教書的人都會緊張，這是常理，馬德保不知道，以為自己著作等身，見多識廣，沒理由緊張。不料一踏進教室門，緊張就探頭探腦要冒出來，馬德保一想到自己在緊張，緊張便又擴大多倍，還沒說話腳就在抖。一個緊張的人說話時的體現不是忘記內容，而是忘記過渡，馬德保全然不知道自己在說什麼，兩句毫無因果關係的句子居然能用『所以』串起來。講課文失敗，掩飾的辦法就是不斷施問。」[6]

　　林雨翔看透了馬德保的緊張，又想好好表現，連連舉手胡謅。馬德保本來是在瞎問，卻和林雨翔的答案志同道合，竟可以一一匹配。度過難關後，馬德保對林雨翔讚不絕口，馬上把他收進文學社。

　　其實林雨翔前兩年就想進文學社，但並不是想要獻身文學，而是因為上任的社長老師旅遊成癖，堅信要寫好文章就是要足跡遍及全國。社長開始帶學生去郊遊。之後有個女生寫成一篇抒情文，榮獲市裡徵文一等獎。這破文學社獲這麼大的獎歷史罕見，便把女學生得獎的功勞全歸功於旅遊，於是文學社儼然變成旅行社，惹得其他小組的人眼紅。林雨翔也是眼紅者之一，「初一他去考文學社，臨時忘了《父與子》是誰寫的，慘遭淘汰。第二次交了兩篇文章，走錯一條路，揭露了大學生出國不歸的現象，忘了唱頌歌，又被刷下。第三次學乖了，大唱頌歌，滿以為入選在望，不料他平時頌歌唱得太少，關鍵時刻唱不過人家，沒唱出新意，沒唱出感情，再次落選。從此後他

6　韓寒：《敏感詞》，頁6。

對文學徹底失望。」[7]

　　所以林雨翔這次得以進入文學社，他高興萬分，但這個高興相當短暫，林雨翔才發現馬德保根本是足不出戶的人。

　　文學社的活動時間，馬德保搬出一疊他的書送給同學一人一本，他詫異發現他自費印刷的這兩百本書的生命力真是頑強，大肆送人了，還剩下那麼多。社員拿到書，全體拜讀，靜得嚇人。馬德保見大作有人欣賞，實在不忍心打斷，沉默了幾分鐘，忽然看到坐在角落裡的一個男生一目十頁，快速亂翻。平常馬德保也是這樣翻書的，但現今角色變換，難過得難以形容。但書已送人，又不能干涉，就像做母親的看見女兒在婆家受苦，卻無能為力一樣。馬德保實在看不下去，口頭暗示同學要仔細閱讀，才能體會作者著筆的心思。但此時坐在林雨翔旁邊的羅天誠就向他抱怨說：「這是什麼爛書，看都看不懂。」因為馬德保的散文真是寫得太「散」了。

　　馬德保終於開講了，他覺得學生的眼睛都注意著他，汗快要冒出來──

> 　　萬不得已，翻開備課本，見準備的提綱，幡然大悟該說什麼，只怪自己笨：「中國較著名的美學家有朱光潛，這位大家都比較熟悉，所以我也不再介紹了──」其實是昨晚沒查到資料，「還有一位原復旦大學的蔣孔陽教授，我是認識他的！」真話差點說出來「我是昨晚才認識的」，但經上面一說，好像他和蔣孔陽是生死至交。[8]

7　韓寒：《敏感詞》，頁11。
8　韓寒：《敏感詞》，頁13～14。

馬德保爲證明自己的話，只好竊用蔣孔陽的學生的一篇回憶恩師文章
中的一段話轉述給同學——「說別人的話能做到像馬德保一樣情眞意
切著實不易，但一切初次作案的小偷花不義之財時都會緊張，馬德保
念完後侷促地注意下面的反應，生怕聽到『老師，這個我讀過』的聲
音，調動全身一切可調動的智慧準備要解釋，幸好現在的學生無暇涉
獵考試以外的書籍，聽得都像眞的一樣。」[9] 但羅天誠卻看得出來，
他告訴林雨翔說馬德保是在故意賣弄，把自己裝成大學者。

　　後來，林父驚訝於原來賞識林雨翔的老師竟是連大學都沒讀過的
馬德保，林父說他跟他有過來往，他人頑固偏激又淺薄，只發表過幾
篇文章，怎能誤人子弟呢？果然，馬德保的理論課上得人心渙散，兩
個星期內已經有十五人退社。馬德保嘴上說：「文學是自願，留到最
後的最有出息。」但他心裡還是著急，他「暗地裡向校領導反映。
校方堅持自願原則，和馬德保的高見不謀而合，也說留到最後的最有
出息。又過了半個禮拜，沒出息的人越來越多，而且都退得理由充
足。」[10]

　　在一次文學社到周莊的校外旅遊中，林雨翔和羅天誠認識了Su-
san；回到學校後，當林雨翔還在對Susan犯相思時，羅天誠已經展開
行動，他洋洋灑灑寫了一封文采斐然的情書，表達心思，尤以一段悲
傷深奧的英語爲佳。滿以爲勝券在握，不料Susan把信退了回來，還
糾正了其中語法的錯誤，且反問他是年級第二名嗎？收到回音，羅天
誠氣得要死。

　　Susan對好友評論羅天誠，說他故作深沉，太膚淺僞飾。這話傳
到羅天誠耳裡，直歎世間情爲何物，直罵自古紅顏多禍水。林雨翔看

9　韓寒：《敏感詞》，頁14。

10　韓寒：《敏感詞》，頁18。

了暗自高興，慶幸羅天誠「這一口沒能咬得動，理論上，應該咬鬆動了，待他林雨翔去咬第二口，成功率就大了。羅天誠全然不知，追一個女孩子好比一個不善射的人放箭，一般來說第一箭都會脫靶，等到脫靶有了經驗，才會慢慢有點感覺，可惜他放一歪箭就放棄了，只怪靶子沒放正。」[11] 林雨翔知道羅天誠是沒機會了，他頓時鬆懈了，只剩下他一個比賽，一切都只是個時間問題，無須擔心奪不到冠軍。他依然在路上遇到Susan時對她笑笑，他決定一切從慢。

　　　*　　　　　　　　*　　　　　　　　*

　　現在的考試好比中國的足球，往往當事人還沒發愁，旁人卻替他們憂心忡忡。該努力的沒努力，不該努力的卻拚了命地努力。林雨翔的父母緊張得不得了，四面託朋友走關係，最後區中鬆了口，說林雨翔質地不錯，才學較高，可以優先降分考慮。當然，最終還是要看考試成績。

　　　*　　　　　　　　*　　　　　　　　*

　　對於考試一點也不著急的林雨翔，一天晚上還在為Susan費心思，他寫了情詩準備送給Susan，區區十六行，林雨翔寫了一個多鐘頭，中間換了三個韻腳，終於湊成。這首小詩耗盡了他的才氣。他感到寫詩真是人生一大折磨，難怪歷代詩人大多是皮包骨。詩作完成，已超過十二點，他幾乎要衝出去投遞，以了卻心事，但睡意也不請自到。

　　隔天，林雨翔醒來後先找情詩，匆忙趕到學校，正好遇到Susan在走道上背英語，兩人相視一笑，反而林雨翔驚慌了，昨夜的勇氣消失無蹤。快走進教室，奇怪怎麼勇氣的壽命這麼短，就像曇花一

11　韓寒：《敏感詞》，頁40。

現，只在夜裡短暫開放。他思索了好久，還是不敢送，先放在書包裡，後續看看如何。後來，反倒是Susan鼓勵林雨翔要努力學習，並說三年後在清華園見。

中考前夕，林雨翔的父母為了他能考上市重點高中，花盡了心思，買益智補品，還找家教惡補，補課費就達五千多元。

在馬德保的指導下，林雨翔參加了校文學社的作文比賽，他以一篇匆促趕出來的作文竟意外獲得全國作文大賽一等獎。林雨翔惟恐天下不知，逢人就說他奪獎。這就是初獲獎者的不成熟了，以為有樂就要同享，沒想到反被同學說他自私小氣，拿了獎還不請客。這獎並不像林雨翔想像的那樣會轟動全中國，甚至連轟動一下這學校的能量都沒有。他原先期盼各大報刊會紛紛報導，但根本毫無消息。失望後，林雨翔只盼小鎮皆知就可以了。他想上回那個理科獎威力還尚存，這次這個文科獎還不知道要鬧得多厲害呢。但文科顯然不及理科的聲望大，事隔一週，小鎮依然安靜，毫無動靜。人們對此反應的平淡令林雨翔傷心。最後還是馬德保略滿足了林雨翔的虛榮，準備給他一個廣播會，但他不敢上廣播，一怕緊張，二是畢竟自誇也不妥當，不如馬德保代說，還可以誇大其詞地讚揚。

林雨翔陸續寫了幾封信給Susan，終於Susan打電話給林雨翔約了見面，見面時，Susan交給林雨翔一疊書，說：「好了，這些都是我做過的習題——別笑我，應試教育嘛，沒有辦法，只好做題目了。記住哦，對考試很管用的，有的題目上我加了五角星，這些題目呢，要重視哦。為了進個好一點的學校，只好這樣子了，做得像個傻瓜一樣，你不會笑我吧？那——我走了，再見——」[12] Susan說完攔了一輛三輪車，揮手道別。林雨翔痴痴地站在原地，還想談心呢，從頭到

---

[12]　韓寒：《敏感詞》，頁122～123。

尾他一共說了一個「好」字。低頭看看手裡一疊輔導書，驚喜地發現
上面有一封信，激動得恨不得馬上把書扔河裡，把信留下，信的內
容是：「你好。前幾封信我都沒回，對不起。別跟教育過不去，不
然最後虧的是你。這些書可以幫你提高一點分數。你是個很聰明的男
孩子，相信你一定會考取市重點的。願我們在那裡重逢。」[13] 林雨翔
覺得自己並沒和教育過不去，只是不喜歡而已，但思想覺悟還沒到推
翻現行教育體制的高度。他拿著信想，願望是美好的，希望是沒有
的。

　　中考的前一天Susan還打電話來鼓勵並祝福他好好考試，她說她
有把握應該可以考上縣重點。其實按照Susan的程度，她應該是可以
上市重點的。

　　放榜那天，林雨翔聽到有個女同學考不好自殺了，林雨翔心想：

> 當今中國的教育真是厲害，不僅讀死書，死讀書，還有讀
> 書死。難怪中國為失戀而自殺的人這幾年來少了一大幫，
> 原來心理承受能力差的已經在中考高考兩個檻裡死得差不
> 多了。這樣鍛鍊人心充分體現了中國人的智慧，全世界都
> 將為之驕傲！轉念想這種想法不免偏激，上海的教育不代
> 表中國的。轉兩個念再一想，全國開放的龍頭都這樣，何
> 況上海之外。說天下的烏鴉一般黑，未免誇大，但中國的
> 烏鴉是一般黑的。轉三個念一想，又不對，現在的狗屁素
> 質教育被吹得像成功了似的，所以中國的烏鴉，不僅不是
> 一般黑，而且還是一般白。[14]

13　韓寒：《敏感詞》，頁123。
14　韓寒：《敏感詞》，頁129～130。

林雨翔不怕進不了縣重點，因為「無論無名之輩或達官貴人，只要交一些全國通用的人民幣，本來嚴謹的分數線頓時收放自如。但市重點就難了。倒不是市重點對這方面管得嚴，而是要進市重點要交更多的錢，以保證進去的都是有勢之人的兒子。」[15]

林雨翔的心願是和Susan考上同一所高中，而林雨翔卻在他父母的「努力奔走」下，準備了四五萬塊打通關係，搞了個體育特長生，讓他順利進入了市南三中；但陰差陽錯的是Susan竟然以三分之差，無緣進入市南三中，他感慨和Susan緣盡分飛。

林雨翔擠進了南三中才一個星期，就覺得日子難熬，他的學習每況愈下，幾門功課都是不及格，而且連可以說話的同學都沒有；他破壞學校的紀律，為了進文學社還為自己爭取公平的權益，後來，雖然一切如願，還被推舉為社長，但才發現有名無權，所以他又覺得沒意思了。

林雨翔對Susan滿是思念，卻又聽說她在學校認識了一個理科極優的男孩，林雨翔更是傷心，他決定離開學校去走走，凌晨兩三點他是在路燈邊凍醒的，後來學校要處分他夜逃。他眼前的道路一片黑暗。

其實林雨翔不了解Susan對他的心意。一個月前Susan要好友替她撒謊，假設出一個理科尖子，本以為這樣林雨翔會斷了相思，專心讀書，他日真能清華再見。而Susan也不知她之所以等不到林雨翔的回信，是因為林雨翔粗心又心急，忘了把寄出的信貼上郵票。Susan等了一個月，只有雜七雜八的騷擾信和求愛信，不知道林雨翔到底有沒有發奮用功。Susan實在擔心得等不下去，她利用中午跑到校外，打公用電話給林雨翔。

15　韓寒：《敏感詞》，頁130。

　　林雨翔對Susan說學校要對他的夜逃提出處分時，Susan用極緩極低的聲音，掩飾不住的悲哀，餘泣未盡，一口氣說出她沒能考上市重點的真相以及對林雨翔的失望：

> 「林雨翔，你太不珍重自己了，我討厭你的油滑。你知道我當初為什麼意外考進區中嗎？不是發揮失誤，我以為你有才華，可你──我真希望你看看我的數學試卷，五道選擇題我都空著──十分我沒要，因為你說你會穩過區中──。」
>
> 「後來你反而進了市重點，那也好，市重點的教育比區中好多了，你這麼好的機會，你在市重點裡究竟在幹什麼！」
>
> 「你玩夠了沒有？我不想再聽到你的聲音！」[16]

林雨翔驚得忘了呼吸，原來Susan是故意為了他，才放棄她唾手可得的市南三中，當Susan在電話那一端掛斷電話前跟他說再見，林雨翔像是知了蛻的殼感到強烈的失敗。

　　成績滿江紅、又面臨被記過處分的林雨翔，在市南三中校門口茫然地徘徊，他的父母應該是在趕來學校的路上了，他「聽到遠方的汽笛，突然萌發出走的想法，又擔心在路上餓死，縱然自己胃小命大，又走到哪裡去？學校的處分單該要發下來了，走還是不走呢？也許放開這紛紛擾擾自在一些，但不能放開──比如手攀住一塊凸石，腳下是深淵，明知爬不上去，手又痛得流血，不知道該放不該

16　韓寒：《敏感詞》，頁253。

放，一張落寞的臉消融在夕陽裡。」[17]

      *   *   *

小說寫出了慘綠少年成長過程的困惑與徬徨，不合理的教育制度、傳統老師的迂腐鄉愿、升學的沉重壓力、父母的過高期許、初開的淡淡情竇以及同儕的忌妒相交，一層層揭示了青少年在求學生活與戀愛心情上的種種矛盾、空悶與困惑，值得我們對教育方式與制度加以深思。

㈡《他的國》

小說主角左小龍，是個二十出頭的年輕打工仔，居住在亭林鎮，有屬於自己的平靜的小鎮生活與工作，他在雕塑園做看守人，兼職在溫度計廠做質檢員。亭林鎮是個很小的地方，當地的有為青年都去了大城市，但左小龍不能接受大城市的生活。

左小龍新買了一輛摩托車，他喜歡在大霧中疾馳他的摩托車，因為結束馳騁後會有大難不死的快感。

左小龍的情感世界被泥巴和黃瑩占據著。泥巴，是在學校就愛上左小龍的純情少女。她買書給左小龍，還給他買新的摩托發動機，主動找左小龍，寫信給左小龍，畫左小龍的摸樣，她能分辨左小龍的摩托車聲，只要聽到聲音就會飛奔他而來，她真摯地喜歡著左小龍；但左小龍卻單戀著鎮上的鎮花黃瑩。

亭林鎮和中國千萬小鎮一樣，熱衷於「文化搭臺，經濟唱戲」，由鎮裡招商引入的企業出錢，舉辦合唱大賽，勝出者最高有五萬獎金。左小龍也想組織一個合唱隊參賽，他點燈寫信，力邀黃瑩一起參與，誰知合唱團最終只招到一名隊員，是個需要照顧的啞巴小孩。在

17　韓寒：《敏感詞》，頁255。

文藝晚會現場，他振臂一呼，號召鎮民趕走外來者，結果被苟書記幾句話輕描淡寫、一頓忽悠隨便給馬虎化解了。

小鎮引來工廠及外來工人，使得鎮上的居民失去工作，靠出租房屋爲生；而招商引資引來的印刷廠胡亂排放汙染物，河水被工業用水汙染，汙染超標，造成附近的動物產生變異，出現了貓一般大的老鼠、牛長成大象，還有挺著啤酒肚老鷹似的麻雀滿街亂竄。然而小鎮並未產生擔憂，而是興高采烈地開展生態旅遊，他們把這些變異動物作爲一種飲食產業，大張旗鼓的宣傳，還有更多居民爲謀取暴利，有人自用高壓電線電魚，也有人大量運用化工廠感染所造成的巨大生物，以此冒充「澳洲大龍蝦」外銷。外來企業的繁榮和變異動物所引發的旅遊熱和餐飲熱，一時促進了小鎮的經濟收益。那些變異的動物被餐廳做成菜，賣給前來獵奇的觀光客。

鎮上得意忘形的領導們因小鎮意外的崛起而興奮不已，當以苟書記爲首的領導班子熱烈地慶祝小鎮的經濟騰飛，豪情萬丈地跳入魚塘集體游泳，卻被電魚的人給統統電死了。後來，食用過變異生物的人都失明了。

但是，小鎮依舊維持在瘋狂狀態，週圍出現現代工廠。後來，美國《國家地理》雜誌的記者來到小鎮，懸賞20萬徵求一隻大動物。但是鎮民都找不到大動物，他們來到印刷廠外抗議，警方趕來驅散，此時，正好路過去打醬油的左小龍，陰錯陽差被以爲是抗議者抓進了派出所。

不久，左小龍因罪證不足被放了出來，但他誤以爲是黃瑩幫的忙，就到黃瑩家表示感謝。當時天氣悶熱，左小龍見到黃瑩在解扣子，一時衝動，過去要按倒黃瑩的那一瞬間，黃瑩提醒左小龍注意後面有兩個人，原來是和黃瑩同住的父母，左小龍尷尬起身。黃瑩告訴左小龍，她喜歡像路金波那樣強大的男人，就算他進了監獄，她也願

意等,她的等待的理由是路金波在一個最讓女人放心的地方待著。黃瑩建議左小龍應該放大格局,擴展視野,離開亭林,去看一看外面的廣闊世界。

於是,左小龍騎著摩托車準備遊遍中國,沒想到一出鎮便被路警在國道附近查扣了他的水貨摩托車,無奈之餘只好又返回亭林鎮。

左小龍爬上電信大樓的頂樓平臺,整個亭林鎮都在自己的腳下,可惜看不到三一八國道,遠方的景物都在工業迷霧裡。腳下是最繁華的一個路口,有很多餐廳,兩邊是兩個大超市,門口的兩邊都是隨意停放的汽車和摩托車,交通一到這裡就堵住。在左邊,是一條老街,那裡的房子都破落了。往上走就是一條老河,那裡的江南巷道還不能通過汽車。本來這裡有很多的河流,把這個鎮子分割了開來,一夜之間說要破舊立新,河流都被填上,蓋了新村和商店,後來又說要發展古鎮旅遊,又挖了幾條小河。挖開後,又說河水汙染,不利交通,於是又被填上了。最近新任的領導們經過調查和研究,得出結論:亭林鎮的發展一直不順利,是因為鎮區裡缺水,外圍的河流把亭林鎮圍住了,四週河流的水氣,導致運氣不暢、怨氣不散(所以會出現全部官員都被電死事情,就是因為這種圍城格局導致。怨氣每積蓄二十年,就要奪走多人性命,這次就一次性奪走了幾十人的性命),解決的辦法就是重新開一條穿過的河流,這樣風水就順了。

左小龍再往右邊俯瞰,大片的老房子正在拆除,要建設一個新鎮。就像看著大兒子不爭氣,只能再生一個。但問題是:同一個媽生的,基因也好不到哪去。新鎮的建設初具規模,政府定下的是英倫風格,但是按照現在的雛形來看,似乎是亂倫風格。再遠處,視線能觸摸到的最後,就是一大片綠色的雕塑園。

左小龍坐在平臺的角上發呆,他突然想到,下樓以後要去找泥巴,既然泥巴能抱著他嚎啕大哭,沒有理由不能反過來。但是,他突

然想到沒有泥巴任何的聯繫方式。

在雕塑園和亭林鎮的中間，紅色的樓是消防隊。不知出了什麼狀況，一輛消防車從車庫裡開了出來，拉著警笛，向亭林鎮的方向駛來。消防車繼續往前開，開得很著急，左小龍從發呆中醒來，他站起身來，望向四週，視線中沒有任何地方在冒煙，就是感覺自己腳底下有點喧譁。他低頭一看，嚇了一跳，電信大樓門前的街上聚集了幾千個群眾，黑壓壓都是人頭。大家都往上指指點點。左小龍想，莫非是飛碟懸在他的腦門上了。他抬頭一看，還是陰霾的天空。或者是樓下出什麼事了？左小龍又往前一步，想看看門口的究竟。隨著左小龍的移動，人群一片譁然，聲浪快要掀倒左小龍。一個大媽在下面大聲喊道：小夥子，有什麼想不通的，也別跳下來啊！

左小龍卻被群眾和員警誤以為又是一個想跳樓自殺的人，在眾人不理解的嘲笑和惡意的起哄聲中，當所有解釋大家都聽不進去，為了滿足圍觀群眾達成願望的心理，他糊裡糊塗地從樓上跳下來，墜落中咬斷了舌頭。

左小龍傷癒後回到雕塑園，他發現雕塑園已經被拆掉，同事莫大帥也加入了鎮裡官方的亭林鎮合唱團；黃瑩來信告訴他，她去上海找她牽牽念念的路金波了；泥巴則來信告訴他，她其實是被電魚電死的苟書記的女兒。她對左小龍抱怨說：我們在一起的時間裡，你從來沒有問過我的身世。左小龍想起泥巴曾問他：我們兩個人有緣分嗎？左小龍說有。泥巴又說：那你說，在你不來找我，我不來找你的時候，為什麼我們總是沒辦法偶遇呢？左小龍回答說：我們生在一個年代裡，這就是緣分。泥巴在信上說父親去世後，她和母親失去了全部的非法財產，於是回到了老家，她要左小龍騎摩托車去找她。

左小龍便騎上摩托車，在象徵光明的螢火蟲的陪伴下，選擇了踏上尋找泥巴的旅程，他覺得在瘋狂的世界裡，有個女孩可以安靜的隨

你而去，是多麼幸運的事。他終於想通了：摩托車是他和愛他的女生交遊的憑藉，也是他眞正嚮往，有速度有方向的興趣與生活，眞正屬於「他的國」。

　　韓寒在小說的自序中說：「這本書的書名靈感來自於《南方週末》紀念切‧格瓦拉的一篇文章〈他的國，在這個世界上不存在〉。當然，這書和切‧格瓦拉沒有任何關係。對我來說，是第一次寫出這麼完整的故事。我本不想寫那麼完整，但是發展到最後，他們都互相聯繫在一起。我幾欲把主人公變得很悲慘，有無數個地方都可以結尾，可以讓他一無所有，失去生命，但是到最後，我沒有這麼做。如同這書的情節，就算你在大霧裡開著摩托車飛馳找死，總有光芒將你引導到清澈的地方。」[18] 韓寒認爲光明之所以是一種企盼和嚮往，正是因爲週遭充斥的黑暗。他在小說結局給了讀者無窮的正面希望。

(三)《1988：我想和這個世界談談》

　　小說以第一人稱「我」爲敘事觀點，敘述一名年輕人在前往他的目的地，要去接收死在牢裡的朋友骨灰的途中，意外遇上一位妓女，從她身上所帶給他的一連串的生命撞擊。

　　小說主角開著一臺1988年出廠的旅行車，在夜色裡上路了。他把這輛車取名爲「1988」，這輛車原本早該報廢了，他和朋友在路邊看見它時，它只有一個殼子和車架，但他的朋友卻修復了它。而此刻他就要去迎接他那個朋友，從監獄裡出來。他要對朋友說：好手藝，1988從來沒有把我擱在路上。

　　主角投宿在一家洗浴場，進了房間沒多久一個妓女主動敲門招攬生意，完事後，他問她怎麼能這麼快的知道他入住了。她說：「因爲

18　韓寒：《他的國》，臺北：印刻出版社，2010年7月，作者自序。

我一直沒有睡覺，你知道，我們這裡大概有三十多個技師，但是這裡
都是卡車司機住的，大家全部都是路過，誰也沒有固定的客人，要等
媽咪排鐘的話，也許要等到兩天以後了，所以我特別認真，姊妹們都
睡覺了我還伏在門口，我聽到有人回房間了，我就上來敲門。大半夜
的，一般客人也不會換來換去的。我的點鐘特別少，因爲有些人，特
別是廣東人，他們特別選號碼，八號和十八號就點得很多，我的號碼
不好，要靠自己。你以後要是過來，直接點我的號碼就行了。」[19]

　　他們聊了起來，後來他勸她注意身體，工作也不要這麼拚命，他
拉開窗簾，陽光抹在了牆壁上，隨即又關上了窗簾，說現在大早上
的，妳太勤奮了。

　　她又問他：要包夜麼？他遲疑了一下，一看從窗簾外面透出來的
陽光，心想這還算什麼包夜，這都是包日了。他笑說，下次再找她
吧，要她快回去。她又說：包夜只要再加五十，醒了以後隨便做什
麼都可以。他有些不耐煩，因爲害怕睏意消失，而此刻的陽光正開始
刺眼，他用了很多方式，發現始終沒有辦法將窗簾拉嚴實。他搬來一
個椅子，打算站上去從最上面開始拉起。後來，他隨口說：我給妳
五十，妳就給我站在這個縫前面給我遮光。

　　她二話不說，站到了椅子上，頓時房間裡暗了下來。他心中雖有
感動，但更多鄙視，想這婊子眞是爲了錢什麼都做得出來。他也不知
道說什麼好，躺在床上拉上被子就打算睡覺。他告訴她：早點回去休
息吧，年紀還小，不能滿腦子只想著多賺一點是一點，要這麼多錢幹
什麼呢？但沒想到她竟然告訴他：因爲我有了不知道誰的孩子，我要
生下來。

---

[19] 韓寒：《1988：我想和這個世界談談》，臺北：大塊文化出版社，2010年12月，
頁23～24。

他問說，怎麼會不知道爹是誰呢？不是都有安全措施的麼。她說他們這裡除了「半套」和「全套」以外，還有一個叫「不用套」，再加五十就可以了。她估計是她吃的避孕藥失效了。他把菸點了說，那就是妳活該了。妳最好找到孩子的爹。妳一個小姑娘，妳怎麼能撫養？她說，我能夠撫養。他又問她：你說，這孩子長大以後做什麼呢？

她又繼續說道——

> 總之，我不能讓她幹這一行。我再幹這一行幹十五年，正好能撫養她。你看，我現在一個月也能收入四千多，我已經攢了兩萬塊，一萬塊可以生她下來，一萬塊算奶粉錢，可以養一年，我停工的那一年正好可以撫養她，然後我就得馬上開工，我不能讓人家知道我生過小孩，我幹十五年這一行，如果每年能賺差不多五萬塊，這個小孩子上學就能上了，就是萬一她有出息，考上了好的大學，我估計就吃緊了，最好還是得想其他辦法再賺一點。我最怕就是開家長會，這個地方太小了，不能在這個地方上學，否則一開家長會，一看其他孩子他爹，弄不好都是我的客人。我還是換一個別的鎮去。幹幾年就得換一個地方，否則別人就知道孩子他媽是幹這行的。到了這個孩子十六歲，我還能養。[20]

他沒想到，她對未來的規劃夠仔細的。她摸了摸肚子，說她就崇拜她媽媽，她從小的心願就是做媽。他問她說：那妳不知道這孩子的爹是

---

[20]　韓寒：《1988：我想和這個世界談談》，頁28。

誰，不是有點遺憾？

她卻認真的反駁說不遺憾，反正她從小的心願又不是做爹。

突然間，房門被踹開了，她很快被警察迅速銬上，但取證的攝影師忘了開鏡頭蓋只錄到聲音。他倆被帶回了公安機關的審訊室，警察因為沒有錄到證據，又把他意外弄傷，便很委屈地放走了他。離開後，他可憐起她不知她會遭到什麼處分，於是在取回他的車後，又折回去找她，當他還在問門衛要如何才能探望犯人時，他見到步履複雜的她走了出來，這時她才告訴他她的真名叫黃曉娜，她要他叫她娜娜。娜娜坐上了他的車，說這是她第二次被抓進去了。

她說她剛幹這行，攢了兩萬，想回老家做服裝生意，後來被抓了，罰了兩萬才出來，這次她又攢了兩萬，竟又被抓了。她選擇罰錢不要勞教半年，是因為小孩在肚子裡長到三個月就有聽力了，她不能讓孩子聽到勞教犯說話。

他問她：兩萬沒有了怎麼辦？娜娜掏出手機說，我找他爹。原來曾有兩個客人要了「不用套」的服務，娜娜趁著他們洗澡，用他們的手機撥了她的手機，萬一出事了，她能找到他們。

娜娜先是撥通了一位劉先生，劉先生敷衍了她，再來就不接電話了。他認為沒有人會不要自己的孩子，他建議娜娜給劉先生發短信，也許他會看到。

其實他比娜娜還緊張，雖然他們是患難之交，但他其實對這個女孩子並無感情，他希望她一切安好，然後下車。希望她聯繫的下一個人可以幫到她，這樣她就不必向他借錢。他無心無力帶她一起上路，她只是他旅途中一個多說了幾句話的妓女而已。

他們到了馬路超市邊，他停下車，給了娜娜一百塊錢讓她去買一些東西，他在車裡等她，之後還帶她到麵店吃麵。後來，他要娜娜再撥另一個男人的電話，若不遠的話他就載她去。可是娜娜說她不

能讓那個男人變成孩子的爹,他會教壞孩子。他勸她先找個地方把自己寄存了再說,他認真地對娜娜分析說:她沒有錢了,連住店都住不起,回到原來的浴場,經理也不會要她,因為都有案底了,就算想打工,也什麼都做不來。

　　接著,他奪過娜娜手上的《懷孕聖經》,翻到第三個月注意事項,第一句就是「孕婦在這個月分非常容易流產,而且容易感到疲勞和嗜睡」,他如實朗誦了出來,接著說,「妳也不可能再去找什麼工作。最簡單的就是去找一個男人。我沒有辦法負責妳,因為我要趕路。普通的男人也不會負責妳,因為妳有身孕,妳就去找孩子他爸爸,就算人家不能負責妳,妳也要一筆錢,否則妳就告訴他,妳要鬧到他的單位,妳要告訴他的老婆,妳要把孩子的撫養費要了。就算那個男的是禽獸,不想給撫養費或者想撇清關係,妳就假裝退讓,告訴他,那妳打算把這個孩子流了,但是妳要一筆流產的錢,妳用這筆流產的錢去生孩子,妳就⋯⋯」[21]

　　他把娜娜當作一個旅途上的朋友,一個可憐的母親,他必須要找一個合適的地方把她放下來。他假裝不經意地換擋,告訴娜娜:「去找那個男的,現在就打電話,我也給妳一點兒錢,妳加起來,應該能把孩子生下來了,妳想辦法借一點兒,把孩子稍微養幾個月,然後回老家,到時候妳的父母肯定能接受,老人都很喜歡小孩的。」[22]娜娜決絕表示,她不回去,不要他的錢。娜娜說起她對孩子的計劃
——

　　　　我積累一點兒資本,我就自己盤一個美容美髮店下來,外

21　韓寒:《1988:我想和這個世界談談》,頁28。
22　韓寒:《1988:我想和這個世界談談》,頁85。

面洗腳，裡面特服，我去找幾個姊妹，我自己就收手了，
從事一些管理工作。

……

我這麼一個店，如果有五六個技師，我一年抽成也能抽個
十萬塊——娜娜攤開了雙手，活動了一下所有的手指，接
著說——那樣，如果是個女孩，我就好好養，讓她變成公
主。

……

我當然不會讓她看見我做的生意。我就把她弄得漂漂亮亮
的，去好的學校念書，從小學彈鋼琴，嫁的一定要好，我
見的人多了，我可會看人了，我一定要幫她好好把關。如
果是個男的，我就送他出國，遠了美國法國什麼的送不
起，送去鄰國念書還是可以的，比如朝鮮什麼的。

……

如果能娶到一個城鎮戶口的老婆就好了，娶個大城市的老
婆那真是有出息，比如娶個上海老婆，北京老婆，那我就
開心死了，萬一弄得好，娶個外國老婆，娶了朝鮮老婆，
那真是出人頭地了，這要是娶到一個美國老婆，哈哈哈哈

……

我跟著她一起大笑，哈哈哈哈。[23]

後來，娜娜突然間安靜下來，低聲說起她賺錢的辛苦——有些客人很
變態的，喜歡看妳跳舞，一跳要跳一個小時；有些一定要妳說下流
的話，還要親嘴的，還有要她轉身，她一轉身，客人就偷偷把避

23 韓寒：《1988：我想和這個世界談談》，頁86～87。

孕套給取了，她到最後才發現，後來就得了病，一檢查得了梅毒、淋病好幾種病。醫生說一定要好好治療，否則會轉變成子宮頸癌，嚴重的話以後就不能生育。當時她緊張就按照醫生建議的，用他們醫院裡新到遠紅外線治療儀治療，每個療程半個小時，一個療程照十次，一次五百八十元。她就去照了，當時心裡很難受，又怕害了別人，半個月都沒開張接客。照了一個療程後，又抽了一次血，醫生說控制住了，但是因為她得的病實在太多，只好了兩個，還剩下皰疹和淋病沒好，需要再繼續治療一個療程，療程的內容是繼續照紅外射線，還要掛生理鹽水。她跟醫生商量她錢不夠，能不能只照五次，但醫生說那樣容易復發。醫生問她卡裡有多少錢，她說夠是夠，但是還要過日子，醫生指責她說，是過日子重要還是身體重要，還說她得這種病一定是性生活不檢點，要她把和她有過接觸的患者都一起帶來治療。她騙他說，男朋友出國了。醫生說，她男朋友肯定在國外不檢點，才傳染給了她，醫生又拿以後不能生育威脅她。她一聽到會影響生小孩，馬上又刷了一個療程。兩個療程以後，醫生說她的病好了。

她很高興，那天走的時候已經很晚了，她是最後一個病人，醫生收好東西，口罩一摘，結果她才認出這個醫生就是那個趁她轉過身時，偷偷把避孕套摘了的禽獸。

她當時就和他鬧，要他賠她的醫藥費，醫生反咬她一口，說他自己也得病了，一定是被她傳染的。她氣得砸了他們的紅外線殺菌治療儀洩憤，那個醫生抓住她要她賠八十多萬。她一聽要八十萬，就更坦然了，她想反正也賠不起，他們還能把她怎麼著，要是八千塊，她反而緊張了。她都想好了，到時候就告他強姦。她這一坦然，人也放鬆了，地上撿起了紅外治療儀的發射口一看，在砸碎的罩子裡面就是一個桃紅色的小燈泡，她對這個燈泡太熟悉不過了，以前洗頭店裡就是用這種燈泡，她居然花了一萬多塊錢，照了一個月的怡燈。

　　最後的爭執是醫院的院長來當和事佬，院長要她想想，以後她
的小孩要不要在這個地方上學？找工作？會不會遇見一些困難和阻
力？要大家都退一步，海闊天空，爲了我們醫院，爲了自己，爲了小
孩，她一聽院長這麼說，就放棄了，萬一以後她的小孩還要在這個
地方混，還是給他留點後路吧，但她就是心疼她付出去的一萬多塊
錢。

　　之後，娜娜還是覺得不舒服，去大醫院檢查了一下，宮頸糜爛和
尿路感染，吃了幾片可樂必妥就好了，她一看這個藥效果這麼好，所
以到現在還堅持喝可樂，一直沒有復發過。

　　此時，車上的電臺正好響起了一個醫院的廣告：惠心女子醫院
新到新加坡進口紅外線殺菌治療儀，不用開刀，不用塗藥，不留疤
痕，還你青春……。他問娜娜，你用來照了一個月的是不是就是這個
新加坡進口的紅外線殺菌治療儀？

　　娜娜激動地對著收音機指證道，就是這個，就是這個，這個是騙
人的，我要舉報。便迅即掏出手機撥了110。但110說，他們已經登
記了，這個屬於消費者權益糾紛的問題。

　　他撫摸了一下娜娜的頭髮，說，娜娜，妳太眞誠了。

　　娜娜反思了半天，說她其實也不眞誠，她給他們買的避孕套是最
差的牌子，一塊錢可以買五個，安全倒是安全，特別厚，有一次她幫
客人摘了後發現還掉色。 他看著娜娜，不忍地說，娜娜，如果這個
避孕套還掉顏色的話，那豈不是也會掉顏色在妳……身體裡？娜娜一
下收住了笑容，微張著嘴巴驚訝道哎呀！

　　車子在國道上行駛著，一路上娜娜孕吐著，之後累到睡著了。他
回想起他兒時的家就住在國道旁，他當時騎著自行車，在危險的卡車
和路燈下幻想，在未來的旅途裡，香車美女，奔向遠方。結果沒想到
如今是破車孕婦，孩子還不是他的，連孩子的媽都不知道孩子是誰

的。他搖醒娜娜說要找個地方住下來，他車停了下來，娜娜看見了明珠大酒店，大叫一聲，哇，住這麼好。他說，妳身體不大舒服，住得好點，好好休整休整，再繼續上路。他拿了三千塊給娜娜，要她先去酒店開房間，大床雙床都可以。娜娜突然深情地望著他，淚水直接墜落。

娜娜說，她以前在髮廊做的時候，店面很小，查得也嚴，都要出去才能做。那些有車的客人，一般都是開到郊外，或者就是開到一個小旅店，有的完事了甚至都不願意把她送回去，她為了省錢，有時覺得沒開出多遠，就想走路回到店裡，但是一走路才知道，汽車開一分鐘，她要走半個小時，而且還穿著高跟鞋，可是又想既然都走了，就不打車了，要不然之前的路就白走了，於是好不容易看到店門了，突然又有一個開車的客人，和她談好價錢，把她拉到很遠的地方，完事了就把她扔在國道上。那次她真的想打車，可是叫不到車，就一路走了半個多小時，腳都起泡了，終於有車打了，可是又想，一打車，剛才的路豈不是又白走。好不容易又走到店門口了，又停下來一個麵包車，問她做不做，她說，太累了，不做了。麵包車裡的人說，妳客人那麼多啊，都做不動了啊。她說她做得動，可走不動，除非別開遠。他們答應了，然後就談好了價錢。誰知她腳才剛踏進麵包車，車子裡還有其他人，他們一拉她的手，就給拽上麵包車了，原來是「掃黃」的。他們掏出了錄音筆，剛才開價的話都錄進去了。娜娜直接告訴他們，她剛入行沒有錢。後來他們就說，要不就沒收今天身上所有的營業款，還要她伺候他們車裡的三個人。最後他們沒收了她三百多的營業款，但是留了十塊錢讓她打車回去。

之後，娜娜存夠了錢，也去買了一隻錄音筆，她要放在包裡，萬一以後又碰上這種情況就錄下來，然後向相關部門舉報。後來，又有一次，遇見了員警，沒得商量，而且他們還搜出了她的錄音筆。在政

策寬的時候，別的小姊交代問題以後只關了一天就出來了，但是她那次關了三天。因爲他們說她可能不光光是做小姊，還有可能把嫖客的對話錄下來，然後去敲詐嫖客。她當時很生氣還向他們反映上次被城管的「掃黃」隊敲詐又強姦的過程。她說了至少一千個字，但他們只記錄了幾十個字，她估計他們不會去調查的，他們說，沒有證據，但是看她也不像說謊，但還要多留兩天調查，確定沒有涉嫌敲詐的行爲以後才可以放她走。

　　娜娜在她的包裡翻了半天，才把錄音筆翻了出來。在他面前晃動幾下，說，就是它，不過她現在也用不到它了，她最希望有一個照相機，可以把孩子長大的過程拍下來。不過現在能生下來養活就不錯了。這個錄音筆，後來她錄了自己唱的好多歌。娜娜把錄音筆送給他保存。

　　他催促著娜娜快去酒店，娜娜打開車門，又轉身回來，凝望著他。他突然又問娜娜剛才妳哭什麼？　娜娜說，「不知道，沒什麼，覺得你好，當客人要和我做的時候，都開的那麼破的房間，你都不要和我做，卻帶我去那麼好的地方。還帶我吃東西，讓我坐在車上那麼久，還聽我說那麼久的話，快有好多年了，沒有一個男的聽我說話超過五句，不過我知道的，我知道我是個什麼，你放心好了，謝謝你，對不起你。」[24]

　　他說，別多想了，主要他自己也想睡得好些。他一直目送她的身影，娜娜回頭了幾次，但他想她應該看不到他在看她。他忍不住有些傷感，娜娜走上了臺階，又回眸向他的方向看了一眼，佇立了幾秒，慢慢向酒店大堂走去，一直到他完全不能尋找到她的蹤跡。他踩下了1988的離合器，掛上了一擋，對著她走的方向輕聲說道，再

24　韓寒：《1988：我想和這個世界談談》，頁126～127。

見。

娜娜轉過頭去時，他說不清是解脫還是不捨，他想，「對於不相愛的一男一女，在一個旅途裡，始終是沒有意義的，她的生活艱辛，我願意伸手，但我不願意插手。我有著我的目的地，她有著她的目的地，我們在一起，誰都到達不了誰的目的地。」[25]

他原本只想幫娜娜一把然後就離開，繼續他的旅程，可是命運竟然又讓兩人再度相聚變成公路上的旅伴。

他離開娜娜後，住進了一家凱旋旅店，早上醒來後，他想起娜娜此刻一定在明珠大酒店裡睜開眼睛，雖然他心懷愧疚，但也無怨無錯，至少她睡了一個比他要好的覺、比他更好的床，而且手裡還有一小筆錢，至少能吃飯住宿，當作路費，也足夠找到十個孩子他爹。他甚至覺得如此對待一個妓女一定會被別人恥笑。

但就在他打開房門，掏出1988的鑰匙，走過樓梯的第一個拐角，就遇見了娜娜。娜娜淚水直接落在了臺階上，說，對不起——

　　娜娜說，我去了酒店的前臺，然後從後門走了，我知道你一定等了我很久，然後你找不到我。
　　我說，嗯，等了一會兒。……
　　娜娜說，對不起，我害怕你丟下我，我也知道你會丟下我，本來這個事情就和你沒有關係，但是我還是害怕，我已經沒有錢了，但我不會問你要的。
　　我入戲了，還有點生氣道，於是妳就拿了錢走了？……
　　娜娜說，我覺得你遲早要放下我，我還是走吧。
　　我說，你覺得我是那種人麼？

---

[25] 韓寒：《1988：我想和這個世界談談》，頁127。

娜娜說，是。

我說，我真的是。

我突然從惡人變成了受害者，不知該怎麼描述心情。我對娜娜說，走吧，上路吧。[26]

他倆陰錯陽差又碰在一起上路了。途中，娜娜對他分享了她的戀愛史。

娜娜說，她的第一個男朋友是她的一個同學，他們在兩個城市，是在網路上重新找到對方的，後來在網路上確立了戀愛關係。他一直要求來看她，但她根本沒時間，只能等她每個月放假，也就是月事期間和他見面。他一共坐火車來了七次，每次她都例假，但「我又不敢用嘴，我怕我忍不住太熟練了把人家嚇跑，我們就這樣憋著，後來他受不了了。我們吵架了，然後就分手了。」[27] 分手時他說：「我知道妳是一個好女孩，我知道妳這麼做都是故意的，妳想把妳的第一次留給新婚之夜，妳是我見過的最純潔的姑娘，但是，我們總不能一直這樣，我來一次也不容易，妳下次能不能在不來例假的時候找我來？」[28]

娜娜接著又說，她還真愛過一個人，是她第一家去的洗頭店的老闆娘的老公——孫老闆。她欣賞他、崇拜他，他總是有辦法任何事情一肩扛起，一通電話就搞定一切。和孫老闆在一起三年多，他給她足夠的安全感，她的第一次鐘就是他試的，但是她沒能進分級高一點的桑拿中心，還是在洗頭店裡工作，但是孫老闆很栽培她的，他一直惦記著要把她調到桑拿中心去，但是老闆娘攔著，因為她做到後來，也

26　韓寒：《1988：我想和這個世界談談》，頁146～148。

27　韓寒：《1988：我想和這個世界談談》，頁152。

28　韓寒：《1988：我想和這個世界談談》，頁153。

有了不少的熟客。

　　孫老闆每次來都要和她試鐘，看看她的水準有沒有提高。她本不應該要他錢，因為他過來，老闆娘也不會抽成，但是她每次都要跟他拿十塊錢，因為「如果他給了我錢，我心裡就舒服，我們就是做生意的關係，只有我的男人可以上我不付錢，但他又不是我的男人。雖然老闆娘和他也沒什麼感情，但是他又不可能跟人家離了跟我走，我怕我感情上接受不了，所以我一定要收錢。」[29]

　　直到有一次，娜娜徹底崩潰了，哭了一天一夜，那次完事了，孫老闆告訴她他忘了帶錢，怎麼掏都找不到半毛錢。娜娜抱著他哭，哭得他都傻了。孫老闆是一個很鎮定的人，她從來沒有看見過他的不知所措，他說：下次我給你補上。但娜娜說：你這個白痴，你怎麼可能懂。

　　娜娜解釋幹她們這一行的，身體都給了人家，總得給自己留點什麼。有一個姊妹，「從頭到尾都必須用套，這倒好，乾淨，她說只有她老公才能不用套」[30]，娜娜說她出道的時候很傻，什麼都不知道，「我能給我以後老公留什麼啊，我什麼都沒能留下，留一個不知道爹是誰的孩子？我該用的地方都用了，我只能安慰自己，說以後給我的男人唯一留下的福利就是，上我不用給錢。」[31]

　　除了孫老闆，讓娜娜真正動心的還有一個，他說他是一個音樂製作人，以前是王菲的製作人。他給了娜娜出唱片的夢想，後來，等不到人的娜娜夢醒後，才知道他是個騙子。

　　他問娜娜離開他之後的打算，娜娜說她不知道，反正她不能再做那一行了，會傷到寶寶了。但是也沒有人可以讓她工作，誰那麼

29　韓寒：《1988：我想和這個世界談談》，頁161。

30　韓寒：《1988：我想和這個世界談談》，頁162。

31　韓寒：《1988：我想和這個世界談談》，頁163。

傻，給她發兩個月工資就放產假。她說她打幾個電話問一下，也許會去投靠孫老闆。她以前聽說過，孫老闆到外地去賭博被逮了後關押的監獄就在他要去的目的地，孫老闆出獄後好像就在那裡做生意。

他要娜娜先打電話聯繫，萬一孫老闆換了號碼，但娜娜堅持要到那裡再聯繫。她的說法是：「因為換，或者沒換，這個事情其實是已經存在的，我早知道、晚知道，反正都一樣，改變不了什麼結果。我們一路上還有好幾百公里，萬一打不通，我難過好幾百公里。我不。」[32] 他聽了之後說，妳眞是自欺欺人特別有一套。娜娜說，那是，要不然我怎麼保持樂觀。娜娜說她沒有什麼可以失去的，她就在意肚子裡的孩子，那是她的全部。

他一路上的照顧，讓娜娜感恩也珍惜著，他鼓勵娜娜別在意自己以前幹的什麼，他要她和他一樣，換個新地方，重新開始，但娜娜卻說她做不到：「我沒那麼不要臉，幹的事還是得承認的。況且我換了一個新地方，也是重新幹這行當，怎麼說來著，重操舊業，眞形象。我來這裡投靠孫老闆，等我生了孩子，不也是幹這個，只要我的孩子不幹這個，就行了，我願為她不幹這個而被幹死。」他被娜娜的豪言雷住了，只能接話說：母愛眞偉大。

到了目的地後那晚，娜娜爬到了他的床上，主動要獻身給他，還說她不收費，只要十塊錢，但被他婉拒了，他說明天中午要去接他朋友，不能亂來。

隔天一早，他就出門去接到他朋友了，當他又回去旅店接娜娜要去找孫老闆時，娜娜相當興奮要見這位好友，後來才發現原來是骨灰。他朋友是今天早上執行死刑的，他只是去殯儀館領骨灰，因為他沒有親人，就只有他一個朋友。他說他只有看望過朋友一次，時間特

32　韓寒：《1988：我想和這個世界談談》，頁217。

別短，朋友問了問他的情況，說你快回去吧：「死倒是沒有什麼可怕的，怕的就是知道自己怎麼死。你可要一定要死於意外啊，這樣才不害怕。你知道什麼最可怕，就是害怕。」[33]

孫老闆的電話停機了，娜娜發了幾條短信給他，也許是他欠費了。

他現在是真的暫時沒有什麼目的地了，只是帶著娜娜去尋找她的孫老闆。當娜娜昨天晚上說出他只要給她十塊錢時，他其實心頭顫動了一下，但他想，「並不能接受她，她只是我旅途裡的另外一個朋友，但我想我也羨慕她，她也許也會是我建築自己的一個部分，因為她自己都這樣了還敢把孩子生下來，我能看見她面對江水的時候眼睛裡的茫然和希望。」[34]

他跟娜娜說他真當她是朋友，反正她的事，能幫的，一定會幫她。他決定要先帶她去做一個產前的檢查，他說他剛才開車時，看見一家醫院挺好的，她若是還要在這裡找孫老闆，他就陪她一陣子，反正他的下一件正事，也得明年開始。娜娜答應了，但說欠他的錢，一定要還他。於是他就帶她去到了那家醫院。

他利用娜娜到醫院產檢時，在車上睡了一下，可是兩個小時後他醒來，卻還不見娜娜回來，他進到醫院才知道娜娜知道檢查結果就跑掉了。

他跟醫生表明是她的朋友。醫生說得趕快把娜娜找回來：「不光光是她自己的事情，還有肚子裡的孩子，她不能跑的，要做病毒母嬰阻斷的，生的時候也一定要特別注意的，否則很容易被母體感染的，乳汁也是不能餵的，而且現在還小，不要也還來得及。」[35]

33　韓寒：《1988：我想和這個世界談談》，頁273。

34　韓寒：《1988：我想和這個世界談談》，頁275。

35　韓寒：《1988：我想和這個世界談談》，頁279。

他終究沒有找到娜娜，幸運的是他沒有被感染。

兩年後，他接到了一個電話，是娜娜的一個姊妹打來的，說娜娜交代有個東西要送給他。還要他放心，給他的都是好的。

他帶著一個屬於「全世界」的孩子上路了——

> 1988的點菸器燒壞了，我向一個路過的司機借了火，……我俯身進車，捏了一把小傢伙的臉說，我找找菸。打開了汽車的扶手箱，我掏到了在最深處的一個小玩意，取出來發現那是一隻錄音筆，我搜尋記憶，才想起那是娜娜扔在這臺車裡的。它躺在這裡面已經兩年，我接下播放鍵，居然還有閃爍著的最後一格電，娜娜輕唱著搖籃曲，……我將錄音筆拿起來，放在小女孩耳邊，說，妳媽。她興奮地亂抓，突然間，歌聲戛然而止，娜娜，接客了。在娜娜回著哦的同時，這段錄音結束了。我將錄音內容倒回到被中斷前的最後一聲歌聲，然後按下錄音鍵，搖下窗戶，我想山谷裡的風雨聲可以洗掉那些對話，覆蓋了十多秒以後，我把手從窗外抽了回來， 剛要按下結束，小傢伙突然對著錄音筆喊了一聲「咦」，然後錄音筆自己沒電了。這是她第一次正兒八經說話， 我曾一度害怕她不能言語。這第一聲，她既不喊爸爸，也未喊媽媽，只是對著這個世界拋下了一個疑問。[36]

天將黑的時候，他發動了1988，掉轉車頭，向東而去，他想也許他會在那裡結識一個姑娘，有一段美好的時光。那會是一個全新的地

36　韓寒：《1988：我想和這個世界談談》，頁281-282。

方。天全黑時，他停下了1988，小傢伙正在熟睡，今天她居然沒有哭泣。他從後座拿出了一個袋子，裡面便是1988製造者的骨灰。在他心中，裡面還有先他而去的，他所崇拜的丁丁哥哥、兒時的夥伴10號，還有初戀的女孩劉茵茵。他將他們撒在了風裡，馬上就知道迎風撒東西是多傻的事，他身上沾滿了他們的骨灰。他拍了拍衣服，想那又如何，反正他也是被他們籠罩著的人。

　　　　＊　　　　　　　　　　＊　　　　　　　　　　＊

　　韓寒設計了兩條不同的人生道路的交會，卻為兩個人都尋找到生命的出口與生存的意義。人生的每一段旅程的結束，代表新的里程碑的展開，在小說中我們見到堅強勃發的生命力，以及正面積極的人生態度。

【問題討論與活動設計】

1. 從韓寒《三重門》的教育怪象，請說明你理想中的教育體制為何？

2. 從韓寒《他的國》的環保議題，談談你平時對地球環保盡了哪些心力？

3. 在韓寒《1988：我想和這個世界談談》讓我們見到了助人的能量，請說明你最近一次幫助人以及被幫助的經驗。

4. 韓寒到臺灣旅遊後，寫下〈太平洋的風〉，請說明你的閱讀心得。

第二章

女作家小說選

第一節

張潔

（1937～）

一、創作背景與評價

張潔，是新時期女作家中獲全國獎最多的一位，也是深受海外文壇關注的女作家。1960年，畢業於中國人民大學。北京市作協專業作家，國家一級作家。

1978年始發文學作品，著有長篇小說《沉重的翅膀》（獲第二屆茅盾文學獎），中篇小說〈祖母綠〉（獲第三屆全國優秀中篇小說獎），短篇小說〈森林裡來的孩子〉（獲第一屆全國優秀短篇小說獎）等，是中國第一個榮獲長篇、中篇、短篇小說三項國家大獎的作家。短篇小說集《愛，是不能忘記的》、中篇小說集《方舟》——被稱為是中國女性文學的真正起點、長篇散文《世界上最疼我的那個人去了》、《張潔文集》（四卷）以及《無字》——被認為是張潔創作風格的另類極致。

曾獲1989年度義大利馬拉帕蒂國際文學獎；1992年，也被選為美國文學藝術院榮譽院士。作品已被譯為英、法、德、俄、丹麥、挪威、瑞典、芬蘭、荷蘭、義大利等多種文學出版。

張潔出生於北京的公務員家庭，由於父母失和，從小失去父親，她好像「獨自一人在大自然裡，野生野長地摸索著長大」[1]，她和母親相依為命，家境貧寒，靠母親給人家當保母、工廠收發員、鄉村小學教師的微薄工資維持生活。

在政治生活上，她並沒有遭到大磨難，算是幸運的；此外值得慶幸的是，在她的生活中，還感到有許多「只是給予並不索取什麼的手」[2]，例如：駱賓基就曾關懷並培養她的文學創作。文化大革命結

---

[1] 盛英主編《二十世紀中國女性文學史》，天津：天津人民出版社，1995年6月，頁727。

[2] 盛英主編《二十世紀中國女性文學史》，頁727。

束後，恢復高考，張潔在駱賓基的鼓勵下，根據她工作中的所見所聞寫成了她的成名處女作〈從森林裡來的孩子〉。

在大陸新時期文學作家中，有一群女作家特別把寫作的焦點擺在關注婦女命運的問題上面，張潔就是其中一位。

另一方面感情道路的不順遂，也是激發她創作的泉源。「她摯誠地愛過，但更多的是失望。或許正是這些感情生活中的挫折和她內心深處不懈的追求，敦促她最終還是走上了文學創作道路。」[3] 張潔曾說：「文學對我日益不是一種消愁解悶的愛好，而是對種種尚未實現的理想的渴求：願生活更加像人們所嚮往的那個樣子。」[4] 她的小說題材廣泛，除了有對女性感情經歷的抒寫外，還有對女性社會問題的抨擊針砭。

不屈服於命運安排，不妥協於環境壓力，在生活的磨練中，愈挫愈勇，這就是張潔所塑造的女性形象。〈愛，是不能忘記的〉裡的鍾雨執著地守著一段真摯的、理想中的愛情，無怨無悔；〈方舟〉裡的三位女主角毅然決然走出失敗的婚姻，把精神寄託在事業上，奮發向上；而〈祖母綠〉裡的女主人公又是一個不幸的女子，不過張潔同樣安排她在承受愛情婚姻、傳統道德和社會生活的種種壓力下，活出自我，找到自己事業的一片天。

2002年出版的《無字》，這是張潔花了十二年的時間，大量時間用於準備資料，為收集資料她找了很多人，跑了很多地方。小說以女作家吳為的人生經歷為主線，經由她的兩次婚變，論及愛情和婚姻的深層矛盾，副線則講述了她和三代家族女性的婚姻故事，作者將兩性男女情愛扣合社會歷史和政治大環境，分析兩性關係、透視男性的

3　李小江：《夏娃的探索——婦女研究論稿》，鄭州：河南人民出版社，1988年5月，頁294。

4　李小江：《夏娃的探索——婦女研究論稿》，頁294。

自私內心，全書分三部，計八十餘萬字，是張潔最滿意的作品。張潔曾在採訪中告訴記者，她對自己以前的作品滿意的不多，《無字》是截至目前為止她自己最為滿意的作品。她表示，自己不是謙虛，說的是真心話：「我以前不是很會寫，寫完這部小說才覺得自己的寫作技術進步了很多。」[5]

張潔曾在媒體上表示，似乎一生的創作都在為《無字》這部作品做準備：「我以前寫的所有小說都是為這部小說做的練習……，哪怕寫完這部長篇馬上就死，我也甘心了……」[6] 她甚至說當她寫完《無字》的最後一個字，就感覺彷彿一個陪伴自己已久的朋友離去了，而且，再也不會回來了；自從她母親去世以後，這是第二次感到深深的失落。

二、作品賞析

(一)〈方舟〉

〈方舟〉寫的是在婚姻中不幸的三個知識女性，處於理想與現實的衝突，為爭取女性獨立人格，面對生活和事業的坎坷遭遇和奮鬥歷程。

小說裡的三位女主人公曾是同學，大學畢業後，各自先後離婚，然後，一起住進梁倩的家，她們把這裡稱是「寡婦俱樂部」。

梁倩是個電影導演，她的父親是位高幹，為了被社會承認，她不靠父親的關係，在事業上努力地想要闖出一片天空。她的丈夫要她當女人，不要她有自己的事業。他們貌不合，神也離，但是他不願

---

[5] 〈張潔：生命的存在方式〉，華夏文化：http://big5.cri.cn/gate/big5/gb.cri.cn/3601/2005/04/25/1266@527586.htm。

[6] http://www.xinyuwen.com/yuedu/wrmk/3088.html。

意離婚，因為他還要利用她父親的關係謀取利益。他和她協定：各行其事，互不干涉。他料準了梁倩的家庭關係讓她不得不放棄離婚的念頭，離婚會敗壞他們梁家的家風，會喪失她父親的尊嚴和形象。

他不顧梁倩的感受，當著她的面和女人鬼混，還在背地裡破壞梁倩的事業。梁倩在艱難的環境中獨當一面導了一部片子，作品完成後，竟然無故被封殺、禁演。然而，梁倩並沒有因此而倒下。梁倩面對事業的挫折仍然不氣餒：

> 不論是為了女人已經得到和尚未得到的權利；不論是為了女人所做出的貢獻和犧牲；不論是為了女人所受過的、種種不能言說或可以言說的苦楚；不論是為了女人已經實現或尚未實現的追求……，每個女人都可以當之無愧地接受這一句祝辭，為自己乾上一杯！[7]

荊華是一位學有專精的理論工作者。文革時她被發配到林區，為了養活被打成反動權威的父親和因此失去生活保障的妹妹，她嫁給了一個森林工人。婚後，她成了丈夫傳宗接代的工具。在十年劫難的艱苦歲月和丈夫長期的摧殘下罹患殘疾。當她懷孕，去做人工流產（她覺得在那樣的年月，再送一個生命到世上，真是一樁罪惡）被丈夫發現後，丈夫和她離婚。她在林區學校遭到大字報圍攻和拳頭毒打。

她有一篇有關馬克思主義的論文發表後，引起強烈反響，一年後，該論文遭到指責，但卻得到黨支部書記老安的支持而「過關」，老安在生活上關照她，為此她遭到了一些蜚短流長的男女關係

7　張潔：《方舟》，臺北：新地出版社，1980年4月，頁181。

的議論。

　　柳泉畢業於外語學院，做的是翻譯的工作。她原指望丈夫寬大的肩膀能爲她遮風擋雨，但她失望了。文革初期她爲了要洗清父親被冤枉的罪名，在奔波了一天徒勞無功回到家後，面對的竟是滿嘴酒氣強迫她履行夫妻義務的丈夫，丈夫從來也沒有把她當成妻子，僅僅當她是「性」的化身，她再也無法忍受每個夜晚成爲他的性奴隸。爲了爭取兒子的撫養權，他們的離婚拖了五年，最後因爲她沒有房子，母子只能一個禮拜見一次面。

　　她的上司仗著權勢，老是想占她便宜，在梁倩的幫助下，借調到外貿局，她在工作上稱職的表現，受到一位有後臺的同事的排擠，人家要她回到原單位，並造謠中傷。她感到萬分沮喪，怎麼連離婚、找房子、調工作都要去尋求關係？梁倩爲她出頭，鼓勵她要反擊，不要一直處於被動；荊華陪她到局長家反映情況，她終於正式調到外貿局。她再不怕上級與週圍惡勢力的欺壓與批判，勇敢堅持她的眞理，必要時加以反擊。

　　這三個覺醒程度不同的女性，卻都相同地向男權提出回擊。她們在逆境中屢撲屢起，不再安命於舊有，也不再受宿命觀擺弄，她們不堪在不正常的婚姻中，耗損生命，便勇敢出走。挫折在她們身上激勵出前所未有的堅韌意志，體現了女性的希望。

　　尤其在這裡作者提示了這樣一個重點：女性也有權利決定自己的性生活，當她們面對任何一個人乃至於是她的丈夫都應該有性的自主權，即使就算是進入婚姻生活對於性也應該有說「要」或「不要」的自主權。而這也正是女性主義者對社會的雙重「性道德」標準所提出的抗議，她們要求將婚姻內的強暴及性行爲也應該置於法律的罰則之下。

　　她們經過婚變後的心理建設，更加清醒而堅強，轉化成長爲自信

且經濟自立的新女性，決心戰勝軟弱和孤獨。當然她們在對父權傳統提出控訴，追求人格獨立時，付出了相當的代價，不過這也從另一個角度顯示了女性在追求新生時的頑強。

〈方舟〉裡的三位女主人公毅然決然走出失敗的婚姻，把精神寄託在事業上，在不斷地追求與幻滅中，奮發向上，當然，同時張潔也向社會訴說了：女性所以隱藏其特徵，是為求能適應生存，有著無奈的心情。

外部環境造就張潔〈方舟〉裡的荆華成為女強人，她總覺得「男人的雌化和女人的雄化，將是一個不可避免的、世界性的問題。也許宇宙裡一切事物的發展，不過都是週而復始地運動。那麼，再回到母系社會也未必是不可能的。」[8] 另一個在婚姻中受創的女主人公柳泉則把希望放在她兒子身上，期待等他們「這一代人長大，等他們成為真正的男子漢的時候，但願他們能夠懂得：做一個女人，真難！」[9]

在當代文學中張潔在〈方舟〉中首先直截了當地提出了「性溝」這個名詞：「也許她們全會孤獨到死。這是為什麼？好像她們和男人之間有一道永遠不可互相理喻的鴻溝，如同上一代人和下一代人之間有一道『代溝』，莫非男人和女人之間也存在著一道性別的溝壑？可以稱它作『性溝』麼？那麼在歷史發展的這一進程中，是否女人比男人更進步了，抑或是男人比女人更進步了，以致他們喪失了在同一基點上進行對話的可能？」[10]

李小江進一步解釋「性溝」：指的是男女兩性在精神情感上互不理解、難以溝通的現象。她還追溯到在女性意識尚未充分覺醒時，男性思想家羅曼·羅蘭就公允地指出：「性溝」的出現是因為婦女前進

8　張潔：《方舟》，頁16。

9　張潔：《方舟》，頁182。

10　張潔：《方舟》，頁98～99。

了，而男子還沒有跟上她們前進的步伐。[11]

　　張潔在〈方舟〉中指出：女人要面對的是兩個世界，能夠有所作為的女人，一定得比男人更強大才行。為什麼呢？因為要想在事業上闖出一番成就的女性，不但要面對傳統角色——妻子和母親的問題，而且在扮演現代角色時，不僅「要像男人一樣獨立奮鬥，還要向傳統作戰，而傳統勢力的代表往往就是男人，因此她還要向男人作戰。」[12]

　　對於在工作上面對男人的性歧視，張潔〈方舟〉裡的梁倩大聲斥責：「婦女不是性而是人！然而有些人的認識還沒有達到這個水平。更不幸的是有些女人也以取悅男性為自己生存的目的，這全是一種舊意識。」[13]

　　〈方舟〉的副標題是——「妳將格外地不幸，因為妳是女人」[14]，但是在這篇小說中我們見到這三個不幸的女人的成長，她們正視作為一個「人」所應有的權利——要保有自己的生活和世界；正視要尋求解放，所將面臨的困難與衝突。她們不願在貧瘠的婚姻生活中苟延殘存，她們有著獨立的人格和意識，毅然走出婚姻後，雖然在工作上面對女性職能與個人抱負的衝突，但她們仍舊為自己的事業理想而奮鬥。她們「執著於自己超現實的能力，於是不趨附於現成的價值認同，不屈從傳統的公眾輿論，甚至不屑於世俗的安逸。她們以無性的姿態面對事業與人生，卻無時無刻不為男性宇宙中傳統的價值觀所排斥，落入孤獨、困窘的境遇中。」[15]的確，她們所感受的現實壓

11　李小江：《夏娃的探索——婦女研究論稿》，頁299。
12　李小江：《夏娃的探索——婦女研究論稿》，頁300。
13　張潔：《方舟》，頁165。
14　張潔：《方舟》，頁15。
15　王緋：《女性與閱讀期待》，西安：陝西人民教育出版社，1998年9月，頁89。

力，主要來自生活中陳腐的氣息，然而，一個尋求自主的女性可能面臨生存的孤獨，但事業上的成就卻可以爲孤獨的女性帶來生活的力量。〈方舟〉裡的女主人公有著不妥協的進取精神，企圖闖出屬於自己的一片天空，儘管結局並非「一分耕耘，一分收穫」；儘管外部世界無法與她們的覺醒相對應，但她們終究是邁開了步伐，爲人生中的挫敗走向自我拯救之路，並勇於發展、塑造自我。

提到女性發展自我的潛能，追逐成就，不免就想到「女強人」的問題。凡是走出家庭，和男人一樣在事業上有所成就的女性，幾乎都被冠上了「女強人」的頭銜，這些女性形象雄化的女性，顯現於外的是剛強潑辣的性格——「改革、開放的浪潮，猛烈衝擊了傳統觀念對婦女的歧視，這在觀念上就爲女性充分實現自己的潛能和價值，創造了良好的心理前提。」[16] 我們見到張潔〈方舟〉裡的梁倩、荊華和柳泉，當她們在遭受丈夫精神或肉體上的摧殘後，她們不再沉默，反倒在充滿男性價值觀念的社會中，努力超越自己的性別角色，並仿造、襲用男性的行爲模式，以求得到社會的認同和接受，這些「雄化」的女性的確開創了自我的潛能，因此，我們可以說「『女性雄化』既是女性超越傳統範疇、改變、主宰自己命運的結果，又是改革的社會的大潮，所重塑的女性形象。」[17]

現代女性爲了追求自身存在價值，她們不願承受在婚姻中所受到的屈辱、痛苦和憤怒，而成爲絕對的悲劇角色，她們從挫敗的婚姻中理性的自我反省，進而在她們的「方舟」裡，努力實現「在同一地平線上」的兩性價值平等觀。

---

16 金一虹、張惜金、胡發貴：《女性意識新論——甦醒中的女性》，南京：南京大學出版社，1991年9月，頁95。

17 金一虹、張惜金、胡發貴：《女性意識新論——甦醒中的女性》，南京：南京大學出版社，1991年9月，頁95。

　　西方心理學家發現女性的心理上都存在「避免成功」的動機。美國學者哈莉艾特・B・布萊克博士曾這樣分析這種動機：「首先，在婦女所接受的教育中，女性魅力是與聽從、依靠和被動等特徵相聯繫的。然而，在當今的事業中若想取得成就，婦女就必須果斷、獨立、有競爭力和志向遠大。這兩個特徵——一組是取得成功所必須的特徵，一組是在傳統意義上作為女性能被人接受所需要的特徵——顯然會產生矛盾。」因而女性「害怕被拋棄；害怕被她們戰勝者的報復；害怕自己所愛的人拒絕和蔑視自己；害怕失去女性魅力和對男子的性吸引力。」[18] 然而，這種「避免成功」的動機在這兩篇小說中的六位女主人公身上是不存在的，因為〈這三個女人〉裡的她們已能勇敢地正視她們婚姻與愛情中的問題；因為〈方舟〉裡的她們已經勇敢地走出殘敗的婚姻，有著豁出去的膽識，因此，她們有的只是「追求成功」的動機，甚至也沒有恐懼「雄性化」的心理。

　　在女性文學發展的初級階段，其作品集中在宣洩女性的悲苦與哀怨，抨擊男性的霸權與獨裁，但當女性文學的發展深入漸趨成熟階段時，其作品則集中在女性對自我的檢討與要求，她們有了正確的人生觀與世界觀，因此，當她們遭遇失敗時，她們會進一步檢查自己的過失加以反省改進。

　　兩性由於性別角色的差異，專注於愛情的程度也有所不同。一般說來，愛情是男性生命中的一部分，卻可能是女性生命的全部；男性在他的生命中可能可以同時發展好幾場戀情，但女性卻往往只專情於一，而且如果那正好是她所要的愛情，就算是荒謬的錯誤，也是執著到底，她忠心地將整個身體和靈魂毫無保留、毫無顧慮地奉獻。誠

18　王琳：〈走出女性心靈的藩籬——新時期女性文學若干心理癥結的梳理〉，北京：《中國現代、當代文學研究》，1997年2月，第二期，頁29。

如西蒙‧波娃所說的：「女人要求他感激地接受她加諸於他身上的負擔。她的專制永不滿足。愛情中的男人也是專制的，但是一旦他獲得他想要的東西，他就感到滿足，女人苛求的奉獻就永無止境。」[19] 由此，可看出男女兩性的溝通問題，兩性在心靈上的互不相通，確實造成了不少悲劇，〈方舟〉裡吃盡了做女人苦頭的柳泉，認知到這樣的問題，雖然企圖把自己化身為和男性一樣的堅強，但其內心深處還是希望能夠做一個被人疼愛，也疼愛別人的女人。

在小說中，作者對女性的自我進行剖析，把現代女性在婚姻中的不幸或不協調與艱辛的事業奮鬥的矛盾和痛苦，真實地展現其心靈世界於讀者面前，她們努力保有獨立尊嚴，期待在愛情與事業中尋求統一，以完成其人格理想。

當代女性新人格的形成，是在瞬息萬變的外部世界的影響下所造就的，這樣新人格一旦養成，她們便無法再漠視自我的存在，她們關心自己的情與欲、痛苦與掙扎、報復與希望。此外，在小說的分析中，我們從女作家的小說經營中，見到了她們真切和細微的女性體驗和洞察；透過小說中的女性，我們了解到女性越是覺醒，生活得越是艱辛，付出的代價也越大。

張潔〈方舟〉裡那三個中年寡居走出不幸婚姻的知識女性，生活的歷練使其不得不「剛中有剛」，她們和男性一樣抽菸、喝酒，遮蔽了女性柔美的一面，其中必然蘊涵了不少的無奈。

在尋求女性發揮自我潛能的解放過程，除了在外部世界要解除社會習俗、傳統觀念的根源外，女性本身的努力更為重要，想要追求獨立的人格，不依賴男人，唯有自愛自重、自尊自強才能活出自我，這應該是張潔在這篇小說所帶給讀者的重要啓示。

19　西蒙‧波娃著、楊翠屏譯：《第二性》，臺北：志文出版社，1992年9月，頁56。

㈡〈祖母綠〉

　　〈祖母綠〉寫的是女主人公曾令兒在對她的男友左葳的犧牲奉獻的付出，覺醒之後，仍繼續努力於她的理想。左葳在1957年「鳴放」時期，寫了一分言詞激烈的意見書，由曾令兒抄成大字報，不久，風雲變色，曾令兒擔起罪名，說是一人所爲。左葳爲報答曾令兒，決定與她結婚。不久，左葳便反悔了。曾令兒北上接受勞改，此時發現懷了左葳的孩子，她的生命又燃起了希望。在眾人的欺負和羞辱之下，小孩終於出世了，她獨自艱辛地撫養兒子長大，誰知在兒子十五歲那年，游泳出事了。她勇敢地走過傷痛。某家學報上出現了她的名字，她的研究在國際上引起注意；左葳的妻子，深知左葳的能力不夠，想盡辦法邀請曾令兒幫忙，此時，曾令兒已走出愛情的傷痛，已能坦然面對。

　　在這樣的故事結構中，我們可分三個階段來看女主人公所反映出來的女性意識。

　　第一個階段的曾令兒是個執著付出眞愛，斷然斬情絲，敢愛敢恨的女子。爲左葳頂罪時，她站在臺上接受批判，還微微地笑，如果她那個態度是在文化大革命時，絕對讓人給打死。爲什麼她會如此「從容就義」？因爲，爲了所愛而犧牲，她覺得值得，所以站在臺上的她就像一株被狂風暴雨肆意搓揉的小草，卻拚命地用她柔嫩的細莖，爲左葳遮風擋雨——

　　　　她帶著一種超凡入聖的快樂，看著低垂著腦袋，坐在會場
　　　　一角的左葳。什麼批判？什麼交代？她心裡只有這個低頭
　　　　坐在角落裡的人，和對這個人的愛。她願為他獻出自己的

一切：政治前途、功名事業、平等自由、人的尊嚴……[20]

可是左葳又是怎樣回報曾令兒的呢？爲了報答她的救命之恩，他去領登記結婚的介紹信，身旁的人勸他要考慮後果——會被開除黨籍；和她一起分配到邊疆；沒沒無聞地度過餘生。他有所動搖，在接過介紹信的同時，他突然發現他和她的愛情消逝了。所以，當他拿著介紹信去找她，她問他是否愛他時，他並沒有直接回答。於是，她打定主意不要這種「道德性」的婚姻。當天晚上，她決定留下來過夜，用一個夜晚，完成了一個婦人的一生。隔天一早，她要他將介紹信交給她，在陽臺上她迅速地將那封介紹信撕成碎片，並頑強地笑著說：「你看，像雪花一樣，很快就會融化了。」「我們已經結過婚了，你已經還盡了我的債，我們可以心安理得地分手了。」[21]

曾令兒勇於擔當的堅強果決，在此全然展現。

左葳這樣一個大男人，相較於曾令兒，實在遜色太多。左葳敢寫激烈的言論，卻不敢承認，就在風雲變色時，他驚惶失措，曾令兒二話不說爲他挺身而出，一點也沒有顧念到自己的面子尊嚴、政治前途或功名事業。而曾令兒的義無反顧正突顯了左葳的貪生怕死，他原要娶曾令兒答謝她，卻又害怕未來可能發生在他身上的一連串不幸；曾令兒不想爲難他，也不想要一段虛有的婚姻，便主動提出分手，讓他有重新選擇生活自由的機會。甚至在他們的性愛關係中，曾令兒都是主動出擊的，她一直清楚地知道自己在做什麼、自己要的是什麼；而同時男性的自私、薄情與儒弱在此展露無遺。

第二個階段的曾令兒充分發揮母性，忍辱負重。離開家鄉後，她

20　張潔：《張潔》，北京：人民文學出版社，1993年5月，頁233。
21　張潔：《張潔》，頁241～242。

發現自己懷孕了，她是那樣地欣喜若狂「好像發現了一個金礦。一夜之間，她從一個窮光蛋，變成了百萬富翁。」[22] 她期待肚子裡的是個和左葳一模一樣的男孩。然而，不難想像當時大腹便便的她處於勞動改造時期，那樣的處境是如何的艱難：

> 「妳必須交代自己的錯誤，檢查犯錯誤的政治根源、思想根源、歷史根源、社會根源。這是和誰發生的？在哪兒？是初犯，還是屢教不改？這樣做的動機和目的？」[23]
>
> 「政策我們已經向妳交代清楚了，如果妳拒不交代和檢查，只會加重對你的處分，延長妳的改造時間。妳現在的罪行是雙重的。右派分子加壞分子。地、富、反、壞、右，妳一個人就占了兩項。」[24]

不論上頭的人怎樣輪番找她談話，要她交代，她只是用雙手護著肚子，不發一語。她對肚子裡的孩子說，她願他父親前程遠大，她會永遠保護他和他父親。

孩子是她活下去的希望，為了他，她忍辱負重地承受肉體和精神的慘痛折磨，忍受他人輕視的目光、侮辱的言語和羞恥的指點。她反擊食堂師傅對她的騷擾，卻招來一頓毒打和訓斥，自此，食堂師傅從不按量給夠她所買的飯菜，還把剩的、餿的賣給她。她就這樣度過了餓得頭昏眼花的每一天，一直到兒子落地，在醫院還受到醫護人員的羞辱。

好幾次，她望著吃不飽的兒子，總有衝動想寫封信向左葳求救，

22　張潔：《張潔》，頁246。
23　張潔：《張潔》，頁247。
24　張潔：《張潔》，頁247。

不過還是沒寫出一封信；只有一次，兒子病危，她急得沒了主意，便打了一通長途電話，不過她還是沒有出聲。等到兒子退燒後，她喃喃地對他說：「你看，我沒有對他說。我們還是撐過來了，對麼？等你長大了，你就知道，頂好的辦法是誰也不靠，而是靠自己。」[25] 曾令兒說這話時，是多麼地語重心長啊！「靠自己」三個字傳達了兩性平等的訊息，她知道一切只能依賴自己，唯有充分的自信和自強不息的奮鬥，才有資格繼續往前。

誰知兒子還來不及長大，就死在一個小池塘裡，這對曾令兒來說又是一場劫難，沒了這個和她相依為命的兒子，她的生命失去了意義。

兒子是那樣的貼心懂事，因為沒有父親，在學校受欺負也不說，因為怕她擔心；他在名為「我的爸爸」的作文裡讚揚她的偉大，說：「媽媽是條好漢，不管遇見什麼倒楣的事，她從來不哭……」作文拿了個「優」，老師親自上門誇她是忍辱負重，苦盡甘來了。

女人，因為成為母親而愈見偉大；因為成為母親才算得上是真正的女人。曾令兒在兒子身上找到了情感的寄託，她的愛情雖已遠離，但她能在兒子身上傾注她的親情。孕育生命的艱辛；生產當天，羊水破了才往醫院走，半夜叫不到車，忍著子宮收縮的陣痛，爬到了醫院；養育孩子長大，她不靠任何人，也沒有任何人可以依靠，在那樣的生活處境下，她的確稱得上是勞苦功高。

第三個階段的曾令兒為理想堅持，為事業努力。曾令兒的數學成績一直很出色，就算是在被下放的二十多年中，她仍然始終不渝地持續這方面的研究工作。

她想起以前背著兒子夜讀的情景；想起常常被兒子尿濕的背；想

25　張潔：《張潔》，頁252。

起為了這一天的到來，為了把自己奮鬥、積蓄了二十多年的能量和才智獻給社會，她多少次拒絕了兒子「和媽媽小玩一會兒」的要求；兒子有一次留給她的字條寫著：「我恨妳的演算題。」她原答應帶他去春遊，而她未能如約，兒子留下那張字條，一個人去了……，現在她已永遠無法補償兒子。假如以後，她能對這個社會有所貢獻，她想，這貢獻裡，必也包含著兒子的一分努力和犧牲。

從這裡我們看出了一個女人要獨自撫養一個孩子長大成人是多麼地不容易。

堅強地走過喪子之痛，曾令兒在事業上找到出口。她的一種計算機乘法過程的演算方法在國際上引起反響。她在事業上的成就，我們可從盧北河對她的重視程度看出。

盧北河和曾令兒、左葳是大學同學，盧北河喜歡左葳很久了，就在曾令兒出事下放後，她得到了左葳，得到左葳後，她才更看出他的無能。當混亂的局面停止後，盧北河已經是一個研究所的黨委副書記兼副所長，而左葳只是研究所的科研人員，盧北河一直在幫助左葳穩住他的職位。學術界重現曾令兒的名字後，在盧北河的深思熟慮下，她決定以研究所名義邀請曾令兒來參加超微型電子計算機微碼編制工作。這項工作的主持人是左葳，不過有一些閒言閒語傳說左葳根本不稱職，如果不是盧北河，他哪能有今天。盧北河希望能得到曾令兒的幫助，只要曾令兒進了微碼編制組，以她的工作能力和專業認知，微碼組一定會有一番成績的；有了成績，左葳穩當地做到退休應該不是問題才是。

盧北河邀請曾令兒共進晚餐，談起他們的婚姻生活：從未拌嘴、吵架。幸福得如同一個隨心所欲的主人，和一個唯命是從的奴隸。盧北河感慨地對曾令兒說：「妳已經超脫了，因為妳不再愛了。一個人只要不再愛，他便勝利了。因此，我想說幾句不怕妳不高興的話，多

少年來，我們爭奪著同一個男人的愛，英勇地為他做出一切犧牲，到頭來發現，那並不值得。而他對我們的犧牲，全然不覺，或是他認為我們理應如此。」[26] 盧北河很羨慕曾令兒能有機會獨立發展自己的事業，而她卻要為無實質才幹的丈夫找門路、撐場面。在這裡我們見到了另一個為愛情犧牲奉獻的女子。

作者安排了一個小說情節，讓曾令兒明白地確定她對左葳的愛情已經全然過去。

曾令兒回E市參加會議，在火車上偶遇一對新婚夫婦，又正巧住同一間旅館，新婚夫婦要去海邊游泳，曾令兒警告他們不要去，說那裡有漩渦（左葳曾在那兒游泳差點溺斃，他緊抓著曾令兒，後來曾令兒硬是撐著救起了他），但他們還是去了。當天晚上，盧北河向曾令兒商量留下來幫助左葳，曾令兒答應考慮。

就在與盧北河分手，曾令兒開始思索這個難題時，之前去游泳的新郎出事了，曾令兒抱著新娘安慰著她。經過了這件事，曾令兒覺得「她已越過了人生的另一高度。她會去和左葳合作。既不是為了對左葳的愛或恨，也不是為了對盧北河的憐憫。而是為了這個社會，做一些有意義的事情。」[27] 她尊重自己，清楚自己的行事，所以對於所承載的苦難，從未後悔過。這代表著曾令兒思想層次的提升以及對自我存在價值的肯定。

經由這三個階段的分析，我們見到堅毅的曾令兒的精神不斷地超越自我的高度，在超越的過程中，她不斷地擴大其「愛」的母題，把「小我」的兒女私情之愛，擴大到「大我」的社會的民胞物與之愛。由於她的女性經驗，讓讀者有了獨特的認識價值。

26　張潔：《張潔》，280頁。
27　張潔：《張潔》，285頁。

此外，在曾令兒身上我們也見到了女性某些無私的、不求回報的犧牲奉獻是男人絕對無法做到的；同時也領悟到愛的眞諦之於兩性，在認知程度上不同的差異，誠如西蒙·波娃所說的，對於男人而言「在他們生命之中，在他們的內心還停留在自我中心的狀態；他愛的女人僅是有價值的東西之一；他們希望女人整個活在他們的生命中，但是並不希望爲她而浪費生命。對女人而言，正好相反，去愛一個人就是完全拋棄其他一切，只爲她愛人的利益存在。」[28] 由此可見出女性不同於男性的偉大之處。

在尋求婦女解放的過程，除了在外部世界要解除社會習俗、傳統觀念的根源外，婦女本身的努力更爲重要，想要追求獨立的人格，不依賴男人，唯有自愛自重、自尊自強才能活出自我，這應該是張潔在小說中所呈現給讀者的啓示。

㈢《無字》

小說講述了中國近百年間三代女人在風雲時代中的浮沉與漂泊，她們面對窮困的童年、殘忍冷酷的戰亂流離、無情冷峻的男人，波折坎坷的命運不斷地折磨著她們。這三個女人，各自用自身的面貌去面對社會的動盪與其生活的變革。

小說主要圍繞兩條主線展開：第一，是從離婚後進入精神病院的吳爲的悲慘生活開始，追述吳爲與前夫胡秉宸，和前夫的前妻——白帆三人之間的複雜關係，以及胡秉宸的經歷；第二，與第一條主線交叉並行，講述血脈聯繫的一個家族從墨荷、葉蓮子和吳爲一家三代女人充滿磨難的悲劇命運與其在婚戀關係上的失敗，另外，還有最終改變了家族傳統悲慘命運的第四代人——禪月。

第一代的墨荷，出身於舊時代的望族，但卻被父親輕率地嫁給了

28　王緋：《女性與閱讀期待》，西安：陝西人民教育出版社，1998年9月，頁85。

家道敗落，但滿是家規的葉家。墨荷成為傳宗接代的工具，吃盡苦頭，備受虐待，最後難產而死。

第二代的葉蓮子，從小就失去了墨荷的母愛，她飽受欺凌，之後雖然自主婚姻選擇丈夫，卻遇人不淑，遭到丈夫遺棄，帶著吳為流離失所。雖然受過教育，在經濟上能獨立自主，但葉蓮子的精神仍停留在：男人才是一家之主的傳統觀念，她痴情守望著對家庭不負責任的丈夫，這也注定了她的情感生活走向悲劇。

第三代的吳為，是小說的主角，吳為是位作家，經濟獨立、人格獨立，比起外婆墨荷她已算是完全做了自己生命的主人，比起母親葉蓮子她也有絕對自信的生存能力，但她還是重演繼承了上兩代的婚戀悲劇，也因其獨特的性格造就了自我的磨難。

吳為不惜讓母親傷心，不顧反對，執著於她所愛的老幹部胡秉宸，她一直以為自己是個幸福的女人，但十幾年來才驚覺她所迷戀的胡秉宸是個驕傲自我、刻薄虛偽的人，她從未得到她所要的愛情與尊重。最後，在婚變離異後，她被自己擊毀，陷入極度焦慮的精神崩潰狀態，但也因此得到解脫，神經失常、撒手人寰。

胡秉宸在吳為眼裡是男人中的男人，她對他有著強烈的英雄崇拜，不論是學經歷、能力、智慧、學識和風度，都具獨特的魅力。吳為曾對胡秉宸說：「只有我才了解你的價值。好比一件出土文物，上面沉積著萬年的泥土，一般人覺得不過是個土疙瘩，也許順手就扔了，碰巧有人知道它是文物，也能鑑別它的顏色、造型、年代……，但只有我才能鑑別出他人鑑別不出的、使它得以精美絕倫的奧秘。」[29]當時胡秉宸覺得遇到了千載難逢的知音。過了很久，即便吳為對他有了更多的了解之後，也還依舊認為：「不論怎麼說，你在

29　張潔：《無字》第一部，北京：北京十月文藝出版社，2001年12月，頁285。

你那個階層當中，還是最優秀的一個。」胡秉宸倨傲地「哧」了一聲，說：「何止我這個階層！」[30]

　　到了吳爲和胡秉宸的婚姻即將結束時，胡秉宸突然對吳爲說：「我搞女人從來不主動。」

　　吳爲聽了不覺一驚，這是胡秉宸處理女人問題的關鍵所在？是對他們這段婚姻的否定，還是就公老虎和母老虎間勝負難分的格局，再咬一個回合？還是一種炫耀？吳爲問他：「照你這樣，又怎麼能把女人搞上手呢？」謝幕的時刻即將來臨，胡秉宸終於可以亮出他的秘密武器：「想辦法讓她們主動。」[31]

　　胡秉宸雖然當年還是排除萬難和白帆離婚，接著和吳爲結了婚，應驗了胡家近幾代男人兩個老婆的命數。一夫一妻制讓他在法律上不能同時擁有兩個妻子，但在實際生活中，他卻游刃於吳爲和白帆之間。

　　小說裡有一段胡秉宸回憶和吳爲與白帆的性愛經驗，充分展露了他的「沙文」式的自私——

　　　　和吳為做愛簡直是換了人間。那真是三月、煙雨。
　　　　他睡了幾十年的白帆，何曾讓他品味過這樣的韻致？
　　　　白帆可不是白白把他蹧躂了幾十年？
　　　　不過天長日久下來，江南煙雨總給他一種序曲的感覺，作
　　　　為序曲，江南煙雨雅則雅矣，卻只能是劇中情節的提示。
　　　　老聽下去，還會膩煩。他甚至有點懷念白帆年富力強時那
　　　　種具有原始風情的粗獷、淋漓和她的「頂住」。

---

[30]　張潔：《無字》第一部，頁285。
[31]　張潔：《無字》第一部，頁316。

她那一觸即發的興奮點，在性愛過程中，真是男人的一處
寶藏。可惜已是明日黃花，美人遲暮。

……

有時他異想天開，如果把吳為的「序曲」和白帆的「頂
住」，還有吳為年輕的胴體和白帆那個興奮點合二而一，
豈不美哉？[32]

胡秉宸從來沒有自省過，爲什麼吳爲總是停留在一部歌劇的序曲之
中？也從來沒想過，他是否還是當年的好漢一條？

　　有時吳爲不禁發出感慨：1949年以後取消了一夫多妻制，究竟
是好，還是不好？如果不取消一夫多妻制，女人們可能就會安於她
們各自的地位，像舊生活那樣，大太太閉起眼睛、不聞不問吃齋念
佛，小妾們安於自己的妾位，無所謂名分的正式、大小，更不會鬧出
那許多流入市井成爲茶餘飯後閒聊的離婚案。男人們也就滿足了對
女人總體的要求，更不必爲平衡與諸多女人的關係絞盡腦汁，費盡
心思，結果是大家都不滿意。她甚至想，新中國在男女之間造成的
最大誤會，可能就是取消了一夫多妻制。說到底，男人對女人的關
係，實際上是個管理問題。也就難怪胡秉宸老對吳爲抱怨、不解地
說：「一百多萬人的一個大部我都管得好好的，怎麼就管不好兩個女
人！」[33]

　　吳爲與胡秉宸的戀情，激發了她的生命力，同時也斷送了她的一
生。自憐的吳爲對胡秉宸服務式的愛，造就了本就自我的胡秉宸以管
理的方式去擴大以他爲主體的愛情。

32　張潔：《無字》第一部，頁317～318。
33　張潔：《無字》第一部，頁317～318。

　　胡秉宸很會對女人動之以情。他的情話讓吳為回想起來，還能耳
熱心跳。

　　女人為難女人，發生在都愛著胡秉宸的白帆和吳為身上，當年吳
為介入胡秉宸和白帆的婚姻，後來白帆又反過來成為他們之間的第三
者，而吳為也明白知道，胡秉宸和她離婚是為了和白帆再複婚，但吳
為卻沒有像白帆當年整治她那樣對白帆以牙還牙，製造社會醜聞。
三十年河東，三十年河西。她沒有要拖住胡秉宸不放。她從自己愛了
胡秉宸二十多年的經歷就也能了解白帆對胡秉宸的愛和她一樣有多麼
艱難。

　　在不與女人調笑的時刻，胡秉宸是「不苟言笑的，因此他的不理
不睬，比之他人更具威儡力。即便在與女人調笑的時刻，女人們也從
不敢因他的寵愛而失去對他的敬畏。有一種男人，是永遠君臨於女人
之上的男人，胡秉宸就有幸成為這為數不多的男人中的一個。」[34]

　　吳為對胡秉宸的愛，是可以交出生命的，但胡秉宸卻是自私得無
法交出一點真心。其實吳為在與胡秉宸近三十年的關係中，她早就
該認知他的委過自保和狎弄褻慢，婚前婚後都是的，他在任何情況
下都努力保全自己，包括吳為受到迫害、被人曲解，或是他們約會時
怕被人看到，他會猛然將她一推，趕快甩手走開。他從未為她挺身而
出，最終她還是只能結束這場付出全身心，卻又千瘡百孔的愛情。

　　胡秉宸對愛情是絕對清醒的，需要時便取用，不需要時便隨時丟
棄，沒有絲毫的不忍、不捨或猶疑。再看胡秉宸對吳為的利用，還充
分展現在決定和吳為離婚前，還要吳為幫他把書稿打字。

　　對於胡秉宸的這部巨著，吳為不是很以為然。因為她認為，那些
資料都是許多研究者已經發表的論文彙集，並無新意。但是胡秉宸

34　張潔：《無字》第一部，頁19。

堅持要她替他打字，還不准讓人知道這部書是他寫的。吳爲覺得，他把這些算不了什麼事的文字太當回事了，「是你寫的又有什麼關係？我不認爲這裡面有什麼值得特別注意的東西。這些論點，早就散見於各處報刊、書籍，不信傍晚出去走走，地攤兒上有的是這種書賣……，即便追究也追究不到你的頭上。」[35] 胡秉宸堅持要吳爲在她明天上飛機前把它打好，帶到國外，「用你那個洋女婿的名義——千萬不要用你女兒的名義，不然有關部門一查還會查到我的頭上——想辦法把這部書出版，再讓他發回國內。那樣，誰也不會想到這部書是我寫的了。」[36]

　　吳爲驚悚地停下打字，沒想到胡秉宸這個算盤打得實在太精，也太無情無義了。即便禪月已經不是中國國籍，即便胡秉宸認定這部書肩負著重大的歷史使命，胡秉宸也不能這樣坑害她的家人。

　　吳爲捂著心口的疼痛，直到深夜，才完成打字的工作，當她把備分軟碟遞給胡秉宸時，他卻不急著接手，說等一下。他去找來一雙手套，把那手套戴上後，才來接吳爲手裡的軟碟，原來他是怕軟碟上留下他的指紋！

　　吳爲不可遏制、歇斯底里地大笑起來：「你眞是沒有白幹多年的地下工作！」然後又看看自己赤裸的雙手，越發不怕別人聽見地高聲說道：「你怎麼沒想到讓我戴上一雙手套？」[37]

　　吳爲的一生感情還是重蹈了外婆和母親的覆轍，她在父親缺席的情況下成長，目睹外婆和母親爲情所累的痛苦一生，但她還是走不出自己的性格悲劇，困在自己的愛情絕望中。

　　吳爲的女兒禪月，是完全掌握自己命運的現代女性，她遠走他

35　張潔：《無字》第一部，頁192～193。

36　張潔：《無字》第一部，頁197。

37　張潔：《無字》第一部，頁200。

鄉，找尋眞我，她曾告訴外婆和母親：「瞧瞧妳們愛的都是什麼
人？咱們家的這個咒，到我這兒非翻過來不可！」過去禪月也老是教
育吳爲，百分之百是個不祥的數字，人對任何事情都不能百分之百地
投入，不能把一生孤注一擲地押在一件事情上。[38]

　　禪月在她的人生的課題中，努力要完全掌握自己的命運，不向命
運低頭，要走出不同於家族悲情女性的康莊之路。

　　此外，值得一提的是，張潔在努力頌揚母愛的同時，也同時毫不
留情地對男人提出人性陰私的揭露和批判，把小說中的三位父親葉志
清、顧秋水、韓木林，在偉大的母親角色的對比下，更加顯現出低微
的人性弱點。

【問題討論與活動設計】

1. 每個人都在尋找生命中的諾亞方舟，請從張潔堪稱女性生活的艱
   辛創業史——〈方舟〉中三位獨身知識女性在工作、生活上遇到
   的艱難挫折又不懈努力的歷程，說明你的學習收穫。

2. 年輕時，我們常以爲面臨很多走不過去的關卡，以爲自己的能力
   絕對承受不了那麼大的負擔——升學的壓力、愛情的傷害、友情
   的背叛、工作的競爭、同事間的爾虞我詐——可是只要你願意，
   你的意志夠堅強，你一定可以走過來，而且當你走了過去後，你
   的心靈又更壯大了，每過一關，會更覺人生的美好。請從張潔
   〈祖母綠〉說說你如何在生活的困頓中愈挫愈勇的經驗。

3. 張潔《無字》裡的吳爲爲生命精神困境的宿命與絕望走不出自己
   的悲劇性格，但女兒禪月卻努力掌握生命，不向命運低頭。你身
   邊可否有這一類的實例可以分享？又請說明女性如何在愛情中尋
   求幸福的定位。

38　張潔：《無字》第三部，頁449。

第二節

張抗抗

（1950～）

一、創作背景與評價

　　張抗抗是北大荒的知青作家，出生於杭州的一個知識分子家庭，雙親為她命名為「抗抗」，原是寄託著他們的信念和願望，他們結識於抗日戰爭，抗抗誕生又適逢抗美援朝之際，他們希望在抗抗血管裡流動的，不僅有女性的柔弱，還要有奮發抗進的精神。關於張抗抗的名字，她本人說過：「由於我的名字注定要同抵抗、抗禦、反抗等相關係，我想我的一生大概永遠不得安寧。」[1]

　　張抗抗的父親是《浙江日報》政教組的負責人，母親是《浙江日報》的記者。1952年，張抗抗的父親蒙上了不白之冤，她不明白這個曾賣掉結婚戒指去支援革命的父親，竟被說成有「歷史問題」。張抗抗在學校受到了很大的傷害，提早結束了快樂的童年。父親改行當了車工、泥水工和搬運工，在幾十年的逆境中，父親逆來順受、毫不氣餒，這對張抗抗的成長，影響深遠。

　　張抗抗的母親，因為受到丈夫的牽連，也改行當了中學語文教員，在逆境中，她將對文學和生活的愛，全然灌注在牙牙學語的張抗抗身上，張抗抗才剛學會說話就開始背詩。上了小學，母親在陪她上下學途中，為她說故事、唸詩、學普通話、唱歌，啟發了她對文學的興趣。

　　家庭、學校與自然地域環境的啟迪熏陶，不可諱言的，是造就張抗抗成為文學家的重要因素之一。

　　1969年，中學畢業後到黑龍江國營農場勞動八年，當過農工、磚廠工人、通訊員、報道員、創作員等。一個文學家往往是在困阨的環境，人性遭遇壓抑的處境下誕生，張抗抗就是一個實例。

---

[1] 呂晴飛主編：《當代青年女作家評傳》，河北：中國婦女出版社，1990年，頁482。

　　她嘗盡了知青所有的辛酸。在北大荒八年的時間裡，她當過農工、瓦工、通訊員，種菜、壓瓦、伐木、搞科研、寫報導，她結了婚，又離了婚，身為一個有了孩子的女人，她的苦楚又多了一層。她回憶那段生活說：「幻想的破滅，希望的消失，使我的心幾乎凍凝，這其中也包含一部分個人生活的挫折。我的內心充滿了憂鬱和痛苦。」[2] 然而，這般的憂鬱和痛苦卻成為張抗抗創作的泉源。

　　1972年，發表了第一篇短篇小說〈燈〉，其後持續創作，1986年，出版長篇小說《隱形伴侶》，是反思知青歷史的嘗試，其他作品還有〈淡淡的晨霧〉、〈北極光〉、《赤彤丹朱》、《恐懼的平衡》、《女人的極地》、《情愛畫廊》、熱銷三十萬冊的《作女》以及發表於2003年，鮮明表現知青懺悔意識甦醒的《請帶我走》等數十部作品。部分作品被翻譯為英、日、德與俄文等譯本，備受文壇肯定。作品中〈夏〉，獲1980年全國優秀短篇小說獎，〈淡淡的晨霧〉獲第一屆全國優秀中篇小說獎。曾出訪美國、加拿大、德國、法國、俄羅斯、南斯拉夫、馬來西亞等國家，從事文學交流活動。

二、作品賞析

(一)〈北極光〉

　　人性，是新時期文學一個共同的主題，張抗抗利用〈北極光〉這篇愛情小說去呼籲：女性的個性、尊嚴和權利，是必須從長期被壓抑的環境中給開掘出來，並加以重視的。

　　在女主人公陸岑岑的愛情生命中出現了三個男人——

　　傅雲祥和陸岑岑是經由他人介紹認識的，傅家的條件令陸岑岑的

2　呂晴飛主編：《當代青年女作家評傳》，頁483。

母親相當滿意──傅雲祥的父親是處長，他則是個三級木匠，人長得高大英俊。但是，對於這個功利主義的未婚夫，每天忙著交際應酬，到處拉關係，陸岑岑總嫌他市儈無大志，她尤其受不了他與那群朋友庸俗的聊天和烏煙瘴氣的麻將聲。

費淵和陸岑岑是同一所大學的同學，一次，他們不期而遇，閒聊起來。在暢談中，陸岑岑被他的談吐所吸引，同時也發現費淵是個悲觀主義者，他覺得人性是自私的，現實是黑暗的，理想是虛偽的，年輕人的唯一出路只能是自救。

曾儲和陸岑岑在費淵的宿舍相識，他是學校裡的水暖工，老師為他說了一些好話，才得以進入業餘大學日語系插班進修。他有著不幸的身世。從小是個孤兒，和陸岑岑一樣當過知青，後來進廠當管理員，因為揭露廠領導的不法行為，遭到報復，同時又因為與天安門事件有牽連，被捕入獄，女朋友也因此離開了他。雖然如此，他對人生的看法，卻和費淵正好極端，是個樂觀主義者，他認為個人想要得到幸福，必須先以實現社會的共同幸福為前提。他對生活的熱情，使陸岑岑對他產生了很大的興趣。

作者利用陸岑岑對「北極光」的嚮往──小時舅舅告訴過她，北極光的神奇美麗，誰要是能見到它，誰就會得到幸福──陸岑岑先後對三位男主人公提起北極光，而他們的不同看法，呈現了不同的人生觀，決定了陸岑岑的選擇。

傅雲祥──

「那全是胡謅八咧，什麼北極光，如何如何美，有啥用？要是菩薩的靈光，說不定還給它磕幾個頭，讓它保佑我早

點返城找個好工作……」[3]

費淵——

「出現過？也許吧，就算是出現過，那只是極其偶然的現象。」

「可你為什麼要對它感興趣？北極光，也許很美，很動人，但是我們誰能見到它呢？就算它是環繞在我們頭頂，煙囪照樣噴吐黑煙，農民照樣面對黃土……，不要再去相信地球上會有什麼理想的聖光，我就什麼都不相信……」[4]

曾儲——

「十年前，我也曾經對這神奇而美麗的北極光入迷過……，我是喜歡天文的，記得我剛到農場的第一天，就一個人偷偷跑到原野上去觀測這宏偉的天空奇觀，結果當然是什麼也沒有看到……，我問了許多當地人，他們也都說沒見過，不知道……，我曾經很失望，甚至很沮喪……，但是無論我們多麼失望，科學證明北極光確實是出現過的，我看過圖片資料，簡直比我們所見到過的任何天空現象都要美……，無論你見沒見過它，承認不承認它，它總是存在的。在我們的一生中，也許能見到，也許見不到，但它總是會出現

---

[3] 中國作家協會創研室編：《公開的「內參」》，長春：時代文藝出版社，1989年，頁20。

[4] 中國作家協會創研室編：《公開的「內參」》，頁52。

的……」[5]

隨著婚期的逼近，陸岑岑內心的困惑更加強烈，終於就在傅雲祥強拉著她去拍結婚照，在即將穿上婚紗的剎那，她逃出了照相館，決心去找尋她理想中的愛情，她「寧可死在回來了的愛情的懷抱中，而不是活在那種正在死去的生活裡」[6]。

　　陸岑岑對於再度尋求復合的傅雲祥說：「你沒有對不起我，我只是怕對不起你也對不起自己……」[7]此時，陸岑岑才正視到自己的存在，才注意到自己的看法與感覺。從那一刻起，她才是真正為自己活著的，因為她怕會對不起「自己」。我們從陸岑岑對愛情的堅持，看到了她女性意識的覺醒，而這種覺醒代表的是女性可以在人格與經濟獨立的條件下，擺脫對男性的依附。

　　對於這段婚姻她也掙扎過，她在心中對傅雲祥坦白說──

　　　　這樣結合的婚姻只能是加快走向墳墓的速度。原諒我這樣說，我一直無法擺脫這個感覺。我和你在一起並不快活，我從來沒有嘗過愛情的甜蜜，這是事實。我不愛你，我也不知道你是否真的愛我，或許你的愛就是那樣的罷。我欺騙了自己很久，強迫自己相信那只是我的錯覺，結果也欺騙了你。雖然我從沒想過要欺騙人，可是這種感覺卻一天比一天更強烈地籠罩了我。人是不應該自欺欺人的，無論真實多麼令人痛苦……[8]

5　中國作家協會創研室編：《公開的「內參」》，頁120。

6　中國作家協會創研室編：《公開的「內參」》，頁89。

7　中國作家協會創研室編：《公開的「內參」》，頁111。

8　中國作家協會創研室編：《公開的「內參」》，頁112。

我們見到此時此刻的陸岑岑有著最清明的具有思考的心，她正視
內心的感覺，不再逃避現實。

在那樣的社會背景下，陸岑岑不禁要對傅雲祥說：

> 我記得你給過我的所有關心，可是我卻不能不能愛你……
> 假如社會能早些像現在這樣關心我們，不僅給我們打開眼
> 界和思路，而且為我們打開社交的大門，假如這一切變化
> 早些來到我們心上，假如我早些知道自己應該怎樣去生
> 活，也許這樣的事就不會發生了……[9]

在當時有限的社交環境中，陸岑岑當然無法為自己設計一個擇偶的標
準，她只能透過與對方的交往，隨著時間的累積，漸漸地了解對方是
怎麼樣的一個人，是否適合她。一些評論家如果只是失之偏頗地站在
另一個角度去看陸岑岑，而忘了人在婚前還是有選擇的餘地，甚至也
忘了人在婚後還是有追求幸福的權利，那在他們眼中的陸岑岑當然不
是什麼三貞九烈的女子了。

張抗抗說：「我寫〈北極光〉，內心深處抱著一種美好的祝願，
願青年們能在理想的召喚下，看到希望，加強自信力，從而由徬
徨、猶豫、朦朧走向光明。」[10]

要使婚姻保持長久幸福，必須雙方保持忠誠，但這「雙方」必
須是真心相愛的雙方。陸岑岑並不是一個水性楊花、朝三暮四的女
人，表面上看來，她已和傅雲祥「登記」，卻又能在那麼短的時間內
喜歡上別人，顯然對感情不忠實；但事實上，這正是因為她和傅雲祥

9　中國作家協會創研室編：《公開的「內參」》，頁113。

10　滕雲主編：《新時期小說百篇評析》，天津：南開大學出版社，1985年，頁248。

所建立的並不是愛情，或者，勉強說是愛情，但也是脆弱的、不堪一擊的愛情。當陸岑岑決定逃婚時，傅雲祥第一個反應是：他要怎麼向家人、向大夥兒交代，而不是檢討為什麼會讓陸岑岑有逃婚的念頭。由此，可以想像他們之間愛情的「深度」。

　　基本上，陸岑岑和傅雲祥交往後，漸漸發現無法接受這個人，所以，他們的「愛情」根本經不起考驗，以致當她遇上了費淵後，被他的才智和信仰所吸引，她甚至不明白自己會不由自己地多次找藉口，製造和費淵見面的機會。她原以為可以在費淵身上找到她理想中的愛情，然而，當她見識到費淵自私的真面目而失望後，她又更進一層的覺醒，在她的愛情選擇中再度更新自己的精神境界，最後終於在曾儲的世界裡找到自己心中那片美麗的「北極光」，給了實現自己價值觀和人生理想的新方向。

　　如果要說陸岑岑有過錯的話，那就是她未能妥善處理她的愛情。她既然不欣賞傅雲祥的性格和生活，就該慧劍斬情絲，在沒有約束的單身狀況下，去「比較」、「選擇」出她理想的伴侶，而不是在和傅雲祥有了婚姻約定後，才又猶豫不決，背著傅雲祥精神出軌，這當然是不忠實的。

　　但是，我們試著換一個角度來看，就陸岑岑當時所處的現實環境，傅雲祥對她來說，確實是她最好的選擇，我們可以見到小說中當傅雲祥請求她回頭時，她也曾動過回去的念頭。愛情與麵包，是很難取捨的，此乃人性的弱點，基於這一點，我們便不好過於苛責陸岑岑了。

　　張志國在〈對美好理想的追求〉一文中就指出：作者是通過小說主人公陸岑岑對愛人的選擇，來表現她對生活的選擇，對美好理想的追求。……陸岑岑同傅雲祥決裂，與費淵分道揚鑣，而最終選擇曾儲，並不說明她在愛情問題上不嚴肅，只能表明她是把愛情的選擇同

人生道路結合在一起的，並且把後者看作是締結婚姻的基礎。[11]

如果不是陸岑岑遇上了費淵，遇上了曾儲，改變了她的想法，給了她出走的力量和支柱，也許她還是會在無愛的婚姻中，遺憾地度過一生；但是，陸岑岑還是做出了改變她一生的選擇，勇敢地面對父母的責罵，鄰居、朋友的斜眼和奚落，她拋棄了名聲、尊嚴和榮譽，忠心地面對自己的決定，那的確是需要相當大的勇氣的。

當陸岑岑覺醒後，她的思想有了很大的成長，且看她逃離傅雲祥後的心理活動——

> 人活著到底是為什麼呢？人生的意義又到底是什麼？我想得頭疼、發昏、發炸，可是我沒有找到回答，也許永遠也找不到。但是我不願像現在這樣活著，我想活得更有意義些，這需要吃苦，需要去做許許多多實際的努力，而在事先又不可能得到成功的保證，我知道這在你是絕不願意的。可是我看到了在你和我的生活之外，還有另一種生活，在你以外，還有另一種人。假如你看見過，你就會對自己發生懷疑，你就會覺得羞愧，會覺得生活完全不應是現在這個樣子……[12]

我們再來看看當她鼓起勇氣拒絕了已經和她辦過「登記」的未婚夫，而走向費淵時，她說：「無論如何，我不應向命運妥協。過去，是無知，是軟弱，自己在製造著枷鎖，像許多人那樣，津津有味地把鎖鍊的聲音當作音樂……，可是突然你明白了，生活不會總是這

---

11 秋泉：〈《關於北極光》的討論綜述〉，《作品與爭鳴》第四期，1982年，頁64。

12 中國作家協會創研室編：《公開的「內參」》，頁112。

樣，它是可以改變的。在那枷鎖套上脖子前的最後一分鐘裡，為什麼
不掙脫？不逃走？我想，這是來得及，來得及的……」[13]

　　陸岑岑在走過的痕跡中，勇氣地承認過去的錯誤，並且把以前費
淵對她說過的話，拿來作為讓自己更站得住腳的理由：「你說過，人
生的目的就是追求現世的幸福。而從戀愛的角度談幸福，就是獲得他
所愛的人的愛。每個人都應該珍惜自己的存在，努力擺脫舊的傳統觀
念的束縛，人應當自救！」[14] 她表示她不要再錯下去了，她要找尋她
的真愛，無論付出多大的代價，她要費淵告訴她該怎麼辦？

　　這時陸岑岑的表現比起那個教她欣賞的有思想、有學識的費淵，
更具有膽識。我們來看看費淵給她什麼樣的答案——「生活很複
雜，人生，虛幻無望……我們能改變多少？即使妳下決心離開他，生
活難道會變得多麼有意思嗎？……我沒法回答妳……妳想想，別人如
果知道我支持妳和妳的……未婚夫決裂，會……」[15] 當然，陸岑岑希
望得到的是鼓舞的肯定，而費淵的這個答案教陸岑岑愛情的金字塔徹
底倒塌了。相較於陸岑岑勇於面對現實挑戰的精神，費淵則在前後矛
盾不一的言論中，顯得更為怯懦，毫無擔當。但陸岑岑自己很快地爬
起來，忍著淚向費淵道別，並自問：「我會愛他這樣的人嗎？」

　　張抗抗在〈女人的極地〉文末期許：「假若每個女人都能按自己
心中理想男人的標準去選擇男人，女人才能走出寒冷的南極圈，在情
愛的赤道地帶，大聲呼喚被困於北極的男人。」[16]

　　當中國的知識女性受了教育，有了經濟能力，不再為生活的溫飽
發愁，便開始要求精神層次的提升，她們懂得去追求心靈的滿足，特

---

[13]　中國作家協會創研室編：《公開的「內參」》，頁78～79。
[14]　中國作家協會創研室編：《公開的「內參」》，頁79。
[15]　中國作家協會創研室編：《公開的「內參」》，頁80。
[16]　張抗抗：《女人的極地》，臺北：業強出版社，1998年，頁8。

別是情感心靈的滿足。因此陸岑岑淘汰了志不同的傅雲祥，淘汰了道不合的費淵，在這樣的過程中，她重新確立了價值觀，有了足夠的自信與認知，最後，選擇了志同道合的曾儲。

所謂的「志同道合」指的是：人生目標一致，志趣相同，或者所從事的事業相同。在新時期的女性小說中，有人書寫不是基於志同道合所結合的婚姻，而造成的婚姻悲劇；有的則是強調惟有志同道合的愛情，才能邁入真正的幸福的婚姻。在過去有太多因為長輩代定、政治因素、利益輸送，甚至關乎工作分配而結成的夫妻，這種婚姻不是痛苦，就是離異，女作家敏感地見到了這樣的不幸，所以在新時期的女性婚戀小說中，有不少就直接或間接宣揚志同道合的愛情的重要性。

張抗抗在1982年所發表的〈我寫〈北極光〉〉針對小說的主題思想、人物塑造、愛情表現、新人形象及小說的創作手法等問題，談了自己的意見。

張抗抗說：「〈北極光〉是一部反映當代青年對人生、理想的思索、追求為主題的小說，通過岑岑對三個抱不同人生態度的青年的選擇，體現她對生活道路的選擇。岑岑對三個青年逐步的認識過程，也是岑岑的思想演變、發展、完善的過程。因此從朦朧到清晰、從徬徨到覺醒、從尋求到投身，這就是岑岑的性格基調，也是〈北極光〉的性格基調。」[17] 由這段話很能體現作者賦予陸岑岑女性意識的覺醒。

張抗抗對於婦女解放一直有她獨到的見解，她認為婦女文學真正的責任在於提高婦女的自我意識，而提高婦女的自我意識是長期而艱鉅的。她在〈我們需要兩個世界〉這篇文章中，提出了中肯而客觀的

17　艾維：〈張抗抗就《北極光》的反批評〉，《作品與爭鳴》第九期，1982年，頁67。

呼籲——

> 如果我們真心希望喚起婦女改變自己生活的熱情，那麼我
> 們在作品中一味譴責男人是無濟於事的。我們應當有勇
> 氣，正視自己，把視線轉向婦女本身，去啓發和提高她們
> （包括我們女作家自己）的素質，克服虛榮、依賴、嫉
> 妒、狹隘、軟弱等根深柢固的弱點。只有當我們用自己的
> 勞動證明了我們的價值，才能有力地批判男性中大量存在
> 的大男子主義、自私、狂妄、粗暴、冷酷等痼疾，也才能
> 真正贏得男人們的尊敬。[18]

　　在70年代的文學作品中出現了不少只談革命不談愛情，不愛紅
裝愛武裝的「男性化的女人」的形象。張抗抗並不贊同這種被「雄
化」的女性形象，她認爲這樣的形象被當成婦女解放的標誌，其實是
更大的倒退，是對人性的嚴重歪曲。她說——

> 如果扼殺大自然賦予我們的女性美和女人柔韌溫婉的天
> 性，無異於扼殺我們的生命。中國幾乎經歷了一個沒有
> 女人的時代。教訓沉重而慘痛。而生活在今天這樣一個
> 開放的時代的婦女，她們比任何時候都更珍視自己的女性
> 特質，她們並不一定非要和男子做同樣的事情，而是要以
> 與男子同樣的自信和才能，去做適合她們做的事情。她們
> 絕不僅僅希望同男子一樣，而是要更像女人，與男子有更
> 大的不同，比男子們更富魅力。她們需要事業、成功和榮

---

[18]　張抗抗：《女人的極地》，頁102～103。

　　譽；也需要愛情、孩子和友誼。她們同一切陳規陋習的抗
　　爭將曠日持久。[19]

　　的確，女性除了要能善於展現自我天生不同於男性的優點外，還必須
要對其角色有所認同與認知，如此才能爭取與男性平等的決策權，進
而發揮自我的能力，肯定其存在價值。女性惟有自身下定追求平等的
決心，方能消除性別角色的障礙，才有資格強調兩性關係的相互與對
等，才有條件去展現所長及潛力，與男性並駕齊驅。

　　張抗抗是個有思想、有見解的新時代女性，因為在文化大革命中
飽嘗人世的風霜，磨練出一股勇敢抗爭的精神，她重視自我，認真生
活，所以特別關注女性與男性、與社會、與家庭的種種關係，透過她
的作品相信能夠讓女性得到更多的自省，讓男性對女性有更多的了
解。

(二)《情愛畫廊》

　　張抗抗有意在這部作品中把愛情提到最高的位置，愛情可以超越
所有，親情、道德、傳統秩序的約制力量。

　　《情愛畫廊》講的就是兩個「對」的人，在「對」的時間遇上了
的故事。事業成功，已有女友的畫家——周由，與完美亮麗已為人妻
的——水虹，意外的相遇，讓兩個追求完美戀情的人，排除萬難，努
力往聚合的路上走。

　　周由對水虹說他這些年始終在尋找著美，他認為：真正的美既脆
弱又危險。於是，水虹對他說起了她們娘家的女人，她們都有一段因
為美貌而造成的淒婉的歷史，除了一個姨媽嫁給了高級工程師還算平
安，其餘幾代的女人，都幾易其主，結局都很悲慘。她的外婆嫁給外

19　張抗抗：《女人的極地》，頁104～105。

公不到八年，就被一條過路的小船搶走，從此音訊全無，有人說她是
被幾個水上的流民流寇強暴了，綁上石頭扔進了太湖，連屍首都不見
了；她的媽媽是最小的女兒，從小就被關在家裡，但讀高中時，還是
被她的老師強姦了，後來嫁給了她的同學，也就是水虹的父親，兩人
感情甚篤，可偏偏單位的頭頭看上了她，百般騷擾刁難，水虹的父親
氣得一病不起，文革前便撒手西歸。她們家族的女人們過去都隨身帶
一個油紙包，裡面包著生石灰，遇到壞人，就把紙包摑破，攢到壞人
臉上，然後跑掉。但這種武器只能對付一個人，要是碰到兩個以上的
壞人，就發揮不了作用了。水虹從十四歲起，媽媽就要她隨身攜帶這
個武器，確實有效。不過人家報復起來也很厲害。有一次，一個被她
撒過石灰的男人，在人擠人的公車上，用小剪刀把她的辮子一點一點
剪斷了。

　　然而，周由和水虹的緣分卻是由他們身邊的另一半理智地放手成
全的。

　　周由的事業有女友經紀人——舒麗為他打點，因為女友安排他南
下，所以提供了認識水虹的機會；而水虹的背後如果沒有一個財力雄
厚的老公——奐雄做後盾，她是不可以因夫而貴的，所以，也得以讓
水虹在完美的狀況下進入了周由的生命。奐雄和舒麗識時務地平和放
手，是讓相愛的男女主角得以獲得幸福的重要關鍵。

　　小說裡的人物都是為了「愛」而出發的——水虹為愛拋家別夫棄
女；奐雄為了愛成全水虹，後來也又找到所愛，不在乎失去所有；周
由更是義無反顧地追求所愛；舒麗剛開始對愛的短暫放棄，是為了能
更長久擁有，後來她也不願意放棄所愛，努力挽回；水虹的女兒阿霓
對周由的愛則是純淨無瑕。

　　張抗抗在小說裡，刻意強調兩性的平等與愛情相互獨立的重要。

　　舒麗認為她不能倚靠周由過日子，純粹當個經濟受惠者，所以，

　　她選擇暫時離開周由南下去開展自己，她計畫有一天她有所成，能和
周由共同建立一個家；水虹也有這樣的獨立態度，為了幫助周由儘快
出頭，原本有意要放棄自己寫書的計畫，全心擔任周由的經紀人；但
是，當她一有這樣的想法後，馬上就被自己的理智敲醒，她認為女人
是不該忘我地全身心奉獻給愛情，因為如果沒有了自己，愛情也終會
失去，也正因為她抱持著這樣的觀念，所以，她對周由也不抱持著終
身相守或從一而終的想法，她甚至覺得真正的愛情，是不需要婚姻的
形式強加保障的。

　　現代女性，找尋愛情，主動勇敢，又有承擔結果的勇氣。在聰明
性感的舒麗身上，表現得最為突出。舒麗知道自己不是被關在畫室的
囚鳥，所以，對畫家情人周由說她還是愛他，等她出去賺夠了錢，就
回來買房買車買一間大畫室和他結婚。她在人聲鼎沸的深圳和男人一
較高下，可是回頭時周由已愛上水虹。

　　水虹和女兒阿霓同時愛上了周由，按常理，身為有夫之婦的水虹
是應該在得知阿霓已經無法自拔地愛上周由後，會為了女兒而選擇放
棄的，但是，水虹卻在內心對阿霓作了深情的告白：「阿霓，我親愛
的女兒，妳快快長大吧，那時妳也許會懂得，世界上有一種感情，超
越於母女感情之上，不能替代也不能轉換，愛情也許是人類最致命
的弱點，它無法理智無法自控無法精打細算；它排斥一切旁人、拒絕
任何妥協……，大自然的每一個生命都有它生存的尊嚴，母親和女兒
作為人亦同樣平等。」[20] 這段內心話真誠地坦露一個母親不可能為親
情，犧牲愛情的決絕。

　　舒麗也提出要和阿霓公平競爭周由，她慷慨應允說：「現代女孩
應該遵守競爭規則，必須要有堅強的意志和獨立的個性。妳得贏得

────────────

20　張抗抗：《情愛畫廊》，頁185。

起，也要輸得起，不能像以前那樣，一輸了，精神就垮下來。假如妳接受這個競爭條件，我就歡迎妳！」[21] 虔誠而執著的舒麗毫無顧忌，試圖挽回周由，她以她的自信和驕傲在暗中與水虹的較勁中節節敗退，儘管相思成災，卻也輸得心甘情願，莞爾一笑。

舒麗是一個獨立有主見的女性，她對阿霓說：「我真正相信的人，只有自己──自己的獨立人格和獨立的經濟能力。我從不願意依靠男人的財產去過好日子，我必須有自己的產業，所以我的感情永遠是自由的。當然，運氣好的女人，嫁一個好男人，有愛又有事業，人生就很美滿了。但是大多數女人一輩子連其中的一樣東西也得不到，能夠得到其中一件，也許就是很幸運了。如果一開始就伸出手去同時抓兩隻大鳥，很可能連一隻也抓不到。一個出色的女人，即使遇不上一個真正能使她愛的男人，她也仍然應該有她自己的生活，她愛一百次愛一千次，靈魂也依然自由……」[22] 就是這樣的敢愛敢恨，展現了追求幸福的勇氣。

在市場經濟建設過程，發展商品經濟滾滾大潮的社會環境中，張抗抗讓她筆下的人物，經歷了城鄉經濟轉軌和市場經濟建設過程中，所產生的種種矛盾、誘惑與問題，引發讀者無限的思考。

在轉型階段，經濟上市場化帶來的種種社會現象的變化──生活習慣、思想行為，甚至審美觀都在改變，這種本質性結構的改變，是具有劃時代的意義特徵的。舒麗把自己失去周由的原因之一，歸結為市場經濟大潮，她認為這個覆蓋全國的狂潮，不知已沖散了多少幸福的情侶－

21　張抗抗：《情愛畫廊》，頁541。
22　張抗抗：《情愛畫廊》，頁542。

在現今的社會大市場上，性通貨貶值得最迅速也最屬害，一個電話就可以把性伴侶呼到床上，可是愛卻永遠地退出了流通，比錯幣錯票還難得遇到了。人們曾說愛情屬於形而上，而今卻變成了錢而上、情而下。性貶值也許意味著女人的貶值，女人要想得到貨真價實的情愛，性的魅力已不是主牌，新的王牌究竟是什麼呢？像水虹那樣全身上下、裡裡外外都是王牌的女人，為了得到自己傾心的愛侶，不也是經歷了從南到北那麼艱難的一番週折麼？當貧窮的女人們不談愛情或丟棄愛情的時候，愛情之火卻開始在那些富裕的女人心中熊熊燃燒，這真可算得上是90年代的一大奇觀了……[23]

　　小說中還教育了我們優質的分手藝術。奐雄坦然地面對無法挽回的婚姻——十幾年來竭力守著美麗的妻子真是太疲累了，還不如他現在交往的文化水平雖然低一點的賢妻良母型的「阿秀」，來得自在安全——奐雄理性而成熟地處理離婚事宜，也許因為他身為醫生的社會地位，十分符合他理智的處理問題。奐雄和移情別戀的水虹心平氣和地談論她的新歡的住房條件，「他擔心水虹在蘇州這麼多年優越的生活，恐怕一時難以適應北方。又憂慮藝術家在生活習慣上雜亂無章，除了畫布哪兒都髒，水虹會為此受委屈。他嘮嘮叨叨地叮囑著水虹過日子的絮繁，要水虹千萬懂得愛護自己。一時間，他變得像個婆婆媽媽的老父親，在為自己的愛女做出嫁前的準備。」[24]至於家庭財產的分割，水虹原本只想從存款裡帶一兩年的生活費就好，但是

23　張抗抗：《情愛畫廊》，頁427。
24　張抗抗：《情愛畫廊》，頁192。

奐雄還是堅持要公平地把該歸給水虹的歸給她。奐雄除了是好丈夫外，還是個好父親，他不讓女兒去打擾水虹的新生活，他傾其所愛給女兒，在面對水虹的離去、阿秀的變故、父親的逝世，過早衰老的他，監守著最後對愛女的陣地，只求她一生平安。

男女主角在天時、地利與人和的成熟時期排除萬難，迎接愛情，最後找到平衡的兩性關係，打破男女二元對立的思維模式，以建構式的態度，找到男女和諧相處、互依共存的幸福，讓讀者見到兩性緊密相連的性愛觀與文化秩序的新圖景。

⊜《作女》

　　小說描寫了一群活躍在千年古城北京的——「作女」，自尊、自主、自強，不認命、不甘心，也不安於平凡、平淡的生活，帶著前進的思潮勇敢追求刺激的生活與激情，並朝自己的夢想努力不懈。

> 京城的方言中，有一個專門的字，用來形容這類的女人。這個字寫出來，是個「作」字。但是唸起來，不發去聲，不唸作品的那個作，而是平聲，唸「作坊」的那個「作」——一長聲平著拖過去，不輕易結束的。其實，在東北以及上海蘇杭一帶，方言中都是有這個「作」字的。意指那些不安分守己、自不量力、任性而天生熱愛折騰的女人。可以肯定不是褒義詞，但貶義又有些含渾，不肯直接了當說明白了，留著給人自個兒琢磨反省的餘地。[25]

「百度百科」記載著：「『作女』，是張抗抗和出版社的編輯們共同創造出的一個新詞。在北京、東北、上海、江浙的方言中都有

---

[25]　張抗抗：《作女》，臺北：九歌出版社，2009年，頁97。

『作』這個字眼，那些有違常規、不安分守己的行爲叫『作』，而且這個字專指女性。在張抗抗看來，『作』是男性按照自己的價值標準強加給女性的一個貶義詞，她要通過這本小說爲『作』正名——『作』是一個褒義詞，是對當今女性生存狀態的高度概括，『作』形容女性不安於現狀，在生活中主動出擊以獲得更爲自我的空間，是女性解放的表現。所謂『作』，就是二十世紀90年代以來大量湧現的一群城市女性，她們是溫柔賢淑的傳統女性的對立面，是中國傳統文化的秩序感的反叛者，她們的經濟、個性、情感都十分獨立，總是充滿挑戰生活的勇氣，不斷嘗試肉體與精神的冒險。更爲廣義的『作』沒有年齡、職業、階層、教育程度的限制，她們是以男性爲主體的傳統社會的『攪局者』。」[26]

　　張抗抗曾說過：「『作』本身除了『不安分守己』、『折騰』等貶義外，也有它積極的一面，它體現著創造力、勇於放棄與不斷開始的意思，我並非爲『作』字本身正名，但我認爲雖然『作女』不一定成功，但成功的女性多一半是『作女』。我不是一個女權主義者，我主張兩性關係最好達成和諧，否則女性的不婚、男性的不理解只能讓衝突加劇，給社會帶來災害。……其實『作女』與善良賢淑並非是矛盾的，『作』更準確指的是一種獨立向上的精神光彩，而非張牙舞爪和不通人情。再說『作女』有的外表也很文靜柔弱，同時她們又很有主見……。」[27]

　　張抗抗也曾解釋說：「女性的『作』是其生命力和創造力的表現。中國文學史上，比如祝英臺、花木蘭，都是非常成功的『作

---

[26]　http://baike.baidu.com/view/5259.htm#sub6224057

[27]　張抗抗：〈在寫作中釋放作欲〉http://www.changsha.cn，2003年12月30日，星辰線上。

女』形象。」[28]

　　張抗抗在小說裡是這樣描繪她筆下的那一群不想結婚的「作女」的——

> 這些屬於都會白領的不安分女子，處於戀愛與婚姻獨身與尋覓的邊緣狀態，都在各自作著自己的生活。既以盡心竭力的態度對待工作，又以遊刃有餘的態度享受著生活，還以任性不拘的方式顯示著自己。對於生活中出現的難題，她們敢於面對也善於解決，實在解絕不了就繞著走；她們對各種嚮往總要盡力實現，實在實現不了就換一個。總之，認真又能幹，聰慧又矜持，活得風光，過得瀟灑，使她們成為當下社會一個耀眼的亮點。[29]

小說的女主角——卓爾，從國外拿到工業設計畢業證書回國，三十歲，有過一次婚姻。跌跌撞撞後，目前在一家時尚雜誌擔任美術編輯兼任藝術總監，年薪不菲，屬於白領的社會菁英，有一間在付房貸的房子，還開著富康車。身邊有很多女性好友，也有幾個「各有用處」的男性友人，獨身的生活過得瀟灑自得。

　　隨著小說情節發展，帶出了卓爾身邊的朋友——「女人們在一起的時光是多麼好啊，她們無拘無束無憂無慮，她們調笑撒歡耍潑顛狂，她們彼此欣賞互相讚美，像一支鐵杆同盟軍，氣勢軒昂地即將遠行出征。」[30]

28　張抗抗：〈當「作女」要有實力〉，2010年11月10日，國際線上，《世界新聞報》。

29　張抗抗：《作女》，頁96。

30　張抗抗：《作女》，頁94。

小說中卓爾的「作女」好友們的「事蹟」，比起卓爾來，一個個都是有過之而無不及——

1. 陶桃

出身貧窮的陶桃為了完成大學學業，被一個私營企業老闆按月包養，在意外懷孕，動人工流產後，她所發出的呻吟和歎息聲，讓住在隔壁的卓爾對她心生憐憫而相識。大學畢業後，陶桃透過關係進到銀行工作，幾年後當上了部門經理。陶桃也很快幫卓爾找到了保險業務員的工作。

陶桃告訴卓爾：「一個女人不能太優秀了，要是一不留神當了女強人，這輩子就沒好日子過了。……我已經顛簸得太久了，一個女人是經不起幾年折騰的，我可不想把我這分好工作折騰沒了。妳記住，女人的幸福跟男人是不一樣的，女人首先要有安全感，這是女人的生理特性決定的，人一旦違反自然規律肯定沒好結果，將來有一天妳會明白這是一個顛撲不破的真理。」[31]

陶桃是一個渴望結婚，並竭盡全力往結婚方向努力的女人。在多次更換過一個個有錢但沒文化、有文化但沒地位、有地位但沒錢的男朋友之後，陶桃終於如願在一筆銀行信貸業務中，遇上了符合三項指標的中年男人——鄭達磊——離過婚，獨身單過，有個女兒在英國讀高中。

一年來，鄭達磊眼中容貌姣好，讓人賞心悅目的陶桃，以其專業協助鄭達磊的公司發展，鄭達磊在一次次艱難的談判中，逐漸領略陶桃的圓融聰慧、機敏豁達，也正是在「天琛」與銀行的磨合切磋中，兩人的感情也與日俱增，並迅速墜入情網。陶桃可謂用盡心計，她明白對於已不年輕的自己，鄭達磊是她目前的最理想選擇，要

31　張抗抗：《作女》，頁62。

好好把握。陶桃不僅讓他見識她工作上明曉事理的冷靜，以及經歷過世態炎涼之後而有的熟練與通達，還讓他在離開辦公室後見到她嫵媚溫情的小女人的一面。

陶桃期待一步步往結婚路上走，她認為一個女人如果沒有自己的房子，就像沒有子宮一樣。所以，想方設法希望能夠讓鄭達磊陪她去看房子，她不做聲色，溫柔地流下了眼淚，陶桃深知某些時候──「女人是不需要說話的，一個字也不要再說。赤手空拳的陶桃對付不了全副武裝的鄭達磊，但她有一件秘密武器，男人通常不備也不願隨身攜帶的。這樣東西是女人從娘胎裡帶來的，幾乎每個女人無需培訓都會使用。那些叱吒風雲的女強人，就是因為無意中丟失了這個寶貝，才總是弄得前院風光後院起火啊。……女人在關鍵的時候一定要示弱。示弱將喚起同情和憐憫，示弱令男人不安和慚愧，惟有示弱才能最有效地征服強者。」[32]

雖然結果如陶桃所願，但是到了人頭攢動的房展會上，鄭達磊卻悶悶不樂地避在一邊，陶桃也覺得無趣，隨意遛達了一圈後，只得草草收場。幾天後，陶桃在電話中辨別出鄭達磊在電話中降溫的聲音，才察覺犯了錯，懷疑自己是否操之過急了呢？

自從陶桃纏著鄭達磊去看房展的那一天，鄭達磊突然開始懷疑和陶桃的關係，究竟是為欲所困、還是為情所傷？要是幾個星期不見陶桃，他會很想念陶桃身體發出的所有信號，接著是急不可待的見面、上床、過夜。

有一次，陶桃和鄭達磊吃飯時，鄭達磊點了苦瓜。這讓陶桃想起還在海口時，有個很愛她的小個子的廣東男人。她第一次和廣東男人吃飯時，他一上桌就點了苦瓜，說是去火。東北沒有苦瓜，她不喜歡

32　張抗抗：《作女》，頁204～205。

這種又苦又澀的東西，她吃了一口就吐出來，至今她還記得廣東男人當時驚慌失措的神情，連聲對不起。此後，他總是讓陶桃點菜。陶桃吃飯時，他總是在一邊看著她，殷勤地給她夾菜，為她把魚刺小心剔去。到了陶桃離開海口，去北京讀書前，廣東男人已經學會了吃陶桃所愛的辣。如今眼前的鄭達磊把那碟苦瓜咬得脆響。陶桃說過幾次她不吃苦瓜，但鄭達磊從來沒有記住過。陶桃點的菜，他連碰都不碰。

陶桃自知自己不夠年輕了，所以仍然不得不以更多的耐心來等待。

陶桃和鄭達磊安排了五天的香港之旅，陶桃曾表示旅費由她自己支付，但鄭達磊說不必，她也就不再堅持。這是他們第一次連續整整五天在一起，陶桃相當期待，但結果還是未能如意。她在太古廣場看中一套義大利名牌套裙時，是她自己刷的卡，鄭達磊一路上都沒有給她買過一件禮物。這些陶桃當然可以不計較，令她感到憂慮不安的是，她發現鄭達磊始終心不在焉、心神不定，不管是在床上、在最溫柔纏綿的時刻，他也不談未來的打算。有幾次陶桃成功地把話題引到了「家」門口，但他總是不急不慌把話題轉移。

三十三歲的陶桃知道女人有效的生命，終於決定使出孤注一擲的一招，她停止服用避孕藥，她知道這種做法，對鄭達磊這樣的男人，是冒險而愚蠢的，但陶桃已經走投無路。果然，鄭達磊是不願接受陶桃用懷孕的藉口來逼他作出承諾。陶桃覺得鄭達磊並非不愛她，只是他更愛自己罷了。陶桃最後決定不管鄭達磊要不要和她結婚，她都要把孩子生下來。鄭達磊隨她所願，起身冷眼離開。但想當媽媽的陶桃卻未能如願，醫生說由於先前的幾次流產，子宮壁變薄造成習慣性流產，她的孩子流掉了，而且醫生說她可能無法再懷孕了。

鄭達磊為陶桃安排了手術後的單人病房，見陶桃昏睡，留下一盒能讓她開心的禮物，原來裡面是七八件翠綠色的首飾，但在這套看似完整的翠玉首飾中，惟獨缺了一枚陶桃最需要的戒指。

陶桃終於還是失去了鄭達磊，後來她很快嫁給別人了。鄭達磊偶爾還會打電話問候陶桃，但後來她發現鄭達磊每一次拐彎抹角最後都會問起卓爾的近況，她就不耐煩了。

2. 阿不

阿不，十八歲高中還沒念完，就輟學去了俄羅斯，打工幾年賺了錢到莫斯科旅行，後來認識了一個俄羅斯金髮小夥，他們一起度過了無數個樹葉沙沙響，夜色美好的晚上，但是當小夥子單腿跪地向她求婚時，嚇得她第三天就飛回了北京。回來後，她用剩餘的錢在北京郊外買下一片荒山。她的每一次愛情，「如風如霧又如電，來無影去無蹤。」[33]

3. A小姐

A小姐，人稱「月光女神」——月月掙下的錢，月月花光。計畫在世紀末的最後一天，到浙江一處叫溫嶺石塘的地方，去看新世紀的第一道曙光，偏偏老闆要她加班，她一氣之下離開那家她工作三年的公司，搭飛機去看她的第一線曙光。到了下一個世紀，春節過後，東跑西顛地做了人壽保險，而她說服的第一個客戶就是卓爾。

4. B小姐

B小姐，有個開公司的好脾氣男朋友，對她花錢也很大器，每次到外地進貨，都給她買回來一堆名牌。有一天傍晚，下了雪，她打電話給她男友，說要去京郊西北的大覺寺喝黃酒，大覺寺裡有個紹興

33　張抗抗：《作女》，頁84。

菜館，這樣的下雪天，要是溫一壺滾燙的黃酒，喝得微醺，然後踏雪、賞竹、聽泉，該是相當浪漫。可惜她的男友已經和他的哥兒們有約。男友跟她說改約明天，但她說明天的雪就不新鮮了。她還是獨自前往了。當男友和哥兒們酒足飯飽地出了酒店，大雪已經將這座城市穿上了一層鎧甲，他開著車殺開一條「雪」路，趕到遙遠的大覺寺已是午夜。他見到B小姐醉倒在古寺門前的臺階上，他把B小姐抱到車上，一路上，她又嘔吐又哭笑，總算是把她安全送回了家。可是在他回家的路上，車輪打滑側翻在路邊的溝裡，折了一條肋骨。等傷好了之後，B小姐把他先前送給她的東西全數退還，說如此沒有情調的男人不要也罷。相比之下，還是「酒」更熱烈過癮、更令人銷魂。

5. C小姐

C小姐，大學畢業後回到江南，在一家報社當記者，從採訪、編輯一路當上了總編。但是，沒過一年，她就辭職不幹了。說是這總編再當下去，她就得變成個啞巴了——她只是隨口問同事，那個某某牌子的衣服在哪裡買的，第二天她想要的那套衣服就有人送到家裡了。她認為在那個地方再待下去，她不完蛋也得完蛋了。最後，她離開了那個小城，到京城租了房，當起了「乾乾淨淨的」自由撰稿人。

小說裡形容這些女人的共同特點是——

　　大多都有一分說得過去的工作，以及養活自己還綽綽有餘的薪水。她們不需要給男人當小秘和二奶什麼的，她們自己有錢，一個女人若是花自己掙的錢，就不需要看人臉色，即便揮霍起來也是理直氣壯的。她們一週有整整五天時間在玩兒命地工作，一分鐘都不敢懈怠，週末也常常加班，有時一大早從這個城市飛往另一個城市，轉了一圈辦

完了事回來，這個城市的同事還沒下班。[34]

但這些女人多一半神色怠倦神思恍惚，她們經常光顧的地方，除了服裝店之外，便是化妝品櫃檯了。她們不得不用各種化妝品——那些韓國的日本的還有中法中美合資的化妝品，掩蓋自己疲倦憔悴的臉面。她們還有一個常去的地方就是藥店，在那裡尋找安神補氣的鎮靜藥或是安眠藥，以便到了夜間能讓自己儘快入睡。除了不需要擔心失身失戀之外，她們害怕失業或是失眠。白天的城市對於她們來說，是一個巨大的疲勞漩渦，那上面沒有一根漂浮的木頭可以倚靠，就連稻草都沒有一根。[35]

這些白領社會菁英的「作女」，懷抱著理想和夢想，她們充分展現著自己的能力，也挑釁著社會道德秩序，然而卻在過分的執著和極端的衝動，一次次的跌跌撞撞中，不認命、不安分，也永不言悔。

孟繁華說：「時代環境的相對寬鬆以及商業主義霸權的建立，調動或膨脹了人們潛隱的、但又所指不明的躁動感，沒有任何一個時代像今天這樣既蠢蠢欲動又方位不明，每個人都有要做點什麼的欲望但又不知究竟做什麼，卓爾是放大了的我們每一個人。這是社會世俗化運動帶來的必然後果，二十世紀90年代以後的小說，已經將這種後果描述得萬花紛呈，特別是在知識階層，卓爾只不過是個集大成者而已。因此，卓爾的欲望是超性別的欲望，無論男性女性，也無論是想像還是實踐。在這個意義上說，這不是一部女性主義的作品。」[36]

---

34 張抗抗：《作女》，頁96。
35 張抗抗：《作女》，頁96。
36 孟繁華：〈張抗抗：關於《作女》的想像〉，《中華讀書報》，2002年11月16日。

　　卓爾的生命中有五個重要的男人。

　　第一個男人的劉博。

　　劉博，是卓爾的大學同學，一年暑假，卓爾背一只書包去了山西，開學回來，跟幾個要好的同學說，她真想休學到太行山一個山溝裡去辦學，可就是缺資金。有同學給她捐款，消息傳到劉博那兒，他當即把當月的生活費全掏給了卓爾。劉博沒有了伙食費，天天在食堂裡舀大桶裡的米湯喝，喝得米湯裡照出的小臉只剩下一雙眼睛。卓爾把自己的伙食費拿出來，買了蛋糕去看望劉博，劉博當場昏倒在卓爾懷裡。卓爾沒去成太行山就留在了昏倒的劉博身邊。那時，劉博迷戀卓爾，爲她寫詩，說她有個性，有創造力，敢爲天下先、卓爾不群。

　　然而，結婚後卻完全不同了，婚前卓爾的優點成了缺點。婚後男人最需要的是穩定感，變化多端的妻子會讓人覺得不踏實、不心安。

　　卓爾雖對家務勞動分工持有堅定的女性立場，但爲了照顧劉博的身體，也只能暫時將理論擱置。卓爾的原則是飯菜好壞無所謂，卻不能重複。卓爾開始下廚，並對創造各種新菜，開始產生了難以遏制的興趣；但劉博習慣每天都吃同樣的白菜和紅燒肉。兩個人連飯都吃不到一塊去，愛情能量從何補充呢？

　　劉博是一個巴望每天的日子都一樣的人，而她，恰好相反，她希望每一天都不一樣。卓爾常常做些違反常情常規的事。比如在報社總編室幹得穩當，突然一心想調到研究部去，就只因爲在總編室待膩；在研究部幹了沒幾個月，又覺得乏味；報社要派人去建西藏記者站，卓爾就挺身而出了。臨走前卓爾遊說劉博，讓他到拉薩去教書，劉博那時在念GRE，正要申請到國外去讀博士，一天裡除了書堆連廁所都很少去。卓爾獨自在西藏待了三個月，打電話給劉博，

說她決定在西藏生活一輩子，後來因為高原反應引發心肌炎被送下山。劉博悉心照顧卓爾出了院，兩個星期之後，卓爾容光煥發地從報社回來，告訴劉博，她已經決定到海南記者站去工作。

卓爾盼望著國外新奇的生活會改變劉博，將他以往的種種陳規陋習來一次徹底的革命性顛覆，但她每一個計畫都在劉博的反對下破產或是流產。卓爾認為的人生，每一天都應該是有變化的，連性愛也是。卓爾改變不了劉博，但卓爾絕不會改變自己。冷戰開始了。「妳就『作』吧妳！」——被激怒了的劉博，衝著她無奈地低吼。

卓爾把自己逼到死胡同裡的，她已經沒有退路。她搬進一個老外出租的閣樓，然後去唐人街洗盤子、當保姆，本想賺到機票錢就回國，但等到手裡存了點錢，卻得知一所工藝設計學校正在招生，她早就喜歡設計，便決定學點什麼再離開。與劉博分居後，她獨自一人隨心所欲。幾個月後她很快和劉博辦妥了離婚手續，卓爾又變成了一個快樂的單身女人。

第二個男人是觀鳥人。

觀鳥人，幾年前畢業於一所大學的生物系，現是省城一個生物研究院的鳥類研究員。卓爾到北海鄰省的一個小城有一個著名的風景地遇到觀鳥人。卓爾對觀鳥人說她參加過北京「自然之友」的活動，在北京郊區觀過鳥，她會寫觀鳥日誌。卓爾欣賞觀鳥人，主動伸開雙臂，從身後輕輕環住了他的脖頸。他微微地顫慄著，慢慢轉過身來，突然猛地抱住了她，箍緊了她的腰。卓爾像一個溺水的人，在深不見底的漩渦中沉下去。卓爾用盡全力說：我要你！這句被男人說了千年，從來都屬於男人專用的話語，從她嘴裡蹦了出來。卓爾達到了高潮，和一個她偶然邂逅的陌生男人，體驗了她三十年來前所未有的快樂。一夜情後，他們揮手告別。他停下來，到背包中尋找紙筆。她說不必了。她又說，我即便給你留下地址也是沒有用的。他問她為什

麼。她低頭不語。他又說那我寫給你吧，總該留一個電話號碼。他們
沒有再聯絡。從此「翡翠鳥」成為卓爾心底刻骨銘心的回憶。

第三個男人是老喬。

老喬，高中畢業那年沒考上大學，就在一個大學校園附近開了一
家小飯館，卓爾正是那裡的大學生，有時候和同學到他的小飯館去撮
一頓兒，學生都窮，老喬總是把菜給得多，他有空就在一旁聽她們聊
天，聊得他打心眼裡喜歡她們。卓爾畢業以後，還常常帶朋友到他店
裡去，今兒鼓動他搞川菜，明兒又讓他改東北風味。他就是聽了卓爾
的建議，生意才從此興隆起來。那時他火鍋城的生意正火，卓爾卻沒
了消息，聽人說她去了國外，後來又聽說，她離了婚，一直再沒有聯
繫。後來，由於有人坑騙了他幾十萬不還與人起了糾紛被關在保定的
看守所裡。回國後的卓爾，一聽到老喬的事，打了計程車連夜趕到保
定，給他送了兩條菸一大堆罐頭還幫他請了律師。「後來，他湊了一
筆錢賠償了那人的醫藥費和其他損失，又找了不少朋友疏通關節，
總算是把這事兒給擺平了。等他回到北京專門設了酒宴要向卓爾道
謝，那晚她竟然把一桌的哥們全晾在那兒，連個面都沒露。」[37]

老喬有老婆、孩子，家庭幸福，卓爾認為他不至於生出要想纏著
她結婚的荒唐念頭，但作為「理性的治療」之需，卓爾發現有時不妨
從事一些簡單的床上運動，既能防止內分泌紊亂，也比較有益於身心
平衡。老喬就是個理想的夥伴。

第四個男人是盧薈。

盧薈，是卓爾在一次朋友的聚會中認識的。盧薈是部委機關的
公務員，雖說工資不太高，但畢竟是個副處級國家幹部。還沒結過
婚，和卓爾同年。他倆約會了一年多，吃飯、喝茶、郊遊、看電

---

[37]　張抗抗：《作女》，頁179。

影、逛商店、談書，但就是曖昧不起來。卓爾總是對人說，盧薈只是她的朋友，不是男朋友，可以說是「藍顏知己」。卓爾一有時間就跟盧薈在一起，盧薈倒也真有耐心，連卓爾到美容院弄頭髮，他都會在旁等著。好幾次還在卓爾家繫著圍裙忙著為她做飯。和盧薈這樣的男人交往，相當安全又輕鬆。彼此都沒有要求，也沒有約束，兩人都不想結婚，這是難得公平的異性友情。

盧薈的母親住院，他要卓爾假冒是他的女朋友，表達人道主義的「臨終關懷」，讓她母親安心。當天晚上，卓爾陪盧薈抱著鮮花水果一起進了病房，卓爾拉著老太太的手，親熱地叫了聲媽。那個「媽」字一出口，她想起自己的媽媽，淚水忍不住劈哩啪啦往下掉。卓爾假戲真做，搶著給老太太餵水抹臉，角色扮演得十分成功。一週後老太太去世，臨終前平靜安詳。盧薈全家人都再三感謝卓爾的善良俠義。老太太的告別儀式那天，卓爾好人做到底，請了假開車到八寶山，戴上黑紗，站到了親屬行列裡，送葬的隊伍，因為來了卓爾，湊了個整齊。

雖說兩人都有默契不談婚姻，卓爾對盧薈也是談不上愛的，可是她多少希望盧薈會有一點點愛她，也許女人都是這樣矛盾的？

第五個男人是鄭達磊。

鄭達磊，從地質礦產學院畢業再讀碩士學位，工作多年後，又作為高級專業技術人才，參與創辦了「天琛」，成為行內著名企業的珠寶公司，擔任總經理的職位。

鄭達磊，是卓爾的閨中好友——陶桃的男朋友，是一個有實力、魅力和魄力的離婚獨居男。從工作業務上的交流，卓爾逐漸發現鄭達磊其實也是一個很「作」的男人。

卓爾每週堅持爬山，曾約盧薈與陶桃和鄭達磊一起登山。鄭達磊將雙手叉在腰上，把氣兒喘勻乎了，大聲說：你們現在看到的這些長

城段，全是明代修建的。未等大夥反應過來，他又說：但在中國歷史上，長城從來也沒有真正抵擋住外族入侵。盧薈說：「看來這長城還是不夠高哇！」陶桃說：「有牆總比沒牆安全些吧。」鄭達磊走到城牆根兒下，用拳頭擊著牆磚說：「你們看看，三五百年了，牆磚間還黏合得這麼結實，知道是什麼道理嗎？」卓爾說：「你別把人都弄得跟幼稚園的似的，誰不知道長城上的牆磚都是用糯米汁拌的灰漿一塊塊疊的啊。」卓爾說著，在地上張望著，撿起一塊殘磚，翻過來給陶桃看：「你看，這磚在燒製之前，背後就留了一道凹槽，這個設計多巧妙啊，等於是個楔子，磚和磚一塊塊互相全咬得死死的。」[38]鄭達磊點點頭，露出一絲微笑稱讚卓爾果然淵博，並說：「妳怎麼就不能糊塗些，也好給我個顯擺的機會？」卓爾說好聽是興趣廣泛，其實就是愛管閒事，她媽媽總說她是二百五，表現欲太強。

卓爾以她獨特的處事和超眾的才能，脫穎而出，她所策劃的「天琛──我是我自己」，行銷活動非常成功，贏得了鄭達磊的欽佩，但她也拒絕了鄭達磊的愛情。

大陸學者孟繁華評論《作女》說：「分析卓爾的不安分，大概來自一種可能：就是為了自由的逃亡，她不能容忍任何來自世俗世界的束縛，她希望想做什麼就做什麼。卓爾在某種意義上實現了自己的期許，她辭了《週末女人》雜誌的職務以後，開始了她『作』的旅途。但任何自由都是有限度的，絕對的自由是不存在的。我們發現，卓爾每一次異想天開的折騰，都不能離開她和週邊的關係，特別是和三個男人的關係。通過卓爾的視角可以看到，老喬、盧薈、鄭達磊這三個男人，事實上是三個不同的符號，他們分別和性、文明、金錢相關。如果這一指認成立的話，那麼卓爾的折騰或『作』，就始終

---

38 張抗抗：《作女》，頁228。

與她的欲望聯繫在一起，也就是說，卓爾與其說要自由，毋寧說她什
麼都想得到。」[39]

　　小說一開始就展現了卓爾不安於室的任性，夢想著到世界各地去
冒險犯難——「有那麼多那麼多願望在等著她去呼風喚雨，比如承包
一座海島，比如到一個偏僻的山村給每一個女童發放一臺電腦然後教
會她們上網，比如獨自一個人週遊世界。」[40]這次，爲了能籌措去南
極探險的費用，竟不惜想方設法要辭去原本穩定的工作，得一筆資遣
費，最後卻因爲所有報名者提早繳清款項，活動額滿，提早結束，
未能成行。然而，卓爾認爲女人最好的化妝品是——天天好心情。所
以，永不言悔的她很快地面對現實。

　　之後，卓爾到天琛公司上班，還在試用階段，主管齊經理利用職
權之便騷擾卓爾，且看卓爾是怎麼處理應對的——

　　　　她掙脫出來，大口地喘著氣說：「既然是這樣，一開始你
　　乾脆明說不就得了：嘿，卓爾小姐，咱倆做一筆公平交易
　　吧，妳同意不同意？你甚至可以說：我就想跟妳做愛，妳
　　開個價。這畢竟不是真的交易嘛！我不反對交易，尤其是
　　公平互惠的交易，但你忘了問問我，願意不願意同你做
　　這筆交易？……齊經理放開了她，說「……妳明明單身一
　　人，你的身體閒著不也是閒著麼，何必呢！」卓爾說：
　　「我閒著那是在冬眠，我的身體有自己管著。」齊經理眯
　　著眼說，「……平時你不是老招惹我麼？原來是我誤會
　　了。」「你確實是誤會了。哪天我要是高興了，還指不定

39　孟繁華：〈張抗抗：關於《作女》的想像〉，《中華讀書報》，2002年11月16
　　日。
40　張抗抗：《作女》，頁27。

去騷擾誰呢。」……[41]

　　第二天早上，卓爾打開電腦，發現了一封主題為「炸彈」的新郵件
──「辦公室禁止賣淫！即便是親嘴兒也汙染環境。各位同事，警惕
有人藉加班為名，利用公家的地兒，幹些見不得的人勾當，請大家趕
緊打掃衛生！」[42]

　　卓爾清楚知道這封郵件是這一個月來對她百般刁難的G小姊所
發，心裡充滿了對G小姊的忿懣與蔑視。她其實也可以以其人之道還
治其人之身，在電腦上發出針鋒相對措辭犀利的電子郵件，將G小姊
的虛偽醜惡公之於眾。但是，卓爾的處理方式是──

　　　　卓爾站了起來。望見了整個辦公室裡所有人黑色的頭頂。
　　突然安靜下來的辦公室，她聽見了自己的聲音格外清亮：
　　「那封郵件你們都看到了，大夥都別浪費時間瞎猜了，我
　　告訴你們，寫信的人指的就是我。所以我必須在這裡聲
　　明，請大家別為我擔心，我絕不會在公家的時間，公家的
　　地點，跟一個公家的人，親我私人的嘴兒。」卓爾又補
　　充說：「我想要跟人親嘴兒，我有自個兒的房，幹什麼都
　　成，誰也管不著，哪管是跟人睡覺呢。我不要這種清白，
　　清白對我沒用。我只是想告訴大夥，每個人的嘴都是自己
　　的，應該好好愛護。」卓爾說完，走到門口拿來一只紙
　　箱，把辦公桌抽屜裡的東西，嘩地全倒了進去。選擇了離
　　開。[43]

41　張抗抗：《作女》，頁238～239。
42　張抗抗：《作女》，頁239。
43　張抗抗：《作女》，頁240～241。

有能力的卓爾離開天琛公司後，在陶桃的力邀下，答應協助鄭達磊，成為天琛公司的外聘人員，建立「天琛——卓爾工作室」，在家裡上班，職位、薪資和分紅都比過去優渥。

在業務的交流中，和陶桃的感情出現問題的鄭達磊更加欣賞、肯定卓爾，他全力支持卓爾的設計方案，果然也有了成功的結果。

一天，鄭達磊喝多了酒，跑去找卓爾拿了一枚「翠戒」表達對於活動策劃成功的謝意。但卓爾卻很清楚這枚戒指是渴望和鄭達磊結婚的陶桃應該擁有的。於是，卓爾和鄭達磊有了以下的較勁——

> 「鄭達磊，你喝多了吧？」「你不是說身上冷嗎？現在是不是暖和多了？」他說。「我看，是你的心冷，想在我這兒取暖吧。」「不，我的心這會兒已經開始燃燒了。」「餵，我說你到底想幹什麼？」「我？我想跟你——做愛。」「做愛？你以為這能嚇著我嗎？」「是真的。這不是跟你說著玩兒。你這人不太有幽默感，這我知道。你是不是覺得這樣太唐突了？」「可我……我覺得很正常，男人都有征服欲嘛。我想妳……想了很久了。妳能使我對生活永不厭倦。我必須向妳承認這一點。」「你大概以為跟我做愛會很好玩兒吧！是不是？你怎麼知道？至少，男人都想跟那些不馴服的女人做愛……」[44]

鄭達磊正手忙腳亂地脫著自己的衣褲鞋襪，只留下那最後一件隨身攜帶的「利器」。此時，卓爾突然覺得自己成了一個狡猾的捕獸者，張開柔軟的無形巨網，就像是一個倒置的深不見底陷阱，將鄭達磊這個

---

[44]　張抗抗：《作女》，頁437～438。

獵物天衣無縫又嚴嚴實實地扣在其中──

> 她説。「女上位。你覺得怎麼樣？」「女上位？」他喃喃
> 道。「我不喜歡女上位……」「這是在我的床上，對不起
> 了。」……，他呻吟起來，忽然一陣激烈的抽搐，猛地抱
> 住她，身子便軟軟地癱了下去……，卓爾低頭看了看床頭
> 的鬧鐘，整個過程不過持續了三分鐘。卓爾説了一句：
> 「我真沒想到，你竟然這麼不堪一擊。」鄭達磊悻悻然
> 説：「我想，我是太累了……」卓爾自言自語説：「假如
> 男人的性愛不是直奔主題，至少能多一點身體的愛撫，女
> 人的感覺也許會好些……」鄭達磊的呼吸急促起來，他的
> 聲音聽上去有些惱火：「大概，你以為我這樣做，對不住
> 陶桃？」卓爾回答：「不，這跟陶桃無關。」她想了想又
> 説：「不過，我覺得，你能找到陶桃這樣的女人，其實已
> 經很走運了，可惜，你也『作』得太自以為是了……」[45]

之後，卓爾選擇離開前寫了一封信給陶桃說她把分期付款的房子、汽
車和滑翔傘都賣掉了，她要用這筆錢去做一些自己真正喜歡的事。她
要陶桃不用為她擔心，她會活得開心的。

　　陶桃還是常聽到關於卓爾的消息，有人說她像是承包了一大片荒
山，雇了人種樹種草；也有人說在一個小鎮見過卓爾，她和一個黑臉
農婦開了垃圾站，專門回收廢電池；也有人在大西北荒漠見過她，說
她背著巨大的行囊，正在徒步旅行；還有人說，她承包了一個什麼工
程，掙了一筆錢，正在投資一種固沙植物的科研專案。

45　張抗抗：《作女》，頁438。

孟繁華說得相當有道理，他認為：

> 卓爾的再次出走是意味深長的，二十世紀以來，在中國任
> 何一個變動或轉型時期，都不乏「卓爾式」的人物，他們
> 要特立獨行，要與世俗社會勢不兩立。但他們不會被社會
> 所容忍，或者說社會不是為任何一個個人準備的。社會的
> 意識形態是一個人進入社會的通行證，也就是說，一個人
> 在什麼樣的程度上認同了意識型態，也就決定了一個人在
> 什麼樣的程度上進入這個社會。二十世紀以來的「卓爾
> 們」之所以屢戰屢敗，就在於他們沒有取得這樣的「通行
> 證」。在一個身分社會裡，卓爾拋棄了身分，她不但不要
> 社會身分，而且不要家庭身分，她不要工作、不要丈夫、
> 不要孩子，這是一種不作宣告的革命，對於社會來說，她
> 之所以不被容納，是因為她潛隱著某種令人不安的東西。
> 但這也正是卓爾作為小說人物的成功。她內心的欲望是我
> 們每一個人都有的欲望，但她比我們每一個人都強烈、勇
> 敢，她集中了這個時代共同的想像並敢於實踐，因此卓爾
> 的「絕對化」恰恰是一個「典型」人物。[46]

【問題討論與活動設計】

1. 請從張抗抗的〈北極光〉說明「志同道合」在愛情關係中的重
   要。

2. 在張抗抗極力強調美好愛情的《情愛畫廊》中，小說在第七章描

---

[46] 孟繁華：〈張抗抗：關於《作女》的想象〉，《中華讀書報》，2002年11月16
日。

寫奐雄知道妻子精神已經出軌後的心理：「奐雄料定的日子終於
不早不晚地到了。他無法挽留早已裝到別人胸膛裡去的水虹的
心。其實從夏天以後，他就知道自己已失去了她。他連與水虹做
愛，都已產生了犯罪感。他在床上已違反了水虹的意願，他明知
水虹僅僅是閉著眼在盡著妻子的義務。水虹大半年來的掙扎已全
功盡棄，十幾年的愛終於蓋棺定論，平靜地走完了它最後的一段
路程。奐雄感念她的坦白和透明，一種男人的自尊反使他決定成
全水虹。」有人認為奐雄後來買飛機票，讓水虹去找情人，這個
情節是太荒謬、不合理；也有人認為放手成全是一種重生的藝
術。請提出你的看法？

3. 請解釋何謂「作女」？在張抗抗筆下的那群「作女」，讓你印象
　　最深刻的是哪一位？原因為何？

第三節

王安憶

（1954～）

一、創作背景與評價

　　王安憶的童年正值「左」傾思潮濫觴時期，因為劇作家父親的耿直口快，又加上僑居海外的背景，1957年被打成了「右」派，受到相當嚴重的處分；小學五年級的王安憶，開始經歷「文化大革命」政治動亂，但是，在那樣混亂的年代裡，王安憶的母親——也就是著名的女作家茹志鵑，她寧可「自己肩著重閘」，讓孩子們「在閘下遊戲」，送給了王安憶「一些看不見、摸不著的東西」——一種感情的陶冶和精神的鼓舞。[1] 在當時無學可上的情形下，母親為保女兒的心靈不受外界動亂的汙染，傾其所有為女兒買了一架舊手風琴，讓王安憶和姊姊能安心的待在家裡看書、練琴。儘管，後來，十六歲時，王安憶含淚離開了已經成為「牛鬼蛇神」和「文藝黑線的金字招牌」的母親，到安徽五河縣農村插隊，經歷了艱辛的歲月，但她的心靈仍有一塊淨地被完整地保存了下來。也許正因為是這樣的因緣，所以，王安憶在她初出茅廬的作品中所刻劃的雯雯，仍保有赤子的情懷，一點也不受外界世俗的現實感染。

　　王安憶受到她作家母親茹志鵑的影響很深，她說：「媽媽對我的文學影響既是自覺的又是不自覺的。我的文學修養是靠一種文學氛圍的長期熏陶。小時候，媽媽讓我背唐詩，李白的、杜甫的，寫下來貼在床頭。我也常在大人的書櫥裡翻些書看。大人聚客，他們在一塊談論文藝創作的事，天長日久我也就耳濡目染地受了影響。」[2]

　　她和母親一樣正式受教育的時間很短，茹志鵑是因為出身於貧困的家庭，王安憶則是因為文革，可她們全靠艱苦自修，學習和摸索來

[1]　呂晴飛主編：《當代青年女作家評傳》，河北：中國婦女出版社，1990年，頁750。

[2]　謝海泉：〈「我喜歡把筆觸伸進人的心靈」——訪青年女作家王安憶〉，哈爾濱《小說林》，1983年2月，第十七期，頁71～72。

成就自己的寫作事業。

王安憶曾表示：文化大革命使她更多地體驗了生活，也給了她一個獨立思考的機會。正是由於這些體驗和思考，她決定提起她的筆來。而她認為文學最為必要的素質，就是體驗和思考。她認為文學應該啟迪人心。

王安憶在《這七顛八倒的世界》中提到：「十年的文化大革命，是我生命中的十二歲到二十歲。我從一個不懂事的孩子長成了一個懂了點事的大人。這十年裡，我沒有受教育……，連張初中畢業的證書也沒有，應該懂的一概不懂。不該懂的，懂了不少：我在馬路上拾過傳單，寫過老師的大字報，上街讀過大批判的刊物，參加過鬥爭會，喊過『打倒×××』，看過抄家，插過隊，看到過農民要飯，看到過幹部貪汙，為了招工給幹部送禮……我經驗著這十年的罪惡和痛苦長大成人了。可以無視和否定這十年裡的一切。可是，我的長成，是不容否定和蔑視的。在這是非顛倒、黑白混淆的年代，我們不得已地學會了用腦袋思考。」[3]

王安憶在一次愛荷華「國際寫作計畫」的發言稿中說，「無產階級文化大革命」給予她那個世代的年輕人的重大的影響。他們受了傷害，變得忿怒、灰心、感傷……。但是一點一滴地，他們勝過了個人的傷痕和悲哀。他們終於站起來，更嚴肅認真地思考、寫作和生活。[4]

王安憶的小說在進入90年代其思想和藝術更為成熟，在創作題材上，她把目光焦點投向巨變的上海，她的一系列以上海為背景的

---

[3] 二十所高等院校《中國當代文學作品選評》，河北：河北人民出版社，1985年，頁617～618。

[4] 陳映真：〈想起王安憶〉，臺北《文季》，第二卷第三期，頁10。

長、中篇小說，都書寫了她對上海的獨特發現與感受。

　　王安憶算是繼張愛玲這位第一代海派女作家之後，最具代表的第二代海派女作家，她因為經歷過文革和上山下鄉等運動，在來去上海之間，更能領悟到歷史的深度和廣度所帶給都市流動的影響。王德威曾讚譽王安憶是繼張愛玲後，又一海派文學傳人，高度評價王安憶在現代中文文壇的地位[5]，她筆下所呈現的上海，表面看似在風平浪靜中靜默懷舊，但骨子裡卻是暗流湧動地引起觸發。

二、作品賞析

㈠〈流逝〉

　　端麗是一位受過高等教育的資產階級家庭主婦，從不曾以為早起出門是什麼難事。以前傭人沒買到時鮮菜，她會怪說：「你不能起早一點嗎？」她享受著闊少奶奶錦衣玉食、舞會筵宴的享樂生活。為參加一場婚禮，兩個月前就開始準備，特地去做了條連衣裙，取衣時間正是婚禮那天的早上，她以為很合身，誰料裁剪師傅把胸圍的尺寸量大了一寸。喜宴一整晚，她都無精打采，只盼宴席早散。她在她的妝扮上頭花時間是在所不惜的。她的頭髮又黑又長，經過冷燙，就像黑色的天鵝絨。披在肩上也好，盤在腦後也好，都顯得漂亮而高貴。她習慣了碗櫥裡必定要存著蝦米、紫菜、香菇等調味的東西，她習慣每頓飯都要有一碗像樣的湯。

　　她的三個孩子都是請奶媽帶的。她雖然有奶，自己卻不餵，因為餵奶會影響形體的美觀。從前她的孩子總是和奶媽親，和她較疏

5　王德威：〈海派文學，又見傳人──王安憶的小說〉，《如何現代，怎樣文學？──十九、二十世紀中文小說新論》，臺北：麥田出版社，1998年10月，頁383～402。

遠，她視爲正常。她從來沒對誰負過責任，孩子生病了，只需找奶
媽問罪，心靈上是沒有一點負擔的。她的生活就像在吃一顆奶油話
梅，含在嘴裡，輕輕地咬一點兒，再含上半天，細細地品味，每一分
鐘，都有很多的味道，很多的愉快。

　　然而，文化大革命的政治動亂，他們家的地主身分使她淪爲市
井賤民，她不再有傭人可以使喚，儘管一面對過去的舊生活再三咀
嚼，一面又不得不面對現實生活，她必須咬緊牙根度過艱難困窘的日
子。

　　從沒想到上海會有這麼料峭的北風。因爲她從來不曾起這麼早並
且出門趕著上菜場排隊買菜。爲趕著早起買菜，她迅速套上毛衣、
棉襪、毛褲，把圍巾沒頭沒腦地包裹起來，只露出兩隻眼睛，活像
個北方老大嫂。自己帶孩子後，她要擔憂爲什麼小孩不吃飯，她不知
道其實她的孩子小時候比現在還難伺候。她也從孩子身上嘗到各種滋
味。因爲帶孩子的經歷，端麗和自己的孩子有了更多的互動。她找出
自己半新的旗袍，親自爲女兒改做衣服，母女兩人爲此興奮不已。

　　她自己下廚，在剝好的光滑的雞蛋上淺淺劃了三刀，放進肉鍋，
味道才能燒進去。這種菜是鄉下粗菜，過去很少有人動筷子，她看
了就發膩，可是現在居然覺得真香。生活就像她正吃著的這碗冷泡
飯，她大口大口嚥下去，不去體味，只求肚子不餓，只求把這一頓趕
緊打發過去，甚至這一輩子都儘快地打發過去。好些事，她不能細
想，細想起來，她會哭。

　　環境的轉變，迫使端麗不得不省吃儉用、精打細算。炒菜時，發
現味精沒有了，正要女兒去買，但轉念一想：鮮與不鮮之間，本來就
沒有一道絕對的界線；上街買牙膏，也捨棄了慣用的牌子，買了較爲
便宜的牙膏。

　　端麗在節約中找到了樂趣。

　　端麗打包了以前還算新的衣服，要大女兒送到寄售商店去賣。她連對女兒都羞於承認目前的貧困，她對女兒說：這都是沒用的東西，放在家裡也占地方，賣掉算了！大女兒覺得害羞不願去；後來，在端麗的軟硬兼施下，才邊走邊掉淚離去。苦日子過慣了，孩子們也懂事不少，大女兒不再為跑寄售商店掉眼淚了，放學以後常常和幾個要好的小朋友一起到寄售店逛逛，看寄賣的東西賣出去了沒有；如果已經賣出，她就極高興地回來報告。

　　除了節省家用外，端麗還必須找門路賺錢，貼補家用。

　　為了能兼顧家庭又能賺錢，這位大學畢業生當起保姆，幫人家帶小孩。

　　端麗帶的小孩要上幼稚園，被家長接回去後，她又託人留意工作。也許是工廠為了好好改造端麗這位「資產階級少奶奶」，很快她的工作就有了下落，雖是個臨時手工作業員，但她看見從自己手裡繞出的一個個零件，既興奮又得意。

　　端麗在工作中得到了成就，不僅是經濟上的成就，還有精神上的成就。

　　因為掌管家中大事，她的地位提升，有決定發言權。小叔報名參加黑龍江的戰鬥隊，婆婆知道後十分生氣，端麗是這樣開解婆婆的——

　　「報名也不要緊。現在都興這樣，動員大家統統報名，但批准起來只有很少一部分人。」
　　「說不定就因為我們成分不好，人家不批准呢！雖是去黑龍江，也是戰鬥隊，政治上的要求一定很嚴。」
　　批准後，婆婆萬分傷心，端麗又這樣安慰婆婆：

「姆媽，妳不要太傷心，妳聽我講。弟弟這次被批准，
說不定是好事體。說明領導上對他另眼看待，會有前途
的。」

「這些就不要去想了，文光是有出息的，出去或許能幹一
番事業。」[6]

小姑因為失戀，精神不正常，不能受刺激，婆婆擔心事情若傳開
會影響小姑的將來，於是決定為她找個可靠的人嫁了，對方是婆婆娘
家的遠親，書信聯絡及事情安排由端麗負責。

相親那天，當婆婆避重就輕地回答小姑的病情時，對方悶悶不樂
地說：「我又不是一帖藥。」婆婆表示等小姑毛病好了，以他們張家
來說，有他可享福的。對方卻說：「現在還有什麼？不都靠勞動吃
飯。」端麗聽了，不由分說地拉著婆婆到廚房，關起門說：

「這門親算了吧！嫁過去，對誰也不會有好處。」端麗壓
低聲音急急地說，「且不說結了婚，妹妹的病不一定能
好。那裡雖是姆媽妳的老家，可那麼多年不走動，人生地
疏，妹妹在那裡舉目無親。萬一婆家再有閒言閒語，只怕
她的病只會加重。再說，人家好端端一個小夥子，為何要
到上海來找媳婦，恐怕也有別的方面的貪圖。」[7]

在以前端麗可能是沒有發言權的，但隨著端麗總攬了家中的大小事務
後，她在家中的地位就非比往昔了。鄰居阿毛嫂曾傳授端麗人生哲

6　王安憶：《雨，沙沙沙》，臺北：新地出版社，1988年，頁43、61～62。
7　王安憶：《雨，沙沙沙》，頁106。

學：「做人不可太軟，要兇！」環境的轉變教端麗也軟弱不起來，所以，當女兒要被分配時，端麗為女兒向上門的工宣隊師傅和老師據理陳詞——

> 「多多年齡很小。參軍年齡、工作年齡都是十八歲，她不到十五，不去。」
> ⋯⋯
> 「多多的出身不太好，她思想改造比別人更有必要。」
> 端麗火了，一下子從板凳上跳下來：「多多的出身不好，是她爺爺的事，就算她父親有責任，也輪不到她孫團輩。黨的政策不是重在表現嗎？你們今天是來動員的，上山下鄉要自願，就不要用成分壓人。如果你們認為多多這樣的出身非去不可，你們又何必來動員，馬上把她戶口銷掉好了。」
> 這一席話說得他們無言以對，端麗自己都覺得痛快，而且奇怪自己居然能義正詞嚴，說出這麼多道理，她興奮得臉都紅了。[8]

由以上的對話，我們可看出端麗和文耀夫妻兩人的不同性格，而文耀的懦弱無能也在此展現。

在艱困的環境中，女性的適應能力，大抵說來是較男性更有彈性、更能屈能伸的。文耀因為有端麗可以倚靠，所以，他可以仍然安逸地活在他的「同質環境」中；相對地，端麗被迫在困阨的「異質環境」中成長，表現了兩性的差異以及女性堅忍的韌性。

8　王安憶：《雨，沙沙沙》，頁99～100。

在菜市場上，端麗敢和人爭辯了，有一次排隊買魚，幾個野孩子在她跟前插隊，反而還賴說她插隊。端麗二話不說，奪過他們的籃子，扔得遠遠的。這和她第一次鼓起勇氣上菜市場買魚有著天壤之別——賣魚的營業員為了防止插隊，用粉筆在人們的胳膊上寫號碼，一邊寫一邊喊著號碼。端麗覺得在衣服上寫號碼，像是犯人的囚衣，於是向營業員商量把號碼寫在她夾襖前襟的一角。誰知到她買魚時，她的號碼因人擠人和毛線衣的磨蹭給擦掉了。她急得快哭了，一句話也說不出來。後來，是鄰居為她作證，才順利買到魚。

端麗不再畏縮，她獲得了與過去所不同的自尊感，那是在貧窮中才有的自尊。

女兒剛升中學，在學校受到別的孩子的欺負，端麗跑到學校，據理力爭，迫使老師和工宣隊師傅要那孩子來向她女兒道歉。

所以，端麗感覺到：「自己的力量，這股力量在過去的三十八年裡似乎一直沉睡著，現在醒來了。這力量使她勇敢了許多。」[9]

小姑被迫分配到江西，家裡傾其所有，為她準備行裝，如果沒有錢滿足她的需要，她就哭。後來，只得賣東西。端麗把錢包裡攢的錢也奉獻出來，大女兒把為了買鬆緊鞋的存錢撲滿交給端麗，對端麗說：「妳摔好了，鬆緊鞋我不買了，現在反正已經不興了。」

漸之病重的小姑在端麗的安排下住進了精神病院。後來，小姑有資格可以辦理病退。端麗到處奔波，不過，最後還需去一趟江西。

　　「讓二弟去吧！他在家橫豎沒事，並且又是出過門的人，
　　總有數些。」文耀提議。

9　王安憶：《雨，沙沙沙》，頁81。

「我？不行！江西話我聽不懂，如何打交道。」文光很客氣，似乎除他以外，其他人都懂江西話似的。「還是哥哥去。哥哥年齡大，有社會經驗。」

「我要上班呢！」

「請假嘛。你們研究所是事業單位，請事假又不扣工資。」

……

兄弟倆推來推去，婆婆火了：

「反正，這是你們兩個哥哥的事，總不成讓你們六十多歲的爹爹跑到荒山野地去。」

……

端麗又好氣又好笑，看不下去了，說：「看來，只有我去了。」

「妳一個女人家，跑外碼頭，能行嗎？」婆婆猶豫著。

端麗苦笑了一下：「事到如今，顧不得許多了。總要有個人去吧！」[10]

從小家裡便對小叔照顧得無微不至，要什麼有什麼。文革剛開始的時候，他站出來和父親劃清界線，將被子鋪蓋一捲，上學校去住了。可兩個月不到，卻又灰溜溜地回了家。後來，又報名參加戰鬥隊。批准後，端麗一改羞澀，為小叔下鄉爭取補助；又陪小叔上街買東西，那是要「憑上山下鄉通知購買」的，所以人山人海。小叔在擁擠的人群面前很怯懦，不敢擠，擠了幾下就退下去。

　　不僅僅是小叔如此，連身為長子的丈夫依然悠哉悠哉地活著，一

10　王安憶：《雨，沙沙沙》，頁109～110。

點也沒有男子漢該有的擔當，他把家裡的重擔不知不覺地丟給了端麗。

文耀以前在學校以瀟灑出名，風度翩翩吸引了不少女孩子。功課平平，參加各項活動都很積極，端麗和他在一起很快活，這是高傲而美麗的端麗委身於他的一大因素；而今到了這個沒得玩了的日子，端麗發覺他，只會玩。

端麗當家後才知道錢是最不經用的，而文耀不知民間疾苦，從不分擔著為家用作打算，只會嘆氣。端麗突然發現自己的丈夫這麼無能。過去，她很依賴他。任何要求、任何困難，到了他跟前，都會圓滿地得到解決。其實，他所有的能力，就是公公那些用不完的錢。沒了錢，他便成了草包一個，反過來倒要依賴端麗了。

端麗不禁感嘆，要是文耀的能力強一點，可以減少她很多疲勞。比如：有一次，文耀對端麗說：「妹妹學校來通知，晚上要召開家長會。媽媽耳朵不好，叫我去。我想恐怕是要動員上山下鄉的事。我不大會應付這些事，妳去吧，啊？」端麗深覺是公公的鈔票害了文耀，她實在不知道他到底會做什麼？又如：端麗在工廠工作，中午有一小時午飯時間，她不像別人可以帶便當吃，吃完還有時間打個盹；因為，她還得匆忙地趕回家去弄飯給文耀和孩子吃，文耀是一點忙也幫不上的。

文革爆發後，掃蕩了他們所有的一切，公婆無法接受事實，仍舊沉迷於往日光釆。

以前，公公婆婆也並不是那麼照顧他們，那年，端麗想買一套家具，婆婆說沒錢，等明年吧！可是不久卻給小姑買了一架鋼琴。

端麗對婆婆原是有些「敬畏」的。有一次，正值發育期的兒子吵著肚子餓，端麗要他自己泡一碗飯吃。此時，端麗立刻察覺到婆婆極

不高興地看了她一眼，她便改口說給兒子一角錢，兒子是長孫，是婆婆的命根子。

　　隨著環境的轉變，端麗在轉變中成長，端麗在公婆心中的地位亦直線成長。而端麗操持一家的經濟和家務，的確變得懂事成熟許多，變賣東西，要孩子保密，怕公婆知道了擔心；每月把工作所得，補貼婆婆十五元，充作小姑的生活費；小姑被迫分配往江西，公公去送行，難過地表示要是當年他不做老闆，只老老實實當一生夥計，小姑就不會這樣了。公公自責是他作孽，拖累了全家人。端麗安慰他老人家說：「爹爹，你不要說這個話，我們都享過你很多福。」

　　公公面對在患難中扛起責任的媳婦，十分感慨地說他的孩子一點不像他，都沒出息，也許是他的錢害了他們，反倒讚許端麗這兩年有些鍛鍊成長了。端麗的辛勞，公婆是看在眼裡的，所以，當公公拿到了十年強制儲蓄起來的一大筆錢，他除了分給每個子女一分，另外，又給了端麗一分。公公誇她在這十年裡，很辛苦，這個家全靠她撐持。

　　動亂過去，家產失而復得，端麗一家又回到從前富裕的生活。

　　端麗發現小女兒並不是讀書的料，端麗可憐寬慰著她：

> 「妳跟著爸爸媽媽吃不少苦，現在有條件了，好好玩玩吧！」
> 咪咪抬起頭，認真地看著媽媽：「媽媽，我們怎麼一下子變得這麼有錢了？」
> 「爺爺落實政策了嘛！」
> 「那全都是爺爺的錢？」
> 「爺爺的錢，就是爸爸的錢……」端麗支吾了。

「是爺爺賺來的？」

「是的，是爺爺賺來的。但是爺爺一個人用不完，將來妳如果沒有合適的工作，可以靠這錢過一輩子。」

「不工作，過日子有什麼意思？」咪咪反問道。她從小苦慣了，是真的不習慣悠閒的生活。[11]

這最後一句話「畫龍點睛」，端麗不知道其實小女兒的成長在潛移默化中受到她極大的影響。端麗過慣了富裕的生活，經過苦，回到原本的生活該是習慣，只是茫然。

王安憶以作家的女性意識刻劃了端麗的性格，為當代文學人物畫廊增添了一個獨特的女性形象。

當端麗謝絕了公公對她的犒賞，回到房間，文耀便和她爭執起來──

「妳的主意真大，當場就回脫爹爹的鈔票。」

「是爹爹給我的，當然由我作主。」

……

「為啥不想要？妳的那個工作倒可以辭掉了，好好享福吧！」

「不工作了？」端麗沒想過這個，有點茫然。

「好像妳已經工作過幾十年似的。」文耀譏諷地笑道。端麗光火了：

「是沒有幾十年，只有幾年。不過要不是這個工作，把家

11　王安憶：《雨，沙沙沙》，頁137、138。

當光了也過不來。」

「是的是的，」文耀歉疚地說，「妳變得多麼厲害呀！過去妳那麼溫柔，小鳥依人似的，過馬路都不敢一個人……」

他那惋惜的神氣使得端麗不由地難過起來，她惆悵地喃喃自語道：「我是變了。這麼樣過十年，誰能不變？」[12]

端麗開始意識到自己，開始去正視她的問題，發掘了過去所未發覺的自我潛能。在艱辛的生活中，她用自己的汗水和勞力，換取微薄的收入，領略到「自食其力」的喜悅；她忍辱負重，含辛茹苦地支撐著這個從闊綽變為貧困的家，毅然決然挑起家庭的重擔，體驗到「自立自強」四個字並不專屬於男人。將近十年的磨練，她在她的「異質環境」中肯定了自己存在的價值，所以，她當然不再「小鳥依人」，不再「不敢一個人過馬路」，她意識到自己有決定要或不要的權利，這些都拜環境給予她的磨練所賜。

人類學的實徵研究證實，男女的角色行為與特質是具可塑性的。[13] 這一點我們倒是可以從端麗身上得到答案。

女人比較具有母性，一般母性行為不只是照顧小孩，廣泛地說，應該是一種願意照顧別人的慈善特質。[14] 所以，當端麗從滿屋音響電器、渾身珠光寶氣的優渥環境，淪為為三餐溫飽而擔憂的貧民，她為了孩子、丈夫和其他家人不得不支撐起快要支離破碎的家庭，同時，她也享受到了被別人所需要的自豪。

過去的富裕生活雖然過得舒服無憂慮，可是似乎沒有眼下的窮日

12　王安憶：《雨，沙沙沙》，頁113～114。
13　劉惠琴：《從心理學看女人》，臺北：張老師出版社，1991年，頁117。
14　劉惠琴：《從心理學看女人》，頁144。

子有著甜酸苦辣的滋味，端麗不但心裡充滿了做母親的幸福，也深覺
自己是丈夫和孩子的保護人，很驕傲、很幸福。

隨著政策的落實，端麗從她的「異質環境」回到「同質環境」
──逛街、舞會、宴客、晚睡晚起，當回到「同質環境」的興奮消失
後，她開始適應不良──

> 她不再感到重新開始生活的幸福。這一切都給了她一種陳
> 舊感，有時她恍惚覺得退回了十幾年，可鏡子裡的自己卻
> 分明老了許多，於是，她惆悵，她憂鬱。……人生輕鬆過
> 了頭反會沉重起來；生活容易過了頭又會艱難起來。[15]

這是端麗女性意識的覺醒，她不再覺得無所事事是一種幸福。時空改
變所帶給她的成長，使得她開始重新思索生活的目的和意義。

小說結尾文耀要端麗辭職，雖然作者並未告訴我們端麗的最後決
定，但我們相信：人的行為起源於遺傳，而發展於社會環境，端麗
經過了十年的歲月洗禮，而有了一番自覺，她應該會做出慎重的抉
擇，選定一條她未來所該走的路。

王安憶一貫主張的積極、主動的人生態度是：「人應該自己掌握
自己的命運」[16]。我們從〈流逝〉中透過端麗，可以見到她的寄託，
也可以見到她所昭示的社會人生的問題，那是頗值得深思的。

---

[15] 王安憶：《雨，沙沙沙》，頁135、136。
[16] 嚴綱主編：《當代文學研究叢刊》第六輯，北京：中國社會科學出版社，頁155。

㈡〈小城之戀〉

　　王安憶的〈小城之戀〉是她的「三戀」[17]作品之一，事實上我們
應該把它當作是一部「性」小說來看可能較爲恰當。因爲這部小說中
充斥著一股灼熱的欲望，我們見到男女主人公在不可抑制的性愛驅使
下，展開一場野性的肉搏戰，從迷亂焦灼的性渴求，到沮喪疲憊的性
消蝕，他們利用痛苦的互毆發洩其性苦悶。

　　但是，基本上，王安憶是把「性」作爲人性的核心來探索和描寫
的：「如果寫人不寫其性，是不能全面表現人的，也不能寫到人的核
心，如果你眞是一個嚴肅的、有深度的作家，性這個問題是無法逃避
的。」[18] 所以，王安憶所寫的人性，是包含性愛在內的人性。

　　〈小城之戀〉是敘述動亂時代，小城劇團裡的一對正處於青春期
性意識萌動時期的男女演員，他們蒙昧無知，不但發生了關係，把對
方當作發洩的對象，而且日漸耽溺其中，一面在罪惡感中沉淪，一面
又對於彼此需索無度。渾渾噩噩地聽憑自然衝動的主宰，無可自拔的
宣泄。後來女主人公懷孕了，她的靈魂在母性的皈依中得到昇華，但
男主人公卻仍舊走不出自我的牢籠。

　　女主角長成如早熟的果子，依然如小時那樣要他幫她開胯，他克
服不了內心的騷亂，替她開胯時，決心要弄痛她，她痛得開罵，罵了
一些她所不懂的粗話，比如：「我操你。」這啓發了他的想像，便也
罵了回去，有著更確切的實用涵義。對於他的粗暴，他感到抱歉，
便溫柔以待，因爲他的安慰，她哭得更傷心，但心中充斥了一股溫
暖，像是被人親愛地撫摸。從此他們成了仇人，不再說話。練功時極
盡折磨自己的身體，像是有意要懲罰它似的。

17　王安憶的「三戀」指的是〈荒山之戀〉、《小城之戀》、〈錦繡谷之戀〉。
18　戴翊：《文學的發現》，上海：學林出版社，1995年5月，頁165。

　　隊友不明究理，其實連他們自己也不清楚。隊長要他們握手言和
——

　　　　他們互相觸到了手，心裡忽然地都有些感動似的，掙扎明
　　　　顯軟弱了。兩隻手終於被隊長強行握到一起，手心貼著手
　　　　心。他再沒像現在這樣感覺到她的肉體了，她也再沒像現
　　　　在這樣感覺到他的肉體了。手的相握只是觸電似的極短促
　　　　的一瞬，在大家的鬨笑中，兩人驟然甩開手逃脫了。可這一
　　　　瞬卻如此漫長，漫長得足夠他們體驗和學習一生。似乎就
　　　　在這閃電般急促的一觸裡，他意識到了這是個女人的手，
　　　　她則意識到了這是個男人的手。[19]

他們仍舊沒有說話，在原始情慾的折磨下，利用練功自我展示，為的
是引起對方的注意，他們以自虐式的練功來排解欲火焚身的煎熬，肉
體的疼痛帶給他們一種奇妙的快感。在一次練功時，他們協議要互相
幫助，於是兩人又說話了，不過，昔日明澈的心情已不復存在，他們
互相躲著對方，也不再互相幫著練功了。
　　有一次，他和藹地請求她幫助他排練托舉的一段，在肌膚相觸
中，欲望侵蝕了他們的每一條神經。在練習當中，突然有人扳動了
電閘，燈滅了，音樂停止了，他正負在她的背上，足足有半分鐘，他
從她背上落下來，兩人沒說一句話便逃開了。自此，兩人雖是不見
面，但整顆心卻被對方全部占據了。

19　戴翊：《文學的發現》，頁117。

> 他的想像自由而大膽，那一夜的情景在心裡已經溫習了成
> 千上萬遍，溫故而知新，這情景忽然間有了極多的涵義，
> 叫他自己都吃驚了。她是不懂想像的，她從來不懂得怎麼
> 使用頭腦和思想，那一夜晚的感覺倒是常常在溫習她的身
> 體，使她身體生出了無窮的渴望。她不知道那渴望是何
> 物，只覺得身體遭了冷遇，週圍是一片沙漠般的寂寥，從
> 裡向外都空洞了。[20]

正式演出時，他倆在後臺照管服裝和道具，當那一夜排演時的音樂響
起，他倆的目光相視，她退進一間營房，他隨即也追了進去，在漆黑
中他感覺到她的閃躲。

　　在外地演出時，他們緊緊抓住演員換裝的十分鐘暫時止住了飢
渴；但是，由於匆忙緊張而不能盡興，卻更令他們神往了。他們期待
下一個臺口，能有一處清靜的地方供他們消磨灼人的欲念。可是希望
愈大，失望就愈大。他們欲求不滿，將旺盛的精力轉為暴力，公開地
將怒氣向彼此發洩，兩個身體交織在一起，劇烈地摩擦著，猶如狂熱
的愛撫。簡直就是以公然的打鬥，代替私底下的性愛。

　　在外三個月，終於回家了，他們熟門熟路，知道哪一處是僻靜的
地方。他們幾乎是很有默契地夜夜外出，深夜才歸，可是快樂是越
來越少，就只那麼短促的一瞬，有時連那一瞬都沒了。他們若有所
失，急躁地要尋回，他們實在不明白：「人活著是為了什麼？難道就
是為了這等下作的行事，又以痛苦與悔恨作為懲治。」[21]

　　他們又開始練功，互相照顧對方的生活。可是因為愛得過於狂熱

20　王安憶：《小城之戀》，臺北：林白出版社，1988年，頁131。
21　王安憶：《小城之戀》，頁165。

而拚命，消耗了過多的精力，也漸失神秘感，減了興趣，不過他們還是欲罷不能，只是不明白似乎再怎麼拚命也達不到最初的境界。他們自我摸索的錯誤的性觀念，把「性」看成是罪大惡極的。他們自慚形穢，甚至彼此憎恨，因為一旦幻覺消失，他們的陌生感甚至更為強烈。由於這樣的苦惱，他們相互懷恨，相罵開打，在一次又是廝打又是親熱中，他們達到了久已未有的滿足，可是接踵而來的又是罪惡與骯髒。

一次，他們在野外尋歡，醒來時已是清晨，在路人的注視下，匆忙回到劇場，劇場裡的人按部就班地做著自己的事，像是向他們展示著幸福，就在這天晚上，她決定結束生命。

她整理舊衣，洗淨身體，和大家一起快活地吃飯、說笑，心中有了平等的感覺，才驚覺自己可以抑止渴望，她決定好好活下去。可是他呢？他認為她無情無義，他們本該一起受苦的，她怎麼能就這樣撇下他？

她一直努力克制著，但就在那一次他強行地撲向她時，她知道她又前功盡棄了。

她發現她懷孕了。對女人而言，一旦有愛，就永遠不會止息。她在他身上找不到愛情，所以，當她在醞釀小生命，獲得了骨血相連的親情時，便無法停止她的愛了。

在小說中這場克制欲望與超脫罪惡的競賽中，顯然她是贏過了他。孩子長得越來越像他，他越是害怕，他墮落於賭博、喝酒之中。新婚的妻子講起他便落淚，說受不了；重獲新生的她。雖然不排斥別人為她介紹對象，可是終究沒有人願意接收人家的二手貨。她雖然自卑，可也不怨恨，因為經過情慾狂暴的洗滌，她比以往任何時候都還要乾淨純潔。

　　人的愛情在與某種理智結合起來之後，仍然帶著感性欲望的自然特性，即人在愛的時候，不僅僅有靈與靈的交流，還有肉與肉的交流。因此，一個眞正的人，他的愛情過程，往往是一種靈與肉的矛盾統一過程，兩者互相補充、互相推進的過程。[22] 的確，有欲不能無情，這才是人的生活，從這個意義上說〈小城之戀〉是以另一種方式在呼喚「愛」的歸來。

㈢〈金燦燦的落葉〉

　　莫愁和丈夫原本是一對感情深厚的夫妻，但是他們的婚姻隨著丈夫考上大學後，起了變化。因爲經濟考量，莫愁放棄了和丈夫一起考大學的理想，全力支持丈夫，擔負起所有的家務和教育小孩的責任，但也因爲這樣和丈夫漸行漸遠，沒有了共同的話題。就在第三者介入他們婚姻生活的同時，莫愁在徬徨悔恨之餘，警覺到自己必須前進，才能填補和丈夫的鴻溝，才能和丈夫的眞心重逢，她對丈夫說：「我努力，努力使你回來。」

　　莫愁和丈夫的感情是在惺惺相惜的命運中建立起來的，他們本是同學，文革時，由於兩人都不是紅五類，都沒有資格參加紅衛兵，在學校只能坐在角落裡，就在這樣的氛圍下，他們建立了比一見鍾情更加牢固的感情。

　　文革結束後，他一心把課業擺第一，犧牲了親情和婚姻——以兒子太吵，無法準備畢業論文爲由，搬到宿舍去住。

　　丈夫有一封神秘的信，信封上的落款是北京，但郵戳卻是本市，莫愁暗中到學校，果然證實了她不得不接受的事實。

　　莫愁仍有心維繫婚姻，她要以理性的作風，把迷失的丈夫拉回來。所以，她「嚴以律己，寬以待人」地自我反省過去的生活——

22　劉再復：《性格組合論（下）》，臺北：新地出版社，1988年，頁199。

她忙得不亦樂乎，一家三口的衣食住行充滿了腦子，把原
先她喜愛的希金、屠格涅夫、李白、杜甫的位置全侵略占
領了。她再沒空閒和興趣去關心別的了……
他走進了新的領域，她仍然留在舊的生活中，他們很難有
共同的話題了。然而，她所以留在舊生活中，全是為了
他，為了能把他送進新生活。……她以為「我就是你，你
就是我」。可是，現實卻再清楚不過了——「我就是我，
你就是你！」她的犧牲結果是在他們之間築了一道牆，掘
了條溝。[23]

在婚姻生活中，在原地踏步的人是沒有資格要求一直往前的人也和他
一樣停下腳步的，就這一點來說莫愁的丈夫是沒有錯的，錯只錯在那
個和他「討論功課」有共同話題的對象是個女生，他給了這個喊他妻
子「莫愁姊姊」的女孩介入他家庭的機會。

莫愁原封未動，把信交給紅了臉了的丈夫。莫愁不哭也不鬧，
對於丈夫透過課業找到了志同道合的伴侶，莫愁強忍著沒有任何責
備。

表面上看來，莫愁的丈夫儼然是現代的陳世美——忘恩負義、喜
新厭舊，但若深入些，從另一個角度來看，他不也是整個大環境下的
悲劇人物。因為文革耽誤了他十年，又因為現實環境莫愁無法和他一
起前進，以至於，他前進了，莫愁卻後退了，莫愁再也走不進他的領
域中。他在別人的身上去尋找莫愁過去的影子——那個年輕的第三者
是丈夫班上的同學，她來玩過幾次，總是喊她莫愁姊姊。莫愁記得有

23　王安憶：《金燦燦的落葉》，《作品與爭鳴》第六期，1982年6月，頁28、29。

一次丈夫對她說：

> 「這女孩像妳──年輕的時候。」
> 莫愁開玩笑說：「嫌我老了。」
> 「不，」他說，「妳還是妳，只不過──」他沒說下去。[24]

作者留下了一個開放式的結局讓讀者去想像，小說的結尾是這樣寫的──

> 「你給我一年時間好嗎？」她輕輕地說。
> 他微微一震，沒回答，卻似乎是聽懂了。
> 「我努力，努力使你回來。」她壓抑住哽咽，輕輕地推開了他，「去吧！」
> 屋外，秋葉在飄落，幽然而安祥，在陽光下翻著金，翻著銀。生命在更新。[25]

當莫愁輕輕地推開了他，對他說：「去吧！」那需要多大的勇氣，也許那是一種欲擒故縱，是莫愁為了讓自己擁有活得更有尊嚴的條件，是莫愁為了能真正得到他的心。她明白：

> 就算他回心轉意。可憑著感激來維持的愛情終究能給人多少幸福呢？莫愁苦笑了一下。也許她太愛他了，她不恨他，一點不。奇怪的是，也並不恨她，她還很小，卻要擔

24　王安憶：《金燦燦的落葉》，頁28。
25　王安憶：《金燦燦的落葉》，頁30。

負起這麼沉重的感情。[26]

莫愁只怨自己，她知道愛情是不能勉強的。她相信，如果沒有了這個女孩子，他還是會對她淡漠。[27]

莫愁要走出她的象牙塔——作者在結尾並沒有說莫愁是要利用一年的時間去考大學，也許她去找工作，也許走出家庭，擴展生活領域，希望能先和丈夫站在同一地平線上，如此才有挽回婚姻的條件。

當然婚姻裡的兩位主角並不一定是要地位相同、知識對等，但是如果雙方能夠達到這樣的境界不也是美事一樁，誠如恩格斯所說的：「如果說只有以愛情爲基礎的婚姻才是合乎道德的？那麼也只有繼續保持愛情的婚姻才合乎道德。」[28] 莫愁正在爲追求這種「繼續保持愛情的婚姻」而努力，不管結局如何，至少她決心要付出努力。

㈣《長恨歌》

在《長恨歌》開頭，作者是這樣描述上海的：「站在一個至高點看上海，弄堂是壯觀的景象。它是這城市背景一樣的東西，街道和樓房凸現在它之上，是一些點和線。而這是中國畫中被稱爲皴法的那類筆觸，是將空白填滿的 。當天黑下來，燈亮起來的時分 ，在那光後面，大片大片的暗，便是上海的弄堂了……[29]在深遠幽暗的弄堂裡藏匿著時間大浪的潮起潮落的痕跡，生活在弄堂裡的人，也在隨波逐流中找尋靈魂安置之所。

《長恨歌》裡寫王琦瑤從40年代末到80年代中期，伴隨著上海

26　王安憶：《金燦燦的落葉》，頁30。

27　王安憶：《金燦燦的落葉》，頁30。

28　戴翊：《文學的發現》，頁308。

29　王安憶：《長恨歌》，臺北：麥田出版社，2005年8月，頁17。

半個世紀以來的風雨滄桑，王琦瑤參加選美，代表弄堂裡的小人物希望能夠出頭的夢想，但又在自己無力掌握時代的轉變中隨波逐流，樂觀務實，世故堅韌，總是想辦法要把日子在有限的能力中，過得有滋有味。

　　上海，是最適合安置王琦瑤的城市，她選美；她為了榮華富貴，成為掌握軍權的李主任包養的情婦；上海解放，李主任遇難，生死未卜，王琦瑤像是死了一場，她在反右鬥爭的起伏中，固守著自己的生活。還好李主任生前早為王琦瑤的生活規劃，留了黃金給她，安排她日後的生活。當康明遜一出現後，馬上攪亂了她內心平靜的湖水，但個性軟弱的康明遜，最後，還是接受家裡的安排到香港去接管生意。王琦瑤懷著康明遜的孩子，和身患絕症的薩沙辦了結婚，換了一段名正言順的婚姻。

　　王琦瑤始終是一個週旋於男人中的女人，她從來就沒把「母親」的角色，納入她的生命中，所以，在小說中我們見到王琦瑤和唯一的獨生女兒薇薇從小就是疏離的。到了薇薇長成豆蔻年華的80年代，王琦瑤的心思也被打開了，跟著年輕人回到社交圈。王琦瑤依舊風韻猶存，見過她的人都欣賞著她所隱藏的復古式的風華璀璨；薇薇妒忌母親，因為她的朋友都一面倒向了母親那一邊。王琦瑤不服老，也不願別人認為她老，她和女兒之間的幾次不愉快，都源自於她不甘心只是薇薇的母親，她希望和女兒輩們成為平起平坐的好朋友。這個身為母親的孤寂，是青春正在洋溢奔放的女兒，所無法理解的。

　　小說裡呈現了一個母親極力想要留住青春尾巴的力量，超越了對女兒的愛，這樣的精神姿態，似是解放了「母親」自身角色的刻板印象，而回歸女性本質去考量。

　　十幾年過去後，五十六歲的王琦瑤居然和一個二十六歲的小男人，陷入一段忘年畸戀，她孤注一擲地愛著他，後來，用黃金還是

留不住要離開上海的他；王琦瑤最後死在一個闖入要偷黃金的友人手上。

　　這一連串脫離傳統軌道的事，如果不是發生在上海是很難被接受的。另外，其他的人物，也有著代表上海的象徵意義，比如：程先生是上海的優雅；李主任是權力欲望；康明遜是典型的紈袴小開；薇薇則是摩登新潮的代表，這些象徵著上海形象的人物，都可看出王安憶在塑造人物的用心。

　　王安憶曾在〈「文革」軼事〉裡，這樣描述上海的尋常生活：「這裡的每一件事情都是那樣富於情調，富於人生的涵義：一盤切成細絲的蘿蔔絲，再放上一撮蔥的細末，澆上一勺熱油，便有輕而熱烈的聲響啦啦啦地升起。即便是一塊最粗俗的紅腐乳，都要撒上白糖，滴上麻油。油條是剪碎在細瓷碗裡，有調稀的花生醬作佐料。它把人生的日常需求雕琢到精緻的極處，使它變成一個藝術。……上海的生活就是這樣將人生、藝術、修養全都日常化、具體化，它籠罩了你，使你走不出去。」[30] 上海雖然帶給王琦瑤傷痛，可是她卻放它不下：「上海真是不可思議，它的輝煌叫人一生難忘，什麼都過去了，化泥化灰，化成爬牆虎，那輝煌的光卻在照耀。這照耀輻射廣大，穿透一切。從來沒有它，倒也無所謂，曾經有過，便再也放不下了。」[31] 所以，她無法忘卻關於上海的一點一滴，小自雙妹牌花露水、老刀牌香菸、上海的申曲。她覺得無論走到哪裡都聽見上海的呼喚——

　　王安憶以女性的世界著眼，細摹地雕繪出上海，描寫個人之於

30　王安憶：《香港的情與愛——王安憶自選集之三》，北京：作家出版社，1996年2月，頁467。

31　王安憶：《長恨歌》，頁158。

上海的感情，不論是得意與失意的上海；男女曖昧、欲道還休的上海；淮海路的典雅、法國梧桐高聳的上海；浮光掠影的上海，都訴說著上海在大時代底下的層層推移的風華與轉變。

蔣麗莉，這個處於社會洪流的上流社會的女人，是作者用來襯托王琦瑤的配角人物。在上海解放時，蔣麗莉投身於革命運動，之後，面對環境的改變，她無法處之泰然，所以，總是努力去適應角色的轉換，後來，卻在不夠具有「兵來將擋，水來土掩」的智慧中，疲於奔命而身亡；相反地，我們見到生命力極其頑強的王琦瑤，就像上海這座城一樣，在小事委屈求全，面對劫難又安之若素，但在大方向卻不妥協，所以，她不認輸地經營著自己，過著柳暗花明又一村的生活，因此，我們見到她在招待高貴的嚴師母到家中用餐，準備餐食時，不矯情也不怠慢，就是踏實地表現她的經濟條件，包括自己的日常妝扮，也是嚴謹而用心。或許是在上海這座城市的內在精神與歷史印記的支撐下，她走出自己的路。這表現出了海派文化的精神——「弄堂外政治運動聲浪頻高，弄堂裡的人照樣處之泰然，這就是上海人生活勇氣的體現，身居陋室不問世事，只管柴米油鹽的市民女性，才是海派精神的代言。[32] 在文本中，我們感受到作者在處理大環境歷史背景的「動」與王琦瑤面對紛亂動盪所反映的「靜」，兩者之間似乎不溫不火，可是，明明當王琦瑤還在她的小天地裡安身立命的同時，外面的世界早已歷史劇變，局勢緊張，內戰蜂起。作者著墨在王琦瑤「靜」的海派精神時，「動」的部分卻被作者一筆帶過，冷靜而客觀。

在王安憶的城市書寫中，還能看見殖民地文化的時代特徵——

---

[32] 陸瑾：〈獨特的女性敘事曲——析王安憶《長恨歌》的敘事特點〉，《小說寫作》第3期，2006年，頁23。

比如在《長恨歌》裡「克臘」這個詞來自英語的「colour」，文本中「老克臘」可歸入「雅皮士」一類，這類風流人物，尤以50和60年代盛行，在那個全新的社會風貌中，他們保持著上海的舊時尚，以固守爲激進。

㈤〈我愛比爾〉

美國人比爾僅僅是把大學生阿三當成他孤獨異地外交生涯中，聊慰寂寞和解決生理需求的眾多女孩之一。

比爾的漢語老師曾經給比爾講過一本中國古代的《烈女傳》，中國女性的貞操觀給他留下崇高和恐怖的印象。所以剛開始比爾面對阿三曖昧不明的肉體，有著極大的挑逗與恐懼。

比爾愛中國、中國飯菜、中國文字、中國京劇、中國人的臉。阿三向比爾介紹中國的民間藝術：上海地方戲，金山農民畫，到城隍廟湖心亭喝茶，還去周莊看明清時代的居民。他倆就好像兩個文化使者似的，進行著友邦交流。

阿三不惜被學校開除也要和比爾在一起。阿三渴望可以在身心都與比爾相通，但終於比爾還是在得到阿三後，無法承擔阿三肉欲以外的精神依附，也受不了阿三全然的付出與占有，提出了分手。

阿三在被比爾拒絕後，逐漸迷失了自己。阿三在賓館或別的地方結交上法國人馬丁、陌生的美國老頭、美國專家、比利時人和更多的外國人，都只是爲了找尋和「比爾」在一起的異國情調，所以，後來在勞教農場的暗娼們給阿三取了個綽號叫「白做」。

阿三最終只能在精神和現實中，無可回頭地讓自己陷入更深的孤獨之中。

改革開放改變了阿三的城市生活，不論是消費行爲、生活方式和價值觀。而阿三這種單向的情感付出，注定是要悲劇收場的，因爲完

全沒有任何協商的可能。「上海在重新『國際化』的過程中必然遭遇
和理應發生的自我與他者間的『交換』／『協商』於是被懸擱了；無
疑，同時被擱置的還有上海在新時代裡的身分創新或創建。」[33] 阿三
這樣一個孤獨的個體橫衝直撞地在尋找新的文化認同中，找不到自
己的身分確認，她迷戀異國氛圍，就算獻出身體，也得不到對方的
一半的交換。作家很有智慧地將女性情慾解放的地域城市，設定在
上海，讓她們迷亂地遊走在城市的燈紅酒綠中，因為也只有在最繁
華、最高尚的上海最有可能發生這樣的情節。

㈥《米尼》

米尼是一個普通的上海女知青，偶然的機會愛上從小就有偷竊習
慣的阿康，兩人在相處不到幾天後，阿康被捕入獄，懷著阿康的孩
子的米尼也走上了偷竊之路。在阿康身陷牢獄時，她對阿康不離不
棄，在生活和經濟上依舊給予他無微不至的關心和幫助，她從小缺乏
家庭溫暖，希望能藉此找到慰藉，但卻是一步步走向悲劇。

為愛情義無反顧的米尼，其實是個精明女孩，她要到安徽插隊落
戶之前，對阿婆說，她不在家裡吃飯，應當把她父母從香港寄來的生
活費交給她。阿婆恨恨地望著她，心想自己千辛萬苦，竟餵大了一隻
虎，阿婆說她哥哥在農場勞動鍛鍊，每月已經開始拿工資；姊姊早一
年就分在了工廠，也有了鐵飯碗。米尼聽出阿婆話中有話，不由惱羞
成怒，但又立即壓下了火氣，反笑了起來說，假如爸爸媽媽願意給她
飯吃呢？阿婆說不出話，臉皺成了一團。阿婆這些年來對於兒子媳婦
按期地寄錢來，她總是扣一些錢存著，以防不測。開始這錢是為了孫
兒孫女，怕他們生病。慢慢地，孩子長大了，這錢就有些是為了自己

33　陳惠芬：《想像上海的N種方法——二十世紀90年代「文學上海」與城市文化身分
建構》，上海：上海人民出版社，2006年，頁21。

的了。她怕自己生病老去，她要爲自己打算，錢一點點存多了，存錢
的熱情日益高漲。大孫女一月十八元時，她並不說什麼，待到第二年
拿到二十三元了，她便讓她每月交五元作飯錢。姊姊由於麻木，對什
麼都渾然不覺；米尼卻把事情看得很清楚，常常生出一些小詭計，迫
使阿婆用錢心痛，看見阿婆臉皺成一團，她心裡高興得要命——

> 阿婆説：「給妳一個月十塊。」其實她心裡想的是十五
> 塊，出口時卻成了十塊。米尼以這樣的邏輯推斷出了十五
> 塊這個數位，又加上五塊：「每月二十塊。」她説。阿婆
> 就笑了：「妳不要嚇唬我啊，二十塊一個月？到鄉下是去
> 勞動，又不是去吃酒。」米尼就説：「那也不是命該你們
> 吃肉，我吃菜的。」她的話總比阿婆狠一著，最後阿婆
> 只得讓了半步，答應每月十七元。米尼心想不能把人逼得
> 太緊，就勉強答應了，心裡卻樂得不行，因為她原本的希
> 望，僅僅是十元就足夠了。從此以後，爸爸媽媽從香港給
> 阿婆寄錢，阿婆從上海給米尼寄錢，插隊的日子就這樣開
> 始了。[34]

當米尼因緣際會愛上阿康後，她想經由阿康的愛情擺脫孤獨的漂泊命
運。她爲了阿康離家，主動爭取所愛，當她和阿康有了關係後——

> 她伸手從背後抱住了他，將臉貼在他的背上，説道：「阿
> 康，我要跟你在一起，無論你要我做什麼，都可以的。」

---

34 王安憶：《米尼》，頁32。

　　阿康怔了一會兒，又接著把被子疊完，撣了撣床單。米尼反正已經豁出去了，她將阿康抱得更緊了，又一次說：「阿康，我反正不讓你甩掉我了，隨便你怎麼想。」說罷，她淚如雨下。阿康不禁也受了感動，輕輕地說：「我有什麼好的？」米尼說：「你就是好，你就是好，你就是好。」……米尼抱住他的頭頸，說：「……不管你喜不喜歡我，我反正喜歡你了，你是賴也賴不掉了。」阿康說：「我沒有賴。」米尼歪過頭，看牢他的眼睛，說：「你喜歡我嗎？」阿康沉吟著，米尼就搖他的身子，說：「你講，喜歡還是不喜歡？」阿康說：「妳不要搞逼供信呀！」米尼就笑，笑過了又哭。她想：天哪，她怎麼碰上了這麼個鬼啊！她心甘情願輸給他了。[35]

阿康偷竊被捕入獄後，當米尼懷疑自己是不是懷孕時，她故意將自己的疑心告訴阿康媽媽，向她請教是怎麼回事？其實她心裡還有一層意思，是向他們證明，她千真萬確已是阿康的人了。米尼還主動對阿康的父母表示，從今以後，她總歸是阿康的人了，請他們不要趕她走。阿康在上海，她就在上海；阿康去安徽；她也去安徽；阿康吃官司，她給他送牢飯。阿康的父母說她太衝動將來會後悔的！米尼再三保證不會。阿康的父母心軟了，他們看她對阿康真心實意，就算將來要後悔，現在卻死心塌地。說不定有了她，阿康會變好。

　　米尼迫於生活，走上了和阿康相同的路，她不認為偷竊是不正當的行為，反而覺得在偷竊時有一種奇異的感動的心情，因為這樣的行為，讓她和阿康更為接近，那是一種心靈相通的管道。

---

[35]　王安憶：《米尼》，海口：南海出版公司，2000年12月，頁36～37。

　　米尼有一套不同於阿康的偷竊哲學，尤其比阿康機敏鎮定得多，她從不重複在一個地方「行動」，太過冒險的「行動」，她也絕對不做，她總是耐心等待最好的時機。她是很現實的，不像阿康的「行動」往往是出於心理的需要。比較變態的是她在「行動」時「會有一種奇異的感動的心情，就好像是和阿康在了一起。因此，也會有那麼一些時候，她是為了捕捉這種感覺而去做活的，那往往是當她因想念阿康極端苦悶的日子裡。而即使是這樣的不能自律的情況之下，她依然不會貿然行事。阿康在這行為中最陶醉的是冒險的意味，於米尼則是從容不迫的機智。」[36] 即使在勝利的時刻，也不讓喜悅沖昏頭。她不肯冒一點險，可是從不放過機會。她具有非凡的判斷力，能在極短的時間判清狀況，作出決定。她常常在最安全的情況中看見了最危險的因素，最有利的時機裡看見了不利的因素。她的天性中有一種幽默，懷著譏嘲的態度去進行她的偷竊。譬如她偷了鄰居一條毛料西裝褲後，堂而皇之帶了那條西裝褲去信託商店寄售，而售出的通知書正是那位失竊西裝褲的鄰居交給米尼，米尼哀傷地對鄰居說若不是無奈，她是絕不捨得賣掉這件西裝褲的，那位鄰居一邊感慨，一邊回憶著，他也有過同樣的一條褲子。

　　懷孕的米尼和阿康的父母住在一起，剛開始三人還能和平共處，因為，米尼對阿康的真情使他們感動，他們心想：像阿康這樣有劣跡的孩子，竟有姑娘愛他，這是多麼難得的事情啊！可是，緊接著他們又想：愛阿康這樣有劣跡的孩子的姑娘，又能是什麼樣的姑娘呢？這又使他們對米尼懷有了成見。並且米尼的所有行為都讓他們感到不解，再加上他們漸漸感覺受到孕婦的拘束，阿康的母親和米尼開始處

36　王安憶：《米尼》，頁101。

於白熱化的狀態。有一段時間，阿康的好友大炮，常常去探望米尼和快滿兩歲的孩子，也會幫忙做家事、陪小孩玩。阿康的母親終於逮到機會發飆了——

> 她想：這一個男人為什麼這樣忠誠地待一個女人？她想：這一個女人憑什麼得到一個男人忠誠的對待？後一個問題比前一個問題還要使她著惱。她懷了捉姦一樣緊張和期待的心情，要想窺察出這兩人之間有什麼髒的秘密，而她越來越失望了。她看出這個男人和這個女人之間其實是很清白的，越是清白，她就越是著惱。她甚至還以她一個教師的教養和理解發現這男人與這女人之間還有一種可說是美好的動人的東西，這更使她惱得沒法說了。因她一輩子只有黑暗，而沒有光明，於是她便只能容忍黑暗，而容不得光明了。她看見那男人和那女人和諧、愉快、純潔的相處，簡直是灰心得不得了。[37]

阿康的母親指著大炮的鼻尖，滿心歡喜地說道：你三天兩頭地往這房間裡鑽，你當人不曉得你的用心嗎？母親哭喊著要阿康快回來，說是米尼要和姘頭跑了。忠厚老實的大炮，就在米尼面前怒吼說：我要找就得找個像樣的，此時，大炮衝出了門，帶著一顆受傷的心，永遠離開了。

勞改回家後的阿康還是依舊十足的大男人，當他和也變成扒手的米尼，談論起他的經驗，兩人意見相左，起了爭執，阿康認為這種事，本身就是風險；米尼則認為阿康把這種事情當作風險的看法，

37　王安憶：《米尼》，頁121。

其實是錯誤的，而這也是造成他們失手的原因。若不是十拿十穩的情形，她是絕不下手的。「其實這樣的事情非但不危險，還很安全，危險的倒是那些口袋和皮包裡裝了錢夾子的人。他們時刻提防著別人竊取他們的錢財，提防著他們可能遭受的損失，他們才是真正的冒險。如果像你那樣，自己認為自己是在冒險，因此做出許多危險動作，其實這種危險動作都是多餘的，帶了表演的性質，所以就一定要失手。」[38] 阿康聽不得米尼這樣反覆說著「失手」兩個字，這使他感到羞惱，他說「失手」，不過是交學費而已，交一點學費是很值得的，勞改真是一座大學校，所學到的東西，都是你不交學費做夢也做不出來的。米尼說：「我不用交學費也可以學到許多經驗，一邊做一邊學。」阿康寬容地一笑說，妳的那些經驗當然是不能與我的相比的。米尼就說不見得，阿康擂了一下桌子說他的生活道路，就是從碰到她的那一日起，走錯了，一步錯，步步錯。「妳這樣的女人，就像鞋底一樣。」[39] 阿康輕蔑地揮手，不屑與她再多說一句。

　　阿康並沒有感恩米尼痴情地等他出獄，他依舊浪蕩多情，他看上了米尼工廠裡的小姊妹，他說其實他對那個小姊妹只是欣賞，多看兩眼——

　　　　米尼就說，那你想不想看我呢？阿康說，妳是貼在家裡的畫，月分牌一樣，天天有的看，不看也曉得了，再說，夫妻間，難道僅僅是看嗎？米尼被他的話感動了，就說：既是這樣，我就常常帶她來，給你看。[40]

38　王安憶：《米尼》，頁134。
39　王安憶：《米尼》，頁135。
40　王安憶：《米尼》，頁146。

後來，她果真又帶她來了一兩趟。但每次走後，她又和阿康吵，一次比一次吵得厲害。米尼不知道，她犯下了大錯誤，無疑是在撮合阿康和那女孩。她不該帶那女孩上門，或者帶上門了，就不要吵鬧。每吵一架，他們兩人就更遠，遠到賭氣離婚了。

之後，阿康安排一個叫平頭的皮條客朋友，去滿足米尼性欲的需求。阿康感到對不起米尼，他告訴平頭要挽回只有一條路，就是假如米尼也有另有一個男人的話，他良心上才可平靜，這樣兩人就平等了，誰也不吃虧了。

這樣複雜的情事關係，讓米尼更放縱在平頭和阿康之間，而且和阿康在離婚後在性事上久別重逢，讓他們更覺激動而快樂，他們忘卻了一切恩怨，盡情地作賤著自己和對方。

隨著時代的變遷，這對扒手夫妻，又成了皮條客與賣淫女，當平頭被逮入獄後，阿康更上一層取代了平頭，甚至有意訓練米尼成為女皮條客的角色。後來，阿康他們被一網打盡了，當米尼等待在香港賺錢的母親為她辦簽證時，想不到就被阿康供出來了——

　　阿康原來是想等米尼辦好了簽證，再去派出所，以一個覺醒的嫖客的身分告發米尼，他的計畫是讓米尼從希望的頂峰直跌到深淵。他見不得別人的希望，尤其是見不得米尼的希望，米尼的希望於他就像是服刑一般，使他絕望。米尼就好像是他自身的一部分，他不允許這部分背叛另外的那部分。他所以遲遲沒有行動，還因為他想米尼根本拿不到簽證，她的母親只是說說而已，並不是真正出力為她辦出境簽證，甚至她只是哄騙米尼。他滿心喜悅地等待這騙局拆穿的一日，那時候，米尼將多麼悲傷。可是當他住在拘留所裡，在那燈光照耀、明亮如畫的深夜裡，他想到

自由在街上行走的米尼，覺得她就好像在天堂裡一樣。他
是絕不允許他在地獄，而米尼則在天堂。他供出米尼的同
時，還交上一分證據，就是米尼的存摺，這存摺上的數字
對米尼從事著一個不被公開的職業，可作一部分證明。[41]

米尼從一個上海女知青，一步步往下墮落，從慣竊到淪為賣淫女，
迷途不知返，到最後才發現自己走過的道路就好比是一條預兆的道
路，現在才到達了現實的終點。

㈦《香港的情與愛》

　　來自上海隻身在香港奮鬥的三十幾歲的逢佳，為了實現移民美國
的願望，在友人——小櫛的介紹下認識了華裔美國商人五十幾歲的老
魏，兩人原是交易性的愛情，孰料卻在香港磨合出一段建立在實際利
益基礎上，有情有義的真感情。

　　逢佳希望老魏幫忙安排到美國去，老魏則從逢佳身上發現了自己
人生「最後一道風景」。小說裡說：

逢佳不是創造奇蹟的浪漫的女子，老魏也過了渴望奇蹟的
年齡。他反是希望一切都有緣有故、順理成章，這樣比較
可靠，也比較安全，他不再喜歡那種倏忽間來、倏忽間去
的事情了。他的情感和心裡不再有那種伸縮擴收的彈性，
就好像一個逐漸老化的橡皮球。他只是在事情發生的理由
之外，再要求一點冷暖人情，僅此而已。……逢佳……將
自己交出去，老魏便得還她個美國，然後銀貨兩訖，大家

41　王安憶：《米尼》，頁225。

走人；老魏要是給不出個美國，那麼就恩人變仇人，接下來，還是走人。一切都是乾淨利索，是一筆交易。[42]

於是，兩人開始一段相互利用的交換關係，老魏知道逢佳正在用圈套套他，也就將計就計。老魏告訴逢佳，去美國的事不是一朝一夕的事，要慢慢來。小櫛則懇切地告訴老魏：「有一句話我也許不該說，聽了你也只當沒聽；就是說，假如你不能擔保她去美國，那麼最好不要給她希望；你大概不知道，像我們這樣的人，不怕失望，倒是怕希望的，尤其是逢佳，她是多少次失望也打不倒的，但一次希望會把她的魄力和能力全消耗掉的。」[43]

小櫛則反勸逢佳：人的命運都是有定數的，不屬於你的強求也不得。逢佳又笑了，說：「我倒是相信人定勝天這句話的。」[44]

儘管是萍水相逢，各有所圖，但也日久生情，老魏心裡對逢佳漸漸有了疼惜。逢佳總說：反正大家憑良心。「這句話是有人間冷暖的，老魏倒是有點感動。雖是筆交易，可是有了良心作憑，就有了些溫愛，也有了些相互的同情。」[45]

當老魏再到香港來，卻找不到逢佳，後來小櫛告訴他，逢佳從她父親家搬出去了，有個朋友外出半年，將房子借給她住。老魏找到了逢佳暫住的北角公寓——

公寓和酒店是不同的地方，公寓是有表情的，酒店則沒有。公寓的起居作息是有細節的，酒店的卻是理論化的。

---

[42]　王安憶：《香港情與愛》，臺北：麥田出版，2002年，頁23。
[43]　王安憶：《香港情與愛》，頁57。
[44]　王安憶：《香港情與愛》，頁49。
[45]　王安憶：《香港情與愛》，頁72。

公寓是注重過程的，酒店是有目的性的。公寓是家常的衣
服，酒店則是外出的禮服，自己對自己都是謹慎恭敬，不
可隨便的。[46]

老魏在公寓享用逢佳所做的家常菜，並把買房子的想法告訴逢佳。

小說裡出現合和中心、麗晶酒店和維多利亞港等香港具代表性的
地標和建築，用來反襯老魏和逢佳剛開始情感的虛幻。然而，當老魏
搬進北角公寓後，他倆就漸漸往踏實的生活走去，彼此都有真心善待
之意。

老魏開始會等待逢佳黃昏六點鐘回來，等待有一種兩心關照的感
覺。小說裡說：

但他們的交融不是夫妻交融的那一種，夫妻交融是靠時間
的磨練，有滴水穿石的性質；他們則是先有藍圖，再行施
工，平地起高樓的那種。夫妻交融是有共同人生目標的；
他們卻是人各有志、守信踐約、相互支援的。夫妻交融是
由裡及外的；他們卻是有理性、有策劃、對結束有所預測
的另一種。這些不同之處，也正是他們的融合程度能夠日
增躍進迅速成就的緣故。[47]

老魏對逢佳說：「我對妳絕不會撒手不管。」[48] 逢佳還是過去的逢
佳，但老魏卻是另一個老魏了。他不再不苟言笑，他開始為逢佳規

46　王安憶：《香港情與愛》，頁72。
47　王安憶：《香港情與愛》，頁90。
48　王安憶：《香港情與愛》，頁94。

劃未來，他付費安排逢佳先找外語學校學英語；他帶逢佳到泰國旅行，創造彼此人生中難得的假期。

　　他們都是拿得起放得下，責任談妥，雙方有信的人，因爲在內心深處彼此都懷著一點憐憫的心情——

> 憐憫也許不是太高尚的情感，但憐憫是最有用的情感。許多天長地久的關係，全是靠憐憫維繫的；許多刻骨銘心的關係也是靠憐憫維繫的。憐憫可說是他們彼此的善待之意中的那個核。他們各有各的可憐之處，相互的憐憫便是溫暖著彼此的心。[49]

老逢初識逢佳時，逢佳說她出生在上海一個資產者的家庭，父親在她一歲那年來到香港，直到70年代末才回去，要接她們母女來香港，她母親不願來，她便隻身來了。爲來香港，她和也是資產者後代的丈夫離了婚。老魏知道她句句都是謊話，可卻覺得「這是帶有眞理性的眞實，而不是現實的眞實。」[50] 兩人漸漸熟稔，有所信任後，逢佳不禁對老魏說實話了。

　　有一回她突然說起她的父親，推翻了她之前的謊話。她說她父親是個窮學生，她母親供他讀完大學，可是他卻拋棄了她母親，和相好跑到香港。幾十年來他每到春節就給她們母女寄一點錢，她母親總是退回去，就是要他良心不安到死。後來，她長大了，就不讓母親退錢了，她說，不拿錢才是便宜他！她還寫信給她父親要他幫她辦單程簽證讓她來香港。她來香港本是準備再把丈夫和兒子辦出來，可不料她

---

[49]　王安憶：《香港情與愛》，頁103。
[50]　王安憶：《香港情與愛》，頁40。

到香港的第一年，丈夫就提出離婚，然後去了美國。她說她所以要去美國，第一是因為香港近兩年進來的人越來越多，還都有些來歷，她拚不過人家；第二也是為了爭一口氣。她說她要過得更好，讓前夫心裡不安：「一樣是離婚，她母親只要女兒，別的什麼也不要，她正反過來，除了個兒子，什麼都要。她就不要兒子，讓他拖個兒子，拖到美國去，說到這裡，她停頓了一下。最後，她帶有總結性地說道；我這個人好像總是在被人家拋棄，被父親拋棄一次還不夠似的，再要被丈夫拋棄一次，第三次又不知是被誰了——她忽然把話打住，不說了，房間裡有嗡嗡的氣流聲，是沉底的靜。」[51]

老魏頭一次認真地懷著親情考慮逢佳的前途。他知道他是什麼都可以給逢佳的，惟有不能給的就是婚姻。「逢佳與他是旅途中的伴侶，是人生的擦邊球，真心也是旅伴的真心。而太太是與他終身同道的。他就算是中途開溜，走一圈也還是要回家的。情義是兩種，緣分也是兩種。他還想，逢佳是還有很長一段路程的，而他卻是末途中人了，他不該絆住了逢佳的腳，她終是還需再向前走的。」[52] 他想，美國還是不能讓逢佳去。以前不讓她去是自私地為了和她在一起，這次考慮不讓她去卻為了不和她在一起。他既然不能給她婚姻，就不能讓她來美國，那勢必會影響她的將來，她終究還是要嫁人的。於是，他想到了澳大利亞，他開始像是個父親在為女兒安排前程。

老魏既是請求、抗議，又像是討饒要求逢佳不要對他那麼好，他怕他配不上她的好。於是，逢佳和老魏有了以下的對話：

我並沒怎麼對你好，只是憑良心。老魏說：他怕他配不上

---

[51] 王安憶：《香港情與愛》，頁107。
[52] 王安憶：《香港情與愛》，頁107～108。

她的好。逢佳就說：這怎麼會呢？你也憑良心。「良心」
的問題又一次提了出來。老魏覺得逢佳用「良心」這字用
得很好，她總是能夠憑直覺抓住事情的本質，他們的關係
與其說是憑「愛」，不如說是憑「良心」。[53]

老魏往返於舊金山和香港，同時為逢佳辦理移民澳洲。最後，一切兩
方如願，老魏抱歉耽誤了逢佳兩年，而逢佳卻是——

两隻手握在他手心裡，眼睛看著他的眼睛，說：我覺得很
值得，沒有吃虧，假如靠我自己去奮鬥，這兩年到不了這
種程度，許多大陸出來的新移民就是例子，不說別人，只
說小櫛，出來五年，才把老婆孩子弄來，三口人住一個鴿
子籠的公寓，為他想想，明年能怎樣？後年又能怎樣？我
還是覺得自己不錯的，我倒覺得這兩年的時間是用在刀刃
上了。[54]

在香港這個變化快速的城市中，兩個成熟的人造就了一段難得而有誠
信的愛。

【問題討論與活動設計】

1. 王安憶曾表示：「文化大革命使她更多地體驗了生活，也給了她
   一個獨立思考的機會。」請說明你是否也曾因某種人生歷練而成
   長的經驗。

2. 我們都很害怕改變，但從王安憶的〈流逝〉讓我們發現人的潛力

53　王安憶：《香港情與愛》，頁123～124。
54　王安憶：《香港情與愛》，頁166～167。

無窮。請從小說的啓發，談談你的「改變」經驗。

3. 藉由王安憶〈小城之戀〉請提出你對「性」行爲的看法？又該如何健康地看待「性」？

4. 請從王安憶〈金燦燦的落葉〉提出你對於在婚戀關係中兩性共同成長的看法。

5. 觀賞電影《長恨歌》，加以評論並說明欣賞心得。

6. 請說明王安憶〈我愛比爾〉和《米尼》的閱讀感想。

7. 王安憶《香港的情與愛》表露了哪些人性的眞情？

第四節

池莉

（1957〜）

一、創作背景與評價

　　池莉的父親是中國共產黨的基層幹部,母親是醫生。她在機關宿舍長大,常常從父母所帶回來的報刊雜誌和文學書籍中獲取不少知識。文化大革命侵襲了她十來歲的心靈,隨著父親被打成了「走資派」,她的生活起了變化。

　　在「文革」中的池莉也曾下鄉務農,當過小學教師,也當過護士。這個來自武漢的女作家曾說:「武漢市是一個非常有意思的城市,我常常樂於在這個背景上建立我的想像空間。」[1] 所以,她的小說被文學評論界評為「漢味小說」[2]。從1982年發表第一篇引起關注的小說〈月兒好〉,到1987年的成名作〈煩惱人生〉,這期間因為一場大病,讓池莉停止了創作,就在死而復生的同時,她在最艱難的狀況下,取得了武漢大學中文系的學位,這種「脫胎換骨」的感覺,讓她覺得自己「從雲朵錦繡的半空中踏踏實實地踩到了地面上」[3]。因為這樣難得的特殊經歷,造就了池莉小說獨特的色彩與表現手法。

　　池莉畢業後任《芳草》雜誌社編輯,後在武漢市文聯從事創作,並任武漢市作家協會副主席。主要作品有中篇小說《煩惱人生》、〈不談愛情〉、《太陽出世》、〈你是一條河〉、《水與火的纏綿》、《有了快感你就喊》等,其作品有多種文字的譯本,獲多種文學獎,並有多部作品被改編為電視劇——如《來來往往》、《小姐,你早》、《口紅》。

　　也許就是因為那樣「踏踏實實地踩到了地面上」,池莉經常強調

---

[1]　池莉:《一冬無雪／池莉文集2》,南京:江蘇文藝出版社,1999年,頁2。

[2]　池莉:《一冬無雪／池莉文集2》,頁2。

[3]　於可訓:〈池莉的創作及其文化特色〉,北京:《中國現代、當代文學研究》,1996年,第十期,頁120。

的是寫實，自稱「不篡改現實」，所做的「是拼板工作，而不是剪輯，不動剪刀，不添油加醋」[4]——「我的好些小說寫得實實在在，但它卻起源於從前某一次浪漫空靈的撞擊。凡是震撼過我的任何一個人、一件事、一段河流、一片山川，我都無法忘記。它們像小溪一樣伴隨著我的生命流淌，在流淌的過程中豐厚著、演變著，有一天就成了一篇或幾篇小說。」[5]

池莉表示過，她的寫作與學醫經歷密切相關。解剖課的考試經驗，提醒她看人或者寫人都要往骨子裡頭去，內在和外表是不一樣的，她覺得，「中國生產力進步緩慢的最大阻礙就是人性的虛偽！」[6] 所以，她一旦提筆寫人，就有一股強烈的撕開願望。她理性又殘酷地解剖著人性的陰暗面，似乎要把人物的五臟六腑全掏出來，好把人物淋漓盡致地撕下來給讀者逼真的省思，然而，這也正是她直面人生的寫作特色所在。

以〈太陽出世〉為例，是池莉在當實習醫生時經歷了十二小時的接生工作，一個小生命終於降臨，所記錄下來的心情；當時池莉的心情是：「護士推走了幸福的產婦，我來到陽臺上，深深呼吸著清晨的空氣。我一身血汗一身臭汗，疲憊不堪。突然，我看見了太陽。東方正好是一片園林，新生的太陽正在燦爛的雲霞裡冉冉上升。我的淚水再也忍不住滾了下來。初次接出一個新生命的強烈感受與這太陽出世的景象不知怎麼就契合在一塊兒，自己被感動得不行。」[7]

4　唐翼明：《大陸「新寫實小說」》，臺北：東大圖書股份有限公司，1996年，頁95。

5　於可訓：〈池莉的創作及其文化特色〉，頁120。

6　池莉：〈池莉：我是一個模範知青〉，2001年4月6日，Sohu新聞，原文載於搜狐網。

7　于可訓：〈池莉的創作及其文化特色〉，北京《中國現代、當代文學研究》，1996年，頁121。

　　在池莉〈怎麼愛妳也不夠──獻給我的女兒〉的這篇散文中，池莉眞實地記錄了她自己在妊娠時的種種──享受丈夫細心的呵護；嘿心嘔吐的痛苦；憂心孩子出世後沒人帶，請保姆又沒有錢；買不起小孩昂貴的衣物，便找出破舊的棉衣褲，做成一塊塊的尿布；買絨面棉布親自爲小孩做衣服、鞋襪──這些情緒和細節都一一出現在〈太陽出世〉中。

　　年輕的池莉曾經「和一群女同學成爲激烈的女權主義者，經常聚會，慷慨激昂，甚至指責蒼天不公，爲什麼不讓男人懷孕生小孩？」[8] 但是不久，母性意識在她心中醞釀──「要事業做什？要名利做什？要江山做什？──如果身爲女人卻做不了孕婦生不了孩子，那豈不白做了一場女人！」[9]

　　池莉是80年代崛起的新寫實小說作家，在她的婚戀小說中，我們見到了當時的社會現象──結婚的風俗、與公婆同住、一胎化、居住、工作升遷的諸多問題，她用她通俗的語言，以其小說特色，提示了讀者不少值得認眞思考的問題。

　　大陸在文革之後，新時期所冒出頭的女作家，幾乎或深或淺的因爲「知青」的身分，生命也有了不一樣的顫動。

　　池莉說，面對自己的寫作，她是非常冷靜的，因爲她的個人經歷使她成爲一個持懷疑論的人。童年時代吃好穿好用好，人民群衆都朝你巴結地微笑，但是當文化大革命一來，整個生活天翻地覆，人們想辦法要把你置於死地。文化大革命顛沛流離，窮困潦倒備受歧視的生活，引發了她對生活最根本的懷疑與思考。她當時的文學意識是：「擺脫了漫長文革環境的中國文學，至少首先應該有一個對於假大空

8　池莉：《真實的日子／池莉文集4》，南京：江蘇文藝出版社，1999年，頁255。

9　池莉：《真實的日子／池莉文集4》，頁255。

話語的反動和糾正，有一個對於中國人個體生命的承認，尊重，歉意和撫慰，有一個對於中國人本身七情六欲的關切，有一個對於在逼窄的意識形態下的窘迫且貧困的現實生活的檢討和指責。」[10]於是池莉大膽地揭示他們自己的瘡疤，而寫了《煩惱人生》以及後來的〈不談愛情〉和《太陽出世》。

文革，成就了池莉與眾不同的思想與洞察的能力。從池莉的成名作開始，她就將自己的筆觸鎖定在中國最廣大的民眾身上，在小說中準確地描繪中國人的生存狀態。

池莉毫不猶豫地丟掉了「文人腔調」，堅持「直面人生」的寫作熱情而真誠地貼近生活的各個層面包括最底層。

池莉在1998年後，陸續出版了關於城市成長的小說，訴說了面對轉型期的社會中堅分子的社會和家庭的壓力與責任，這些作品呈現了改革開放二十年以來的社會變化，記錄了當代人在多變的社會裡，人們多變的心態以及在快速變化中人們的茫然失措。

池莉從現實生活的創作取材，以冷靜客觀的敘述，使用簡潔樸實，直面人生的通俗語言，配合畫龍點睛的細節，描寫人物真實的生命狀態，關注城市生活，反映當代城市人的生活形象——，抵達人性的深處，觸及人性欲望無窮的隱秘——加強對人本身的關懷。

關於近幾年的小說取材，池莉曾說明：在《生活秀》裡，來雙揚用吸管和香蕉藏白粉的做法，是她去戒毒所時聽說的，她還與那個平日最討厭吃香蕉、進了戒毒所就渴望香蕉的小夥子聊了半天；《來來往往》中的段麗娜，用內褲作武器要對方和她結婚，那是她在醫院工作時親眼所見的，有一位未婚的女政工幹部就是這麼整她的男朋友

---

10 池莉：〈池莉：我是一個模範知青〉，2001年4月6日，Sohu新聞，原文載於搜狐網。

的；《小姐，你早》中的夜總會，則是她的親身經歷，近幾年，她陪
上了年紀的女性朋友到夜總會去，其中有些是長年埋頭在工作裡的女
科研工作者，是為了跟蹤丈夫的，這些傳統保守、單純固執的女人對
夜總會的感覺，著實令她不勝感慨。[11]

　　還有《懷念聲名狼藉的日子》並不是一部自傳性的成長小說，但
是，部分細節是曾經真實地發生在當時的池莉和其他知青身上的，
可說是相當鮮活地演活了情愛在當時生命階段中所展現的活力。小
說寫的既不是女主角豆芽菜遭遇強權壓榨時的痛苦或反擊，也不是她
對美好愛情的期待或渴望，只是忠實地把當時代的創傷紀錄陳述，以
「懷念」為題，和「聲名狼藉」四個字成了強烈的諷刺對比，不同於
以往「傷痕」或「反思」基調的沉重的知青文學，反而是以懷念的心
情去憑弔那一段荒誕的文革生活中，勇敢面對自我的本能叛逆與渾沌
狀態所呈現的青春無悔的堅強生命。

　　池莉從現實生活的創作取材，這樣的直接資料，即使是一些形象
性的素材、一個美好的畫面、隨意聽來的故事、擦身而過的人物，或
者是因外界所引發的情緒或回憶，這些一手材料經由池莉的構思改
造，便成為小說中的藝術形象，於是讓讀者見到不但貼近人生，也貼
近讀者心靈的作品。

二、作品賞析

㈠〈不談愛情〉

　　大陸著名的評論家張韌曾提出：「新寫實小說在取材和主題方面
有一個共同性的現象，它往往從飲食男女即『食色，性也』（《禮

11　程永新：〈像愛情一樣沒有理由──池莉答《收穫》雜誌副主編程永新〉，中國
　　互聯網新聞中心。http://202.130.245.40/chinese/RS/26316.htm，2001年2月22日。

記・禮運》）來展露人之生存狀態，卻常常迴避或消解了人生社會的
主題……充塞著小市民意識。……新時期有些小說從細節和情節寫了
飲食男女，但將人之生存內容又往往歸結為飲食男女；突顯了性、本
能、生命欲望的自然屬性，卻疏淡了社會時代和人生內涵。」[12] 針對
張韌的這個說法，池莉的〈不談愛情〉正好得以印證，也足以看出池
莉的小說特色。

　　吉玲和醫師莊建非因為家世背景懸殊，結婚後，得不到婆家的認
同，加上婚後莊建非漸而冷淡，在一次爭吵後，吉玲回娘家。吉玲不
願和莊建非回家。此時，醫院提供到美國觀摩手術的名額，必須是家
庭穩定者，才有可能被選中。吉玲懷孕了，她要利用這個時機，肯
定她的地位。她提出離婚。婆家為了莊建非的前途，最終還是妥協
了，親自上娘家登門謝罪。

　　池莉的這篇題為〈不談愛情〉的愛情小說，先提出了莊建非的性
格——

> 莊建非從小就是個優等生，但他的缺陷在不為人所見的陰
> 暗處——長期的自慰，讓他有很深的罪惡感。婚後，在一
> 次和吉玲爭吵後，他冷靜找出自己結婚的根本原因，就
> 是：性欲，他一直克制著對女性的渴念，忍飢挨餓挑選到
> 二十九歲半才和吉玲結婚，現在看來二十九歲半辦事也不
> 牢靠。問題在於他處於忍飢挨餓狀態。這種狀態總會使人
> 飢不擇食的。[13]

12　張韌：《新時期文學現象》，北京：文化藝術出版社，頁110～111。
13　池莉：《一冬無雪／池莉文集2》，頁61。

　　婚前，莊建非和另一所醫院的醫生——梅瑩，在學術會議上認識，這個年紀大得可以當莊建非的母親，是個韻味十足的女人，和莊建非在性事上相互得到了滿足。莊建非說要和她結婚；梅瑩說她在等到美國講學的丈夫和念書的兒子回家，她送走了眼中的孩子，叫莊建非不要再來找她了。

　　從這一點我們更可以確定莊建非的因「性」而「婚」的錯誤觀念。作者確實「突顯了性、本能、生命欲望的自然屬性」，但她卻沒有「疏淡了社會時代和人生內涵」，我們可以從吉玲身上來證實這一點。

　　吉玲——這個生長於漢口有名的瀰漫破落風騷花樓街的女孩，立志靠自己找尋幸福，她調換了幾次工作，最後在充滿知識的新華書店找到位置，父母和鄰居因她而感到驕傲。至於對象，她不像四個姊姊隨便找個普通人，她「說什麼也要衝出去。她的家將是一個具有現代文明，像外國影片中的那種漂亮整潔的家。她要堅定不移地努力奮鬥。」[14]

　　在淘汰了六個男孩後，吉玲選中了家世背景都不錯的郭進，可惜他個子矮了些，吉玲想到若和郭進確定後，一輩子就和高跟鞋無緣，那真是終生遺憾。就在要答覆郭進的最後一天期限，莊建非出現了，他們在武漢大學的櫻花樹下擦撞而識。

　　莊建非並不計較什麼家庭層次，他覺得吉玲比起王珞這個高級知識家庭的女孩樸實可愛多了。

　　一天，莊建非突襲吉玲的家。那是吉玲的母親唯一不打牌的一天，所有的女兒女婿都會回來，所以母親會有乾淨的打扮。莊建非對於他們全家人的熱絡招待感到溫暖，吉玲也對全家人沒有露出「原

14　池莉：《一冬無雪／池莉文集2》，頁67。

貌」感到滿意。

穿著漸而暴露的吉玲耐心等待著莊建非家人的邀請，在這之前，她是堅決把持最後一道防線的。莊家對知識結構太低的吉玲當然是不滿意的。

吉玲啜泣著對莊建非提出分手——「爲你。爲我。也爲我們兩家的父母。將來我不幸福也還說得過去，我本來就貧賤。可我不願意看到你不幸福，你是應該得到一切的。」「我怎麼能恨你父母？他們畢竟生了你養了你。」[15] 就因爲這幾句話，莊建非決定馬上和吉玲結婚。

醫院支持自由戀愛，提供了單身宿舍。莊建非的父母一直保持沉默，後來經人調解，莊建非的妹妹送來一千元的存款單。

婚後，莊建非的性欲得到了名正言順的滿足，卻忽略了吉玲精神上的需要，他關心任何一場球賽勝過她。吵架那天清晨，幾乎可以確定自己懷孕的吉玲想給莊建非一個意外的驚喜。她留了晨尿，準備送醫院化驗，她故意把瓶子放在莊建非拿手紙的附近。莊建非從廁所出來後滿臉喜色，說今天是個好日子，晚上要好好高興高興。晚上他回家，吉玲才發現原來他是爲了尤伯盃女子羽毛球賽而欣喜。冰凍三尺，非一日之寒，吉玲有了「離婚」的導火線。

但是小說並沒有以「灰色」作結，因爲作者塑造了吉玲這樣一個懂得在逆境中爭取幸福的女孩。

我們可以從小說的兩個地方，看出作者所要呈現的「人生內涵」。作者把吉玲塑造成一個有目標、有理想的女子，她早就爲自己做好了人生設計——

15　池莉：《一冬無雪／池莉文集2》，頁77。

> 她設計弄一分比較合意的工作，好好地幹活，討領導和同
> 事們喜歡，爭取多拿點獎金。
> 她設計找個社會地位較高的丈夫，你恩我愛，生個兒子，
> 兩人一心一意過日子。
> 她設計節假日和星期天輪番去兩邊的父母家，與兩邊的父
> 母都親親熱熱，共享天倫之樂。[16]

　　吉玲懷著積極的意識，在天時地利人和的情況下，終於爭取到她
所要的生活。而經歷了這樣一場婚姻危機，相信他們夫妻二人更加認
識了自己與對方，更能珍視屬於他們的那一分實實在在的真感情。

　　另外一處「人生內涵」的呈現，是作者在小說中所說的：「婚姻
不是個人的，是大家的。你不可能獨立自主，不可以粗心大意。你
不滲透別人別人要滲透你。婚姻不是單純性的意思，遠遠不是。妻
子也不只是性的對象，而是過日子的伴侶。過日子你就要負起丈夫的
職責，注意妻子的喜怒哀樂、關懷她，遷就她，接受週圍所有人的注
視。與她攙攙扶扶、磕磕絆絆走向人生的終點。」[17] 我們可以想見莊
建非在這次事件中的成長。

　　人類兩性的結合之所以不同於其他動物，就是因為他們有著崇高
的情操，他們能夠去學著理解：婚姻生活除了愛情，還有道義；除了
肉欲，還有靈魂。

　　還有另一個佐證是──池莉對於其「漢味」小說的經營，唐翼明
認為：「其用心當然不是一般地使作品帶有地方色彩，而是因為此類
武漢人的那種粗俗、瑣碎的生命形態對於她研究和展示普通人的生存

16　池莉：《一冬無雪／池莉文集2》，頁93。
17　池莉：《一冬無雪／池莉文集2》，頁107。

本相，探討生存的價值和意義的目的是非常適合的。」[18] 由此可證，池莉善於透過市井百姓日常生活細膩真實的呈現，讓讀者了解到他們的生存環境，而沒有「迴避或消解了人生社會的主題」，反而對生存的價值和意義多有探討。

　　池莉的作品不但展現了讀者所關注的現實生活，表現人物在生存困境中的種種無奈情緒，同時也沒有忘記注入積極的自強意識。這可能是池莉不同於其他新寫實作家的特點之一。

(二)《來來往往》

　　《來來往往》寫的是人的成長的故事，是池莉探討改革開放後，對人們生活所產生的實際與殘酷的影響，分析隨著大環境的巨變，人物的成長與轉變，從男性性別寫作為切入點，完整地揭示中年人的生活狀態，以探究其意識的覺醒。

　　少年時的康偉業臂帶紅衛兵袖章，寫過大字報，經人介紹娶了高幹子女段莉娜。改革開放後，康偉業的生意愈做愈大，而無法與時俱進的段莉娜則愈顯庸俗。康偉業和商場上風情萬種的林珠有了婚外戀情，並試圖與段莉娜離婚；可是當他和林珠同居後，現實生活取代了浪漫的激情，彼此都發現感覺不對了。兩人分手後，康偉業又遇上才滿二十歲和他時代相差甚遠的時雨蓬，但經歷過林珠，經歷過整個大環境的變革，他無奈地想：人生究竟有多少錯誤啊！

　　改革開放以後，經濟地位成為衡量人的社會地位的新標準，而人們的生活情感，也相對引起劇烈變化。池莉在這部描寫中年危機的小說中，我們見到激動不安的群體，見到城市的成長，也見到生活在這個城市裡的人的青春與生命的成長。

　　1980至1998年，是中國大陸城市劇烈變化的年代。從池莉小說

18　唐翼明：《大陸「新寫實小說」》，頁95。

的情節設計，我們見到男主人公康偉業隨著時代潮流而產生的思想變化，對理想的追求所產生的危機；現實的矛盾與錯誤；面對愛情在靈魂與肉體上的迷惘；對過去、現在和未來的茫然，作者皆有細膩而犀利的洞察。

　　70年代，康偉業和段莉娜在那樣一個特定的時代背景中戀愛，因為身分的懸殊，康偉業有些卻步，然而，當段莉娜掏出她的內褲，內褲上散布著僵硬的黃斑和雜亂的血痕，要康偉業負責時，康偉業冷靜而現實地考慮他們的關係——

> 首先，康偉業肯定是要事業和前途的，事業和前途是一個
> 男人的立身之本。其次，從大局來看，段莉娜是一個很不
> 錯的姑娘，從始至終，待他真心實意。黨性原則那麼強的
> 一個人，也不惜為他的入黨和提幹到處找她父親的戰友幫
> 忙。康偉業想：如果自己不那麼自私，站在段莉娜的角度
> 看看問題，她的確是很有道理的。雖然她的確是太厲害了
> 一點，那麼害羞的時刻裡，還暗中留了短褲作為證據，
> 把事情反過來說，這麼厲害的人，當你和她成了一家人之
> 後，誰敢欺負你呢？你豈不是就很省事了嗎？[19]

婚後，兩人胼手胝足，康偉業也當過好丈夫、好爸爸，怎奈現實經不起推敲的，就如愛情或婚姻是一樣的脆弱。

　　在這裡我們再見不到的是《煩惱人生》裡的印家厚生活條件的困頓、工作環境的人事糾紛；而是康偉業在事業成就、物質條件充裕之下，往精神層面尋求慰藉，他的煩惱是如何在已如一潭死水的婚姻中

19　池莉，《來來往往》，北京：作家出版社，1998年，頁37。

成就他的婚外戀情，重新找尋他的新生命。

　　池莉透過小說裡的飲食文化的改變，去表現改革開放前後的變化。

　　鄧小平的改革開放，奠定了其經濟基礎，廣大的市場，牽引著世界各國的經濟脈動，成為國際體系相當看重的區塊，相對地，也影響著廣大民眾隨著外在大環境的轉變，而對現實生活需求的提升。

　　康偉業隨著改革開放逐漸發達後，他已經無法忍受在人聲湧動、嘈雜喧鬧、煙味酒氣直衝肺腑的便宜餐廳用餐，他認識到「吃飯的環境就是吃本身，就是一道最重要的菜，一個人胃口只有那麼大能夠吃多少食物呢？關鍵在於享受環境和過程。」[20] 所以當他老婆點了價格偏低、體積偏大的──魚香肉絲、三鮮鍋巴、麻婆豆腐、紅燒瓦塊魚、珍珠丸子、油炸藕夾──和女兒大吃大喝時，他跑進了臭氣熏天、汙水遍地的洗手間，面對著鏡子前的自己，他警覺到妻子已經和他不同調了，他絕對無法再為了孩子勉強維繫婚姻。他要的用餐環境是和他的愛人林珠一起的──酒店裡有時鮮果盤，「單間裡有音響設備，餐桌上有一次性的桌布。」[21]

　　段莉娜突然意識到康偉業是在用錢蒙蔽她、腐蝕她、擺脫她，所以，有一天段莉娜稱病把康偉業騙回家，說是她太不關心他了，從今起要開始參與他的事業，要到他公司當會計。康偉業說服不了她，於是要她把她的要求先和他工作上的夥伴賀漢儒講──「康偉業把電話丟在段莉娜身邊，賀漢儒像一個躲在電話裡的小人發出了聲音：餵，餵餵。段莉娜跳起來，挪到沙發的另一頭。她瞪電話一眼，瞪康偉業一眼，又瞪電話一眼，臉漲紅了。她想關掉手提電話但她不會使

20　池莉：《來來往往》，頁98。
21　池莉：《來來往往》，頁68。

用。」[22]

　　作者有意利用這些細節設計，表露段莉娜與社會的嚴重脫節，也不難想像康偉業眼中段莉娜的粗俗打扮讓他感到「慘不忍睹」。

　　段莉娜對飛黃騰達的康偉業說：「記得當年你在肉聯廠扛冷凍豬肉時候的自悲嗎？記得我是怎樣一步一步地幫助你的嗎？記得你對我是如何的感激涕零嗎？記得你吃了多少我們家從小灶食堂偷的瘦肉和我們家院子種的新鮮蔬菜嗎？記得這些瘦肉和蔬菜帶給了你多少自尊、滿足了你多少虛榮嗎？是誰對我說過：沒有妳就沒有我的今天；妳就是我的再生父母。」[23]

　　但是再多的昔日人情，也喚不回改革開放的風暴，所帶給康偉業的衝擊，讓他要勇敢地拋開過去，迎向嶄新的未來。且看他和婚外戀人林珠的第一次接觸——

> 浴池裡是一池溫暖的清波，水面上漂著玫瑰花的花瓣，裸體的林珠仰臥在浴池裡，她塗著大紅指甲油的手指和腳指用花瓣戲弄著自己的身體，妖野得驚心動魄。林珠這個女人啊！康偉業結過婚又有什麼用處？不說沒有見過這般陣勢，就連想也不敢去想。他的老婆段莉娜年輕的時候你要讓她這麼著，她不早把你流氓長流氓短地罵得狗血噴頭了，或者哭腫著眼睛偷偷去找你的領導談話了。中國的改革開放真是好。[24]

康偉業所能感嘆的是中國的改革開放與國際接上了軌道，林珠遇上了

22　池莉，《來來往往》，頁59～60。
23　池莉，《來來往往》，頁61。
24　池莉，《來來往往》，頁85。

屬於她的好時代。

　　林珠是個新時代的女性的婚姻觀──「對婚姻沒有寄託太大的希望，結婚不是她人生的目標，她這輩子可結婚可不結婚，她的理想是遇上一個她愛的人，這個人也愛她。生生死死地愛它一場。」[25]

　　正因如此，林珠和康偉業演出了時代的隔閡所衍生的性別鴻溝──「當今的時代特殊，這麼一些年的中國變化太大，十年八年就是一代人，康偉業經歷過的使他刻骨銘心的『文化大革命』運動和知青上山下鄉運動，對於林珠，那只是她出生的一個背景而已，她刻骨銘心的經歷是考大學，是如何下決心把個人檔案丟在人才交流中心，是如何跑遍北京城到處租房子，是如何憑自己的實力迫使洋老闆給她開到十萬元以上的年薪。康偉業、林珠他們不是同一代人，沒有同樣的時代胎記作爲他們天長日久的紐帶。」[26]

　　康偉業的父母無法接受林珠：「段莉娜是不配你，你是受了許多委屈，但是這都不是你與這個女人結婚的理由。我們沒有調查，不敢下結論說她是貪圖你的錢財，至少她太年輕了，你滿足不了她的，無論是從經濟上、肉體上還是精神上，你們不是一代人，精神境界溝通不了。你這是在飲鴆止渴。」[27]長輩們認爲爲了小孩，不能離婚。

　　但康偉業還是努力要爭取結束婚姻。在準備和段莉娜談離婚的期間，康偉業以四十萬人民幣，用林珠的名字買了一間套房送給她，他認爲她絕不是傍大款的輕浮女子，他心中也盤算著結婚後，房產也是共同財產。

　　的確，他倆果眞不是同一代人，當浪漫的愛情眞正落實到現實生活上時，問題叢生，他們實在找不到他們原所嚮往的夫妻感情。康

25　池莉，《來來往往》，頁106。
26　池莉，《來來往往》，頁104。
27　池莉，《來來往往》，頁121。

偉業已經吃了四十多年的米飯和熱騰騰的炒菜,但林珠卻堅持吃麵包、生菜沙拉。林珠明白表示她不會做菜,也不願意做菜。然而,康偉業覺得母親在廚房裡勞動的形象是最美的;但林珠卻說她絕不重蹈母親身上全是油煙味的覆轍。

池莉把城市生活的角落,鮮活生動地牽到讀者面前,讓我們見到社會人群的層層面面,社會問題被反映了出來,群眾心聲也被傳達了出來。康偉業以為改革開放,形勢大好,大家都在反思自己的婚姻質量,紛紛離婚,進行重新組合,他們家的形勢應該也和全國一樣大好,可其實卻不然,雙方的長輩和領導幹部紛紛加入勸說的行列。

現實因素逼迫林珠賣掉套房,帶著錢離去後,康偉業徹底死了心;相對於男性意識的覺醒,在這裡我們也同時見到女人也在進步中,她們已經不再像是〈不談愛情〉裡的吉玲——苦心經營嫁一個好丈夫,以便擺脫困窘的出身——她們要的是努力在事業和婚姻中尋求一種新的自我,畢竟林珠是個經濟獨立自主的女人。

後來,康偉業遇上時雨蓬,他們的肉體關係就只停留在解決問題的層面上,沒有人再能像林珠激起他的多重感覺了。但是,時雨蓬粗糙爽朗的語言和作風,不同於林珠的精緻細膩,反而很能讓康偉業放鬆。時雨蓬能夠諒解康偉業無法陪她逛街買東西,她自在地接受康偉業的提議收下了康偉業的錢,且表明:就算我是商品,誰又不是商品呢?她提議兩人結拜為兄妹,把關係公開,表面正常化,不要再為了段莉娜而閃躲,她一方面認為生命是最寶貴的,在這個時代,像段莉娜不願離婚,而要同歸於盡,是愚蠢的行為;另一方面,她也料定像段莉娜那樣的革命同志,就算是要吃了她,段莉娜一定還嫌腥呢。

段莉娜終於開始考慮要離婚,是在一個時雨蓬也在場的飯局上,那是段莉娜要康偉業安排的。時雨蓬藉酒裝瘋要講葷段子,段莉娜出面勸她不要隨便聽男同志的慫恿,但時雨蓬找機會修理段莉娜說:

「段阿姨，還是妳對我好。妳首先就應該管管康總，不要讓他欺負我。現在的男人哪，真的是沒有好東西，能夠不與他們結婚就盡量不要結，能夠與他們離婚的就盡量與他們離。優秀女人哪裡還與他們一般見識。」[28] 後來，在大家的慫恿下，時雨蓬講起她的葷段子，她朗誦起毛澤東的詩：「暮色蒼茫看勁松，亂雲飛渡仍從容，天生一個仙人洞，無限風光在險峰。」當年段莉娜給康偉業寫的第一封信裡就引了這首讓全面人民學習和景仰的詩歌，但如今這首詩竟被康偉業的女人拿來開黃腔，她終於覺醒他們的青春記憶已經過去了。

這部小說寫出一個在轉型期中國社會的中年男人，經由各種關係改變，找尋自己的過程，有著豐富的社會人生閱歷，又承擔著社會和家庭生活的責任和壓力，同時還對未來充滿著覺醒的豐富思考。他隨著社會的變化而成熟，而在尋求成熟過程中又是如此矛盾無力與無可奈何。他想盡力去改變，卻又被現實環境折騰得疲憊不堪，無法改變；但若不得不改變，卻又徬徨於改變後的未知。

社會契機的轉變，生存環境與氛圍的變動，導致人物的精神與生活方式的改變，影響著人物性格的意識發展，在康偉業與社會磨合的過程，我們見到了他的意識的覺醒，當然，也在某些層面代表著當時集體男性意識的覺醒。

㈢《小姐，你早》

翻開《小姐，你早》的目錄──「女人的頓悟來自心痛時刻」、「別人的事情也會發生在你的身上」、「總有一朵玫瑰停留在夏天的最後」、「女人的遊戲不是好玩的」、「最難得的境界還是在人與人之間」──單單就這前五個標題就可看出池莉所要探討的重點。

《小姐，你早》是一部非常女性的小說，以女性的立場和視角出

---

28 池莉，《來來往往》，頁181。

發，不但淋漓盡致地向男權文化傳統宣戰，且在其堅定的批判討伐
中，也在同時修正女性自己。

　　小說裡的主要人物戚潤物，四十五歲，是國家糧食儲備研究所的
研究員，她的丈夫王自力——由市政府建委派去做房地產生意而崛
起。小說開始於1997年春天，戚潤物因為飛機超員，使她未能順利
出差，回到家中卻撞上了王自力與小保姆正在歡愛，這一幕讓她的人
生觀發生了天翻地覆的變化。

　　戚潤物對王自力提出了離婚，這突如其來的決定讓王自力絞盡腦
汁的是，他將如何引導戚潤物解放思想，利用她對他的嫌惡，順利地
達到快速離婚的目的。離婚的確不是他首先想到的，因為他們的家庭
一貫不錯，她在事業上也很有成就，最重要的是他們有一個患有先天
疾患的病兒子，他們都是有責任不離開兒子的，所以離婚不是他會考
慮的。但是，當她在大街上斬釘截鐵地宣布「我要離婚」後，他突然
覺得眼睛一亮。

　　原來王自力不是沒有想到過離婚，是不敢去想離婚，不敢去想的
潛意識是渴望離婚。現在不比從前了，從前的一切都受制於環境受制
於他人，找個老婆也必須首先考慮是否對自己的生存有利；現在的他
不愁生計了，身為一個男人，他自認為自己有權利選擇一個他熱愛的
女人，一個漂亮的性感、對生活的一切都是那麼有感覺，而且是可以
配得上他的女人。

　　王自力認為他應該可以重新活一次，否則這一輩子他也太虧了！

　　自從戚潤物提出離婚的要求後，他天天都盼望她能拿出實際行
動。但是王自力又不能操之過急，生怕惹惱了她，她又不離了。王自
力還是了解她的——

　　　人家看上去是一個平庸的不會修飾打扮的神情麻木的中年

婦女，實質上人家是一個讀書人。人家的書絕對沒有白
讀。而且大街上的瘋狂也證明，人家也會撒潑。人家該刻
毒的時候比誰都刻毒。王自力不能流露出渴望離婚的意思
來。他要從形式上讓戚潤物感到是她在拋棄他，要讓她占
據精神上的優勢。而王自力是一個被拋棄者，是一個做了
壞事落得孤家寡人下場的臭男人；她是高尚和清潔的，王
自力是低俗和骯髒的。只有把局面維持在這種狀態，離婚
才能夠順利進行。與讀書人打交道，你必須彎彎繞。這種
經驗王自力還是有的。他不能坦誠布公，不能直奔主題，
必須迂迴前進，先拉一些特別家常的話，一些特別有人情
味的話。[29]

王自力自作聰明攆走了小保姆，換了他公司的小職員李開玲來幫戚潤
物管家並照顧弱智的兒子。五十歲的李開玲人生經驗豐富，但感情生
活坎坷，她很有傲氣地不要男人的錢，獨自把女兒撫養長大，到法國
留學。

　　在李開玲的開導與影響下，戚潤物走出自我封閉已久的象牙塔，
這個原與社會脫節、不諳世態急劇變化的懵懂的落伍者，逐漸從沉緬
於舊式思維的典範中覺醒。

　　戚潤物試圖走出原本只有辦公室和家庭的象牙塔，她受邀到一家
海鮮城用餐，被帶入一間只接待熟客，以特殊服務和昂貴價格體現
其價值的包廂，名為「美人撈」，這是熟客和老闆之間的暗語，是
個名副其實的名字——包廂有一面玻璃牆壁，玻璃那邊是人工仿造的
大海，有著標準三圍的小姊，穿著三點式的比基尼，依著客人所點的

29　池莉：《小姐，你早》，北京：作家出版社，1999年，頁80-81。

海鮮，當場表演下海捕捉，客人小費給得越高，小姊就撈得越不容易。

　　池莉在小說中敘述說：「又好看又刺激又可望不可即，這就使吃海鮮變得非常有意思了。在『美人撈』，吃的是過程而不是簡單的結果。吃結果現在在中國太容易了。一般餐館，起價三元，面向工薪階層。路邊大排檔，五塊錢一碗沙鍋煲，裡面雞鴨魚肉面面俱到。吃結果就是果腹了，是饕餮之徒的選擇，是具體的現實生活。吃過程就是吃文化吃藝術吃形而上。文化藝術和形而上應該是比較昂貴的東西。這就有一點和國際接軌的意思了。『美人撈』就是吃過程的地方。」[30]

　　池莉透過人物對食物的質大於量的要求，以及用餐環境氣氛的改變，見出經濟改革開放後，隨著大陸市場通路的逐漸流暢，耳濡目染、羽翼漸豐的人們，其「口味」是愈來愈挑剔了。

　　有一次，李開玲意外發現戚潤物居然還在使用「月經帶」——那是她母親特別為她在生理期準備的，使用過後，清洗晾乾，可重複使用的布巾——這簡直令李開玲匪夷所思，沒想到堂堂這麼一個優秀的人才，居然不知道何為「衛生棉」，更別提現在市售的衛生棉已經「改革研發」到第幾代了。

　　當戚潤物逐漸開啓自我意識後，決心在生活上推進現代，展開懲罰王自力的行動：先是絕不正中下懷地去滿足王自力離婚的願望，然後謀劃一個報復計畫——物色一枚「糖衣炮彈」——艾月，以其為誘餌，致使王自力上當，但在他身敗名裂之前還要將他的錢財據為己有。

　　二十四歲的青春靚女艾月，無所顧忌地選擇了傍大款的人生，因

30　池莉：《小姐，你早》，頁135～136。

爲她有一個沒有父親的三歲兒子，寄養在四川老家，她要爲她兒子奮鬥，所以在外面都聲稱未婚。當戚潤物眞心喜歡上艾月，並對她表白不再利用她了，她決定和王自力離婚，把懲罰的事交給上帝，可是艾月卻表示她要加入這場戰局。

三個不同年紀與遭遇的女人，因爲共同的命運而走在一起，結盟成覺醒的同伴。

隨著環境的改變、社會的變遷，原本安於現狀的女性，因爲男性主體對金錢與權力追求的重視，使得女性意識也漸之覺醒。

戚潤物在嫁給王自力之前，曾在瀋陽和吳畏一見鍾情，可惜當時兩人身邊都各自有伴，但這卻不是主要的原因，她離開吳畏的原因有四點：一、是調動工作太困難。二、是東北米飯和蔬菜太少。三、是冬天太寒冷。四、是戚潤物與王自力的關係已經公開，如果分手怕影響不好，不利於個人進步和專業上的發展。但是，歷史就是喜歡和人們開玩笑，以前你以爲一定不可能發生的事，現在都一一被推翻了。第一，今天調動工作不再困難。夫妻不再可能分居十幾二十年。要不然，把這邊的工作辭了，到那邊應聘就是了。第二，今天北方的大米和蔬菜不是問題了。第三，現在暖氣也普及了。第四，現今的男女關係更不是問題。妳今天一個男朋友，明天再換一個男朋友，都是沒有誰管妳的。組織上不會找妳談話和批評妳，更不會影響妳的前途和事業。

中國社會科學院社會學所研究員李銀河，在1988年到1990年對於對岸同胞的婚姻問題作了相關的研究，研究顯示人們所以會在婚姻基礎不好，甚至根本沒有結婚意願的情況下勉強湊合、草率結婚，除了當事人的個人因素外，「強大而統一的社會規範無疑起著極大的作用，在中國，到了『歲數』不結婚是違反一般行爲規範的，不僅會被視爲怪異，而且會在實際利益上受到損害，如住房、入黨、提拔、使

用（調查中發現，不派未婚女性到國外工作是某些涉外單位的不成文規定）等都受到不同程度的影響。」甚至有一個離婚的男同志憤憤不平地表示：「在中國，不結婚就得不到人權！」[31]

這一段話更是呼應了小說裡所說的，兩人的關係已經公開，如果分手怕影響不好，不利於個人進步和專業上的發展。

改革開放以前，一切都受制於環境，受制於他人，找個伴侶也一定要考慮對自己的生存有利；改革開放以後，男人在不愁生計後，首先覺醒身為一個男人，有權選擇一個他熱愛的女人，於是婚姻的問題接踵而生。然而，女性的覺醒與成熟，總是和被傷害，和自我療傷，結伴同行。

小說中，三個不同身分的女人都受到來自男性世界的傷害，於是作者安排最後讓她們一起「以其人之道，還治其人之身。」。

艾月認為對付王自力最有效的辦法就是「把他打回老家去。讓他回到70年代的日子裡去。窮困潦倒，沒有權力也沒有金錢。現在的男人，沒有權力和金錢就玩完了。」[32]

艾月建議戚潤物提個數字離婚，戚潤物表示自己又不是商品，提個數字豈不是在出賣自己。艾月說：「首先，我們得承認，這是一個商品社會。在這個社會裡，什麼都可以是商品。商品有什麼可以讓人感到羞恥的呢？就是商品繁榮的人類社會呀。戚老師不僅應該提出離婚的條件，而且應該提出懲罰性的條件。通俗地說就是罰款。結婚證是一紙契約，是合同，誰撕毀合同誰就必須承擔賠償性的損失。這是遊戲規則，是法律。」[33]

31　李銀河，《性愛與婚姻》，臺北：五南出版社，2003年，頁183～184。
32　池莉，《小姐，你早》，頁202。
33　池莉，《小姐，你早》，頁203。

艾月的見解完全符合改革開放後的商品市場的價值觀；而戚潤物的生命，因著新時代女性的直言，著實發生了歷史性的變化。

這是一場和男性世界競賽的反諷遊戲，既然在男權中心社會裡，金錢和權力使男人改變，而這種改變又是時事所趨，那就讓男人返回原先的狀態吧！至少女性之後在追求精神自主和獨立時，有充分的物質保障，可以教養下一代；而不像「娜拉出走」後，一心追求精神自主，但生活卻遭受苦痛與磨難的悲慘的歷史命運。另一方面，從小說中這三個被拋棄的女性，我們見到拋棄女性的不只是男性，其實整個時代也在拋棄女性。

當代中國大陸大城市的變化，把隨著社會脈動而轉變的人們的愛恨、矛盾、反省和躁動全然坦露。戚潤物、李開玲和段莉娜，是同一個時代的；而艾月、林珠和時雨蓬，是更新的一個時代，改革的快速成長，讓「代溝」也急速形成。儘管新時代的女人「爲難」著舊時代的女人，但我們也見到兩代女性經由溝通了解，縮短了距離而產生惺惺相惜的情愫。當戚潤物向李開玲表示她和兒子都需要她時，李開玲說，只要他們願意，她就和他們永遠在一起。文本說：

> 這個國家幾千年來的處世哲學裡充滿著韜略、含蓄和暗示，人們一般是不會直接以心換心的。戚潤物和李開玲卻勇敢地做到了。女人的話語鴻毛泰山，一言九鼎，也就是女人的承諾了。[34]

在《小姐，你早》中，池莉對女性人物的內心開掘給予更多的關照。戚潤物面對丈夫突如其來的背叛，她不像段莉娜選擇以小孩爲要

---

34 池莉，《小姐，你早》，頁110。

挾而糾纏不休,希望能挽救婚姻,反而是走出象牙塔,努力審視自己
身上的不足而加以改造。可以看出池莉不但有意強調女性在知識、經
濟及品格上的自立自主,更多的是融入了對兩性關係的反思,藉著這
樣的反思期待兩性能夠相互尊重、理解和合作,而非敵視、隔閡和鬥
爭。

(四)〈你是一條河〉

　　老李是糧店的普通職工,在辣辣出嫁前他就對她有意思,當鎮
上的居民餓得剝樹皮吃時,老李給辣辣送來了十五斤大米和一顆包
菜,辣辣懷裡正抱著滿一週歲還沒吃過一口米飯的孩子,辣辣笑
笑,收下了禮物。從此,辣辣背著生病的丈夫以「身體」去交換大
米,一直到她丈夫弄回了一些米麵。可是辣辣卻懷了老李的孩子,這
對雙胞胎就在她不斷喝各種打胎藥的同時落地了。

　　辣辣的丈夫過世後,老李為了看雙胞胎,又送米來,辣辣當面拒
絕了理直氣壯的老李,把米倒掉,還把老李趕走。辣辣回到屋裡拍
醒了孩子,吩咐他們去把門口的米弄回來。八歲的冬兒對辣辣說:
「媽媽,我們不要那臭米。」辣辣在狠狠盯著女兒的那一刻發現冬兒
的陰險,嫌惡強烈地湧了上來——「八歲的小女孩,偷聽並聽懂了
母親和一個男人的對話,真是一個小妖精。她怎麼就不知道疼疼母
親?一個寡婦人家餵飽七張小嘴容易嗎?送上門的六十斤雪花花大
米能不要嗎?」[35]辣辣照準冬兒的嘴,掄起胳膊揮了過去,冬兒跌在
地上,鼻子噴出一注鮮血,辣辣說:「妳是在什麼時候變成小大人
了?真討人嫌!」她說完扭身走開。

　　冬兒是在父親去世的那一夜早熟的,她一直堅信母親終有一天會
單獨與她共同回憶那夜的慘禍,撫平她心中烙下的恐懼,母親還會

―――――――――――――
[35]　池莉:《細腰》,南京:江蘇文藝出版社,1999年,頁42。

攬她入懷，加倍疼愛她，而她將安慰母親；可是母親一個重重的耳
光，打破了她天眞的想法，她想對母親說的只有：我恨妳！

辣辣幾乎每天都要打罵孩子，不是這個，就是那個。

在雙胞胎福子和貴子滿七歲那年，辣辣認爲學校沒有正常上課，
她不想浪費錢，所以，讓雙胞胎仍舊待在屋子的角落，他們很少開口
說話，與兄弟姊妹們格格不入，長期受到欺負，近來才學會用牙齒咬
人的方式進行反抗，長到七歲還沒刷過牙，渾身都是蝨子，患疾染恙
都是自生自滅，形成後天所造成的弱智。

有一天，福子團著身子從角落滾到堂屋中央時，辣辣才發覺這個
兒子有點不同尋常，她用腳尖撥了撥福子，當她發現福子已經昏厥
時，多兒插嘴說要送他去醫院；但辣辣回說：「少給我逞能。」於是
辣辣爲福子刮痧、餵吃中藥，但福子的病勢卻在半夜裡沉重起來，斷
氣前喊了如母親照顧他的多兒一聲「姊！」他們家的孩子之間從來都
是不分長幼，直呼姓名，福子臨終前的一聲「姊！」彈撥了孩子們的
心弦，他們不由自主心酸得大哭起來。多兒在福子這件事上，她絕不
原諒母親；辣辣自然也明白，她可以理解女兒，但更加討厭她。

福子的死亡對貴子有著嚴重的創傷，辣辣懷著無比的內疚，一改
從前對貴子的漠不關心，但貴子卻明顯地抗拒母親對他的關愛，他再
也不叫媽媽；辣辣只好放棄。辣辣很不情願與多兒打交道，因爲貴子
只認多兒一個人，所以她只能通過多兒把她的內疚傳達過去。

但辣辣眞是完全沒有母性嗎？其實不然，在小說中我們見到在丈
夫死後，她咬緊牙關爲了孩子苦撐著一個家；爲了送生病的大兒子進
醫院，甚至賣血賺錢；對於被她視爲「家賤」的多兒失去音訊後，
她也擔心到口吐鮮血；犯了法的二兒子要被槍斃時，她堅持要到刑
場，送他最後一程。辣辣是一個苦難的母親，是一個眞實存在那樣一
個大環境的母親，這樣的母親是有血有肉、愛恨分明的。只是她們不

再是慈愛的化身，不再是傳統所頌揚的具有絕對優美品質的母親。

　　然而，「當女兒能在文本中（歷史的、文學中的）清晰地看清這個母親角色的本質時，女兒對母親角色的恐懼與鄙視便會油然而生。或者換句話說是，爲了避免自己『染上母親的模樣』，成爲又一個可憐可悲可哀可憎的母親，女兒可能斷然選擇背棄母親。」[36] 於是，我們可以想見小說裡的冬兒向學校遞交了積極回應毛主席偉大號召，上山下鄉接受貧下中農再教育的申請書，她萬分感謝這場偉大的運動給她提供了遠走高飛的機會，從八歲那年目睹父親的死亡，到今天的十七歲，漫長的九年她過的是這樣的日子——

> 母親的謾罵和諷刺是她的家常便飯。一個瘋子哥哥。一個小偷弟弟。一個自私自利的姊姊。一個死在懷裡的福子和半瘋半傻的貴子。一個當了童工自以為是的咬金。一個幼小不諳人事的四清。一口留在她書裡的濃痰。母親不知是和姓李的男人還是和姓朱的老頭好，偏偏不和叔叔好。家裡永遠不清掃，大門永遠不關上，永遠沒有人問她一句冷熱。冬兒早就恨透了這座黑色的老房子，可憐而又蔑視這群兄弟姊妹。[37]

冬兒向學校遞交上山下鄉接受貧下中農再教育的申請書，明知母親一貫嫌惡她，可是她最後還是想證明母親對她的心，如果她公開她已經作出的決定，母親和自私自利的姊姊豔春就不會如此焦急，但是「她不，她要把刀交給母親，她渴望由母親而不是她割斷她們的母女

36　林丹婭：《當代中國女性文學史論》，廈門：廈門大學出版社，2003年，頁325。
37　池莉：《細腰》，頁88～89。

情分。」[38]

　　手心手背都是肉，母親遲遲難以作出決定。冬兒本來就恨她母親，她像是母親前世的冤家，讓她下放了，娘兒倆就成死對頭了。最後，母親把冬兒和姊姊叫到房間，關上門，閒聊似地對她們說：「這豔春還是個姊姊，冬兒馬上就要下鄉了，也不替她張羅張羅行李。」這話把維繫著冬兒的千絲萬縷一時都扯斷了。

　　冬兒離家後找到她自己的天空，決心要靠自己的努力擺脫母親對她的影響，不願成為和母親相同的文化序列的女性，她要走出自己的路。她由知青變成大學生，成為一個文化人。然而，冬兒卻在做了母親後，開始學習體諒自己的母親，她一直等待自己戰勝自己的自尊心，最後，她帶兒子回去看望媽媽。小說結尾，五十五歲的辣辣，就在冬兒飽含淚水的回憶中閉上了雙眼。

　　每個人一出生就需要親情的撫慰，這是天經地義的，因為，血緣的關係是無法切割的，母親與子女的關係絕不可能一開始就水火不容，不管是在過度母愛籠罩下的陰影或複雜的想逃離的情懷，或是欲迎還拒地渴望母親，都是如此。總之，沒有子女天生就會往「憎母」的路上走，總是因為太多的外在環境或人的內在性格的種種因素，而產生複雜的母親與子女的關係。

㈤〈雲破處〉

　　池莉在〈雲破處〉中，寫到了與卑劣的男性針鋒相對的抗爭的女性。

　　曾善美幼小時，父母和弟弟在一場中毒意外相繼離開人世，寄人籬下的日子承受姨丈和表弟的姦淫，結婚後十五年發現丈夫金祥竟是下毒的元兇，對於未有任何懺悔的金祥，絕望的她，最後親手用刀殺

38　池莉：《細腰》，頁89。

死了他。當法律和道德都不能去對抗卑劣的人性時，她只能靠自己去得到完美的、能夠說服自己的答案。

　　在小說中我們見到曾善美剛開始是想要給金祥機會懺悔的，可是他卻理直氣壯，兩人在言語的交鋒中，一層層地掀開過往的謊言。曾善美說結婚前她的身體就已經給三個男人蹧躂過了；金祥不信，因為結婚前金祥的母親給了他一塊白手巾，因為他們家的長輩隔天是要見紅的，金祥記得事實證明她是處女。曾善美說：

　　「你一定沒有忘記，當年你很想我們在秋天結婚，說秋高氣爽，婚禮之後我們好出門旅行。可我執意選擇冬天舉行婚禮。為什麼？因為我姨在我婚禮的那天，為我準備了一隻雞心。她把雞心從活雞的身上一掏出來就裝進事先準備好的一個小塑膠袋裡。然後我把它藏在身上，在晚上關鍵的時候取出來，往白布上面一按。就像按手印那樣，白布上就會有一個完美的處女圖案，足以哄騙最有經驗的最挑剔的婆婆。冬天，這是我結婚時提出的唯一要求。因為只有冬天寒冷的氣候和鼓鼓囊囊的衣服是我成功的把握。」

　　「後來，我成功了。我必須成功。因為那是我這輩子幸福的保證。是我姨的一片苦心。可憐她一個讀了一輩子書的高度近視的工程師，不得不偷偷摸摸，低聲下氣地向那些販夫走卒們求民間偏方，前後花了三百塊錢。一九八二年的三百塊錢可是現在的三千塊甚至更多。而且錢還在其次。就是因為你和你們家狹隘的封建的愚昧的農民意識，我們付出了巨大的代價！你要知道，我崇尚做一個高尚的

磊落的人，是你破壞了我的人格。你們欺侮了我的姨。」[39]

曾善美說她受了委屈，卻沒有辦法去告姨丈和表弟，因為姨母離不開他，姨丈又是家中的經濟來源；氣不過的金祥也交換了他仇恨的過往，當年他十一歲，在某個晚上，從那個森嚴壁壘的工廠的食堂下水道裡鑽進去，把劇毒的河豚內臟放進了他們的魚頭豆腐湯裡，上夜班的人來吃夜餐了，結果就中毒了。有人貪吃，吃得太多就一命嗚呼了——

「那麼高的圍牆，上面還拉電網，門房日夜值班，不讓我們農民的孩子進去玩耍。你們憑什麼霸占了我們的土地還對我們盛氣凌人？我溜進去偷過一次葡萄，被逮住推了出來，鼻子摔破了，流了很多血。我發誓要給你們一點顏色看看的。」「那年我十一歲，都以為我年幼無知，其實我懂事得很。這就是階級仇恨。人類世界非常重大的問題之一。」曾善美：「可是你一定沒有想到會死人的，而且是那麼多人。後來你後悔和害怕嗎？」金祥：「沒有。我們紅安人不怕殺人更不怕死人。死幾個人算什麼？地球照樣轉動，中國照樣人口過剩。」[40]

這些狠話句句穿透他倆十五年的婚姻，曾善美說她在婚前流產過兩次，患了子宮內膜炎，從此就不能生育了，她對他抱歉，如果說她對他有欺騙行為，也就只有這一點。「你是你們金家的獨生子，你肩

[39] 李復威主編、陳染編選：《女性體驗小說》，北京：北京師範大學出版社，1999年，頁126-127。
[40] 李復威主編、陳染編選：《女性體驗小說》，頁133。

負著你們家族傳宗接代的重大責任。按說我是最不應該在這一點上欺騙你的，誰知道鬼使神差地就這樣了。可你不也是在最不應該欺騙我的地方欺騙了我嗎？你在我們談戀愛的時候就已經知道我是誰，你居然不趕緊躲開，還與我結了婚。當然，仔細想一想，你也應該與我結婚，應該伺候我十五年，該遭到絕子絕嗣的報應。因為是你造成了我的不幸，是你害苦了我。這是天意。你說呢？」[41]

對於金祥來說，這一刻是他人生的滅頂之災。

之後夫妻相敬如「冰」地過了一段日子，兩人都覺得分手的時刻到了，曾善美問金祥：「你就沒有考慮一下投案自首的可能？」金祥發出一陣大笑，說：「為什麼？憑什麼？我什麼事情都沒有做。什麼話都沒有說。投案從何談起？」曾善美終於拿出了一把她事先藏好的利刃，她覺得總要有一些真正勇敢的人來為人類服務，主持公道。

曾善美當然地被列入調查名單，但是，很快就被排除了。大家都說他們是一對結婚十五年的相依為命的恩愛夫妻。現在曾善美傷心得都要跟著金祥去了，怎麼還能懷疑她！有個小老闆與金祥有過幾次激烈的爭吵，小老闆有販毒的行為，於是警方發出了通緝令。在被追捕的過程，小老闆拉響了別在腰間的手榴彈，與一個員警同歸於盡。金祥的懸案就此結案。

曾善美的「殺夫」行動，帶上了強烈的時代背景和政治因素，她親手埋葬讓她失望的男性世界，身體力行地徹底顛覆世俗的男權神話。

作家徐坤評論這部小說：「無疑是貢獻了極有意義的女性主義文本。〈雲破處〉是一個現代社會的殺夫故事。性政治、復仇和宿命構成它的中心母題。……池莉設置的有關宿命、倫理、歷史、現實、道

41　李復威主編、陳染編選：《女性體驗小說》，頁134。

義、性別等等的論題，幾乎就是織出了一道因果輪迴網，同時亦自行封閉成某種現世窠臼，沒有什麼事件不落入俗套沒有什麼凡人休想逃離得脫。她將整個人類的生存罩在一片虛無之網下，經由白天／黑夜，外表／內心，善良／醜惡、製造／眞實等等多重的二元對立轉換，刻苦進行著人生以及歷史的深層意義的求解，而最終在人類救贖之路的盡頭，她卻蒼涼而又無奈的指出一片廣漠的虛無。」[42]

【問題討論與活動設計】

1. 池莉〈不談愛情〉被看爲是「勵志文學」，請說明你的感想。
2. 池莉《來來往往》被法國教育部列爲全國中學中文教師考試資格證的必考書之一。請評價這部小說的優點。
2. 請從「人物刻劃」去賞析池莉〈你是一條河〉裡的母親角色。
4. 池莉的〈雲破處〉在2005年由法國一家專業劇團演繹，改編成舞臺話劇，請將小說改編爲劇本，以緊湊的情節展現這個女性主義文本。

---

[42] http://news.sina.com.cn/o/2005-05-01/15385799298s.shtml
http://www.sina.com.cn ，2005年5月1日，《武漢晚報》

第五節

嚴歌苓

（1958～）

一、創作背景與評價

嚴歌苓出生於上海的書香門第之家，祖父是留美博士、翻譯家，回到中國後曾執教於廈門大學，父親——蕭馬是位作家，在階級鬥爭中被打爲「右派」，之後移居安徽省馬鞍山市，夫妻離異。後來，蕭馬與電影演員——俞平結婚。在馬鞍山市，嚴歌苓與哥哥嚴歌平在安徽省作家協會的大院裡長大。

十二歲時，參加中國人民解放軍成都軍區文工團，被部隊選去當芭蕾舞演員，大江南北奔波巡演，並在部隊裡學習寫作，從軍十五年；二十歲時，到對越自衛反擊戰的前線採訪，擔任戰地記者，見到傷患們對生命的渴望，深深撼動了她的心靈。從前線醫院歸來後，她開始在軍區報紙上發表文章，成了各種反戰活動的積極分子。1978年，發表處女作童話詩——〈量角器與撲克牌的對話〉，1980年，發表電影文學劇本《心弦》，獲得各界好評。二十二歲的嚴歌苓開始在文壇被關注。

除電影文學創作外，嚴歌苓自1981年至1986年，還創作了大量的小說，也多次獲獎。1986年，成爲中國作家協會會員。

之後，嚴歌苓進入魯迅文學院作家研究生班，成爲莫言、余華和遲子建的同學。1988年，嚴歌苓的劇本《避難》再次被搬上銀幕，嚴歌苓藉由幾個女性的遭遇來表現戰爭的殘酷，大獲好評。1989年，赴美留學，進入哥倫比亞藝術學院文學寫作系就讀，獲藝術碩士學位及寫作最高MFA學位，成爲哥倫比亞藝術學院百年建校首位華人校友。

剛到美國時，嚴歌苓拚命地想要融入西方社會，生怕聽錯話，也生怕說錯。她漸漸發現，自己面對的是一種無形的文化差異和種族偏見。嚴歌苓用了兩個詞來形容自己試圖融入西方的過程：「徒勞」和

「痛苦」。[1] 在美國的英語強化班學習，GRE成績才530分，帶去的錢快花光了，她深知沒有退路，只能破釜沉舟。聽說在芝加哥、底特律、水牛城有考試，就豁了出去，把剩下的一點錢都買了機票，飛來飛去，一個月之內把成績考出來了。

打工和上課的生活，嚴歌苓忙碌到沒有時間吃飯，日子過得相當艱苦。然而，她人生的轉機就從一位女友介紹會講中文的美國外交官——勞倫斯・沃克（中文名字是王樂仁，在生活中追求「樂」和「仁」的完美境界）展開。嚴歌苓和勞倫斯一見鍾情。嚴歌苓曾在愛情上受傷的心（她的第一任丈夫是著名作家李准的兒子李克威，最終因兩地分隔而分手），以及嚴歌苓在異鄉勞頓漂泊的心，都藉由勞倫斯的情感撫慰得到了溫暖。

美國外交部有個不成文的規定，外交官不可以和社會主義國家的女子通婚。隨著兩人快速墜入情網，勞倫斯公開了兩人的關係，因此，美國聯邦調查局找到了嚴歌苓，每週對她進行兩次調查，甚至要求她進行測謊實驗。之後，嚴歌苓還把這樣被FBI盤問的特殊經歷寫成了長篇小說《無出路咖啡館》。

《無出路咖啡館》裡的女主角是一位大陸留美女學生，她的未婚夫安德列是前程似錦的美國未來外交官，但是因為這個大陸女子曾是中國共產黨員、曾任軍職又是軍事特派記者，因為這樣的過往，美國FBI開始對她展開審訊，但這一連串的審訊，對於在批鬥環境下長大的女主角而言，當然充滿謊言，而在謊言底層又有她真實的生活經歷；但是FBI認為她並不合作，因為FBI的介入，她失去了打工的工作，生活更加窘困。

---

[1]　見《新桂女報》，2012年3月26日，〈優雅嚴歌苓：敲著文字起舞的美國外交官夫人〉，www.newglady.com。

　　勞倫斯忍無可忍表示：「這是非常侮辱人的行為，他們把妳當作一個罪犯來對待，絕不能接受！」[2] 勞倫斯主動提出辭職，結束了他的外交官生涯，也結束了嚴歌苓持續了四個月的被審查日子。1992年秋天，兩人走入婚姻。勞倫斯因為精通九國語言，很快便在德國政府資助的商會找到了工作。

　　婚後無後顧之憂的嚴歌苓，漸入寫作佳境，成為高產量作家，也頻頻得獎——《扶桑》獲得臺灣「聯合報文學獎長篇小說獎」；《人寰》獲「中國時報百萬長篇小說獎」以及「上海文學獎」，也成了中國大陸以及臺灣文學界的「獲獎專業戶」。

　　2004年，美國外交部的政策鬆動，勞倫斯被復職重新擔任外交官。嚴歌苓跟著復職的丈夫一起被派往非洲，做起了專職的外交官夫人。

　　主要作品有長篇小說《綠血》、《一個女兵的悄悄話》、《一個女人的史詩》、《花兒與少年》、《第九個寡婦》、《小姨多鶴》；中篇小說《女房東》、《人寰》；電影劇本《扶桑》、《天浴》（獲美國影評人協會獎、金馬獎的七項大獎）、《少女小漁》（獲亞太電影展六項大獎）《無出路咖啡館》和《誰家有女初長成》和《吳川是個黃女孩》等。其創作主題主要集中在中國移民在美國的生活和命運的描寫，被譽為當今華文創作最細膩敏銳的小說家。

　　嚴歌苓用中文和英文寫作，她說：「在海外接觸的語言文字全是英語，但每當拿起筆寫中文，就覺得像是回到了家。其實，我突破了自己，用英文寫劇本、寫小說，都進入了正規的出版管道，但我看到

2　見《新桂女報》，2012年3月26日，〈優雅嚴歌苓：敲著文字起舞的美國外交官夫人〉，www.newglady.com。

外國人對中國文學的無知，依然感到很悲哀。其實，要使我們的文化走向世界，必須在華語文學上下功夫，有中國人的地方就有中國文學，就能寫出最好的中國文學。重在文學價值，而不要看它寫在什麼地方、寫了什麼東西。」[3]

嚴歌苓說起旅居海外多年的經歷：「雖然辛苦，但文學是我生命和生活的必須。」[4] 她也坦言：「我感謝文學，因爲文學養活了我，在海外這麼多年，除了剛去時先生資助過我，後來大部分時間我都靠文學爲生。當然，我也不是那麼在意物質生活的人，用文學來換取高物質的生活，那是不太可能的事情。」[5] 她的作品被翻譯成法、荷、西、日等多國文字。

嚴歌苓是個具有社會關懷的人。

嚴歌苓曾說過：「我的寫作，想的更多的是在什麼樣的環境下，人性能走到極致。在非極致的環境中人性的某些東西可能會永遠隱藏。我沒有寫任何『運動』，我只是關注人性本質的東西，所有的民族都可以理解，容易產生共鳴。」[6] 到了美國後，異質的生活與文化給了她很大的震撼與感動，讓她原本已是敏感的創作又因爲浸染了西方的文學理論與思想，而產生了變化，這中間也包括了西方社會眼中所見到的東方歷史文化視點。也因此，我們見到嚴歌苓小說中的「中國形象」其實是在她到美國以後的作品才鮮明豐滿起來的，因爲「也許只有處身於國外，才會有更多的心志和精力爲自己身後的國家所吸引，而在這樣的一種遷徙之後，嚴歌苓在其小說文本中呈現出的

---

[3]　張靜、左慧子：〈嚴歌苓：我是文學候鳥〉，《西安晚報》，2009年09月14日。
[4]　張靜、左慧子：〈嚴歌苓：我是文學候鳥〉，《西安晚報》，2009年09月14日。
[5]　張靜、左慧子：〈嚴歌苓：我是文學候鳥〉，《西安晚報》，2009年09月14日。
[6]　舒欣：〈嚴歌苓——從舞蹈演員到旅美作家〉，《南方日報》，2002/11/29。

『中國形象』更多的具有『歷史記憶』的特徵。」[7]

　　嚴歌苓在《扶桑》中細膩地寫出了扶桑對克里斯無悔的愛，尤其在大勇拍賣她時，她痴情而堅貞地等待克里斯兩年之久，更可見出。而東方女性對情愛的執著又可得到應證。

　　而在《人寰》裡嚴歌苓則利用那位已接受過西方教育的留美中國女性在接受治療時對醫生的口述，一邊穿插當前在美國的生活事件，一邊斷斷續續返回她早年在中國的經歷。其中道出了當代中國大陸幾十年來政治鬥爭中，男人與男人之間的道德、友誼與倫理在性格方面所承受的考驗，讓讀者見到了西方觀點所審視的東方倫理問題。還有《扶桑》裡在唐人街的作惡多端的惡霸大勇放高利貸、壟斷洗衣業、暗殺白人、倒賣妓女，還開春藥廠，但他又扮演唐人街英雄的角色，行俠仗義，蔑視法律與道德，以暴力捍衛唐人街的安全和秩序，用以暴制暴的方式阻止白人對華人的壓迫。這些描寫都反映了當代社會的生存現實。

　　她的另一篇《誰家有女初長成》也寫到了邊緣人物的悲慘遭際和命運。一個鄉村少女潘巧巧被熟人介紹到深圳去打工，後來被熟人轉手誘姦拐賣而落到一對養路工兄弟手裡。潘巧巧面對現實，獲得了兩兄弟的疼愛，可是後來又無法忍受成為兩兄弟的妻子，她親手殺了兩兄弟，然後逃到靠近青海的小兵站，就在司務長要迎娶她時，通緝令到了兵站，眾人幫助她脫逃，但是她最敬慕的站長卻說出了她的藏身處，作者藉著逃亡中似是而非的戀愛，去反映中國大陸經濟發展過程的陰暗面。文本中下半部脈脈的溫情消解了上半部強烈而殘酷的衝擊。

7　曾豔：〈對岸的寫作──論嚴歌苓的小說創作〉，《樂山師範學院學報》第21卷第1期（2006），頁59。

《世界華人週刊》「移民故事有獎徵文」嚴歌苓以〈一個美國外交官和大陸女子的婚姻〉獲得優秀作家獎。頒獎典禮結束後，嚴歌苓宣布將把獎金一千美金捐獻出來，支持海外文學的發展。她說對自己而言，金錢不是寫作的最終目的，她的寫作是「為自己而寫，為作為一個人、作為一個社會成員而寫。」[8]

嚴歌苓也關懷人類的生存意識與存在價值。

在《少女小漁》中我們見到了利益交換的婚姻——已在澳大利亞的江偉是大陸女孩小漁的男友，他幫她辦了出國手續，還為了讓他能儘快拿到綠卡，於是出一萬美金的代價把她典當給需要錢還債的潦倒的老作家馬里奧，等到爭取到身分後再離婚。在這一場假婚姻中，我們見到提出綠卡婚姻的江偉無法面對女友和老作家一起生活的事實，再三地為難一再忍耐的小漁；但是作者又讓我們見到人性的良善——小漁為買不起報紙的馬里奧去買報紙；在洗衣房借錢給一個比她更窮的人；在婚約期滿爭取到綠卡後，她沒有馬上奔向江偉，而是留下來照顧重病的馬里奧。小說中似乎傳達了中國人文化傳統觀念裡的照護相守，比起西方人常常掛在嘴邊的愛，來得珍貴難得。弱者的小漁不論是對江偉還是馬里奧，都表現了中國女性的寬柔與關愛。

嚴歌苓擅長刻劃人性的複雜與全面，又如《扶桑》裡的鐵漢大勇也有柔情的一面，他的內心最純潔的一塊淨土就僅留給了他最愛的老婆。而我們也在《無出路咖啡館》見到和女主角萍水相逢遇上一些社會邊緣人，各自有不同的人生際遇，但相同的卻是當下的漂泊不定與對彼此的關懷。在小說中相當令人玩味的是，安德列對女主角的愛有一種拯救的意涵，他希望她可以在自由的美國有更美好的生活；牧師房東是為了拯救第三世界赤貧的留學生；FBI的審訊是為了拯救國

8　張靜、左慧子：〈嚴歌苓：我是文學候鳥〉，《西安晚報》，2009年09月14日。

家。所以女主角認為：「沒有我可能會讓今天很多人失望，會讓牧師夫婦有一分施捨心而無人去施捨。會讓FBI缺乏一點事幹。會讓一切有心救援我的人都添一點而空虛。」[9] 作者有意利用這樣的弔詭去看人性的矛盾與多面。

嚴歌苓的《扶桑》是一部具有諸多文化內涵的小說，透過一個中國妓女的苦難生活、早期華人勞工在美國的生存處境和第五代中國移民的矛盾文化心態，一方面，提示了東方文化的迂腐落後，西方文化自以為先進的野蠻所導致的種族歧視，並揭示中國移民的文化身分所帶來的文化認同的困惑與危機；另一方面，在主題的提煉上，歌頌了東方人在承載磨難時所展現的堅韌的民族性格。

扶桑為了尋夫在廣東的海邊被拐賣到美國西海岸，從事賣淫的工作，後來與白人男子克里斯發生了一段朦朧的愛情。柔弱而被動的扶桑甚至是在唐人街的暴動中被強暴，她也沒有任何的反抗，只有包容。雖對其命運逆來順受，卻有著潔淨的氣息和堅毅的韌性，尤其是她謎樣的笑容和動作，雖是緘默的表達，卻總教克裡斯傾倒。扶桑以無止境的超然態度去寬宥在她生命中行惡的男子，包括參與了輪姦她的克里斯，從文本中克里斯的感動，更可見出扶桑神性的聖潔的一面——她在受難的過程，讓讀者感受到她慈悲的救世意味。

嚴歌苓擅長塑造在異鄉努力打拼的女性人物的生存困境以及情感需求，《吳川是個黃女孩》裡的「我」遠赴美國留學，畢業後因為所學的「舞蹈物理學」屬於冷門，四處謀職碰壁，最後淪為從事按摩業並用手為客人進行性服務謀生。她在購物時被有種族歧視的保全人員毆打又求助無門；官司敗訴後，為了付昂貴的律師費幾乎變得一無所有，同時她還在和她命運大不同的妹妹吳川身上對照自己更為悲

9　嚴歌苓：《無出路咖啡館》，臺北：九歌出版社，2001年，頁216。

情的一面。但是，遊走於道德與罪惡邊緣的「我」，並沒有被環境打倒；後來，她成了高中老師，在重拾姊妹情誼的同時，也認識了一名男子開始編織愛情。作者從多個角度表達了在海外漂泊的生活的艱難，同時也保留了中國傳統中親情無價的文化機制——備受寵愛的吳川，雖然驕傲而冷漠，但是卻在姊姊的生活發生災難時，暗中為姊姊報仇，表現出難得而深刻的親情。

而在《人寰》裡的女主角也是靠著自己的堅強意志，找到陽光的。「我」自幼就迷戀父親的朋友——賀叔叔，她之所以如此迷戀賀叔叔，是為了要從賀叔叔身上找到心目中理想的父親的英雄式形象。長大後赴美，她甚至把這分戀父情結移轉到一位老教授身上。她決定去看心理醫生，雖然剛開始有點尷尬：「中國人一般不為此類原因就醫的。」[10] 故事由此展開，作者使用倒敘手法，讓她藉由對醫生說出這段長達幾十年的愛戀而釋放，重獲心靈的自由。

嚴歌苓也是個獨立自主的女性，不僅可從她的小說人物看出，也可從她的行事風格看出。

嚴歌苓曾在接受採訪時表示，美國女性很在乎先生送一個鑽石首飾，送一件裘皮大衣，那樣她們會很驚喜。嚴歌苓覺得最珍貴的卻是：看上一件東西，不必看丈夫的眼色自己就能買下來。「這比他哪天回來給我一件貴重的禮物更寶貴，因為我有自主權，有經濟獨立的權力。」[11] 一次嚴歌苓在美國看上一套帶花園的漂亮房子，馬上就拿出支票本開了訂金。還有一次，中央電視臺和芝加哥電視臺合作的電視劇《新大陸》，登門邀請嚴歌苓擔任編劇，那年她用賺來的報酬，在勞倫斯的陪同下買了一套大公寓給母親。

10　嚴歌苓：《人寰》，臺北：時報文化出版有限公司，1999年，頁1。
11　見《新桂女報》，2012年3月26日，〈優雅嚴歌苓：敲著文字起舞的美國外交官夫人〉，www.newglady.com。

在世界華文文學中，嚴歌苓以其敏銳的感觸和獨特的角度，對其
小說表現的主題——不論是美國黃金夢、漂泊流浪，還是展現女性意
識——進行深刻挖掘。作家獨特的文化身分與雙重邊緣化的處境，讓
她在創作之初，就可以把內心的孤獨，結合母體文化取得歸屬。遠離
家國的她，以漢語為表達工具，在異國文化的的氛圍中，漸而更能清
晰地表達出對中國文化的認同，她以獨特的女性視角重構歷史，揭示
小說注重人性開掘，也體現了女性生命的韌性和心路歷程，展示其所
試圖刻劃的極致人性，涵括了一個對國家和民族的深刻反思。

二、作品賞析——《一個女人的史詩》

乍看這部小說的書名氣勢磅礴，然而，其實只是個田蘇菲的愛情
故事。田蘇菲愛上放蕩不羈的政治幹事歐陽萸，她主動追求，終於如
願以償嫁給了和她興趣、氣質有很大差異的歐陽萸。婚後田蘇菲用盡
一切方法經營婚姻、挽留歐陽萸，不離不棄。

嚴歌苓說：「一個女人她並不在乎歷史，只在乎心裡的情感世
界。可以說一個女人的情感史就是她的史詩，寫這部戲也是為了讓更
多的男性去了解女性的內心世界，珍惜自己身邊的女人。」[12]

田蘇菲是文工團裡的演員，大家都叫她小菲，她的演出讓都旅長
心生尋情，都旅長點名讓小菲演A角，A角臨時頂替了小菲，小菲頭
一次作為一線演員，但當天都旅長臨時有重大事情不能來看戲，文工
團趕緊把A角和小菲對換回來。

因為外面傳說都旅長看上小菲，所以小菲變得有些狂傲。都旅長
跟小菲的母親表示要娶小菲，但小菲卻不願意，因為她心裡喜歡的是

12　〈《一個女人的史詩》開播 作家嚴歌苓再「觸電」〉，2009年1月6日，http://
　　www.sina.com.cn。

歐陽萸。都旅長告訴她，文工團要挑一批年輕力壯、多才多藝的跟著
部隊走，剩下的就跟另一個團湊成話劇團。

回到駐地，小菲趕緊把歐陽萸借給她的書拿出來，在一條小紙條
上寫了一行字——「我想嫁給你。」可是歐陽萸卻毫無反應——

> 「我可能要跟部隊走。」小菲說。「噢。」「都旅長要帶
> 我去。」「那妳打算呢？」他問她。「不知道。」她明明
> 在說：「我的打算我白紙黑字寫給你了！」他輕蔑還是嫌
> 惡，抑或是憤怒，小菲看不懂。「自己的事不知道？！」
> 他說。小菲想說：我一個人對抗一個獨斷的首長、一個強
> 橫的母親，只要你一句話，我都扛得住。她說：「我就是
> 來聽你的意見啊。」「我怎麼能對妳自己的事瞎提意見？
> 借給妳的《玩偶之家》讀了嗎？一個獨立思考的女性，才
> 是完整的人格。」小菲頂他一句：「我十六歲離家出走，
> 參加革命，也是獨立吧？」他不直接駁斥她，似乎這麼個
> 問題不值得他給予回擊。……「中國的悲哀，就在於都
> 習慣了把命運交給別人去掌握。」她想這大概就是他的回
> 絕。眼淚轉過去轉過來，最後還是掉落了。「那我去廣西
> 了。」她說。「妳主意這麼定，好啊。」他說。[13]

小菲雖然心傷，卻不打算嫁人，她有志向，要大家等著看她成為
大演員。小菲從認識歐陽萸以來，讀了他推薦的書之後，對似懂非懂
的東西特別著迷。聽了歐陽萸所強調的「完整人格」，她又似懂非懂
地朝它去用功了。

---

[13] 嚴歌苓：《一個女人的史詩》，臺北：九歌出版社，2007年，頁51～53。

　　文工團下鄉主要是做土改宣傳。小菲聽說歐陽萸也要參加土改，便央求都旅長讓她留在後方，果然小菲如願以償也在土改工作隊的名單裡。晚上小菲就去找歐陽萸。小菲說她很高興他們一起在土改隊。

　　歐陽萸把小菲抱了起來。小菲像隻乖貓，偎在他懷裡，讓他把她放在他床上。她後來知道──

> 他什麼都明白，從她為他偷偷拆洗被子，到給他「我想嫁給你」那白紙黑字的傻話，他始終明白。他不必去拆開包在書外面的報紙，去看那張字條，也明白她怎樣向他冒死衝鋒。在他的遠親近親中，十幾個表妹妹堂妹妹都是小菲。他集猖狂、柔弱、放蕩不羈、細緻入微於一身，總讓女性對他措手不及，激起最大程度的性興奮和征服欲。她們大部分在歸於現實後會放棄他。做起長遠打算來，他沒有實際益處。讀了些書的女人心裡都密藏著一分禍心，她們與他夢裡私奔，魂魄偷歡，以滿足這分禍心。她們不在乎「剃頭挑子一頭熱」，只要他曖昧一些，不時賞她們一點體己感覺就可以。因為她們知道他那頭熱起來恐怕是真危險。他不是她們白頭偕老的選擇。只有少數像小菲這樣萬死無悔的。[14]

　　當小菲的母親得知小菲選擇土改工作隊的政委──歐陽萸，而捨棄都旅長時，氣得要出門，小菲說：「媽妳去哪兒？！」「去找那個王八孫子！問問他共產黨怎麼教育的他！天下女人都死絕了，他非要

14　嚴歌苓：《一個女人的史詩》，頁58。

找都旅長的女人？」小菲回答說：「不是他找我，是我找他！」[15]

　　小菲意外懷了歐陽萸的孩子，但歐陽萸卻說出了他心底的話──

> 「小菲，我愛上了一個人。」他痛苦地看著她，「我和她是應該結合的。我從來沒有這樣肯定過。」小菲不說話。她還能說什麼。「我回到省裡就碰到她了。她的家庭背景、個人趣味和我很接近。我從來不愛和人談話，跟她有很多話可談。」「那你和我呢？」歐陽萸認真地看著她：「我傷害你了。」「不是！我是問，你和我有話可談嗎？」歐陽萸抿上嘴，苦苦一笑。小菲懂了，她原來從沒被他作為平等的談手來對話。他推薦書給她讀，是為了能把她提拔成他的談話對手，但他發現工程浩大，竣工遙遙無期，就半途放棄了。
>
> 「那你愛我嗎？」「我愛妳的單純。」只是愛這一點，其餘的都勉強接受。小菲想來有點喪氣，但她這個人天生知足，有一點就抓住一點。[16]

當晚小菲和歐陽萸打了結婚報告。小菲同時給都旅長寫了封信，請求他原諒她，告訴他緣分是沒辦法的事。

　　歐陽萸雖然跟小菲結婚不久，但他從來不在她面前掩藏情緒。怎麼會不哀傷呢？正是為了小菲腹中三個月的骨血，讓他做了痛苦的割捨。他多麼痛苦，小菲都看見了。他和他的戀人分手後，「靠吃安眠藥過閉上眼的日子，靠香菸過睜開眼的日子。一天他給小菲買回一塊

15　嚴歌苓：《一個女人的史詩》，頁75。
16　嚴歌苓：《一個女人的史詩》，頁77～78。

米色和白色格子的衣料，過一陣，又給她買了件銀灰的風衣、一頂銀灰的貝雷帽。他要把小菲幻變成另一個女性。」[17]

在小菲懷孕的最後階段，歐陽萸把她看護得緊緊的，每天換著花樣給她買點心，回來發現哪一種點心小菲吃得最中意，第二天他就成打地單買那一種。

小菲生下了個女兒。歐陽萸對女兒的溺愛是小菲的一顆寬心丸。

生產後的小菲巡迴演出不斷加場，行期延長了一個月。小菲總是每隔兩三天寫封信給歐陽萸。採一朵當地的花，或者抄錄一兩句普希金、海涅、拜倫、雪萊，放在信裡一塊兒寄回去。偶然「她用紅色唇膏在信上印十多個吻。有時心血來潮，她畫一段五線譜，把歐陽萸常彈奏的「月光」前兩句寫上去。」[18]

小菲他們家晚上常常是門庭若市的，尤其是欣賞歐陽萸的女人總是圍繞著他。小菲總不免吃醋，覺得那些女人在勾引他。

> 歐陽萸的臉又通紅了。「人家什麼時候勾引過我？」「算了吧。你對所有女人的勾引都心知肚明。不單明白，還暗中助長。有女人圍在身邊多開心？多滿足虛榮？還都是女才子！」歐陽萸不說話了。他最治她的一手就是不說話。她偏要讓他開口。所有的攻擊性語言都啟用，詞是越刺激越好，老帳本一頁一頁翻，說到他最痛的點子上去：「後悔吧？其實懷了孩子也可以打掉，當初幹嗎不逼我打掉！」然後就是哭。再往後就是他摔門出去。[19]

---

[17]　嚴歌苓：《一個女人的史詩》，頁82。

[18]　嚴歌苓：《一個女人的史詩》，頁100。

[19]　嚴歌苓：《一個女人的史詩》，頁107。

　　小菲努力要爭取能演上朱麗葉，一定要讓歐陽萸來看一場。她從歐陽萸的書架上找到《莎士比亞全集》，開始偷偷背臺詞。小菲是個極用功的人，一旦想到歐陽萸會看她的戲，她的用功便有了方向。她迫不及待地想告訴歐陽萸她要演朱麗葉了。

　　正逢週末，人們買了餐券舞票，去俱樂部熱鬧。小菲穿著深玫瑰紅的布拉吉，塗著深玫瑰紅的唇膏，兩樣都是歐陽萸為她買的。第一支舞曲她拒絕了邀請者，把歐陽萸拉起來。歐陽萸平時是個懶散、散漫的人，能不動就不動，舞卻跳得極好。小菲看著他——「風度十足，這樣一個公子哥從小鬧革命，她愛他愛得越發不知如何是好。他從她兩個眼睛裡讀得出她此刻多滿足。她愛他至死。世上再找不出一個女人能像她這樣愛他，這是沒錯的了，他全看得出，燈光暗下來，他吻了她一下。她想說此生此世她做什麼都是為了他，但她知道他喜歡內向含蓄，就忍了。那是真話，她做什麼都為他。」[20]

　　省長也來邀請小菲。這一晚她風頭可是出足了。歐陽萸該明白，「在多少人夢想裡，他妻子是他們的寶貝兒。女人做到這分兒上，算拔尖了吧？全省女人精篩細籮，能籮出幾個小菲來？排頭十名也得排上小菲。」[21]

　　儘管小菲出盡風頭，卻還是掌握不住她的丈夫。當她發現歐陽萸又和一個女人走得近，質問他時，歐陽萸毫不隱瞞，承認他們約會過。

　　　「那你為什麼喜歡她？」「……總想有個能和我長談的女人。她非常善解人意，談話也機智。話是不多，不過都有

20　嚴歌苓：《一個女人的史詩》，頁115。
21　嚴歌苓：《一個女人的史詩》，頁117。

見解。我承認我有壞毛病，開始是不忍心傷女人心，不忍心趕她們走，漸漸發現她們有些可愛處，漸漸就陷進去了。」他誠實得殘酷了。他和她這一點上很相像，都懶得和對方撒謊。「假如你和你那個情人結婚，不是和我，是不是就從一而終了呢？」他搖搖頭，說：「那我怎麼知道？」「恐怕你就老實了。你說你和她很有話說。她比較全面完美，是吧？」他猶豫一下，點點頭。真殘酷。革命是殘酷的。革命把這個寶哥哥捲到了小菲命運裡，把她和他陰差陽錯地結合起來。讓他和他命中該有的那個戀人擦肩而過。而小菲以為是強得過都旅長的，現在看來都旅長很英明，他知道只有他能給小菲這樣自命不凡的女人幸福。[22]

歐陽萸是那種極能在悲劇中尋找美感的人，「缺憾總給他滿心詩意。他對任何俗成的東西都不屑，比如幸福婚姻、圓滿家庭。在精神上他是一個永遠的造反者，在心靈上他懦弱遷就，巴望所有人都能感受到他平等的一分眷顧。小菲若成為一場感情角逐中的犧牲者，他的愛情天平會立刻傾斜。他愛的是黛玉、安娜、卡列尼娜、瑪絲洛娃，她們全是他的悲劇英雄，是美麗的烈士。」[23]

小菲心想「她也要做一個情感沙場的美麗烈士。讓歐陽萸回到那個戀人懷裡去，讓那個戀人每天以凡俗小事，以女人不可救藥的嫉妒和占有欲，去讓歐陽萸大徹大悟。什麼仙女也經不住在一起洗臉、刷牙、喝粥，真面目原來都大同小異。小菲料會在歐陽萸的回憶和思念

---

22 嚴歌苓：《一個女人的史詩》，頁122。
23 嚴歌苓：《一個女人的史詩》，頁122。

中脫俗，他會明白他傷害了多難得的一個女人。然而他們在那個晚上狂熱交歡，像是以肉體來推翻所有猜忌、辯駁。年輕就是好，什麼帳算不下去，在床上可以一筆就勾銷，成糊塗帳。小菲深信，只要他們的肉體能夜夜狂歡，其他都不在話下。」[24]

　　小菲非常忙碌，不斷出發，去巡迴演出，下鄉或去工廠體驗生活，歐陽萸也是不斷去各個基層文化單位指導文化建設。

　　有一次小菲正好撞見歐陽萸和醫院女宣傳委員走來，兩人正聊得神魂顛倒。小菲氣得大發雷霆，後來，歐陽萸上來摟住小菲，她又踢又打。歐陽萸只好退到一邊。兩人有了以下的交鋒——

　　「你知道我怕表白，不過妳要聽，我就告訴妳：我是愛妳的。我知道妳這麼純真一個人，哪裡也找不到。」……

　　過去她想只要他承認愛她就行，她就如願以償，眼下他承認了，並且那樣誠懇地令她信服地承認了，她卻又得寸進尺。「我不知道。」他回答。「你不知道你愛她不愛她？哈！我來給你回答吧，你愛她，不過也嫌她美中不足。你們親熱的時候，你還不能完全投入，因為過去那個戀人實在太美妙了。你想在這個女人身上找一點，那個女人身上找一點，七拼八湊，優點湊一塊，能湊出那個戀人來。」……

　　然後她說：「你和她斷不斷？」他抽著菸斗，吐一口長長的濃煙。他說：「讓我想一想。」小菲馬上去拎箱子。歐陽萸馬上去奪箱子。「我現在答應妳也是假話！妳要聽假

24　嚴歌苓：《一個女人的史詩》，頁123。

　　話我就答應妳！」[25]

　　反右轟轟烈烈地起來，歐陽萸批評過的詩人、劇作家、小說家們認為全省頭一號該戴右派帽子的就是歐陽萸。歐陽萸最終沒有戴上帽子，不過調任到新成立的藝術學院當副院長去了。表面上是平調，但誰都明白是革職，副院長好幾位，歐陽萸也只是個擺設，給他個領工資領糧票的地方。

　　不到一年，小菲發現歐陽萸又給一大群人圍住了。歐陽萸開始發表寫農村或工廠生活的散文和小說，不屬於一炮而紅的作家，但大家都對他作品的別致、語言的功力相當服氣。

　　歐陽萸的身邊有很多女人，這些女人多是燃燒自己，照亮歐陽萸的。就像方大姊就是其中之一。方大姊是愛過歐陽萸的，也許那愛至今還陰魂不散。他當然不會愛她。他對待女人常常是讓她們自己去燃燒，自己去熄滅，除了那個已經隱入歷史的戀人。也許方大姊什麼也沒說，只是暗戀他，和他一塊兒印傳單，組織學潮，革命和浪漫原本就緊相關聯。方大姊是那麼自尊自律的人，她讓心病折磨死也不會給歐陽萸壓力。或許她暗自垂淚過，寫了情詩又撕掉過，準備了信物又放棄，為自己年長他幾歲，也為自己不出色的外表卑過。

　　方大姊和歐陽萸這樣的熱血少年患難與共，生死同舟成了她浪漫詩情的高潮，這是以後占有歐陽萸的心靈或肉體的人都不能取代的。

　　歐陽萸有時三四個月才回省城一趟。小菲刺探加搜查，卻沒有在他神色語言以及行裝裡發現異樣。她正在演《雷雨》中的四鳳，無法跟蹤他到鄉下去，但她相信他又有了女人。副院長加知名作家，

---

[25]　嚴歌苓：《一個女人的史詩》，頁127～128。

女人們是什麼嗅覺？馬上蒼蠅撲血而來。三十多歲的歐陽萸比年輕時更吸引人，不是沉默寡言的少年抑鬱騎士，而是揮灑自如的情場老獵手。

小菲的話劇團裡有個畢業生叫陳益群，這個男孩這些年來一直暗中替小菲遞茶送道具。小菲總是想在陳益群身上看到年輕的歐陽萸，在幾個寂寞的夜裡她想著：有個陳益群這樣的伴兒是多麼難得啊！女人有個英俊年輕的追隨者有何不妥？她和歐陽萸結婚這麼多年，追隨得累死了。

話劇團裡的人開始竊竊私語，小菲和陳益群最後長談了一次，之後就相互遠離八丈。長談之後的疏遠，使他們立刻找到了悲劇戀人的位置。他們在新戲裡演男女主角。頭一次對臺詞，可怕的事故發生了。照本子唸也直是讀串列，或者把詞唸成了老和尚的經文，百般無味。小菲失去了女主角的角色。

過了幾天，陳益群得了急病，起不了床。小菲冒險給他送了一包古巴糖，他急匆匆地只說了一句話：「快去請求領導，把林媛媛的角色要回來。」

原來陳益群裝了一場病好讓小菲奪回女主角來。他「清楚小菲的忘詞事故和他相關。雖然陳益群不缺主角演，但領到一個主要角色在這饑饉年代仍比領到十聽豬肉罐頭或二十斤特級黃豆或一個月的高幹加餐券更鼓舞人心。那還是個認真的年代，人們還以『進步』、『圖強』這樣的詞勉勵自己，喝西北風也要樹立出幾個高大的角色來。因此陳益群的割捨和犧牲是巨大的。」[26]

小菲是個易感的人，這件事格外讓她萬分感動，而她又是個「寧天下人負我，我不負天下人」。一個月的巡迴演出結束，她暗地約了

---

26 嚴歌苓：《一個女人的史詩》，頁146。

陳益群，兩人漸漸走到一塊了。戀愛能營養人們飢餓的肉體。小菲才知道：原來分手是越分越壞事，才一個月的分手就使兩人再也分不開了。

　　他們的接觸轉到地下，只要有心尋找，到處可以鑽空子進行閃電式的接吻擁抱，厚積薄發的男歡女愛讓小菲感到青春再顧。有很長一段時間，她「停止了猜忌歐陽萸，她對他一向有著特別發達的想像力，為他編排那個看不見的情敵的身世、形象、出場時間、戲劇推進速度。她把他們房事的姿勢都想好了。她會呆呆地發狂。如今這樣長一段時間不去做那類想像，她不能懂得自己了。」[27]

　　小菲一生最不長進的就是城府。在自我掩飾方面，她極為低能。陳益群遠比她老練，在角落兩人親密後碰到人，他能自若坦蕩地遮掩過去；但心智彷彿停在十六七歲的小菲會半天不知身在何處，痴迷加陶醉。

　　歐陽萸因為在縣城突然病重，必須輸一天葡萄糖，拖延了回省城的時間，讓小菲和陳益群又得著了相聚的機會，也因此意外被燈光師發現了他倆的情事，燈光師把他在樂池裡聽到和想像的彙報了上去。如果，歐陽萸那天中午按時回家，也許事情就會有不同的結局了。

　　一個月後，歐陽萸出院了，似乎受了某種心靈的重創。小菲把他抱在懷裡，忽然他的頭撞起她的肩膀來轉訴著他見到的餓死人的景象：昨天還跟他打招呼的老頭，夜裡就餓死了。一個年輕女人，月子裡的孩子死了，她就讓自己公婆呷她的奶，一家人都呷她的奶，她先死了，老的小的也都死了，還有一家人，老人們不肯吃糧，說他們吃了沒用，該讓給勞動力吃，成年人不肯吃，讓給孩子和老人吃，都餓

27　嚴歌苓：《一個女人的史詩》，頁147。

死了，還剩幾斤高粱麵沒捨得吃。

在歐陽萸半人半鬼地從鄉下回來時，小菲對他的愛又一次猛烈發作。

歐陽萸的健康時好時壞。肝病見輕，又發作了胃出血，再次奄奄一息住進醫院。她知道這個時期給丈夫最好的愛情形式就是讓他吃營養的。

與此同時，小菲在團委書記和工會主席找她「談話」中，矢口否認她和陳益群談戀愛。上級對小菲的處分是空前絕後。她將被調任到一個縣裡去當臨時文化館員，指導農村文化活動。時間是一年，也許更長。小菲怕了，整治她的人似乎握住了她的命脈：她最怕和歐陽萸分開。

小菲帶著女兒——歐陽雪，去找劉局長幫忙，局長夫人——小伍，曾是和小菲暗地較勁的朋友。小伍趁機整治她，讓她在省委大門口等了近一個小時。小伍的幸福之一就是：小菲遭殃由她拯救。小伍的歡樂在於小菲陷入災難，災難越深重，她拯救的難度大，歡樂就越大。

小菲的淚水兩行一塊流出來，人哭得話語全亂了套：「……我怎樣都不能再離開他……無論我做了什麼，我對他……你們是知道的！」[28]

劉局長問小菲：「你是不是不放心妳一走，有人會把這件事告訴歐陽萸？」

小菲覺察出歐陽雪知道媽媽處於怎樣的劣勢，眼前這一對爭得不可開交的夫婦以這樣的爭吵來顯示他們的優越感，他們生殺大權在握。歐陽雪至少看清了這一點。歐陽雪突然說：「誰也不許欺負我媽

---

[28]　嚴歌苓：《一個女人的史詩》，頁169。

媽！」眼淚落下來，落得那麼高傲。劉局長像是誤測了這女孩的年齡和智力，馬上說：「我們沒有欺負妳媽媽呀！」小菲在十一歲零十個月的女兒保衛下痛哭起來。

小菲下鄉的懲處被取消了，她到晚年都沒弄清，歐陽雪那場「犯上」是否在劉局長的慈悲心這頭加了砝碼。

幾年前的都旅長已經成了都漢省軍區副司令。都副司令後來娶了個年輕他十多歲的護士長，得了寵不賣乖，把都副司令照料得風調雨順。生了四個孩子。都副司令郵寄了各式食物，還在信的下端附了電話和位址。

小菲去拜訪都副司令，都副司令把小菲領到操場上看戰士們操演練兵，又把她帶到司令部大樓，看參謀們的辦公室。他什麼都問，就是不問歐陽萸。

從此都副司令出差，或者收到禮品，都惦著小菲，土特產總有她一分兒。他人是不來的，話也不捎，就讓司機把東西留在話劇團的傳達室。小菲把東西拿回家，歐陽萸就笑嘻嘻地說：都副司令又請客？

為這事兩人又抬槓起來，小菲問他是否妒嫉？歐陽萸說他嫉妒那個老頭子幹嘛！小菲又問他：那你嫉妒小夥子嗎？小菲心裡一陣陰狠，問他要不要聽一件肯定讓你妒嫉的事？歐陽萸說他從來不會妒嫉。小菲又問：「連我和我們團裡的男演員戀愛你也不妒嫉？」她冷笑；歐陽萸要她不要把戲演到家裡來。小菲又補一句：「你以為只有你是有魅力的，走到哪裡迷死一群女人？告訴你，比我小六七歲的男人為我失魂落魄！」

小菲偏過頭去找他的臉問他：「怎麼？我不值得你妒嫉？」他不說話了。他的「不說話」很厲害，多年前他就這樣治她。他的「不說話」裡還有一層困惑：怎麼會有妳小菲這樣無聊的人呢？換了我早就

無地自容了。小菲又說：「別太自以為是，以為我離開你活不了，沒人要我。追我的男演員也不是白丁，人家是大學生，主要演員。我不用介紹他，有的是人會跟你翻舌。」他的眼睛平靜地看著她。一看就知道這事在他那裡已成了老掉牙的故事。小菲的激情冷卻了。他的個性中有如此大的空白：缺乏妒嫉。抑或許他真是太不在乎她了。還有一種可能性：他自己豔遇不斷，她出軌正好抵掉他良心上對她的欠債。說到底，他是個極善良的人。三種猜測中，小菲寧可選擇頭一項。

他們家常常是高朋滿座，歐陽萸的朋友很多。如果小菲在家，她會做上兩樣素菜或涼拌菜去湊興。他開心是她巴不得的，比他出門和某個猜不透的同伴去某個猜不透的角落要讓她踏實。

小菲晚上回家，她照樣給歐陽萸的一屋子客人湊趣，給他們添酒上菜，常常還打擂臺，把某個業餘文學家灌醉。

小菲的母親有時來看看歐陽雪，每次都看見一群人吃喝談笑。她不高興了，說小菲總有一天把老底吃穿。小菲去銀行查查帳戶，底子差不多是吃穿了。她和歐陽萸一提，他便滿不在乎地說：「有稿費啊！」

歐陽雪看在眼裡她知道：「媽媽就希望爸爸開心。錢呀，首飾啊，有什麼用？」「只要爸爸老在家裡待著，開開心心的，媽媽就開心了。」小菲用奇特的方式愛著歐陽萸，那樣折磨自己又折磨別人的愛情方式，歐陽雪是最好的見證。的確，小菲是笑著發怒，笑著悲哀，愛得越深，越不得法。她還借了一千二百多塊錢公款，供大家照常吃喝。她太無助了。

歐陽萸的胃出血復發，被送回省城治療。小菲回省城是突然間被批准的。一進病房，她看見一位二十七八歲的女人正在給歐陽萸倒開水。她是省長的侄女，方大姊派她來照顧歐陽萸幾天。她叫沂蒙，方

大姊叫她濛濛。

　　出院後，歐陽萸頭一次認眞地寫作起來。「四清」清掉了他的狐群狗黨。小菲常進書房，給他用熱毛巾擦臉，替他弄出個把佐酒菜，或者靜悄悄陪伴他。

　　過了幾天，都副司令又派車來接小菲，說是劇碼要正式演出，請她賞光。臨走前，歐陽雪對小菲說：「媽媽，你們要是分開了，我怎麼辦？」她說她明白爸爸痛苦，媽媽也痛苦。

　　等小菲坐進了都副司令的車，都副司令悄悄拉住她的手，她才弄懂歐陽雪的意思。歐陽雪一定是洞察到她父親的什麼隱秘了。一定有什麼事發生在她離開他的日子裡。她腦子裡各種猜想奔忙衝撞，便顧不上都副司令那柔細的手掌在她的手上搓揉廝磨。都副司令沉重地歎了一口氣——「實惠的男子漢有一個不實惠的小角落，它此刻將他和小菲納入其內。小菲隨他的手和她的手浪漫。他老了，能得到的小菲，也就剩這隻手了。」[29]

　　小菲和歐陽萸分隔了一段時間再見後，小菲問起了濛濛，歐陽萸說起濛濛對他崇拜，還有他們的志同道合——

　　　「什麼都談。她興趣很廣，知識面也很廣。」「那也談情說愛嘍？」他不迴避她的追問，用眼睛默認了。「你這樣對我，對得起我嗎？」小菲對他說。她命令自己：不准哭，不准哭，……但她沒忍住淚。一會她覺得鼻子燥熱，她知道擤鼻涕把它快磨破了。「當然對不起妳。」他說。「那你為什麼一傷再傷，把我傷成這樣？從認識你愛上你，我哪天不是心驚肉跳？我傷過你嗎？」她話剛說出

29　嚴歌苓：《一個女人的史詩》，頁206～207。

口，便明白她在自找難堪。他可以立刻回擊：你和那男演
員呢？！別假裝清白！她盯著他的眼睛，他的嘴，它們沉
靜自若，並沒有以牙還牙的意思。那句王牌語言壓根沒有
被他調來使用，或許他並沒認識到它是王牌，拋出來便搞
她的底，將她的軍。到這樣的時候他都不承認他對她妒嫉
過，她也有傷害他的資本和實力。他寧願承認他對她的負
債。[30]

歐陽萸告訴小菲他跟濛濛說，他不可能離開小菲，濛濛很痛苦。他讓
小菲牽住他的手。他們的手已是同盟。他感激小菲在這時對他的理
解。他們一路沒話，一直牽著手。

　　文革的批鬥是從歐陽萸的父親開始的，之後，歐陽萸的姊姊──
歐陽蔚如也受不了自殺了，大學的紅衛兵開了她幾場鬥爭會，她從臨
時關押她的三樓教室跳了下去。獲救後，在醫院搶救，若走運，醒過
來可能要坐在輪椅上度完餘生。

　　歐陽萸隔三插五被學院幾個司令部輪番帶走，回家來有時兩個膝
頭全是泥，褲子撩起是兩塊烏青。

　　碰到群眾正在發言批判時，小菲就等在舞臺下。頭一次歐陽萸
被人用木棍推搡下臺時，小菲眼圈紅了。吃飯時，歐陽萸眼圈也紅
了。如果不准歐陽萸吃飯，小菲便哀求，說他有胃出血，一出血
就昏死。有時夜裡小菲突然抱住歐陽萸問他：「你不會像你姊姊一
樣吧？」她把嘴唇放在他脖子上，是提問也是吻他。「別胡思亂
想。」「你說你不會。」「好的。我絕不會的。」他用極其厭倦的聲
音說。但她的身體一進攻，他便迎合上來。他們的欲求忽然十分亢

30　嚴歌苓：《一個女人的史詩》，頁210。

進，無論白晝夜晚他們總是一樣熱烈。[31]

　　批鬥歐陽萸的會議之所以多，是因爲他既是高教部門的反動學術權威，又是文藝界的黑幫作家，既是領導階層的走資派，又是資產階級腐朽生活方式的代表——

> 小菲在臺下不做聲地給歐陽萸導戲。就說幾聲「我有罪，罪該萬死」吧！她沉默地提著臺詞。他卻一點兒不聽她的導演，頭掙開了按他的手，大聲說：「全是斷章取義！」「啪！」牛皮帶下來了。小菲尖叫一聲：「怎麼可以打人？！」誰理她？牛皮帶理她，一下比一下抽得來勁。小菲往臺上跳，手剛搭上臺沿，就被一雙穿草綠膠鞋的腳踩住了，還使勁一撑。小菲氣貫長虹叫道：「觸及靈魂！不要觸及皮肉！」
> 不怕羞的毛病再次援助了小菲。她一脫身便演說起來，叫群眾同志們不要上少數壞人的當，改變文化大革命的性質。文化、文化，毛主席提出「文化大革命」，難道不是讓我們用文化來革命嗎？解放軍還發給國民黨俘虜袁大頭呢，放他們回家種田！打人的人，就是和解放軍對著幹，是反對共產黨反對解放軍！她中氣足音量大，臺詞功夫、表演激情這時使她英姿颯爽，充滿鼓動性說服力。有人說：「哎喲，真像《秋收起義》裡的女政委！」[32]

像小菲這樣造造反派的反，一般人就毀了，她卻形成了臺下的一股勢

31　嚴歌苓：《一個女人的史詩》，頁225～226。
32　嚴歌苓：《一個女人的史詩》，頁229。

力，都對臺上說：「對嘛！文化大革命，就不應該動武嘛！」

　　然而，大家都勸小菲：歐陽萸有什麼好？待妳好過嗎？應該要跟他劃清界限？尤其要爲歐陽雪著想，歐陽雪到學校被人潑垃圾，上廁所別人就把門鎖上，進教室一推門就被髒水淋一身。而小菲心全在歐陽萸身上，女兒給人當落水狗打也不管！只要小菲跟歐陽萸一劃清界限，給女兒轉學，把姓改成田，就全清白了。但小菲根本聽不進去。

　　在歐陽萸被押送下鄉的前一天，小菲被市裡的紅衛兵邀請去主持他們的宣傳演出。他們叫小菲「革命老前輩」，覺得她動作、臺詞在全國也數一流。演出完了，她騎上自行車，把一個大旅行包送到歐陽萸的學院。看守歐陽萸的戲劇系學生不斷叫他「老實點」，但見了小菲還是一口一個「田老師」。小菲在他們面前也不客氣，叫他們走開一點，讓他們夫妻倆說一會兒話。

　　其實話也都是說吃說穿：都副司令的老戰友從東北帶來幾塊狐皮，他送了兩塊給小菲。她給歐陽萸和他父親一人做了一頂帽子。他突然哭了。他看著她，比歐陽雪小時候還依人似的。她摸摸他的頭。

　　團裡已多次開會，田蘇菲再不和她丈夫劃清界限，所有的主角都換人。後來，鍋爐房的老師傅幹不動了，就讓小菲學燒開水了。

　　小菲利用每月一次的探親假，夜裡趕慢車，第二天上午到達歐陽萸所在的勞教農場去探望他。每次小菲離開，他都送她到農場門口。他是出不去的，但一直看她走上坡，再走下坡。她乘同樣的夜班慢車回去，到省城正好是給鍋爐添煤的時間。回去的夜班車上，她已經在計畫，下次給他帶什麼吃的、拆洗什麼。

　　在小菲的日子兵荒馬亂的同時，歐陽雪被學校拘留了。她和一個北京的在逃分子藏在教室裡「搞見不得人的事」，被軍宣隊抓了起

來。軍宣隊告訴小菲,那個在逃分子是一位著名畫家的兒子,在北京鬥毆欠了人命。歐陽雪跟他陷入了情網。

小菲只好去找都副司令幫忙。最後都副司令替小菲解決了困難,送歐陽雪去部隊,到青海當兵。歐陽雪領了軍裝後,有兩天假期,小菲決定帶女兒去和歐陽萸告別。歐陽雪一直閉著眼。她要遠走他鄉,戀人還關在囚房。

歐陽萸回想起這一年他一下子失去了老父親和女兒,他在一個新年裡失去的可真多,不過最重要的沒失去:小菲。

歐陽萸回到藝術學院,首先受工宣隊的再教育和監督改造。但歐陽萸靠人格魅力,靠學識才華,征服了工宣隊的師傅們,他們對歐陽萸不光彩的社會身分睜一隻眼閉一隻眼。

這段艱苦的日子,小菲的母親從兩年前開始向小伍的母親借貸,抵押的是她的寶貝紅木梳妝檯和紅木床。小伍的母親拿出幾張借條,笑眯眯地說:「妳媽不容易喲,給你們當伙夫、老媽子,自己還貼錢。」

小菲知道母親可以把場面處理得嘻天哈地,可以把自己的窘迫掩藏得嚴嚴實實,但她是非常痛苦的。她寧死也不低頭,但爲了女兒和女兒一家,七十多歲時學會了低頭。

小菲想無論如何也不能讓母親爲之驕傲的兩件家具、兩間破房落到伍家,也不能用這樣的事煩著歐陽萸。

小菲找陳益群幫忙。他是個懷舊之人,讓小菲一場接一場地演下去,小菲一連領了三個月的伙食補助,可是一筆不小的財富。小菲跟都副司令借了錢,還了小伍她媽,又一點一點從她工資裡湊,等湊齊了再還都副司令。

離家快四年的歐陽雪突然回來了。還有一個月,才可以名正言順地探親回家。

原來，歐陽雪因為長期偷聽敵臺而被部隊拘留，拘留了一個月，剛剛恢復自由就逃了。都副司令接到他在青海的老戰友的電話，因為給都副司令面子，老戰友把這事向下面保密，大家以為歐陽雪臨時有任務去了基層連隊。老戰友和都副司令都極其光火，這樣的兵是要軍法處置的。歐陽雪解釋說她是收聽英語教學廣播，就被指控為偷聽敵臺。後來，還是因為都副司令幫忙從輕處罰了歐陽雪。

歐陽雪因為想家毫不遲疑地趕回家，小菲看著丈夫和女兒兩人出神入化，忘年莫逆，就算她千差萬錯地愛這個丈夫，有一件事她絕對是對得住他的：她為他生養了一個如此合脾性投趣味的談話對手。她可以放心了。

小菲結識了孫百合，然而不管她倆怎樣熱絡往來，小菲都不把孫百合帶回家。主要是擔心歐陽萸和她會情投意合。所以她和孫百合總是找一家小吃店見面。有次小菲帶著女兒一塊兒出席，歐陽雪和孫百合一拍即合。

後來，小菲邀請孫百合到家裡作客，孫百合推託了幾次，終於登門了。那是慶賀「四人幫」垮臺的第二天。

當天歐陽萸頻頻想和孫百合談話，而孫百合只是消極招架，顯得對他和她的談話興趣不大。

之後，歐陽萸檢查出可能得了癌症。便對小菲坦誠他和孫百合的過往際遇——

「……當時政治部需要招幾個高中生做文秘工作，來應考的大部分是女學生。她就是其中一個。她的打字速度和正確率考了第一。我無意中問她一聲，她是否兼職做過秘書。她說打字是臨時練的，因為她英文打字很熟練，多少幫些忙。一聽說她會英文，我馬上想起方大姊的丈夫正在

　　　找一個會英文的秘書。不過我推薦過去之後，方大姊很快
　　　告訴我，她的家庭背景算『敵屬』。」歐陽萸說到他如何
　　　地不能自拔。在小菲告訴他已經懷上了歐陽雪的時候，他
　　　當天就告訴了她。兩人在一個舢板上悠悠地道了別。[33]

後來，他們有過幾次相遇，都是不期然的。有兩次她身邊有男人伴
隨，但並不是同一個人。歐陽萸知道她先教了幾年外語，又被調到
「宗教歷史研究會」。

　　事情原來巧得成了一部戲，在小菲後來「引狼入室」，他和她克
制了又克制，終於決定，去它的吧，一生委屈至今，蹲牛棚，幹馬活
兒，做牛鬼蛇神，現在有愛就享受，享受幾日是幾日，享受到哪兒算
哪兒。一對超齡老戀人開始軋馬路、看電影、划小船。然而，就在小
菲請她到家裡作客後不久，他得到一個五雷轟頂的消息：她愛上了另
一個人，是個研究生，比她小十歲，他追求她追得很懇切。

　　歐陽萸對小菲說：「她和妳是朋友，不願意傷害妳。」小菲對於
歐陽萸還為她辯解，感到氣憤。

　　後來，小菲去找孫百合。請她去家裡做客。小菲其實是想搧她耳
光的，但那個耳光不是為她和歐陽萸談戀愛而搧，而是為她薄情地無
義地拋棄了歐陽萸，投入一個小白臉的懷抱。可她忍著，不然她會邊
扇邊告訴她：「老歐是多難得的男人，妳還撿撿扔扔；老歐二十九年
對妳一往情深，就妳也配？」[34]

　　孫百合推辭，小菲告訴她，歐陽萸和她要去上海了，可能一去不
返。孫百合還是拒絕了。

33　嚴歌苓：《一個女人的史詩》，頁330。
34　嚴歌苓：《一個女人的史詩》，頁334。

　　小菲為了安慰歐陽萸，告訴他：「可能她知道你和我難分開，她暫時找個感情寄託，走開了。她心裡可能也痛苦。」小菲一邊說，一邊認為自己簡直瘋了，居然為孫百合開脫。但她注意到這句開脫在歐陽萸身上引出的效果。失戀者總是急於找到對方傷害他的合理之處，找到了，他心裡會好過些。

　　歐陽萸進了手術室，一刀開下去，拿出的腫瘤是良性的。

　　從上海回來的歐陽萸，塊頭更大，氣色極好，笑起來明眸皓齒，年輕多了。找歐陽萸的人又多了，有的是書迷。歐陽萸總算活成他自己了，盡興寫，盡興玩，橋牌恢復了，鋼琴也常常彈。現在的歐大師照樣吸引女人。想到這小菲就咬牙切齒：老歐在鹽鹼地推小車，妳們都縮在哪兒呢？想陪如今風光的老歐，妳有種從批鬥臺陪起，陪到鹽鹼地，陪過一個月給他掙二十分清蒸丸子四兩白糖的日子，陪過來了，妳就成我這樣了，又老又胖。

　　男人在歐陽萸的年齡是不愁沒人愛的，何況他又在走上坡路。這是個沒見過大世面的省分，出一點名有一點錢全省都是新聞。多少女人想把她小菲擠出去？她們會同情老歐：妻子是個破落劇團的老演員。

　　小菲從都副司令的追悼會回來，一連幾天，只要小菲一想到都副司令在臨終的床上還命令部隊去看她演戲，給小菲助威、捧場，她眼淚就止不住。歐陽萸這天晚上給她遞了一塊毛巾，說：「這一來，我也沒人嫉妒了。」

【問題討論與活動設計】

1. 嚴歌苓的背景際遇提供給你什麼鼓舞？

2. 嚴歌苓《一個女人的史詩》讓我們見識女性為愛情的爭取、犧牲奉獻與不離不棄。請說明你對愛情的看法。

第六節

林白

（1958～）

一、創作背景與評價

　　林白，是中國女性主義文學的重要作家之一，曾從事圖書、電影、新聞等行業，這些經歷都對她的創作都起了相當的影響。林白曾表示：「我就是一個沒有現實感覺的人，有時候我在家裡待了很多年，家裡人說我的眼光是飄的，妳的魂沒有在這兒，我和別人打交道也是覺得沒有現實感。……我出門就不知道東南西北，我是有問題的，我從小就沒有和現實切入的管道，從小父母不在身邊總是自己一個人，和同學也很少交流，確實人家很難跟我打交道，從小就生活在自己的內心世界，如果我不是這樣一個人肯定就不寫小說了……。」[1] 林白除了她幼年喪父，母親長期在外工作所引發的孤獨感外，她還在三十歲那年經歷了一場致命的愛情，失敗的感情，或多或少讓她偏執地對男性產生憎恨，於是，我們見到她文本中總有「痴情女負心漢」的原型。

　　林白從童年到少年，都是生活在南方，後來又到了北京，這種成長遷移的經歷，對她個人內心深處的傷痛與傷懷，肯定對其小說創作有一定的影響。《一個人的戰爭》就是和林白的個人成長有著密切相關的一個文本，但是，林白承認它有一定的自傳的色彩，卻希望讀者不要把它當成自傳來看，但可以把它看成是跟她個人生活密切相關。

　　在林白的散文——〈流水林白〉裡可以見到作家自述她個人的成長經歷與《一個人的戰爭》裡的林多米的遭遇相似。在〈內心的故鄉〉中林白說：「我出生在一個邊遠省分的小鎮上，三歲喪父，母親

1　新華網，新浪網：〈林白：我是一個沒有現實感覺的人——作家林白作客新浪網訪談實錄〉，2004年4月20日。
http://big5.xinhuanet.com/gate/big5/news.xinhuanet.com/book/2004-04/20/content_1430079.htm.

常年不在家。我經歷了飢餓和失學，七歲開始獨自生活，一個人面對這個世界，對我來說，這個世界幾乎就是一塊專門砸向我胸口的石頭，它的冰冷、堅硬和黑暗，我很早就領教過了。」[2] 所以林白並不諱言《一個人的戰爭》的自傳成分是很強的。

其實所有作家的作品都有自己的命運的色調在裡面。[3] 於是，我們從林白極富彈性、隨意且充滿銳氣的敘述語言，見到奔放而優雅從容的林白格調。

林白說：「寫作對我來說以前就像嗎啡似的，我不寫作就覺得不興奮、沒勁，可能與我沒有朋友有關係，我又不泡吧又不蹦迪，在寫作中找到自己在世界中的一個位置，當然也可以和世界溝通，有抗拒也有恐懼，我從小對世界確實有一種恐懼，我給生人打電話就會出汗，現在好一些，以前接受採訪也是不行的，通過寫作還是極大的緩解了我內心的焦慮，緩解了我對世界的恐懼。」[4] 某種情狀接近自閉的林白在她的寫作空間裡找到了與世界、人群溝通的方式。

二、作品賞析

(一)《一個人的戰爭》

童年的多米因為爸爸病死，媽媽和鄰人全都下鄉，在母親下鄉的日子裡，多米一個人在家，在那樣孤寂的夜裡，雖然不是孤兒，仍然覺得害怕極了，只有在床上才感到安全。上床，落下蚊帳，並不是為了睡覺，只是為了在一個安全的地方待著。若要等到天黑了才上

2　林白：《德爾沃的月光》，昆明：雲南人民出版社，1995年，頁173～182。
3　新華網，新浪網：〈林白：我是一個沒有現實感覺的人——作家林白作客新浪網訪談實錄〉。
4　新華網，新浪網：〈林白：我是一個沒有現實感覺的人——作家林白作客新浪網訪談實錄〉。

床，則會膽顫心驚。晚上她從不喝水，那樣就可以不用上廁所。

　　沒有母親在家的夜晚，已經形成了習慣，從此多米和母親便有了永遠的隔膜。後來，只要母親在家，她就感到不自在。如果跟母親上街，一定會想方設法走在母親身後，遠遠地跟著；如果跟母親去看電影，她就歪到另一旁的扶手邊。只要母親在房間裡，她就要找藉口離開。活著的孩子在漫長的夜晚獨自一個人睡覺，肉體懸浮在黑暗中，沒有親人撫摸的皮膚是孤獨、空虛而飢餓的。處於漫長黑暗而孤獨中的多米，那時還意識不到皮膚的飢餓感，一直到當她長大後懷抱自己的嬰兒，撫摸嬰兒的臉和身體，才意識到，活著的孩子是多麼需要親人的愛撫，如果沒有，必然飢餓。

　　但其實親情是互動出來的結果，多米始終和母親保持著距離，她從不主動跟母親說話，除了要錢，母親跟她說話她也不太搭理。母親在管教她是嚴厲的，但是對於她的照養，卻也可見用心。她小時候經常發高燒，母親總是徹夜不眠，用心照料。父親在她三歲時就已去世，母親拖了六年，到三十歲才再婚，在她二十四歲到三十歲的美麗歲月裡，曾經有一個姓楊的叔叔經常到她家裡，後來他不見了，原來楊叔叔的家庭成分是地主，母親怕影響她的前途。母親再婚時，跟她說，你繼父成分好，以後不會影響妳的前途。

　　她十八歲，在農村插隊，雙腳每天浸泡在太陽蒸曬得發燙的水田裡，腳面很快就長滿了水泡，緊接著水泡就變成了膿泡，腳也腫了，人也開始發燒，只好回家治腳。母親領她打針吃藥，早晚兩次用一種黃藥水替她洗腳，還把她的爛腳捧起來舉到鼻子跟前仔細察看。她上大學時，母親送她去搭火車，她豪情滿懷，絲毫想不到要跟母親說一句告別的話，她連看都沒有看在月臺上眼巴巴望著她的母親。

　　多米在輪船上認識了矢村，他藉著看葛洲壩裡的水一點點漲高，

和上游持平時，試探性地攬了攬她的腰，之後，他吻她，她一開始就莫名其妙地服從了他。在生活中，她還沒有過服從別人的機會，三歲就失去了親生的父親，繼父在很久以後才出現，她從小自由，害怕了這個廣闊無邊的東西，她需要一種服從。

付出第一次的多米，覺得是出於渴望冒險的個人英雄主義，才讓這個陰錯陽差的事情發生。他們的關係曝光後，多米發現矢村除了對她謊騙年齡，還有已婚的事實，事發之後他的妻子找到多米，見到面容憔悴、清秀剪著短髮，但穿著打扮很普通的多米就放了心地說：「我年輕的時候比妳要漂亮，妳到我這樣的年齡連我還不如呢，只不過妳是大學生，我是工人，但我跟他都過了十年了，都有兩個孩子了。妳也真有眼力，他說他二十七歲妳就信了，他都三十七歲了。」⁵ 她忽然想起了什麼，她緊盯著多米問：「你們下館子了沒有？」多米說：「下了。」她又問：「是誰出的錢？」多米猶豫了一下說：有時是他，有時是我。她更加放心了，同時自豪地說：「他這個人我知道的，如果你們有事，他肯定不會讓你拿錢的。」

後來，矢村的小姑姑和多米談，她問：「你有多大了？」多米說：「二十四歲。」她說：「你已經不是小女孩了，又是大學畢業生，對自己的行為有能力負責了。」她問多米：「你為什麼要這樣呢？」多米說：「我要寫小說，要體驗生活。」她說：「妳可以慢慢在生活中觀察，不必寫什麼，就要做什麼。」

在整個過程中，矢村輕而易舉地就誘騙了多米，每一個階段的突破都勢如破竹，沒有受到更多的阻力。他一定以為是他英俊的外貌和他的家庭背景起了決定性的作用，但多米明白，有兩樣東西更重要：一個是她的英雄主義，想冒險，自以為是奇女子，敢於進入任何

5　林白：《一個人的戰爭》，臺北：麥田出版社，1998年，頁140。

可怕事件，另一個是她的軟弱無依。

在多米三十歲那年，她愛上Ｎ，兩人相會在長官的辦公室，對望的同時，有相見恨晚的感覺。Ｎ說：他不是一個適合結婚的人，他是獨身主義者，他將永遠不結婚。在他看來，結婚是愚蠢的。雖然多米很傷心，但卻無法離開他。就在那個時期，多米去做了檢查，確定懷孕了，告訴他結果時，他第一句話就問：做手術很痛是嗎？要不要打麻藥？要多長的時間？要住院嗎？最後他總結說：很煩人的，不好。多米說：我知道你是不想要的，讓我承擔一切好了，一概不要你管，我自己把他養大。後來，他說過幾天他就要外出了，去半個月，要在這幾天做出最後的決定。

多米最後自己決定要承擔孩子的一切，不用Ｎ付一分撫養費，但她不希望孩子受到歧視，所以孩子要有一個正式的父親。聽完她的話，他摔門就走了。第二天一早他來，一進門就面無表情地說：星期一就去打結婚報告。他說打完報告，就去浪跡天涯，放棄電影。他又說：「女人都是從自己的利益考慮，妳說妳三十歲了，是妳的最後一次機會了，妳說精神和肉體都受到巨大損傷，那我放棄電影，這在精神上抵消了吧，我去做苦力，肉體也受苦。這下抵消了吧，妳覺得平衡了吧。」多米知道，讓他放棄電影，她就成了罪人了。如果她要這個孩子，將永遠見不到他，見不到他，她活著還有什麼意義呢？

她讓他陪她到醫院去，坐在手術室門外的椅子上等她，但他在醫院門口就溜走了，手術後也沒有陪她。這件事之後，她沒有懸崖勒馬及早回頭，反而更加深陷其中，她還是一次次遷就他，完全看不到他對她的不好。後來，多米從友人口中得知Ｎ向一個藝術學院的女孩下跪，他們打得火熱時，正是她做手術的那段期間。

有些女人最容易犯的毛病就是一旦認定了，就很容易將生命、情感與幸福寄託在男人身上，以上這些女性人物雖在某些方面具備主

動爭取的強烈個性色彩，但她們還是視男人爲天，所以，期望在依附男人中找尋自己、發現自己，但這種觀念和行爲只會走向愛情的盡頭。

多米總是經受莫名的委屈，花花公子矢村、理想主義的電影導演N，他們總能輕易地利用男性的權力、欲望或承諾，讓女人打開心門，多米就是這樣一個不懂得保護自己，但卻又眞實，爲愛不計代價的女孩。

而屬於林白筆下的「焦慮」，誠如小說中多米的自敍：「認識N的時候我三十歲，這是一個充滿焦灼的年齡。自二十五歲之後，我的焦慮逐年增加，生日使我絕望，使我黯然神傷。我想我都三十歲了，我還沒有瘋狂地愛過一個男人，我眞是白白地過了這三十年啊！我在睡夢中看到自己的暮年驟然而至，我的頭髮脫落，牙齒鬆動，臉上布滿皺紋，我的身上從未接受過愛情的撫摸，我皮膚中的水分一點點全都白白地流失了，我的週圍空空蕩蕩，我像一個幽靈在生活著，我離人群越來越遠，我對眞實的人越來越不喜歡，我日益生活在文學和幻覺中，我吃得越來越少，我的體重越來越輕，我擔心哪天一覺睡醒，我眞的變成了一個幽靈，再也無法返回人間。」[6]多米的焦慮並不在於空虛，而在於她對精神自由的高度追求，所以「我離正常人類的康莊大道越來越遠了，如果再往前走我就永遠無法返回了。這個意識使我悚然心驚，我還沒有生活過，我不願意成爲幽靈，我必得拯救我自己，因此我發誓我一定要瘋狂地愛一次，我明白，如果再不愛一次我就來不及了。」[7]

林白寫到多米在走向自由的同時，也走向封閉，在幽閉的生存狀

6　林白：《一個人的戰爭》，頁197。
7　林白：《一個人的戰爭》，頁197。

態中自我欣賞、安慰並反抗——

> 我躲在房間裡，……所有的人都去前面遊園了，宿舍區
> 一片寂靜，我脫掉外衣，半裸著身子在房間裡走來走去
> ……，這是我打算進入寫作狀態時的慣用伎倆，……
> 我的裸身運動常常在晚上或週日或節日裡進行，這時候不
> 用上班，也沒有人干擾。N城沒有我的親戚，我又從不交朋
> 友，所有撞上來與我交朋友的人都因為我的沉默寡言而紛
> 紛落荒而逃。我喜歡獨處，任何朋友都會使我感到障礙。
> 我想，裸身運動與獨處的愛好之間一定有某種聯繫。……
> 只要離開人群，離開他人，我就有一種放假的感覺，這種
> 感覺使我感到安靜和輕鬆。[8]

在多米的孤獨少女成長經驗中，不論是主動或被動與異性交流都
無法贏得認同，所以在絕望中的自慰行為，應是作者有意表現多米對
現實的反抗，並明白表達欲望的真實存在。

小說也描述多米對女體的迷戀，文本中描述著她多麼想看到那些
形體優美的女人衣服下面的景象。她覺得——

> 女人的美麗就像天上的氣流，高高飄蕩，又像寂靜的雪野
> 上開放的玫瑰，潔淨、高潔、無法觸摸，而男性的美是什
> 麼？我至今還是沒發現，在我看來，男人渾身上下沒有一
> 個地方是美的，我從來就不理解肌肉發達的審美觀……。
> 在一場戲劇或一部電影中，我的眼睛永遠喜歡盯著女人，

8　林白：《一個人的戰爭》，頁36。

> 沒有女人的戲劇或電影是多麼荒涼，簡直就是沙漠，女人
> 一旦出現，我們頓覺光彩熠熠，芳香瀰漫，在夏天我們感
> 到涼爽，在冬天我們感到溫暖。9

多米有機會接觸到歌舞劇的表演者姚瓊，見到姚瓊在她面前換衣
服，她的內心充滿了渴望，渴望撫摸那美妙絕倫的身體，但她更加不
敢直視姚瓊，她怕會嚇壞她，永遠無法再看到她。

在多米的生命中也出現了幾段影響她人生的同性情感。

南丹對多米的感情是熱烈而積極的。南丹對多米進行愛情啟蒙，
說：「同性之間有一種超出友誼的東西，這就是愛，而愛和友誼是
不同的，敏感的人一下就感覺到了。她又說柏拉圖、柴可夫斯基都
是同性戀者，羅斯福夫人在宮中還秘藏女友呢。她說同性之愛是神聖
的。」10 南丹說過，她是一定要出國的，她說只有在國外才能找到她
需要的生活。她說她出去後，最放心不下的就是多米，她要多米等她
來接她。

但是，多米卻用冷靜去呼應南丹的熱情。多米當時處在事業的低
潮期，為著自己得不到N城文學界承認而苦惱。南丹深知這一點，南
丹說，N城算什麼，我一定要讓妳在全國出名。南丹為了多米，和最
著名最權威的文學評論家發生了關係，讓他們評論多米的作品。多
米還發誓，一畢業她就要報考中國社會科學院文學所的當代文學研
究，為的是要成為知名的評論家。後來，多米逃跑的態度，傷透了南
丹的心。南丹離開後，多米讀完南丹的來信後——

9　林白：《一個人的戰爭》，頁26。
10　林白：《一個人的戰爭》，頁43。

看到滿篇都是對同性之愛的熱烈讚美，她的文字像一些異
樣的火苗在我面前舞蹈成古怪的圖案，又像一雙隱形的眼
睛直抵我的內心，發出一種銳利的光芒。這封信我沒有再
看第二遍，我把它放在我衣服口袋裡，有一種心懷鬼胎的
感覺。工間休息的時候我偷偷溜回宿舍，我只有一個念
頭，就是趕快把這封信毀掉，那些語言就像一些來路不明
的惡魔，與我內心的天敵所對應，我唯一的想法就是殺死
它們。[11]

在認同自己的性別取向的過程，有很多會因為勇氣不夠而爭執，而選
擇逃離的。多米清楚什麼才是她真實的想法，只是她缺乏面對的勇
氣。許多年以後，多米認識了一個年輕女人，她們互相愛慕，但在
最後關頭多米還是逃跑了，年輕女人指責多米內心缺乏力量，不敢正
視自己的內心。長大後的多米甚至「有些懷疑自己是否具有同性戀傾
向，這類人正在某些國家遊行，爭取自己的權利，這個運動風起雲
湧，波瀾壯闊，是我們這個時代特別的景觀……」[12]

　　林白《一個人的戰爭》被稱為「反文化」的「超道德」寫作，因
為文本中有相當令人訝異的鮮明的女性立場和個人話語，傳達一個女
性自我成長經歷，將女性的私人隱秘體驗，透過內心獨白小說體式進
行了大膽而有效益的挖掘。

(二)〈瓶中之水〉

　　出生於殘缺家庭的二帕和意萍，兩人在一場會議上結識後，便惺
惺相惜地珍視著她們的友情。二帕為了工作發展和一位四十多歲，與

11　林白：《一個人的戰爭》，頁50。
12　林白：《一個人的戰爭》，頁26。

老婆長期分居的學院講師上床，意外懷孕後，在確定他不可能離婚的
狀況下墮了胎。不過她也在他的幫助下在事業上出了頭。但是這樣的
交易關係，是令她感到空虛的。

　　意萍對二帕表示並不愛她那忠厚老實的男友：「妳知道妳多讓
我動心，妳是一個非常特別的女人，只有我才能欣賞妳，妳知道
嗎？」二帕也回說：「意萍妳才是真正精采的女人呢！」[13]

　　意萍常覺得二帕的臉有一種不可思議的美，她深陷的眼睛裡有種
憂傷的悲劇吸引著她，看著她時，心裡湧動著一種強烈想要擁抱她的
欲望，但是兩人其實又一直在抗拒著。

　　二帕和意萍常常覺得對方與自己是多麼情投意合——

　　　　意萍說：二帕，咱們要是有一個是男的就好了。
　　　　二帕說：就是。
　　　　意萍說：這樣咱倆就不用另外再談戀愛了。
　　　　二帕說：就成兩口子了。[14]

意萍還向二帕坦承女人比男人有味道多了，但兩人卻漸漸陷入一種性
別認同的困惑——

　　　　意萍又說：我現在明白了，我其實是喜歡女人的人。
　　　　二帕遲疑地說：是……那種喜歡嗎？二帕吸了一口氣，及
　　　　時將那三個要命的字吞了回去。
　　　　意萍因了這種吞吞吐吐的點破，竟坦蕩了起來，她語氣鬆

13　林白：《致命的飛翔》，武漢：長江文藝出版社，1997年，頁219。
14　林白：《致命的飛翔》，頁217。

弛地説：二帕，妳不要那樣想，女人之間一定能有一種非常非常好的友誼，像愛情一樣，真的，二帕妳不相信嗎？

二帕説：我害怕。

意萍有些失望：二帕，妳真是的！妳缺乏內心的力量，不敢冒險，有什麼可害怕的呢？……

二帕盯著黑暗説：我害怕是因為我天生就是那種人，我從來就沒有真正愛過男人，沒有真正從他們那裡得到過快樂，我不知道怎麼辦，我絕望極了。可我不願意強化自己的這些，我不想病態，我想健康一點。[15]

這兩個相愛卻不夠勇敢的女人在一次言語爭執中決裂了，二帕被傷重了，原來意萍從不用平等的心去對待她；即使事後意萍寫信給二帕，但卻沒等到回信。最後，意萍結婚生子了，二帕如願在事業上飛黃騰達，但是，她覺得自己的心靈枯萎了，她既不愛男人，也愛不上女人。

(三) 〈隨風閃爍〉

　　林白〈隨風閃爍〉裡二十六、七歲的紅環在一次勇闖雜誌社主動要投稿的因緣下，認識了李可，她讓楚楚可憐的自己，得到李可的照顧，同居一年後，李可也不確定紅環究竟是不是真愛他？一直到紅環邁出了她令人瞠目結舌的一大步——犧牲自己的愛情，嫁給一個大她四十歲的荷蘭籍有相當社會地位的老華人——李可才確定了紅環的愛情觀，原來，她「不要愛情，她從來沒要過愛情，愛情對她來說是奢侈的。對於一個受到輕視已被激怒一心想出人頭地的人，愛情又算

15　林白：《致命的飛翔》，頁218～219。

得了什麼！愛情只不過是一堆垃圾，讓愛情見鬼去吧！」[16] 紅環不屈不撓咬緊牙關，她深知只有咬緊牙關才能在這世上活下去，她以愛情換得了報紙上一再的讚譽——「中國青年女詩人紅環在鹿特丹舉辦個人詩歌朗誦會獲得巨大成功。」[17] 後來，有人說荷籍華人和紅環分手了，他繼續到處旅行，後來因為意外而身亡，但這不影響紅環，她本就不愛他，她在荷蘭「靠自己的智慧和肉體生存。」[18]

＊　　　　　　　　　＊　　　　　　　　　＊

這些女性清醒而理智地選擇以「交換」的方式，去獲得經濟的解放，而作家也寫出了在物質化生活中的女性的生存處境以及她們精神上的期待與困惑。

在林白的尋找背後是恐懼，一種對世界的「隱約的驚恐不安」，她的人物主要是在現實生存層面上竭力掌握著主動權。[19] 確實，林白在她的精神自傳中，從最私性的身體感受出發尋找自我，開掘私人經驗，張揚自我情緒，表達生命的獨特性，激發女性特有的魅力，就算是孤獨或恐懼的焦慮都有其獨特性。

【問題討論與活動設計】

1. 林白《一個人的戰爭》從1994年在《花城》首刊，經歷過指責、爭議乃至謾罵，如今這部小說已作為當代女性主義文學代表作，被收入中國大陸《中國當代文學史教程》等大學教材。請從女性主義出發說明這部小說所呈現的女性意識。

16　林白：《致命的飛翔》，頁22。
17　林白：《致命的飛翔》，頁18。
18　林白：《致命的飛翔》，頁23。
19　李有亮：《給男人命名—二十世紀女性文學中男權批判意識的流變》，北京：社會科學文獻出版社，2005年，頁263。

2. 請從林白〈瓶中之水〉和〈隨風閃爍〉說明對於兩性關係中「自尊自愛」的看法。

第七節

陳染

（1962〜）

一、創作背景與評價

　　陳染，從80年代初開始發表詩、散文，以小說〈世紀病〉在文壇脫穎而出，是繼殘雪之後又一位女性主義作者，可說是上個世紀90年代以「個人化寫作」，在中國當代文學史上算是相當獨特具有代表性的作家。陳染作爲晚生代的一員，從發表〈與往事乾杯〉、〈破開〉到《私人生活》，她的作品大膽探索現代人的生存困境、性愛生活，以強烈的女性意識，不懈的探索精神，對所謂的理想存有疑慮，所以反映在作品裡的是個人對世俗的反叛。

　　陳染的童年是壓抑、冷清又寂寞的，父親是個終日埋頭書堆、性情古怪的頑強學者，所以她十分懼怕嚴厲的父親。小時候的美好記憶就是跟著酷愛音樂和繪畫藝術的母親走街串巷，只要能離開家、離開父親，對她而言就是快樂的事。然而，父母的緊張關係，卻已造成她長期以來的自卑和憂鬱。

　　小學時期的陳染，正值文化大革命，成績優秀，還被選爲紅小兵大隊長，當時學習沒有出路，母親爲她找了老師學習音樂。陳染曾說過：「整個中學時代我都是在這種孤獨的自我追求中度過。我辭掉了莫名其妙被選上的各種『長』，爲了更有時間練琴。當時的生命裡只有兩樣：音樂和媽媽的愛。……我渴望著不能令我滿足的世界，越來越沉浸在遠離現實的夢幻之中，在音樂裡尋找著安慰。漸漸我離開了兒時夥伴們的群體歡樂。1979年我父母的婚姻生活結束，我和媽媽離開了家，也離開了我的童年我的音樂我的說不清的孤寂與惆悵。那時候小小心靈裡擁滿莫名其妙的強烈自卑。這時，我的生活發生了一個很大的轉折。忽一下，社會上捲起讀書熱潮，文憑熱。我放棄了視之爲生命的音樂，捧起了書本。由於近十年的音樂生涯，功課落下很

多。儘管我拚盡力量彌補，高考還是以三分之差落榜。」[1] 在家待業時，她的母親正好唸了雨果的《九三年》給她聽，這是她的第一本小說，然而就在她人生中最痛苦與迷惘的時期，她的作家夢因此而生了。

在就讀大學中文系期間，她完全投入了吸引她的文學世界。「班裡的同學認為我『才情過人，只是有點怪』。學校的老師也勸我多多參加集體活動。那時候，我的生命處於分裂狀態。在公共場合靦腆沉默，退回到自己的世界裡後才把積鬱心中的無盡情懷傾灑詩中。我頗為『入戲』，我感動著自己，也感動著別人。我活在自己製造的氛圍中，也在世界裡尋求詩中的情人。當我空空落落徒然而歸時，便再一次把貧瘠與孤獨拋至詩中，詩成了我平衡自己的手段。」[2]

她從大三開始寫小說，處女作〈嘿，別那麼喪氣〉發表在《青年文學》上，帶給她很大的鼓舞。「當時的文壇正是百花齊放最為活躍的時期，正是『一人一流派，各領風騷三五天』的熱鬧景象。我很快與活躍在文壇的幾位青年作家們交往起來，可是不久我便感到與作家們交往是件累人的事，他們沒有生活裡那些普通然而活生生的朋友那麼來得自然。於是，我重新歸屬於自己的恬靜、孤單而充實的藝術世界。」[3]

大學畢業，她被留在大學裡教授文學寫作，職業對她是一種生存的手段，但是學校裡的一些沿襲傳統的迂腐陳舊的觀念令她壓抑，她

1　陳染：《時光倒流——陳染散文集》，北京：新華出版社，2003年8月。
　　〈陳染的人生旅途〉：http://www.jxgdw.com/jxgd/lady/nrsw/userobject1ai589629.html。
2　陳染：《時光倒流——陳染散文集》，北京：新華出版社，2003年8月。
　　〈陳染的人生旅途〉：http://www.jxgdw.com/jxgd/lady/nrsw/userobject1ai58962.html。
3　陳染：《時光倒流——陳染散文集》。

無法抗拒又不願趨附，這些感覺日後都呈現在她的小說裡。當時，她已經被認為是文學圈子裡有一定影響力的青年作家，但她卻發現自己是活得那麼孤獨和壓抑，她開始思考和看重生活本身，學習改變自己，放開生命。一個偶然的機會，她與一個留美心理學研究生相愛，在分分離離之間接受命運的安排。之後，遠離塵囂的大城市的生活，讓她更加感到最為深刻最為智慧的哲學和人生態度才是最簡單的。

　　童年的特殊經歷，造成陳染極度敏感的性格。陳染在《不可言說‧我的成長》中說：「我十八歲時，父母離婚，這在當時是件很稀罕的事，不像現在。……我以三分之差沒有考上大學，和母親借住在一個廢棄的寺廟裡，一住就是四年半。當時我沒覺得多麼不好，現在回想起來，覺得對於一個正在對世界充滿好奇的少女來說，是件很殘酷的事。」[4] 於是，我們見到在陳染小說裡頻繁出現的的尼姑庵背景，還有陳染勇敢地暴露她所體驗和感受的生存的痛苦，記錄青春成長的創傷──那些沒有歸依感的人物，破碎的家庭、受父親摧殘或對父愛的渴望，而在男性長者或男性權威者的身上去尋找父親的影子，還有母愛的不足，而對同性產生微妙的情愫與情感糾葛。

　　在陳染《斷片殘簡》的隨筆集裡，也能讀到作家的個人經歷和小說中人物背景的重疊。作家存在的背景環境，所反映自身的社會現實生活的錯綜關係，表現在其作品中，便呈現出屬於自己的主觀特徵。

　　陳染被評論界認為是開啟女性自傳體文學領域，抗拒主流規範的超前性的代表作家。于東曄評說：90年代，經歷了80年代「個性解放」的衝擊，表現在敘述話語上，最突出的就是同故事中主觀色彩最

4　陳染：《不可言說》，北京：作家出版社，2000年，頁220。

強的自我故事也就是「自敘體」形式的運用。[5]但陳染卻表示她不太同意「自敘體」這種說法：「我喜歡用第一人稱寫作，但這並不能說明我的小說完全是我個人生活的『自敘』。人們是以兩種（或兩種以上）的方式經歷現實的，有的是真實的經歷，而更多的是心理的經歷。……如果談到真實性的存在這一問題，那麼我的小說最具有真實性質的東西，就是我在每一篇小說中都滲透著我在某一階段的人生態度、心理狀態。而其他的都是可以臆想、偽造、虛構的。」[6]陳染以「私語」形式去處理屬於她自己的女性書寫，把她們的生活體驗，以第一人身——「我」真實披露，貼近讀者的靈魂。

在90年代異彩紛呈的女性文化語境中，「個人化寫作」的沛然興起，成為相當引人注目的文學現象。女作家把過去男權中心所避諱談論，或者說是無法言說的女性私人經驗——女性的個體生存經驗、情感經驗、生命經驗、身體經驗、性經驗——帶到了開放的公共空間，於是，女性「私語」的寫作有別於其「公共話語」而崛起，企圖顛覆並破解傳統的男性神話，與其建構的政治權威，是截然不同於80年代僅僅只是性別自覺的主題。

在大陸80年代的女性小說中，我們很能見出作家有意讓筆下的女性走出閨閣，參與社會，以求表達自己的權利，實現自我；但是到了90年代中期以後，女作家們努力往內在找尋自我，陳染所關心的是那些被隱藏起來非檯面上主流地位的，其關注焦點在於「自我」（the self），指的是女性的自我。我們見到她們歌頌欲望，尤其強調情慾解放，重視個人選擇權，宣示情慾人權，按著自己的意願來使

5　于東曄：《女性視域：西方女性主義與中國文學女性話語》，北京：中國社會科學出版社，2006年9月，頁235。

6　陳染：〈個人即政治〉，《不可言說》，北京：作家出版社，2000年5月，頁193。

用自己的身體，而最重要的課題是傾聽內在的聲音、解放自己，對自己誠實，解放情慾。

以「個人化書寫」的新生代作家，利用第一人稱經驗視角去表達「私語」，相當貼近讀者。陳染以第一人稱的敘事觀點，舒展最大的經濟效益，將其情慾模式加以展現，其情慾模式不單只是性而已，對象不同，人與人之間也會產生不同的關係，在她的潛意識裡，要把那種被壓抑的欲望與心理鬱結，以反抗社會規訓的力量，坦率地表現熾烈的愛欲流動。在她的長篇小說《私人生活》中可以見到她在90年代的寫作的基本主題，包括有：戀父和弒父情結、戀母和仇母情結、同性之愛、異性之愛與雙性之愛──一個出身於不幸家庭的女孩，經歷孤獨的童年、苦悶的青春期，在社會的壓力和失敗的愛情中，終於面對自我，忠於自我。

陳染利用第一人稱的主角敘事觀點親自去演述整個故事的進行，比如表達她觀點獨特的生死觀，〈與假想心愛者在禁中守望〉裡的寂綺並沒有對少年的死亡感到哀痛，反而理出一套對生死的看法；〈另一隻耳朵的敲擊聲〉裡的黛二，也時常感受死亡的接近，可以短暫體悟精神脫離肉體的快樂──

　　一年來，沉思默想占據了我日常生活的很大一部分。在今天的這種「遊戲人生」的一片享樂主義的現代生活場景中，的確顯得不適時尚。其實，一味的歡樂是一種殘缺，正如同一味的悲絕。我感到無邊的空洞和貧乏正一天重複一天地從我的腳底升起，日子像一杯杯淡茶無法使我振作。我不知道我還需要什麼，在我的不很長久的生命過程中，該嘗試的我都嘗試過了，不該嘗試的也嘗試過了。
　　也許，我還需要一個愛人。一個男人或女人，一個老人或

少年，甚至只是一條狗。我已不再要求和限定。就如同我
必須使自己懂得放棄完美，接受殘缺。因為，我知道，單
純的性，是多麼的愚蠢！

對於我，愛人並不一定是性的人。因為那東西不過是一種
調料、一種奢侈。性，從來不成為我的問題。我的問題在
別處──一個殘缺時代裡的殘缺的人。[7]

以個人化寫作的作家運用自敘體，以第一人稱的敘事觀點，把女性的
身體和心理經驗直接講述出來，拿回過去被代言、被書寫的權利。陳
染的小說有著強烈的私人化色彩，結合私密的個人經驗，把私人的生
活領域帶進了公共空間。

近年來對於女性寫作來說，文化大革命的歷史劫難，留給60年
代出生的女作家對於「文革記憶」所起的敘事資源，她們以她們的童
年記憶，去書寫「文革記憶」並著力在寫青春的騷動和迷惘，而不是
慘烈的場景。她們的作品比前輩作家更趨多元化發展，她們以個人寫
作的不可替代的強烈的主體意識，去尋找自身的審美優勢，比如林白
的靈性、陳染的孤絕。這種無名狀態下的「個人化寫作」，探索的是
女性生存的理想空間，從公共空間走向私人空間，強調的是個人日常
生活的經驗、感情世界及身體肉慾的各種感受，這種寫作思潮，相當
有力地創造了女性意識的審美意境。

90年代中期以後，陳染努力往內在找尋自我，某些層面是拒絕
參與社會的，她強化的是個人視點，她用自己獨特的方式去表達面對
現實的情感和態度，進而履行自己對時代的責任。

---

7   陳染：《私人生活》，南京：江蘇文藝出版社，1997年2月，頁8。

二、作品賞析

(一)《私人生活》

　　小說描寫主角倪拗拗從一個「女孩」成長爲「女人」的不尋常經歷和體驗，展現了女性的內在隱秘與生命軌跡。

　　倪拗拗在成長過程是相當壓抑而痛苦的，她長期面對暴戾又殘酷的父親、處境堪憐的母親，使得她在恐懼不安的陰影中生活，而這也造成她的叛逆性格，以及「早衰症」的警訊。

　　倪拗拗在經歷孤獨的童年，得不到父愛，父親缺席；度過苦悶的青春期，將情感寄託在母親和替代父親角色的T老師身上，但卻在這兩人讓她失望後，她把對理想母親的形象投射在鄰居禾寡婦的身上，倪拗拗認爲禾寡婦：

> 實在是我乏味的內心生活的一種光亮，她使我在這個世界上找到了一個溫暖可親的朋友，一個可以取代我母親的特殊的女人。只要她在我身邊，即使她不說話，所有的安全、柔軟與溫馨的感覺，都會向我圍繞過來，那感覺是一種無形的光線，覆蓋或者輻射在我的皮膚上。[8]

倪拗拗面對忙於自己事業，不過問妻女的殘暴父親，也曾經用剪刀親手剪破狂傲的父親的新毛料的褲子，聽見剪刀與毛料褲子咬合發出的聲音，如同一道冰涼的閃電，有一種危險的快樂，以表達強烈的恨意，那條褲子是父親的替代物。陳染筆下那些弱勢的母親把暴戾的父親形象對比得更爲鮮明。

8　陳染：《私人生活》，頁96～97。

在面臨「家變」後，其情慾取向也跟著心隨境轉。成長過程受到父母忽略的倪拗拗和禾寡婦有這樣一段對話：

> 我說，「人幹嘛非要一個家呢？男人太危險了。」
>
> 禾說，「是啊。」……
>
> 禾又說，「有時候，一個家就像一場空洞的騙局，只有牆壁窗戶和屋裡的陳設是真實的、牢靠的。人是最缺乏真實性的東西，男人與女人澆鑄出來的花朵就像一朵塑膠花，外表看著同真的一樣，而且永遠也不凋謝，其實呢，畢竟是假的。」
>
> 我說，「妳以後再不要找男人了，好嗎？像我媽媽有爸爸這麼一個男人在身邊，除了鬧彆扭，有什麼用？」……
>
> 「反正妳也不要小孩子嘛。我以後就不要。」我說。
>
> 「那我老了呢？」她問。
>
> 「我照顧妳。我永遠都會對妳好，真的。」[9]

禾寡婦在倪拗拗孤單無助的人格養成過程，成為她心靈理想的依歸與寄託，她轉而將身心全然給予鄰居禾寡婦。可是後來一場大火奪走了禾寡婦，也摧毀了她們的親密關係，於是她退回自我意識的孤獨世界中。

陳染的小說是多樣貌的女性書寫。

陳染似乎對「殘缺」有著一種迷戀，在這種迷戀中呈現出現代人的精神抑鬱、內心疏離、迷失和不安全感等焦慮，她筆下的人物多是屬於反常的病人，其人物所承受的創傷，都與青春記憶攸關，儘管所

9　陳染：《私人生活》，頁104～105。

承受的傷痛有別，但在他們的語境中，我們卻同樣見到人物撕裂的痛
苦，以及飽滿的愛欲，還有，在往前探索的過程中的孤獨、恐懼與陰
暗的無序的痛苦經歷。患了「幽閉症」的倪拗拗最後選擇與浴缸長伴
——

> 白中泛青的光線射在安靜簡約的不大的浴室空間中，什麼
> 時候走進去，比如是陽光高照、沸騰喧嘩的中午，都會使
> 我覺得已經到了萬物沉寂的夜晚，所有的人都已安睡，世
> 界已經安息了，我感到格外地安全。
> ……
> 只要我向浴室裡邊望上一眼，立刻就會覺得自己剛剛完成
> 一次遙遠的旅程，喘息未定，身心倦怠，急需鑽進暖流低
> 徊的浴缸中，光裸的肢體鰻魚一般靜臥在沙沙的水流裡，
> 感受著僅存的摩挲的溫暖。[10]

這是一種僅僅關注自身問題的邊緣化寫作，寫成長過程的悲喜際
遇，並用自己的軀體去體驗世界，拓展自己的意識，強調個人的情
感記憶和感覺，在宣揚自我表現的同時，將女性軀體的秘密展露無
遺，男性的場景和語境是全然被排拒在外的，而充滿欲望的個人化品
格的女性軀體一覽無遺。

㈡〈與往事乾杯〉

　　在陳染的小說裡有一種固定的尋找父親的「戀父」模式：女主角
在從小父母離異或分居的破碎家庭下成長，父親的影像不是以冷酷暴
戾、自私專橫，就是模糊的面目出現。但她們總渴望有一個父親的角

―――――
10　陳染：《私人生活》，頁270。

色時常保護安慰她們，使得她們總是在年長的男人身上尋找父親，也造就了一樁樁因爲童年陰影而造就的畸戀。

〈與往事乾杯〉中的少女蕭濛的父親是一個勤於讀書和著書，性情耿直的知識分子。然而書卻被抄了，頭也被剃了，他是文革下被批鬥的對象。蕭濛對暴烈的父親的評述是：一生不知對多少人拍過桌子，也不知因拍桌子而激怒了多少大人物，倒了多少楣。父母分居後，她在路上巧遇父親，卻嚇得狂奔而去，她整個童年時代都懼怕著父親，她覺得自己長期生活在代表著男人的父親的恐怖陰影裡，這也使得她害怕代表著父權的一切男人。

蕭濛常回憶睡在母親的懷抱裡，像睡在天堂一樣安全而美好，她的怯懦、憂鬱和自卑在母親的懷抱裡，在一個個溫馨的夜晚化爲烏有。她覺得她的母親是天底下最溫情、最漂亮、最有知識的女人，但卻也是最不幸的女人。而她面對失婚的母親墜入愛河時，她的反應相當複雜，她爲母親傷感，也慶幸歲月的滄桑沒有奪走她的風韻，然而這種感傷又有點角色替換，或者與母親融爲一體的感覺，不管是性別傳遞、眼淚遺傳或悲戚感染。

父母離異後，孤獨的蕭濛，在青春期時和一個大她二十多歲的已婚鄰居發生了性關係，這個讓她產生戀父情結的鄰居有一個兒子——老巴，卻在女主角出社會後與她相戀，就在兩人準備結婚時，她才發現她的小男朋友是她初戀情人的兒子，這一場或是延續，或是替代的忘年之愛，讓蕭濛感到羞愧，最後她決定離開老巴。

雖然這些女兒恨父，可矛盾的是，她們其實是期待父親關愛的。當蕭濛的母親的男友來訪，並對喚蕭濛「孩子」時，她感動得幾乎是哭了，因爲父親從來沒有這樣叫過她。她其實是想念父親的。父愛的缺失，使得文本中的女性都不約而同地呈現某種對父親形象的依戀。陳染曾固執地宣稱：「我熱愛父親般的擁有足夠的思想和能力

『覆蓋』我的男人,這幾乎是到目前為止我生命中一個最致命的缺殘。我就是想要一個我愛戀的父親!他擁有與我共通的關於人類普遍事物的思考,我只是他主體上的不同性別的延伸,在他的性別停止的地方,我繼續思考。」[11]

陳染多是描述權威的父親,而造就邊緣化的叛逆性女兒形象,以抗拒父權的中心文化,但同時又迷戀不是代表父親形象的年長者、重現父親位置的有婦之夫,不然就是男性的權威者,比如醫生。

(三)〈無處告別〉

母親對子女孤注一擲的獨占愛,也是令子女痛苦不堪的。這時母親和孩子的關係會像冤家和對手,各懷鬼胎,一個心懷雙重的妒忌的想完全占有;一個渴望擺脫,又無法擺脫血緣的強大力量,於是,他們在日常生活中所循環往復的就是監控/反監控、占有/反占有,一系列紛亂無序的緊張情緒。

小說裡的黛二在父親去世那幾年,和母親的相處是相當進退維谷的。母親一感到被女兒冷落或不被注意,便會拋出女兒要好的朋友作為假想敵,醋勁大發地論戰一番。黛二覺得母親太缺少對人的理解、同情與寬容,甚至是小心眼神經質,毫無往日那種溫良優雅的知識女性的教養,近似一種病態。她忽然一字一頓鄭重警告母親:「我不允許您這樣說我的朋友!無論她做了什麼,她現在還是我的朋友。您記住了,我只說這一次!」[12]她為母親難過,為她的孤獨難過。

黛二小姊與母親,這兩個單身女人的生活最為艱難的問題在於:

---

11 陳染、蕭鋼:〈另一扇開啓的門〉,《私人生活》,西安:陝西旅遊出版社,200
    年5月,頁296。
12 陳染:《與往事乾杯》,南京:江蘇文藝出版社,1997年2月,頁96。

「她們都擁有異常敏感的神經和情感，稍不小心就會碰傷對方，撞得一塌糊塗。她們的日子幾乎是在愛與恨的交叉中度過。」[13]

每當黛二和母親鬧翻了互相怨恨的時候，她總覺得母親會隔著門窗從窗簾的縫隙處察看她，此時，她便感到──

> 一雙女人的由愛轉變成恨的眼睛在她的房間裡掃來掃去。黛二不敢去看房門，她怕和那雙疑慮的、全心全意愛她的目光相遇。黛二平時面對母親的眼睛一點不覺恐懼，但黛二莫名其妙地害怕用自己的目光與門縫裡隱約透射進來的目光相遇。[14]

黛二覺得擁有一個有知識有頭腦又特別愛妳的母親，最大的問題就是她有一套思想方法，要向妳證明她是正確的，她總要告訴妳該如何處事做人。黛二無法像對待一個家庭婦女那樣糊弄她、敷衍她，但她又絕對無法聽從於她。

白天時，黛二多了一個恐懼。她無法把握母親的又愛又恨的情緒，她知道孤獨是全人類所面臨的永恆困境，她很怕有一天母親會發生什麼意外。她很害怕突然有一天面對一種場面──「她唯一的親人自殺了，頭髮和鮮血一起向下垂，慘白、猩紅、殘酷、傷害、噁心、悲傷一起向她撞擊……」[15]黛二常被這種想像搞得頭疼欲裂，心神恍惚，她為自己的想像流下眼淚。她寧肯自己去死，也不想活著失去母親。其實她是愛母親的。

---

[13]　陳染：《與往事乾杯》，頁94。
[14]　陳染：《與往事乾杯》，頁97。
[15]　陳染：《與往事乾杯》，頁102。

㈣《沉默的左乳》

　　《沉默的左乳》是陳染的中篇小說集，先從小說的篇名來看——
〈另一隻耳朵的敲擊聲〉、〈巫女與她的夢中之門〉、〈禿頭女走
不出來的九月〉、〈凡牆都是門〉、〈跳來跳去的蘋果〉、〈火紅
的死神之舞〉、〈零女士的誕生〉、〈空心人誕生〉、〈禾寡婦以及
更衣室的感覺〉——這一批特立獨行的小說的題名令人匪夷所思，她
的筆下好似有另一個不同於其他作家的世界，也不是某一種主義或理
論，而像是在實施一種弔詭的儀式。

　　在這些小說中，陳染講述了一些女人的秘史——拗拗、黛二、寂
旖、伊墮人、水水、杞子、雨若、繆一、墨非、莫根、T——在陳染
這些琳琅滿目的名字中，似乎賦予人物一種清高自傲的優越感，她究
竟有意賦予人物怎樣的靈魂？在這些女人的肉體與靈魂之間、精神和
內心之間、愛與婚姻、愛與背叛之間，她們的內心掙扎與反抗，都在
小說中充分展現。

1.〈空心人誕生〉

　　陳染在這篇小說中對於同情母親、憎恨父親的十二歲少男，在聽
見悲劇命運的母親與苗阿姨的對話時，他一面為母親感到傷痛，同時
又在森林中對著蟻群，下意識地拿起石塊把地上「雄氣十足」的幾隻
蟻王砸死，因為成長的痛苦，他把對父親的怨恨利用這種「弒父」的
象徵動作發洩地表現出來。

　　少男觀察婚姻失敗的母親和未婚的苗阿姨相濡以沫的情感——
「媽媽難過的時候，是苗阿姨安慰媽媽；媽媽哭的時候，苗阿姨就摟
住媽媽顫抖的肩。她身上散發一股天堂般的溫暖，一股神奇的保護神
的魔力。」[16]當母親又受到父親的暴力相向，她帶著兒子離家，而苗

16　陳染：《與往事乾杯》，頁348。

阿姨收留了他們母子，在少男眼中苗阿姨是世界上最溫存的女人，他見到這兩個女人對話的聲音很輕柔，距離也很近，說話的時候，她們把目光灑落到對方眼裡，彷彿要抓住對方沒有說出的內容，她們比姊妹還親，一起上下班、分擔家事，「臉上洋溢著難以言傳的寧靜與溫馨」[17] 母親曾對苗阿姨說：「我不需要男人。」然後她們便沉默下來，那沉默「是一種對自己同類所懷有的無法言傳的深深的同情與憐愛。[18]」，母親勸苗阿姨「以後要生個孩子」，苗阿姨說她不要，她認為孩子也不會永遠屬於自己，而且她也沒碰到合適的男人，她覺得她們這樣很好。於是，我們見到精神相通的兩個女人，在鎮上老街走時－「挽著手，黑暗使她們親密起來，小雨過後的寧靜使她們聽到彼此的心跳，聽得到路邊大石頭把水珠吸收進去的嘶嘶聲。很多時候，她們並不說什麼，但都強烈在感到身邊的人的存在。」[19] 這樣的柔美浪漫的畫面，對比著少男眼中陰森的父親形象，所呈現出來的灰暗的黑色意象，讓人印象深刻。

2.〈另一隻耳朵的敲擊聲〉

　　〈另一隻耳朵的敲擊聲〉裡的寡母對女兒黛二有著強烈的占有，她自認為：「這個世界，黛二是我唯一的果實，是我疲憊生活的唯一支撐。我很愛她，她很美，也很柔弱。在時光對我殘酷的腐蝕、磨損中，我的女兒在長大。然而，長大是一種障礙，長大意味著遠離和拋棄，意味著與外界發生誘惑，甚至意味著背叛。但是她一天天長大獨立這個慘痛的事實，我無法阻擋。」[20] 母親把她青春流逝的代價要女兒來陪同償還，其中涵括著嫉妒與羨慕的複雜情愫，所以母親說：

17　陳染：《與往事乾杯》，頁350。
18　陳染：《與往事乾杯》，頁352。
19　陳染：《與往事乾杯》，頁355。
20　陳染：《沉默的左乳》，南京：江蘇文藝出版社，1997年2月，頁203。

「時光像個粗暴的強盜，把我當作不堪一擊的老嫗，想輕易地就從我的懷中奪走我生命的靈魂——我的女兒。我無法想像有一天我的黛二棄我遠離。」[21] 因此，我們比較容易理解陳染筆下怪癖的母親的矛盾和絕望。這樣的壓力可以想像，無時無刻被追蹤和窺視的黛二處境的艱難，她和母親既無法溝通，又不能對話，但卻又是親情相恤，彼此的頑強需要，她明白自己對母親責無旁貸的責任。

長期孤兒寡母的生活，會使得這種出於人類本能的集體無意識的戀子心態與日俱增，這種「寡母情結」表現在母親對兒子的身上，更是激烈，這些陰鷙的母親所表現出來的人性的變態與扭曲，和慈母的形象簡直是兩個極端。

小說裡的伊墮人認爲黛二「身上糾纏著一股自相矛盾、彼此衝撞的矛盾氣息。彷彿像鐐銬一樣，越是想擺脫、掙扎什麼，什麼就越是箍緊。」[22] 她了解她的苦楚，自認爲只有她那種女人才懂得她，「只有我才能誘導妳，走出去，走出絕境」[23]。她對黛二說：「沒有男人肯要你，因爲妳的內心與我一樣，同他們一樣強大有力，他們恐懼我們，避之惟恐不及。若我們不在一起，妳將永遠孤獨，妳的心將永無對手。」[24]

黛二所經歷的內心曲折，都曾是伊墮人走過的路，伊墮人覺得她對黛二小姊有責任——「我的手曾經觸電般碰到過她的淚水，她瘦削的肩曾在我的臂中激烈不安地抖動。那一刻我感到我的生命終於抓到什麼。我必須拉緊她，一刻不能再鬆手。拉緊她就是貼近我自己，

21　陳染：《沉默的左乳》，頁204。
22　陳染：《沉默的左乳》，頁193。
23　陳染：《沉默的左乳》，頁194。
24　陳染：《沉默的左乳》，頁200。

就是貼近與我血脈相通的上帝。我需要她。」[25] 而黛二對伊墮人也是
——「我一眼便把她從陌生的世界上認出來，因為在見到她之前，
我們早已由於那個共同守候的秘密而一見如故。沒人知道那秘密是
什麼。我被這個秘密所牽引，所驚懼……這個人，我一見如故。在夢
中，我很久很久以前就已經認識了她——一種不現實的人和一種禁忌
的關係。」[26]

　　陳染似乎有意表達：真正的愛超越性別，每個人都有權利按照自
己的性別傾向選擇愛情。透過陳染的這些文字描寫，令人不由不著迷
於同性間的理解與友愛，環境迫使她們遁逃到純粹的女性世界裡，同
性的情誼平靜而安祥簡單，儘管情緒複雜，又似乎都有辦法找到解決
之道。

3. 〈破開〉；〈麥穗女與守寡人〉；〈凡牆都是門〉

　　陳染想為她筆下的女性構築了屬於她們的女性世界的理想桃花
源。〈破開〉裡的身為藝術批評家的殞楠，在沒有和「我」相聚
時，總會寄給「我」美麗至極的長信——「我總想在這山城的江邊
買下一幢木屋，妳過來的時候，我們悠悠閒閒地傾聽低渾的濤聲水
聲，遠眺綿延的荒丘禿嶺，那是個心靜如水的日子……」[27] 很多時
候，她們不說話，但是「言語也會以沉默的方式湧向對方，對話依然
神秘莫測地存在著。對心有靈犀的人來說，言語並非一定靠聲音來傳
遞。」[28]「我」原以為做為一個女人只能或者必須等待一個男人，但
是和殞楠相遇後——

25　陳染：《沉默的左乳》，頁195。
26　陳染：《沉默的左乳》，頁194。
27　陳染：《沉默的左乳》，頁257。
28　陳染：《沉默的左乳》，頁257-258。

我更願意把一個人的性別放在他（她）本身的質量後邊，
我不再在乎男女性別，也不在乎身處「少數」，而且並不
以為「異常」。我覺得人與人之間的親和力，不僅體現在
男人與女人之間，它其實也是我們女人之間長久以來被荒
廢了的一種生命潛能。[29]

女女之間的相遇是一種刻意不了的緣分。「我」期待和殞楠住在一
個不遠不近的山坡上，可以經常一起喝午茶，一起吃沒有施肥過的
新鮮水果。更多的時候，「我」想要獨自一人在自己的房間，讀書
寫字，尋求心靈無限的平靜。這是一種不同於過去傳統的「寡婦情
結」，女性們自願選擇一種獨身的生活方式，在沒有男性騷擾的情況
下，遠離對男性的依賴與可能的傷害，在精神上也尋求一種平靜與精
神的壯大。

　　〈麥穗女與守寡人〉裡的「我」在和英子情感交流的同時，忽然
走神，甚至「懷念起舊時代妻妾成群的景觀，我忽然覺得那種生活格
外美妙，我想我和英子將會是全人類女性史上最和睦體貼、關懷愛慕
的『同情者』。」[30]

　　又如〈凡牆都是門〉裡的雨若在「我」剛從死去的婚姻活過來時
兩人認識了，「我」感動於雨若對她的執著，而母親則欣賞雨若處事
的勇敢，「我」希望身邊有母親，還要有雨若，她覺得那是再美好不
過的相伴了。這三個人溫馨和諧的世界是——

　　傍晚，聚在一起，圍坐在樹蔭下的石桌旁，沒有一絲重負

29　陳染：《沉默的左乳》，頁262。
30　陳染：《沉默的左乳》，頁62。

「慢慢喝著清醇的啤酒，或者暖融融的黑米酒，絮絮而
談，彼此敘說著一天瑣碎而從容的生活，安寧中的所思所
悟。沒有車水馬龍、人聲鼎沸，沒有醉舞狂歌、嫉俗憤
世，沒有上司的臉色，沒有催命的合同像鐘錶一樣在耳邊
敲擊著滴答滴答聲……」[31]

以上這些美麗柔和的畫面，足見作家傾心打造的女女烏托邦王國，其
中也見出90年代女性寫作所表現出來的強烈的性別對抗色彩。

陳染在她筆下女性們「自己的房間」裡，專注於自我經驗的書
寫，其敘事符號排拒了男性文化的權威，而將其疆域框設在私人性
的、自己的房間裡，因為處於邊緣的女女愛戀還無法開誠布公，外部
世界的黑暗也還不是這些人物可以有勇氣去迎接面對的，於是，我們
只能見到在私密的空間裡所進行的私密的女女話語。

4.〈潛性逸事〉；〈飢餓的口袋〉

〈潛性逸事〉裡一直在找尋愛情的雨子，始終恐懼極端的孤獨，
她的婚姻很大的程度是為了建立某種安寧的關係而委身，她像抓住一
根稻草般抓住李眉的友情；李眉也是除了雨子沒有別的朋友，李眉常
常是來無影去無蹤，有時帶來書或小禮物，因此，兩人的每次短暫相
聚，都格外難得與珍貴。當雨子告訴李眉她感受不到丈夫的愛，她
不要再瑣碎、麻木地消損耗盡生命，她要離婚時，李眉勸阻了她。後
來，雨子的丈夫明白對她說，他知道她根本不想嫁給他，可是她嫁
給了他，那是歷史上的錯誤，丈夫挑釁地要她去問李眉要不要嫁給
他。終於，李眉承認這樣的親密的危險關係，她背叛了雨子，她知道
雨子無法理解，但是她對雨子說，她從來就不是為了要獲得她的丈

夫，而是要擁有雨子。李眉成了雨子危險而可怕的朋友，心靈相通的
敵人，誠如李眉曾對雨子說的理論：「不能對敵人說的話，也同樣不
能對朋友說。」[32] 女女同性的情感因為相通相容，可以很輕易地在短
時間內建立起一種相濡以沫的情誼，但相對地，也更容易因為外在因
素而變得微妙沉重，而脆弱易折。

　　〈飢餓的口袋〉裡的麥弋在離開丈夫，並對男人失去信心的日子
裡，是蕙馨充當了她密不可分的心靈夥伴，「也許是出於女人之間同
病相憐的關於男人的共通的經驗，也許是她們對藝術——這個世界上
她們的心靈唯一的停泊之地——的僅存的那一股熱忱，她們無比投
合。」[33] 陳染形容她們兩人的友情「像所有的文化女子之間的友誼一
樣，既熱烈又沒有彈性，始終存在著一股既投合又對抗的力量。」[34]
又說是「像一束懸置半空的淒豔之花，幽芳四散，柔美如水。麥
弋始終感到這一束生命之花只能永遠地半懸於空中，昇華燃燒或摔
碎消亡都是奔赴絕境與毀滅。這種懸置感使她們沒著沒落，心神不
定。」[35] 後來，麥弋的前夫回來想和她再續前緣，麥弋挽留正欲離去
的蕙馨，邀請她和他們共度晚餐，就像以往她們有難同當、有福同享
的時光，當晚喝醉的三個人，共寢而眠，前夫躺在中間擁住兩個不斷
謙讓著的女人，最後，三人情義繾綣，迷矇睡去。第二天醒時，只剩
麥弋一人，麥弋既失落也為他們竊喜，如果他們兩人能在一起也是美
事。後來，蕙馨慎重地否認了那樣的事，還對麥弋表示她的前夫配不
上麥弋，麥弋不跟他走是對的。幾天後，前夫離開了，雖然他消失在
她們的生命中，可是兩人既掏心置腹又有所保留。過了不久，蕙馨也

32　陳染：《沉默的左乳》，頁38。
33　陳染：《沉默的左乳》，頁90。
34　陳染：《沉默的左乳》，頁91。
35　陳染：《沉默的左乳》，頁92。

要離開，並前往和前夫一樣的城市。麥弋到美髮院把頭髮剃禿時，她說：「女人像頭髮一樣紛亂。」[36] 受傷的麥弋在對男人失望之時，也對女人失望，這種在同一個時間失去友情和愛情的傷痛，絕對是在短時間無法撫平的。

【問題討論與活動設計】

1. 以「個人化寫作」、「邊緣寫作」特立獨行於中國文壇的陳染，她的《私人生活》充斥著女性主義和心理學的議題，請加以分析，說明你的見解。
2. 請從陳染〈與往事乾杯〉、〈無處告別〉和〈沉默的左乳〉說明童年陰影對人的影響，並分享你的正面、負面的成長經驗。

36　陳染：《沉默的左乳》，頁96。

第八節

虹影
（1962〜）

一、創作背景與評價

　　虹影，重慶人，1981年開始寫詩，1988年開始發表小說，是中國新女性文學的代表作家之一，享譽世界文壇。新浪網等評爲2002、2003年中國最受爭議的作家。

　　虹影的傳奇的身世——私生女、出生在60年代的大饑荒時代、成長於長江邊的貧民區、十八歲離家出走、經歷了80年代的瘋狂性愛與寫作。曾就讀於北京魯迅文學院、上海復旦大學。1991年春以學生簽證身分赴英國，同年與倫敦大學亞非學院任教的趙毅衡結婚，這對文壇的金童玉女成爲文壇佳話。後又因接同母異父的小姊姊到倫敦治療手傷，卻意外讓小姊姊插足夫妻生活，無形中成爲「二女侍一夫」的事實，這段令人豔羨的婚姻，卻在2006年左右結束。之後生下女兒。

　　某次聚會，虹影遇到了現任丈夫——義大利的W先生。W先生一邊做生意一邊寫小說，之前曾在挪威商船上當水手，也曾獨自在南北美洲旅行，得過英國女王授予的OBE勳章。當虹影和W先生在義大利舉行婚禮時，虹影的女兒已經三歲了。

　　虹影自稱與W的結合是自救的結果：「哪怕是根稻草也要活下去。」虹影說，很多人都認爲，一個人的愛情或者婚姻一旦走入絕境不可重來，那就意味著徹底完了，但她用她的經驗證明，其實一切可以重來，「一個女人年老色衰時可以，一個女人完全看不到來路時也可以，不管她遇到多大的磨難、困難，只要堅持都可以重新開始。」虹影認爲，她和她母親不一樣的是，她把母親身上的血液繼承下來了，把負面的東西丟棄了。「我不想重複母親的悲劇，我要改變自己的命運。當我遇到同樣的婚姻難題，我不會束手被縛，或許短期

內會被擺布，但終有一天我會重新站起來。」[1]

代表作有長篇小說《飢餓的女兒》、《女子有行》、《K》、《阿難》和《孔雀的叫喊》等，被翻譯成21種文字在歐美、以色列、澳大利亞和日本等國出版，曾獲義大利羅馬獎，是第一位受獎的華人作家。

虹影曾經因為《飢餓的女兒》寫了太多重慶的陰暗面，導致重慶有關部門對她非常不滿，禁止她去重慶簽售。而正是《飢餓的女兒》讓大家認識了文風犀利深刻的虹影，也同時得知，虹影是母親的私生女，代表母親離經叛道的罪證。兄弟姊妹的痛恨不屑，社會的嗤之以鼻，讓她的童年生活，成為揮之不去的陰霾。虹影曾公開表示，她發誓再也不會回重慶。但即便如此，虹影在國外，無論是獲得多少文學獎，都堅持一個表述，她是來自重慶貧民窟的女孩。[2]

2009年，虹影的自傳體長篇小說《好兒女花》出版，是《飢餓的女兒》的續集。同樣來自重慶的一位學者——北京大學副教授胡續多認為：《好兒女花》是目前最能展現重慶空間化的一部小說。[3] 於是，重慶開始接納虹影，喜歡她了，虹影被評為重慶形象大使。母親的去世讓虹影醍醐灌頂地重新愛上重慶。「我母親去世後，我一年回了三趟重慶，這比我這幾年加起來的次數還多，因為我知道那裡有我的親人。不管他們曾經、現在如何對待我，他們始終是我的親人。」[4]

《好兒女花》，延續了《飢餓的女兒》的寫作風格，敢於將秘密

[1] http://www.zgyspp.com/Article/y6/y51/200911/20217.html。《京華時報》，2009年11月。

[2] http://book.sina.com.cn/news/c/2009-11-10/1604262345.shtml。

[3] http://book.sina.com.cn/news/c/2009-11-10/1604262345.shtml。

[4] http://book.sina.com.cn/news/c/2009-11-10/1604262345.shtml。

和隱私攤在陽光下直言，將「家醜」外揚。以母親的喪事為敘事線
索，穿插了母親與自己的身世遭際，乃至整個家族的陰暗歷史，一一
還原。

小說取名為「好兒女花」，是因為「好兒女花」，俗稱「指甲
花」，是生命力最強、最容易生長，卻也是最卑微的花，虹影認為
她母親的際遇就像是「指甲花」。虹影接受採訪時表示，新書是寫給
女兒的：「所以必須誠實，必須面對自己的良心，我想要告訴我的孩
子，她的母親是怎樣一個人，她的外婆又是怎樣一個人。⋯⋯在我小
的時候，父母為了掩蓋家族的陰暗面，把不足為人道的事情捂在懷裡
直到發黴也不告訴我，我卻不能重蹈他們的覆轍。我要把家族、母
親、自己的經歷和盤寫出來。我必須誠實，必須面對自己的良心，我
想要告訴我的孩子，她的母親是怎樣一個人，她的外婆又是怎樣一個
人。」[5]

小說的內容是：母親過世，「我」回重慶奔喪，在辦喪事期間，
逐步發現母親生前的哀淒的晚年經歷，也層層揭露母親的悲劇謎
團，也揭開長年堆積在家族鮮為人知的陰暗歷史，從「我」的幼年寫
到今日──母親與多個情人的情感糾葛；兄弟姊妹之間糾結不清的
人性自私的真實面；十八歲的「我」得知自己是私生女後，浪跡四
方，後揚名於國際文壇，以為尋找到彌補「父親」角色缺憾的丈夫可
以照顧她，卻又遭婚姻背叛等。

虹影表示《好兒女花》：「寫的是我母親的身世，以及四十多年
來關於我的情感、事業波折，所有的迷失、痛苦，還原一個真實的自
我。」她要藉由寫作面對自己的殘酷現實。

5　http://www.zgyspp.com/Article/y6/y51/200911/20217.html《京華時報》，2009年
11月。

　　學者任一鳴認爲《好兒女花》是女性主義文本，他評論說：「虹影寫的是自己的母親，寫出了母親的生命意識，母親的生命訴求沒有完全被遮蔽，她把非婚生的女兒生下來，就是一種抗爭。虹影的寫作也沒有遮蔽，寫出了母親生命意識，作爲一個母親的偉大，能頂住不幸的命運生她下來。母親的生命意識在生存的時間中點點滴滴的顯露出來，使生命成爲有意識的存在，而不僅僅奉獻。這種女性生命意識不是被賦予的，而是天生的與生俱來的對女兒的熱愛。虹影的作品寫出了母親的生命意識，這是她的特別之處，這是她的作品具有穿透力之處，所以我認爲她還是女性主義文本。」[6]

二、作品賞析

㈠《飢餓的女兒》

　　虹影發表於1997年的自傳體小說《飢餓的女兒》，讓三十五歲的她一舉成名。所謂「飢餓」，虹影解釋：既是那個時代人對食物的飢餓，也是靈魂上的飢餓，同時也是性的飢餓。[7]小說中有著她自己切身經驗的灰黯生活，還有令人難以置信的天災、人禍，其描述之眞實，正是中國官方刻意要隱瞞的。從小說所展示的歷史劫難，歷歷在目的傷痛，記錄了一段殘酷的歷史，算是中國近幾十年來的社會史，讓讀者與小說中的人物及其命運、文化感知有著強烈而深刻的認同。比如小說裡有一段講到：勞改營裡沒有任何東西可吃，犯人們挖光了一切野菜，天上飛的麻雀、地上跑的老鼠，早就消滅得不見蹤

6　http://book.sina.com.cn/news/c/2009-11-10/1604262345.shtml。

7　中國新聞社：〈專訪女作家虹影──「愛寫作就像愛男人」〉，中國《新聞週刊》，總第164期，2004年1月12日。
　　http://www.chinanewsweek.com.cn/2004-01-15/1/2941.html

跡。因為，當地老百姓，比犯人更精於捕帶翅膀和腿的東西。還有
個三十六歲的人在天冷地凍死去，他最後嚥氣時雙手全是血抓剜土
牆，嘴裡也是牆土，眼睛睜大著，沒人給他收屍。

　　小說中記錄了，人們餓到吃一種叫觀音土的礦物，吃在肚子裡，
發脹發硬，解不出大便，死時肚子像大皮球一樣。六六的大舅媽是村
子裡第一個餓死的，大表哥從學校趕回去弔孝，途中所見飢餓的慘狀
便不忍目睹，「插著稻草賣兒賣女的，舉家奔逃的，路邊餓死的人連
張破草席也沒搭一塊，有的人餓得連自己的家人死了都煮來吃。過路
人對他說，小同志，別往下走了，你有錢有糧票都買不到吃的。」[8]
但是，飢餓不但淡化了親情，也扭曲了人格。大表哥回學校後「一
字未提母親是餓死的，一字不提鄉下飢餓的慘狀，還寫了入黨申請
書，讚頌黨的領導下形勢一片大好。他急切要求進步，想畢業後不回
到農村。家裡人餓死，再埋怨也救不活，只有順著這政權的階梯往上
爬，才可有出頭之日。幹部說謊導致饑荒，饑荒年代依然要說謊，才
能當幹部。」[9]

　　虹影認為「飢餓」就是她的胎教，她的母親懷過八個孩子，死了
兩個，她排行老六，是母親的私生女，因為這樣的身分，給母親與家
人帶來了無盡的困擾和麻煩，所以，從小她就感覺自己是個多餘的
人。

　　《飢餓的女兒》寫的是一個真正的中國貧民窟的故事，算是虹影
的少女成長史，是寫她80年代以前的生活，真實地記錄了她自己的
心靈，是她生命體驗中相當難忘的深切現實。表現了作者尋找自己
與承擔自己的勇氣，「甚至標誌著女性解放、人的解放能夠達到的高

8　虹影：《飢餓的女兒》，臺北：爾雅出版社，1997年，頁208～209。
9　虹影：《飢餓的女兒》，頁209。

度。從這個角度來說，這部小說不僅僅具有文學史的意義，更具有一種文化史的意義。」[10]

小說裡的「母親」在1943年從鄉下逃婚出來，她不願嫁給從未見過面但答應給二石米的小丈夫，她的骨子裡有叛逆的性格。到重慶後，她到工廠上班，和一個叫袍哥頭的流氓惡霸結婚，婚後生了一個女兒，但袍哥頭開始暴力相向又外遇。「母親」帶著女兒逃回家鄉，但是按照家鄉祠堂規距，已婚私自離家的女人要沉潭，母親只好又回到重慶，她幫人家洗衣服養活孩子，後來有個男人不畏袍哥頭的惡勢力，以真心打動了她，兩人結了婚，也陸續生了五個孩子。

袍哥頭從來沒有戒過嫖妓，他染病給「母親」，而「母親」也傳染給她的第二任丈夫，從此他的眼睛就壞了。由於他的眼睛出現問題，出了工傷，住進醫院。在這個六張嘴要吃飯的大饑荒時期，比「母親」小十歲的小孫的出現是他們的救命奇蹟。他倆日久生情，也意外懷了小孩，母親想辦法要打掉小孩，小孫卻不願意，他要承擔一切後果。小孫請求住院的男人原諒，而這個男人也不忍殘害一個無辜的小生命，甚至有意成全，但「母親」離不開五個孩子；最後法院仲裁小孫每月要負擔孩子的生活費，到小孩成年前不准見孩子。而這個被生下來的孩子，就是小說裡的主角──六六。

六六生下來已是1962年夏秋之際，大家都說她好福氣，因為
──

　　那年夏季的好收成終於緩解了，連續三年，死了幾千萬
　　人、弄到人吃人的地步的饑荒。整個毛澤東時代三十年之

---

10 王文豔：〈跨越疆界──全球化語境下的虹影寫作〉，《華文文學》62（2004），頁63。

中，也只有那幾年共產主義高調唱得少些。

等我稍懂事時，人民又有了些存糧，毛主席就又勁頭十足地搞起他的「文化革命」政治實驗來。都説我有福氣，因為大饑荒總算讓毛主席明白了，前無古人的事還可以做，全國可以大亂大鬥，只有吃飯的事不能胡來。文革中工廠幾乎停產，學校停課，農民卻大致還在種田。雖然缺乏食品，買什麼樣的東西都得憑票，大人孩子營養不良，卻還沒有到整年整月挨餓的地步。人餓到成天找吃，能吃不能吃的都吃的地步，就沒勁兒到處抓人鬥人了。

飢餓是我的胎教，我們母女倆活了下來，飢餓卻烙印在我的腦子裡。母親為了我的營養，究竟付出過怎樣慘重代價？我不敢想像。[11]

完全不知情的六六在缺乏母愛的環境下痛苦地成長，母親最常說的是：「讓妳活著就不錯了。」她不知道為何那麼不得母親的緣。

母親住在廠裡女工集體宿舍，週末才回家。回家通常吃完飯倒頭就睡。哪怕六六討好她，給她端去洗臉水，她也沒好聲好氣。六六對母親是厭惡的，但也渴望她的真心。

母親也不是沒有為六六考慮過，母親以為把六六送走是最好的辦法。有一次，要送的人家，他們家有兩個兒子，沒女兒，經濟情況比較好，至少有她一口飯吃，還沒人知道她是私生的，不會受欺負，起碼不會讓哥哥姊姊們為餓肚子的事老是記她的仇。大女兒也不會再因為母親傷風敗德生下六六這個私生女，而把母親看得那樣低賤。後來，因為對方家裡出事，所以沒送成，最後，六六才無可奈何地被留

11　虹影：《飢餓的女兒》，頁48～49。

在了這個家裡。

小說裡描述六六向母親要錢繳學費——

母親半晌沒作聲，突然發作似地斥道：「有妳口飯吃就得
了，妳還想讀書？我們窮，捱到現在全家都活著就是祖宗
在保佑，沒這個錢。妳以為三塊錢學費是好掙的？」每學
期都要這麼來一趟，我知道只有我哭起來後，母親才會拿
出學費。她不是不肯拿，而是要折磨我一番，要我記住這
恩典。[12]

小說裡的父親角色，像是故意用來對比母親的——「父親不吃早
飯，並不是不餓，而是在飢餓時期養成的習慣，省著一口飯，讓我們
這些孩子吃。到糧食算夠吃時，他不吃早飯的習慣，卻無法改了，吃
了胃不舒服。」[13] 父親還常常在母親背後，偷偷塞錢給六六。

六六的歷史老師是她在學校的情感寄託。歷史老師和他的弟弟先
是在家操練毛主席語錄，用語錄辯論。然後他們走出家門，都做了造
反派的活躍分子、筆桿子，造反派分裂後，兩人卻莫名其妙地參加了
對立的兩派。在1966年到1968年，很多人家裡經常分屬幾派，拍桌
子踢門大吵的，不足為奇。

缺乏家人關愛的六六，在快滿十八歲的那一年，故意在歷史老
師課堂上看小說，以「違反課堂紀律」多次走進老師的辦公室。幾次
下來老師成了她的傾聽對象。老師也開始把她當作朋友，邀請她參加
他和朋友的文學聚會。六六雖然沒有去，但卻被自己內心的欲望折磨

12　虹影：《飢餓的女兒》，頁157。
13　虹影：《飢餓的女兒》，頁69。

著，盼望老師握住她的手，把她抱在懷中，親吻她。她太渴望這種身體語言的安撫了。文本中寫到她在自慰時，歷史老師的形象便出現在她的腦海裡——

> 我撫摸自己的臉，想像是他的手，順著嘴唇，脖脛朝下滑，我的手探入內衣觸到自己的乳房，觸電般閃開，但又被吸了回去，繼續朝身體下探進，一種從未有過的感覺傳遍全身，我閉上了眼睛。[14]

這樣的大膽裸露的自慰是當代女性小說相當大的突破。

六六很清楚地知道她是愛上歷史老師了，她主動上門找他，冷靜得教自己害怕——

> 我被他抱著站起來，整個兒人落入他的懷中。……我是心甘情願，願把自己當作一件禮物拱手獻出，完全不顧對方是否肯接受，也不顧這件禮物是否需要。我的心不斷地對他說：「你把我拿去吧，整個兒拿去呀！」他的親吻似乎在回答我的話，顫抖地落在我滾燙的皮膚上。我突然明白，……我的本性中就有這麼股我至今也弄不懂的勁頭：敢於拋棄一切，哪怕被一切所拋棄，只要為了愛，無所謂明天，不計較昨日，送掉性命，也無怨無恨。……他說，「妳還是一個處女。」我說，「我早就不想做處女。」「以後不會有男人願意和你結婚，即使和妳結婚，也會很在意，會欺侮妳一輩子。這個社會到今天，男人很少有超

14　虹影：《飢餓的女兒》，頁143。

脱俗規的。」「我一個人過，我喜歡一個人生活。」「因
為妳知道我不會和妳生活？」「我沒想過，」我堅決地
說，「我只是想今天成為你的，和你在一起。」[15]

當時六六不過是一個性衝動中的少女，但她知道心裡愛他，卻不知如
何表達。就算她可能只是從他身上要的是安慰，是一種能醫治她的撫
愛。

歷史老師一直深覺是他害死了他的弟弟，也承受不了政治上的精
神壓力，後來，他自殺了。

當六六接受事實後，她朝自己點頭，在她點頭之際，她才醒悟，
他為什麼做到一字不留，不只是為了照顧她的反應，或是怕給她的名
聲留下汙點。

1989年，成為小說家的六六回到家鄉，這距離她上次和生父見
面，自己的身世真相大白，已經九年了，母親問她：「你回來做啥
子，妳還記得這個家呀？」話很不中聽，但她看著六六的神情是又驚
又喜的。母親也不問六六的情況，六六認為母親依然不把她當一回
事。母親對六六抱怨家中的經濟狀況。六六對母親說：「明天我給
妳錢就是了。」母親停了嘴，那是她提醒六六應當要養家的一種方
式。

晚上，母親從布包底抽出疊得整齊的藍花布衫，那是六六的生父
九年前為她扯的一段布，母親已經把它做成一件套棉襖的對襟衫。母
親還轉交生父苦攢的五百塊，臨死前說是要給六六做陪嫁，務必一定
要交到她手上。母親對她說：「六六，媽從來都知道妳不想留在這個
家裡，妳不屬於我們。妳現在想走就走，我不想攔妳，媽一直欠妳很

15　虹影：《飢餓的女兒》，頁239～241。

多東西。哪天妳不再怪媽，媽的心就放下了。」[16]

　　這一段母親對六六的眞情告白，有值得分析的內涵。母親說：
「從來都知道妳不想留在這個家裡，妳不屬於我們。」其實難道不是
母親從來都不想把她留在家裡，也不把她當成一分子。特別的是，
我們終於在小說最後見到了「正常」的母親，她承認她對六六的虧
欠，也表示對六六所懸掛的一顆心。

　　虹影認爲《飢餓的女兒》達到一個目的：「就是使家人更理解
她。讓她的母親非常驕傲，再也不覺得生下了她就像霍桑的《紅
字》一樣，是一個恥辱，在她的臉上印著。當年她曾經抵抗一切把我
生下來，把我養大，她覺得非常值得。」[17]

㈡《K》

　　虹影在《K》中藉由女主人公——林，打破西方人對東方的刻板
僵化的印象與思維方式，尤其是情慾的充分描寫。她的小說《K》引
發的官司一打就是兩年，因爲涉及《K》是否以眞實人物生活爲歷史
背景，侵犯他人名譽，引發文學圈對在文學與法律之間界限設定的
極大爭議。一審中虹影敗訴，《K》成了「禁書」。最後，虹影終於
和凌叔華的女兒程小瀅在二審中舌戰二十幾個小時後，當庭達成和
解。虹影讓步把《K》改名爲《英國情人》，並在《作家》上發表道
歉，表示自己是「由於無心不愼造成誤會，給原告造成了主觀感情傷
害」，最後賠償八萬元訴訟費。[18]

　　《K》是帶有激情的作品，講述的是30年代英國著名作家弗吉尼
婭·伍爾夫的侄子朱利安·貝爾爲尋找革命激情，從英國到中國武

16　虹影：《飢餓的女兒》，頁351。
17　中國新聞社：〈專訪女作家虹影——「愛寫作就像愛男人」〉。
18　四川線上：〈虹影官司告一段落　新作受好萊塢垂青〉，《華西都市報》，2003
　　年7月22日。

漢大學文學院任教，而與文學院院長夫人——「林」，發生婚外戀情。因爲「林」是女友如雲的朱利安的第十一個情人，所以，朱利安給她「K」的編號。朱利安還沒有參加革命，卻瘋狂地與林陷入了不被允許的「偷情」中。

小說家「林」的文學教授丈夫——「程」，是全部西化的歐美派知識分子，非常崇奉進步，聽都不想聽道家的「迷信」，他認爲房中採納之術更是中國封建落後的象徵。林暗中在行房事時，在丈夫身上嘗試，他像中了邪毒，躺倒一個月，試驗完全失敗。此後房事大減，而且似乎走過場。她只能用習房中術自我修身養性，得到性滿足。

「林」和婚外戀人朱利安，第一次眞正有機會試驗房中術的修習，果然奏效，性事使她精神百倍毫無倦意，她驚喜異常。林對朱利安承認，她確實如他所說具有雙重性格：「在社會上是個西式教育培養出來的文化人，新式小說作家；藏在心裡的卻是父母、外祖父母傳下的中國傳統思想，包括房中術的修練。她一直沒有機會展開她的這一人格，未料到在一個眞正的歐洲人身上得到試一下的機會。」[19]

「林」對充滿好奇的朱利安解釋說：房中術是男女雙方的互滋互補，陰陽合氣。男人只要能學會這個對應方法，就會更有益，並非犧牲對方。她舉她父親爲例，七十歲的人，精神卻像五十不到，笑聲高揚，腳步有力。之後，他倆一整天瘋狂的房事，還在繼續，在儘快結束吃飯，儘快回到床上去之前，朱利安不能放開林的手，彷彿黑暗會悄悄偷走她。他覺得生命眞好：有「林」的陪伴，生命更好。房中術就房中術，哪怕在床上再次輸給這個中國女人，他也是英國歷史上第一人。

---

[19] 虹影：《K》，臺北：爾雅出版社，1997年5月，頁103。

　　「林」帶著她的婚外英國戀人朱利安，到北京的鴉片館，一邊抽鴉片，一邊享受充分的性愛，事後，朱利安細細回味那次難忘的歡愛，他承認從來沒見過一個女人的性慾，可以那樣百無禁忌地顯露出來，把人最深處的本能掀翻出來。

　　長久以來認定性與愛可以分割的朱利安到四川去尋找紅軍，但是，革命的血腥和殘酷又使他卻步，他重新被「林」的愛情與房中術給擄獲，而在性愛的交融中，被「林」給征服——他很驚訝「怎麼會對她有這種超出性之外的感情？他一向不願和女人有性以外的關係。最好做完就結束，各奔東西。他喜歡為性而性，只求樂趣。現在他驚奇地看到他走出自我設禁。」[20]「林」提議私奔，並以死相逼，朱利安就在中西的迷亂中躊躇，在革命與愛情之間迷離，最後戰死在西班牙內戰戰場。

　　虹影寫這部小說，從性愛出發，寫東西文化的異質衝突，以「林」代表東方陰柔的強勢，打破西方人對中國的僵化的刻板印象——即使是性愛，也是一種藝術，是一套令西方人目眩神迷的道家的養生哲學。她從朱利安這個西方青年的視角來看中國文化，並藉由朱利安與「林」的愛情悲劇，喻示了中西文化衝突與調節的困難與其必然。

【問題討論與活動設計】

1. 虹影在《飢餓的女兒》中把「飢餓」年代的苦難寫得真實動人，對於這部31個國家26種譯本，享譽世界文壇的作品，你的從中學習為何？

2. 2001年，中國文壇有一樁最引人側目文學官司——小說侵權。現

20　虹影：《K》，頁131。

代著名作家陳西瀅、凌叔華獨生女陳小瀅起訴虹影《K》侵權，受到極大的關注。請上網了解案件始末。由於人爲的炒作，就在有關部門禁止灕江文藝出版社出版《K》的同時，盜版《K》卻漫天飛卷。虹影也提出聲明說自己成了被侵害的物件，請由此說明你對「智慧財產權」的認識與看法。

參考書目

一、男作家文本

1. 余華：《活著》，臺北：麥田出版社，2007年。
2. 余華：《許三觀賣血記》，臺北：麥田出版社，1997年。
3. 畢飛宇：《平原》，臺北：九歌出版社，2007年。
4. 畢飛宇：《玉米》，臺北：九歌出版社，2005年。
5. 畢飛宇：《青衣》，臺北：九歌出版社，2010年。
6. 畢飛宇：《推拿》，臺北：九歌出版社，2009年。
7. 劉震雲：《一句頂一萬句》，臺北：九歌出版社，2009年。
8. 劉震雲：《手機》，臺北：九歌出版社，2004年。
9. 戴思杰：《巴爾札克與小裁縫》，臺北：皇冠出版社，2003年。
10. 韓寒：《1988：我想和這個世界談談》，臺北：大塊文化出版社，2010年。
11. 韓寒：《他的國》，臺北：印刻出版社，2010年。
12. 韓寒：《青春》，臺北：新經典圖文傳播，2010年。
13. 韓寒：《敏感詞》，臺北：新經典圖文傳播，2012年。
14. 蘇童：《妻妾成群》，臺北：遠流出版社，1990年。
15. 蘇童：《紅粉》，臺北：遠流出版社，2001年。

二、女作家文本

1. 王安憶：《小城之戀》，臺北：林白出版社，1988年。
2. 王安憶：《處女蛋》（原名：我愛比爾），臺北：麥田出版社，1998年。
3. 王安憶：《米尼》，海口：南海出版公司，2000年。
4. 王安憶：《長恨歌》，臺北：麥田出版社，2005年。
5. 王安憶：《香港的情與愛——王安憶自選集之三》，北京：作家出版

社，1996年。

6. 王安憶：《王安憶自選集之五・長篇小說卷・米尼》，北京：作家出版社，1996年。

7. 池莉：《小姐，你早》，北京：作家出版社，1999年。

8. 池莉：《來來往往》，北京：作家出版社，1998年。

9. 池莉：《細腰》，南京：江蘇文藝出版社，1999年。

10. 李復威主編、陳染編選：《女性體驗小說》，北京：北京師範大學出版社，1999年，

11. 林白：《一個人的戰爭》，臺北：麥田出版社，1998年。

12. 林白：《林白文集》第2卷，南京：江蘇文藝出版社，1997年。

13. 林白：《林白文集4──空心歲月》，南京：江蘇文藝出版社，1997年。

14. 林白：《致命的飛翔》，武漢：長江文藝出版社，1997年。

15. 林白：《貓的激情時代》，北京：中國文聯出版社，2001年。

16. 虹影：《飢餓的女兒》，臺北：爾雅出版社，1997年。

17. 虹影：《K》，臺北：爾雅出版社，1997年。

18. 虹影：《女子有行》，臺北：爾雅出版社，1998年。

19. 張抗抗：《情愛畫廊》，臺北：業強出版社，1998年。

20. 張抗抗：《作女》，臺北：九歌出版社，2009年。

21. 張潔：《中國國外獲獎作家作品集，張潔卷》，昆明：雲南人民出版社，2001年。

22. 張潔：《方舟》，臺北：新地出版社，1980年。

23. 張潔：《張潔》，北京：人民文學出版社，1993年。

24. 張潔：《無字》，北京：北京十月文藝出版社，2001年。

25. 陳染：《不可言說》，北京：作家出版社，2000年。

26. 陳染：《沉默的左乳》，南京：江蘇文藝出版社，1997年。

27. 陳染：《私人生活》，南京：江蘇文藝出版社，1997年。

28. 陳染：《陳染小說精粹》，成都：四川人民出版社，1998年。

29. 陳染：《與往事乾杯》，南京：江蘇文藝出版社，1997年。

30. 陳染：《時光倒流——陳染散文集》，北京：新華出版社，2003年。

31. 陳染編選：《女性體驗小說》，北京：北京師範大學出版社，1999年。

32. 嚴歌苓：《少女小漁》，北京：當代世界出版社，2003年。

33. 嚴歌苓：《無出路咖啡館》，臺北：九歌出版社，2001年。

34. 嚴歌苓：《人寰》，臺北：時報文化出版有限公司，1999年。

35. 嚴歌苓：《一個女人的史詩》，臺北：九歌出版社，2007年。

三、理論與批評

㈠專　著

1. 丁柏銓、周曉揚：《新時期小說思潮和小說流變》，南京：南京大學出版社，1991年。

2. 卜紅：〈感受陳染的「超性別意識」〉，《青海師專學報》（教育科學），第4期，2006年。

3. 于東曄：《女性視域：西方女性主義與中國文學女性話語》，北京：中國社會科學出版社，2006年。

4. 二十所高等院校：《中國當代文學作品選評》，河北：河北人民出版社，1985年。

5. 中共上海市委宣傳部編：《90年代上海人形象》，上海：上海人民出版社，1993年。

6. 中國論壇編輯委員會編：《女性知識分子與臺灣發展》，臺北：中國論壇雜誌社，1989年。

7. 王周生：《關於性別的追問》，上海：學林出版社，2004年。

8. 王岳川：《中國鏡像——90年代文化研究》，北京：中央編譯出版社，2001年。

9. 王素霞：《新穎的「N‧VEL」—二十世紀90年代長篇小說文體論》，北京：光明日報出版社，2006年。

10. 王達敏：《新時期小說論》，合肥：安徽大學出版社，1999年。

11. 王緋：《畫在沙灘上的面孔：90年代世紀末文學的報告》，太原：山西教育出版社，1999年。

12. 王德威：《如何現代，怎樣文學？——十九、二十世紀中文小說新論》，臺北：麥田出版社，1998年。

13. 王曉明主編：《在新意識形態的籠罩下——90年代的文化與文學分析》，南京：江蘇人民出版社，2000年。

14. 王曉明編：《人文精神尋思錄》，上海：文匯出版社，1996年。

15. 王鐵仙：《新時期文學二十年》，上海：上海教育出版社，2001年。

16. 王豔芳：《女性寫作與自我認同》，北京：中國社會科學出版社，2006年。

17. 白燁：《熱讀與時評——90年代以來的長篇小說》，北京：中國社會科學出版社，2005年。

18. 皮述民、邱燮友、馬森、楊昌年：《二十世紀中國新文學史》，臺北：駱駝出版社，1997年。

19. 石曉楓：《兩岸小說中的少年家變》，臺北：里仁書局，2006年。

20. 包亞明、王宏圖、朱生堅：《上海酒吧——空間、消費與相象》，南京：江蘇人民出版社，2001。

21. 任一鳴：《中國女性文學的現代衍進》，香港：青文書屋，1997年。

22. 吉登斯：《現代性與自我認同》，北京：三聯書店，1998年。

23. 朱寨、張炯主編：《當代文學新潮》，北京：人民文學出版社，1997年。

24. 西蒙・波娃著，楊美惠譯：《第二性》，臺北：志文出版社，1999年。

25. 何金蘭：《文學社會學》，臺北：桂冠圖書公司，1989年。

26. 吳義勤：《中國當代新潮小說論》，南京：江蘇文藝出版社，1997年。

27. 吳義勤主編：《王安憶研究資料》，濟南：山東文藝出版社，2006年。

28. 吳福輝：《都市漩流中的海派小說》，湖南：湖南教育出版社，1995

年。

29. 吳宗蕙：《女作家筆下的女性形象》，北京：首都師範大學出版社，
　　1995年。

30. 呂正惠：《小說與社會》，臺北：聯經出版事業公司，1988年。

31. 呂正惠主編：《文學的後設思考》，臺北：正中書局，1991年。

32. 呂晴飛主編：《中國當代青年女作家評傳》，北京：中國女性出版
　　社，1990年。

33. 李小江等著：《文學、藝術與性別》，南京：江蘇人民出版社，2002
　　年。

34. 李小江：《夏娃的探索——婦女研究論稿》，鄭州：河南人民出版
　　社，1988年。

35. 李今：《海派小說與現代都市文化》，合肥：安徽教育出版社，2000
　　年。

36. 李有亮：《給男人命名：二十世紀女性文學中男權批判意識的流
　　變》，北京：社會科學文獻出版社，2005年。

37. 李書磊：《都市的遷徙——現代小說與城市文化》，長春：時代文藝
　　出版社，1993年。

38. 李復威主編、張德祥編選：《情感分析小說》，北京：北京大學出版
　　社，1999年。

39. 汪暉、余國良編：《上海：城市、社會與文化》，香港：中文大學出
　　版社，1998年。

40. 周玉山：《大陸文學與歷史》，臺北：東大出版社，2004年。

41. 孟繁華主編：《90年代文存1990～2000》，北京：中國社會科學出版
　　社，2001年。

43. 林丹婭：《當代中國女性文學史論》，廈門：廈門大學出版社，2003
　　年。

43. 林樹明：《多維視野中的女性主義文學批評》，北京：中國社會科學
　　出版社，2004年。

44. 金文兵：《顛覆的喜劇——二十世紀80-90年代中國小說轉型研

究》，北京：中國社會科學出版社，2004年。

45. 金漢：《中國當代小說藝術演變史》，杭州：浙江大學出版社，2000年。

46. 施淑：《大陸新時期文學概況》，臺北：行政院文化建設委員會，1996年。

47. 施淑：《兩岸文學論集》，臺北：新地出版社，1997年。

48. 施叔青：《對談錄──面對當代大陸文學心靈》，臺北：時報文化公司，1989年。

49. 施淑：《大陸新時期文學概觀》，臺北：行政院文化建設委員會印行，1996年。

50. 洪子誠：《中國當代文學概說》，香港：青文書屋，1997年。

51. 洪子誠：《大陸當代文學史下編（1980～1990年代）》，臺北：秀威科技出版社，2008年。

52. 洪鎌德：《人的解放──二十一世紀馬克思學說新探》，臺北：揚智出版社，2000年。

53. 約翰・奧尼爾：《身體形態──現代社會的五種身體》，北京：春風文藝出版社，1999年，頁110。

54. 胡敏等譯：《女權主義文學理論》，長沙：湖南文藝出版社，1989年。

55. 胡曉真：《才女徹夜未眠──近代中國女性敘事文學的興起》，臺北：麥田出版社，2003年。

56. 夏濟安：《夏濟安選集》，臺北：志文出版社，1974年。

58. 唐翼明：《大陸「新寫實」小說》，臺北：東大圖書公司，1996年。

57. 唐翼明：《大陸新時期文學（1977～1989）：理論與批評》，臺北：東大出版社，1995年。

58. 徐坤：《雙調夜行船：90年代的女性寫作》，太原：山西教育出版社，1999年。

59. 徐岱：《邊緣敘事──二十世紀中國女性小說個案批評》，上海：學林出版社，2002年。

60. 荒林：《花朵的勇氣：中國當代文學文化的女性主義批評》，北京：
　　九州出版社，2004年。

61. 康燕：《解讀上海1990～2000》，上海：上海人民出版社，2001
　　年。

62. 張韌：《新時期文學現象》，北京：文化藝術出版社，1998年。

63. 張子樟：《試論大陸新時期小說》，臺北：行政院文化發展委員會，
　　1996年。

64. 張子樟：《走出傷痕——大陸新時期小說探論》，臺北：東大圖書公
　　司，1991年。

65. 張文紅：《倫理？事與？事倫理——90年代小說的文本實踐》，北
　　京：社會科學文獻出版社，2006年。

66. 張志忠：《1998年：世紀末的喧嘩》，（百年中國文學總系），濟
　　南：山東教育出版社，2002年。

67. 張志忠：《90年代的文學地圖》，太原：山西教育出版社，1999年。

68. 張炯：《新時期文學格局》，西安：陝西人民教育出版社，1998年。

69. 張浩：《書寫與重塑——二十世紀中國女性文學的精神分析闡釋》，
　　北京：北京語言大學出版社，2006年。

70. 張鈞：《小說的立場——新生代作家訪談錄》，桂林：廣西師範大學
　　出版社，2002年。

71. 張韌：《文學的潮汐》，北京：中國文聯出版公司，1994年。

72. 張韌：《新時期文學現象》，北京：文化藝術出版社，1998年。

73. 張岩冰：《女權主義文論》，山東：山東教育出版社，1998年。

74. 張誦聖：《文學場域的變遷》，臺北：聯合文學出版社，2001年。

75. 張清華：《中國當代先鋒文學思潮論》，南京：江蘇文藝出版社，
　　1997年。

76. 張清華主編：《中國新時期女性文學研究資料》，濟南：山東文藝出
　　版社，2006年。

77. 盛英：《中國女性文學新探》，北京：中國文聯出版社，1999年。

78. 盛英主編：《二十世紀中國女性文學史》，天津：天津人民出版社，

1995年。

79. 許志英、丁帆主編：《中國新時期小説主潮》（上、下卷），北京：人民文學出版社，2002年。

80. 許道明：《海派文學論》，上海：復旦大學出版社，1999年。

81. 陳信元、樂梅健主編：《大陸新時期文學概論》，臺北：南華管理學院，1999年。

82. 陳信元：《從臺灣看大陸當代文學》，臺北：業強出版社，1989年。

83. 陳思和、楊揚編：《90年代批評文選》，上海：漢語大辭典出版社，2001年。

84. 陳思和：《中國新文學整體觀——大膽探索‧激情反思》，臺北：業強出版社，1990年。

85. 陳思和：《陳思和自選集》，桂林：廣西師範大學出版社，1997年。

86. 陳思和：《新時期文學概説（1978～2000）》，桂林：廣西師範大學出版社，2001年。

87. 陳思和主編：《大陸當代文學史教程1949～1999》，臺北：聯合文學出版社，2001年。

88. 陳思和主編：《中國當代文學史教程》，上海：復旦大學出版社，1999年。

89. 陳美蘭：《中國當代長篇小説創作論》，上海：上海文藝出版社，1991年。

90. 陳家春：《欲魔的透視——中國當代小説與性文化》，香港：香港教育圖書公司，1999年。

91. 陳順馨：《中國當代文學的敘事與性別》，北京：北京大學出版社，1995年。

92. 陳曉明：《表意的焦慮：歷史的建構與解構：當代中國文學的變革流向》，北京：中央編譯出版社，2001年。

93. 陳曉明：《剩餘的想像：90年代的文學敘事與文化危機》，北京：華藝出版社，1997年。

94. 陳曉明：《無邊的挑戰——中國先鋒文學的後現代性》，長春：時代

文藝出版社，1993年。

95. 陳碧月：《異彩紛呈——大陸新時期女性小說賞讀》，臺北：秀威資訊科技出版公司，2007年。

96. 陳碧月：《兩岸當代女性小說選讀》，臺北：五南圖書出版公司，2007年。

97. 陳碧月：《二十世紀90年代大陸女性小說的思想藝術風貌》，臺北：文史哲出版公司，2007年。

98. 陳碧月：《大陸當代女性小說研究》，臺北：秀威資訊科技出版公司，2011年。

99. 喬以鋼：《中國當代女性文學的文化探析》，北京：北京大學出版社，2006年。

100. 喬以鋼：《多彩的旋律——中國女性文學主題研究》，天津：南開大學出版社，2003年。

101. 黃發有：《準個體時代的寫作：20世紀90年代中國小說研究》，上海：上海三聯書店，2002年。

102. 甯亦文：《多元語境中的精神圖景——90年代文學評論集》，北京：人民文學出版社，2001年。

103. 楊昌年：《現代小說》，臺北：三民書局，1997年。

104. 楊義：《二十世紀中國小說與文化》，臺北：業強出版社，1993年。

105. 楊澤主編：《從40年代到90年代——兩岸三邊華文小說研討會論文集》，臺北：時報文化出版公司，1994年。

106. 劉慧英：《走出男權傳統的藩籬》，北京：三聯書店，1995年。

107. 鄭明娳：《當代臺灣女性文學論》，臺北：時報文化出版公司，1993年。

108. 樊星：《當代文學新視野演講錄》，桂林：廣西師範大學出版社，2007年。

109. 蕭同慶：《世紀末思潮與中國現代文學》，合肥：安徽教育出版社，2000年。

㈡學位論文

1. 尤美琪：《「黑雨中的腳尖舞」：陳染文本的書寫／閱讀／性別》，臺北：清華大學中國文學研究所碩士論文，2001年。

2. 江靜芬：《王安憶小說之女性情誼研究》，臺北：彰化師範大學中國文學研究所碩士論文，2004年。

3. 吳佳珍：《蘇童小說的女性人物研究》，嘉義：國立中正大學中國文學研究所碩士論文，2009年。

4. 林佳芬：《王安憶《長恨歌》研究》，臺北：東吳大學中國文學研究所碩士論文，2004年。

5. 林岳伶：《虹影小說研究》，臺北：高雄師範大學中文碩士班碩士論文，2006年。

6. 林怡君：《重繪移民女性：聶華苓與嚴歌苓作品中的華裔美國移動論述》，臺北：交通大學語言與文化研究所碩士論文，2003年。

7. 林皇杏：《存在主義的側影——嚴歌苓《無出路咖啡館》析論》，臺北：彰化師範大學國文學系碩士論文，2003年。

8. 洪士惠：《上海流戀與憂傷書寫——王安憶小說研究（1976～1995）》，臺北：淡江大學中國文學研究所碩士論文，2001年。

9. 徐文娟：《嚴歌苓小說主題研究》，臺北：成功大學中國文學研究所碩士論文，1999年。

10. 陳振源：《張潔小說之人物研究》，臺北：文化大學中國文學研究所碩士論文，2004年。

11. 游舒晨：《論余華小說的主題與書寫策略》，臺北：淡江大學中國文學研究所碩士論文，2002年。

12. 黃國茜：《論蘇童中、長篇小說的女性形象》，高雄：國立中山大學中國文學研究所碩士論文，2010年。

13. 黃淑祺：《王安憶的小說及其敘事美學》，臺北：政治大學中國文學研究所碩士論文，2003年。

14. 葉如芳：《嚴歌苓的移民女性書寫》，臺北：東海大學中國文學研究所碩士論文，1999年。

15. 鄒明惠：《蘇童《妻妾成群》女性悲劇意識探析》，臺北：玄奘大學中國語文學系在職碩士論文，2011年。

16. 劉秀美：《大陸新寫實小說研究──以劉恆、方方、池莉及劉震雲作品為主》，臺北：清華大學中國文學研究所碩士論文，2000年。

17. 劉怡秀：《余華長篇小說中的欲望書寫》，臺北：國立臺灣師範大學國文學系在職進修碩士論文，2011年。

18. 潘雅玲：《王安憶小說中的人物形象》，臺北：彰化師範大學中國文學研究所碩士論文，2005年。

19. 顏瑋瑩：《王安憶長篇小說研究》，臺北：文化大學中國文學研究所碩士論文，2005年。

Note

Note

國家圖書館出版品預行編目資料

大陸當代小說選讀／陳碧月著. ——初
版. ——臺北市：五南, 2013.01
　　面；　公分
　ISBN 978-957-11-6901-9（平裝）
　1.中國小說　2.現代小說　3.文學評論
　820.9708　　　　　　　101022241

1X3F　現代文學

當代華人小說選讀

作　　者 — 陳碧月(256.4)

發 行 人 — 楊榮川

總 編 輯 — 王翠華

主　　編 — 黃惠娟

責任編輯 — 盧羿珊

封面設計 — 童安安

出 版 者 — 五南圖書出版股份有限公司

地　　址：106台北市大安區和平東路二段339號4樓

電　　話：(02)2705-5066　　傳　　真：(02)2706-6100

網　　址：http://www.wunan.com.tw

電子郵件：wunan@wunan.com.tw

劃撥帳號：01068953

戶　　名：五南圖書出版股份有限公司

台中市駐區辦公室/台中市中區中山路6號

電　　話：(04)2223-0891　　傳　　真：(04)2223-3549

高雄市駐區辦公室/高雄市新興區中山一路290號

電　　話：(07)2358-702　　傳　　真：(07)2350-236

法律顧問　元貞聯合法律事務所　張澤平律師

出版日期　2013年1月初版一刷

定　　價　新臺幣500元